Walter Kempowski, geboren am 29. April 1929 in Rostock, starb am 5. Oktober 2007 in Rotenburg an der Wümme. Er gehört zu den bedeutendsten deutschsprachigen Autoren der Nachkriegszeit. Einem breiten Publikum bekannt wurde er durch seinen Roman »Tadellöser & Wolff«, der Kultstatus erreichte und auch verfilmt wurde. Seine monumentale Collage »Das Echolot« war 1993 eine literarische Sensation und fand zwölf Jahre später mit der Veröffentlichung des zehnten Bandes, der die Bestsellerliste stürmte, ihren krönenden Abschluss. Der letzte zu Lebzeiten des Autors veröffentlichte Roman »Alles umsonst« brachte Walter Kempowski auch internationale Anerkennung.
Das Werk von Walter Kempowski umfasst zahlreiche Romane, Erzählungen, mehrere Tagebücher und Befragungsbücher. Eine Übersicht befindet sich am Ende des vorliegenden Romans. Weitere Informationen zu Leben und Werk von Walter Kempowski sind zu finden unter www.kempowski.de

»Schöne Aussicht« ist Teil der sogenannten »Deutschen Chronik«, in der Walter Kempowski die Geschichte seiner Familie vom Kaiserreich bis in die 1960er-Jahre der Bundesrepublik erzählt. Neben sechs Romanen, die die Familiengeschichte schildern, wird die »Deutsche Chronik« durch drei Befragungsbände ergänzt.

»Kempowski ist ein Chronist des Jahrhunderts.«
DIE ZEIT

»So ist ›Schöne Aussicht‹ aus jeder Perspektive betrachtet das Meisterwerk eines Geschichts- und Geschichtenschreibers, eine Chronik des deutschen Bürgertums par excellence.«
Badische Neueste Nachrichten

Walter Kempowski

SCHÖNE AUSSICHT

Roman

PENGUIN VERLAG

Der Roman erschien erstmals 1981.

FSC www.fsc.org MIX Papier | Fördert gute Waldnutzung FSC® C014496

Klimaneutral* Druckprodukt ClimatePartner.com/14044-1912-1001

Penguin Random House Verlagsgruppe FSC® N001967

PENGUIN VERLAG

2. Auflage

Neumarkter Straße 28, 81673 München
Umschlaggestaltung: Bürosüd
Umschlagmotiv: Getty Images Deutschland GmbH
Druck und Bindung: GGP Media GmbH, Pößneck
Printed in Germany
ISBN 978-3-328-10435-3
www.penguin-verlag.de

Für Jürgen Kolbe

I. Teil

Es war ein Sonntagabend, und da hieß es plötzlich: Flottenalarm! Die ganze Flotte lag ja im Hafen, und eine Stunde lang heulten alle Schiffssirenen, ohrenbetäubend. Und dann zogen die Matrosen Arm in Arm durch die Stadt, und alles, was sie an Signalmunition hatten, rot, grün, weiß, das schossen sie in die Luft.
Die Marine war Wilhelms Lieblingskind, und ausgerechnet die hat die Revolution angefangen. A. D.

Wir hatten Angst vor den Kommunisten, weil wir die Berichte aus Rußland von 1917 gehört hatten. Das muß ja schrecklich gewesen sein! Und deshalb waren wir gegen diese Leute.
C. L.

»Morgen braucht ihr nicht zur Schule zu kommen«, hieß es im November 1918. Man befürchtete, es gebe irgendwelche Unruhen. Es hieß: »Wenn es irgendwelche Straßensachen gibt, dann bleibt ihr zu Hause.« M. N.

Ein Lehrer kam herein und sagte: »Die Schule fällt aus, ihr geht jetzt nach Hause.«
Wir haben dann einen großen Umweg gemacht. Der nächste Weg wäre über die Kaiserbrücke gewesen, aber die stand unter Feuer. Wir schlichen uns also zu der allerletzten Brücke, das war eine Eisenbahnbrücke, und dann liefen wir schnell hinüber. R. K.

Ich bin auf der Kavalleriestraße Rollschuh gelaufen. Da hörte ich Schüsse und lief angstvoll zu meiner Freundin ins Haus. R. Sch.

Ein Trupp Soldaten zog durch die Straße, Matrosen und Feldgraue, jeder trug das Gewehr, wie's ihm gefiel.
Vor unserm Haus stand ein einzelner Soldat und guckte sich das an, wie die da vorübermarschierten. Da lösten sich zwei aus dem Trupp, schnitten ihm die Achselklappen ab und marschierten weiter. Das ging in größter Ruhe vor sich, und der Soldat war ganz einverstanden damit. S. R.

Fünfzig Meter von unserm Haus entfernt bauten die »Gerstenberger« ihre Kanonen auf. (Das waren Soldaten, die aus dem Westen kamen.) Die Kommunisten erwiderten das Feuer mit Maschinengewehren, und ein Pferd der Artilleristen bekam einen Schuß ins Bein. Mein Vater war Arzt. Der hat das Tier operiert und verbunden. L. Z.

Läden wurden geplündert. Zum Beispiel Kunella am Gertrudenplatz. Polizei und Feuerwehr waren schnell zur Stelle. Die Plünderer, meist Frauen, hatten die Schürzen vollgepackt mit Eiern, Margarine und so weiter. Die Feuerwehr setzte ihre Spritzen ein, alle verloren ihren Raub: Die Straße war kaum noch begehbar. R. S.

Nach der Revolution kamen die heimkehrenden Truppen auf dem Güterbahnhof an. Wir Schüler standen am Fenster, auch die Lehrer, und in der Pause liefen wir runter zum Zug, aber die Soldaten waren alle weg. Vor den Schiebetüren der Waggons hingen Gardinen, und innen drin standen Betten mit Kissen und Plumeaus. Überall standen offne Kisten mit Handgranaten, Gewehr- und Revolvermunition. Wir stopften uns die Taschen voll. Später machten wir Unsinn damit. R. St.

Es hieß: drei Wochen Behördenschluß. Mein Vater war Stadtbauinspektor und dachte, er würde entlassen oder so was, aber nach drei Wochen ging alles normal weiter. Ohne Beamte kann kein Staat auskommen. P. T.

Die Nachkriegszeit war traurig. Ich ging immer durch das Alte Rathaus zur Arbeit. Da standen die Wohltätigkeitsempfänger Schlange. Ach, war das ein Elend! Und dann die dicken Bonzen, die denen dann die Wohltätigkeitsgelder hinschmissen …
Ich war noch jung, aber das hab' ich wohl gemerkt. W. Ö.

Für diejenigen, die sich von der Revolution viel versprochen hatten, war der Umbruch eine große Enttäuschung. Der Achtstundentag – das war das einzige, was kam. B. L.

1

Die Borwinstraße in Rostock hat ihren Namen von Burwin II., einem Wendenfürsten. Im 13. Jahrhundert sorgte er dafür, daß »Rostock viele ansehnliche Gebäude erhielt«, wie in einer Chronik steht. Die Borwinstraße ist allerdings keinesfalls ansehnlich, sie ist eine sogenannte Arbeiterstraße und liegt in der Werftgegend. Sie grenzt an die Niklotstraße, die auch nach einem Wendenfürsten benannt wurde, nach Niklot dem Kind. In ihr wohnen ebenfalls Arbeiter, die tagsüber in der Werft hämmern und sägen, was zu hören ist; Arbeiter, Handwerker und kleine Gewerbetreibende.
In diesem Stadtteil sind die Häuser durchweg viergeschossig. Eins ist wie das andere: Straßenbäume decken die Armseligkeit notdürftig zu.

Schwaan im Blauband
frisch gekirnt

In jedem sechsten Haus ist das Parterre zu einem Kolonialwarenladen ausgebaut, dessen Besitzer von den Menschen lebt, die hier wohnen. An den Ecken der Häuserblocks befinden sich Kneipen oder Friseure oder Zigarettenläden. Einmal die Woche kommt hier noch der Tönnchenwagen der städtischen Rieselfelder.

Hunde pinkeln an die Häuser, und Jungen schreiben mit Kreide auf das Trottoir: »Erna ist doof.« Sie essen Schmalzbrote und haben schmutzige, abgeschrammte Knie, und aus der Hosentasche hängt ihnen ein sogenannter »Herkules«, eine Gummizwille, mit der sie Kinder anderer Straßen beschießen. Manchmal geht dabei auch eine Laterne zu Bruch, was die Straße von Kindern augenblicklich leerfegt. Die Hunde laufen hinterher.

Die Kirche, die inmitten dieser Häuser steht, heißt Heilig-Geist-Kirche; sie ist eine evangelische Kirche, und sie wurde 1904 von einem katholischen Architekten erbaut. Glasierte Ziegel wurden verwendet, und mit Zierat wurde nicht gespart. Sie ist übrigens größer, als man denkt. Geschickt eingebaute Emporen ermöglichen an hohen Festtagen die Unterbringung einer großen Zahl von Gläubigen, ohne daß bei schwächerem Besuch der Anblick unerfreulicher Leere entsteht. Von draußen sieht es so aus, als sei sie mit einem Kreuzschiff versehen, von drinnen hat man eher den Eindruck, in einem Rundbau zu sitzen: wenn man schon mal drinsitzt.
Der Pfarrer, der hier zuständig ist, heißt Straatmann, der läßt nichts unversucht: Plattdeutsch predigt er zu festgesetzten Zeiten, und die Taubstummensprache kennt er auch. Viel ist er unterwegs in dieser etwas schwierigen Gegend. Mit einer Bratpfanne hat man ihn schon mal geschlagen, und seine Tür hat man mit Kot beschmiert. Oft sitzen verweinte Frauen in seinem Arbeitszimmer, und ständig hat er einen Schüler bei sich, den er weiterbringen will, weil er erkannt hat, in diesem Bengel steckt was, der muß aufsteigen aus dem Sumpf, der muß studieren.

Utinam, mit dem Konjunktiv:
O daß doch! Wenn doch …

Latein bringt er ihm bei und Mathematik, und bei den Lehrern läßt er sich sehen, mit seinem freien Blick, öfter als denen lieb ist.

In diesem Stadtteil, in der Werftgegend also, in dem die Bewohner auf spiegelblanke Treppenhäuser Wert legen – auf jedem Treppenabsatz steht ein Gummibaum –, findet Karl Kempowski, dieser schmächtige junge Mann mit der goldenen Brille, nach längerem Suchen für sich und seine junge Frau eine winzige Dreizimmerwohnung.
Sein Vater hatte beim Wohnungsamt nichts ausrichten können, die Beziehungen hatten versagt, der rechte Kon-

takt zu den neuen Leuten im Rathaus war noch nicht wieder hergestellt.

»Wir können uns auch keine Wohnung aus den Rippen schneiden für Ihren Herrn Sohn«, war gesagt worden, und es war hingewiesen worden auf den verlorenen Krieg, in dem es die Herrschaften ja vorgezogen hatten, Kanonen herzustellen, mit denen man Wohnungen zerschießen kann. »Akkenkunnig« habe man Karl Kempowskis Wohnungswünsche gemacht, immerhin, doch dabei blieb's.

Es war noch nicht einmal gelungen, in einer der drei eigenen, im Krieg erworbenen Villen Platz zu schaffen für den Sohn, weder in der »Lo-ig-ny«-straße – wie die Rostocker sagen – noch in der Orleansstraße, geschweige denn am Schillerplatz, dieser vornehmen Grünanlage. Man sah sich nicht in der Lage, die Leute, die jetzt dort wohnten, auf die Straße zu setzen. »Mieterschutz« verhinderte das.

»Eigentlich ja unerhört.«

Die Kempowskis hätten auch die Wohnung in der Borwinstraße nicht bekommen: »Zu groß« für ein jungverheiratetes Paar, wenn der Hauswirt nicht gutgesagt hätte für sie; Schlossermeister Franz, ein ehemaliger 210er, Feldwebel in Karls Nachbarkompanie vor Ypern und Inhaber eines phantastischen Schnurrbarts. Der hatte sein SPD-Mitgliedsbuch gezückt und hatte der Stadträtin Bescheid gesagt, daß der junge Herr Kempowski vier Jahre lang »vorn« gewesen wär' und sich immer anständig benommen hätt'.

Als Robert William Kempowski erfährt, daß sein Sohn in der Borwinstraße gelandet ist, ruft er ins Telefon: »Jungedi! Borwinstraße! Das ist ja 'ne Puffgegend, da wohnen doch lauter Nutten ...?«

Er haut den Hörer auf und fragt Sodemann, den Prokuristen, ob er weiß, wo sein Sohn gelandet ist? Und er

klingelt seine Frau an und fragt sie auch, ob sie weiß, wo Karl gelandet ist? Und am Nachmittag hat Anna, seine Frau, in ihrem vornehm nach Norden gelegenen Salon Gelegenheit, es den Damen ihres Kränzchens mitzuteilen. Gehäkelt wird, und als sie es erzählt, wird die Handarbeit hingelegt, und man guckt sich an: Borwinstraße? Wie weit sind wir gesunken?
Der schräg aufgestellte Mahagoni-Spiegel faßt das Bild der Kränzchenrunde, wie sie da sitzt um ihren runden Tisch vor Portwein und Plätzchen: Frau Warkentin mit ihrem großen Busen und Frau von Wondring, dürr und abgetakelt. Borwinstraße? Wie weit sind wir gesunken.

Bald weiß es dann die ganze Stadt: daß Karl Kempowski, Körling also, der Sohn des Schiffsreeders Robert William Kempowski, Besitzer einer Villa, die an dem so vornehmen Schillerplatz liegt, auf dem sogar ein Springbrunnen installiert ist, der an warmen Tagen seine Fontäne auf das Straßenpflaster weht... daß Karl Kempowski mit seiner entzückenden kleinen Frau in einer Gegend gelandet ist, in der noch Pumpen vor den Häusern stehen, die quietschen, wenn man sie schwengelt.
Waschfrauen oder Dienstmädchen bezieht man aus dieser Gegend, von der man nur weiß, daß sie vor dem Kröpeliner Tor liegt, und zwar in der Nähe der Werft.

Es ist eine kleine Wohnung, und es ist eng. Wenn einer auf den Lokus will, so wird gescherzt, dann müssen alle erst ins Eßzimmer treten und den durchlassen... Aber sie hat Sonne. Eine kleine, aber sonnige Wohnung ist es.
Drei Zimmer: Im winzigen Wohnzimmer stehen die grünen Polstermöbel, Karls Schreibtisch und der Bücherschrank. Hier ist sogar noch eine Ecke frei für Grethes Biedermeier-Sekretär. Im Schlafzimmer befinden sich im wesentlichen die beiden großen Ehebetten mit je einem Zierkissen obendrauf. Waschen tut man sich an einem

Waschtisch mit Schüssel und Krug. Links eine Schublade für Karls Rasierzeug und rechts eine Schublade für Grethes Siebensachen.
Das Eßzimmer mit Eßtisch und den vielen Stühlen, mit dem riesigen Büfett und der »Anrichte« ist das vollste der drei Zimmer. Da ist kaum noch ein Durchkommen.

Beim Einzug hatten die Arbeiter die Möbel auf die Treppe gestellt, weil sie so ohne weiteres gar nicht in die Zimmer paßten, man kam nicht vor und nicht zurück. Die Träger hatten geschimpft, und die Hausbewohner hatten auch geschimpft. Grethe war von einem zum anderen gelaufen und hatte die Hände gerungen, und die Träger hatten ausgespuckt; sie wollten wohl, aber wie sollte das »angehen«?
Die Nachbarsfrauen, die gerade vom Milchmann kamen, stießen mit dem Fuß gegen die Stühle: »Wotau brucken Se denn all de Stöhl? Wullt Se hier een Kino uppmåken?«
Und der Milchmann, dessen Apfelschimmel ohne jeden Befehl länger als üblich hier stehenblieb, stand an seinem Milch-Blechkasten, die Hand auf dem blanken Magermilch-Hahn, und schüttelte den Kopf.
»So fähl Stöhl ...«
Sogar im Vorgarten hatten die Möbel gestanden, auf dem kümmerlichen Rasen, neben dem von Hunden totgepinkelten Fliederbusch: die Garderobe, der Wäscheschrank, die Nähmaschine und der Flügel. Oben auf dem Flügel gar Karls alte Kinderfestung, eine Festung mit Türmen, von innen zu beleuchten,

Welch eine Wendung durch Gottes Führung!

und mit verzinkten Gräben, zum Wasser Einfüllen.
Ein Wunder, daß dann doch noch alles unterzubringen gewesen war. Sogar der Flügel, und das ist kaum zu glauben.

Eine zwar kleine, aber freundliche Wohnung ist es, mit Ausblick auf die Kronen von Straßenbäumen und auf Telefondrähte und nicht ohne Sonne. Leider sind die Bewohner dieses Hauses nicht sehr freundlich, außer dem Hauswirt, Franz, dem Schlossermeister, unten im Parterre. In seinem Wohnzimmer hat er die Fotografie seines Kompaniechefs stehen, dem er in Flandern das Leben gerettet hat. Im Trommelfeuer war er aus dem Graben gekrochen und hatte sich den verwundeten Leutnant aufgeladen, und der hatte aufgehört, um Hilfe zu schreien, und hatte ihn erstaunt angesehen, daß der sich da quasi für ihn aufopfert, seine Uhr hatte er ihm dann geschenkt und später auch das Geld für dieses Haus.

Ja, Franz hatte seine Erfahrungen gemacht mit Herrschaften, und er ist freundlich auf eine nachdenkliche Art, aber die andern Bewohner sind es eben nicht. Die Kellnersleute im zweiten Stock zum Beispiel, mit deren Ehe es nicht zum besten steht, und Arbeiter Büsing mit Frau und vier Kindern im dritten, obwohl Grethe stets als erste »Guten Tag« sagt. Da wird kaum mal genickt.
Diese Kapitalisten haben hier nichts zu suchen, die sollen sich ins »Bradenfreter«-Viertel scheren.
Vom zweiten Stock schüttet die Kellnersfrau den Kempowskis gar fettiges Abwaschwasser ins offene Oberlicht, und Grethe weint, weil man ihr die Wäsche auf dem Hof mit Dreck beworfen hat.
Unfreundlich sind diese Leute, und gehässig. Am Waschtag, zum Beispiel, für den Grethe sich groß und breit auf der Tafel eingetragen hat: Als sie den schweren Wäschekorb hinunterträgt die glatten Stufen (ganz allein hinunterträgt), da findet sie den Kessel voll mit den Frackhemden des Kellners.
Manchmal wird auch an der Tür geklingelt, und wenn Grethe dann hingeht, steht da keiner. Statt dessen hat

jemand auf das blankgeputzte Messing-Türschild gespuckt.

Karl putzt die goldene Brille und beruhigt seine kleine Frau – manchmal so übernervös –, er trinkt den Kaffee in großen Schlucken und beißt ins Brötchen, daß es kracht. »Treckt sick all' na'n Lif«, sagt er und tätschelt ihre Wange und sagt: »Frühstück ist doch die beste Jahreszeit, mein Grethelein.«
Er hat es ja auch nicht leicht, denn in der väterlichen Firma sitzt er ziemlich herum.

Wenn Karl morgens »nach unten« gegangen ist, an den Hafen, ins »Komp-to-ahr« also, »hinaus ins feindliche Leben«, wie er sagt, und an seinen leeren Schreibtisch dort, sitzt Grethe noch ein wenig am Kaffeetisch und denkt an ihr Elternhaus in Wandsbek, an das Kaffeetrinken auf der Terrasse, morgens, wie war das immer schön! Der weißgedeckte Tisch unter der selbstgepflanzten Birke! Sie rührt in der Tasse und seufzt. Aber auch nicht immer war es schön, das fällt ihr ein, Butter *oder* Marmelade, diese alte Geschichte, und als Kind, jeden Abend um sieben ins Bett, auch im warmen Sommer! Nein, hier ist man wenigstens sein eigener Herr, klein, aber mein, kann die Tür hinter sich zumachen, und, wer weiß, vielleicht wird die Villa am Schillerplatz ja doch noch frei eines Tages?

Wonnig, wie die Sonne jetzt einfällt in die Wohnstubenfenster. Grethe steht auf und rückt die Sessel mal hierhin und mal dorthin – »so sieht es schon viel besser aus« –, und dann rückt sie die Blumentöpfe mal hierhin und mal dorthin, dieser entzückende Efeu, der hat ja wohl drei neue Triebe?
Das Bild von Lübeck hängt sie über die Kredenz, und das Bild von Graal über den Rauchtisch, dahin also, wo vorher das Bild von Lübeck gehangen hat.

Grethe sucht sich zu beschäftigen, aber am Ende sitzt sie dann doch da, wie in einer Möbelhandlung, die Hände im Schoß und guckt dem Kanarienvogel zu, wie der von Stange zu Stange hüpft und die Flügelfedern durch den Schnabel zieht: Ein wenig frischer Salat würde ihm jetzt guttun. Oder mal baden? Schnell mal das Badebecken holen und gucken, ob er da reingeht.
Sie beobachtet den Kanarienvogel, oder sie lauscht, weil oben der Kellner schimpft und die Frau weint. Wenn Grethe den Atem anhält, dann kann sie sogar hören, was er da schimpft. »Du gottverfluchte Sau!« Solche Wörter hört man klar und deutlich, und das Rumpsen auch. (Wonach dann Stille eintritt.)

Grethe setzt sich öfter an den Flügel und spielt, so leise es geht: »Glückes genug« – leise, damit die da oben nicht aufmerken. Gelegentlich greift sie wohl auch eigne Akkorde, mutige, bejahende Akkorde, D-Dur, D-Dur Sept und dann nach G so rüber. Und dann steht sie auf und kramt im Sekretär, in den zahllosen Fächern und Schubladen: sie holt Fotografien heraus, alte und neuere, und ein gewisses Foto legt sie auf den Notenständer: »Los Leute! Ab!« Das Foto von August Menz, dem Flieger, mit seinem eckigen Gesicht, Lacke und Farben en gros: Wie er sie damals nahm und mit ihr tanzte, diesen Tango, den sonst noch keiner konnte... Und die Akkorde modulieren sich unter ihrer Hand ins nachdenklichere Moll.

Für das Saubermachen hat man zunächst eine freundliche Frau aus der Nachbarschaft, die dauernd sagt, wie schön die junge Frau Kempowski ist, ach, und die weißen Hände, so ganz ohne Schwielen, und »all de veelen Bökers«; und da drüben an der Wand, das ist ja wohl ein richtiges Wappen, was? »Bohnum – Bohno?« Da ist die junge Frau am Ende wohl gar adelig?

Zuerst findet man es rührend, wie diese Frau das so sagt, ein immerhin doch ganz einfacher Mensch, bald findet man es nur noch nett, und dann geht es stark auf die Nerven, und man entledigt sich ihrer, und man engagiert ein kräftiges, blondes Mädchen mit klaren blauen Augen: Dorothea Schütt aus Jerichow. Eine Bodenkammer wird gemietet für sie, worin ein festes Bett steht, und ein Waschtisch mit irdener Schüssel und Kruke, Kernseife, und klares kaltes Wasser.
Einen weiten Blick hat man von hier oben, über Pappdächer voll mit Bodenluken und Schornsteinen: Wolken stehn am Himmel. Da hinten ist ja wohl sogar ein Schornsteinfeger bei der Arbeit?

Zunächst gibt's Rabbatz im Haus, als das Mädchen bei den Kempowskis einzieht. Oben beim Kellner wird gepoltert und noch weiter oben bei den Büsings auch. Daß diese Kapitalisten sich nun auch noch bedienen lassen! Von vorn und hinten! Pi-Pott ausschütten, morgens, mittags und abends. Daß die sich nicht schämen! Aber Dorothea mit ihrem dicken, blonden Haar, im Treppenhaus, die schimpft zurück! Daß sie sich freut, endlich in Stellung zu sein, und: was die das angehn tut?
Grethe steht hinter der Etagentür und lauscht mit klopfendem Herzen. Oh, sie kennt das einfache Volk. Am Mühlberg in der Warteschule, da hat sie es kennengelernt, als junge Kindergärtnerin: Männer, die ihren Lohn vertranken, im Stich gelassene Frauen mit Kindern, jedes von einem anderen Mann ...
Schließlich kommt Franz aus seiner Parterrewohnung hervor, mit breitem Schritt, er reißt sich aus der Betrachtung der Gönnerfotografie los und begöscht die Leute, die sich da über das Treppengeländer beugen und schimpfen. Er nimmt die blanke Nickelbrille von der eingekerbten Nase und sagt: Das kann er nicht dulden, daß der Hausfrieden hier gestört wird. Das Mädchen kann schließlich

nichts dafür, daß sie in Herrschaft ist, und er setzt die Brille wieder auf. Jeder will schließlich leben!
Plattdeutsch spricht er und mit ruhig Blut, und die Stirn wischt er sich mit einem großen, bunten Taschentuch, und seinen Schnurrbart wischt er sich auch und hinter dem Kragen, damit die Leute sehen, daß ihn das anstrengt, und daß sie innewerden, wie schlimm es ist, einen Menschen aus seinen schönsten Gedanken zu reißen. Ja, wenn Grethe die Sprache dieses Mannes richtig deutet, dann kommt sogar »Schesuß« darin vor. Ob sich die Menschen seines Hauses nicht schämen, fragt er, und was »Schesuß« wohl dazu sagt. Ob sie sich das schon überlegt haben?

Friede kehrt schließlich ein in die Borwinstraße, denn Franz geht in den Patriotischen Weg, dort sitzt die Himmels-Gemeinde, die erwartet ihn in ihrem Gotteshaus, ihn zu beraten, und er kommt zurück und redet immer länger und wortreicher im Treppenhaus, das sich dann mit Menschen füllt, von Jesus, vom Lamme auch, das all sein Blut gegeben, und das wirkt beruhigend auf alle.

Ein übriges tun die 80 Zentner Bunkerkohle, die Karl den mit Torf heizenden Hausgenossen spendiert, große Brokken, die man mit einem Hammer zerschlagen muß, und nicht unerheblich ist es, daß die hübsche Dorothea außerdem noch das ist, was man »diplomatisch« nennt. Oft weint sie in der Waschküche mit der Kellnersfrau oder sie schimpft mit Frau Büsing im dritten Stock.
Frau Büsing mit ihren vier Kindern, die ihren Mann jeden Freitag von der Arbeit abholt, damit er das Geld nicht vertrinkt, Frau Büsing will immer gerne wissen, was die da unten mit »all de Stöhl maken«.
Da kann man dann aushelfen: Die Wissenslücke läßt sich schließen. In der Küchentür steht Dorothea, wo auf dem Herd Kartoffeln kochen, die Kinder rutschen und krab-

beln heran und halten sich an ihren Beinen fest, und auch der schwarze Kater auf der Fensterbank, der sonst in die Schale mit dem Griebenschmalz starrt, der starrt jetzt herüber, absolut bewegungslos.
»Kennposski iss ja woll 'n ganz bunten Hund?«

Manchmal steht Dorothea unten im Parterre bei Franz. Das Schlüsselbund biegt er ihr auf, das geht immer so schwer aufzubiegen, wenn man einen neuen Schlüssel den alten hinzufügen will, was hin und wieder nötig ist, und was symbolisch ist, wie Franz sofort bemerkt. Das Aufbiegen des Schlüsselbundes gibt ihm Gelegenheit, von »Schesuß« zu sprechen, der die Schlüssel zu »unsere Herzen« hat, vom Lamme auch und all dem Blut. Und daß die Himmels-Gemeinde keine Sekte ist, sondern alles ganz regulär. Die haben ja sogar einen richtigen Bischof! Lokomotivführer ist der von Beruf. Vielleicht geht Dorothea mal mit zur Himmels-Gemeinde in den Patriotischen Weg, bei der Franz sich immer häufiger einstellt, seit er Witwer ist.
Ja, vielleicht geht sie mal mit, das ist nicht ausgeschlossen. Warum nicht? Das Bild des Heilands jedenfalls, das Franz ihr schenkt, läßt sie sich annageln von ihm, über ihrem Bett.

Grethe überlegt ganze Nachmittage, was sie dem Mädchen zu tun geben kann, und doch ist sie dann immer gleich »schon fertig« und kommt herein und schickt sich an, auf der Lehne des grünen Sessels Platz zu nehmen zu ausgiebigem Gespräch. Über die Büsings redet sie gern, daß die eigentlich gar nicht so verkehrt sind, daß es in der Küche dort jedenfalls immer pieksauber ist, was man von der Küche der Kellnersleut' nicht gerade sagen kann (und die Betten ewig ungemacht). Ein solches Gespräch kann man ihr nicht gut verbieten, zu verhindern ist es nur, wenn man bei ihrem Erscheinen augenblicklich sagt: »Ach, gut,

daß Sie kommen, Dorothea ... Der Spiegel in der Toilette muß noch blankgeputzt werden«, und vielleicht sollte man mal alle Teller abspülen; die werden zwar nicht benutzt, aber schaden kann das ja nicht.
Weil sie beschäftigt werden muß in dieser kleinen Wohnung, wird jeden Tag »gründlich« gemacht. »Alles rennet, rettet, flüchtet!« – gewischt und gebohnert, so daß es bei den Kempowskis stets nach grüner Seife riecht.
Grethe geht inzwischen einkaufen, sie kann nicht gut im Sessel sitzen und zusehen, wie Dorothea bohnert: immer stößt sie an die Standuhr mit dem Bohnerbesen (das macht »boin!«), soll sie womöglich jedesmal sagen: »Aber Dorothea, nun sehen Sie sich doch vor!«?

Es ist eine unerfreuliche Gegend, und spazierengehen kann man hier nicht. Man kann höchstens einmal um die Kirche herumgehen, was nicht unproblematisch ist; denn Pastor Straatmann liegt hier auf der Lauer, dieser rührige Mensch, der läßt seinen Nachhilfeschüler sitzen und kommt aus seinem Haus herausgesprungen mit raumgreifendem Schritt und bietet der jungen Frau an, zusammenzuhalten wie Pech und Schwefel, und ob sie nicht mitsingen will im Chor, jeden Donnerstag?
»Was, Frau Kempowski? Wär das nicht was für uns? All die schönen Lieder?«
Oder ob sie sich nicht einmal ein bißchen um die arme Frau Schwarzmüller kümmern will, die hat nun schon die dritte Fehlgeburt, und der Mann schlägt sie in einem fort? Das fragt er sie, mit seinem freien Blick, und läßt nicht ab von ihr.
Solche Offerten sind unangenehm, weil man's nicht tun mag, da hingehen in die Waldemarstraße und dieser bleichen Frau die Hände halten. Unangenehm auch deshalb, weil man's eigentlich tun müßte, zu der armen Frau Schwarzmüller gehen und nach dem Rechten sehen, und zwar aus christlichen Gründen. Deshalb unterläßt Grethe

das Um-die-Kirche-Herumgehen. Sie geht statt dessen zielbewußt zum Kaufmann, der hier zuständig ist.

So nötig wie die Braut zur Trauung,
ist Bullrich-Salz für die Verdauung!

Sie kauft Grünen Käse und Dr. Oetkers Vanille-Pudding, für Karl, der ganz ratlos ist, was er da unten in der Firma eigentlich soll, der immer noch nicht richtig »drin« ist in dem Betrieb und auch nicht weiß, wie er's anstellen soll, hineinzukommen.

Beim Schlachter an der Ecke hängen halbe Rinder von der Decke, deren Anatomie läßt sich hier studieren. Alles Unappetitliche ist säuberlich entfernt, nur das schiere Fleisch mit den nötigsten blanken Knochen hängt da, und zwar einschließlich Schwanz, vom Fleischbeschauer mit einem lila Stempel versehen. Oben drüber eine Orgelpfeifenreihe verschiedener Würste, weiße, rote und schwarze, abnehmbar mit einer Stange, an der ein Haken ist.
Auf dem blanken Tresen liegt der Aufschnitt ausgebreitet, unter Glas. Schinken und Salami sind noch nicht zu bekommen, aber Sülze, mit sternförmig angeordneten Mohrrüben- und Fleischeinlagen: Da ist das bloße Angucken schon ein Genuß.
Lebensmittelmarken gibt's zwar noch, aber »darf's ein bißchen mehr sein?« wird schon wieder praktiziert, hier in Mecklenburg, was anheimelnd wirkt und anregend auf die Speicheldrüse.

Grethe kauft Hack, und der freundliche Schlachter, der mit seinen schwarzen Locken beinahe wie ein italienischer Friseur aussieht, dreht die Hackmaschine, Freede heißt der Schlachter, und er dreht die Hackmaschine ganz so, wie draußen auf der Straße die Drehorgelmänner ihr Instrument bedienen: Weiß-rote Fleischstränge kommen unten heraus, was Grethe irgendwie gern sieht. Oben werden die blutigen Würfel hineingetan, und unten

kommt das appetitliche, seiner wahren Natur entkleidete Fleisch heraus. Herrlich! Den ganzen Tag könnte Grethe das mitansehen.
Hackfleisch, halb und halb aus Schwein und Rind, kauft Grethe für Frikadellen, die sie jede Woche einmal macht, weil Karls Miene sich dann nämlich aufhellt. Aufgeweichte Brötchen tut sie in den Teig, Zwiebeln und Ei, und wenn sie das knetet, dann riecht das gut, und sie muß es oft probieren.

Wenn Grethe zum Schlachter hineingegangen ist, dann setzen sich die verschiedenen Bettler dieser Gegend in Marsch, auch die Drehorgeln kommen von überall her. Der Schlachter gibt ihr aus der Kasse mit blutigen Fingern ein paar blanke Pfennige heraus. »För de dor buten.« Obwohl man mit Pfennigen in dieser Zeit nicht mehr viel anfangen kann.
Wenn Grethe die blanken Pfennige verteilt, tritt auch Schlachter Freede auf die Straße, stellt sich an den Baum, der vor seinem Laden steht, und klopft dem quasi auf die Schulter. Daß man den hier abhackt, das würde er nicht dulden. Aber warum sollte man auch.
»Darf's ein bißchen mehr sein?« und »För de dor buten«, das sind die Pole, zwischen denen Grethes Besuche beim Schlachter sich ereignen, und Schlachter Freede hat sehr schöne schwarze Locken und auf dem Haar ein weißes Schiffchen, schräg.

Wenn Karl nach Hause kommt, zurück an den häuslichen Herd, zur »züchtigen Hausfrau«, wie er sagt, den eigenen Etagenschlüssel aus der Hosentasche zieht und seine eigene Etagentür aufschließt, dann schnuppert er: »Hoffentlich kein Dorsch.« Und wenn er dann statt Dorsch seine geliebten Frikadellen riecht, dann schießen all die vielen für Verdauung in Frage kommenden Drüsen ihre Säfte in sein Inneres ab, und zwar alle gleichzeitig.

»Mahlzeit!« ruft er oder »Mahlsoweit!«, und er haut den Hut auf den Haken. Und dann geht er hinein, direkt ins Eßzimmer, wo die schöne Dorothea die guten silbernen Bestecke noch ordentlicher hinlegt, als sie ohnehin schon liegen.

Vorbeidrücken tut sich Karl an dem nach Kernseife riechenden, festgefügten Landkind, wobei es sich nicht gänzlich vermeiden läßt, daß man einander sacht berührt – dies unglaublich schöne Haar, golden und in schweren Flechten? –, und da ist es ja auch schon, das liebe Grethelein!

Das Grethelein erhält einen hingeschmatzten Kuß und einen Kniff in den Popo.

»Gott, Karl!«

Zu Frikadellen und zu Bratwurst mit Linsen kann Karl aus vollem Herzen »Ja!« sagen, er stopft sich die »Serviette« in den Kragen und stellt Messer und Gabel auf, wie der Vater das auch immer tut, in der Stephanstraße, und »Bratswurst« sagt er, weil das so schön schmurgelig und behaglich klingt und weil Bratswurst »echter Käse« ist, wie man ja auch analog zu Bratswurst »Lebenswurst« und »Metzwurst« sagt, was man vom alten Ahlers hat, der das vermutlich in seiner Fahrenszeit erfand.

Der leere Schreibtisch in der Firma wird vergessen und Sodemann, der dicke Prokurist, der neuerdings häufiger den Lehrling zu ihm rüberschickt, ob der dem jungen Herrn wohl was helfen soll, was man nicht recht verstehen kann und ihm eines Tages heimzuzahlen verspricht. Einst wird kommen der Tag! Einstweilen muß man noch stille sein, alles still erdulden, an dem riesigen, Tag für Tag leerer werdenden Schreibtisch: Es wird sich schon noch etwas finden für ihn in der Firma seines Vaters.

> … da sitzt der dicke Bösewicht
> und wartet auf sein Leibgericht …

Frikadellen, Bratwurst, Kotelett – das sind Göttergaben,

derentwillen man es nicht versteht, daß es eine Menge Vegetarier gibt auf dieser Welt, Leute wie »gustav nagel«, der ja wohl barfuß herumläuft und sich das Haar nicht schneiden läßt.

Wie das Mädchen sich macht, fragt Karl, nachdem er sich diverse übervolle Gabeln in den Mund geschoben hat, und er wischt sich den Mund ab, was auch wieder so ein Akt ist. Ob sie schon was von dem Geschirr zerschlagen hat, will er wissen.
Nein, noch nicht, noch ist das Geschirr absolut vollständig. Aber die Toilettentür läßt sie stets und ständig offen, und den Kissen gibt sie einen Knickschlag, und die Vasen und Kästchen auf der Kredenz und auf dem Büfett stellt sie beim Staubwischen nie wieder so hin, wie sie gestanden haben. Das ist das einzige, was zu beanstanden ist, und das ist allerdings zum Rasendwerden.
Karl möchte gerne wissen, ob das Mädchen Dorothea in der Küche barfuß läuft. Schön wäre es, wenn sie das täte und wenn man einen Feuerherd hätte, aus dem die Flammen herausschlügen... An Brügge denkt Karl, an die kleine Lehrersfrau, und er hört noch, wie es klang, wenn sie die Eisenringe herausnahm aus dem Herd und die Töpfe hin- und herschurrte. Aber das sagt er nicht, an das denkt er nur, während er sich hinter vorgehaltener Hand die Zähne reinigt.

Zum Nachtisch will Karl immer gern »Scholapo« haben, Schokoladenpudding mit Mandeln und untergezogenem Eierschnee. Der füllt die letzten Risse und Schründen des Magens, sagt er. Und wenn er den gegessen hat, legt er sich ins Bett. Sucht vorher noch sechs Bücher aus dem Bücherschrank zusammen, nach genauester Prüfung, »Professor Unrat« zum Beispiel – »wohl aufgemerkt nun also« –, und »zieht sich zurück«, wie er sagt, ins Schlafzimmer, zu ernstem Studium.

Ob Dorothea ihm nicht ein Gläschen Wasser ans Bett bringt, für seine trockene Kehle, das möchte er gerne fragen oder anordnen, wozu er als Hausherr in gewisser Hinsicht das Recht wohl hätte. Aber das läßt er lieber bleiben. Sonst würde am Ende gar gefragt werden, warum er sich das Wasser immer bringen läßt und es dann gar nicht trinkt? Und deshalb müßte er es trinken, was zur Folge hätte, daß er gefragt werden würde, ob er am Ende gar Zucker hat? Dauernd dieses Wassergetrinke?
Der Kanarienvogel flötet und trällert im sonnigen Fenster, und Grethe paßt auf, daß Dorothea in der Küche nicht womöglich singt, was Karl an sich ganz gerne hört. Lauschen würde er, und an einen ausgefransten Rock würde er denken, der um feste Waden spielte, und an ausgewaschene Fliesen, rot und weiß.
Eine halbe Stunde später hat Grethe dann zu tun, daß sie ihren Mann wieder wachkriegt. Der liegt auf dem Rücken mit gefalteten Händen und schnarcht, und die sechs Bücher liegen auf seinem Nachttisch gänzlich unberührt.

Nach dem Mittagsschlaf, wenn das Mädchen bereits mit dem Gaseisen Kragen bügelt – jeden Tag muß Karl einen frischen Kragen umbinden, Hemden mit angewachsenem Kragen trägt man noch nicht –, begleitet Grethe ihren Mann in die Stadt, Arm in Arm, an Bettlern vorbei, denen 1-Pfennigstücke gegeben werden. Ein alter Mann mit Handharmonika, der immer dasselbe spielt, wird besonders bedacht.

Fühl' in des Thrones Glanz
die hohe Wonne ganz,
Herrscher des Volks zu sein ...

das spielt er jedesmal, wenn Karl vorbeigeht, jedesmal ganz zufällig,

Nicht Roß noch Reisige
sichern die steilen Höh'n,
Wo Fürsten stehn!

wofür er dann auch jedesmal einen ganzen Groschen erhält.

Einmal um die Heilig-Geist-Kirche herum wird gegangen, wo Pastor Straatmann zwar ans Fenster springt, sich dann jedoch zurückhält – Eheleute? Da darf man sich nicht dazwischendrängen – Pastor Straatmann, dem die Gotteskindschaft aus den Augen leuchtet, wie Karl scherzt. Ob sie nicht auch findet, daß dem die Gotteskindschaft aus den Augen herausleuchtet? wird Grethe gefragt, und zwar so lange, bis sie endlich sagt: »Gott, Karl! Nun laß es!«

Dann gehen sie über den »Brink«, eingehakt, Karl mit seinem Handstock, den er eigentlich gar nicht braucht, der ihm aber als ein Zeichen seines Bürgertums unentbehrlich ist. Dem Kröpeliner Tor schreiten sie entgegen, dieser kolossalen Anlage. Man schreitet auf dieses Tor zu, man kann gar nicht anders als darauf zuzuschreiten: Wenn man hindurchgegangen ist, erst dann befindet man sich im eigentlichen Rostock, und hier geht dann sofort das Grüßen los. Oh, wie nett, das ist ja Habersaat. – »Was hat der bloß für 'n komischen Kopf?« – mal nach links und mal nach rechts wird gegrüßt, und »O Gott!« da hinten geht ja Dr. Heuer, der hat die beiden jungen Leute nicht bemerkt, wie gut! Sonst würde er sie nämlich gestenreich begleiten, in den Rinnstein stolpern und gegen Laternenpfähle laufen, all' solche fürchterlichen Sachen.

Hoffentlich ist auf dem Hopfenmarkt nicht wieder so ein Auflauf mit schreienden Menschen, die Schilder tragen:

Hoch die Zollern!
An den Galgen!

Da faßt einen ja der Menschheit ganzer Jammer an, wenn

man so was sieht? Was? – Der Kaiser mag gewesen sein, wie er will, sagt Karl, aber dies? Nee.
»In seinem innersten Herzen lebt eben noch die große Liebe für das alte, mächtige, saubere Deutschland«, so schreibt Grethe ihren Eltern nach Wandsbek, was man dort versteht und billigt.

Im Café Herbst kehren sie ein, auch »Alte Münze« genannt. Hier gibt es Baumkuchen in den Mecklenburger Farben: blau-gelb-rot, und hier herrscht vornehme Ruhe. Gedämpft fragt man einander, ob dieser Tisch wohl der rechte sei oder jener? Wie? Der da? Aber nein – daneben ist ja gleich die Toilette... Da muß man dann ja dauernd gucken, ob man den kennt, der grade herauskommt.
Kaffee wird getrunken, und Mikado-Torte wird dazu gegessen, mit viel Schlagsahne darin und mit Zitrone, und weil dieses Café »Herbst« heißt, macht man den alten Witz, daß ein Herr Herbst mal im Frühling bei Schneidermeister Sommer einen Wintermantel sich hat machen lassen.

Der Regent,
Dirigent,
das regent...

Man rührt in der Kaffeetasse, sagt »Blu-mento-pferde« und macht sich gegenseitig auf die Leute aufmerksam, die hier sitzen, was der da hinten für komische Ohren hat, Dunnerlüttchen, und »Guck mal die da!«. Und dann wird beraten, ob man das Geld in Wandsbek, das da auf der Kasse liegt, nun holen soll oder stehen lassen, wie Vater de Bonsac es neulich erst wieder ernst anheimgestellt hat. Den Lohn für die Arbeit in der Warteschule abheben und dafür Bücher kaufen? Oder das Geld stehen lassen und mit ansehen, wie es durch die schönen Zinsen immer mehr und mehr wird?
Erst mal stehen lassen, wird beschlossen, abheben kann man das Geld ja immer noch.

Karl muß jetzt ins Geschäft hinuntergehen. Er zögert das noch etwas hinaus, denn die Kontobücher, die er nachzurechnen sich vorgenommen hat, sind schon alle nachgerechnet, und er kann ja nicht gut die Briefmarken ablösen, die sich unten rechts in seinem Schreibtisch angehäuft haben. Zu tun gibt's nichts für ihn: Im Krieg, ja, da hätte man ihn brauchen können, da wußte man so manches Mal nicht, wo einem der Kopf stand, aber jetzt? Kanonen werden nicht mehr gegossen zur Zeit, und die Erzfuhren haben aufgehört, und zwar gänzlich.
Einen nassen Kuß geben sich die beiden, und während Karl seufzend dem Hafen zueilt, die Mönchenstraße hinunter, mit fest und fester werdendem Gesicht, bummelt Grethe noch ein wenig in der Stadt umher. In der Universitätsbuchhandlung Leopold wartet schon der nette Herr Reimers, der sie immer so herzlich berät. Gleich schlägt er den Katalog zu, in dem er gerade blättert, sagt »Guten Tag« und fragt, ob man sich vielleicht selbst umsehen möchte, oder ob er der jungen Frau vielleicht was empfehlen soll?

Keine dieser politischen Broschüren wird er Grethe empfehlen, nach denen Karl immer greift, vom Schandfrieden und vom Dolchstoß: daß die ruhmreiche deutsche Armee noch völlig intakt war und plötzlich zurückmarschieren mußte, nicht die Abrechnungen der Frontsoldaten mit den Etappenhengsten, nicht die hetzerischen Schriften minderer Leute gegen Offiziere und Krieg überhaupt. Nein, etwas Schönes sucht Herr Reimers heraus, etwas Erhebendes, von Blütensträuchern und von Schmetterlingen, daß die Blütensträucher über den Zaun hängen und Schmetterlinge im Sonnenglast darüber hingaukeln, und Herr Reimers, der im Krieg wegen eines Hüftleidens vom Militärdienst befreit war, weiß immer sofort, wo das zu finden ist.
Was gibt es jetzt aber auch schon wieder für entzückende

Bücher! Strindberg, gelb eingebunden mit braunem Druck, und Fritz Reuter in rotem Leder mit Goldschnitt! Man könnte sich ja totkaufen, aber so viel Geld hat man nun auch wieder nicht, jetzt, wo die Preise dermaßen steigen. Und Fritz Reuter besitzt man ja schon.
Cäsar Flaischlen hat man sogar doppelt: »Von Alltag und Sonne«, heißt das Buch, und der Dichter hat vorn etwas hineingeschrieben: »Tränen« und »Wer weiß?« und »Graal 1913«.

Grethe kauft die »Sieben Legenden« von Gottfried Keller in einer Miniaturausgabe mit schönen Steindrucken darin, handnumeriert. Das wird sich auf ihrem Sekretär gut machen, linker Hand, hinter einem kleinen gedrechselten Geländer, wo früher Fotografien standen. Herr Reimers wird aufpassen, wenn wieder eines dieser entzückenden kleinen Bücher mit Steindrucken erscheint, das verspricht er. Eine flache Orient-Zigarette zündet er sich an, als sie den Laden verläßt, und seinem Kataloge wendet er sich zu.

»Ich wünsch' euch alles Schlechte!« Diesen Spruch der Schwiegermutter, am Hochzeitstage ausgerufen, wird Grethe nicht so leicht vergessen, und doch geht Grethe öfter mal in die Stephanstraße, wenn es sich gerade so macht. Was passiert ist, das ist passiert, da kann man nichts machen, das läßt sich nie wieder zurückholen, aber der Mensch muß auch vergessen können, besonders dann, wenn er eine christliche Erziehung genossen hat.
Wenn Grethe in die Stephanstraße kommt, macht keiner der dienstbaren Geister die Haustür auf, nein, Silbi höchstpersönlich erscheint an der Tür, noch ehe man die Gartenpforte öffnet, weil ihr Mann verreist ist, geschäftlich, und weil drüben in ihrem Hause grade die Handwerker sind: eine Veranda anbauen, zum Garten hinaus, da

können die Kinder dann schön spielen, Bruno und Rike, wenn sie etwas älter sind. Draußen in der Sonne und gleichzeitig drinnen, und stets unter Aufsicht.
Nein, geklingelt braucht nicht zu werden, Silbi Schenk, geborene Kempowski, macht selbst die Tür auf, noch ehe überhaupt geklingelt wird, Silbi, dies entzückende Persönchen.
Und dann kommt auch schon Anna Kempowski herangerauscht: »Schön, mein Deern, schön, daß du da bist.«

Sie setzen sich in das Mahagoni-Zimmer an den blanken kleinen Mahagoni-Tisch, und Tee wird serviert im Meißner Weinblatt-Muster. Das vornehm nach Norden gelegene Mahagoni-Zimmer mit dem gemütlichen runden Tisch und dem schräggestellten Spiegel.
»Ach Hedwig, wollen Sie uns bitte Tee nachschenken?«
Vielleicht will man ja auch ein Likörchen? Einen ganz kleinen? Der kann doch nicht schaden?
»Ach Hedwig, gell? Sie bringen die Karaffe von drüben...«, und dann geht die feste Hedwig hinaus, und wenn sie wiederkommt, die Karaffe mit dem Likör auf einem kleinen Tablett und auch die Gläschen dazu, dann sieht das schön aus, wie die vornehmen Damen um den runden Mahagoni-Tisch herumsitzen und an ihre Halsbrosche fassen, Anna an den schwarzen Onyx, Silbi Schenk an die ererbte Gemmenbrosche und Grethe Kempowski, geborene de Bonsac, an den Topas, der an einer feinen goldenen Kette herabhängt. Jede hat die eine Hand an der Brosche und die andere Hand lässig auf der Lehne des Sessels. Und dann lösen sie sich, werden lebhaft, und trinken auf »Dein Wohl«, und wunderbar, wie das Schlehenfeuer durch die Glieder rinnt: »Oh, das tut gut!« Und was es alles zu erzählen gibt!
Der Herr von Schenk mit seinen Nieren. Oder ist es die Blase? Oder ist es beides? Sehr vorsichtig muß er sein, und oft ist er fort. Geschäftlich oder auf Kur? Bad Kissingen?

Wenn sie da so sitzen, setzt sich der alte Ahlers auch gerne mal dazu, mit seinem schönen weißen Bart, wie immer mit Knobelbechern zum Gehrock, er kommt als Kavalier alter Schule, hält den »Praline« unterm Arm, seinen steifen Hut, und macht einen Diener in der Tür: »Die edlen Damen ... Kommt man gar ungelegen?«
Ein Sessel wird geholt, und wenn man ihm Tee einschenkt, steht er auf und nimmt den Kneifer ab, und wenn es aufhört zu plätschern, setzt er den Kneifer wieder auf und läßt sich in das Sesselchen fallen. Ah, das ist schön! Mit ruhiger, sanfter Stimme erzählt er die letzten Neuigkeiten, was die Sozis wieder angestellt haben und daß die uns alle ans Leder wollen, ein Wunder, daß man hier noch sitzt und Tee trinken kann.

An anderen Tagen wird Grethe in die Gesellschaft eingeführt, sie muß doch die Rostocker Gesellschaft kennenlernen!
Sie fahren mit dem Wagen von der Stephanstraße 11 zur Stephanstraße 14 und werden dort vom Chauffeur gemeldet, der eine Lederjacke trägt und die Mütze abnimmt, wenn die Damen heraussteigen aus dem Coupé.
Sie werden mit »Ah, meine Liebe!« empfangen, und »... wie reizend von Ihnen: wen bringen Sie uns denn da mit? Ihre Schwiegertochter?«
Und dann muß hineingegangen werden in das Biedermeier-Zimmer, das auch hier vorhanden ist, und man setzt sich auch hier an den entzückenden runden Mahagoni-Tisch und ißt Sahnestücken von Café Herbst und trinkt Kaffee aus kostbarem Porzellan, jede Tasse sieht anders aus, empireartige Formen, und in jede Untertasse ist der Namenszug einer höchsten Persönlichkeit eingebrannt, sogar Könige sind darunter oder doch zum mindesten Königliche Hoheiten. Und jeder darf die Untertasse hochheben und lesen, wessen Nachfolger er ist.

Anna sagt, ja, sie fände ihre Schwiegertochter auch so reizend und so verliebt! Die schwebe ja im siebten Himmel! Dauernd säße sie mit Karl in einer Ecke, *knutschend* in einer Ecke, die wären ja gar nicht auseinanderzubringen . . .

»Nein«, sagt da die Frau von Sowieso, »das kann ich mir nicht vorstellen. Ihre kleine Schwiegertochter macht einen so wohlerzogenen Eindruck – das kann ich mir nicht vorstellen, daß sie sich so benimmt . . . «

Oh, das ist spitz! Das kriegt man aber in den falschen Hals! Das braucht man sich nicht bieten zu lassen!

Emphatisch wird aufgesprungen und hinausgerauscht. Der Chauffeur kann gar nicht so schnell aus seinem Fahrersitz herauskommen und den Damen den Schlag aufreißen, und dann auch noch die Mütze abnehmen . . . Und das Ankurbeln des Autos dauert länger als die ganze Fahrt von der Stephanstraße 14 zur Stephanstraße 11.

In der Stephanstraße 11 gibt es dann eine heftige Szene! Da fliegen die Sachen nur so durch die Gegend! Der alte Ahlers, der grade aus der Wohnstube kommt, verschwindet sofort wieder in der nächsten Tür.

»Du bist jung! Und ich werd' nun alt! Scher dich raus!« schreit Anna Grethe an, und bumms! kracht eine Tür und noch eine Tür, und Grethe erscheint auf der Straße, was der alte Ahlers durch die Gardine sieht – schneller als gewöhnlich geht sie und ein wenig bockiger als sonst –, und oben wird das Fenster aufgerissen und »Einmal und nie wieder!« wird geschrien, und klirr! wird das Fenster zugekracht.

Und da ist dann das Ei mal wieder kaputt. Man ist desavouiert, und man wird warten müssen, was nun für Friedensangebote gemacht werden.

Noch sind die Bücher der beiden Eheleute nicht zusammengewachsen zu einer gemeinsamen Bibliothek, noch

stehen im Bücherschrank, dessen Türen etwas quietschen, rechts die Bücher, die mit »Karl G. Kempowski« gezeichnet sind, und links die von »Grethe de Bonsac« aus Wandsbek.
Doch nun mehren sich bereits die Bücher, in denen der Name Kempowski steht. Eine dreibändige Literaturgeschichte zum Beispiel, die schenkt man sich gegenseitig, alles von Grund auf zu erlernen, damit man mal 'ne Ordnung hineinkriegt in die Dinge: Daß mit Walther von der Vogelweide die deutsche Dichtung losging irgendwie, steht darin und die Sache mit der Neun: Lessing 1729, Goethe 1749 und Schiller 1759.
Adolf Wilbrandt wird im letzten Kapitel als Rostocker Dichter ausgewiesen, der nicht von der Hand zu weisen ist, dieser Mann, den Karl tatsächlich einmal gesehen hat, mit eigenen Augen, am Hafen, beeindruckend und unvergeßlich, edel, in einem dunklen Radmantel mit breitrandigem Filzhut, den interessanten Kopf nachdenklich, ja, grübelnd zur Erde geneigt.
Auch einen Konzertführer kaufen sich die beiden, in dem genau steht, wieviel Symphonien jeder einzelne Komponist geschrieben hat und wie man sie auffassen muß. Durch Nacht zum Licht, nicht wahr? Das Ringen um Erkenntnis, dieser ständige Kampf mit dem Schicksal.
Auch eine Kunstgeschichte ist vorhanden, mit wundervollen Farbbildern und ausführlichen Bilderklärungen, in denen viel von Linienführung die Rede ist und von Proportionen.
Diese Art schöner Literatur hat Grethe zu sich hinübergestellt, auf die linke Seite also, wo auch die beiden kleinen Elfenbeinmäuse stehen, die sich immer gegenseitig angucken müssen, was das Mädchen Dorothea nicht begreifen kann und niemals lernen wird.
Die Kriegsliteratur hingegen nimmt Karl zu sich nach rechts, und den Granatzünder aus Flandern stellt er davor, der damals, als er ihn einsteckte, noch warm war. Die

Regimentsgeschichten der 210er, der 214er und anderer Nachbarregimenter stehen ebenfalls dort, mit grünem Einband, auf dem eine Granate dunkelgrün explodiert. Ferner findet sich dort die Rangliste des preußischen Heeres, in dessen Anhang ein Major »Krempowski« verzeichnet ist: Wenn man das »r« mit dem Daumennagel zuhält – und Karl tut es hin und wieder – dann ist das anregend.

Neben den Regimentsgeschichten steht ein Bildband mit Männern in Lederjacken und hohen Schnürstiefeln: »Unsere Flieger an der Somme.« Den hat Grethe da hingestellt. Vorn im Buch befindet sich eine Ehrentafel mit lauter jungen Helden-Gesichtern, von Eichenzweigen eingerahmt. Dann folgen die verschiedenen Flugzeugtypen, Fokker, AEGs, LVGs auf der Erde oder in der Luft, allein oder in Formation, und dann Bilder abgeschossener und havarierter Aeroplane: auf Seite 63 einer, von dessen zerborstenem Propeller sich eine Scheibe im Besitz der Familie de Bonsac befindet.

Die Jubiläumsausgabe von »1001 Nacht« mit den etwas gewagten Illustrationen steht auf dem untersten Bord, direkt neben der französischen Ausgabe von Balzacs »Tolldreisten Geschichten«. Sie ist ein Überformat. Man bekam sie zur Hochzeit geschenkt, und man sieht sie manchmal zu zweit an, mit rot oder röter werdenden Wangen, und manchmal findet im Anschluß an die gemeinsame Lektüre eine Hetzjagd statt, um den Eßtisch herum, wozu Karl die neue Kaffeemütze mit den Troddeln aufsetzt. Die Stühle kippen dann um.
Abends ist es am gemütlichsten: Wenn Dorothea hinaufgegangen ist in ihre Kammer – »Hat sie eigentlich einen Freund?« – oder hinuntergegangen zu Franz, der in seiner Küche mit glühendem Draht Sprüche auf Lindenholzbretter zu schreiben versteht, die er dann verschenkt:

Schmecket und sehet
wie freundlich der Herr ist!

Den »Rostocker Anzeiger« mit seinen vielen und meistens ärgerlichen Nachrichten hat Karl bald abgetan, das Geschäft mit seinen Unannehmlichkeiten verblaßt, und das Licht der Gaslampe fällt auf den runden Tisch. Der Kanarienvogel rückt ans Gitter und plustert sich, die Standuhr tickt ernst und regelmäßig – »bick-back« –, Grethe sitzt im Sofa und strickt, und Karl schneidet eine Zigarre an von Loeser & Wolff, Marke »Deutsche Krone«.

Zigarren von Loeser & Wolff sind »Tadellöser & Wolff«, so heißt es, und das sagt man immer wieder gern.

Wie hat man es schön, wie kann man zufrieden und dankbar sein. Arbeiter- und Soldatenrat? Nicht auszudenken, wenn die an die Macht gekommen wären. Am seidenen Faden hat's gehangen. Ebert mag sein, wie er will (mit Zylinder ein Bild für die Götter!), aber dem ist es schließlich zu danken, daß Deutschland nicht zu einer Sowjetrepublik geworden ist. Mit den Sozis kann man wenigstens noch reden. Heidtmann vom Rostocker Stadttheater zum Beispiel, das ist doch ein sehr vernünftiger Mann. Oder die Stadträtin Bultmann, mit der man sich vielleicht einmal befassen wird, demnächst, einen goldenen Zwicker auf der Nase hat sie, und immer so in Gedanken!

Oder Franz, der biedere Schlossermeister, der den ganzen Tag nicht aus der Wohnung herauskommt. Von dem weiß man eigentlich gar nicht so recht, was er eigentlich treibt. Wovon er also lebt, nicht wahr? Von den Mieten? Eigentlich ja sehr praktisch.

Man wird mit dem Vater reden müssen, in der Stephanstraße, wenn der Wind mal günstig weht, das Haus am Schillerplatz, das dritte von links – die Mieten müßte man doch eigentlich bekommen?

Karl setzt sich in seinem Sessel zurecht. Jetzt kommt das Vorlesen an die Reihe. Halt! Eben noch mal aufstehen und zwei Gläser holen und die Flasche Bordeaux und: »Sei doch mal eben still!«, an der zugezogenen Gardine lauschen, ob das da draußen Betrunkene sind, die da grölen, oder ob das was Politisches ist?
Wenn sich das beruhigt hat, setzt Karl sich wieder hin und schlägt das Buch auf: Fritz Reuter, »Ut mine Festungstid«. Schlimm, was der Mann alles erlebt hat: eingesperrt zu sein für nichts und wieder nichts! Und sieben Jahre!
Grethe meint, sie würde das keine drei Tage aushalten in so einem Loch, und zählt die Maschen nach, an dem Pullover, den sie für ihren Gatten strickt.

Um zehn Uhr wird die Rotweinflasche zugekorkt. Während Karl hinübergeht ins Schlafzimmer, deckt Grethe den Vogel zu, was diesen zunächst einmal wieder aufweckt. Dann macht sie für einen Augenblick das Fenster auf, damit der Tabakqualm nicht in der Stube liegen bleibt. Sie muß sich damit beeilen, denn sonst schnarcht ihr holder Gatte schon, wenn sie hinüberkommt, und sie hat es doch zu und zu gerne, wenn man noch ein wenig klönt im Bett. Also rasch die Fenster wieder schließen und hinüberlaufen, sich die Sachen vom Leibe reißen und ins Bett springen.

Von der Firma sprechen die beiden nicht, wo die Dinge nicht so günstig stehen, auch nicht von der Schwiegermutter, mit der kein Auskommen ist, sondern davon, wie schön man es hat, und ob man sich noch an Graal erinnert, an das Wrack? Wie sie damals immer auf dem Wrack gesessen haben? Es ist für Karl als Mecklenburger gar nicht so einfach, »Wrack« zu sagen, und für Grethe als Hamburgerin ist es nicht einfach, das auch zu verstehen.

»Mehr sein als scheinen«, das ist Karls Wahlspruch, das sagt er immer wieder. So Typen mit Scherbe im Auge können ihm gestohlen bleiben. Oder Zigarre mit Bauchbinde »um« zu rauchen, das kommt ihm ja nun absolut nicht in den Sinn; Sodemann, dieser Emporkömmling, der streift sie auch nie ab. Der sagt ja auch »mein's auch so« statt Prost! Und »Mahlsoweit«, was allerdings ganz originell ist. Nein, nicht von der Firma wird gesprochen, wenn man da so warm im Bette liegt, und nicht von der Schwiegermutter, sondern von den Mieten, wieviel das wohl sein mag? Schillerplatz? Erstklassige Gegend? Und daß das ja eigentlich ziemlich merkwürdig ist, daß Vater Kempowski die einstreicht, wo er das Haus doch Karl geschenkt hat? Silbi »nutzniest« ihr Haus doch auch, oder »niesnutzt«, wie das heißt.

Über dem Bett hängt die Gaslampe mit zwei Kettchen zum An- und Abstellen. Ein A hängt an dem einen und ein Z an dem anderen Kettchen. Während Grethe sich endgültig zurechtkuschelt, muß Karl noch einmal aufstehen und an dem Z ziehen, und dann wirft er sich mit Krachen zurück, manchmal so halb auf Grethe drauf. Das hat dann eine heftige Wühlerei zur Folge, bis es still wird und die gleichmäßigen Atemzüge der beiden durch die Stube ziehn.

Grethe träumt davon, daß sie fliegt. Sie braucht sich nur mit den Füßen abzustoßen, und schon schwebt sie wie eine Schwalbe dicht über dem Erdboden dahin und um die Ecken herum. Daß sie das kann, ist ihr ein Genuß, und sie sagt im Traum zu all den anderen Menschen: Seht mal, es ist ganz einfach, ihr müßt euch nur abstoßen, das ist der ganze Witz.
Karl hingegen denkt zunächst an seine Villa am Schillerplatz und dann an ein Fräulein Inge von Dallwitz, mit der er als Kind mal Fußball gespielt hat, die wohnt direkt

gegenüber, man könnte sie also sehen vom Fenster aus und beobachten, eines Tages, nicht wahr, wenn man dort wohnt.

An die Fontäne denkt er auch, daß die manchmal »geht« und manchmal nicht, und dann hat er den Eindruck, daß in seinem Bett Schlangen versteckt sind, und er zieht die Beine an, aber die Schlangen stoßen in das Innere des warmen Bettes vor! Da springt Karl auf, reißt das Bett auseinander und schreit: »Schlangen! Schlangen!«

»Gott, Karl, wir sind hier in Deutschland«, sagt Grethe, »hier gibt es keine Schlangen«, und das Bett wird gemacht und man legt sich hin und seufzt und schläft wieder ein, Karl links, Grethe rechts. Und über ihnen hängt die Sixtinische Madonna mit den beiden so nachdenklichen Engeln.

Wer weiß, vielleicht kommt ja doch in absehbarer Zeit ein Baby, das wäre ja zu schön. Acht Monate ist man jetzt verheiratet; und geregt hat sich bisher noch nichts.

2

Am Schröderplatz, auf dem die *katholische* Christuskirche steht, 1904 von einem *evangelischen* Architekten erbaut und »gar nicht einmal so schlecht«, befindet sich die Kellerkneipe »Zur deutschen Fahne«.

Hiesige und fremde Biere

In diesem Keller, der noch aus dem Mittelalter übriggeblieben ist – er war Teil des Gertrudenhospitals für Sieche und für Leute mit Pest oder Cholera –, tagt seit 1919 jeden Donnerstag der Offiziersstammtisch, zu dem auch Karl gehört. Zwei Lorbeerbäume stehen vor der Tür, und sechs Stufen geht es hinab. Es ist kein herrschaftlicher Ort, an dem die Offiziere sich treffen. Wenn auch die gewölbte Decke von Alter und Stil zeugt – uraltes Rankenwerk an den Konsolen –, der Keller ist feucht und heruntergekommen. Bis vor kurzem hat hier noch Kohle gelagert.

Die ehemaligen Offiziere sitzen in der »Deutschen Fahne« auf ausgeleierten Sofas und auf Stühlen verschiedenster Machart, aber sie sind dankbar, daß sie sich hier treffen können, denn nicht viele Lokale gibt es mehr, in denen es sich von großen Zeiten reden läßt, ohne daß man dabei von anderen Gästen angepöbelt wird. Eine Heimstatt hat man hier, mit Atmosphäre: An den salpetrigen Wänden hängen Fotos von Unterständen mit Offizieren davor in Korbsesseln, von Fesselballons und abgeschossenen Tanks.

Der Keller besteht aus zwei Gewölben: Im hinteren Raum ist es dunkel, im vorderen bollert ein Kanonenofen. Der dicke Wirt, mit Glatze und Kehlbraten, ist alter 90er. Vor dem Krieg hat er die Kantine der Füsilierkaserne bewirtschaftet, und im Krieg hat er hinter der Front dafür gesorgt, daß die Soldaten vorn was zu essen kriegten (wovon er so manche Geschichte zu erzählen weiß). Er ist berühmt für sein Bier-Einschenken, daraus macht er einen Kult, und die Herrn wissen das zu schätzen. Jetzt eben tut er einen Holzkloben in den Ofen, Flammen schlagen heraus und werfen seinen Schatten ans Gewölbe.

»Fliegen die Raben immer noch um den Turm?« so begrüßen sich die Herren und bücken sich durch die niedrige Tür. Ein junger Mann mit rundem Kopf und Schmissen an der Backe – es ist der Gerichtsassessor Thießenhusen – kommt mit Karl. Das Bündel Bierzipfel, das ihm aus der Hose hängt, ist eindrucksvoll. Er nimmt den schwarzweißroten Wimpel aus der Aktentasche und knallt ihn auf den Tisch: Damit hier Klarheit herrscht, nicht wahr? Unsereiner braucht sich nicht zu verstecken. Den ganzen Krieg über draußen gewesen!
Mit den Backen zuckt er: die Schmisse hat er sich in Jena geholt.

Die *Haare* fliehen pfeilgeschwind ...

Zuletzt kommen zwei Herren herein, die man als »Gespann« bezeichnen kann, ein kleiner Dicker und ein langgewachsener Braunhäutiger mit einer ungewöhnlichen Baßstimme.
»N'abends-schön!«
Der kleine dicke Herr ist Kapitänleutnant a. D. Lotterbach, ehemals Offizier auf der »Emden«, diesem Schiff, das die Engländer immer nicht kriegten und dann doch. Kamerad Altvater mit seiner langen braunen Nase, der häufig »durch Abwesenheit glänzt«, muß neben dem heißen Ofen sitzen.
Tonangebend in diesem Kreis ist Dr. Kleesaat, ein etwas unklarer Mensch, dem das rechte Auge zur Seite steht. Er redet bereits von »pfirrzennachtzenn« und guckt, ob vielleicht jemand anderer Meinung ist.

Nun kommt ein Mann herein, der nicht zum Stammtisch der Offiziere gehört, ein hinkender Mann mit hinkendem Hund.
Von den Herren mit Blicken verfolgt, verschwindet er im hinteren Teil des Kellers und bestellt für sich einen Schusterjungen und für den Hund eine Schale mit Wasser.
Das ist so einer von den Kerlen, die anderer Meinung sind, stellen die Herren fest, es fragt sich, was der hier eigentlich zu suchen hat.
»Herr Wirt, fünf Bier!«
Oder die alte Frau da hinten, mit dem strähnigen Haar. Nur wenn man weiß, daß dort jemand sitzt, sieht man sie.

Dr. Kleesaat hat mit seinen Ausführungen begonnen. Jeden Donnerstag spricht er über die Dinge, die heutzutage schließlich jeden interessieren. Sein rechtes Auge, das zur Seite weggeht, und ein leichtes Nuscheln machen es, daß alle ihm zuhören, sowie er nur den Mund auftut. Karl hört jedenfalls auch zu, als Kleesaat vom Versailler »Diktat« redet, vom »Schmachfrieden«, den der Assessor Thießenhusen – mit den Backen zuckend – sogar einen »Raubfrieden« nennt: Auf Wilson hatte man sich verlassen, diesen integren amerikanischen Präsidenten mit dem so sonderbaren Vornamen. Und damit war es dann Essig gewesen.
»Unerhört!«
Elsaß-Lothringen futsch, das Saargebiet und Nordschleswig, Westpreußen und Posen. Und Danzig! Ach Gott, ja, Danzig ... Das alles hatte man »abtreten« müssen, »abtreten«, wie es so schön heißt, so, als ob man das nicht mehr haben will. Und vom Abtreten war doch bei Wilson noch keine Rede gewesen.
»Sehr wahr!«
Die Menge Goldes, die man den Siegermächten zahlen soll, ist größer als der Goldschatz aller Banken auf der Welt zusammengenommen!

Alle hören Dr. Kleesaat zu, mit den Backen zuckend, nickend oder kopfschüttelnd, je nachdem. Auch die alte Frau im Hintergrund, den Kopf in die Hände gestützt, und der Mann mit seinem Schusterjungen.
Auch der Wirt hört zu, der nachdenklich den Schaum der abgezapften Biere mit einem Hölzchen modelliert. Endlich bringt er die Biere, und er stellt sie ihnen einzeln und bedächtig hin, nicht ohne einen Strich zu machen auf dem Bricken, und die Herren lecken sich die Lippen, weil sie schon recht lange warten auf das Bier, und sie sagen »Prost!«, und der Wirt empfängt sogleich die nächste Bestellung, damit man nicht wieder so lange warten muß.
Ob er es zischen gehört hat? wird er gefragt.

Die Herren wischen sich den Schaum vom Mund und wenden sich Dr. Kleesaat zu, wie der da eindringlich nuschelnd und hinter sich blickend die Divisionen herzählt, die man noch aus dem Osten hätte holen können. Einhundertfünfzig Batterien schwere Artillerie, dreihundert Maschinengewehrkompanien, Mackensen mit seiner Kavallerie ...
Und: Die Revolutionsleute? Furchtbar einfach: Wer miesmacht, wird sofort erschossen! Wie die Franzosen das praktiziert haben, ohne Rücksicht auf Verluste, 1917, nach der Nivelle-Offensive. »Dezimieren«, wie man das nennt. Ganze Truppenteile dezimieren, ruck-zuck ...
In diesem Kreis wird kein Gespräch geführt über die vierfache Wurzel des Satzes vom zureichenden Grunde, hier wird Tacheles geredet!

Die Herren bieten Dr. Kleesaat Zigarren an, die dieser ablehnt, und dann spricht er weiter, Brille putzend und zur Uhr guckend, Kleesaat, der zwei Jahre in einem Frontlazarett Dienst tat und das Schreien der Soldaten noch im Ohr hat. Der aber auch die ganze Strategie im

Kopfe hat und genau weiß, wie der Hase lief, damals, und auch weiß, was man hätte tun sollen, »pfirrzenn« vor Paris, als man schon den Eiffelturm sah und plötzlich zurück mußte – Kluck, dieser Idiot!
»Macht mir den rechten Flügel stark!«, dieses Wort von Schlieffen, auf dem Sterbebett geröchelt: das war doch wohl deutlich genug gewesen. Darauf nicht zu hören!
Dr. Kleesaat begleitet seine Reden mit eindringlichen Gesten. Die alte Frau mit dem strähnigen Haar und der Mann mit dem Hund könnten denken, es handle sich um fünf Verschwörer: Die Herren lauschen ihm, wie er immer leiser und leiser werdend Deutschlands Jammer beschreibt, und sie beugen sich weiter und weiter vor, um das auch mitzukriegen, und die Petroleumlampe auf dem Tisch beleuchtet ihre Gesichter von unten.
Auch der Wirt, der neue Biere bringt, mit Bleistift hinter dem Ohr, wird von unten beleuchtet.
Der Versailler Vertrag, dieses entsetzlichste Prosawerk der Menschenverachtung, soll ein täglich sich erneuerndes Flammenzeichen zum Widerstand werden! Dieser Meinung ist Dr. Kleesaat schließlich, worauf man sich zurücklehnt und applaudiert.
Der Wirt geht hinter seine Theke, die Biergläser werden gehoben, und ein kräftiger Zug wird getan: »Aaah!« Und dann wird im Lokal herumgeguckt, was die anderen Gäste wohl dazu sagen. Die alte Frau und der Mann mit dem Hund. Aber auch diese beiden Menschen nicken, jeder auf seine Art.
Der Wirt hat sich jetzt umgedreht, der füttert die Fische in seinem Aquarium.

Karl würde gerne etwas dazu sagen. Den Kampf verlängern? Im Herbst 1918?
Die Amerikaner zum Beispiel, die hat er damals gesehen, durch das Scherenfernrohr, daran kann er sich noch gut erinnern, die frischen, graden Söhne des wilden Westens

mit ihren enormen Brisanzgranaten – ob es wirklich Zweck gehabt hätte, den Kampf zu verlängern?
Das hätte er gerne zur Diskussion gestellt, aber wenn er hier den Mund aufmachen würde, dann würden sie ihn plötzlich alle gleichzeitig angucken und den Kopf schütteln.

Nun erzählt Kamerad Altvater, der bisher immer nur genickt hat, von Kaiser Wilhelm. Er hat schon seit geraumer Zeit kleine Signale von sich gegeben, um auch einmal zu Wort zu kommen, das Bierglas schiebt er an die richtige Stelle, die Streichhölzer daneben und die Pfeife dazu in einem Winkel von 90 Grad, und dann erzählt er das, was er jeden Donnerstag zum besten gibt, nämlich, daß er mal das einfache Feldbett gesehen hat, auf dem »Ess-Emm« im Hauptquartier zu schlafen pflegten.

Und Assessor Thießenhusen mit seinen sechs, acht Schmissen erzählt, daß er sich heute noch freut, daß er »neunzähnhunneretachßehn« auf dem Rückzug einer von diesen Canaillen welche mit der Reitpeitsche übergezogen hat... Und er zuckt mit den Backen dabei.
»Ich bin ein Deutscher!« so müsse es wieder wie ein Freudenfeuer in unserer Seele flammen, wird gesagt, und dann kommt die nächste Bierrunde endlich, und »Noch'n Klaren!« wird gerufen, und man spricht vom »Verlöten«, vom »Schmettern« und vom »Trillern«, also davon, daß man eins und wieder eins »auf den Diensteid« nehmen will: Lieb Kind hat viele Namen.

Heute wird noch mal gesumpft,
Morgen kommt der Wendepumpft.

Altvater erinnert sich daran, daß er in Gent mal unglaublich einen geladen hatte, und Thießenhusen erzählt vom Salamanderreiben in Jena, und wenn er damals nicht die harte Schule des Schlagens durchgemacht hätte, ob er dann wohl das Trommelfeuer hätte ertragen können?

Im Schwarzen Walfisch zu Askalon
Da trank ein Mann drei Tag...

wird gesungen, wobei der herrliche Baß von Altvater durch den Widerhall des Gewölbes besonders gut zur Geltung kommt. Noch langt die Stimme zum Andonnern einer ganzen Brigade!

Der Hund des Mannes, der da hinten sitzt, bellt. Mit irgendwie leuchtenden Augen guckt der Mann herüber. Er nimmt den Hund zu sich auf die Bank und sagt zu ihm, ob er sieht, was das für feine Herren sind.

Ein einfacher Mann ist das ganz offensichtlich, das merken nun auch die Herrn, eine brave Haut vermutlich, von denen es so viele gab im deutschen Heer.

Wenn es ans Bezahlen geht, döst Lotterbach sehr überzeugend vor sich hin. Der Wirt stößt ihn an, und Thießenhusen ruft: »Betahleque!«

Aus der hinteren Hosentasche holt Lotterbach sein Portemonnaie – 24 Mark und »fumpzig« kostet jetzt ein Bier –, und er nennt den Wirt einen Halsabschneider, was er sich nur erlauben darf, weil er auf der »Emden« gefahren ist und ein Buch darüber geschrieben hat: Wie die Engländer die »Emden« immer nicht kriegten und dann doch. Er will man nachsehen, ob er zu Hause nicht noch ein Bild hat von dem Schiff, das könnte er dann stiften für dieses Lokal.

Das ist recht, sagen die Herren. Ein Bild von der »Emden«, eins vom Straßburger Münster und vielleicht noch eins vom Krantor zu Danzig? Die ganze Kneipe vollhängen damit, und das Buch

Was wir verloren haben

gleich zehnmal kaufen, »Immer dran denken« hineinschreiben und es allen Freunden und Bekannten zum Geburtstag schenken.

Draußen auf der Straße schultern die Herren den Spazierstock als Gewehr und singen vaterländische Lieder: Altvater und Lotterbach im Baß, Thießenhusen im Tenor, Karl falsch und Dr. Kleesaat gar nicht, die Krempe am Hut vorn hoch.

Steige hoch, du roter Adler ...

Es wäre schön, wenn jetzt einer dieser Revolutionsleute käm' und sie anpöbelte, das wär' interessant!

... Heil dir, mein Brandenburger Land!

In Ermangelung von »Novemberlingen« streichen die Herren schließlich mit dem Stock an den Rolläden der Geschäftshäuser herunter und rütteln an den Gaslaternen, denn sie stehen in bewußtem Widerstand zu Kreisen, die für Knochenerweichung und Würdelosigkeit sind.

Karl geht den Rest des Weges allein – wer wohnt schon in der Borwinstraße? Vor den Toren der Stadt? Die Krempe am Hut hat er jetzt vorne runter, und den Spazierstock trägt er ganz normal. Halblaut redet er vor sich hin, all das, was er am Stammtisch nicht hat loswerden können.
»Nein!« ruft er laut und: »Ausgeschlossen!« Und er denkt an Erich Woltersen, seinen Freund, wie der in der Verschanzung lag: »Ich sehe ja nichts mehr ... «
Ziemlich duster ist es, und Karl probiert, wie das ist, wenn man mal blind ist ... Links kommt man ab vom Weg, wenn man die Augen geschlossen hat, ganz automatisch, also gegenhalten, mehr nach rechts, das weiß Karl, und doch gerät er bald an einen Baum.

Mit dem Spazierstock lassen sich Gewehrgriffe üben.
»Präsentiert das Gewehr! Gewehr über! Gewehr ab!«
Gelernt ist gelernt. »Legt an – Feuer!« Zäng.
Auch fechten läßt es sich mit dem Spazierstock: Avancieren, passadieren, retirieren.
Ein Schmiß auf der Backe wäre nicht zu verachten. Dann würde man auch ein wenig zucken, wie Thießenhusen

das tut. Ein Schmiß würde überzeugender wirken als die vom Giftgas ruinierte Haut, die Karl neuerdings wieder zu schaffen macht. Aber: als Kaufmann einen Schmiß? Das wär wohl doch nicht so ganz das Richtige. Mit einem Schmiß würde Karl sich im Kontor noch sonderbarer vorkommen an seinem leeren Schreibtisch.

Die Glocke der Heilig-Geist-Kirche schlägt elf, als Karl sich an einen Baum stellt, um das Wasser herauszulassen, das sich in seiner Blase angesammelt hat. Da drüben ist noch Licht im vierten Stock, vielleicht eine junge Frau, die sich in ihrem Bette hin- und herwirft, weil das junge Leben nicht hervor will aus ihrem Leib, eine »Kreißende« also?

Kinderkriegen – merkwürdig, daß das bei einfachen Leuten so problemlos ist: immer eins nach dem andern. Im Hause Kempowski will es nicht klappen damit. Das Grethelein so nervös und überzüchtet: *de* Bonsac, nicht wahr? Da muß man viel Geduld haben.

Vermutlich wird ja aber das Kind, das dann eine Tages eben doch kommt, etwas ganz Besonderes sein. Unglaublich begabt, vielleicht sehr musikalisch, oder mehr den Wissenschaften zuneigend, mit dem Fundus altgewachsener Intelligenz? Jura könnte es studieren oder Medizin …

Heil dir, mein Brandenburger Land!

Dort drüben Hausnummer 6: »Karl-Georg Kompewski, Angestellter«, so steht es im Adreßbuch. Ein Druckfehler also: das ist wieder einmal typisch.

Ganz oben unterm Dach schläft die schöne Dorothea. »Es ist Frühling, Herr Kempowski …« Die hat einen tiefen Schlaf. Wenn Rauch aus dem Schornstein käme, oben auf dem Dach, könnte man denken, daß Dorothea es wär, die da ausatmet. Die schöne Dorothea.

Einen Stock tiefer liegt Arbeiter Büsing bei seiner Frau.

Sie liegen unter einer Decke und halten sich umarmt. (Morgen einen Eimer Heringe von der Schnickmannsbrücke holen. Das reicht dann wieder für 'ne Woche.) Die vier Kinder schlafen in einem zweiten Bett wie kleine rosa Mäuse, die halten sich auch umarmt. Die Katze am Küchenherd hat die Beine unter sich genommen, den Schwanz um sich herum. Gerade verglimmen die letzten Feuerreste im Herd.
Einen Stock tiefer horcht die Kellnersfrau, ob das ihr Mann ist, der da unten an der Tür herummurkst. Sie weiß, daß er es noch gar nicht sein kann, aber sie horcht, ob er es vielleicht doch ist. Morgen wird sie wieder schnippisch sein zu ihm, wird ihn reizen, bis er sie endlich schlägt ... Die Nervenenden ihres Unterleibes mucken auf, als sie sich das so vorstellt.

Im Parterre liegt Franz in *seinem* Bett. In *seinem* Haus. Ein leeres Bett hat er neben sich. Darin ist die Frau damals gestorben.
Daß seine Frau damals starb, war schlimm, denkt Franz, der mit offenen Augen im Bett liegt, aber – jetzt irgendwie doch gut? Hätte man zueinander gepaßt? Auf die Dauer? – Um Gottes willen, was kommen einem denn da für Gedanken, teuflische Gedanken, über die man mal sprechen muß, mit den Himmels-Brüdern im Patriotischen Weg ...
Franz nimmt seine Taschenuhr in die Hand. Sie ruht in einem Schutzbehälter aus Weißblech. Unter dem gelben Zelluloid-Fenster des Behälters erkennt er die Zeiger: fünf nach elf.
Ganz unwillkürlich gleiten seine Gedanken zu dem einen großen Ereignis, damals, wie er seinen verwundeten Leutnant aus dem Trichter zog, am 12. März 1918, und wie er ihn sich auf den Buckel lud. Und er denkt auch ein wenig daran, daß er den Mann sich so auf den Buckel lud, daß der Franzmann, wenn er geschossen hätte, zuerst ihn getroffen hätte.

Franz nimmt die Uhr aus seinem Behältnis, und er öffnet sie: da stehen sie, die Worte, eingraviert. Daran ist nicht zu rütteln:

Seinem Lebensretter
Feldwebel Franz
zur ewigen Erinnerung …

Und das Haus gehört ihm auch. Daran ist auch nicht zu rütteln.

Grethe ist ebenfalls noch wach. Sie sitzt in der gemütlichen kleinen Wohnstube und sieht auf die Standuhr, »bick-back«. Eben hat sie schnarrend elf geschlagen, nun haben sich die Räder im Gehäuse beruhigt.
Grethe schreibt einen Brief an ihre Mutter in Wandsbek: Anderthalb Jahre verheiratet, und noch immer hat sich nichts gerührt! Daß die Kinder im Bauch heranwachsen, weiß sie inzwischen, und wie das zustande kommt, das hat sie auch kapiert. Aber daß sie noch immer nichts spürt da drinnen, ist ihr rätselhaft. Ob sich in ihrem Inneren vielleicht irgend etwas verklebt oder verknickt hat? Irgendeine dieser zahlreichen Leitungen, die wie Makkaronis den Leib einer Frau anfüllen? Ob man diese Röhren mal durchpusten sollte, freie Bahn schaffen, damit das endlich mal in Gang kommt?
Wie wäre es schön, wenn man endlich eine Bestätigung der Ehe hätte, wie Pastor Straatmann es neulich wieder einmal ausgedrückt hat.

Nun schließt Karl die Etagentür auf. Einen roten Kopf hat er und eine Fahne, was Grethe an jedem Donnerstag feststellt. Am Mühlberg, in der Warteschule, die Männer, die sie da manchmal zu sehen kriegte, rochen meistens auch so, und, ach ja! Silvester, wenn sie ihrem Vater den Mitternachtskuß gab, dann hat der auch so gerochen, das fällt ihr ein, und dann hat er sie immer so anders gedrückt als sonst: sie und niemand anderen.

Karl hält sein Grethelein umarmt, er ruht sich an ihr aus: den Kopf auf ihrer Schulter. An eine Deutschlandkarte muß er dabei denken, wie er sie neulich im »Rostocker Anzeiger« gesehen hat, das gute alte Deutschland, von dem sich raubgierige Hände was abreißen links und rechts... Sein schmales, kleines Frauchen. Die Schulterblätter stehen heraus, und die Knubbel des Rückgrats sind zu fühlen. Knabenhafte Hüften hat sie...
Daß sie das nächste Mal ruhig ins Bett gehen soll, wenn er etwas später kommt, sagt er, und: daß ihn ihr Warten eigentlich stört, das denkt er. So gut es auch gemeint sein mag. Wie kann er denn in Ruhe sein Bier trinken, wenn er immer denken muß, daß seine Frau auf ihn wartet?
Da hinten, in der Ecke, lagen neulich mal die Latschen von der schönen Dorothea, von den Füßen abgeschleudert. Jetzt liegen sie da nicht.

Im Sommer fährt Anna Kempowski nach Bad Oeynhausen zur Kur. Der leichte Druck, den sie gelegentlich im Unterleib spürt... Er ist immer da, auch wenn er nicht da ist. Einen Monat lang verschwindet er sogar gänzlich, doch dann kommt er wieder.
Nach Bad Oeynhausen fährt sie, und eine Operation wird erwogen, aber nein, das will Anna nicht, eine Kur machen in Bad Oeynhausen, ja, das kennt sie von Robbys Kuren her, der »Hohenzollernhof« mit der eleganten Terrasse und der Kurgarten, in dem man so wunderbar spazierengehen kann. Aber keine Operation. Nein.
Sie fährt also nach Bad Oeynhausen. Ein Foto schickt sie nach Haus, an eine Birke gelehnt, mit Hut, in langem Kleid. »Das bin ich nun...« steht hinten drauf. »Etwas stark kopiert, aber sonst sprechend ähnlich. Es geht mir grade nicht besonders...«

Robert William wirtschaftet allein. Morgens, bevor er ins Geschäft fährt, läßt er das Personal kommen. Wenn er von Herrn Risse rasiert wird, müssen sie sich zu ihm setzen, und jeder bekommt einen sogenannten »Schluck«, Paula Schulz, die Köchin, und Hedwig, das Stubenmädchen. Man spricht von ditt und datt, und schließlich wird das Mittagessen festgelegt: Steaks? Lieber nicht, die sind womöglich zäh. Lieber Schmorwurst in Biersauce, die Sauce mit saurer Sahne angemacht, und dann diese kleinen Gruscheln dazu, die die Sauce immer so gut aufnehmen, und hinterher Apfelmus oder Citronencreme, *geschlagene* Citronencreme natürlich, keine gekochte. Und vorher vielleicht eine Ochsenschwanzsuppe mit Sherry. Ja, das wär's.

Der Friseur ist fertig, klappt das Messer zu und wäscht ihm das Kinn mit Kölnisch Wasser. Oh, da hat er einen kleinen Schnitt gemacht, das sieht er jetzt, ein wenig Alaun, ein wenig Watte, so. Und dann geht er, und draußen sieht man ihn mit charakteristischem Schwung das Seifenwasser aus dem Becken schülpen.

Zu Mittag stellt sich der alte Ahlers ein mit seinem treuen Blick. Der ißt Schmorwurst in Biersauce auch ganz gern. Abends kommt Grethe ab und zu vorbei, donnerstags, wenn Karl beim Stammtisch sitzt, sieht sie »nach dem Rechten«, wie sie das nennt, sitzt mit ihrem Schwiegervater im Erker, häkelt oder strickt, und er erzählt ihr tausend Sachen, meistens immer dasselbe. Von seinem Onkel in Allenstein, der Karpfenteiche besaß, oder von Arthur, seinem Neffen, der in Königsberg eine Obstgroßhandlung hat. Kleine Geschichten mit sorgfältig eingebauter Pointe. Nicht ganz stubenrein, aber harmlos im Prinzip.

Der Mensch soll nicht lieben,
wenn ernst er's nicht meint.

Leider haben üble Leute die gegenwärtige Teuerung dazu genutzt, ihm seine Hypotheken zurückzuzahlen,

Leute in der Werftgegend, denen man damals die Hypotheken nur aus Gutmütigkeit gab. Das ärgert ihn, aber da ist nichts zu machen. Dafür hat man ja die Mieten aus den Häusern, jeden Monat mehr.
In der Werftgegend hat man neulich einen Schlachter namens Freede dabei erwischt, daß er dem Hack das Fleisch von Ratten beimengte!

An einem dieser sehr gemütlichen Abende, als auch der alte Ahlers dabeisitzt und vor sich hin brummt, bringt Grethe es fertig, von dem Haus am Schillerplatz zu sprechen, von dem dritten von links. Wie gern würden sie darin wohnen. Wenn man wenigstens die Miete hätte, nicht?
Was eigentlich mit den Mieten ist? Das fragt sie rundheraus, doch der Alte weiß überhaupt nicht, wovon die Rede ist.

Einmal geht der Offiziersstammtisch geschlossen zu einer Versammlung der Deutsch-Demokratischen Partei. Ein Herr von Berkhof – Onkel des berühmten Jagdfliegers – hält einen Vortrag über politische Zusammenhänge.
Man muß sich schließlich auch mal informieren, sagen die Herren von der »Deutschen Fahne«, immer nur »Nein« sagen, ohne daß man weiß, worum's eigentlich geht, das ist nicht so ganz das Wahre. Vielleicht ergeben sich hier neue Perspektiven? Immerhin *deutsch*-demokratisch? Und: von Berkhof? Ein Onkel des berühmten Jagdfliegers?
Nein, bei dieser Versammlung ergeben sich keine neuen Perspektiven. Etwa dreißig ältere Herrn sitzen in einem großen kalten Saal nachdenklich und ziemlich verloren da. Sie gucken sich um nach der unerwarteten Verstärkung, die sie erhalten: Fünf Herren mit geschultertem Spazierstock, die Krempe am Hut vorne hoch?
Herr von Berkhof – gar nicht militärisch – blickt über die

Brille hinweg, was das für Herren sind? Er will ihnen sagen, daß da hinten noch Platz ist, aber dort ist ja noch Platz.
Karl setzt sich ins Schummrige, er hat nämlich Woltersen bemerkt, den Liberalen, dessen Sohn in seinen Armen verblutete – »Mein Gott, ich sehe ja nichts mehr!« Von Professor Woltersen möchte er nicht so gern erkannt werden, weil der jedesmal fragt, ob der Sohn sehr hat leiden müssen.

Gegen Ende des sehr sachlichen, aber auch sehr langweiligen Vortrags – ein Einerseits-Andererseits-Vortrag ist das, in dem übrigens, ganz wie am Offiziersstammtisch in der »Deutschen Fahne«, geklagt wird, daß man Elsaß-Lothringen hat abtreten müssen, Nordschleswig und das schöne Danzig… und daß es doch ein Unsinn sei, wenn die Entente so viel Gold von den Deutschen haben will, wie es auf der ganzen Erde überhaupt nicht gibt! Am Ende dieses Vortrags – »Lauter!« –, bei dem Herr von Berkhof in seinen Papieren mal vorn und mal hinten liest, so daß man dauernd Angst hat, er verheddert sich, dazu unentwegt die Brille hochschiebt, springt die Saaltür auf, und eine Gruppe junger Leute dringt rumorend in den Saal, an ihrer Spitze ein schlanker, schöner Mensch.
Diese jungen Leute schreien »Ruhe!« und »Aufhören!«, und zwar auf bloßen Verdacht hin (sie haben ja noch gar nicht mitgekriegt, worum's eigentlich geht): diese alten Säcke da und demokratisch? Herr von Berkhof setzt den Zeigefinger auf sein Manuskript, damit er weiß, wo er fortfahren muß, wenn er fortfahren kann, den Zeigefinger mit dem blauen Familienring, und sagt: »Aber, meine Herren…«
Der junge, schöne Mensch, der Krüger heißt, drängt sich aufs Rednerpult und schiebt Herrn von Berkhof mit seinem »einerseits und andererseits« vom Pult und fragt ihn durchaus lauter als nötig: »Sie heißen von Berkhof?«, was

dieser nur bejahen kann, und dann sagt er noch lauter, ja, entschieden zu laut, daß er, Krüger, Jagdflieger gewesen ist, und daß er seine Haut zu Markte getragen hat, und daß er sich nur wundern kann, wie sich hier einer, der ausgerechnet von Berkhof heißt, hinstellt und windelweiche Haarspaltereien vom Stapel läßt!
»Mein alter Staffelführer würde sich im Grabe umdrehen, wenn er erführe, daß sein Namensvetter für die Demokratische Partei kandidiert!« ruft er und schubst Herrn von Berkhof vor die Brust, daß der zur Seite torkelt.
Ein lebhaftes Rumoren hebt an. Es wird die Frage erörtert, ob man vielleicht in der Verstandesregion einen leichten Klaps hat, und der Vermutung wird Ausdruck gegeben, man sei womöglich nicht bei Groschen.

Die Herren von der »Deutschen Fahne« sehen ihren Führer an, und Dr. Kleesaat, dem das schon lange gestunken hat, dies »einerseits und andererseits«, der aber zugehört hat, weil zum mindesten in dem »einerseits« allerhand war, was ihm gefiel, rumort versuchsweise auch ein bißchen mit und drängt schließlich auch mit auf das Rednerpult. Er schlägt auch mit der Faust darauf und sagt, daß er Bismarcks »Gedanken und Erinnerungen« gelesen hat, verdammt noch mal, Band drei, jawohl, und zwar noch *vor* der Veröffentlichung, und daß er Stabsarzt war und gesehen hat, was dabei herauskommt, bei diesem einerseits und andererseits! Daß es einzig und allein ein »So wird's gemacht!« gibt, und damit Punkt! Schluß! Basta! Und dann schlägt auch schon wieder der junge schöne Herr Krüger auf das Pult, von dem Herr von Berkhof nur schwer die Papiere seines Vortrags zurückerlangen kann, und ruft auch: »Schluß! Punkt! Basta!«
Das Lärmen wird lauter und wüster, und die älteren Herren mit ihrem liberalen Verständnis machen, daß sie wegkommen aus diesem Saal.

Die Zurückbleibenden reichen einander die Hand zum Bunde und schreien ihre Lieder heraus, wobei ihnen das Deutschlandlied das liebste ist. Neuerdings hat man es um eine vierte Strophe bereichert:

Deutschland, Deutschland, über alles,
und im Unglück nun erst recht!
Erst im Unglück kann die Liebe
zeigen, ob sie stark und echt.
Und so soll es weiterklingen
von Geschlechte zu Geschlecht:
Deutschland, Deutschland, über alles,
und im Unglück nun erst recht!

Mit dieser Strophe hat man Hoffmann von Fallersleben unter die Arme gegriffen, hat ihn in seinem Sinn ergänzt, und man singt sie gleich noch einmal, im Baß und im Tenor, und man paukt mit den Fäusten den Takt dazu.

Die Kellner da hinten, schwarz in ihrem Frack, stehen einer neben dem anderen, die Serviette überm Arm, starr und steif, sie warten, ob es jetzt wohl gleich eine schöne Bestellung gibt.

Karl singt mit, wenn auch falsch, und denkt gleichzeitig, daß er den schönen Krüger vom Jachtclub her kennt, und daß der dort »Lügen-Krügen« genannt wurde, und das aus gutem Grund! Und Schwarzrotgold, worauf sie jetzt immer so herumhacken? Freiheitskriege... Lützows wilde verwegene Jagd, Ernst Moritz Arndt und all diese Leute? Die haben doch dem Napoleon eins auf die Mütze gegeben, und wie!

Obwohl: schwarzrotgold? Ein bißchen sonderbar, nicht? Wo gibt's denn schon mal eine Fahne mit Gold als Farbe? Die alte deutsche Fahne schwarzweißrot, die hätte man ja auch nicht gerade abzuwracken brauchen. Andere Länder haben mehr Sinn für Tradition.

Die Spazierstöcke werden geschultert, und man marschiert vereint in Richtung Schröderplatz. Am Alten Palais, wo der Großherzog vor hundert Jahren mal eine Woche gewohnt hat, wird salutiert, und dann hallt die Kröpeliner Straße wider vom Gesang der Männer und vom Ratschen der Spazierstöcke an den heruntergelassenen Rolläden.

Licht aus!
Messer raus!
Drei Mann zum Blutrühren!

Statt eines Novemberlings, den man wahrlich gern getroffen hätte, sehen sie nur eine Katze. Mit glühenden Augen sitzt sie in einem Hauseingang, und schwupp! springt sie ihnen über den Weg.

Grethe muß an diesem Abend lange warten.

Mai, lieber Mai,
bald bist du wieder da.

Sie hat im »Sinngedicht« von Keller gelesen, das Buch klappt sie gerade zu. An den Bücherschrank tritt sie, und sie nimmt Ibsen heraus und stellt ihn mehr nach links, und Strindberg – »Heiraten« – stellt sie mehr nach rechts. Das Sinngedicht kommt in die Mitte.

Die beiden kleinen Elfenbeinmäuse, die sie von ihrem Schwager Ferdinand in Berlin zur Hochzeit bekommen hat, müssen sich natürlich angucken, was sie Dorothea schon tausendmal gesagt hat.

Grethe nimmt schließlich das Fliegerbuch aus dem Schrank, sie denkt an Menz, den strahlenden Menz, und daran, daß er sie *nicht* geküßt hat, diese alte Geschichte. Auf Seite 63 ist ein notgelandetes Flugzeug abgebildet. Das betrachtet sie lange. Ob sich so ein Dings auch wieder flottmachen läßt. Die zum Aschenbecher ausgehöhlte Scheibe des Propellers, die noch in Wandsbek steht, wird sie sich eines Tages holen, das beschließt Grethe in diesem Augenblick.

Am nächsten Tag geht Karl zu Herrn von Berkhof in die Loignystraße 12 – »Ausfälle« und »Finten«, das sind Wörter, die beim Fechten eine Rolle spielen –, und er sitzt bei ihm in einer mit Jagdtrophäen vollgestopften, blaugerauchten Stube in einem großen kalten Ledersessel und sagt, daß ihm das leid tut, diese wüste Entartung gestern, und daß er sich lieber in Ruhe auseinandersetzen will mit den verschiedenen Strömungen.
Herr von Berkhof sitzt hinter seinem mit allen möglichen Mappen und Büchern überhäuften Schreibtisch und sagt, daß er diese Störungen nicht weiter tragisch nimmt, daß er Verständnis für die Jugend hat, daß es schließlich deren Vorrecht ist, übers Ziel hinauszuschießen, und daß er sich sowieso von der Politik zurückziehen will. Politik, das müsse man den jungen Pferden überlassen, die jetzt aus allen Richtungen hervorpreschen, mit feurigen Nüstern, und daß ihm die Richtung, aus der der junge Herr Krüger kommt, immerhin noch wesentlich sympathischer ist als »links«, diese Halbleute, die dem Feinde gegenüber sich so würdelos gebärden, die in erster Linie vom Neide sich nähren, die immer nur *haben* wollen und nicht *geben*. Er selbst, Berkhof, war ja auch an der Front. Und deshalb kann er es nachempfinden, wie Leuten vom Schlage Krügers zumute ist, obzwar er denn doch der Ansicht ist, daß wir nicht durchkommen, mit »Kopf durch die Wand«. Daß wir uns vielmehr endlich mal ein wenig schlauer verhalten sollten, diplomatischer als sonst in unserer Geschichte, verzögern, hinausschieben, verschleppen, wie der Cunctator Maximus vor Rom ... Und auf die Einsicht kultivierter Kräfte hoffen, die es in der Entente doch auch gibt.
Da den Hebel ansetzen, Kultur zeigen, und beweisen, Reife, Selbstbewußtsein und so fort.

So, der junge Herr Kempowski, dessen Vater er natürlich auch kennt – dieses Haus, in dem er wohnt, gehört ihm ja –, interessiert sich für die Deutsch-Demokraten? Da will er ihm gleich mal ein Buch leihen, Moment mal, hier in diesem Regal … oder da drüben? Wo hat er es nur? Na, ist ja auch egal … Er meint, als Demokrat, als *deutscher* Demokrat, müsse man zunächst einmal gesprächsbereit sein, sich mit der Entente an einen Tisch setzen und sich erklären lassen, was die eigentlich wollen, sie *kommen* lassen … Und dann hinhalten und ganz allmählich einsickern in deren Front und die Leute einzeln umdrehen, und zwar durch Argumente … für sich gewinnen also … durch Geist …

Karl sitzt in seinem Ledersessel und schaut aus dem Fenster, an dem ein kaputtes Außenthermometer klappert.

O lilala, o lulala, o Laila!

Dann guckt er Herrn von Berkhof an, mit seiner zerspaltenen Zigarre: direkt unter dem Kopf einer Korkenzieher-Antilope sitzt er.

So ist das ja nun nicht, spricht Herr von Berkhof, daß Deutschland nur Feinde hat … Neulich erst, wer war das bloß noch … Da hat er doch einen getroffen; was hat der ihm noch erzählt … Er meine, vielleicht sollte man auch mal drohen? Mit Moskau? So tun, als ob man sich den Russen in die Arme wirft?

Wie hat er es denn gestern noch ausgedrückt, in seinem Vortrag, Moment, gleich hat er die Stelle … Mit den Russen drohen? Und wenn die Westmächte dann sagen: Um Gottes willen, Deutschland wird womöglich bolschewistisch, also das Zentrum Europas wird bolschewistisch (denn Deutschland *ist* das Zentrum Europas, leider und Gott sei Dank!), dann gleich Forderungen anmelden, ganz exakt.

Das Buch, das er Karl leihen wollte, kann er jetzt nicht finden, aber hier, wo hat er sie denn, hier lagen sie doch, hier hat er doch eben noch die Antragsformulare für die Deutsch-Demokratische Partei liegen gehabt …

»Ach Gott, hier liegen sie ja!«
Wenn Karl sich da eintragen will, da unten, auf dem Antragsformular, dann soll er das mal freundlichst tun – das wär dann der dritte Parteieintritt in diesem Monat –, da unten muß er seinen Namen hinschreiben, links, das kann er aber auch zu Hause tun. Mitglied braucht man ja nicht unbedingt zu sein, es genügt ja schon, wenn man sich gegenseitig achtet und unterstützt.

Auf der Diele riecht es nach Essen: Bei Berkhofs gibt es anscheinend gekochtes Huhn. Über der Tür hängen die Gehörne von wohl dreißig Rehböcken oder mehr?
Was hat er bloß mit all dem Fleisch gemacht? denkt Karl, und: Das eine Gehörn, das dritte von links, ist ja völlig verbumfeit, du lieber Himmel, so was würde er sich ja nun nicht grade hinhängen.
Unter dem tickenden Gaszähler steht Herr von Berkhof, er steckt den Finger ins Ohr und rührt darin herum, und während er den beringten Zeigefinger in seinem Taschentuch abwischt, sagt er noch, daß die Preußen 1815 in Frankreich wie die Vandalen gehaust hätten, was er allerdings verstehen kann, weil die Franzosen unter Napoleon in Deutschland ja auch nicht grade fein waren, was man von den Franzosen aber nicht verlangen kann, daß sie sich daran noch erinnerten. Das müßt' man alles bedenken, und zwar in Ruhe und Besonnenheit.

Draußen auf der Straße dreht Karl sich um, Loignystraße 12, dieses Haus gehört seinem Vater, in dem könnte er jetzt einschließlich Frau, herrlich und in Freuden leben, wenn's nicht den »Mieterschutz« gäbe. Ein Demokrat wie Berkhof müßte doch Verständnis haben dafür, daß man in seinem eigenen Haus wohnen will! Wie kann man denn im großen gerecht sein wollen, wenn man es im kleinen so ganz und gar nicht ist?
Und Karl hebt den Spazierstock und peitscht die Regen-

tropfen ab von der Forsythie: Schwere Säbel, nicht Florett. Und dann: Terz, Quart, zäng!

Auch mit Grethe geht Karl in eine politische Versammlung, auch sie soll mal sehen, wie so was abläuft: »Wer ist dafür? Wer ist dagegen? Stimmenthaltung?« Es ist eine Massenversammlung der Sozialisten, und sie findet im Sportpalast statt, einem Gebäude, das wohl für Sport geeignet ist, das man aber nicht gerade als einen Palast bezeichnen kann. Geist hatte bisher wenig Gelegenheit, sich hier darzustellen.

Eisern die Faust, eisern die Stirn,
eisern vernagelt das ganze Gehirn.

Der Saal ist proppenvoll. Karl guckt sich um, ob er wohl jemand kennt, da hinten, siehst du wohl: Sodemann, der Prokurist, dick und mit rotem Kopf. Als wenn er das nicht geahnt hätte! »Ich stelle lediglich fest« ... Der will wohl auf neue Zeit umlernen? Das wird man sich mal merken!

Gerade hat der Einmarsch der Fahnen stattgefunden, von einer Bumskapelle in Tritt gehalten. Die ruhmbedeckten roten Arbeiter-Fahnen, goldbestickt – gewöhnlich stehen sie in Kneipen unter Glas –, rechts und links von der rotdrapierten Rednertribüne bauen sie sich auf, rechts drei und links *vier*, was das Bild stört, und was man ändern muß, demnächst, finden die Funktionäre an ihrem rotgedeckten Tisch.

Nachdem Ruhe eingekehrt ist – blaue Rauchschwaden steigen zu den Lampen auf, und jeder hat sein Bier –, beginnt ein glatzköpfiger Redner zunächst von Marksteinen zu reden und darauf zu verweisen, daß er dies und das schon da und da gesagt hat und daß er dabei bleibt, auch wenn mancher Genosse diesen Weg nicht mitgehen tut oder darüber hinausgehen will, was er irgendwie merkwürdig findet, wo das alles, was er immer schon gesagt hat, doch an sich so logisch ist? Er meint, wie kann man denn was anderes denken als das, was stimmt?

Hier hat er die Berichte aus allen möglichen verschiedenen Städten, wie das aufwärts geht mit der Partei und wie unklug es ist, jetzt einen andern Kurs segeln zu wollen als den einzig richtigen. Ihm kommt das so vor, als ob die Mannschaft auf dem gemeinsamen Schiff, auf dem sie alle über das stürmische Meer fahren, die früher immer so schön einig war, als ob diese zusammengeschmiedete Mannschaft anders wohin will, als der Kapitän und seine Berater das für richtig halten. Man kann doch nicht hierhin wollen und dahin steuern?

Wenn man das tut, dann kommt das noch so weit – so vollendet er sein Bild –, daß das Schiff auf einem Riff landet, das »Reaktion« heißt.

Daß das Schiff den Namen »Freiheit« trägt, das hat er schon vorher gesagt, und daß es der Sonne entgegenfährt, versteht sich ja von selbst.

Der mäßige Beifall ist rasch verebbt (in hinteren Regionen wird sogar gelacht). Nun kommt ein Delegierter aus Berlin zu Wort, auf den man schon lange gewartet hat, ein temperamentvoller Gast ist es, mit Knebelbart und Kneifer.

Dieser Mann stellt sich zunächst neben das Pult, steckt seinen rechten Daumen in den Westenärmel, wodurch die Uhrkette sichtbar wird auf seinem Bauch, und fängt gemütlich an zu plaudern. Die Bühne des Sportpalastes, angesichts von zweitausend Menschen – dies ist gerade der rechte Platz zum gemütlichen Plaudern.

Wo ist er hier eigentlich? fragt er noch mal eben schnell den Funktionär, der ihm am nächsten sitzt, in Rostock oder in Schwerin? Dann beginnt er mit seiner Plauderrede.

Fünf Millionen Eiserne Kreuze hat der Kaiser verteilt, weiß er zunächst zu sagen, und er spricht von einem weichen Bett, in dem der hohe Herr geschlafen hat, und von Gänsebraten, und er tut das mit sanfter Stimme.

Jede einzelne Minute des Krieges, sagt er dann ein wenig lauter und ungemütlicher, das sei nachgewiesen, habe ein deutscher Soldat sein Leben ausgehaucht, und jeden Monat, den Gott werden ließ, hätten die fleißigen, fehlgeleiteten, belogenen und betrogenen Arbeiter zweihundert Millionen Gewehrpatronen hergestellt, herstellen müssen! Und alles umsonst!
Gold gab ich für Eisen ... deutscher Opfersinn ... Während die Arbeiter sich abrackerten, hätten Kriegsgewinnler die goldenen Uhrketten verschoben!
Der Kaiser sogar: Extra schlechte Kanonen habe er herstellen lassen, damit Krupp mehr daran verdient ... Die Fürsten überhaupt! Und denen soll das arme Volk nun sogar noch eine Pension zahlen?
Dieser so gemütliche Herr aus Berlin ist ganz außer sich, wenn er daran denkt, und »Pfui!« rufen die Menschen im Sportpalast.

Vom Schmachfrieden redet er sodann, wieder ruhiger werdend und hinter dem Pult einkehrend, wo er ganz zu Hause ist, gleichzeitig Papiere ordnend, was die Zuhörer ihm glauben, daß er das gleichzeitig kann. Er redet weiter dabei, ohne auch nur ein einziges Mal zu stocken oder sich gar zu versprechen. Vom Schmachfrieden spricht er, den er auch einen Raubfrieden nennt: Elsaß-Lothringen futsch, Nordschleswig, Westpreußen und Posen.
Er kann noch fortfahren in der Aufzählung teurer Namen, wenn das hier gewünscht wird – Danzig! –, aber er will sich das schenken. Siebzigtausend Quadratkilometer Land sind verloren, kurz gesagt, in dürren Worten, wozu noch fast drei Millionen Quadratkilometer Kolonien kommen.
Ob sich die Genossen vorstellen können, wieviel Gold die kapitalistischen Sieger den ausgebluteten deutschen Proletariern abpressen wollen? fragt er sodann die Versammlung, und er hebt den Kopf. Und weil sie es anscheinend

immer noch nicht wissen, rechnet er es ihnen an den Fingern vor, und zwar genau. Soundsoviel ist das, und soundsoviel kommt – nach Adam Riese – mithin auf jeden einzelnen der hier Versammelten... Tja, das habt ihr wohl nicht gedacht? Was? He? Pures Gold! Und mehr Gold ist das, als es auf allen Banken der ganzen Welt zusammengenommen gibt!

Nun kommt er plötzlich ernst zur Sache. Was er hier erzählt, ist schließlich kein Spaßvergnügen. Er steckt den anderen Daumen in den anderen Westenärmel, macht sich ganz klein hinter dem Pult und plötzlich wieder ganz groß und weist nachdrücklich und immer wieder auf die Fahnen hinter sich, die ruhmbedeckten Arbeiterfahnen, rechts drei und links *vier*, womit er die Zukunft meint, die er nach Meilen mißt. Meilensteine werden also anvisiert, die auf einem strahlenden Weg auszumachen sind, und am Ende dieses zu beschreitenden Weges geht die Sonne auf! Da sind die Schatten der Goldschulden weggeblasen, und jedem geht's gut!
Und weil er das weiß, daß die Sonne strahlt, am Ende dieses langen beschwerlichen Weges, und weil das in der Logik der bisherigen Entwicklung liegt, die die Partei eingeleitet hat, die er vertritt, kann er es nicht dulden, daß sich da Leute querstellen vor diese leuchtende Zukunft. Diese Leute kann er nur sehr warnen! Er kennt die nämlich – man soll ihn doch nicht für dumm verkaufen!
Er läßt es nicht zu, daß seinen ehrlichen, kampferprobten Genossen von einer gewissen Seite Knüppel zwischen die Beine geworfen werden! Und zwar andauernd! Das kann er auch nicht dulden! Und er schlägt auf das Pult mit der Faust, als ob genau an der Stelle eine Fliege sitzt, die ihn schon lange geärgert hat.

Dies ist der Augenblick, an dem er sich etwas zurückhalten muß, das hat ihm seine Frau geraten, weil er bei diesem Punkt leicht ins Schimpfen gerät, was keinen guten Eindruck macht. Und vielleicht ist er sogar schon etwas zu weit gegangen, denn jetzt, in diesem Augenblick, fängt irgendwo im Saal ein einzelner Mensch ganz laut an zu reden, und zwar durchaus dagegen an.

Der knebelbärtige Redner legt die Hand hinters Ohr. Was sagt der? Was will diese Kreatur da unten? Kann ihm mal einer das verdolmetschen? Er ist schließlich extra aus Berlin gekommen, von seiner dringenden Arbeit weg, er möchte wissen, was der will?

»Was sagt er?«

Aber der Mann hat aufgehört zu reden. Statt dessen wogt dort eine Menschentraube, ein Tisch fällt um, Kellner eilen herbei, retten Gläser und Flaschen.

Daß ihm das nicht imponiert, sagt nun der knebelbärtige Redner, solche Krakeeler, und er sammelt die Papiere, die er schon immer vorhatte zu ordnen – nun schon wieder ganz gemütlich –, ein und steckt sie mit Büroklammern zusammen und sagt: Mit denen wird man schon fertig, das werden die sehen und erleben – hä, nun rutscht ihm der ganze Kram auseinander –, verblendete Leute sind das, die der Reaktion in die Hände arbeiten. Nein. Ganz offensichtlich kann er sich ja aber auf seine Rostokker verlassen (oder wo er hier ist), und deshalb faßt er jetzt noch einmal zusammen, was er für richtig hält, und was abgestimmt ist mit der Berliner Linie, also das, was eben ganz einfach richtig ist.

»Erstens!« und er klopft auf das Pult, und »zweitens« und »drittens!« Und mit diesen Thesen, die abgesehen von wenigen eindrucksvollen Fremdwörtern in klares Deutsch gefaßt sind, erklären sich alle im Saal einverstanden. Jawohl! Man kann dem extra aus Berlin von seiner Arbeit herbeigeeilten Delegierten nur beipflichten, und man nickt einander zu und klatscht.

Nun tritt der glatzköpfige Vorredner wieder an das Pult und bedankt sich und spricht unter starkem Beifall, der allerdings noch dem Berliner Genossen gilt, von einem neuen Markstein, der hiermit aufgerichtet ist – auch er wolle und könne nur in die Kerbe des Vorredners hauen –, und er bittet den Genossen, die andern Genossen von »unsere Genossen« schön zu grüßen, was dieser von der Bühne abtretend und den Sportpalast mit schnellen, federnden Schritten durch eine Hintertür verlassend gern zur Kenntnis nimmt und auch verspricht.
Draußen steht ein feines, bereits brummendes Auto, dessen Schlag aufgehalten wird.

Nachdem der Berliner Genosse verschwunden ist, ändert sich die Stimmung im Saal. Es wird nach neuem Bier gerufen, und am Funktionärstisch ist man sich nicht einig. Wer soll das Prekäre sagen, das heute noch zur Sprache kommen muß? »Soll ich das tun?« fragt der Mann mit der Glatze, oder wollen es die Genossen tun, die am Tisch sitzen und sich nun Fachinger eingießen und bereits wieder sehr beschäftigt sind mit ihren Akten?
Na, seinetwegen, sagt der Glatzköpfige, er sieht das schon, daß er das wieder sein muß, der die Suppe auslöffelt, er will also sehen, wie er das hinkriegt. Und er wendet sich dem Rednerpult zu, und er blickt in die vielköpfige Menge, die auf der rechten Seite nach links und auf der linken nach rechts guckt, vorn sich sogar nach hinten umdreht. Bevor er noch richtig beginnen kann – »Hört! Hört!« –, springen hier und da schon Leute auf, die auch eine Meinung haben: So ist das ja nun nicht! Alles schön und gut, sagen sie, aber dies und das muß ganz anders gesagt werden. Das sind nicht die richtigen Wörter!
Und nun springen Leute auf, die sich gerade eben erst gesetzt hatten, und sagen, daß hier vom alten treuen Kurse abgewichen wird, wie sie grade eben mitkriegen, und daß sie gern wissen möchten, wer da »an die Fäden

zieht«. Der Ordner klingelt mit seiner Glocke, Menschentrauben wogen hin und her. Bierkrüge fliegen durch die Gegend. Eine sehr erregte Alt-Sozialistin sieht man gar mit der Handtasche dreinschlagen.
»Haut ihn!«
Die starken Gruppen, die eine andere Meinung haben, sind untereinander auch uneins, und zwar in einem sehr aggressiven Sinn. Gruppen, die nur aus Stimme bestehen, weniger aus Ohr. Hü! und Hott! also. Und um irgendeine Schuld wird geschrien mit vergeifertem Mund.
Daß die da schuld sind, nein, die!
»Faxen!«

Karl reibt sich die Hände, das gefällt ihm. Die ganze Zeit mußte er an eine symbolische Zeichnung im »Rostocker Anzeiger« denken, auf der ein sauberes Haus zu sehen war, mit blühendem Garten, nach dem schmutzige Hände greifen, und zwar von allen Seiten, tätowiert und haarig. Er stößt seine Frau an und sagt, daß es gleich richtig losgehen wird, das kennt er, und sie soll sich mal die Weiber angucken, was das für Megären sind!

Das soll nun die neue Zeit sein? denkt Grethe. Da war das aber ein anderer Schnack, wenn der Kaiser in Hamburg zum Rennen fuhr! Beim Kaiser wurde angeordnet, und zwar erst dann, wenn es in Ruhe und Besonnenheit von den besten Leuten des Landes bedacht worden war, lauter Professoren.
Nein, da war das mit dem Kaiser doch ein anderer Schnack. Aber, hätte der sich nun nicht vor sein deutsches Volk stellen können, komme, was da wolle, durch dick und dünn? Mußte der nun fliehen? Dieser Lohengrin Europas.
Das wär ja schon beinahe Fahnenflucht, was der gemacht hat, sagt Karl: »Häwelcke, nu gahne wi!«

Nein, da geht man lieber hinaus, in die klare Nacht mit all den Sternen am Himmel, dem Kleinen und dem Großen Bären, dem Siebengestirn und dem Orion, die Karl immerhin kennt und seiner Frau erklären kann, die sie zwar auch kennt, aber irgendwie nicht so gut. Daß Karl die Sterne in Flandern gesehen hat, sagt er, dieselben Sterne, und ob die Leute im Saal nun schreien oder nicht, daß die Sterne »sich da nicht um kümmern«. Seine eiserne Uhrkette wickelt er sich um den Zeigefinger.

Gold gab ich für Eisen

Ob das wirklich stimmt, daß das abgelieferte Gold verschoben wurde? Von Kriegsgewinnlern?

Nun kommen Autos gefahren mit hohen Zwitscherton-Sirenen, und Schupos springen ab, links und rechts, mit Gummiknüppel in der Faust, die drängen in den Saal, aus dem, ziemlich gleichzeitig, und zwar aus den hinteren Türen, Menschen herausquellen mit abgerissenen Knöpfen und ohne Mütze. Polizei – es ist prachtvoll, diese Mensch gewordene Idee der Ordnung zu beobachten.

Nein, so etwas wird man sich nicht wieder ansehen. Von all diesem Schiet und von den niedrigen Instinkten will man nichts mehr hören und sehen. Da geht man schon lieber ins Konzert, wo's dunkel wird, und alles guckt nach vorn. Wo die Leute anständig gekleidet sind und angenehm riechen. Leute, die man kennt.

Für's Konzert wird also ein Abonnement gekauft, und zwar deshalb ein Abonnement, damit man das Feld der Musik mal ganz systematisch abgrast, ganz systematisch, wie es die Konzertdirektion vermutlich ja auch geplant hat: Mit der Zeit den Grundfundus der symphonischen Musik erwerben und nach und nach dann auch die Randgebiete, die ja natürlich ebenfalls ganz interessant sind. Mal was Schönes auf sich wirken lassen, so beschließen sie und buchen: zweiter Rang, erste Reihe. Das ist billig und auch akustisch günstig. Auf dem zweiten Rang sitzen all die Leute, die von Musik eine Ahnung haben: die genau wissen, wann man klatschen muß.

Karl guckt sich den Kronleuchter an, das ist ja ein gewaltiges Ding. Darunter möcht' er nicht sitzen. Wenn der mal runterfällt ... dann ist ja alles Mus und Grus!

»Konkert«, sagt er, weil es ihm komisch vorkommt, wenn er so redet, und weil das Grethelein beim ersten Mal, als er so sprach, sehr lachte.

Nein, er genießt es schon von Anfang an, das »Konkert«. Wie die Reihen sich allmählich füllen, von links und von rechts, einzelne Menschen kennt man, andere wieder nicht, die möchte man gerne kennenlernen, aber nur zum Teil.

Und endlich kommt auch das Orchester nach und nach, und endlich gibt die Oboe das bekannte Zeichen von sich, und all das Stimm-Gedudel stellt sich zwangsläufig ein, was jedesmal dasselbe und doch immer wieder ganz anders ist. Endlich wird es still und, kaum merklich, auch etwas dunkler. Die Musiker warten nun unter den letzten Hustern des Publikums auf den einen Dirigenten, nicht auf drei, die Flötisten und die Geiger mit tadellosem Frackhemd, die Bassisten auf ihrem Barhocker, die Blechbläser mit rotem Mund. – Der Tubaspieler wohnt in der Schröderstraße, den sieht man hin und wieder in der Straßenbahn.

Nun kommt der Dirigent plötzlich raschen Schritts hereingestürmt, und er beginnt ohne Verzug.

Grethe kuschelt sich an ihren Mann – hört! hört! – und sie freut sich, daß nun all das Schöne kommt, dieses: Einerseits – Andererseits und dies: Trotzdem! Das Immerleiser-und-leiser-Werden, das Harmoniegewoge, von dem man sich einhüllen und weit wegtragen lassen kann ... oder hinauftragen vom Lauter-und-lauter-Wer-

den, Bruckner, immer lauter und lauter, oh, und dann wieder plötzlich ganz leise: Das ist es ja, daß man auch mal wieder leise werden muß, wenn man mal laut war. Und daß das, was angefangen hat, auch einmal wieder endet.
Grethe denkt an das Bild von Hans Thoma, das bei ihren Eltern über dem Sofa hing, das Bild von dem Wanderer, der auf die weite deutsche Landschaft hinunterblickt, den Hut neben sich und den Stock, über dem sich allerdings jetzt Wolken zu ballen scheinen, wenn man die Musik richtig deutet.

Karl hat vorher im Konzertführer nachgelesen, Bruckner, wie man diese Symphonie aufzufassen hat, »durch Nacht zum Licht«, steht darin. Er achtet auf den Dirigenten, was der für verrückte Bewegungen macht, und daß der trotzdem immer noch Zeit findet, die Partitur umzuschlagen, in die er übrigens kaum hineinguckt: »Oh, oh, vorsichtig«, macht er zu den Geigern – nicht so hölzern und mechanisch wie das Orgelmännchen an der Berg- und Talbahn, nein, ganz und gar nicht – und er zeigt es ihnen mit der schmerzlichsten Miene: »Oh, wie sind sie grob!« – zack! Partitur umschlagen –, dann aber auch schon: »Ja, nun ist es besser... schön!«
Zu den Posaunen, rechts, macht der Dirigent: »Jawohl! Los, meine Herren! Nun geben Sie mal Zunder!« Und Karl richtet sich ein bißchen auf, und er sieht seine Frau an, was die wohl dazu sagt? Ganz schön Zunder, nicht? Was das wohl für 'n Spaß macht, so Zunder zu geben! Posaune – das ist doch gleich 'n ganz anderer Schnack als dieses Wurzelgelutsche der Klarinetten. Und nun noch: Zäng! die Becken dazu. Ja, Bruckner, der ist gut. Das ist eine klare Sache.
Manchmal wird der Dirigent so ekstatisch, daß man schon meinen könnte, er wäre es, der das Stück geschrieben hat, er wäre also Bruckner, und er hätte all' das

erlitten, was ein Künstler an Leib und Seele erleidet – wie man weiß.

Mit der Zeit lernen sie auch die Nachbarn kennen, wenn man zu spät kommt: »O danke, es geht schon …« Studienrat Dr. Jäger vom Städtischen Lyceum mit seiner jungen Frau zum Beispiel, einen Kranz um den Kopf trägt sie. Man sieht sie auf den Tennisplätzen, und den schon etwas älteren Herrn Dr. Jäger mit seinen netten kleinen Hängebäckchen, von dem man weiß, daß er sich diese entzückende junge Frau aus dem Kreis seiner Schülerinnen geholt hat – sehr schlau! –, den sieht man gelegentlich beim Buchhändler.
Man erhebt sich gemeinsam und klatscht, oder man bleibt gemeinsam sitzen und schüttelt den Kopf über das Gemurkse, das man da eben gehört hat: Strawinsky, muß das nun sein? Strawinsky, der vom Veranstalter meistens in die Mitte des Konzerts gepackt wird, damit die Rostocker nicht vorzeitig gehen? Kunst ist schließlich Gottesdienst, die Alten wußten das, die Jungen haben es vergessen?
»Für mich muß wenigstens eine Melodie zu erkennen sein, an der ich mich orientieren kann«, sagt Dr. Jäger, und dem kann man nur beipflichten.
Eine Melodie, die ruhig mal verlorengehen kann im Eifer des Gefechts, die sich dann aber, wenn das Chaos gebändigt ist, ganz konsequent herausarbeitet aus dem Schwall der Töne und desto sieghafter und strahlender wieder zum Vorschein kommt.

In der Pause flaniert man in den Gängen umher, wie in allen Theatern der Welt um diese Uhrzeit, weiß und gold. Knebelbärtige Menschen sieht man hier nicht, die von Marksteinen reden oder von Meilensteinen; auch aus der »Deutschen Fahne« ist niemand gekommen. Da drüben steht Herr von Berkhof, mit Schinn auf der Jacke und einer abgestorbenen Zigarre zwischen den Fingern. Der

läßt sich das nicht nehmen: Bruckner, das ist keimendes Kulturgut, dem man zum Durchbruch verhelfen muß, durch Anwesenheit, durch Kauf also eines Billets. Bruckner, der symphonische Wagner, wie man weiß. Wenn der sich erst mal durchgesetzt hat: die Ausländer werden staunen, daß es dann *noch* einen deutschen Symphoniker mit »B« gibt!
Was uns in der Politik seit Bismarck fehlt, in der Kunst haben wir es: die Geistesheroen.

In der Wandelhalle sind Spiegel aufgehängt, damit es so aussieht, als ob es doppelt so viel Menschen sind, die hier immer rundherum laufen. Plötzlich sieht Karl sich selbst von hinten und denkt: den kennst du doch? Er bleibt stehen, das hat er so noch nicht gesehen, daß er so aussieht... Eigentlich ganz vorteilhaft: Die Orden unter dem Revers? Immerhin drei? – Er nimmt seine Frau beim Arm und guckt gemeinsam mit ihr in einen dieser Spiegel, und er lacht, als sollte er fotografiert werden. Ach, es ist doch schön, das Leben, nicht, mein Grethelein?

Ob sie gesehen hat, wie der Dirigent zu den Posaunen gemacht hat: Nun mal los, meine Herren? Nun geben Sie mal Zunder? (Zu Hause wird man das vielleicht mal nachahmen, im Klo, wenn einen niemand stört.) Und ob sie den verrückten Professor Woltersen gesehen hat, unten in der ersten Reihe? Wie der immer so mitdirigiert hat, die Partitur auf den Knien, und das graue Haar zwischendurch zurückgestrichen? Wie gut, daß man nicht neben dem sitzt, diese Fuchtelei, die armen Leute links und rechts! (Gut auch aus andern Gründen: sonst fragt er einen womöglich wieder nach Erex, seinem Sohn, wie das war, damals, »Heldentod«, und ob er sehr hat leiden müssen...)
Merkwürdig: Jede Minute des Krieges ein deutscher Sol-

dat gefallen ... Wenn man im Felde geblieben wär, dann könnte man all das Schöne jetzt nicht hören.

In den Erfrischungsraum gehen Karl und Grethe nicht. Dies Gedränge um ein Glas schlechten Sekt, das ist im höchsten Grade unwürdig. Interessant wäre es, wenn sich eine Tür öffnete, und der Dirigent träte unter die Leute, so daß man ihn fragen könnte: »Wie machen Sie das eigentlich?« Oder die Pauken- oder Beckenschläger träten unter das Volk, daß man mal herauskriegte, ob die auch Noten brauchen? So was interessiert einen doch ...

Nach dem Konzert löst Karl sich von den Durchhalteklatschern, von diesen Leuten, die sich nicht entblöden, nach den allersensibelsten Kompositionen in plumpe, bei Radrennen angebrachte Klatschrhythmen zu verfallen, und die womöglich hier in Rostock, unter Mecklenburgern also, auf die Idee kommen, »Bravo!« zu rufen.
Karl löst sich und geht mit unmerklich schneller werdenden Schritten zur Garderobe, eines der markanteren Themen noch im Kopf, und fragt sich, ob er mit seiner jungen Frau nicht noch ein Stündchen in die Theaterklause geht, an so einem schönen Abend? All den Reichtum noch ausklingen lassen? In der Theaterklause sitzt man so gut!

Grethe steht unterdessen am Ausgang, wo der Wind kaltsaubere Luft feucht hereinbläst, und guckt sich die Leute an.
Nach dieser herrlichen Musik müßte sich doch irgend etwas ändern mit der Menschheit, denkt sie. Die Menschheit müßte gleichsam schweben oder doch zumindest lächeln? Und Grethe bemüht sich, für ihre eigene Person, gütig auszusehen und einen Widerschein dessen auf ihre Miene zu zaubern, von dem sie glaubt, das Musik erwekken sollte: Geist, Seele und Verletzlichkeit.

Karl nimmt die Mäntel in Empfang, hilft seiner Frau hinein, und dann gehen sie hinüber in die »Klause«, suchen sich ein schönes Plätzchen und trinken ein Glas Tiroler Landwein für vierzig Mark.
Das Weinglas hält man in der Hand, und man sagt, daß der Bruckner zauberhaft gewesen ist, bis auf die eine Stelle, was man sehr wohl gemerkt hat.
Wieviel wohl so ein Geiger bezahlt kriegt? Oder ein Oboist, diese Leute, die durch eine Art Strohhalm blasen. Wieviel der wohl kriegt?
Da drüben sitzt ja auch Herr Heidtmann, von dem man weiß, daß er Sozi ist, und gleich daneben Dr. Jäger mit seiner jungen Frau.
Karl prostet ihnen zu, mit äußerstem Anstand natürlich, und unter dem Tisch schlägt er die Hacken zusammen. Dann guckt er in eine andere Richtung, obwohl er die junge Frau Jäger gerne noch ein wenig in Augenschein genommen hätte.

Konzerte, ja das sind Abwechslungen in des Lebens Einerlei, angenehme Abwechslungen, erfreulicher als diese politischen Versammlungen, bei denen doch nichts herauskommt. Wenn es allerdings auch nicht ganz ohne Reiz ist, sich anzuhören, wie die Leute sich öffentlich anschreien, oder mit anzusehen, wenn sie sich prügeln.

3

Wie jeden Sonntag gehen die beiden auch am Sonntag, dem 8. Mai 1921, spazieren. Nachdem sie von Pastor Straatmann eine Predigt über die Bergpredigt gehört haben, und nachdem der Schlußchoral verklungen ist und das etwas zu kräftige Nachspiel (man will ja gerne an den lieben Gott glauben, deshalb brauchen sie einen noch lange nicht so anzuschreien ...) –, gehen die beiden spazieren, Arm in Arm.
Zunächst schreiten sie dem Kröpeliner Tor entgegen, mit dem grünen Turm der Jakobikirche dahinter und mit dem Schornstein der Konservenfabrik Beck, dann biegen sie rechts ab und verschwinden auf dem Oberwall hinter blühenden Fliederbüschen. Hier sitzen Bürger auf der Bank, die gucken, was das für junge Leute sind, die hier so Arm in Arm dahergeschlendert kommen. Er so schlank gewachsen, mit goldener Brille, einen Spazierstock in der Hand. Und sie ist ja wohl 'ne ganz Feine. Kennt man die? Einem ist so, als ob man die kennt. – Hunde sieht man Dinge treiben, die man lieber nicht sieht.
Ja, der Flieder ist aufgebrochen, und große weiße Haufenwolken stehen über den voll gewordenen Ulmen, die unruhevoll die Krone regen.

Ein sehr abschüssiger Weg führt von der obersten Bastion auf den Unterwall hinunter – man kann ihn nicht in Würde hinabsteigen, die natürliche Beschleunigung ist der Würde abträglich: Karl kommt ins Laufen, er läuft voraus und fängt seine junge Frau auf und schwenkt sie einmal im Kreis, was zu der Jahreszeit paßt und den Bürgern auf den Bänken gefällt, sie lächeln und denken: Jugend!

Auf dem Wallgraben schwimmen Enten. Kinder werfen ihnen Brotreste zu. Die Spatzen am Ufer tschilpen: Ins Wasser können sie nicht gelangen, da schwimmt jetzt allerhand, was ihnen wohl gefiele.
Von fern kommen Schwäne angerudert, nicht zu schnell, nicht zu langsam. Als ob sie eine Brille aufhaben, so sehen sie aus. Schwimmen tun sie von selbst, nur rudern müssen sie, und das tun sie jetzt, mit ihren praktischen Füßen, je näher sie kommen, desto nachdrücklicher: Sie haben hier die Oberaufsicht, und daran zweifelt keiner. Das Haupt »tunken« sie ins Wasser, ins »heilig-nüchterne«, etwas schmutzige, ja, das ist wahr, und sie verschmähen es nicht, sich auch von Kindern füttern zu lassen.

Auf dem fernen Rosengarten ist heute, am Sonntagmorgen, die Militärkapelle der 90er in Stellung gegangen. Jetzt hört man einige Trompetenfetzen. Rigoletto? Eine Melodie kann man nicht ausmachen, aber es klingt wie Rigoletto.
Mit der Spaziergangsruhe ist es also nun vorbei. Jetzt muß man sich beeilen, denn sonst ist »Schluß« mit der Musik, ehe man dort anlangt.

Um die Kapelle herum steht Publikum. Junge Frauen mit Kind auf dem Arm, Herren mit Zigarre. Knaben haben sich auf den Sockel Friedrich Franz' III. gestellt: Von dort aus können sie das Glockenspiel beobachten, diese Art Lyra mit den eingefärbten Pferdeschwänzen; unglaublich, wie sicher der Mann darauf herumschlägt. Mal oben und mal unten, das würde man hören, wenn der vorbeischlüge.
Die Posaunen können sie auch beobachten, die stets anders gezogen werden, als man meint, daß sie gezogen werden müßten.
»Saubohnen« nennt Karl die Dinger immer wieder, weil Grethe sehr darüber lachte, als er es zum ersten Mal tat.

O, wie so trügerisch sind Weiberherzen,
mögen sie lachen, mögen sie scherzen …

Ja, es ist »Rigoletto«; Karl hatte sich nicht geirrt, wie schön, daß er sich »etwas auskennt in der Welt des Musikalischen«, »Riegel-Otto«, wie er schnell noch mal eben sagt, weil Grethe es so komisch findet, wenn er so spricht. Riegel-Otto: diese Geschichte von dem Buckligen, der seine eigene Tochter ersticht, weil er nicht richtig hingeguckt hat.
Karl pfeift leise mit, Grethe wiegt den Kopf: Musik, oh, wie ist sie schön!
Verdi, an sich ein Italiener, denkt Karl, aber gar nicht schlecht. So ein bißchen wie Wagner, nicht? Irrsinnig alt geworden und sein Vermögen den Armen vermacht, recht anerkennenswert.

Ein finsterer Mann steht neben Karl und sieht die jungen Eheleute an. Keine Vorderzähne hat er, und nun zieht er hörbar hoch und spuckt aus, im hohen Bogen. Dies ist ein Mann aus dem Volk. Da geht man besser ein Stück zur Seite.

Es geht auf zwölf. Karl und Grethe müssen sich sputen, denn in der Stephanstraße, wo sie an jedem zweiten Sonntag des Monats essen, erwartet man sie schon. Der alte Ahlers hat sich bereits eingefunden. Er sitzt mit Robert William im Erker und wärmt den Cognac an.

Anna streicht unruhig durch das Haus. Eine Haarsträhne hängt ihr herunter, und hinten am Kleid ist etwas nicht in Ordnung. Sie setzt sich hierhin und dorthin: Der Mahagoni-Tisch sollte besser da drüben stehen und die Vitrine dort. Und die Bücher in der Bibliothek auch mal wieder alle ordnen, Goethes Werke, in denen noch nie jemand gelesen hat. Das schöne Zimmer mit der entzückenden Rosentapete. Wie sie es liebt!

Auch unten im Keller sollte mal Ordnung geschaffen werden, in der Dunkelkammer. Die vielen Fotos wollte man doch schon lange mal einkleben: Tenor Müller als Lohengrin mit einer Blechkrone auf dem Kopf, das hatte man sich doch vorgenommen. Nun zu spät.
Theater? Vorhang auf, Vorhang zu, und dazwischen alles, was Menschen sich ausdenken können.

Anna steht am Treppengeländer und ringt nach Atem. Blaß und welk sieht sie aus.
»O Gott, gnädige Frau, was iss mit Sie?« fragt das Mädchen.
»Lassen Sie mich in Ruhe«, sagt Anna und schleppt sich nach oben.

Im Eßzimmer ist der Tisch gedeckt, die Kerzen brennen, und in der Kellerküche ist Paula Schütt, die Mamsell, dabei, die Soße abzuschmecken. Schweinebraten »mit Musik« gibt's heute, wie an jedem ersten Sonntag im Monat.
Die Uhren pingeln. Und schon sieht Vater Kempowski seinen Sohn mit seiner zarten Frau die Straße herunterkommen. Alles, was recht ist – pünktlich sind sie. Das muß auch der alte Ahlers zugeben.

Vor der Haustür stoßen die jungen Leute auf Herrn Hasselbringk, den vogelkundlichen Junggesellen, der ein gefürchteter Wanderer ist: Mit Schillerkragen, Wickelgamaschen und Kniebundhosen kommt er zu den Kempowskis zum Essen. Nach Tisch will er in die Warnow-Wiesen gehen, wo jetzt so mancher seltene Vogel pfeift, was er sich nicht entgehen lassen kann.
Ja, ihnen geht's gut, sagen die jungen Eheleute, die gerade besprochen haben, ob man heute den Alten wohl mal wieder um die Mieten angehen soll? Sie halten Herrn Hasselbringk die Tür auf und: Nein, den Wiesenpieper

haben sie noch nicht gehört, das tut ihnen leid. Aber viele Meisen und »Bußfinken«, wie Herr Hasselbringk sie nennt.

Ich bin der Herr Waldsekretär!

Beim Ablegen wehrt Grethe den Hund Phylax ab, der sie immer so indiskret belästigt, und die beiden Herren halten vergeblich nach Rebekka Ausschau, dem neuen kraushaarigen Mädchen, das sie bisher erst ein einziges Mal, und da nur flüchtig, zu Gesicht bekamen. Hatte sie nicht einen Leberfleck auf dem linken Nasenflügel? Einem war so, als ob sie einen Leberfleck gehabt hätte.

Ein anderes Mädchen nimmt ihnen die Sachen ab, ein minderes, das irgendwie Minna heißt, das so aussieht, als sei sie gerade »unwohl«, ein Anblick, der den Appetit nicht gerade fördert. An die Stelle von Hedwig ist sie getreten, die man wegen frecher Reden entfernen mußte.

Drinnen wartet man schon, endlich ist die Runde vollzählig, ja, es geht ihnen allen gut, und: Schönen Dank für die wundervollen Veilchen, unglaublich, wie stark die riechen ... Und nun kann's endlich losgehen.

Der alte Herr Kempowski wird an seinen Platz geführt, links und rechts eingehakt, die Beine werfend – schlechter ist es nicht geworden mit ihm, aber auch nicht besser. An den Tisch wird er gestellt, und schwupps! wird ihm der Stuhl von hinten untergeschoben. – Seine blasse Frau nimmt rechts neben ihm Platz, den Schildpattkamm im hochgekämmten Haar, und Grethe links, so ist das Usus.

Das Mädchen ruft in den Speiseaufzug: »Kann kommen!« Und schon beginnt es zu rumpeln darin, und das, was die Köchin unten hineingestellt hat, nimmt das Mädchen oben heraus.

Grethe sitzt nicht so gern neben ihrem Schwiegervater, der hat die Angewohnheit, feucht zu sprechen. Außerdem faßt er sie mit seiner warmen Hand am Unterarm, so oft er

irgend kann; ob sie noch von der Suppe will, und ob sie ihm mal eben das Salling rübergibt?
Wer nimmt alles teil an dieser Mahlzeit? Die jungen und die alten Kempowskis, Hasselbringk mit seinem offenen Kragen und die kleine, mollige Silbi. Sie sitzt neben Karl und erinnert ihn daran, daß sie als Kinder mal in der Veranda Bilderbögen ausgeschnitten haben. »Gell?«

Giri-giri
schnabulieri buh!

Silbi Schenk, eigentlich »Sylvia«, von ihrem Mann verlassen. Ja, das ist neu: Von ihrem Mann verlassen. Warum? Sie sei keine Offiziersfrau, sagen die einen, habe er gesagt, und die anderen sagen, daß sie immer so doll gewesen sei, man wisse es nicht genau, irgendwie unersättlich, und so etwas können eben auch nicht alle Männer ab.
Einmal hatte man sie auch auf dem Teppich liegend vorgefunden: einander würgend!
Zwei Kinder hat Silbi von Schenk, sie werden in den oberen Regionen des Hauses von Rebekka, dem neuen kraushaarigen Mädchen, versorgt: Bruno und Rike heißen sie. Bruno, der kleine Schelm, der immer mit Rebekka schmusen will, der seinen Kopf in ihren Schoß legt, was man verstehen kann, daß er das will, und die kleine Rike, die noch in der Wiege liegt und mit den Händen nach bunten Holzkugeln greift und dabei jauchzt.

Zwei Kinder hat Frau Schenk, und Grethe hat noch immer keins, so ist das in der Welt, und sie wird rot, wenn man sich erkundigt, ob noch immer nichts in Sicht ist?
Karl wird auch rot. Er soll sich mal 'n bißchen anstrengen, wird ihm geraten. »Watt, Ludwig?«
Ja, der alte Ahlers kann nur zustimmen. Ordentlich Ei essen und viel mageres Fleisch; Käse nicht vergessen.
Herr Hasselbringk, der sich in der Vogelkunde gewisse Verdienste erworben hat, wird gefragt, wie das eigentlich bei den Vögeln ist.

Amsel, Drossel, Fink und Star ...

Immer wieder wird von Vögeln gesprochen, ob's da auch 'ne zweite Brut gibt, und dies Aufhupfen, wie man das nennt, und daß Karl den Hahn immer weggejagt hat als Kind, wenn er aufhupfte, das arme Tier.

Was eigentlich ein Kapaun ist, das will der alte Herr Kempowski gern wissen, und als er es endlich erfahren hat, spricht er vom Wallach, was das für eine Art Tier ist, und vom Ochsen.

Die Suppe ist gut, heiß und gut. »Härrliß«, wie Herr Hasselbringk sagt, oder »annenehm«. Man taucht den schweren silbernen Löffel in die Suppe und pustet über sie hinweg, daß die Kerzen flackern. Soviel man auch pustet, man verbrennt sich doch den Mund, jedesmal.

»Davon kann man ja allein schon satt werden!«

Rotwein wird getrunken aus den geschliffenen Gläsern. Und dann wird wieder in den Aufzug hinuntergerufen: »Kann kommen!«, und es beginnt zu rumpeln, und ein wunderbarer Schweinebraten »mit Musik« wird herausgezogen: Kandierte Schweinebacken sind das, mit Sauerkraut, dem alle unmäßig zusprechen: »Ich hab gar nicht gewußt, daß ich so 'n Hunger hab!«

Alle außer Anna essen unmäßig. Anna mit ihrem hochgekämmten Haar. Sie trägt einen großen Amethyst am Kleid, in Gold gefaßt, umgeben von Brillanten. Ein herrliches Stück an dieser Frau, die jetzt so still geworden ist und früher doch immer so ekstatisch war, mit Stühlen warf und schrill lachte. »Ich wünsch euch alles Schlechte!« Dies Wort ist unvergessen.

Anna sitzt und guckt ins Leere. »Watt iss?« wird sie gefragt, das dringt von ganz weit her zu ihr. Da unten, in ihrem Leib, das weiß sie, da wächst ihr was heran. Und wenn sie von dem Schweinebraten essen würde, dann hätte sie den ganzen Tag damit zu tun.

Das Mädchen Minna oder wie es heißt, das jetzt den Wein eingießt, die Flasche am Halse faßt und dazu die Gläser ungebildeterweise hochhebt mit ihren dicken bleichen Fingern, ist überfällig, denkt Anna und zählt die Gründe zusammen, aber die reichen noch nicht.

»Guten Genuß!« sagt Hasselbringk statt »Prost!«, weil er gegen Fremdwörter ist, und Anna kann nun doch nicht widerstehen, nun nimmt sie eben doch den kleinen krossen Anschnitt, den sie schon so lange im Auge hat. Mit der eigenen Gabel nimmt sie das Stück vom Bratenteller. Einen Fleck macht sie dabei aufs Tischtuch – Salz streut man am besten darauf.

Inzwischen entwickelt sich das Gespräch, Herr Hasselbringk macht, auf alle mögliche Weise pfeifend, schmatzend und trällernd einen Wald voll Vögeln nach. Und dann erzählt er von Reihern, und Robert William sagt, das Reihern kennt er.
»Nun brat mir einer 'n Storch«, wird gerufen, und Herr Hasselbringk erinnert an den Storch mit dem Negerpfeil im Hals, den er dem Rostocker Museum gestiftet hat. Er weiß, daß im Mittelalter Schwäne gegessen wurden, auf den Zunftfesten der Böttcher.
Daß es doch eigenartig ist, sagt Herr Hasselbringk, in der Tierwelt ist immer das Männchen am schönsten, ob nun Hirsch, Löwe oder Pfau, nur beim Menschen – »liebe Frau Kempowski« – ist es umgekehrt. Und daß jedes Alter seine Reize hat.
Ja, das stimmt, wird gesagt, und das seltsame Mädchen Minna findet das auch. Sie muß erneut die Gläser füllen, damit man anstoßen kann, und dann stößt man auf, und jeder hat so seine Gedanken.
»Guten Genuß!«
Citronencreme gibt's hinterher, von kleinen Kristalltellern wird sie gegessen, die sehr unpraktisch sind, weil

seitlich durch den Schliff die Sauce herausläuft, besonders dann, wenn man hastig ißt, was hier ja eigentlich jeder tut.
Robert Kempowski steckt sich die »Selviette« noch fester in den Kragen. Zuerst hat er sich auf die Suppe gefreut – die kleinen Klöße mag er so gern, die darin zu finden sind –, dann auf den Schweinebraten mit den geliebten »Tütebeeren«; nun freut er sich auf die Citronencreme. »Irst kam ick, ond denn kam ick noch mal, ond denn kamt ji noch lange nich!« sagt er, und dann fragt er nach alter Sitte: »Kåkt oder schlågen?«, und da die Citronencreme nicht »kåkt«, sondern »schlågen« ist, spricht er ihr reichlich zu. »*Das* Citronencreme«, wie Silbi immer wieder betont (man hat ja gar nichts dagegen).

Als junger Mann war das Reihern an der Tagesordnung... »Watt, Ludwig?« sagt Robert und legt seine warme Hand auf Grethes kühlen Arm und fragt die kleine Schwiegertochter, ob es ihr geschmeckt hat. Ja? Bestimmt? Oder kann er noch was für sie tun?
»Giff Grething man noch ma de Schöttel röver!« sagt er, doch Grethe kann nicht mehr. Dafür langt Silbi sich die schwere Kristallschale und kratzt sie mit dem Löffel aus.

Nach dem Essen, drüben im Erkerzimmer, wenn der alte Herr Kempowski seine Leopille geschluckt hat – »wißt' ok een'?« – und sich rülpsend am Fenster zurechtgesetzt hat und bereits in Zigarrenqualm gehüllt den Kaffee schlürft – der Cog-nac ist jetzt warm –, fragt er Grethe nach ihrem Vater aus, was der so macht? In Hamburg? Ob der immer schön solvent ist? Und ihre Mutter, was die so macht? Und ob der Vater nicht mal nach Rostock kommt, er kann ihm da was offerieren?
Grethe ist verlegen, weil sie von Gelddingen nichts versteht. Offerieren? Anstößig kommt ihr das vor und unlau-

ter: »Provision« oder »Prozente«. Als ob da was abgeschöpft wird, was eigentlich dazugehört, und daß sie ihrem Vater mit so etwas kommt, ist gänzlich ausgeschlossen.

Silbi sitzt neben ihr, in einer entzückenden Reformbluse, aufgeblüht, lebhaft. Und während ihr Vater von Kruse redet, einem üblen Konkurrenten, den man tot im Hafenbecken gefunden hat, unter Wasser, an einem Pfahl hängend, die Brille noch auf, sagt Silbi zu Grethe: »Wir beiden Frauen«, und hakt sich bei ihr ein. »Gell?«

Ein Pensionat will sie eröffnen, das sind ihre neuesten Pläne; dadurch wird sie nämlich unabhängig von ihrem Vater, der sie nach dem Weggang Schenks unterhält. Natürlich müssen alle Zimmer neu gemacht werden, hübsch tapeziert, mit weißen Möbeln möbliert oder mit lindgrünen. Und die Vorhänge weinrot oder blau, in den neuen Mustern und Formen, die man jetzt mehr und mehr zu sehen bekommt. Ohne Schwulst müssen die Zimmer eingerichtet werden, ohne Deckchen und Portieren: einfach, klar, modern – so wie das die Reformbluse schon zeigt, die sie trägt, schlicht und doch so raffiniert. Den Busen sieht man nicht, aber man ahnt ihn.

Der liebe Vater wird ihr alles kaufen, und dann wird annonciert werden, in den »Mecklenburgischen Monatsheften«:

> Töchterheim
>
> In modernem Einfamilienhaus finden junge Mädchen liebevolle Aufnahme zur gründlichen Erlernung des Haushalts. Auf Wunsch Englisch, Französisch, Musik, Weißnähen, Geselligkeit, Sport. – Mäßiger Pensionspreis.
>
> Frau Hauptmann Schenk

Es müßte doch mit'm Deibel zugehn, wenn junge Mädchen nicht in hellen Scharen kämen?
Und wie würd' sie sich deren annehmen! Sie erst mal vor den Spiegel stellen, mein Kind, wie siehst du aus! Und dann zu Zeeck gehen und einkaufen, die entzückenden Hängekleider, die man jetzt überall sieht, ganz ohne Taille, oder mit Taille tief unten, was sehr raffiniert ist, denn man soll den Körper ja mehr erahnen als sehen.
Das ist ja auch für den recht vorteilhaft, der irgendwie keinen hat. Diese Schnürerei? Mein Gott, wenn sie daran noch denkt.
Zu Zeeck wird sie mit ihnen gehen.
Oder mal wandern? In die Rostocker Heide ziehen, in weißen Kleidern, und Picknick machen? Pfänderspiele spielen? Singen oder Reigen tanzen?
Gar zu gern möcht' sie mal ein Foto haben, sie und Grethe, untergehakt im Garten. »Wir beiden, nicht?« Schon springt sie auf und holt eine Tüte Cremehütchen, die ißt sie doch so gern, und hier die Handarbeitszeitschrift, die muß sie Grethe zeigen. Eine Plissee-Arbeit hat sie sich vorgenommen, »plissieren« heißt das dazugehörige Verb.

Anna weiß nicht so recht, junge Mädchen, das ist doch nicht so einfach, da hat man dann ja auch Verantwortung? Und sie denkt daran, wie schwierig es schon allein mit Silbi war, damals im Garten unter der Veranda, überall mußte man die Augen haben. Jahrelang.
Anna sieht die Väter und Mütter schon anreisen, wenn es bereits zu spät ist, mit rotem Kopf, und sie hört sie unmäßig schimpfen! Und die Nachbarn kriegen das mit.
Nein, sie wär' lieber für Studenten, die sind höchstens mal betrunken.
Silbi will keine Studenten, sie träumt von jungen Mädchen – »gell?« –, aus was für Gründen auch immer, und Schenk, der davongefahren ist, nachts, ohne etwas zu

hinterlassen, wird sich noch wundern. Der wird das noch bereuen, wenn hier die schönsten Mädchen aus und ein gehen, in den natürlichsten Haltungen, naiv und frisch, oder im Garten Reigen tanzen, eingehüllt in extra dafür angefertigte Gewänder... Und *daß* er das erfährt, dafür wird sie schon sorgen.

Karl sitzt im Hintergrund, neben seiner Mutter, da, wo er sonst nie sitzt. Hinter einer der Schwulstgardinen sitzt er und putzt seine Brille, und alle blicken auf, als er plötzlich zu sprechen beginnt. Von den Mieten redet er nicht, so wie's eigentlich geplant war, wie das nun ist damit – und auch nicht von Flandern, wie Hasselbringk es immer gerne will.
Sich räuspernd fängt er an, von einem Schiff zu reden, das zum Verkauf steht, wie er gehört hat, von Lotterbach, dem Kapitänleutnant a.D., am Offiziersstammtisch. Ein kleines, nettes Schiff, gar nicht mal so schlecht. 1200 Tons, englische Maschine, frisch überholt, allerliebst.
Er meint, für schlechte Papiermark das Dings zu kaufen, das wär Unfug, weil das alle wollen. Da käm' man ja gar nicht ran. Wenn man den Leuten dafür schwedische Kronen anbieten würde, aus dem schwedischen Guthaben? Würde man das Schiff dann nicht für 'n Appel und 'n Ei bekommen? Für gute Devisen? Einmal muß man sie ja doch angreifen...

Sein Vater läßt Grethes Arm fahren, er lehnt sich zurück. Wo? Was? fragt er, und Ludwig Ahlers am verschnörkelten Kachelofen, der in seinen restlichen Zähnen herumstochert, wird gefragt, ob er das gehört hat, was sein Junge da eben gesagt hat: »Ick sall 'n Schipp köpen?« Ob er das gehört hat?
Der alte Ahlers nickt schwer, was bedeuten kann: »Mensch, Robert, du hast aber 'ne Last mit deinem Sohn« oder »Gar nicht zu verachten, nicht?«

Über diesen Vorschlag kann man ja wirklich nur den Kopf schütteln, sagt der Vater, und ob Karl das verantworten kann, hier, nach dem Essen, wo alle so zufrieden und fröhlich sind, so einen verrückten Vorschlag zu machen? Seine guten schwedischen Kronen?

Herr Hasselbringk, der mal mit einem Schiff nach Afrika gefahren ist und zurück, hat zu diesem Casus keine Meinung, obwohl er sehr danach gefragt wird.
Er studiert die Kaffeedecke, auf der die Unterschriften lieber Gäste ausgestickt sind, kreuz und quer: in Schwarz, in Rot, manche auch in Grün oder Gelb.
»Merkwürdiss«, sagt er, das sei »merkwürdiss«, die Unterschrift da auf der Kaffeedecke, seine eigne »Untessift«, ganz plötzlich ist sein Blick darauf gefallen: daß *er* das geschrieben hat? »Merkwürdiss«, und wie lange das schon her ist?
Er weiß noch genau, daß damals das ganze Haus voll Gäste war, und er will das Gespräch drauf bringen: »Wissen Sie noch, gnä' Frau? War das niss ümme fubbe nett?«
Aber Anna ist nicht in der Stimmung, die Namen auf der Decke durchzugehen. Am liebsten würde sie die Decke zerreißen.
Immer war das Haus voller Gäste, nun ist das weniger geworden.

Als Robert dann in seinem Bette liegt, Mittagsschlaf halten, schüttelt er noch immer den Kopf. Ein Schiff kaufen, also nee. Er stößt mit seinem Krückstock die Tür zu Annas Zimmer auf und fragt sie drüben, ob sie gedacht hat, daß ihr Sohn so ein Döskopp ist? In heutiger Zeit, wo's kaum Frachten gibt? Was sie wohl dazu sagt? Ein Schiff? Seine schönen schwedischen Kronen?
Wovon war die Rede? Anna liegt auf ihrem Bett, sie sieht die Schatten der Birke an der Wand tanzen. Lindgrüne Möbel anzuschaffen, helle Tapeten und neue lichte Vor-

hänge, moderne Vorhänge ... Nein, dazu hat sie keine Kraft mehr.
Hasselbringk, das war der letzte Name, der auf der Decke ausgestickt wurde. Volkmann, Strahlenbeck und all die andern Männer. Und Müller. Weggeblasen. Merkwürdig.

Alljährlich naht vom Himmel eine Taube ...

Wann war die Sache zu Ende gegangen? Der fröhliche Trubel? Eines Tages war Schluß gewesen. Eines Tages war keiner mehr gekommen. Hasselbringk ist der letzte, und der bleibt auch nicht länger als nötig.
Wann hatte es angefangen mit dem Schluß?

In der Firma ist es weniger amüsant. Karl hat nichts zu tun! Er spielt mit dem Bleistift herum.
Das finstere, schlecht gelüftete Privatkontor: An den Wänden hängen sogenannte Kapitänsbilder: Segelschiffe, äußerst ruhig liegende, andere in voller Fahrt begriffen, eines aber im Sturm bei Nacht. Der Besanmast ist gebrochen, und im Vordergrund kämpft ein Boot gegen die Wellen an.
Durch das Fenster sieht man auf den Straßenbrunnen – oben für Tauben, in der Mitte für Pferde, unten für Hunde –, der ist abgestellt. Ein Kran schwenkt seinen Haken über ein Schiff, zielt und senkt ihn in den Leib des Schiffes. Eine Kiste zieht er herauf, schwenkt sie hinüber auf den Kai und setzt sie ab.
Nun verdeckt ein schwerer Rollwagen die Sicht, zwei Kaltblüter ziehen ihn – Belgier sind es mit riesigen Ärschen und kurzgeschnittenen Stummelschwänzen.
Von der anderen Seite kommt ein Möbelauto herbei, auf Vollgummireifen, Bohrmann steht schräg darauf. Und nun ist wieder der Kran zu besichtigen, der noch den ganzen Vormittag Kisten aus dem Schiffsbauch liften wird. Wenn das Schiff heute nachmittag verholt, dann

wird man die Irrenanstalt drüben sehen können, auf dem anderen Ufer der Warnow, weiß, hinter großen Bäumen. Gewöhnliche Irre dämmern dort vor sich hin und Kriegs-Irre, die das Trommelfeuer nicht haben ertragen können, Männer, die man im letzten Augenblick aus zusammengestürzten Unterständen geborgen hat.

Durch die Glastür sieht Karl die Angestellten an den Stehpulten, unter grünbeschirmten Lampen, auf Reitschemeln, mit gebeugtem Rücken. Vertrauen erweckend, aber mit Vorsicht zu genießen, ist der dicke Sodemann:

Barg von unnen,
Karken von buten,
Krög von binnen.*

Nach diesem Motto lebt er. Mit seinen zwei Zentnern ist er nicht zu übersehen, und er sorgt auch dafür, daß man ihn nicht übersieht.

Nun klingelt das Telefon. Karl hat Angst, abzuheben, weil er nie versteht, worum's eigentlich geht, das Sprechrohr muß er zuhalten. »Einen Augenblick, bitte!« Er muß seinen Vater fragen: »Da ist ein Herr Sowieso? Der will irgendwas wissen?« Und der Vater, dem die Haare hinten hochstehen, weil er sich gerade gekratzt hat, schmeißt sich den Zwicker auf die Nase und ruft: »Giff her, darup töf ick ja all!«**

Nein. Immer sitzen und interessiert gucken, obwohl man nichts versteht? Und die wenigen Tätigkeiten hinziehen, damit man nicht schon wieder Anlaß zu Kopfschütteln gibt?

Antwortlich Ihres sehr geehrten Vorgestrigen ...

Die Sache mit den Schiffen hat Karl immerhin kapiert, mit »Consul« und »Clara«. Jeden Tag kommen Abrechnungen, von Maklern aus Stettin oder Reval, die angelt er

* Berge von unten, Kirchen von draußen, Kneipen von innen.

** Gib her! Darauf warte ich schon lange!

sich aus der Post heraus. »Wenn ein englischer Standard Holz soundsoviel kostet, wieviel kostet dann ein Petersburger?« Mit seinem feinen silbernen Drehbleistift rechnet er es aus, und seine etwas schwächliche Schrift ist schon ein wenig fester geworden: Eine Ladung Holz, das macht so und so viel Prozent (»Courtage« heißt das). Wenn man das erst mal raushat, ist das einfach.
Oder Proviant: Die Rechnungen vom Proviianthändler, auch die sammelt Karl und liest sie durch. Ein Sack Zwiebeln und »Corned Beef«, dieses neue amerikanische Fleisch? Das möchte er wohl mal probieren. Graupen – auch nicht schlecht. Graupen mit Backpflaumen, wie er sie im Lazarett so gern gegessen hat, in Flandern. Graupen mit Backpflaumen und angebratenem Speck ...
Mit einer Gasvergiftung lag er im Lazarett, und wenn Karl an Graupen mit Backpflaumen denkt, juckt ihm die Haut.
Für die Ladungen *kriegt* man was, Prozente also. Für Proviant, Heuer und Kohle muß man hingegen was bezahlen: und das, was man kriegt, muß immer etwas mehr sein als das, was man bezahlen muß, sonst rächt sich das. – Reparaturen sind ärgerlich. »War das denn nötig?« muß man dann sagen, und wenn man das sagt, ist man mit dem Vater einig.

Der Vater ist verständiger, als es scheint. Eines Tages findet Karl auf seinem Schreibtisch alle Proviantbücher und Heuerlisten der Reederei-Abteilung, die sonst bei Sodemann lagern: Das ist nun sein Revier, und Karl reibt sich die Hände und spitzt die Kopierstifte an.

Einen dritten Dampfer zu haben, wäre vorteilhaft. Dann wäre das, was beim Ausrechnen jedesmal übrigbleibt, noch mehr. »Carmen« müßte das Schiff heißen. »Consul«, »Clara« und »Carmen« ... Nicht »Sylvia« oder womöglich »Margarethe«, nein: »Carmen«, alle Namen mit »C« anfangen lassen. Die C-Linie.

Das Reedereigeschäft hat Karl kapiert, mittlerweile. Aber ausfüllend ist diese Tätigkeit nicht.

Antwortlich Ihres sehr geehrten Vorgestrigen ...

Und ärgerlich ist es, daß Sodemann, dieser Mensch, der im Büro ganz ungeniert den »Vorwärts« liest, ihm manches Mal über die Schulter guckt, ob Karl das auch richtig macht, und dann kopfschüttelnd weggeht, und drüben irgendwelche Bemerkungen macht, worüber die Lehrlinge lachen, und Drehorgel spielen sie an der Stirn!

Von acht Stunden Kontor-Sitzen ist Karl vielleicht zwei Stunden mit den Schiffen beschäftigt. Unten links im Schreibtisch hat er die Briefmarken liegen, unten rechts die Landkarten von Flandern, manchmal nimmt er sie heraus, morgens, wenn der Vater noch nicht da ist, und studiert, wie das damals war.

Erfreulich ist es, wenn man eben mal weggehen kann, »Außendienst«, wie man das nennen könnte. Das füllt die Zeit: Zur Post gehen, ob Briefe angekommen sind, mit Nachrichten aus Riga oder Königsberg, oder den Hafen entlangschlendern, was da für Schiffe liegen. Wenn Karl das Kontor verläßt, fällt das Wort »Dämellack« oder »Dämelklaas« deutlich hörbar, dagegen kann man nichts machen.

»Ich geh' eben mal weg.«

Gern steht Karl beim Provianthändler am Heringstor, bei dem es nach Petroleum riecht und nach Räucheraal.

»Wie geht's Vadding?«

Er fragt sich, warum alles immer teurer wird. Es wäre doch viel einfacher, wenn die Preise immer gleich blieben! Wie vor dem Krieg: Einmal Rasieren 5 Pf., und die Seife gab es noch zu!

Ebenso gern guckt Karl am Hafen den Tauben zu, die verschüttetes Korn aufpicken. Oder er sieht den Männern zu, die, einen Getreidesack auf der Schulter, über wippende Bohlen laufen, und den Sack mit Schwung in das Schiff entleeren. Mehr wird man ihnen geben müssen, nächste Woche. Und mehr wird man *nehmen* müssen. Anstatt, daß man alles so ließe, wie es ist!
Das Schiff, in das die Männer die Getreidesäcke entleeren, zeigt am Bug eine Galionsfigur. Eine nackte Frau mit vorgestrecktem Busen und knapp verhülltem Unterleib.

Von der Fischerbastion aus kann Karl den Hafen überblicken. Hier hat er als Kind mit dem Fräulein Lesen geübt, Chingachgok und Natty Bumppo. Die alten Kanonen, auf denen er reiten durfte, stehen hier immer noch; hier sitzen auch die alten »Fahrensleute« noch, die den jungen Herrn wohl gesehen habe, wie der da auf der Bank sitzt und den lieben Gott einen guten Mann sein läßt. In den Bäumen und Büschen der Fischerbastion piepen, pfeifen und trällern die Vögel, die Herr Hasselbringk so gut nachahmen kann. Ein Keilzug Wildgänse fliegt nach Norden, links ist er länger als rechts. Eine der Gänse scheint krank zu sein, die bleibt ja so weit zurück?

Einmal trifft Karl das kraushaarige Mädchen Rebekka. Das will ihrer Mutter eine Kanne Milch bringen. Sie wird verlegen und hebt die Milchkanne wie eine Laterne hoch, ihm zum Gruß? Ist das vielleicht Milch aus der Stephanstraße? Geklaute Milch? Ein kurzes Röckchen hat sie an, mit »Wasserfall«. So etwas bleibt haften.

Der Vater vor seinem gotischen Geldschrank mit dem kleinen und dem großen Schlüsselloch guckt seinen Sohn an: Wie der beim Telefonieren aus dem Fenster sieht und an der Schnur knütert? Der hat Feuer gefan-

gen, so kommt es ihm vor. Nicht mehr ganz so düsig ist er wie zu Anfang.
Damit er noch mehr Feuer fängt, schickt er ihn auf Reisen. Manche Dinge müssen persönlich geregelt werden, die lassen sich nicht mit Briefen abmachen. Was liegt näher, als Karl auf Reisen zu schicken? Außerdem lernt er dann die Partner in den anderen Hafenstädten persönlich kennen: Geheimrat Lengenbach, von Lengenbach & Sulz in Lübeck, mit seinen großen Ohren, den Partner im Stückgutgeschäft, und Ösenbaum in Wismar, diesen Klaas.

Karl klappert also die Hafenstädte ab. Er sitzt in Kontoren herum, düsteren und hellen, kleinen und großen, mit Blick auf den Hafen und auf Kräne, die eine Kiste nach der anderen in Schiffe hineinversenken oder herausholen, mit und ohne Galionsfigur, von Möwen umkreist. Und er spricht mit kurz angebundenen Herrn oder mit redseligen, die ihn zum Essen einladen und nach diesem oder jenem fragen oder nichts dergleichen tun.
Bei Herrn Lengenbach trifft er auf Richard de Bonsac aus Hamburg, seinen Schwager, der auch gerade auf Reisen geschickt worden ist. Sie machen einen Spaziergang und sitzen lange in einer Kneipe. Richard, der im Osten gestanden hat, Jahr um Jahr, wo es auch nicht immer einfach war, und Karl, der im Westen gelegen hat, was irgendwie mehr ist, finden beide.

Karl reist gern. Er hat eine Vorliebe für das Angucken von Städten. Gleich am Bahnhof kauft er sich einen Stadtplan und Ansichtskarten: Was diese Stadt wohl für wert hält, daß es den Besuchern schon auf dem Bahnhof präsentiert wird. Er setzt sich in ein Café und bestellt ein Stück Mikado-Torte und entfaltet den Stadtplan: Ob die Stadt größer oder kleiner ist als Rostock, will er sehen, und ob sie vielleicht geschickt ihre Lage ausgenutzt hat, einen

Fluß, einen Bodden, vorteilhaft zu Verteidigungszwekken, oder ob da Mängel zu entdecken sind, über die man nur den Kopf schütteln kann.

Kirchtürme. Ganz schöne Dinger (die untersten Steine müssen am meisten aushalten. *Daß* sie das aushalten!), oben spitz, mit Kugel und Hahn.

Manche Kirchen haben sogar zwei Türme, St. Nikolai in Stralsund zum Beispiel, allerdings ohne Helm. Stralsund überhaupt: »Strelasund« – so nennt Karl die Stadt aus unerforschlichen Gründen – mit zwei sehr großen Kirchen, die eine drinnen leer und kahl und die andere völlig voll mit Altären und Gestühl, Figuren, Epitaphen und Kronleuchtern. Anstatt daß die volle der leeren nun was abgibt! Da mach sich einer 'n Vers.

In Wismar sind die großen Kirchen harmonischer, gemütlicher als in Stralsund, so kommt es ihm vor, man setzt sich gern mal ein wenig hinein, wie die Sonne da so freundlich durch die Fenster scheint, und guckt zur Orgel hinauf, wo gerade der Organist zu üben beginnt: »Düdellüht!« Sehr schön, das kann man stundenlang hören, auch wenn die eine Stelle noch nicht so richtig klappt, dieser Lauf und dieser Triller...

Der Organist nimmt die Noten zur Hand und blättert sie durch und beginnt von vorn. Die Stellen kennt Karl nun schon: Aha! Jawohl. Und er hofft mit dem da oben, daß der die Hürde nimmt, und er wundert sich, daß der es noch immer nicht schafft.

Strelasund und »Wis-Maria«, wie Karl sagt, und »Pierdknüppel«, wie Rostock von dummen Leuten genannt wird, eine Perle neben der anderen, von Lübeck und Danzig ganz zu schweigen.

Was Lübeck angeht, »Lubeca«, wie Karl diese Stadt nennt, eine Stadt, die sogar über zwei Kirchen mit je zwei Türmen verfügt, so hat er sich gerade die »Budden-

brooks« gekauft, ein merkwürdig gutes Buch. Das ist ja beinah' so, als ob er die Leute darin kennt?
Makler Gosch zum Beispiel, der hat direkt Ähnlichkeit mit Kleesaat und Sesemi Weichbrodt mit Fräulein Seegen – das liegt vielleicht daran, daß das auch alles Norddeutsche sind, ähnlich sind sie einander, und doch wieder ganz anders.
Warum Toni Buddenbrook den Lotsensohn nicht heiratet? Das wär' eine erstklassige Blutsauffrischung gewesen, so wie bei den Kempowskis die de Bonsacs, und umgekehrt – wie bei den de Bonsacs die Kempowskis. Sensibilität und Urwüchsigkeit mischen sich und was herauskommt, ist ein erstklassiges Ergebnis.
Ja, es wird ein gutes Ergebnis geben, bei den Kempowskis, *wenn* es eins gibt. Es wird ja nun allmählich Zeit.
Ärgern tut sich Karl, daß sich die Geldverhältnisse bei den Buddenbrooks dauernd verschlechtern. Das hätte ihm nicht passieren können. Bei so was muß man doch aufpassen? »Moses und die Propheten.« Er hätte das Buch anders geschrieben: Daß die immer mehr kriegen, daß es also aufwärtsgeht. Meinetwegen erst abwärts, aber dann aufwärts, unbedingt. Wer will denn etwas lesen von Verhältnissen, in denen es ständig abwärtsgeht? »Verfall einer Familie?« Also nee.

Im Lübecker Café Niederegger – »Lübecker Marzipan« – kostet ein Stück Torte in dieser Zeit 45 Mark, was Karl nicht komisch vorkommt. Kleine runde Marmortische und eine blonde Bedienung. Karl sieht zu, daß er möglichst in das Revier der blonden Bedienung kommt, und dann fragt er sie, wo auf der Speisekarte die Getränke eigentlich stehen, und läßt sich das zeigen, und dann gelingt es vielleicht für einen winzigen Moment, ihren Zeigefinger zu berühren.
Und dann natürlich reichlich Trinkgeld geben. Merkwürdig, daß dieses doch wahrscheinlich ganz einfache Weib Sperenzien machen würde, wenn man ihm näherträte.

In Lübeck übrigens, und das ist sonderbar, passiert es, daß er eine Dame sieht, die er kennt: Es ist seine Mutter, Anna Elisabeth, geboren 1864. Was tut sie hier? In Lübeck? Sie steigt gerade aus einer Autodroschke heraus, als er »ihrer ansichtig wird«, in ihrem dunkelgrauen Kleid, einen Hut mit schwarzen Blumen auf dem Kopf; sie guckt sich durch ihre altmodische Hängebrille um, steht unschlüssig da und geht dann von Schaufenster zu Schaufenster. Gebückt geht sie und alt sieht sie aus und klein.
Das da drüben ist nun deine Mutter, denkt Karl: »Vom Weibe bist du ...« Aus diesem ausgelederten Körper bist du herausgerutscht. Unwillig ausgetragen, als lästig empfunden ... »Du bist ja nur ein Versehen«, und: »Der fällt ja doch.«
Daß er keinesfalls hinüberlaufen darf, durch den klingelnden, hupenden Verkehr, das weiß er. Wenn er ihr plötzlich gegenübergestanden hätte, selbst dann hätte es kein Erkennen gegeben, sie hätte ihn kalt angesehen und wäre weitergegangen. Dies ist meins, und das ist deins.
Was Karl nicht weiß: Anna war in Lübeck bei einem Arzt, und nun geht sie in ein sogenanntes Kunstgewerbegeschäft hinein.
Thüringer Porzellanfiguren kauft sie, Knaben in Fräcken und kindliche Mädchen in Reifröcken.

Karl sieht sich das Porzellan an, vierspännige Kutschen mit Mohren hintendrauf, uniformierte Affen, allerhand Tiere: Papageien ..., und er hat eine Idee:
Er kauft einen blauen Igel aus Glas, mundgeblasen. Dem Grethelein etwas mitbringen! Oder besser nicht mitbringen, denkt er, so tun, als ob man das wieder einmal vergessen hat – und am nächsten Tag kommt's dann per Post: die Frau beschämen ...
Leider wrummelt in Rostock der Briefträger das Päckchen mit dem Glasigel in den Briefkastenschlitz, und alle Stacheln brechen ab. Grethe, so nervös und empfindlich,

denkt wunder, was Karl ihr hat schicken lassen, ein hübsches Tuch, hat sie gedacht, oder eine Brosche, und da hält sie den kaputten Igel in der Hand! Peng – fliegt er in die Ecke!
»Das soll wohl 'ne Anspielung sein?«
Hier gibt es den ersten Ehekrach bei den Kempowskis: Oben die Kellnersfrau legt sich auf den Fußboden und horcht mit angehaltenem Atem. Und unten, Franz, bei dem sich gerade die schöne Dorothea aufhält, die von ihm wissen möchte, ob man die Tülle von der Kaffeekanne wohl wieder ankleben kann, Franz, der seufzt: Daß die Menschen sich nicht vertragen! Immer ist Zank und Streit in der Welt. Aus der SPD ist er ausgetreten, weil sie seinem Heiland was am Zeuge flicken wollen, die Genossen.

Aus irgendwelchen Gründen fährt Karl eines Tages nach Schweden, und zwar mit dem »Consul«. Auf der Brücke steht er: »Ring! Ring!« macht der Schiffstelegraf, und der Steuermann ruft in das Sprachrohr hinunter: »Beide Maschinen volle Kraft voraus!«
Steine soll der »Consul« holen aus Malmö, für die Warnemünder Mole, und es gibt Fotos von dieser Schiffsreise: Karl in einem Cheviot-Mantel, den Kragen links hoch, rechts runter, eine Sportmütze auf dem Kopf und eine Pfeife im Mund. Mit dem Fernglas sieht er in die Weite.

In einem schwedischen Schloß findet er sich wieder, wie beim Kaiser geht's da zu. Abends klopft der Diener an die Tür und sagt, das Bad wär' fertig, und ob er will oder nicht, Karl muß in die Wanne steigen und einen Augenblick herumplätschern, in dem nach Fichtennadeln duftenden grünen Wasser. Und ob er will oder nicht, er muß nach einer Weile auch wieder heraus aus dem Wasser,

denn der Diener klopft schon wieder und sagt: Es wär' nun Zeit?
Im Salon versammelt man sich, Herren und Damen stehen plaudernd umher. Mit dem wortkargen Mecklenburger, der neben dem Kamin steht, spricht immer jeweils einer, da wechseln sich die Schweden ab.
Punkt sieben öffnet sich die Saaltür, ein Diener in hellblauer Livree erscheint und sagt: »Mitt herrskap, det är serverat!«, was man ohne weiteres verstehen kann, auch wenn man aus München oder sonstwoher ist, und dann schreitet man hinein in den feudalen Saal in Weiß und Gold mit Leuchtern auf dem Tisch, voll brennender Kerzen, deren Wachs herunterperlt, und freut sich auf all das Köstliche, was es nun gleich geben wird.
Die Vorspeise schon allein ... Kalte Fische und Marinaden und auch kleine, gebratene Sachen, wie eine Art Rührei voll gehackter Salzfische ...
Nie wird Karl vergessen, daß die Dame des Hauses während des Essens einen vermutlich kostbaren Stein aus ihrem Ring verliert, und zu den Herren, die sich sofort bücken, sagt: »Den können wir nachher auch noch suchen.« Das wird er Grethe erzählen, wenn er wieder in der Borwinstraße sitzt, in dem winzigen Wohnzimmer.

Leider kommt er mit seiner Tischdame nicht so recht ins Gespräch. Eine blonde Dame mit »Schnecken« über den Ohren, was Karl an sich nicht mag.
»Ach, Sie sind Deutscher?« sagt sie, und damit ist die Unterhaltung schon beendet.
Ein nervöser Marienkäfer läuft zwischen seinem Gedeck und ihrem hin und her, auch über die Schneide des Messers, spreizt die Flügelpaare und landet in Karls rotem Wein, in dem die Kerzen funkeln.
Karl nimmt den Käfer mit seinem blank-silbernen Dessertlöffel aus dem roten Wein heraus, und er hat die Idee, seiner hübschen Nachbarin, die das alles beobachtet hat, den geretteten Käfer zu zeigen.

Nach dem Abendessen gehen sie die breite Treppe in den Garten hinunter, und sie schlendern über die vom Mond beschienenen mathematisch angelegten Wege nachdenklich dahin: kugelförmig geschorene Büsche und je ein Engel, eine Laterne stemmend, den Ausgang des Parks ein wenig zu beleuchten.
Das Schloß liegt am Fluß, und eine Promenade führt den Fluß entlang. Schiffe gleiten im Dunkel vorüber mit Positionslampen, rot und grün, das spiegelt sich im schwarzen Wasser.

Im Porte badet junge Brut
mit Hader- oder Lustgeschrei …

So langsam Karl auch geht, die junge blonde Dame geht noch langsamer. Sie bleibt immer einen halben Schritt hinter ihm zurück. Schließlich bleibt sie stehen, lehnt sich über die Mauer mit ihren blonden Schnecken, die an sich ganz hübsch aussehen. Links darüber der Mond, darunter das Wasser und ein still dahingleitendes Schiff.
Karl stellt sich auch an die Mauer. Er möchte gern von Positionslampen sprechen und von den vielen Signalflaggen, siebzigtausend gibt es, wie er weiß, und: Weiß mit Rot heißt »ja«.
Oder von Briefmarken? Daß es doch sehr merkwürdig ist: Alle Briefmarken in der ganzen Welt sind ringsherum gezahnt, nur die schwedischen nicht?
Die junge Dame aber möchte vom Krieg sprechen.
Daß die Deutschen so grausam sind, das kommt ihr merkwürdig vor.
Und ob es stimmt, daß die deutschen Soldaten in Belgien … Ob er selbst auch … Sie meint: kämpfen … ob er auch richtig gekämpft hat? Und sie zittert dabei und fragt Sachen aus ihm heraus, die er sonst nicht erzählt, ja, die er vielleicht gar nicht so richtig erlebt hat.
Cecilie heißt die junge Dame, was sich »ßessili« ausspricht.

Karl hat mal gehört, daß die Mädchen in Schweden sehr »frei« sind. Ob Cecilie auch »frei« ist? Er würde sich ihr gern nähern, aber sie sieht ihn dann vielleicht vernichtend an mit ihren beiden Schnecken links und rechts. Tut nicht dergleichen, läßt die Arme hängen, stellt sich tot?

Dicht stehen sie nebeneinander, dichter als vorhin, die Arme auf die Brüstung gelehnt.
Und nun berühren ihre Finger die seinen, flippern ein wenig, und er flippert ein wenig zurück.
Und dann dreht sie sich ihm plötzlich zu und liegt in seinen Armen, und das sind andere Küsse als die, die Karl sonst so von sich gibt.

Dann wieder im Schloß, unter den befrackten Menschen, vorm Kamin, er hier, sie dort.
»Nun freut sie sich«, denkt Karl. Und: »Ich freu' mich auch.« Und dann geht er in die Bibliothek, in der ein Flügel steht, und die Schweden wundern sich, daß er so wundervoll Klavier spielen kann. Na ja, die Deutschen, Kultur haben sie eben doch.
Cecilie kommt auch herein. Sie setzt sich in den Lesestuhl ihres Onkels. – Sieht sie ihn an?

Weit nach Mitternacht erst gehen die Lichter aus, im Schloß, eines nach dem andern. Auch draußen die Laternen, die von den beiden Engeln gestemmt werden, die gar keine Engel sind, sondern affenähnliche Kobolde.
Oben links geht das Licht auch aus, im dritten Fenster von links. Dann geht es wieder an, und zwei Fenster weiter rechts wird's hell. Dann geht's links aus, dann rechts, und nun ist alles dunkel.
Draußen gleitet noch ein Schiff vorüber, schwer atmend, dem Meer zu und den fernen Welten.

In ihrem Bett, das ein Himmelbett ist, liegt Cecilie, die Arme hinter dem Kopf. Ein junger Mann liegt neben ihr, aus Rostock kommt er, aus dem grausamen Deutschland also. Die beiden sprechen miteinander, leise, leise.
Und nun steht sie auf, das Haar trägt sie offen, sie tritt ans Fenster und lehnt sich hinaus.
»Dies ist anders als alles, was ich je erlebt habe«, denkt Karl, und nun sieht er, daß sie vom Fenster zurückgetreten ist und sich ein wenig dreht und tanzt, nach einem Lied, das sie leise vor sich hinsummt. Und wenn er wüßte, daß dieses zarte Geschöpf dort, von ihm, dem Deutschen gern ein wenig gepufft werden würde, zum Schein grob, dann wäre diese Nacht auch für die liebe Cecilie etwas Großes.

In Schweden bleiben? denkt Karl am nächsten Morgen, als ihm im Wintergarten das Frühstück serviert wird. Statt nach Haus zu fahren, einfach hierbleiben! Mit Cecilie ein neues Leben anfangen, ein anderes, irgendwo im Norden? An einem See?
Er sieht sich vor einer Hütte sitzen und an einem Stock schnitzen, und sie springt von Stein zu Stein, löst sich die festen Schnecken, schüttelt das lange goldblonde Haar hinter sich? Ein einfaches weißes Kleid ...

Am grauen Strand, am grauen Meer
und seitab liegt die Stadt ...

Sie angelt, nicht er? Er stellt sich vor, daß *sie* angelt, das ist ein reizvoller Gedanke, und daß sie das Haar offen trägt, und daß in der Hütte ein Herd steht mit Eisenringen, die man hin- und herschurrt. Ein Herd, aus dem die Flammen schlagen.

Die Reiserei hat Karl bald satt.
In Wismar oder in Stralsund geschäftliche Dinge ausrichten, die man in letzter Konsequenz gar nicht versteht?

Courtage, Tons und Dividende? Soundsoviel Prozent? Wenn Karl in den fremden Kontoren ganz aus dem Konzept gerät, was gelegentlich geschieht, und absolut nicht weiter weiß, gucken sich die Herren gegenseitig fragend an: »Das ist nun der Sohn vom alten Herrn Kempowski!? Der doch ein so derber Mensch ist, mit faustdick-hinter-den-Ohren? Aus Schrot und Korn? Steht hier bloß herum?«

Ein drittes Schiff hat man neuerdings gekauft, »Marie« hat man es genannt. 1200 Tons, mit englischer Maschine, für schwedische Kronen, wie Sodemann es schlau geraten hatte. Oder wer war es noch gewesen? Wer hatte es geraten?
»Marie«, nicht »Carmen« heißt das Schiff. Und so billig war die »Marie«, wie man sich das überhaupt nicht vorstellen kann. Gutes schwedisches Geld, im Krieg verdient, nicht diese wertlose Papiermark, die immer mehr, also weniger wird, was man den Sozialisten zu danken hat.

Drei Schiffe: schade, daß sie nie zur gleichen Zeit im Rostocker Hafen liegen. Wenn eins in Rostock ist, dann ist das andere gerade in Kopenhagen und das dritte womöglich in Königsberg. Nicht einmal zwei haben sich in Rostock je getroffen.
Drei Schiffe? Die würde man dann mal alle nebeneinander legen. Wie die Rostocker dann wohl gucken würden. Bug an Bug? Und mit der grün-weiß-grünen Fahne der Kempowskis?
Drei Schiffe, das bedeutet, daß Karl nun täglich eine halbe Stunde länger zu tun hat...

Nun sitzt Karl schon weniger ungern unten im Kontor. Versuchsweise hat er sogar schon mal einen Lehrling zurechtgewiesen, und das klappte ganz gut.
Die Landkarte an der Wand mit den eingekästelten Städ-

ten wird studiert, und der Vater vor seinem Geldschrank mit dem großen und dem kleinen Schlüsselloch wird gefragt, was er meint, wie hoch der Überschuß vom letzten Monat war?
Wenn Kapitäne kommen und auf der geschnitzten Bank Platz nehmen, die noch vom alten Padderatz stammt, aus der Pionierszeit also, den Genever in der behaarten Faust, dann gibt der alte Herr gern eine kleine mimische Vorstellung: Wie man Stoffe verkauft, das macht er vor, »Ümmer åpen und ihrlich«, das ist die Pointe seiner Stoffe-Verkauf-Geschichte, und dabei handelt es sich natürlich um einen Betrug.
Sodemann, der Prokurist, der auch gern dabeisitzen möchte, kommt mehrmals herein, wird aber immer wieder hinausgeschickt; der darf nicht dabei sein, wenn's an die Schlußpointe geht, denn er erzählt gern selbst, daß er auch mal einen Stoffeverkäufer beobachtet hat, und daß der das ganz anders gemacht hat, noch viel geschickter ... Sodemann mischt sich gern ein, und das stört.
»Also, Kennposki«, sagen die Kapitäne und lachen: »Dü büst de beste ...«, »Kierl«, wollen sie sagen, aber das trauen sie sich denn nun doch nicht, denn der alte Herr Kempowski, der da wie angenagelt hinter seinem Schreibtisch sitzt und sowohl das schlaue Gesicht eines Stoffeverkäufers als auch das einfältige einer Landfrau nachahmt, kann sehr plötzlich sehr ernst werden, und sie möchten doch gern, nachdem sie die Konossemente unterschrieben haben, noch etwas in die »Fröhliche Teekanne« gehen, und daß der Junior mitkommt und bezahlt, das möchten sie eben auch ganz gern.

Karl geht mit, und er spendiert reichlich, so daß sein Vater sagen wird: »Watt, so väl?« Deshalb tut er es schließlich aus der eigenen Tasche, und weil ihn das bedrückt, trinkt er mehr, als für ihn gut ist. Er mag ihn eigentlich gar nicht, diesen »blagen Lorenz«, der alle Löcher zusam-

menzieht, wie man sagt, aber er trinkt ihn und gibt sich fröhlich, und er erzählt ebenfalls Geschichten von Stoffeverkäufern, obwohl die Kapitäne nun untereinander ins Gespräch gekommen sind, in ein ziemlich unverständliches, plattdeutsches Gespräch, und ihm so halb den Rükken zudrehen.
Zu Hause fühlt sich Grethe an ihren Vater erinnert zu Silvester oder an die Männer in der Warteschule, und Karl liegt auf dem Sofa und stöhnt.

Eines Tages ist Robert William Kempowski schon morgens früh auf besondere Weise ernst, macht sein grimmigstes Gesicht, und als sein Sohn kommt und fröhlicher als sonst einen »Guten Morgen« wünscht, möchte der Vater sofort und ohne Umschweife wissen, woher Herr Lengenbach in Lübeck die ganz geheime Sache weiß – »Aktiva« –, die er nur ihm, seinem Sohn, erzählt hat, und die nun ganz vermasselt ist – »Passiva« –, und man hatte sich schon so darauf gefreut! Und er guckt seinen Sohn an, »piel«, und der guckt »piel« zurück, der weiß von nichts, hat absolut von nichts eine Ahnung.
»Datt hest du em doch vertellt!« schreit der alte Herr Kempowski und schmeißt seinen Federhalter hin. Das hätte er nicht gedacht, daß sein Sohn ein Klatschmaul ist, ein Klatschmaul übelster Sorte?
Daß sein Sohn ein Dämelklaas ist, vielleicht, das hat er schon mal gedacht, aber doch kein Klatschmaul! Fährt in der Weltgeschichte umher und quatscht alles aus, und er, Robert William Kempowski, kann sich nun einen abbrechen, bis er das wieder in Ordnung gebracht hat?
»Watt machst du öwerhaupt den ganzen Dag? Flägen fangen? Supen?« Und obwohl Karl genau weiß, daß er Geheimrat Lengenbach in Lübeck nichts erzählt hat von den Geheimnissen seines Vaters, schweigt er doch still, wickelt die Uhrkette um den Zeigefinger: »Gold gab ich für Eisen«, schweigt und betrachtet die Rückseite der

Fotos, die sein Vater auf dem Schreibtisch stehen hat, die Messingdrahtschnörkel, mit denen die Fotos festgehalten werden. Auf einem ist »Körling« zu sehen mit Silbi, seiner Schwester, und der Vater wird es wohl nicht umschmeißen, jetzt.

Hinten, im Kontor, kann sich das neue Fräulein Löscher, das man jetzt hat, an ihrer Schreibmaschine das Lachen kaum verbeißen, denn Sodemann macht witzige Bemerkungen und kratzt sich sogar den Handrücken, mal rechts und mal links, wie Karl das tut wegen seiner Haut, die vor Ypern Gas abgekriegt hat.

Ja, die Stimmung ist an diesem Tag sehr unterschiedlich im Kontor, hier spielen die Lehrlinge Drehorgel an der Stirn, und dort ist man eisig, und Karl nimmt allerhand mit von dieser eisigen Stimmung. Unter seinen Haarwurzeln setzt sie sich frostig fest und macht, daß soundso viele Haare ihr Wachstum einstellen – so kommt es ihm jedenfalls vor.

Die Landkarte übrigens, die er mit Verzierungen versehen und an die Wand gepinnt hatte, ist abgerissen. Die Fetzen hängen noch dran.

An diesem Tag geht Karl nicht sofort nach Haus. Er geht über den Unterwall, wo allerhand Vögel sich vernehmen lassen, an den Enten vorbei, die ihr Gefieder durch den Schnabel ziehen und auf eine Weise schnattern, daß man das schon fast für Platt halten muß. Dann geht er über den Oberwall. Die alten Kanonen ... In einer der Kanonen steckt vorn noch eine Kugel. Ob das damals öfter passiert ist? Wie kriegte man die wohl wieder flott?

Hier ganz in der Nähe muß Rebekkas Mutter wohnen ... Ein kleines, schmales Haus, eine enge Stiege ... Wenn Rebekka jetzt da wäre ... Die Treppe einfach hinaufsteigen? In der Küche sitzen und dem Mädchen zusehen, wie es am Herd wirtschaftet?

Die Pistole hat Karl noch, die liegt in der Nachtschrankschublade. Die Pistole und sechs Schuß Munition. Wer weiß, wann man sie mal braucht. Sein Vater würde schön gucken, denkt er.

Es wird dunkel, und Karl geht über den Alten Friedhof. Wacholder, Mispel und Lebensbaum, Wege wie in einem Rechenheft, ein Grab neben dem anderen. Er sieht sich die Grabsteine an, die schwarzen mit der goldenen Schrift, die abgebrochenen Säulen, die gemeißelten Palmzweige und die Engel, die sich auf Steine stützen.
Neben der Mauer des Judenfriedhofs, auf dem die Steine mit den fremdartigen Zeichen sehr eng beieinander stehen, hält ein Engel die Hände segnend über ein Massengrab. Hier liegen französische Kriegsgefangene. Im Mai 1871 sind sie an einer Epidemie gestorben: Der linke Flügel des Engels ist abgebrochen, Draht spießt aus dem Stumpf hervor.
Den ganzen Krieg überstehen, und dann an einer simplen Grippe verrecken?

Am Patriotischen Weg, einer ekelhaften Straße, in der mißgünstige Menschen aus dem Fenster gucken, direkt neben dem Gebäude der Himmels-Gemeinde, trifft er Dr. Kleesaat, der ihn mit seinem zur Seite gehenden Auge in der Dunkelheit erst im letzten Moment erkennt. Die Arzttasche hat er in der Hand, und der Mantel wedelt hinter ihm her. In die neue Eckkneipe will er, die gerade eröffnet hat, ob Karl nicht mitkommen will?
Sie stoßen die Tür auf und schlagen die Windfangdecke zur Seite. Drüben in der Ecke, der runde Tisch, der ist wie geschaffen für sie.
»Ober! Zwei Helle! Zwei Korn!«
Auf dem runden Ecktisch steht ein schwarz-weiß-rotes Blechschiff, das ist eine Sparbüchse für Seenotopfer. Schwarz-weiß-rot? Das kommt ihnen vertrauenerwekkend vor.

»Ober! Zwei Helle! Zwei Korn!«
Einen Ober gibt es hier nicht, der Wirt kommt selbst, der sagt »'n abends-schön« und bringt ihnen das Bier, das 80 Mark kostet, und den Schnaps. Er stellt die Stammtischfahne wieder auf den Tisch, die Dr. Kleesaat auf das Fensterbrett geknallt hat, eine rote Fahne ist es, und an den andern Ecktischen sitzen kräftige Männer, unrasiert und ohne Kragen, die gucken schon dauernd herüber.
Von links- und rechtswegen ist dies ja ein besetzter Tisch, sagt der Wirt zu Dr. Kleesaat, und er nennt ihn »Herring«, aber seinswegen können sie da ruhig sitzen bleiben.

Dr. Kleesaat ist heute ziemlich in Fahrt. Und noch 'n Korn und noch 'n Helles, und die verdammte Marine in Kiel, zusammenschießen hätt' man sie sollen, wie die Franzosen das getan haben, 1917, mit ihren Meuterern. Wer weiß, wie alles gekommen wär', wenn man schärfer durchgegriffen hätte. Diese Masse Artillerie, die man auf dem Rückmarsch noch gesehen hat, und die Unmengen von Munition. Ob Karl davon gehört hat, daß die Separatisten im Rheinland wieder mal ein Kind erschossen haben? Einen harmlosen Bauernburschen? Das ganze Rheinland womöglich abtrennen als eignen Staat? Also, da lachen ja nun wirklich die Hühner.
Und die Franzosen in Mainz? Die deutschen Bürger müssen vom Gehweg runter, wenn ihnen ein Franzose begegnet?

Und noch 'n Helles und noch 'n Korn.
Warum Karl denn so bedrückt aussieht? fragt Dr. Kleesaat. Ob er irgend was hat? Kummer? Ihm selbst geht das ja auch so, diese Schmach um Deutschland, wie's so ganz und gar am Boden liegt, und von minderen Leuten regiert wird, von Arbeitern und verkrachten Existenzen, das soll Karl sich man nicht zu Herzen nehmen, es kom-

men auch noch einmal bessere Tage für das Vaterland, darauf kann er Gift nehmen.

Und nun betahleque! 80 Mark kostet das Bier, ganz schön happig, und der Korn kostet 50 Mark… Und als sie endlich gehen, ist das Lokal leer. Dafür stehen draußen drei Männer und eine Frau, und die stellen sich den beiden in den Weg. Ehe Karl noch begriffen hat, worum es geht, hat sich die Frau auf ihn gestürzt und hat ihm das Gesicht zerkratzt. – Kleesaat dreht den Spazierstock um und haut den Weg frei. Karl flüchtet in die Dunkelheit unter Hinterlassung seiner goldenen Brille allerdings und eines Mantelknopfes.

Am nächsten Morgen bleibt Karl im Bett: Fieber hätt' er, sagt er, und er betrachtet die Kratzwunden an der Backe, die ganz ähnlich wie Schmisse aussehen. Umständliche Erklärungen hat er deswegen abgeben müssen, und Grethe hat ihn keinesfalls bedauert, gelacht hat sie über ihn.
»Wie? Du lachst?«
Ja, sie lacht, und im Hinblick auf das »Fieber« singt sie ihm den Kindervers vor, den sie in Wandsbek oft hat hören müssen: Zuerst die beiden langsamen Zeilen, langsam und immer langsamer:

Ach wie weh tut mein Fuß,
wenn ich arbeiten muß…

Dann hüpfend und immer flinker den Rest:

Tut mir doch mein Fuß nicht weh,
wenn ich zum Tanzen geh'!

Es wird nach Dr. Kleesaat geklingelt, der kommt mit seiner Krankentasche und verschwindet im Schlafzimmer. Grethe muß Rotwein bringen, das ruft Karl noch durch die Tür, zur Stärkung und für den Magen, der auch nicht ganz in Ordnung ist, und eine Zigarre für Dr. Kleesaat: »Bring' gleich die ganze Kiste!«

Dann wird die Tür geschlossen, und es wird die Unterhaltung von gestern fortgesetzt, und dann wird gelacht, und daß der Kleesaat ein toller Kerl ist, wird gesagt: einfach den Handstock umdrehen, darauf muß man erst mal kommen. Daß *er* darauf *nicht* gekommen wäre, sagt Karl, daß *er* geliefert gewesen wäre, absolut.
Daß das richtig geknackt hat, wird gesagt.
Ans Kontor muß er plötzlich denken: Da auch mal mit'm umgedrehten Handstock zwischenschlagen! Das wär 'ne Wohltat!

Nach einer Stunde schaut Grethe mal ins Krankenzimmer hinein: Ihr Mann sitzt im Bett, raucht eine Zigarre, und Dr. Kleesaat hat einen dicken Kopf. Die Generalstabskarten liegen auf dem Plumeau. Die Stellungen rot eingezeichnet, schraffiert, punktiert und gestrichelt, auch kleine grüne Kreuze und Fähnchen. »Wo war das nun noch gleich, der Einbruch damals?«
Ob der Krieg doch noch zu gewinnen gewesen wäre, das fragen sie sich wieder und wieder. Und daß das 'n bißchen merkwürdig war: »Entladen – lagern!«, so ganz aus heiterem Himmel?
Elsaß-Lothringen flöten und die ganzen Ostgebiete? Wenn man allein an Danzig denkt... Das Krantor und die Marienkirche... Da dreht sich einem ja das Herz im Leibe um.
Und Nordschleswig? Die Dänen, diese Aasgeier? Was hatte man denen denn getan? Sich hier was abzukatschen aus unserem schönen deutschen Vaterland?
Siebzigtausend Quadratkilometer Land hat man verloren – wenn man das vorher gewußt hätte? Sich auf Wilson zu verlassen und auf die vierzehn Punkte, das war ja eine wahnsinnige Dummheit...
Und die beiden denken an den Unterstand, wenn's draußen grummelte, die Hindenburgkerze auf dem rohen Tisch und die Gesichter der meist gutartigen Kamera-

den... Wie geborgen man da gewesen war, dieser Geruch nach Ofenqualm und feuchter Erde.
Oder im Winter am Grabenrand stehen? In dickem Pelz, mit Ohrenschützern und riesigen Stiefeln? Wenn man sich da kreuzblau fror, wie gut die Erbsensuppe dann schmeckte! Mit Speck drin? Und das Kommißbrot? Das richtige, echte Kommißbrot? Wenn man sich das so aus der Tasche pröhlte und ohne was drauf in den Mund steckte?

Als Dr. Kleesaat geht, mit lila Kopf und schwankend, wühlt sich Karl in die weichen, warmen Federbetten ein.

Wie sie so sanft ruhn,
alle die Toten...

An Erex denkt er, Scheiße mit Reiße: »Ich kann ja gar nichts mehr sehen...« Wie der im Graben lag mit aufgerissenem Leib... Dieses Bild hat sich ihm eingeprägt, und wie er selbst daneben stand, und es nicht fertigbrachte, zu ihm hinzugehen. Und Wut und Trauer überkommen ihn, und er weiß nicht, wohin mit dieser Wut und dieser Trauer.

Er greift in die Nachtschrankschublade, da liegt seine Pistole, sechs Schuß Munition. Hier muß auch das Eiserne Kreuz liegen, irgendwo. Karl grabbelt nach der grauen Pappschachtel mit dem Eisernen Kreuz (von dem er gar nicht wußte, daß im Krieg davon fünf Millionen Stück verteilt worden sind!). Einen Marienkäfer kriegt er zu fassen, aus Holz geschnitzt, eine schwedische Bauernarbeit, aber eine Pappschachtel nicht. Es reißt ihn hoch. »Wo ist denn die Pappschachtel!« Die Original-Schachtel, die sein Kommandeur in der Hand gehabt hat, bevor er ihm das Kreuz an die Brust heftete, vor versammelter Mannschaft, eigenhändig?
Das Eiserne Kreuz, in seiner nachdrücklichen Schlichtheit, liegt zwischen Frackknöpfen, Kragenknöpfen und

Manschettenknöpfen ohne weiteres herum, und die Pappschachtel ist futsch.

An diesem Tag gibt es den zweiten Krach in der jungen Ehe. Warum seine Frau die Pappschachtel weggeworfen hat! Das möchte er gerne wissen! schreit Karl. Die alten Pillen nicht herausgenommen und auch sonst die Schublade nicht aufgeräumt, aber ausgerechnet die Pappschachtel weggeworfen. Als ob sie einen Piek darauf hätte!?

So wütend ist der Herr vom Büschel, daß er im Nachthemd vor seiner Frau steht und gestikuliert, und Dorothea legt Tassen und Teller sanft in die Abwaschkumme, um alles mitzukriegen von dem Geschrei, und durch die Ritze der Tür tut sie vorsichtig linsen.

Zum Schluß wird der Streit anscheinend beigelegt, aber nur zeitweilig, denn plötzlich kommt Karl ein Verdacht. Und er braucht eine Weile, bis aus dem Verdacht ein aussprechbarer Gedanke wird: Lengenbach & Sulz? Diese ganze geheime Geschäftssache? Geheimrat Lengenbach in Lübeck? Da geht doch Grethes Bruder aus und ein? Richard de Bonsac! Dieser sonderbare Nieselpriem, der an sich ganz nett ist? Was? Sollte das die undichte Stelle sein?

Er rennt hinter Grethe her, ins Wohnzimmer, und die Tür wird zugekracht, und so laut wird geschrien, daß die Kellnersfrau wieder einmal etwas zu lauschen hat.

Unten im Parterre faltet Franz die Hände, denn nun wird da oben geschluchzt bei den Kempowskis. Ganz still ist es im Haus, bis die Vögel, die weggeflogen sind vom Fensterbrett, als es bei den Kempowskis losging, wieder zurückkommen und den Schnabel wetzen.

Um die Mieten aus dem Haus am Schillerplatz wird man den Vater nun wohl nicht wieder bitten können.

4

Grethe weiß nicht, was mit ihr ist. Es will nicht funktionieren mit dem Kinderkriegen! Unruhig wandert sie im Zimmer auf und ab, guckt aus dem Fenster: Draußen regnet es mal wieder ...

Sie blättert in einem Buch, schlägt Akkorde an auf dem Klavier. Was ist nur mit ihrem Leib? Sie möchte sich an den Leib boxen, so wie sie das neulich bei Othello gesehen hat im Stadttheater, wie der sich an den Kopf schlug, als er auf den Stufen sich wand, liegend, kriechend – verflucht. Ist sie verflucht? »Ich wünsch' euch alles Schlechte?«

Sie geht zu Dr. Strohkorb, bei dem sie sich auf einen unangenehmen Stuhl setzen muß, fast unanständig zu nennen, wenn die Untersuchung nicht so sachlich und kühl vorgenommen würde. Er betrachtet das, was sonst niemand zu sehen bekommt, schüttelt jedoch letzten Endes nur den Kopf, er weiß es auch nicht. Kalte Waschungen empfiehlt er.

»Stellen Sie sich nicht so an!«

»Doppelt hält besser«, denkt Grethe und begibt sich in die Privatklinik von Professor Dr. Kehlbaum, wo sie sich auch auf einen Spezialstuhl setzen muß. Von Professor Kehlbaum bekommt sie warme Waschungen verschrieben und allerhand Tabletten.

Kalte Waschungen, warme Waschungen, Tabletten – da rührt und regt sich nichts. Schlossermeister Franz steht in der Tür, der weiß, wie das ist, wenn man jungverheiratet ist, der hat das alles schon hinter sich. Und die schöne Dorothea berichtet ungefragt, daß mal eine Frau acht Jahre auf ein Baby gewartet hat, und dann kamen plötzlich drei! – Das ist ja auch kein Trost.

An den langen Abenden spielt Karl Klavier. Mit heiteren Stücken beginnt er – »Haschemann« –, und dann gleitet er ins Schwere hinüber, seufzend, und immer trauriger wird's, was er spielt, bis er endlich den Flügel schließt. Schade, denkt oben die Kellnersfrau, und unten Franz, dem tut's auch leid. So was ist nicht zu verachten, solch schöne Musik. Eine Stelle klappt noch nicht so ganz, das haben die beiden herausgefunden, die muß der Herr noch etwas üben.

Grethe stickt Tischdecken aus und versieht sie mit organisierten Löchern, genau an der richtigen Stelle, wofür sie eine kleine Schere hat und ein Spezialinstrument aus Elfenbein. Man muß eben hoffen. Sich öfter mal frische Blumen hinstellen und viel Musik hören, schöne Musik, nicht Strawinsky, dieses Gemurkse. Tschaikowski oder diesen wunderbaren – wie heißt er noch? Den muß man sich anhören.
Tschaikowski – merkwürdig, daß der extra schmutziges Wasser getrunken hat, wo er doch wußte, daß die Cholera grassierte?
Sich Blumen hinstellen, Musik hören und Bilder von Babys sammeln. Herr Reimers von der Buchhandlung Leopold hat viele Bücher mit Babybildern in Großaufnahme, allein oder en masse, die werden alle gekauft! Bei Leopold wird auch Gesundheitslektüre gekauft, ein Buch, das »Die Frau als Hausärztin« heißt.
Trotz intensiven Studiums der Seiten 231 bis 270 kann Grethe darin jedoch über Erweckung der Empfängnisfreudigkeit nicht das geringste finden. Hingegen ist von deren Verhütung ausführlich die Rede. Das »Scheiden-Okklusiv-Pessar« wird erläutert, »Patent-Ex« und das Kondom. Alles so schreckliche Wörter?

Blumen angucken und Babybilder, und in die Kirche gehen, das natürlich sowieso. In die Heilig-Geist-Kirche, die von einem katholischen Baumeister gebaut wurde, und gar nicht mal so schlecht. Nicht in den Taubstummengottesdienst, in den man zufällig mal hineingeriet; und auch nicht in den plattdeutschen Gottesdienst, alle vierzehn Tage. »Schesuß, de Stüermann von unsere Harten…« Nein, in den ganz normalen Gottesdienst mit »Der Herr sei mit euch« und »Vernehmet in Andacht« und »also lautend«… Von Jesus, die Geschichte, die kostbare Narde, mit der eine Frau ihm die Füße salbt, die sie hernach mit ihren Haaren trocknet, diese Geschichte, die so viele Rätsel aufgibt, die Pastor Straatmann alle, eines nach dem andern löst.

Der Sünden große Menge
lag schwer auf meiner Brust!
Die Welt ward' mir zu enge,
verhaßt auch jede Lust…

Auch Waldgottesdienste veranstaltet Pastor Straatmann, im Lutherrock zieht er hinaus, hinter sich die Treuesten der Treuen. Er trägt einen steifen Kragen mit umgelegten Ecken, und am Revers des Lutherrocks hat er das Schleifchen des Eisernen Kreuzes.

In Barnstorf, dort, wo noch vor wenigen Jahren der Sedanstag gefeiert wurde, lagert man sich unter hohen Kiefern wie zu einer Brotvermehrung. Straatmann spricht in bewegenden Worten vom Werden und Vergehen, in der Natur, von den kleinen Hasen, wie sie hin- und herhoppeln, und von den jungen, tolpatschigen Füchsen. Noch könnte man sie zusammentun, in ihrer kindlichen Unschuld würden sich diese Tiere nur ein wenig beschnuppern. Wenige Wochen später nur träfen sie sich zu blutigem Strauß!

»Lütt' Matten, de Haas'«, wird zitiert, um auch den einfacheren Gliedern der Gemeinde etwas zu geben, die sich unter »blutigem Strauß« weiß Gott was vorstellen.

Ein Herz und eine Seele ist man, wenn man sich so um Pastor Straatmann schart. Störend ist nur, daß ein paar dumme Jungen um die sich lagernde Gemeinde herumstreichen und laut Bemerkungen machen, die von atheistischer Erziehung zeugen.
Nein, da ist der Gottesdienst in der Kirche schon würdiger, und am schönsten ist das Abendmahl. Fest schließt Grethe die Augen, wenn sie von dem Blute trinkt.
Schade, denkt sie, daß es in der Kirche keinen Opferstein mehr gibt wie früher bei den alten Römern. Dann würde sie einen Widder opfern: Vielleicht geschähe dann das Wunder?
Geld opfern? Das ist nicht das Wahre. Das ist so kalt und sachlich. Außerdem, wer weiß denn, was mit dem Geld geschieht? Vielleicht wird im Pastorat ein neuer Fußboden davon gelegt?
Immerhin – sie tut 50 Mark in den Klingelbeutel, der ihr vor die Nase gehalten wird, und der Kirchenvorsteher merkt es irgendwie, daß es 50 Mark sind, der guckt Grethe bedeutsam an.

Donnerstags, wenn Karl zum Offiziersstammtisch geht, singt Grethe im Chor die zweite Stimme. Die Männer stehen rechts, die Frauen links, und der Kantor steht davor, einen Haarkranz hat er um den kahlen Kopf: Nie ist es ihm leise oder laut genug, und immer ist es entweder zu langsam oder zu schnell. Alle Stimmen singt er quasi gleichzeitig mit, in höchster Fistelstimme und in sehr gequetschtem Baß, weil er kein Zutrauen hat zu seinen Sängern, manchmal »rutschen« sie oder sie verheddern sich? Immer wieder schüttelt er den Kopf: Also, das war nichts, das war gar nichts.
Und er sagt: »Meine Herren« oder »Meine Damen«, obwohl da gar keine Herren und Damen sind. Das sind bloß Frauen und Männer, weshalb er denn auch einmal plötzlich sagt: »Du da hinten! Kriegst gleich paar zwischen die Hörner!«

Also, das war wieder nichts.
Zu Pfingsten wird man einen Ausflug unternehmen, darauf freuen sich die Sänger und die Sängerinnen. Nach Schwaan, Warnow aufwärts, zum Spargelessen. Ob Grethe auch mitkommt? wird sie gefragt. Grethe wahrt Abstand nach links und nach rechts, sie hat immerhin mal in Hamburg in der Michaeliskirche gesungen:

»Selig sind die da Leid –
Leid tragen ...«

Das »Deutsche Requiem« von Brahms – der übrigens unverheiratet war und keine Kinder hatte, wie Schubert, Beethoven und Tschaikowski –, das »Deutsche Requiem«, bei dem der riesige Chor von einem riesigen Orchester begleitet wurde. Den Pfingstausflug, von dem hier dauernd geredet wird, den wird sie wohl nicht mitmachen. Sie stellt sich Karl vor, zwischen diesen Leuten! – Nein.
Grethe wahrt Abstand nach links und rechts und schüttelt wohl auch mal den Kopf, wenn gar zu falsch gesungen wird. Auch bei der Kantate »Wir haben unsern Heiland gesehn« wird sie wohl nicht mitmachen, die der Kantor selbst verfaßt hat, mit eingeschobenen Sprechchören, die sehr merkwürdig sind.

... raunte das Korn
und raunte der Wald
und raunte die ganze Natur ...

Richtige Lieder will sie gerne mitsingen, von Kern oder Mendelssohn. Aber nicht dies dilettantische Gemurkse.

Einmal bleibt Grethe hinterher noch etwas da. Sie bleibt an der Tür stehen, und da weiß Pastor Straatmann: Diese Frau hat schweres Leid zu tragen, und er kommt quer durch das dunkle, hallende Kirchenschiff auf sie zu. Draußen fährt ein Auto vorüber und wischt mit dem Scheinwerfer über das Gewölbe: Er nimmt sie mit in die Studierstube, in der es warm ist. Eine freundliche Lampe brennt auf dem Tisch, mit grünem Glasperlenschirm, und ein Rembrandt-Stich hängt an der Wand: Der verlorene Sohn. Zuerst wünscht man sich Kinder, kann es nicht erwarten, und dann machen sie einem solchen Kummer ...

Vom Adoptieren spricht Pfarrer Straatmann sodann, nachdem Grethe geweint und gerechnet hat, vom Annehmen eines Säuglings an Kindes Statt: wie herrlich es ist, einem Waisenkinde Mutter zu sein. Er, Straatmann, verbürgt sich dafür, daß Grethe auch was Ordentliches kriegt. Nicht so Straßensachen. Das kann man schon ein wenig deichseln. Neulich hatte er ein Kind an der Hand – eine sehr bedauerliche Sache, ein Kind aus allererstem Hause –, aber das ist leider schon weg.

In einer Fülle von Fällen hat er das hingekriegt, sagt Pastor Straatmann, in einer *F*ülle von *F*ällen, wobei er allerdings Schwierigkeiten kriegt mit seiner Zahnprothese.

Man kann natürlich auch ältere Kinder nehmen, fünfjährige oder sechsjährige, im Hause »Elim« kann man sie besichtigen. Öfter mal hingehen und beobachten, und wenn man seiner Sache sicher ist: dies kleine, nachdenkliche Geschöpf dort in der Ecke, oder diesen kreglen Kerl – dann packt man einfach zu.

Aber ältere Kinder zu adoptieren, das hat im Grunde wenig Sinn. Die sind meistens schon verkorkst, durch das Herumgestoße. Wenn keiner einen will? Also, da soll man schon verbiestern ... Ältere Kinder klauen womöglich oder nässen ins Bett. Jeden Morgen die Bescherung. Oder sie koten! Jawohl! Sehen reizend aus, aber sie koten ins Bett. Absolut.

Nein, da sollte man doch lieber einen Säugling nehmen, den man sich freilich auch genau ansieht, und zwar so lange, bis die Stimme des Herzens »Ja« sagt.

Nachdem Pastor Straatmann seine Hilfe in Aussicht gestellt hat in Form von Herumhorchen und Fürbitte, bringt er eigene Anliegen zur Sprache. Wenn Grethe wüßte, was er alles zu tun hat und wie undankbar die Menschen sind! Sein Schüler zum Beispiel, der kleine Martin Koch, mit dem er sich doch solche Mühe gibt – Vieren bringt er heim!
Ihn derartig zu enttäuschen, also das versteht er nicht ...
Ob Grethe sich nicht einmal um diesen Jungen kümmern will, er hat es langsam satt?
Oder ob sie nicht einmal zu Frau Schwarzmüller gehen kann, schon wieder eine Fehlgeburt, und der Mann schlägt sie in einem fort?

Adoptieren? Dieser Frage wird auch in der Borwinstraße nachgegangen. Wenn Karl genug Klavier gespielt hat und seine Briefmarken sortiert, von denen er schon eine ganze Menge hat – herrliche schwedische dabei, auf besonderen Briefumschlägen –, dann spricht man auch hier vom Adoptieren. Karl hat die goldene Brille abgenommen und wendet die Briefmarken mit der Pinzette hin und her, ob Rauten- oder Wabenwasserzeichen, und er zeigt Grethe die neue 20-Mark-Marke, auf der ein nackter Pflüger zu sehen ist mit winzigem Kopf. Das Pferd steht, und der Pflüger geht. Merkwürdig und verrückt. Ein nackter Pflüger!
Die Wohltätigkeitsmarken »8 Mark für Kinderhilfe« sind allerdings gar nicht so übel. Darunter kann man sich jedenfalls was vorstellen.

Was wollte man noch sagen? Ja, das Adoptieren, nachdenkenswert ist es; »Heimatlos«, dieses Buch von Johanna Spyri kennt man ja. Im Winter vor die Tür gesetzt, im Wald umherirren. Weihnachten, die Lichterbäume von draußen sehen, hinter den Gardinen, und dann barfuß im Schnee? Das Mädchen mit den Schwefelhölzchen,

oder Oliver Twist: Im Schaufenster sitzen und mit Schuhwichse hantieren.
Alte Geschichten und neue Geschichten. Manche Säuglinge werden ja auch am Kloster abgelegt, da gibt es eine extra Pforte ... Die Obernonne, morgens früh. »Oh! Der Herr hat uns wieder ein Kind geschickt!« Sie holt es herein und sieht es auf einen Blick: Dieses Kind ist armer Leute Kind.
Es gibt natürlich auch sonderbare Fälle – man braucht ja nur an Moses zu denken. Gleich mal eine Bilderbibel hervorholen und angucken, wie der Doré das gezeichnet hat: ganz gemütlich, wie der Kleine da in seinem Korb liegt. Und eines solchen abgelegten Kindes nimmt man sich dann an. Sagt: »Du kommst jetzt zu uns.« Öffnet weit die Arme und nimmt es auf.
Karl sagt, daß diese Briefmarke, die er gerade anguckt, eigentlich ja mächtiges Glück hat. Sie hätte auch in den Papierkorb wandern können oder in die Hosentasche eines Straßenjungen. Sorgsam wird sie abgelöst, getrocknet, glattgepreßt und in das Album geklebt, in dem gerade für diese Marke ein akkurater Bild-Vordruck vorhanden ist.

Dann wird das Schicksal des Holzhändlers Knebel erwogen, der mit seiner Frau ertrunken ist und drei Kinder hinterlassen hat, zwei Jungen und ein Mädchen, sechs, acht und zehn Jahre alt ...
Diese Kinder einfach alle adoptieren? Den ganzen Schwung, »Kempowski hat drei Kinder adoptiert, aber er möchte nicht, daß darüber gesprochen wird ... «
Da erbt man bei der Gelegenheit noch 'ne Holzhandlung? Die Holzhandlung erbt man dann, aber die adoptierten Kinder erben dann ja auch die Reederei eines Tages. Das muß man sich gut überlegen.
Und, wenn diese Kinder nun widerlich sind? Ziehen hoch oder stinken?

Oder andersherum: Daß sie einem *zu* sympathisch sind, denkt Karl, das adoptierte Mädchen, das ja wohl Annegreth heißt, soviel man weiß... Wenn das dann sechzehn ist? Auch nicht so einfach. Jeder Kuß, den man ihr gibt, kann mißdeutet werden. Die Frau dann von nebenan: »Aber Karl!«
Auch schwierig: Ob man es dem Kinde, das man adoptiert, sagen soll und wann. Eines Tages sich feierlich anziehen und sagen: Mein Junge, komm mal eben mit in die Stube. Und dem das dann eröffnen, unter brennenden Kerzen, daß er gar kein richtiges Kind ist? Daß seine Eltern verschollen sind, keine Ahnung, wie und wo? Nicht einmal der Name bekannt?

Alles sehr schwierig. Da ist es schon einfacher, man bekommt selbst ein Kind. Und insgeheim fragt man sich, an wem es denn wohl liegt? Wer also die Schuld hat, daß alle Bemühungen fruchtlos sind.
Grethe denkt, daß sie es ist: »Ich wünsch' euch alles Schlechte.« Daß sie verflucht ist, und sie möchte sich gegen den Leib boxen wie neulich Othello sich an den Kopf.
Karl denkt auch, daß sie es ist. Daß er es nicht sein kann, na also...
Ob es bei seiner Frau vielleicht, unten, irgendwelche Seitentaschen gibt, in ihrer Körperlichkeit, überlegt er, daß seine Bemühungen also, artilleristisch gesprochen, ins Leere gehen, also irgendwo abbuddeln, statt dort zu landen, wo sie landen sollen. Was? Verirrte Kugeln?
Und als er mal allein ist, legt er das Briefmarkenalbum zur Seite und nimmt sich das Gesundheitsbuch vor und studiert darin die aufklappbaren Tafeln.
Nein, Seitentaschen sind in der Körperlichkeit einer Frau nicht vorgesehen. Aber Blindgänger beim Mann! Daran hatte er nicht gedacht. Schnell ans Klavier und den »Aufschwung« von Schumann spielen, und dann ein »Impromptu« von Schubert gleich hinterher.

Um auf andere Gedanken zu kommen, gehen die beiden öfter mal ins Kino. Höchst sonderbar und lustig: Lebende Bilder. Das schnurrt alles mit einer so irrsinnigen Eile ab! Aus einer Entfernung von Kilometern, eben noch ein Pünktchen, kommen Reiter mit der Geschwindigkeit eines Blitzzuges herangebraust! Lustig!
Lustig und interessant sind die Kinobesuche.
Ein dreiteiliger Film über den Weltkrieg zum Beispiel, mit Aufnahmen von der Feindesseite. Sehr interessant! Von Franzosen, die sich zum Sturmangriff fertig machen, von Tommies, die deutsche Gefangene nach hinten führen. Daß sich das so abgespielt hat: das hatte man nicht gedacht. Man hatte sich das irgendwie anders vorgestellt. Karl sieht sich eine endlose Straße entlangmarschieren, durch zerstörte Dörfer – voll Pferdeleiber, die ihre Beine in die Luft strecken. Zwei kleine Mädchen huschen durch die Trümmer, einen weißen Lappen am Stock.

Eines Tages wird der »Student von Prag« angezeigt. »Das müssen wir unbedingt sehen!« sagt Karl. Schon Tage vorher wird das im »Rostocker Anzeiger« angestrichen. Eine unheimliche Geschichte, mit bleichen Gestalten hinterm Schrank und unter der Treppe. Grethe krallt sich fest an ihrem Mann, und sie möchte am liebsten weggukken, aber sie guckt hin!
Hinterher macht Karl das dann nach, in der Borwinstraße steht er plötzlich neben der Kredenz mit starrem Gesicht: von einem, der auszog, das Gruseln zu lernen.
Während seine Frau sich um allerfeinste Lochstickerei müht, denkt sie auf einmal: Der liest ja gar nicht? Da hat er dann die Zeitung zur Seite genommen und starrt sie an. Schließlich wird sie nervös und sagt: »Ich flehe dich an – nun laß es!« Dauernd so geängstigt zu werden als junge Frau, das ist nicht gut. Vielleicht hatte es gerade jetzt angebissen, das Kindchen, und wird nun aufgescheucht? Nein, da ist Lustiges schon besser, Lachen, das hat noch

niemandem geschadet: wie die Leute sich verfolgen, und ganze Tellerborde fallen um! Oder im Auto? Dauernd denkt man: Jetzt stoßen sie endlich zusammen!

Am Pfingstfest ißt der Kirchenchor in Schwaan Spargeln.

> ... der Hase stutzt auf,
> das Reh auch im Lauf,
> es hält, es verhofft, es bleibt stehen ...

Der Chor singt, beziehungsweise *spricht* die selbstgemachte Kantate des Kantors mit äußerstem Einsatz:

> ... wir haben den Heiland gesehen!

So lautet jedesmal todsicher der Refrain, und es ist anzunehmen, daß ihn niemand je vergißt.

> Der Wind auch im Wald,
> ob warm oder kalt,
> er bläst, er saust angenehm:
> Wir haben den Heiland gesehn!

Grethe allerdings ist nicht dabei.
An diesem Pfingsten kommt nämlich bei Dahlbusch eine lustige Gesellschaft zusammen, das neue Grammophon soll eingeweiht werden, ein Grammophon, das »weit trägt«, heißt es, und nicht so quäkt, und das will man sich ja nun nicht entgehen lassen. Dahlbusch ist 214er gewesen, deshalb lädt er Karl Kempowski mit seiner jungen Frau ein. Dahlbusch ist ein prachtvoller Mensch, mit prachtvollem Lachen, ein rundlicher Mann mit freundlicher Glatze, er wohnt am Neuen Wall, und er wird Schublhad genannt, weil sich das beim Rückwärtslesen seines Namens so ergibt. Sein Haus ist eine Villa, und hinter der Villa ist ein großer Garten, der an die Stadtmauer stößt. Mit wildem Wein ist sie bewachsen und mit Rosen. Auf der Mauer steht der achteckige Lagebuschturm, in dem man im Mittelalter die Gefangenen quälte.

Das Grammophon steht auf dem Rasen, und über dem Rasen sind Wäscheleinen mit Lampions gespannt. Nach

und nach trudeln die Gäste ein, Baumeister Schlie, der wirklich so heißt, mit Frau, Jägers, Foggerott vom Theater und erfreulicherweise auch Inge von Dallwitz, schlank und sehnig. Und »Füllsel«, Leute also, deren Namen man sich nennen läßt – »Aha! Finanzbeamter?« – und sofort wieder vergißt.
Kaum sind die ersten Gläser Bowle ausgeschenkt – die Lampions brennen –, da beginnt es natürlich zu regnen. Tische und Stühle müssen ins Haus getragen werden und das kostbare Grammophon. Jeder faßt mit an. Im Zimmer werden Bindfäden gespannt, und daran werden die Lampions aufgehängt, man steigt auf Stühle, und die Stühle müssen festgehalten werden.
Inge von Dallwitz, dieses rassige Menschenkind, wird gleich von zwei Herren vorm Herunterfallen bewahrt, obwohl sie anscheinend ganz gern herunterfällt. Jedenfalls müssen die Herren ständig tätig werden – mal der eine, mal der andere (und zwischendurch wird Bowle getrunken).
Das Besondere ihrer Schönheit, so könnte man ahnen, würde ihr später zur Häßlichkeit ausschlagen.

Kaum ertönt die erste »weit tragende« Grammophonplatte, als die Bindfäden von den Kerzen der Lampions durchsengen, und alles platscht auf den Fußboden. Dunkelheit, Gejuchze; Streichhölzer anzünden.
»Wo ist denn meine Handtasche?«
Halt! Bloß kein elektrisches Licht anknipsen. Die Kerzen in den Zimmern verteilen, das ist doch viel gemütlicher.

Nun überhaupt mal die ganze Wohnung inspizieren, auf dem Flur Turngeräte? Was ist denn das? Kletterwände? Ringe und sogar ein Barren?
Ja, Dahlbusch turnt, damit er nicht noch rundlicher wird, und er macht sofort einen Handstand und schlägt Rad, ohne sich lange bitten zu lassen, was die Damen staunend

mitansehen. Baumeister Schlie versucht, es nachzumachen. Vergeblich! Das Geld fällt ihm aus der Tasche, Brille, Drehbleistift, Brieftasche ... Nun erst mal wieder ein Glas Bowle trinken.

Dann stiefelt alles in den Keller, wo Wein lagert. Im Keller, unter der Treppe, da also, wo es duster ist, muß besonders genau nachgesehen werden, aber da sind schon welche, die nachsehen, und die fahren auseinander.

Ach Ernst, ach Ernst
was du mir alles lernst!

Das Grammophon läuft, Baumeister Schlie, genannt Schlaumeister Bie, hat sich einen Damenhut aufgesetzt und tanzt, und Klavier wird auch gespielt nebenan, besser gesagt, es spielt sich selbst, es ist ein elektrisches Klavier, mit Hebeln unter der Tastatur. Oben werden Papierrollen eingespannt, und mit den Hebeln muß man die Linien verfolgen, die auf der Rolle eingezeichnet sind, dann klingt das wunderbar.
Kröhl, der Finanzbeamte, ein Mann, den man auch schon mal im Konzert gesehen hat, sitzt an dem Klavier und »spielt«, und Karl Kempowski, der das nicht kapiert hat, staunt: Daß ein Finanzbeamter so gut Klavier spielen kann, das wundert ihn: Chopin, der Minutenwalzer. Uhr rausholen: Donnerwetter – haargenau! Nun mal wieder ein Glas Bowle trinken.
»Wie heißt der Mann?«

Im Eßzimmer werden inzwischen Pfänderspiele gespielt, mit all den bekannten Begleiterscheinungen. Baß Foggerott setzt sich die reizende Frau Kempowski mit einem einzigen Ruck auf die Schulter, wobei sie unter die Lampe gerät. – Da hinten geht's zur Veranda, dahin trägt er die junge Frau, und er singt ihr dort was vor, und er zeigt ihr, wie tief er runterkommt.

Im tiefen Keller sitz' ich hier ...

Dafür kriegt er einen Kuß. Ziemlich hoch kommt er übrigens auch, höher als man denkt!

Eben mal 'n Glas Bowle trinken.

Inge von Dallwitz beugt sich über die Couch, auf der die Platten liegen, und sie beugt sich tief und tiefer, und plötzlich kommt der lustige Herr Schlie und klatscht ihr welche hinten drauf! Im ersten Moment ist alles totenstill, und dann geht's aber los!

Noch 'n Glas Bowle, und Inge kriegt sich mit Schlie das Rangeln, und sie fallen hinter die Couch.

Kindchen,
leih mir dein Mündchen
ein Vierstelstündchen ...

Das Klo ist blockiert, da sitzt einer drauf und erbricht sich zwischen die Beine hindurch. Und Dahlbusch beschließt, jetzt sofort und augenblicklich zu Fuß nach Bad Kleinen zu gehen, jawohl!

»Das tun Sie nicht!« wird gerufen.

Das tut er doch, sagt er.

Eine Wäscheklammer erbittet er von seiner Frau, damit er seinen Hut an der Jacke festklammern kann, und dann marschiert er los.

Dahlbusch-Schublhad: Der Name »Kempowski« läßt sich nicht umdrehen, und »Karl« schon gar nicht.

Schließlich wird eine Polonaise veranstaltet, durch das ganze Haus, am Kinderzimmer vorüber, aus dem die Kinder herauskommen in langen Nachthemden und sich die Augen reiben, in den Garten und dann per Leiter die Stadtmauer hinauf und in den Lagebuschturm hinein, zu dem man einen Schlüssel hat: Bumms! Ist das aber dunkel ... Und: »Donnerwetter!« Da bleibt man erst mal stehen und hält die mitgebrachten Kerzen in die Höhe: Von der Wand hängen Ketten herab ... hm ... die Handschellen passen noch.

Karl hat es so eingerichtet, daß er neben Inge von Dallwitz steht. Ob sie sich noch an das Fußballspielen erinnert, als Kind – sie mit einer großen Schleife im Haar, fragt er, und ja, sie erinnert sich, obwohl sie schon ziemlich angeäthert ist.

Nun wieder ins Haus hinüber und wieder lustig sein: »Alle meine Entchen« wird mit Likör gegurgelt, Schuhplattler werden geplattelt und Jodler werden gejodelt.
Als Karl und Grethe zu Hause anlangen, sind schon die Briefträger unterwegs.
Schlossermeister Franz in seinem großen Bett hat Kopfhörer um und lauscht den Tönen, die in seinem Detektorenempfänger zu hören sind. Daß die Kempowskis erst jetzt nach Hause kommen ... Er langt sich seine Uhr und hält sie in das fahle Morgenlicht. Das hätte er nicht von ihnen gedacht.

Karl hat inzwischen seinen Schlüssel aus der Tasche gezogen und schließt seine Tür auf. Grethe öffnet die Vorhänge: Der geplusterte Kanarienvogel macht sich schmal und hüpft ihnen eine Stange entgegen, und während Karl die Schleife abbindet und den Kragenknopf löst, knöpft sich Grethe die Schuhe auf und geht auf Strümpfen in die Küche, schnell einen starken Kaffee machen.

> Mit meiner Braut von fuffzehn
> mach ich dett größte Uffsehn!

In der Küche stehen sie dann, gähnen wie Nußknacker und sagen, wie sie den gefunden haben, und der ist auch ein netter Kerl.
Kröhl heißt der Finanzbeamte, der sich am Klavier zu schaffen machte. Sie haben ihn mal im Konzert gesehen, das fällt ihnen jetzt wieder ein. An sich ja anerkennenswert, daß ein Finanzbeamter auch mal ins Konzert geht. Hätte man gar nicht gedacht. Dieser Mann scheint auch

Soldat gewesen zu sein, »pfirrzehn-achtzehn«, so was »riecht« man irgendwie.
Daß Karl das Fräulein von Dallwitz so angestarrt hat, hält Grethe ihm nicht vor, weil er ihr die Sache mit Foggerott nicht verübelt. Hat er es überhaupt bemerkt?
Daß Dahlbusch, genannt Schublhad, zu viel Kraft hat, wird gesagt: nach Bad Kleinen zu gehen! Und daß man das verstehen kann – diese Frau, so drœnig und dauernd müde!

Daß Grethe mit dem Chor nicht nach Schwaan gefahren ist, macht ihr ein wenig zu schaffen. All die einfachen Leute, die sich im Rahmen solchen Tuns von radikalen, also sozialistischen Gedanken abhalten lassen, die so zu enttäuschen, allein zu lassen also... Und noch mehr macht ihr zu schaffen, daß sie mit Restbeständen heidnischen Aberglaubens zu kämpfen hat. Vielleicht, wer weiß? Vielleicht sollte sie auf die Probe gestellt werden von Gott? Vielleicht wäre ihr Wunsch nach einem Kinde erhört worden, wenn sie mit diesen Leuten in Schwaan gemeinsam Spargel gegessen und die Heiland-Kantate gesungen beziehungsweise gesprochen hätte?

Im Gesundheitsbuch steht, daß man nur zweimal pro Monat sich vereinigen soll, das haben sie beide, jeder für sich, gelesen. Und daran denken sie jetzt beide gleichzeitig. Daß man es in der jungen Ehe aber auch mal öfter tun darf, das steht da auch.

Am Sonntag gehen die beiden mit dem Schüler Martin Koch ins Städtische Museum.

EINTRITT FREI

Mahlsteine aus slawischen Zeiten sind hier zu besichtigen und alte Münzen unter Glas. Eine lückenlose Sammlung Rostocker Münzen – da kann man nur sagen: »Immerhinque!« Dieses Wort paßt.

Sehenswert ist das Modell der Marienkirche, aus braunem Holz, mit einer kleinen Glocke im Turm. Karl zeigt dem Jungen, der einen zu kleinen Anzug anhat – weshalb man immer ein wenig so redet, daß jedermann mitkriegt: dies ist nicht das eigene Kind –, er zeigt ihm diese Glocke und wo man ziehen muß, damit die Glocke klingelt. Aber Martin traut sich nicht. Er befummelt statt dessen die Masten eines Segelschiffsmodells, was natürlich nicht gestattet ist. Der Aufseher hat's schon bemerkt, der schüttelt schon den Kopf.
»Guck mal hier!« sagt Karl zu dem Jungen und deutet auf die Rüstung der Fischereizunft, und: »Guck mal hier!« sagt Grethe und zeigt auf den ausgestopften Storch, dem ein Negerpfeil durch den Hals geht. Schade, daß Herr Hasselbringk nicht hier ist, der könnte das alles wundervoll erklären.

Der Schüler Martin Koch sieht aus dem Fenster. Milchsuppe hat er heute früh gegessen, »Klütersupp'«. Da unten auf der Straße gehen Leute, und jetzt fährt die Elektrische in das Steintor hinein. Der Triebwagen ist neu, aber der Anhänger stammt noch aus der Pferdebahnzeit.
Karl sieht Grethe an: Ein merkwürdiger Junge. Hier sind so ziemlich alle Wunder der Welt zu besichtigen, und der guckt aus dem Fenster! Gar nicht so einfach mit Kindern. Wenn er an seine Jugend denkt: Daß mal einer mit ihm ins Museum gegangen wäre?
Grethe sagt: Ja, sie versteht das auch nicht. Wenn sie noch an zu Hause denkt, wie ihr Vater ihnen das Schlachtenpanorama gezeigt hat... Oh! Mit glühenden Wangen habe sie sich das angeguckt. Sie weiß es noch wie heute!

Plötzlich ist der Junge verschwunden, er ist in einen kleinen Raum getreten, in dem sich ein »Antikriegsmuseum« befindet. Der Kern der Sammlung besteht aus

Fotos von zerrissenen Soldaten. Es fehlt auch nicht das Bild des Poilu, den seine Freundin dankbar küßt, weil er sie von den deutschen Wüstlingen befreit hat, während im Hintergrund Kaiser Wilhelm mit der weißen Flagge winkt.

Karl ist beleidigt! Zerrissene Soldaten? Dasselbe Entsetzen würde man auch auf andere Weise erzielen können: Wer von einem Lastauto überfahren oder von einer Transmission erfaßt und herumgewirbelt wird, der sieht auch nicht anders aus! Keine Spur von Dank für das Unerhörte, das vom deutschen Heer geleistet wurde, alles wird in den Kot getreten! Vielleicht werden solche Ausstellungen, die der heranwachsenden Generation Jauche in die Adern pumpen, ja aus internationalen Fonds bezahlt?

Unten, an der Würstchenbude, spendieren sie dem Jungen ein paar Wiener Würstchen, und sie stehen links und rechts von ihm und fragen: Ob die Würstchen denn auch schmecken?
Ein merkwürdiges Kind: Anstatt seiner Freude sichtbar Ausdruck zu geben, steht es da und ißt die Würstchen ohne jedes Zeichen des Behagens.

An sich selbst muß man natürlich auch arbeiten. Vorträge werden also besucht:

Die Franzosen in Deutschland
Eine moralische Eiterbeule in Europa

Oder: Gute Werke im Weltkrieg. »Will you water?« Wie ein englischer Verwundeter einem Deutschen Wasser anbietet.
Politische Vorträge also und bildungspolitische.
Ein Antisemit weiß merkwürdige Tatsachen zu berichten. Die Ziffern 1914 bedeuten, in hebräische Buchstaben umgesetzt, »Weltkrieg«; und die Quersumme dieser Zif-

fern, 15, gebe die Buchstabencharaktere von »Jehova« wieder. Daran könne man schon sehen, daß die Juden am Krieg schuld sind!
Ein entschiedener Schulreformer hält einen Vortrag über sexuelle Reform: »Die Ehe ist eine blöde, für uns längst abgetane Einrichtung, durch die der Staat seine Verpflichtung, Kinder zu erziehen, auf die Eltern abwälzt ...«
Also, das findet man ja nun nicht, da ist man ja nun absolut anderer Ansicht.
Der Staat? Also womöglich den Sozis soll man die Erziehung der Kinder überlassen? Das hätte noch gefehlt! Das hat ja nicht mal in den Kadettenanstalten funktioniert: rechtsum und linksum, darauf läuft das doch hinaus.
Die Warteschule am Mühlberg – das war etwas anderes. Da handelte es sich ja um furchtbare Verhältnisse. »Ich weiß es noch«, sagt Grethe, sie sieht die armen Würmer noch, in Zeitungspapier gewickelt, von Läusen zerfressen. Die Kinder wären ja verkommen, wenn man sich nicht um sie gekümmert hätte.
Nein, das war etwas *ganz* anderes. Aber wenn die Eltern normale Menschen sind, dann soll der Staat die Finger davon lassen. Schlimm genug, daß es keine Privatschulen mehr gibt. Obwohl – man selbst? Man selbst würde sein Kind auch nicht auf eine Privatschule geben. Wenn man eins hätte. Es kann den Kindern nicht schaden, wenn sie ruppig angefaßt werden.

Heimatvorträge besucht man auch gerne, »Der Name MECKLENBURG und seine Schreibung« etwa. Plattdeutsch sei der Weg, den die deutsche Sprache leider nicht gegangen ist. Luther sei daran schuld. Wenn der die Bibel auf Platt übersetzt hätte, dann würde heute niemand mehr hochdeutsch sprechen.

Reichlich oft werden Sexualvorträge gehalten. Was diese Ärzte, um nicht von »Inhabern eines gutgehenden Arztgeschäfts« zu sprechen, den anwesenden Frauen und Mädchen, von der Greisin bis zum vierzehnjährigen Schulkind herunter, vortragen, ist stellenweise geeignet, einen alten Schimpansen erröten zu lassen, sagt Karl.
Im Vorsaal werden die Bücher des jeweiligen Herrn Doktors verkauft. Es ist bei solchen Veranstaltungen immer derselbe Kreis von Themen: »Hygiene der Liebe«, »Müssen wir früh sterben?«, »Die Eßkunst für Dicke und Dünne«, »Die verjüngte Frau«, »Die Schwäche des Mannes«, »Heilung der Häßlichkeit«, »Aufklärung für junge Mädchen«.
Nein, o nein. Über solchen Schlüpfrigkeiten gleitet man ja innerlich aus!

Dann kommt der Alpenball in der Tonhalle. Das ist eine ganz große Sache, mit zwei Kapellen! Im Vorraum ist eine Rutschbahn aufgebaut. Wenn man hinein will in den Festsaal, dann muß man erst eine Leiter hinaufklettern und die Rutschbahn hinunterrutschen in den Saal hinein, wo man mit Hallo begrüßt wird.
Die Wände sind mit Pappbergen dekoriert, und alle Gäste sind in Tracht erschienen, die Damen im Dirndl, die Herren mit Wadenstrümpfen und Zubehör.
Herr von Berkhof mit seinen dünnen Beinen, in einer großen Lederhose? Auf dem Hut eine Riesenfeder? Ein Bild für die Götter.

Zunächst gibt es ein großes Essen mit Kerzen, sehr fein. Wie heißt der Ratsherr, der die Rede hält? »Auf der Alm, da gibt's koa Sünd'«, sage man ja wohl, das spricht er, aber das sollte nicht bedeuten, daß hier heute alles erlaubt ist.

... Eins, zwei, g'suffa!

Karl hat sich nicht verkleidet, er trägt den Frack mit

seinen Orden in Miniaturausgabe hinterm Revers. Verkleiden? Er wär' doch kein Popanz, hat er gesagt, sitzt in erstklassiger Haltung am Tisch: Um in einen Frack hineinzuwachsen, braucht man vier Generationen. Die Zigarre zwischen den Fingern, einen Cognac nach dem andern trinkt er: Er wär' doch kein Popanz. Aber da kommt er bei der Wirtin schief an. Sie zieht ihn aus dem Saal und verkleidet ihn in der Küche als Koch!
Als Karl dann wieder auftaucht, wird sehr gelacht: Karl Kempowski als Koch! Alle Schlachten in Flandern geschlagen, Ypern und die Höhe Sowieso, und nun mit Kochsjacke angetan, mit weißer Halsbinde und einer hohen Mütze auf dem Kopf!
Karl tätschelt die Damen mit dem Kochlöffel und trinkt aus ihrem Glas mal hier, mal da, und dann findet er sich im Arm einer dicken Frau, hellgelbes Wasserstoffsuperoxydhaar, sie schwenkt ihn zum Tanzen in den Saal. Mit Daumen und Zeigefinger drückt sie seinen Kopf an ihren heran, bis die Schläfen Anschluß haben, und das ist dann wie die Adhäsion zweier nasser Glasplatten. Nach Schweiß riecht die Frau und nach Puder.
Das Vergnügen dauert nicht lange, hinaustragen muß man Karl. Der Cognac und die ungewohnte Bewegung. Oben hat Frau Ziehm ein Zimmer frei, da kann er sich hinlegen mit seinem lila Kopf, und Grethe muß sehen, was sie anfängt mit dem Abend.

Grethe sitzt neben der dicken Frau Dahlbusch, die geschminkt und gepudert ist wie eine getünchte Leiche, und Baß Foggerott mit seinem Riesenmund. Nur von fern hört sie, was ihr von links und rechts ins Ohr geschrien wird.
Da hinten, ist's möglich? Am anderen Ende des Saales hat sie jemanden entdeckt, der sie anscheinend nicht entdeckt hat. Wahrhaftig, es ist August Menz, braun gebrannt und strahlend. So ist er also nicht in Südame-

rika, wie in Rostock herumerzählt wird? Im fieberheißen Urwald, sich eine Farm zu roden?
Während Frau Dahlbusch ihr ins Ohr schreit, daß ihr das Fest gefällt und daß ihr Mann eben gerade aufgebrochen ist, um zu Fuß nach Bützow zu gehen, weil er zu und zu viel Kraft hat, sieht sie hinüber zu August Menz.
Ja, er ist es, einen feschen Tirolerhut trägt er, einen echtgetragenen, mit vielen Abzeichen daran, Zeugen gefährlicher Wagnisse.
Ein Tango wird jetzt nicht gespielt. August Menz zwängt sich zwischen den Tischen hindurch mit seinen aufgekrempelten Hemdsärmeln, verschwindet in hinteren Regionen und kehrt nicht mehr zurück.
Hat er herübergeguckt? Grethe war so, als hätte er herübergeguckt. Wenn sie denkt, daß sie ihm jederzeit hätte begegnen können in der Stadt, dann schießt ihr das Blut in den Kopf.

Theater, Kino, Tanz – ja, das sind die Freuden der jungen Ehe. Und eines Tages, als man gerade nicht daran denkt, siehe da, wird Karl mit zwei Küssen empfangen, mittags, statt mit einem, und die schöne blonde Dorothea hört mit Topfklappern auf, weil auf dem Flur so leise gesprochen wird, und kurz darauf hört sie Herrn Kempowski sagen: »Nein, ist das wahr?«
Ein rauschender Tusch wird auf dem Flügel gespielt, und dann der »Hochzeitsmarsch«, und zwar schwungvoller, als ihn Gahlenbeck vor nunmehr zwei Jahren auf der Hochzeit intoniert hat. Das Gesundheitsbuch wird wechselseitig studiert, und zufällig gibt es an diesem Tag die prachtvollsten Frikadellen, »Fricandeaux«, wie Karl sie neuerdings nennt. Man besieht gemeinsam den Kalender und kommt mit seinem Rechnen auf den August.

Als Hauswirt Franz dann am Nachmittag mit dem Mietenbuch kommt – leider muß er diesmal wieder 100 Mark

zuschlagen –, kriegt er einen Portwein angeboten. Er sitzt am Eßzimmertisch und muß sich Andeutungen anhören, die er allesamt sofort kapiert.
Dorothea sitzt mit am Tisch, ohne Portwein natürlich, und die beiden Frauen lauschen dem guten Manne, wie er vom Kindermord in Bethlehem erzählt. Daß das ein Hauen und Stechen gewesen sei! Das Blut in großen Lachen und Treppen herunterrinnend!
Eine Opferung zum Lobe des Heilands.
Von ungeborenen Kindern erzählt er auch, die noch im Weltall herumfliegen, bis sie schließlich durch das Muttertor in die Welt eingehen.
Grethe denkt an das »Muttertor«. Ob das wohl wehe tut?

Die kalten und warmen Waschungen werden eingestellt, und die verschiedenen Pillen tut man in die rechte Schublade des Waschtisches. Professor Kehlbaum wird angerufen und auch Professor Strohkorb, und die sagen: »Fein«, das hätten sie sich gleich gedacht, so eine junge, hübsche Frau...
Pastor Straatmann, dem die Bestätigung der Ehe nun in Aussicht gestellt werden kann, spricht von Gottes Gnade, die eben unerforschlich ist. Es ist vielleicht ganz gut, sagt er, daß es eine gewisse Zeit nicht geklappt hat, da hat sich der Wunsch nach einem Kinde angestaut, und alles heiße Wünschen und Hoffen schießt nun in die Leibesfrucht ein und macht sie intensiv auf sicher ganz extreme Weise? Adoptieren – mal ganz ehrlich, das wäre doch nichts gewesen, das hätte er damals immer schon gedacht. Von solchen Geschöpfen wird man eines Tages nur enttäuscht.

Nun ist das Leben wieder rund und schön,
wir haben unsern Heiland gesehn!

kann mit dem Küster der Heilig-Geist-Kirche gesungen beziehungsweise gesprochen werden, und man tut es auch!

Um nun aber auch sicherzugehen, daß die Leibesfrucht nicht vorschnell herausrutscht aus dem Körper, vermeidet Grethe heftige Bewegungen, und sie hört weiterhin gute Musik, so oft es geht, stellt sich Blumen hin und sieht sie unverwandt an. Es müßte doch mit dem Deibel zugehen, wenn das keine Wirkung zeitigte? Sie denkt an allerhand Schönes und macht, daß dieses Denken dahin schießt, wo die Leibesfrucht still und stetig heranwächst.

Die Lochstickerei wird zur Seite gelegt, statt dessen werden nun Babysöckchen gestrickt, wobei man es bedauert, daß man noch nicht weiß, ob man rosa oder blaue Wolle nehmen muß!

Grethe geht in die Buchhandlung Leopold, wo der junge Herr Reimers augenblicklich seine flache Orientzigarette ablegt. Nein, den Bildband »Antlitz des Kindes« will sie nicht kaufen, sie verlangt fast streng ein Buch, aus dem man Namen heraussuchen kann, falls ein Kind mittels Geburt in eine Familie eintritt oder irgendwie so.

Ja, so ein Buch gibt es, sagt Herr Reimers, mit Rubriken für christliche und heidnische Namen, und er versteht sofort alles.

Als Grethe dann draußen an den Schaufenstern vorüber nach Hause geht, nimmt er seine Zigarette auf und sieht ihr nach. Einen Siegelring hat der Herr Reimers, aber keine Frau.

5

Im Frühjahr 1922 gelingt es, in der Alexandrinenstraße 81 eine geräumige Wohnung anzumieten, und zwar im 1. Stock. Die Alexandrinenstraße ist nach der Großherzogin Alexandrine genannt, eine Schwester Kaiser Wilhelms I. Die Wohnung hat fünf Zimmer und zwei Dachkammern, Bad, Küche, zwei Balkons und einen geräumigen Erker, von dem aus man die Straße hinauf- und hinuntersehen kann, hinüber zu Bäcker Lampe, wer da alles einkauft, und morgens früh die Bäckerjungen mit den frischen Brötchen in der Kiepe, barfuß in Schlappen. Eine interessante Straße, schwere Rollwagen mit mächtigen Pferden davor, hochbeinige Autos und Männer mit Handkarren.

Genau gegenüber trifft die Ferdinandstraße auf die Alexandrinenstraße. Hier lassen sich häufig alte Frauen sehen, denn in der Ferdinandstraße ist ein Stift für verarmte adelige Damen, was Karl nicht sehr schätzt, denn so manches Mal ist der erste Mensch, den er morgens sieht, ausgerechnet eine alte Frau, und das bedeutet Unglück.

Fünf Zimmer im ersten Stock, Zimmer von wilhelminischen Ausmaßen, und die Nachbarn sind angenehm. Im zweiten Stock wohnt eine Studienrätin für Französisch, die schüttet keinerlei Abwaschwasser aus dem Fenster.
Hinter dem Haus ist ein Hof, auf dem Hühner herumlaufen, außerdem sieht man auf die verwinkelten Dächer des St.-Jürgen-Klosters.
Alles sehr schön.
Die Miete beträgt zunächst 5000 Mark, später dann 28 Milliarden. Aber immerhin: fünf große Zimmer und zwei Dachkammern dazu, das ist schon seinen Preis wert.

Weniger angenehm ist nebenan der Schlachter, da sind des öfteren sonderbare Geräusche zu hören, helles Quieken und Blöken. Dazu das Fleischhacken und das laute Pfeifen der Schlachtergesellen, wenn sie irgendwelche Tonnen oder Fässer ausspülen in der Schlachthalle.
Dieser Lärm ist vorne im Erkerzimmer, wo Grethe die Blumen richtet, oder im Wohnzimmer, wo Karl mit seiner Zeitung raschelt, nicht zu hören. Nach hinten liegen die Schlafzimmer, die Küche und neuerdings das Kinderzimmer: das Kinderzimmer? Jawohl, es ist belegt. »Ursula«, das »Bärlein«, so heißt das Kind, das in diesem Zimmer wohnt, mohrrübenbraun und mit geballten Fäusten, obwohl niemand in der Familie je Ursula hieß. Nach Anna, der Großmutter, wollte man das Kind nicht nennen – »Ich wünsch' euch alles Schlechte!« –, und nach Martha de Bonsac *konnte* man es folglich nicht gut nennen: ein süßes Geschöpf mit schwarzen Haaren, im August des Jahres 1922 geboren.

Grethe zieht morgens, mittags und abends ihren Fröbelkittel an und nimmt der »kleinen süßen Deern«, wie sie sagt, die Windel ab. Oh, da ist ja wieder so schön was drin! Wie appetitlich! Alles fein saubermachen, ölen, pudern und wieder frisch einpacken.
»Man merkt richtig, wie dem kleinen Üz das gefällt.«
Abends, beim Baden, guckt der Vater zu. Er hatte zunächst wissen wollen, ob an einem Baby schon alles »dran« ist, ob so ein Baby zum Beispiel schon die kleinen Zehen hat oder die Nägel an den kleinen Zehen. Das war ihm gezeigt worden, und Karl hatte dann den molligen Fuß geküßt.
Für das Badewasser bringt er einen roten Zelluloidfisch mit und eine gelbe Ente. Das Üz schlägt danach, und das Wasser spritzt, worüber man lacht, denn das ist vermutlich ein Zeichen größter Gesundheit.
»Oh, oh, oh!« wird gerufen, »nun ist aber Schluß mit dem Spritzen! Du!«, und Karl putzt seine goldene Brille.

Inzwischen steht der Brei auf dem Tisch, geschabte Mohrrüben mit einem Klacks Butter dran. Grethe nimmt das kleine Pastür auf den Schoß, mit geübtem Griff, prüft den Mohrrübenbrei an der Lippe und stopft ihn der Kleinen in das weit geöffnete Mäulchen.
Karl, der sich einen Stuhl geholt hat, um die »Fütterung des Raubtiers« aus der Nähe zu beobachten, läuft das Wasser im Munde zusammen: Das würd' er wohl auch gern mal essen, Mohrrübenbrei mit einem Eigelb dran und einem Klacks Butter?
Ein eindrucksvolles Bild, die junge Mutter über ihr Kind geneigt: wie alle Mütter aller Zeiten. Merkwürdig zu denken, daß man selbst auch einmal so gefüttert wurde und nach dem silbernen Löffel griff. Und blödsinnig, daß der Staat dies übernehmen sollte. Daß Säuglinge also von Kinderschwestern gefüttert werden, die es nicht erwarten können, daß ihr Freund auf der Straße nach ihnen pfeift!

Wenn das kleine Mädchen wohlig und sauber in seinem Bettchen liegt, das Haar mit der weichen Bürste zu einem Schopf aufgebürstet, nähert sich ihm der Vater und sagt: »Duzi-duzi!« und steckt ihm den Finger an den Hals. Dann lacht das Kind und antwortet: »Brrrt! Brrrt!« Es reagiert also auf des Vaters Annäherungen, macht wohl auch mal »brrrt-m-m-brrrt!«, was man als tüchtigen Fortschritt bezeichnen kann und in ein Tagebuch einträgt.
Hat der Vater genug »Duzi-duzi« gemacht, dann setzt er sich ans Klavier und spielt ein Abendlied.

> Weißt du, wieviel Sternlein stehen
> an dem weiten Himmelszelt?

Oder auch mehrere. So viele, daß die Mutter schließlich sagen muß: »Ich glaub', nun reicht es, Karl«, denn das geht nicht, daß das kleine Üz mit Musik überfüttert wird. Wenn es zu viel Musik hört in diesem Alter, dann wird es vielleicht gar übersensibel? Lebensuntüchtig? Eine gewisse Härte kann im Leben nicht schaden? Und außer-

dem: Weiß man denn, ob es das Kind überhaupt mag, was Karl da spielt? – und: Frau Spät, oben, wird schon unruhig.
Herrlich ein Kind zu haben, so einen kleinen warmen Fleischkloß, nun erst ist die Familie komplett. Karl nimmt sein Grethelein in den Arm, was er gar nicht oft genug tun kann, denn zu der Liebe kommt nun noch die Dankbarkeit, und er küßt sie auf das Ohr, weil er weiß, daß sie das kitzelt. Den Kopf knickt sie ein, wenn Karl das tut, und sie wehrt sich, aber sie mag es gern. Zu toll darf Karl es allerdings nicht treiben, denn bei ihr da unten hat sich bereits wieder neues Leben eingenistet, und nicht aus Versehen! Die Anzeichen sind untrüglich. Dr. Strohkorb hat's bestätigt. Vielleicht wird es ja diesmal ein Junge, hoffentlich. Nicht, daß Grethe einen Jungen lieber hätte als ein Mädchen, das nicht, Hauptsache: gesund, das sagt sie immer wieder. Ein Mädchen hat man schließlich genauso gern wie einen Jungen, Mädchen bringen später einen Mann ins Haus, wogegen die Jungen dahinziehen in die weite Welt. Mädchen – für einen Vater ja auch so schön ...
Aber, wenn's diesmal ein Junge wäre, dann wär' das eben doch besonders willkommen. Die Sache mit der Stammhalterei wär' dann erledigt, und außerdem hätte man dann ein Pärchen?

Die Borwinstraße hatte man ohne Abschiedsschmerz verlassen, obwohl die Leute dort wesentlich umgänglicher geworden waren.
Die Kutschersleute waren sogar in der neuen Wohnung erschienen, ein Alpenveilchen in der Hand. Man hatte ihnen die Geräumigkeit der Zimmer vorgeführt, frisch tapeziert, noch nach Terpentin riechend, das große Eßzimmer, schwarz mit goldenen Eulen, das entzückende Wohnzimmer, golden mit schwarzen Eulen, das in hellem Orange gehaltene Schlafzimmer und – pst! pst! –

durch die Ritze der Tür das kleine Üz, wie es da nuckelnd schläft in seinem Bettchen.
Nein, einen Schnuller kauft man nicht für dieses Kind. Schnuller sind unhygienisch, das ist etwas für einfache Leute, die sich nicht kümmern können um ihr Kind, wenn's schreit; einfache Leute, die ihre Kinder oft quälen, ohne es zu wissen, das Bäuerlein zum Beispiel, nach dem Essen, das dreimalige Bäuerlein, das sie ihren Kindern nicht geduldig herausklopfen. Oder das riesige Zudeck und keinen Sonnenstrahl! Einfache Leute packen ihre Kinder bis an die Nasenspitze ein. Von »Licht, Luft und Sonne« haben sie noch nichts gehört.
Nein, so etwas tut Grethe nicht. Manchmal, wenn es das Wetter zuläßt, stellt sie den Kinderwagen sogar auf den Schlafzimmerbalkon in die liebe Sonne. Freilich nicht zu lange. Gerade richtig. Und *über* das Gesicht des Kindes wird eine Schnur gespannt mit *bunten* Zelluloidbällen, alle *verschiedenfarbig* und alle unterschiedlich groß, damit das Kind in seiner geistigen Entwicklung gefördert wird und rasch voranschreitet.

Was den Abschied vom Schlossermeister Franz angeht, so war der sonderbar gewesen. Man hatte nämlich im letzten Moment das Mädchen Dorothea zurücklassen müssen. Franz hatte sehr geguckt, als Karl die Wohnung kündigte, verwundert, ja ängstlich! Hatte seinen »Voss-un-Haaskalenner« zur Seite gelegt und die Nickelbrille abgenommen und hatte gesagt: »Aber wieso denn kündigen?« Dann würde er also jetzt nicht mehr zusammen mit Dorothea zur Himmels-Gemeinde gehen können? Beim abendlichen Singen es nicht mehr sehen, dies helle freundliche Gesicht?
Nur wenig Zeit war ihm geblieben, mit der ahnungslosen Dorothea ins reine zu kommen. Mitglieder seiner Gemeinde hatten dabei geholfen. Sie hatten das Mädchen zunächst mit Bibelsprüchen versehen, daß es nicht gut sei,

daß der Mann allein bleibe, hatten sie zu ihm hingeschubst, bis sie es endlich begriff, daß man auch einen Mann heiraten kann, der zehn Jahre älter ist und einen Kopf kleiner. Warum nicht? Schlossermeister Franz? Hausbesitzer? Und laut waren die Lobgesänge in der Wohnung des Schlossermeisters erschallt, als sie sich ihm dann erklärt hatte, ihm, dem Schüchternen.

28 Milliarden Mark Miete müssen im Oktober 1923 gezahlt werden. Dafür gehen die Mieten, die man nun endlich aus dem Schillerplatz-Haus bezieht, drauf. Ein wenig behält man davon übrig, davon werden die »Mecklenburgischen Monatshefte« abonniert, mit den interessanten Nachrichten über Ausgrabungen bei Ludwigslust und mit Gedichten, die »P. W.« gezeichnet sind, worunter Karl unschwer den Namen eines Lehrers ausmacht, was erheiternd wirkt, weil diese Gedichte meistens ganz außerordentlich schlecht sind.

Majestätisch ging die Sonne
Heut' in Rostocks Mauern auf,
Und mit sanfter Herzenswonne
Endet sie des Tages Lauf.

Nachdem die Mohrrübenbreizeit vorüber ist, wird Ulla allmählich dem Essen der Erwachsenen zugeführt. Merkwürdig dies Wachsen! Wie im Körperchen dieses kleinen Geschöpfes das zarte Kalbfleisch seine Nährwerte ansiedelt und die Knochen wachsen macht. Von Woche zu Woche kann man es beobachten. Und am Türpfosten ablesen, denn immer wieder holt Karl seine Tochter herbei, nimmt einen Bleistift und markiert den Zuwachs.
Einen schwarzen Schopf hat Ulla, und lebhaft ist sie. Etwas zu lebhaft, wie man bald merkt: Sie schreit oft durchdringend, zunächst gelegentlich, dann eigentlich immer. Sie ist schon ganz heiser. Die Nachbarn gucken bereits! Und wenn sie mal eingeschlafen ist, was so gut

wie nie der Fall ist – so kommt es den jungen Eltern jedenfalls vor –, dann darf man sich in der Wohnung absolut nicht mucksen. Schon das kleinste Hüsteln hat katastrophale Folgen. Sehr muß sich der Briefträger wundern, daß auf sein fröhliches »Guten Morgen« erregtes Abwinken erfolgt.
Ein gutes Rezept ist es, das schreiende Kind auf den Arm zu nehmen, und zwar so, daß es über die Schulter nach hinten guckt. Grethe geht auf diese Weise mit ihrer Tochter wiegend im Zimmer umher, und Karl folgt ihr mit einer Rassel oder mit begütigenden Wörtern und Gebärden. Dies hilft, solange es dauert.

Ruhig ist das Kind, wenn Grethe mit ihm ausfährt, stolz wie ein Spanier. Das saubere Kind liegt aufmerksam unter dem Federbett und wundert sich über das, was es da zu sehen bekommt: Teile von Häusern, Wolken und die liebe Sonne. Und ab und zu ein Menschengesicht, groß mit kullernden Augen, ein Menschengesicht mit Hut auf oder ohne, das dann meistens folgendes spricht: »Ei, wo ist denn das kleine Mädchen? – Oder ist es ein Junge?«
»Mümm-Mümm«, antwortet da das Mädchen, was auch ein großer Fortschritt ist.
Vor der Schlachterei gerät der abgestellte Kinderwagen eines Tages ins Rollen, und am Kantstein kippt die ganze Geschichte um. Von erregten Passanten bedroht – sie sei eine Rabenmutter –, sammelt Grethe ihr Kind auf und fährt rasch davon. Das Kind schreit diesmal seltsamerweise überhaupt nicht! Sonderbar! Guckt sich verwundert um? Da kenn' sich einer aus!
Im Dezember 1923 ist Ulla dann aus dem Gröbsten heraus – acht Zähne in vierzehn Tagen! Sie hört zu schreien auf. Ein zweites Kind kommt auf die Welt, ein Junge mit breitem Mund, der natürlich Robert genannt wird. Die Hebamme muß das Neugeborene in der Stube

herumwirbeln und klopfen, bis es endlich zu schreien beginnt. Karl, der gerade in diesem Moment hereinkommt in das Wehe-Zimmer, mit vor Aufregung angeschwollenem Kopf, wird sofort hinausgejagt.

Der Knabe Robert ist ein blondes Kind, das behaglich in seinem Korbe liegt, mit breitem Mund, und geduldig wartet, bis es die Brust der Mutter kriegt, an der es ausdauernd saugt.
Auch der Junge wird mit Brei gefüttert, den er prustend zu sich nimmt, auch bei ihm setzen sich die Nährwerte sichtbar fest. Die Haare wachsen, und die Fingernägel, und der kleine Körper reckt und streckt sich. Eines Tages sitzt der Junge im Bett, ganz von allein, und guckt die Mutter »groß« an. Da muß Karl dann sofort einen neuen Bleistiftstrich machen am Türpfosten, und Grethe sieht ihm dabei zu.

Sobald Ulla laufen kann, geht Karl mit seiner Tochter zu Bäcker Lampe gegenüber: Halt! Erst links gucken, wenn man über die Straße geht! Dann rechts, denn dann und wann kommt ein Auto vorüber. Drüben bleiben beide stehen und sehen sich um, denn im ersten Stock guckt Grethe mit dem lieben kleinen Robert aus dem Fenster, und sie winken!
Da winkt man herzlich zurück, auch wenn einen Stock höher Frau Studienrat Spät denkt, sie ist gemeint.

Beim Bäcker werden »Semmelings« geholt, »Lemmelings«, wie Ulla sagt, und Bäcker Lampe ist so freundlich, für Karl zwei knusprige, für Grethe weiße und für die Kinder zusammengewachsene herauszusuchen. Zwei Stück jeweils für fünf Pfennig. Die Zeit der Millionen und Milliarden ist mittlerweile vorüber. »Rentenmark« heißt das neue Geld. Mit den alten Scheinen läßt sich nichts mehr anfangen. Karl hebt sie auf, um später einmal den

Kindern und Enkeln zu zeigen, was für verrückte Zeiten man erlebt hat.
Da Karl ein guter Kunde des Bäckers ist, wird ihm erlaubt, mit seiner Tochter in die Backstube hinunterzusteigen, um den Bäckern zuzusehen bei ihrer Arbeit: Wie sie die ausgestanzten Brötchenteigbrocken auf dem Backtisch mit kreisender Bewegung in längliche Form bringen, in Windeseile, und wie sie die Feinbrotlaiber, bevor sie sie in den Backofen schieben, mit einem nassen Handfeger bestreichen, damit sie kroß werden, und wie sie mit einem Messer die charakteristischen Schmisse auf jedem Laib anbringen.

Im Frühjahr 1924 kriegen die Kempowskis ein neues Dienstmädchen, Lisa heißt es. Die Kinder hat sie in ihr Herz geschlossen: »Nee, wie nüdlich!« sagt sie, wenn sie den kleinen Robert sieht, der nun auch schon läuft, hinfällt, wieder aufsteht und weiterläuft, und sie knickt zusammen und herzt ihn.
Mit Ulla ist das nicht so einfach. Ulla ist ein kritischer Mensch, der nicht jeden an sich heranläßt. Lisa ja, aber auch nicht immer.

Frühling: Zeit für die jungen Mädchen, sich Achseleinlagen zu kaufen. Einziger Hausgast ist in dieser Zeit Herbert Schnack aus Bad Oldesloe. Er hat ein Motorrad und kommt ab und zu nach Rostock gedonnert, und dann besucht er Karl, seinen Schulfreund, und Grethe, die Frau seines Schulfreundes, und er trinkt Kaffee mit ihnen und ißt Plätzchen aus »Mübe«-Teig und »Blätte«-Teig.
Schnack ist ein Mann »mit gesundem Volksempfinden«, der vorwiegend saubere Bücher liest, in denen Perspektiven gewiesen werden. »Nee, Karl!« sagt er, und: »Nein, o nein!« Heutzutage ist aber auch alles verkehrt!
Die Maler malen Mädchenporträts mit violetter Stirn

und grünen Backen! In der Musik ist das Katzen-Miauen Trumpf. Und im Theater zeigt man Fausts Gretchen mit Papua-Frisur und Hamlet als Stotterer. Ein Affentanz von Nichtskönnern, denen die Seele fehlt, die deutsche Seele! Hellblaue Rosen züchten sie und Dackel mit Pinscherschöpfen!
Das Art-Eigene wird den Deutschen entwunden, sie sollen verniggern und sollen internationalistisch-synkopistisch-kubistisch verwurstet werden, sagt Herbert Schnack, und die Eheleute hören ihm zu. Der kleine Robert sitzt auf dem Pott und rollt die Rolle mit dem Klopapier ab.
Er macht moderne Gedichte nach:

Weißt du, schwarzt du …

und spielt am Klavier »Moderne Musik«, obwohl er gar nicht Klavier spielen kann.

Nur zu natürlich ist es, daß Herbert Schnack sich ab und zu Kraft holt an vaterländischen Stätten. In Potsdam hat er sich erst kürzlich am Sarge Friedrichs des Großen von Geschichte überschauern lassen, mit dem Motorrad ist er hingefahren.
Sein gutes Motorrad, wenn er das nicht hätte!
Grethe darf sich mal hintendraufsetzen, festhalten, und dann wird eine Runde gefahren. Was Karl vom Erkerfenster aus beobachtet. Er sieht, daß seine Frau auf dem Motorrad seines Schulfreundes sitzt und sich anklammert an diesen. Widerlich kommt ihm das vor, widerlich und ungehörig. Bei ihm hat sie sich noch nie so angeklammert. Wenn die Kinder nun zu schreien anfangen? Das scheint ihr ganz egal zu sein?

Das Motorrad heißt »Maschin'«. Eines Tages, als Herbert Schnack mal wieder bei den Kempowskis sitzt, »Mübe«-Teig und »Blätte«-Teig ißt und Kaffee dazu trinkt, macht's unten auf der Straße »bumms«. Schnack eilt hinunter, und als er wieder heraufkommt, sagt er: »Maschin' kaputt!« Was Karl sonderbarerweise erheitert. Er kann sich gar nicht beruhigen.

Nicht immer ist sein Besuch willkommen. Sonderbare Zeiten sucht er sich aus. Zu Mittag kommt er, ohne angemeldet zu sein, da muß dann Grethes Steak halbiert werden, oder morgens früh, wenn Karl im Kontor ist, was allerdings rasch abgestellt wird.
Einmal erscheint er mitten in der Nacht. Er will sich mit ins Ehebett legen, zwischen Karl und Grethe, und seine Geschichten erzählen, von Peule Wolff, dem Klassenlehrer: »Ihr Männer vom Unterwall!« und: »Benjamin, ich hab' nichts anzuzieh'n!«; diese neuen Schlager will er darbieten, die er gut singen kann, ohne daß er singen könnte.

Gott sei Dank, nun bin ich ledig!
Meine Frau ist in Venedig …

Im Ehebett will er es sich bequem machen, da kommt er aber bei Karl schief an: »Datt låtens sin, Herring!« ruft er. Im Ehebett liegen? Das geht denn doch entschieden zu weit.

Grethes langes Haar liebt Herbert Schnack, und das sagt er immer wieder. Das soll sie bloß nicht abschneiden! Einen Bubikopf? Bei den alten Germanen wurden den Dirnen die Haare abgeschnitten und den Ehebrecherinnen! Und dann wurden sie ins Moor gejagt.

Karl liebt das lange Haar von Grethe ebenfalls, auch wenn er das nicht täglich und stündlich bekanntgibt, sagt er, und beim nächsten Mal, als Herbert Schnack mit seinem neuen Motorrad unten vorfährt, um bei den Kempowskis »Mübe-Teig« und »Blätte-Teig« zu essen, wird den Kindern der Mund zugehalten, damit sie die Eltern nicht verraten, die auf dem Flur stehen und das Klingeln zählen, das Freund Schnack veranstaltet. An der Tür rüttelt er sogar und durch den Briefkastenschlitz guckt er.

»Die müssen da sein«, sagt die Studienrätin von oben, »läuten Sie doch noch einmal kräftig!«, und sie hilft ihm beim Türrütteln und beim Klingeln, bis Herbert Schnack es endlich begreift: hier ist er nicht mehr erwünscht. Er geht brummend hinunter, und tritt sein Motorrad an. »Denn eben nicht«, sagt er, und er fährt davon.

Auch Dorothea Franz aus der Borwinstraße sieht gelegentlich ein, was immer etwas mühsam ist. Sie sitzt am Eßzimmertisch und geht nicht wieder weg! Wie hingestellt und nicht abgeholt!
Sie ist voll Gedanken an ihre Himmels-Sekte, und immer läßt sie Schriften da, durchsetzt von Bildern und Gedichten, und dann sagt sie, was ihr Mann doch für ein fabelhafter Mensch ist.
»Und was erzählt sie sonst noch?« fragt Karl bei Tisch mit vollem Mund. Er bringt neuerdings jeden zweiten Tag Fisch mit. Das kommt daher, daß auf dem Neuen Markt eine junge Fischfrau steht, mit blanken Ostsee-Augen und ausgefranstem Rock.

Ach, wie ist es schön, Kinder zu haben. *Zwei* Kinder. Wenn man jetzt stirbt, dann entsteht keine Lücke in der Bevölkerungsbilanz, und zwar weder auf der männlichen noch auf der weiblichen Seite. Käme ein drittes Kind, dann wäre das ja das Optimum. Dann hätte man noch dazu beigetragen, daß das deutsche Volk wächst und nicht untergeht, wie das französische es tut, langsam, aber sicher.
Um die Kinder anzuregen, wird ein bunter Blechbrummkreisel angeschafft, der Akkorde vor sich hinsummt, und ein Kaleidoskop, in das man hineinsieht, um wahrhaft köstliche Muster und Farben wahrzunehmen.
Fröbelsches Spielzeug, genormte Würfel, Walzen und Kugeln, das man kauft, um die Kinder auf logische Weise von Grund auf zu bilden, ist ein krasser Fehlschlag. Man

hatte recht gedacht, mittels dieser so teuren Anschauungsmittel in den kindlichen Gehirnen ein für allemal Ordnung anzurichten. Aber weder mit Liebe noch mit Strenge ist zu erreichen, daß sie die Unterschiede dieser Lehrapparate in Worte fassen, wie es in dem Begleitschreiben wieder und wieder gefordert wird. Wenn Grethe mit dem Kasten erscheint: »So, jetzt wollen wir mal schön spielen«, suchen die Kinder, augenblicklich und so schnell es geht, das Weite.

Da ist die Puppe Mary schon schöner, der wird mit einer Schere das Haar abgeschnitten, und von der großen Festung, in deren Gräben man Wasser einlassen kann, sind die Kinder auf keine Weise zu trennen. Mit Bleisoldaten wird sie bestückt, und mit Erbsen beschossen.

Der Vater stellt Bleisoldaten auf dem Flügel auf und spielt »Heinzelmännchens Wachtparade«. An einer bestimmten Stelle des Klavierstücks (gegen Schluß) dürfen die Kinder den ersten Soldaten anstoßen, der reißt dann die ganze Reihe mit ins Verderben.

Anschließend werden die Kinder an den Türpfosten gestellt, ein Bleistiftstrich wird gemacht.

»Donnerwetter, Grethe, schon wieder einen Zentimeter.«

Vielleicht werden die Kinder ja etwas stattlicher, als man selbst ist; wer groß ist, hat's leichter im Leben. Der ist nicht so leicht zu übersehen.

Beliebt sind auch Fingerspiele:

> Dies ist der Daumen,
> der schüttelt die Pflaumen …

Hübsch, wenn die Mutter ein Häuschen mit den Händen bildet und die zwei Daumen als Bewohner des Fingerhauses das folgende Gedicht aufsagen läßt:

> Zwei Mädchen wollen Wasser holen,
> zwei Knaben wollen pumpen.
> Da guckt der Herr zum Fenster raus
> und sagt: »Was wollt ihr Lumpen?«

Karl kennt Abzählreime:

Ich und du,
Müllers Kuh,
Müllers Esel,
das bist du.

Gern richtet er es so ein, daß er am Schluß selbst als Esel dasteht. – Ein anderer Abzählreim lautet so:

Auf dem Klavier
steht ein Glas Bier,
wer davon trinkt,
der stinkt!

Grethe hört dies nicht so gern. Stinken? Das ist nicht das Wahre.

Ich geh' auf 'n Markt
– Ich auch! –
Und kauf' mir 'ne Kuh
– Ich auch! –
Ein Kälbchen dazu
– Ich auch! –
Und kauf' mir 'n Käs'
– Ich auch! –
Der Käse, der stinkt,
– Ich auch! –

Nein, das findet Grethe nicht so schön. Da ist das wohlbekannte Gedicht aus Wandsbek vom Pisen-Pasen der Pimpampusen schon erfreulicher.

Überhaupt: Erziehung muß tiefer greifen: beim Samenhändler kauft Grethe Samen wilder Blumen, und mit den Kindern macht sie einen herrlichen Spaziergang in die Warnow-Wiesen. Am Bahndamm, findet sie, müßten doch Blumen blühen! Wär das nicht schön? Links die Wiesen mit der still-flinken Warnow, rechts der Bahndamm, über und über bewachsen mit Margeriten, Wikken und Mohn?

Mit den Kindern geht sie hinaus und streut eine Tüte Blumensamen auf dem Bahndamm aus. Und, siehe da!

Es funktioniert. Als Grethe nach Pfingsten wieder einmal hinausgeht, da geschieht es, daß ein älterer Herr ihr das Pflücken der Blumen streng verweist. Ob sie sich nicht schämt?

Wenn die Eltern mal beide weggegangen sind, sieht Ulla Kommoden und Schränke durch, in denen man zu Ostern Weihnachtsgeschenke und zu Weihnachten Ostereier entdecken kann. Der Bücherschrank ist leider abgeschlossen. Auf dem obersten Bord stehen zwei winzige, weiße Mäuse. Mit denen ließe es sich gut spielen.
Kommoden und Schränke durchwühlen? Das macht Robert nicht. Der geht im Zimmer auf und ab. Weil die Uhr tickt, geht er im Takt mit ihr auf und ab. Und die Hände hat er dabei auf dem Rücken.
Gern guckt er dem Mädchen zu, wenn sie die Messer putzt. Auf einem schwarzen Stein werden sie geputzt, den man naß machen muß. Hinterher werden sie mit einem Lederriemen noch blanker gemacht, und noch schärfer.

Aufs Klo gehen beide Kinder gern gemeinsam. Das ist eine Sache, bei der man die Gesellschaft liebt.

Für das nahe Warnemünde kauft Grethe Monatskarten. Schon der Weg vom Bahnhof zum Strand, am Alten Strom entlang, ist sehr ereignisreich.
Einlaufende Fischkutter sind am Alten Strom zu sehen, Fischer, die ihre Netze flicken, Fischkisten, aus denen sie mit Käschern lebendige Fische herausholen, zum Verkauf, Angler, still und stumm.
Dazu die Musik aus den Cafés, von denen am Alten Strom eines neben dem anderen liegt. »Das Gebet einer Jungfrau« zum Beispiel, oder das Largo von Händel.
Die Fische, die aus den Netzen gepflückt werden, interessieren Ulla, Robert ist mehr für das verweinte Cello im Café »Bechlin« zu haben. Als eines Tages ein Mann mit

Schifferklavier zu besichtigen ist, der an Bord seiner Segeljacht die Treckfiedel mächtig auszieht, da sind sich alle drei einig: Dies ist wunderbar, dies darf man sich nicht entgehen lassen.

Den Alten Strom entlang sind Fahnenmasten aufgestellt mit wohl so ziemlich allen Fahnen der Welt, den nordischen, alle einander so ähnlich! Und den Fahnen der ehemaligen Feindstaaten, der französischen und der englischen, bei denen Grethe keine guten Gedanken hat. An Mainz und an Köln muß sie dabei denken, und an Koblenz.

Von Deutschland hängen da zwei verschiedene Fahnen, auch sonderbar. Die Kaiserfahne und die der Republik. Kein Land gibt es auf der Welt, das zwei verschiedene Fahnen hat!

Schwarz-weiß-rot, das ist eine herrliche Farbkombination. Schwarz und Weiß kommt von Preußen, das kann Grethe den Kindern sagen. Aber Rot? Vielleicht, damit's besser aussieht? Wenn Grethe die Farben Schwarz-Weiß-Rot sieht, dann geht ihr das Herz auf. Unser guter Kaiser! Zu Schwarz-Rot-Gold fällt ihr so recht nichts ein. Irgendwie fremd ist ihr das. Eine solche Fahne würde sie sich nicht kaufen.

Im Strandkorb »Susemiehl 76« werden die beiden Kinder entkleidet und mit Schaufel und Eimer ans Wasser geschickt. Die anatomische Verschiedenheit ihrer Körper beachten sie nicht sonderlich. Sie heißen unterschiedlich, da unterscheiden sie sich ja natürlich auch in anderer Hinsicht. Die Mutter hat zum Beispiel einen Busen, und der Vater trägt eine Brille …

Während die Mutter im Strandkorb liegt und ihr Gesicht der Sonne zuwendet, obwohl sie eigentlich »Die Hosen des Herrn von Bredow« lesen wollte, spielen die beiden Kinder friedlich miteinander, graben Löcher und gucken sinnend hinein in die Löcher, wie sie sich mit Wasser

füllen, backen kleine Kuchen, einen neben dem anderen, die in der heißen Sonne rasch zerfallen, oder sie ziehen Striche im Sand, die von den Wellen aufgeleckt werden.
Grethe beobachtet sie aus der Ferne. Mal verhandeln sie miteinander, mal erzählen sie sich was. Wunderlich, der Gedanke: Zwei Kinder hat man in die Welt gesetzt, die sich nun ganz selbständig miteinander unterhalten! Der Mohrrübenbrei, die gute Butter und das feine Kalbfleisch, all das ist nicht umsonst gewesen.
Ab und zu ziehen sie leider auch gleichzeitig an einer Schaufel, links und rechts. Da muß dann »Oh! oh!« gerufen werden, was meistens wirkt.
Robert ist es, der in aller Ruhe und Beschaulichkeit einen Stock mit Bindfaden ins Wasser hält.
»Meinst du, daß da ein Fisch anbeißt?« fragt ihn eine Frau.
»Vielleicht geschieht ein Wunder«, sagt der kleine Junge.

Die beschauliche Ruhe der Kinder wird einmal pro Tag empfindlich gestört durch die Mutter. Tatkräftig kommt sie herangeschritten durch den heißen Sand, und, wie schwer sich die beiden auch machen, sie werden ans Wasser gezerrt, bekommen kaltes Wasser an den Bauch gespritzt, werden »untergedükert«, wie es heißt, und danach trockengerieben mit einem harten Tuch.
Schrecklich ist das Geschrei der beiden, gegen das die ruhige Stimme der Mutter nichts ausrichtet. Von Gesundheit ist die Rede – Kochsalz, Jod, Eisen und Brom enthält das Wasser – und von der Abhärtung des kleinen Körpers. Von innen die Nährwerte aus Milch, Butter und Obst und von außen frische Luft, Sonne und das Meerwasser mit den wertvollen Mineralien.
Danach sitzen die Kinder im Strandkorb, warm eingehüllt, und lange noch schlucken sie auf vom Weinen.

Erst, wenn der Mann in der weißen, goldbetreßten Uniform sich nähert, mit dem Bauchladen, der sich so sonderbare Verse ausgedacht ist, ist alles wieder gut.

Äpfel, Birnen und Apfelsinen
haben die *döllsten* Vitaminen!

ruft er, und zwar genau so, wie der Vater zu Hause es vormacht.

Äpfel, Birnen und Bananen
schmecken vor und nach dem Baden.

Von diesem Mann werden kandierte Nußstangen gekauft, die übrigens besser aussehen, als sie schmecken.
»Darf ich mal den Ball aus Ihrer Burg holen?« fragt ein freundlicher Herr.
Behaglich sitzen die Kinder im Strandkorb neben der Mutter, und da oben! »Seht ihr? Da?« Ein richtiges Flugzeug! Mit verdrehtem Kopf und zugekniffenen Augen verfolgen es die Kinder. Dieses Flugzeug ist ein Wahlflugzeug. Unverschämterweise wirft es über dem Strand Flugblätter ab für eine der vielen politischen Parteien, die Grethe aus diesem Grunde nun ganz bestimmt nicht wählen wird.

In Warnemünde passiert es, daß Robert plötzlich verschwunden ist. Eben spielte er noch mit Schaufel und Eimer neben seiner Schwester Ulla, nun ist er weg!
Grethe geht von Burg zu Burg und ringt die Hände, Zigeuner! Ob vielleicht Zigeuner das Kind mit sich genommen haben? Den ganzen Strand sucht Grethe ab – nichts!
Sollte der Junge vielleicht ins Wasser gegangen und vom Sog hinausgezogen worden sein? Schwer vorzustellen!
Ach, in Grethes Gedankenwelt wechseln all die Bilder ab von Freud und Leid, wie süß das Kind im Korbe lag mit seinem breiten Mund, und man hätte doch freundlicher sein sollen, manchmal so überarbeitet und nervös. Das will man alles wiedergutmachen, wenn nur das Kind erst wieder da ist.

Schließlich findet Grethe den Jungen auf dem Rummelplatz. Er steht vor einem Orchestrion mit ruckartig sich bewegenden Figuren, die Hände hat er auf dem Rücken – »Ich denk', ich seh' nicht recht!« – Neben ihm sitzt ein Hund und sieht ebenfalls den sich ruckartig bewegenden Figuren zu.
Robert versteht überhaupt nicht, wieso er auf einmal hochgerissen und geküßt wird von seiner Mutter, und der kleine Hund erschrickt sehr! Das Kind wird mit Küssen bedeckt, und mit langen Vorstellungen überschüttet, und schwierig ist es, gleichzeitig den Hund loszuwerden, der den beiden lange folgt: Hoffentlich sitzt die liebe Ulla nun noch im Strandkorb, wie man es ihr befohlen hat, und ist nicht auch losgegangen, den Bruder zu suchen.

Zu Hause, am Abendbrottisch, wird es dem Vater erzählt, was man wieder durchgemacht hat an Furchtbarem. Und der Vater kriegt einen roten Kopf und holt den gelben Onkel und schlägt seinen Sohn, was gar nicht so einfach ist, denn er muß gleichzeitig seine Tochter abwehren, die sich an ihn anklammert: »Tu ihm nichts! Tu ihm nichts!«
Er hat von seinem Vater *auch* Schläge gekriegt, sagt Karl, so ist das nun mal.
Damals, als er auf Schlittschuhen die vereiste Warnow hinabgelaufen ist. Jungedi! Da hat's aber was gesetzt. Wen Gott liebt, den züchtigt er. Wenn man das unterläßt als Vater, dann landen die Kinder eines Tages womöglich im Zuchthaus. Und man bekommt noch Vorwürfe obendrein.
Auch Grethe hat entsprechende Erlebnisse gehabt. Beim Vokabelnlernen, das weiß sie noch wie heute, hat ihre Mutter sie gekämmt, und immer, wenn sie was nicht wußte, hat sie mit dem Kamm welche auf den Dötz gekriegt, jawohl.
Nein, das steht ja schon in der Bibel: »Wen Gott liebt, den züchtigt er«, und weil Karl seinen Sohn liebt, haut er ihn.

So schön es ist, Kinder zu haben, froh ist man doch, wenn sie endlich im Bett liegen. Wenn endlich das Gequengel aufhört und das »Bin ich deine Liebe?« Dieses endlose Gerufe der Tochter. Zum Rasendwerden. »Nun schläft sie endlich!« heißt es, und dann ist klar und deutlich zu hören: »Mutti – bin ich deine Liebe?«
Zum Verzweifeln! Da möchte Grethe das Kind so manches Mal herausreißen aus dem Bett und schütteln. »Ja, du bist meine Liebe«, und ins Bett knallen.
Aber so etwas tut man ja natürlich nicht.

Wenn die beiden Kinder dann schlafen, dann schlafen sie. Da können Karl und Grethe mal außer Haus gehen. Im Spätsommer an einem lauen Abend fahren sie nach Warnemünde zum Strandfest. Aus allen Lokalen tönt »Gedudel«, auf der Promenade wird sogar getanzt. Einen schönen Platz finden sie, und sie bestellen ein Gläschen Wein und freuen sich ihres Lebens.
Schiffe gleiten über und über mit Lampions bestückt vorüber, mit Lampions, die sich im Wasser zitternd verdoppeln. Und nun läuft gar die Abendfähre aus nach Dänemark, wo die Leute so merkwürdig sprechen, auch mit Lampions bestückt. Und wenn man genau hinhört, ist sogar Musik zu vernehmen.

> Muß i denn, muß ich denn zum Städele hinaus …

Ach, Frieden ist doch schöner als Krieg. Obwohl, wenn man den Krieg gewonnen hätte, wäre der Frieden noch schöner gewesen. Dann wäre zur Behaglichkeit noch das Gefühl der Genugtuung gekommen, mit jedem Atemzug. Und so bleibt eben doch der Stachel: »Alles umsonst, umsonst, umsonst … «
Obwohl Karl reichlich zu Abend gegessen hat, möchte er jetzt wohl gern noch etwas essen, Rührei mit kleinen gehackten Fischen etwa, und er erzählt Grethe von der Sache da in Schweden, wie die Gräfin den Stein aus dem

Ring verlor: »Den können wir auch nachher noch suchen ...« Von Cecilie sagt er natürlich nichts. Jeder Mensch muß auch ein Geheimnis haben dürfen.

Zu Hause gibt es an diesem Abend leider ein Malheur. Ulla ist aufgewacht und hat festgestellt, daß die Eltern nicht da sind! Gott, kann sie brüllen! Das weckt den stillen Robert auf, und sie brüllen beide ihren Schmerz heraus.
Frau Spät, oben, pocht laut und immer lauter, stöckert dann hinunter und ruft durch den Briefkastenschlitz: »Aber was-was-was? Was issing denning bloß?« und wirft den beiden durch den Briefkastenschlitz Bonbons zu.
Als die Eltern kommen, liegen sie in den Ehebetten, naß von Tränen, eng umschlungen.
Das nächste Mal wird man den Kindern sagen, daß man weggeht. An ihren Verstand appellieren. Überzeugend sagen, daß sie schon groß und vernünftig sind.
Ein altes Telefon wird hinaufgelegt zu Lisa, dem Mädchen, ein Telefon, an dem man drehen muß. Und wenn was ist, dann einfach hier dran drehen und Lisa rufen.
Wenn was ist? Wenn ein böser Mann kommt oder wie oder was? Nein, natürlich nicht. Einen sogenannten Buhlemann gibt es nicht, der kann schon deshalb nicht kommen, weil es ihn nicht gibt. Und wenn er doch kommen sollte, dann ist ja immerhin die Tür noch abgeschlossen und verriegelt.

Ich kenn' eine Mutter,
die hatte vier Kinder,
den Frühling, den Sommer,
den Herbst und den Winter.

Der Frühling bringt Blumen,
der Sommer bringt Klee,
der Herbst bringt die Traube,
der Winter den Schnee.

Drei Jahre später, im Frühjahr 1927, kommen die Kinder in den Kindergarten. Dazu ist keine Anmeldung nötig, keine Platzvorbestellung, und kein einziges Formular braucht ausgefüllt zu werden: Beruf des Vaters, Mädchenname der Mutter... An irgendeinem Morgen bringt Grethe die Kinder einfach hin. Die Kindergärtnerin heißt »Tante Annemie«, sie ist eine Tochter von Pastor Nagel und Kindergärtnerin aus Passion, und sie kennt die Kempowskis natürlich und weiß schon, daß die Kinder »Ulla« und »Robert« heißen.

Bei Tante Annemie werden keine Fröbelschen Pyramiden und Walzen verwendet, zu denen Merkverse aufgesagt werden müssen.
Wunderbar versteht es Tante Annemie, die Kinder anzuregen. An zwei runden Tischen sitzen sie und malen. Die größeren flechten kleine Papierteppiche. Zwischendurch stehen sie auf und drücken sich an Tante Annemie, die eine südliche Schönheit ist, mit dunklem Flaum auf der Oberlippe.

Häschen in der Grube saß und schlief...

Ostern nähert sich, das wird festgestellt, in den Schaufenstern der Stadt stehen schon ganze Armeen von Osterhasen. Da müssen fleißig Eier angemalt werden: Was die lieben Eltern wohl dazu sagen! Ein Adventskranz gehört in die Adventszeit, ein Osterstrauch mit Ostereiern in die Osterzeit. Für Pfingsten wird sich auch schon noch was finden.
Abziehbilder für Ostereier verschmäht Tante Annemie; das ist moderner Industriekram, der verbildet die Jugend. Wer so etwas propagiert, der muß sich nicht wundern, wenn unsere deutsche Jugend seelenlos in die Zukunft schreitet. Über die Folgen braucht der sich nicht zu wundern.

Wenn das Wetter gut ist, macht Tante Annemie mit den Kindern einen Spaziergang: einmal um den Block herum geht sie mit ihnen, damit keine Straße überquert werden muß. Die Kinder fassen sich bei der Hand, zu zweit, und Tante Annemie geht rückwärts vor ihnen her und singt:

Wer will unter die Soldaten,
der muß haben ein Gewehr …

und alle Kinder singen mit.
Robert hält sich an Renate Koßfelder, ein kleines Mädchen, das einen hübschen grauen Mantel mit heruntergerutschter Taille trägt und schwarze Lackschuhe zum Knöpfen. Seine kalten Finger steckt er ihr in den Halsausschnitt, wenn sie gerade an nichts Böses denkt. Dafür wird er von ihr zum Geburtstag eingeladen, u. A. w. g., wo Topfschlagen gespielt wird und Vier-Ecken-Raten.
Robert ist der einzige Junge auf dieser Kinder-Gesellschaft. Gottlob ist ein kleiner Hund vorhanden, der sich augenblicklich auf den Rücken wirft, als er den Jungen sieht. Auch eine Oma gibt es in diesem Haus, sie sitzt am Fenster und strickt. Robert holt sich einen Stuhl und setzt sich zu der alten Frau, die ihm ab und zu freundlich zunickt. Der Hund legt sich daneben.
Ulla wird seltener eingeladen zu Kindergesellschaften. Sie ist zu gradeweg. Das mögen manche Menschen nicht.
»Ach, wie nett«, hatte die junge Frau Viehbrock zu Grethe gesagt, »Sie sind jetzt auch bei Tante Annemie? Da können unsere Töchter ja Freundinnen werden.«
»Ich such' mir meine Freundinnen selber aus«, hatte Ulla geantwortet, womit die Sache dann erledigt war.
So was mag mancher nicht.

Grethe bringt die Kinder morgens zu Tante Annemie und holt sie zu Mittag wieder ab, eins links, eins rechts. Auf diesem Weg kann auch so manches noch erklärt werden. Der Feuermelder zum Beispiel, den mal ein Mann ohne jeden Grund einschlug. Ins Zuchthaus kam er dafür, wo von Blechtellern dünne Suppe gegessen wird.

Wer probt,
der lobt,
Welchen Kaffee Sie genommen,
Webers macht ihn erst vollkommen.

Auch die Litfaßsäule ist interessant und der Postkasten.

Nächste Leerung halb sieben.

Alles so wundervolle Einrichtungen, mit denen sich die Menschen das Zusammenleben erleichtern.

Die Zeitangabe im Postbriefkasten läßt sich mit dem Finger verstellen, das haben die Kinder schon herausgefunden.

Da muß Grethe sehr ernst werden. Nein. Wenn nun eine arme alte Frau kommt und sehen will, ob ihr Brief noch mit fortgeht? Und die findet dann eine falsche Angabe! Was dadurch für Unglück entstehen kann!

Der Bonbon-Automat bei Kaufmann Schulz wird keiner näheren Betrachtung gewürdigt. Von Bonbons kriegt man Würmer und schlechte Zähne, die der Zahnarzt dann mit einer Art Kneifzange herausbrechen muß.

Wenn Karl nach Hause kommt, dann sitzen die Kinder bereits am Eßtisch, mit Lätzchen um.

»Was gibt's dann noch?« fragt Roberding, für ihn ist der Pudding die Hauptsache.

Lange wollte er überhaupt nicht sprechen, mummelte nur so vor sich hin. »Hol doch mal die Puschen!« hatte Grethe zu ihm gesagt, um zu prüfen, ob auch alles in Ordnung ist. Wie ein Wiesel holte er die Pantoffeln des Vaters! Es *war* also alles in Ordnung!

»Maulfaul«, sagte Karl. »Dieser Junge ist maulfaul, der muß Wind von vorn haben.«

Wind von vorn, nein. Mit Liebe geht es auch. Viel singen, viel lachen muß man mit Kindern. Und sie anregen von allen Seiten, so gut es nur geht. Bilderbücher besehen: »Sieh mal hier ...«, ein Pferd mit einem Strohhut auf, und Geschichten dazu erzählen, von alten treuen Pferden und von Hunden, Axel Pfeffer, das liebe Tier: beim Bürsten? »So, nun andere Seite!« und dann sich umgedreht, schwupp! und die Augen geschlossen.

Auch in der Zeitung sind interessante Bilder zu betrachten, eine Lokomotive, die mit einem Kran ins Schiff gehoben wird, ein Neger, der schneller rückwärts laufen kann als andere vorwärts, und schließlich eine sogenannte Rikscha! Daß der Frau das nicht peinlich ist, die hinten drin sitzt ... Nein, das ist der nicht peinlich. In China gibt es ganz andere Menschen als bei uns. Manche schneiden sich die Fingernägel nie, andere essen faule Eier.
Die Kinder anregen und vor allem: sie auch mal helfen lassen! Die Kuchenschüssel halten, zum Beispiel beim Rühren, wofür es dann erlaubt wird, daß man sie ausleckt. Oder das Kalenderblatt abreißen. So etwas können auch schon kleine Kinder. Wer Kinder früh an Pflichten gewöhnt, der erzieht sie zu Verantwortungsbewußtsein. Der wird es nicht erleben, daß sie eines Tages Friseur werden wollen.

Im Herbst werden Blätter getrocknet und gepreßt, wozu man nicht das Briefmarkenalbum des Vaters benutzen darf. Die gepreßten Blätter werden mit einer Bürste ausgeklopft, bis nur noch das Skelett übrigbleibt, das als ein Wunder Gottes bezeichnet werden kann.

Eines Abends werden die Laternen herausgeholt. Und dann geht Grethe mit ihren Kindern durch hellerleuchtete Straßen und über die finstere Reiferbahn, auf der schon lange keine Stricke mehr gedreht werden. Andere Mütter mit Kindern und Lampions kommen ihnen entgegen, und alle singen das bekannte Lied:

Laterne, Laterne,
Sonne, Mond und Sterne!

Brenne auf, mein Licht!
Brenne auf, mein Licht,
nur meine liebe Laterne nicht...

Robert, der ansonsten schweigsame Junge, der normalerweise nur vor sich hinmummelt, verändert das Lied auf seine Weise:

... brenne wieder an, mein Licht!...

singt er, worüber die Erwachsenen natürlich lächeln. Hier in Rostock gibt es übrigens noch eine in Platt gehaltene moderne Variante des Laternenliedes.

Laterne, Laterne,
mit de Blechbüchs iss' moderne,
de Dierns hebb'n all 'n Bubikopp
de Jungens drägen ball 'n Zopp...

Dieser Vers gehört zur derben Volkssprache, die manchmal noch viel derber sein kann, so derb, daß Grethe »Nein!« sagen muß, dieses Furchtbare will sie nie wieder hören, sonst muß sie sehr, sehr böse werden!

Eene mene minken, manken
eene Fru, die künnt nich kacken
nimmt 'n Stock
buhrt 'n Lock
schitt 'n groten Hieringskopp.

»Kåken«, muß es natürlich heißen. Und: »Kåkt 'n groten Hieringskopp«, muß es heißen. Sonst ergibt das doch gar keinen Sinn.

Karl ist es, der mit Vorliebe derberes Kulturgut überliefert, wie er ja überhaupt von Kindererziehung keinerlei Ahnung hat, katastrophal! Immer diese Schulgeschichten, wie dumm er war und wie oft er sitzengeblieben ist! Daß er die blauen Briefe gefälscht hat: »Mit Bed. gelesen, K.« Und daß er nie Klavier geübt hat!? Das ist doch ganz verkehrt. Da muß er sich dann auch nicht wundern, wenn die Kinder eines Tages völlig aus der Art schlagen.

Sonntags muß man wohl oder übel einen Besuch beim Schwiegervater machen, »derb« ist gar kein Ausdruck. Sitzt da am Frühstückstisch mit holländischem Käse, geräucherter Spickgans, Ochsenzunge und Plusterschinken, der eine dicke Kruste von Zucker und Zimt hat, finnischem Kaviar, frißt also auf Deubel komm' raus, trinkt Braunbier und Gin dazu und erzählt fürchterliche Sachen, von denen die Kinder gottlob nichts verstehen, weil er sie auf ostpreußisch Platt von sich gibt.
Was das Essen betrifft, so hat er da auch seine Philosophie.

Morgens als Edelmann,
mittags wie 'n Bürgersmann
und abends ein Bettelmann.

Und Anna, die Großmutter? Schenkt dem kleinen Robert 10 Pfennig und Ulla nichts?
»Du bist nun ja mal mein Liebling«, sagt sie zu Robert und drückt ihn an sich. Sie gibt Ulla kaum die Hand?
Von Anna hört man neuerdings nichts Gutes. Sie ist immer so traurig, geht von einem Zimmer ins andere und räumt dauernd um. Der große, grüne Sessel, der vorher *da* stand, steht nun *da*, und die Vitrine, die vorher *da* stand, steht nun *da*.
»Der lassen ihre Sünden keine Ruhe«, sagt Grethe und stellt Betrachtungen an über gutes und schlechtes Erbgut, von dem auch beim eigenen Mann so manches festzustellen ist.

Eines Tages kommt Karls Schulfreund Schnack mal wieder. Nach so langer Zeit? Da freut Karl sich denn doch. Auf seinen Stuhl darf er sich setzen, und er erzählt, daß er mit seinem neuen Motorrad in Berlin gewesen ist, und bei der Gelegenheit »dem Untier Großstadt mal wieder in den mahlenden Rachen gesehen« hat. Friedrich Schiller, diesem Mann, »in dem der deutsche Idealismus am hell-

sten lodert«, dem hat man im Staatstheater eine Ludenmütze aufgestülpt, erzählt er, und man läßt ihn nach Jazzbandklängen umherhüpfen und fremdartig blöken!
Herbert Schnack sitzt am runden Tisch und ißt Plätzchen von »Mübe«-Teig und »Blätte«-Teig, und die Eheleute freuen sich darüber wie in alten Zeiten.
Karl will seinem Freunde die Wachstumsstriche am Türpfosten zeigen, er will ihm demonstrieren, wie ungewöhnlich schnell seine beiden Kinder in der Zwischenzeit gewachsen sind. Und die Striche sind weg! Die Frau wird zitiert, das Mädchen herbeigeschrien, auf die Kinder wird gezeigt und auf den Türpfosten!
»Wie sieht der Junge überhaupt aus!« schreit Karl. »Diese Locken? Wie ein Mädchen!«
Karl verlangt, der Junge sei nun alt genug, die Locken müßten abgeschnitten werden.
Herbert Schnack, der Hausgast, unterstützt Karl und bestätigt, daß ihm als Kind auch immer die Haare geschoren wurden. Grethe fleht von einem zum andern – nichts zu machen. Jungen in dem Alter müssen die Haare abhaben.
Als Karl dann nach Hause kommt und seinen Sohn da sitzen sieht, bleibt ihm aber doch die Spucke weg. Na, Gott sei Dank, es wächst ja wieder nach.

Auch Karl sorgt auf seine Weise für Bildung. Mit seinem Sohn besucht er ein Wahllokal, die Turnhalle des Gymnasiums, vor dem Wahlwerber stehen mit Plakaten vor dem Bauch wie »Wählt Liste 2« und »Deutschland erwache!«.
»Dies da ist ein Hakenkreuzler«, sagt Karl zu seinem Sohn und zeigt auf einen Mann mit Schnurrbart, »also ein Prolet.«
Die vielen Flugblätter auf der Straße, meist kleine Zettel, hält Robert für Stimmen, er sammelt davon, soviel er kriegen kann.

In der Turnhalle sitzen Schlachter Prieß und Schneidermeister Bull, mit Bierflaschen auf dem Fußboden. Sie kreuzen die Bürger an auf ihrer Liste, und andere sehen ihnen dabei über die Schulter, ob sie das auch richtig machen, sonst muß die ganze Wahl wiederholt werden, und das kostet ich weiß nicht wieviele Millionen.
Das eigentlich entscheidende Kreuz macht Karl natürlich in der geheimen Ecke, hinter aufgehängten Landkarten, mutterseelenallein.

Mit beiden Kindern besucht Karl auch die verschiedenen Handwerker, den Schuster zum Beispiel, der noch unter einer Schusterkugel arbeitet, die ihren milden Schein über das Werkstück lenkt. Saubere Holztäkse schlägt er in die Schuhsohle – so etwas sieht man gern. Der Geruch nach Leder und die Schusterkugel, das vergessen die Kinder nicht.
Ob er gedient hat? wird der Schuster gefragt, eine Frage, die Karl dem Onkel Jüjü nicht stellen kann, der ist nämlich taub. Ecke St.-Jürgenstraße wohnt er, und er flicht Körbe. »Jüjü«, diesen Namen hat der Korbflechter von Kindern bekommen, die damit seine Sprechbemühungen charakterisieren wollen.
Nicht sprechen können? Dies ist den Kindern unheimlich. Die Bonbons, die sie von Onkel Jüjü geschenkt bekommen, schmeißen sie jedenfalls gleich weg.

Bei nächster Gelegenheit besucht Ulla den Schuster allein. Der Ledergeruch hat es ihr angetan. Sie sitzt auf einem Schemel und sieht ihm zu, wie er mit einem scharfen Messer das Leder beschneidet.
Ob sie ihm helfen kann, fragt sie, und dann bringt sie ihm sein Gerät, die Ahlen und Pfrieme »in Ordnung«, und als er da nichtsahnend auf seinem Schemel hockt und mit beiden Händen die Fäden zur Seite zieht, kitzelt sie ihn unter den Armen.

Sonderbare Geschichten erzählt der Schuster. Von »die Reichen« erzählt er, daß die alles haben wollen, und daß die ihren Fuß auf das Genick »von die Armen« stellen. Bald beginnt auch Ulla einen Abscheu vor »die Reichen« zu haben, und sie stellt sich diese Leute recht drastisch vor.

Robert hält es mehr mit Fräulein von Brüsewitz vom Stift der adeligen Damen. Sie guckt oft aus dem Fenster, was liegt näher, als daß man auch einmal hineinsieht?
Freundlich wird ihm gewunken, und er findet sich in einer gemütlichen Stube wieder, auf einem bequemen Plüschsessel. Auf dem Tisch steht ein Glasschälchen mit Bonbons, aus dem er sich bedienen darf. Außerdem werden ihm Bilder zu den Geschichten des Alten Testaments gezeigt. »Samson schlägt die Philister.« Schrecklich die Sichelwagen. Ins Kampfgetümmel fahren sie hinein, und die Sicheln an den Rädern zerfleischen die Krieger.
Auf dem Bild von der Sündflut, die auch Sintflut heißt, sind noch mehr Tote zu sehen. Ausnahmslos nackt, aber mit kleinen Tüchern überm Schoß liegen sie kreuz und quer auf den Felsen und im Abgrund. Die Wasser verlaufen sich, und in der Ferne ist die Arche Noah zu sehen.
So schrecklich geht es in der Welt zu. Aber dies hier – und Fräulein von Brüsewitz hält ihm ein Lackbild von Jesus vor die Nase – ist der Erlöser. Der macht, daß es kein Blutvergießen mehr geben wird auf dieser Welt. Wir müssen nur an ihn glauben.
Aus dem Schrank holt sie sodann einen Helm hervor, der hat ihrem Bruder gehört, der war bei den Husaren.
Und dies ist sein Säbel.
Robert wird vor einen Spiegel gestellt mit Säbel und Helm.
Er darf so oft wiederkommen, wie er will, wird ihm sodann gesagt, und sacht wird er hinausgeschoben.

Im Herbst kauft Karl bei Spielzeug-Fohmann einen raffinierten Kastendrachen. Er setzt sich eine besondere Mütze auf und zieht zum ersten Mal den von Grethe fabrizierten Pullover an, der das »Rebhuhn« genannt wird. Er gürtet einen Lederriemen darüber, denn er hat ein kleines Bäuchlein angesetzt.
Als er das Haus verläßt, mit seinen beiden Kindern, macht Bäcker Lampe seine Kunden auf ihn aufmerksam. Auch der Schlachter nebenan hält mit dem Fleischhacken inne: Da draußen geht der Herr Kempowski! Der tut was für seine Kinder, der kümmert sich um sie!
Eine besondere Mütze hat er auf den Kopf und einen Pullover trägt er, mit einem Lederriemen um den Leib.

Karl fährt per Straßenbahn mit Ursel und Robert vor die Stadt. Hier pfeift der Wind, er drückt die welken Gräser zu Boden.
Er läßt den Kastendrachen steigen. Er weiß, wo unten und oben ist, bei dem Ding, und das kommt daher, weil er als Kind schon einen solchen Drachen steigen ließ, und weil er sich die Gebrauchsanweisung vorher durchgelesen hat.

Für die Kinder ist das auch schön zu sehen, wie das Dings immer höher und höher steigt. Eine aufsehenerregende Form hat er, ganz anders sieht er aus als die dreieckigen Papierdinger der Straßenjungen, die allerdings auch sehr gut fliegen, die Drachen der Straßenjungen, mit den finsteren Gesichtern und dem wedelnden Schwanz. Da! Nun stürzt einer zu Boden. Krach! Kaputt... Aber das macht nichts, er wird wieder geflickt, und da! schon fliegt er wieder.
Karls famoser Kastendrachen fliegt höher als alle andern, so hoch, daß man ihn kaum noch sieht.
»Seht mal, Kinder!« sagt der Vater, und er zeigt auf den Drachen, und er zeigt auch auf die Silhouette seiner Heimatstadt, die gleichzeitig zu sehen ist, und er sagt

ihnen, wie die Kirchen alle heißen, von links nach rechts, und er wird, eines Tages, diese Kirchen mit ihnen besichtigen. Ob sie das wollen?
Jaja, sie wollen es, aber kalt ist es, sagen die Kinder. Und da sie den Drachen nicht halten dürfen – er hat zuviel Zug –, werden sie dremmelig. Es ist nichts mit dem Auf-dem-Grase-Sitzen, das Haar fliegen lassen und hoch droben mit dem Drachen in die weite Welt hineinträumen.
Nach Hause wollen sie und zwar sofort. Das Dings muß runtergezogen werden und eingerollt, und mit der Straßenbahn wird nach Hause gefahren, wobei Karl den zusammengeschnürten Drachen unter dem Arm hat und heftig an den beiden Kindern zerrt.
Zu Hause haut er die Mütze auf den Haken: »Nie wieder!« ist die Devise, an die er sich auch hält.
Später werden sich die Kinder daran erinnern, daß ihr Vater einmal mit ihnen vor die Stadt gezogen ist und einen Kastendrachen steigen ließ. Und immer wird Karl daran denken, daß es ihm mißglückte, das Herz der Kinder zu gewinnen. Falsch hatte er es angefangen, ganz falsch.

Die Jägers wohnen am Vögenteichplatz. Durch die Konzerte ist man einander nähergekommen. Wenn die Kinder endlich eingeschlafen sind – »Hier ist das Telefon, und wenn was ist: Einfach dran drehen!« –, dann machen Karl und Grethe einen Spaziergang und gucken bei den Jägers ein, deren Kinder dann auch eingeschlafen sind.
Oft genug ist auch Kröhl mit seiner netten Frau hier anzutreffen, oder er kommt später nach, »stößt dazu«, wie man es militärisch ausdrücken könnte.
Oder Randleute stellen sich ein, sporadische Leute, wie Inge von Dallwitz oder Fräulein Stier, »die Stier«, wie Karl sagt, »Stierchen«, wie Grethe sie nennt, eine hoch-

sensible junge Dame mit unerwarteten Empfindsamkeiten. Da, wo man sich nichts Besonderes denkt, hakt das Stierchen ein mit wunderlichen Ansichten, die an sich ganz vernünftig sind.

»So?« sagt sie, und dann unterzieht sie die Meinungen, die eben geäußert wurden, einer genauen Prüfung.

Wenn die Männer in ihren Sesseln sitzen mit übergeschlagenen Beinen und zum Beispiel sagen, daß die meisten Modeschöpfer und Köche männlichen Geschlechts sind und daß das wohl damit zusammenhängt, daß Männer mehr schöpferische Kräfte in sich haben als Frauen von Natur aus, irgendwie – was sie nur sagen, wenn die Stier anwesend ist –, dann fragt sie: »So?«

Sie hat eine Narbe an der Stirn, unter der das Gehirn klopft, sie kämmt die Haare darüber, und auf Äußerungen lauert sie, die ihren Ansichten widersprechen.

Grethe sagt zum Beispiel, daß sie sich nur ans Klavier setzt, wenn ihr holder Gatte im Geschäft ist, weil er sonst nämlich angelaufen kommt und sagt: »Was spielst du da? Was spielst du da?«, sich die Noten vornimmt und es dann selber einübt.

Dann kann sich das Stierchen nur wundern: »So?« sagt sie, und ob Grethe wohl noch nie auf die Idee gekommen ist, es auch einmal so zu machen? Auch angelaufen kommen, wenn er gerade spielt, und es ihm nachzutun?

»Wie du mir, so ich dir«, dieses Prinzip also vertritt die Stier, nicht gerade christlich ist das.

Sie sitzen an Jägers rundem Tisch, Kröhl mit seiner dunklen Frau, das Fräulein von Dallwitz, die Stier, mit der großen Narbe an der Schläfe – der Grund, weshalb dieses an sich so intelligente und kapriziöse Geschöpf sich nicht verheiraten wird –, und Tießenhusen, der Jurist, der eine dicke bestimmende Mutter hat, wie man einander zuraunt, weshalb dieser junge Mann mit dem runden

Kopf und den glatt zurückgekämmten Haaren wohl kaum an eine Frau kommen wird.
Karl und Grethe sitzen auf dem Sofa, das mit einem schwarzen Umbau versehen ist, in dem die Jägers Porzellan zur Schau gestellt haben, Hunde, die übereinanderspringen, und aufgestellte Tassen. Frau Jäger knipst den Rauchverzehrer an, und dann wird auf das Äußern von Meinungen zunächst einmal verzichtet. Es wird Börries Freiherr von Münchhausen vorgelesen, »Das Eulenfederchen«, und auf einmal ist holdeste Stimmung in diesem Kreis. Alle setzen sich entspannt zurück! So traut und vertraut ist der ferne Dichter, daß man ihm am liebsten fest die Rechte drücken möchte. Frau Jäger weiß keinen, der so wie er die Herzen aufzuschließen vermag, und man sitzt da wie eine Gemeinde, und man lauscht dem Brausen dieser deutschen Orgel. Man wechselt sich beim Vorlesen ab, macht mit dem Daumennagel eine Kerbe und reicht das Buch weiter, und jeder kommt mal dran, außer Grethe, die bei solchen Anlässen immer mit Tränen zu tun hat, und Fräulein Stier, die innerlich mit Argumenten kämpft.

Als man genug gelesen hat und noch ganz erschüttert ist, wird über das Leiden gesprochen, über die Liebe und die Einsamkeit und wie die einzelnen Dichter das darstellen, der eine so, der andre so.

Dem Volke fremd, und nützlich
doch dem Volke
zieh' ich des Weges, Sonne bald,
bald Wolke,
doch immer *über* diesem Volke.

Das sagt Nietzsche über die Einsamkeit. Und Frank Thieß? Der drückt es vielleicht noch klarer aus: »Das Wesen der Welt ist Einsamkeit.« Spengler sagt gar: »Man kann auf die Einsamkeit stolz sein oder an ihr leiden, aber man läuft ihr nicht davon.«

Das ist es, was die Massenaufmärsche und Zusammenrottungen dieser Zeit so verdächtig macht! Sie geben ihre Individualität auf, die Menschen, weil sie Angst vor sich selbst haben!

Auch vom Leiden wird gesprochen, das liegt ja nahe:

Ich leide, also lebe ich

sagt Hermann Burte, dieser kraftvolle Dichter aus alemannischem Volksstamm. Mit Nietzsche bejaht Burte freudig das Leid als eine Quelle schöpferischer Lebenskraft! – Am besten hat es vielleicht Meister Eckart ausgedrückt: »Das schnellste Tier, das Euch trägt zur Vollkommenheit, ist Leiden.«

Von daher scheine es, daß Gott mit Deutschland wahrlich noch eine Menge vorhat, meint Dr. Jäger, denn Leides sei dieses Volk des Krieges übervoll!

Daß man in Grenzfällen auch andere Menschen an der eignen Entwicklung leiden lassen kann, wird gesagt, also Außenstehende. Daß es also einen ethischen Egoismus gibt, der naturgewollt ist. Keyserling, dessen Bücher Frau Jäger gerade liest, denkt ja sogar »nicht ohne Befriedigung an die Fehltritte zurück«, die er sich zuschulden kommen ließ. Je höher ein Baum wächst, um so mehr Schatten muß seine Umgebung erdulden! Hier beweisen sich große Seelen.

Auch über die Sehnsucht wird gesprochen. Begriffe, in denen die deutsche Wahrheit tief wird, wie Herr Dr. Jäger sagt, worauf das Fräulein Stier allerdings prompt »So?« ruft, was man indessen übergeht.

Dr. Jäger mit seinen gemütlichen Hängebäckchen, in seiner tiefgründenden, durchdringenden Art: Tatmenschen sind es, mit denen er sich gern befaßt, Bach, Bruckner, Goethe, Hebbel, Luther, Bismarck, wogegen es Frau Jäger mehr mit den Zögernden hält, stefan george, den man wie gustav nagel klein schreiben muß.

Unsere Sprachgewaltigen kommen also an die Reihe, Goethe und Schiller, das Denkmal in Weimar, auf dem die beiden Dichterheroen sich einerseits die Hand reichen, andererseits eine Manuskriptrolle halten, die so aussieht wie ein Marschallstab. Goethe und Schiller, die sich auf dem Nachhauseweg von einer Abendgesellschaft kennengelernt haben. Goethe ist stehengeblieben, im Torweg, hat leise gelächelt, ob sie nicht Freunde werden wollen? hat er gesagt. Und Schiller hat nur gebrummelt, weil der ein Erzrivale war. Goethe, dieser Geistesheros, wie ein im Unendlichen sich verlierender gotischer Dom, und Schiller, dieser Feuerkopf!
Hier muckt das Stierchen wieder einmal auf: nicht Goethe habe Schiller gefragt, ob sie einander Freund sein wollen, sondern Schiller Goethen. Und sie sieht sich um und lacht: Ob man so viel Dummheit schon auf einem Haufen sah?

Wie dem auch sei, sagt Dr. Jäger, Goethe und Schiller, über diese beiden Genies verfügen die Deutschen immerhin, von Hölderlin und Mörike gar nicht zu reden. Oder Lessing. Oder Rainer Maria Rilke, jener zartfühlende Dichter, dessen Verse beinahe schon Musik sind.

> Brich mir die Arme ab,
> ich fasse dich mit meinem Herzen,
> wie mit einer Hand.
> Reiß mir das Herz aus,
> und mein Hirn wird schlagen!
> Und setzt du in mein Hirn den Brand,
> so werd' ich dich in meinem Blute tragen …

»Merkwürdig«, wird gesagt, daß all diese Geistesheroen Männer sind. Wie das wohl kommt?
Hier muß das Stierchen wieder eingreifen. Nur Männer? Ach, was nicht gar. Und keine Frauen? Bestimmt nicht?
»Sappho«, sagt Herr Jäger, da muß er Fräulein Stier recht geben, Sappho, das ist eine Dichterin, die hat es im Altertum mal gegeben.

Herr Kröhl, der immer zu Scherzen aufgelegt ist, sagt natürlich »Saftpopo«, was man indessen überhört.
Besagte Dichterin habe einen Kreis schöner Mädchen um sich geschart, sagt Dr. Jäger, und damit hat sich das Thema erschöpft.
Die Stier hat eine Vorliebe für Tagore, so ist es ja nicht, daß sie alles ablehnt, was ihr in die Quere kommt. Auf einer Dichterlesung hat sie ihn erlebt, Rabindranath Tagore, bleich, fein und fremd! Flüsternd berichtet sie von ihm und ausdauernd, was zunächst Interesse hervorruft in diesem Kreis, dann aber Befremden. Schließlich ist es Kröhl, der die Dinge zurechtrückt.
Schillers »Wilhelm Tell« sei mehr wert als alle orientalische Weichmäuligkeit zusammengenommen, sagt er deutlich, und man könne ruhig als gebildeter Mensch sterben, ohne Tagore zu kennen oder ihn gar in Halbleder auf Bütten zu besitzen. Wenn dieser Mann nicht so gelblich aussähe und aus Indien stammte, sondern Piefke hieße und in Stallupönen geboren wäre, würde kein Mensch nach ihm fragen.

Die Stier hat leider schon bald ihre Kopfschmerzen, weshalb sie geht, um die gemütliche Runde nicht zu stören, und Thießenhusen, der Jurist, fragt, ob sie allein nach Hause findet, oder ob jemand sie begleiten soll?
Nein, nein, sie findet schon allein nach Haus, sagt sie, womit alle einverstanden sind; die Herren stehen auf und geben ihr die Hand, die Damen bleiben sitzen, wie es sich gehört. Und dann kehrt wieder Ruhe ein und Frieden, und alle rücken sich zurecht in ihren Sesseln, sagen, daß das Stierchen an sich zu bedauern ist, und an sich hat sie ja recht. Droste-Hülshoff zum Beispiel, die ist doch auch ganz ordentlich, und Ricarda Huch.
Jahrtausende haben die Frauen im Schatten gestanden, das ist gottlob vorbei. Im Sport zum Beispiel, diese sehnigen, braungebrannten Geschöpfe, wie die Buben, irgend-

wie befreit. Wenn man noch an die vorsintflutlichen Badeanzüge denkt! Zur Kaiserzeit!
Dies sagt man und man hätte es schon vorhin sagen können, als die Stier noch da war, aber das brachte man nicht über die Lippen. Die Stier hat irgendwas Herausforderndes an sich, das man nicht aushalten kann.
Über die Madame Staël landen sie dann bei Thema 1, bei Deutschland also, und sie fragen sich allen Ernstes, wie die Franzosen eigentlich dazu kommen, uns ein Barbarenvolk zu nennen. Spielen Mozart und Beethoven in ihren Konzerthäusern und nennen uns Barbaren!
Die Männer saugen an ihren Zigarren und Zigaretten und blasen den Rauch auf unterschiedlichste Weise in die Stube, und dann sagen sie, daß das ein großer Fehler war, den sogenannten Versailler »Vertrag« zu unterschreiben, der das deutsche Volk auf tausend Jahre hin versklavt.
Der Jurist Thießenhusen gibt eine lange Erörterung des Vertrages von sich, daß der eigentlich gar nicht »geht«, juristische Erörterungen sind das, und dann werden Frontberichte abgegeben, »wie das damals war«, wie die feindlichen Divisionen unter dem deutschen Siegeswillen zusammenbrachen. Daß der Krieg einerseits viel schlimmer war, als man sich das so vorstellt, und andererseits längst nicht so schlimm; daß es auch mal ruhigere Tage gegeben hat, in denen man im Kameradenkreise sich's hat wohlsein lassen …
Was sich die Franzosen alles zuschulden haben kommen lassen, wird an den Fingern abgezählt: Wortbrüche en masse, jetzt und seit Jahrhunderten: Ludwig XIV., die Pfalz verwüstet? Am Dom zu Speyer noch die Sprenglöcher zu sehen?

Die Männer kriegen rote Köpfe, und die Frauen sitzen ganz bedrippst da. Von Beleidigungen und Entehrungen durch die Franzosen wird gesprochen, das Foto hat man ja in der Zeitung gesehen, von einem vorurteilslosen englischen Reporter aufgenommen, wie ein deutscher Greis mit Bart und Pfeife von einem Poilu mittels eines Bajonetts vom Bürgersteig gescheucht wird. Daß man sich diese Infamie gar nicht erklären kann, wo doch der einzelne Franzose, woll'n mal so sagen, ganz in Ordnung ist? Mit dem hatte man nie Scherereien? Von Ungerechtigkeit ist also die Rede, und man ist sehr erbittert, und schwer ist es, von diesem Thema wieder wegzukommen.

Erst auf dem Nachhauseweg kommen Karl und Grethe wieder ins Gleichgewicht. Die vertrauten Straßen, die man entweder so oder so herum gehen kann, Arm in Arm, dort der Schlachter Hacker und da drüben das Denkmal von Pogge, dem Afrika-Forscher (die Kolonien auch alle futsch, die Deutschen, sie könnten das nicht, schwarze Völker kolonisieren!), von einer Laterne zur andern: da oben zweifellos der Große Bär und da hinten Orion, diese Geschichte mit den drei Sternen nebeneinander, die man von Australien aus andersherum sieht oder womöglich gar nicht.

Daß die Jägers eigentlich ein Segen für die Menschheit sind, sagen sie, reizende Leute, und Thießenhusen auch, dieser grade, etwas verklemmte Charakter, stets tadellos gekleidet. Daß dieser Kreis ein Segen ist, weil man sich da mal so richtig aussprechen kann, alles von der Seele reden: Aber das nächste Mal vorsehen, daß man nicht wieder auf die harte Eckbank zu sitzen kommt.

Jetzt beschleunigen die beiden ihren Schritt. Die Kinder zu Haus! Hoffentlich sind sie nicht wieder aufgewacht! Robert, der die Firma übernehmen kann, eines Tages, und Ursula, die vielleicht Kinderärztin wird? Wer weiß?

Daß Frauen auch nicht »ohne« sind, das weiß man. Maria Theresia zum Beispiel, diese großartige Frau, sechzehn Kinder geboren und trotzdem noch dem Alten Fritz Paroli geboten!

Jeder an seinem Platz! sagt Karl. Mann und Frau, Rükken an Rücken. Und dann beweisen sie es einander wechselseitig, aus welchen Gründen Karl ein besonderer Mann, Grethe eine besondere Frau und die Kinder ganz besondere Kinder sind. Kinder, die man nicht alle Tage findet.

Dann kommt der strenge Winter 1928/29, ein Winter mit viel Schnee: Tante Annemie hat vor jedes Fenster ein Futterhäuschen gestellt, das wissen die Vögel schon. Jeden Tag müssen die Häuschen neu gefüllt werden, die Kinder dürfen, wenn sie ganz lieb sind, es selber tun. Körner für die Buchfinken, Fettringe für die Meisen und aufgeschnittene Äpfel für die Amseln, die neuerdings nicht mehr den weiten Weg nach Afrika machen: Das hat man ihnen erspart.

Schrecklich fürchten sich die Kinder, als eine Katze geschlichen kommt, das an sich ganz liebe Tier des Nachbarn, das im Sommer von sämtlichen Kindern gestreichelt wird, sobald sie es kriegen können.

Nach langem regungslosen Kauern – die Kinder stehen am Fenster genauso regungslos – gibt es die Katze plötzlich auf.

»Sie hat wohl kalte Füße gekriegt«, sagt Tante Annemie. Anschließend singt sie mit den Kindern das Lied

A, b, c
Die Katze läuft im Schnee ...

und dann erzählt sie ihnen eine Geschichte von einem armen hungrigen Kätzchen im Winter. Hungernd und frierend schleicht es um die Häuser der Reichen herum. Das tut den Kindern nun auch wieder leid. Vielleicht sollte man unter dem Vogelhäuschen noch eine Etage für Katzenfutter anbringen?

Auch die stille, winklige Ferdinandstraße, die genau bei der Hausnummer 81 auf die Alexandrinenstraße trifft, liegt dick voll Schnee. Da sie abschüssig ist, haben Pferde

es schwer, den Wagen hinaufzuziehen. Der Kutscher muß absteigen und sie launig ermuntern.
Im Winter 1929 ist diese abschüssige Straße die ideale Rodelbahn für das ganze Viertel. Die adeligen Damen vom Ferdinandstift sitzen am Fenster, trinken Glühwein und sehen der rodelnden Jugend zu, wobei ihnen die großen, mit Schmiedeeisen verzierten »Spione« gute Dienste leisten. »Zitra! Holt Bahn!«

Ganz unten wohnt Polizist Holtermann. Morgens, mittags und abends läßt er sich sehen, mit Helm, Seitengewehr und Aktentasche. »Holtermann kümmt!« wird gerufen, denn der verbietet hier das Rodeln. Nur solange er präsent ist, wird das respektiert.

> Wer sick nich wohrt
> ward œverkohrt!

Karl kauft den Kindern einen Schlitten, setzt sie drauf und läßt sie die Ferdinandstraße hinunterfahren. Er läuft hinterher und zieht sie wieder hinauf, und oben fragt er, ob sie das wohl schon allein können, hinunterfahren und wieder hinaufsteigen die Straße? Ja? Er ist mal neugierig, ob sie das schon ganz allein können, ob sie schon so groß sind!
Er wartet oben, und tatsächlich kommen sie schließlich wieder angezerrt mit ihrem Schlitten.
Nun wird er mal vom Erkerfenster aus zugucken, ob sie das schon allein können, hier runterrodeln und den Schlitten ganz allein wieder hinaufziehen, sagt er und verschwindet.

Um vier Uhr, wenn die Laternen angehen, hören die beiden, von denen mal der eine vorn auf dem Schlitten sitzt und mal der andere, oben im 1. Stock des Hauses Nr. 81 die Mutter mit ihrem Ehering an die Fensterscheibe klopfen.
»Einmal noch!« rufen sie. Und dann noch einmal, und

schließlich klettern sie schneeverkrustet und verschwitzt die Treppen hinauf, wo die Mutter sie erwartet und ihnen das Mäntelchen aufknöpft und die nassen Schnürsenkel löst.

Im Wohnzimmer steht schon der heiße Kakao auf dem Tisch, Schmalzbrötchen gibt's und, so verschwitzt sie auch sind, einen »Knieper« haben sie doch: einen Frostkneifer in den Fingern. Rittlings und abwechselnd setzen sie sich auf den Schoß der Mutter, und Grethe nimmt ihre Hände unter ihre Achseln, wiegt sich hin und her und singt:

Heile, heile Segen,
drei Tage Regen,
drei Tage Schnee,
nun tut es nicht mehr weh!

Der glühendheiße »Kaukau« wird getrunken, die Schmalzbrötchen werden gegessen, und dann setzen sich die drei in den Erker und gucken den Jungen auf der Straße zu, die ihre Schlitten nun zu Bobs zusammenbinden. Nun fängt es auch noch an zu schneien, große Flocken, und das ist ja wirklich wunderbar.

Die Mutter setzt sich mit ihrem Stopfzeug dazu und sieht mit hinaus, und sie erzählt von ganz hohen Bergen, auf denen auch im Sommer Schnee liegt, von denen sich Lawinen lösen, die donnernd zu Tal gehen und alles unter sich begraben. Auch von Eskimos erzählt sie, die in Schneehäusern wohnen, in denen es warm ist, wenn draußen der Wind heult. Und während sie von armen Leuten erzählt, die im Winter hungern und frieren, sehen die Kinder nach draußen, wo das gelbe Licht von Bäcker Lampes Schaufenster auf die Straße fällt. Und nebenbei kriegen sie mit, wie man das macht: Strümpfe stopfen, einmal hoch, einmal runter, so macht man das. An sich ja furchtbar einfach.

Ach, der Winter bringt nicht nur Freuden. Herbert Schnack, Karls Schulfreund, der doch immer so nett und lustig war, rutscht mit seinem Motorrad aus und kommt zu Tode, was Karl schwer zu schaffen macht. Karl hatte nämlich mitfahren wollen, nach Berlin, um auch mal »dem Untier Großstadt in den mahlenden Rachen zu sehen«, aus diesem und jenem Grunde, worüber er als erwachsener Mensch niemandem Rechenschaft schuldig ist... Er hatte mitfahren wollen trotz der, dem Motorradfahrer besonders im Winter drohenden Nierenkrankheiten, hatte sich dann aber doch nicht getraut, den Vater um Urlaub zu bitten: »Watt? Nach Berlin wißt du?« Er hatte Abstand genommen von diesem Vorhaben, das an sich ganz lustig zu werden versprach.

Auch der lieben Grethe bringt der Winter Kummer. Karl, der so gerne Schlittschuh läuft, tut dies nicht wie alle Welt auf den Tennisplätzen bei Licht und Walzermusik, sondern auf den überfluteten Warnow-Wiesen und im Dunkeln! Da ist es so schön still, sagt er, und die wunderbarsten Figuren lassen sich auf das unberührte Eis zeichnen. Grethe will ihren Mann eines Tages überraschen und ihn abholen: »Was wird er wohl sagen?«

Und da muß sie dann sehen, daß ihr Mann doch nicht so ganz allein ist. Paarlauf übt er, mit Frau Jäger, die er zufällig in dieser Einsamkeit getroffen hat. Oh, da schießt Eifersucht heiß in Grethe auf. Hinter einen Weidenbusch gedrückt, sieht sie die beiden sich umfassen, mal er vorn, mal sie, und dann hintenrum grabbeln?

Das gibt ihr einen Stich.

II. Teil

Die ganze Nachkriegszeit war überschattet vom Versailler Vertrag. Das kann heute kein Mensch mehr verstehen. Front und Heimat hatten ihr Bestes gegeben, und alles umsonst! Das schlimmste waren die so unnötigen Demütigungen und Schikanen durch die Franzosen. B. P.

Im Sommer 1920 kam es erstmalig wieder zu einer Beleuchtung des Heidelberger Schlosses. Über 200 000 Menschen waren aus diesem Anlaß in das Tal gekommen. Die hingen wie die Trauben in den Fenstern und saßen am Neckarufer gegenüber dem Schloß.
Auf dem Fluß waren zahllose Kähne mit Lampions geschmückt. Als es ganz dunkel war, erglühte das Schloß abwechselnd in rotem und grünem bengalischen Licht. Von der alten Neckarbrücke floß brennendes Magnesium in sechs leuchtenden Kaskaden in den Fluß hinab, vom Wasser widergespiegelt, von dem aus ein brillantes Feuerwerk den Nachthimmel verzauberte.
Auf dem Höhepunkt des Feuerwerks begannen zwei Kapellen das Deutschlandlied zu spielen, und da schwoll erst schwach, aber dann in unbeschreiblicher Gewalt aus 200 000 Kehlen das schöne alte Lied aus dem engen Tal herauf, daß es uns alten Soldaten die Stimme verschlug! P. K.

Vom Kapp-Putsch sprech ich nicht gern, weil wir ja alle damals in irgendeiner Form ... So ein Bürgerkrieg ist ja eine grausame Angelegenheit. Wir saßen nachher in unserer Kaserne, mit 200 Mann, und da wollten sie die Kaserne stürmen. F. Qu.

1919 war der Spartakusaufstand, 1920 der Kapp-Putsch. Kapp versuchte das von rechts, was die Spartakusleute von links versucht hatten: die Macht an sich zu reißen. Weil beides fehlschlug, konnte sich die bürgerliche Welt wieder konsolidieren. W. O.

Im Herbst 1923 kam es in Hamburg zu einem Putsch. Wir hörten schon morgens Schüsse. Fahrradhändler Behrens, der bis auf einen amputierten Unterarm heil aus dem Krieg gekommen war, wollte die Lage erkunden und fuhr mit dem Rad los. In der Richardstraße wurde er von einer verirrten Kugel direkt ins Herz getroffen. R. P.

Am 1. August 1923 hatte ich was in der Apotheke zu besorgen. Da legte der Zeitungsjunge die Abendzeitung auf den Tresen. Der Apotheker warf nur einen Blick auf die erste Seite, dann knallte er die Zeitung auf den Tisch: »Jetzt steht der Dollar wahrhaftig auf 1 Million!« T. St.

Ich hatte nachts für die SPD Wahlplakate geklebt und war von der Polizei geschnappt worden. Ich wurde zu 10 000 000 000 Mark Strafe verurteilt und mußte für den Strafbescheid 57mal soviel an Porto und Gebühren zahlen. Als ich nach einer Woche meine 580 000 000 000 Mark bezahlte, war das der Gegenwert von zwei Brötchen. Das war im November 1923. F. R.

Inflation? Ich wollte 10 Schwedenkronen wechseln. Offizieller Kurs 200 000 Mark. Da alle Schalter besetzt waren, ging ich gleich zum freien Kassenschalter. Der Kassierer warf mir 300000 Mark hin und steckte die 10 Kronen in seine Jackettasche. Er ist auf diese Art sicher reich geworden. K. F.

Wenn der Bäcker kam, gab ich 'ne Milliarde hin und kriegte so und so viele Millionen wieder heraus. Das hörte im November 1923 schlagartig auf. Und da kam 'ne alte Frau an den Milchwagen, und die Milch kostete 20 oder 30 Pfennig. Und da sagte sie: »Ach, bitte, sagen Sie mir doch, wieviel Billionen sind das?«
Die konnte schon gar nicht mehr anders rechnen. G. F.

Nach der Inflation wurden die alten Pfennigstücke als Zahlungsmittel anerkannt. Ich durchsuchte alle möglichen Behältnisse, Sparbüchsen und so weiter und kaufte mir für die Pfennige beim Bäcker vier Brötchen. Ich lief um die Ecke und schlang sie knochentrokken herunter. Z. T.

Sozis und Kommunisten konnten sich nicht riechen. Wenn sie am 1. Mai demonstrierten, dann getrennt. Als die Züge mal zufällig aufeinandertrafen, kam es zu einer schweren Schlägerei. R. D.

Als Student wohnte ich 1924 bei einem Postbeamten, der wegen seiner fanatisch völkischen Gesinnung aus dem Postdienst entlassen worden war. Auch nach 1933 wurde er in den Postdienst nicht wieder übernommen, da er außerdem noch Freimaurer gewesen war.
L. Ü.

Ende Januar 1925 saß ich mit ein paar Commilitonen im Pschorrbräu in der Kaufingerstraße. Neben unserm Tisch tagte eine Gruppe Studenten, die sich »Sturmtrupp Adolf Hitler« nannte. Um 12 Uhr standen diese Leute auf, nahmen ihre Bierseidel und ließen Hitler hochleben. Dann sangen sie das Lied

Hakenkreuz am Stahlhelm,
schwarz-weiß-rot das Band ...

Dazu sprang das ganze Lokal auf und sang mit. Wir blieben sitzen und schwiegen. Da kam einer von denen an unsern Tisch ran und sagte: Wir hätten uns so reserviert verhalten, er wollte wissen, ob wir auf völkischer Grundlage ständen? Wenn nicht, dann würde er uns eine Forderung überreichen.

R. H.

Meine Eltern hatten sehr früh ein Radio. Es bestand aus einem Trichter – das war der Lautsprecher –, einer Anodenbatterie mit Stöpseln und einem Akkumulator, der mußte immer aufgeladen werden. Dazu gingen wir in die Mühle, da luden wir ihn auf. K. L.

Der Zeppelin flog oft über die Stadt. Aufregend war das. Besonders nachts, bei Sturm, da kam der nicht vorwärts. Wir sind aufgestanden und haben gesagt: »Der brummt und brummt ... der kommt ja gar nicht vorwärts!«

A. T.

Sehr interessant war die Besichtigung des Schienenzepps, das war das erste Schienenfahrzeug, das mit einem Propeller angetrieben wurde, es hatte Zigarrenform und hinten den Propeller, fuhr also mit Schubkraft. Mein Vater hat sich dann noch als Fotoreporter versucht, bis er feststellte, daß doch reichlich viele Menschen das Ding fotografierten. R. B.

Lukutate-Beerensaft: eine schöne Inderin mit einem Kastenzeichen auf der Stirn, die den

Zweig in der Hand hielt, an allen Litfaßsäulen und in allen Drogerien war das Plakat zu sehen: »Lukutate-Beerensaft macht jung!« Im Hintergrund Elefanten.

Später stellte sich dann heraus, daß das stark verdünnter Zwetschgensaft war. F. A.

6

Im Winter 1928/29 ist es sehr kalt. Selbst im gemäßigten Norddeutschland zeigt das Thermometer wochenlang minus 30 Grad. Die Wasserrohre brechen, und Wild läßt sich in den Vororten der Städte sehen. Ja, die Ostsee friert zu! Und das war zuletzt im Jahre 1862 der Fall.

Tochter Zion, freue dich!

Im Dezember holt Wilhelm de Bonsac in Wandsbek, wie jedes Jahr, die große bayerische Weihnachtskrippe vom Dachboden herunter: Das Zerbrochene heilmachen, das Verbogene richten. Die erstaunten Hirten mit der um eine Heidschnucke bereicherten Herde abpinseln, die drei Weisen, rot, blau und gelb gekleidet, von Wachsresten säubern.

Die Maria nach Botticelli, in weitem Gewand, mit frühlingswarmem Blut in den Wangen, Weltlust und Weltschmerz unter den wimpernschweren Augenlidern – sie lächelt mit leicht geöffneten träumenden Lippen, ein Lächeln unter zurückgehaltenen Tränen ... Wilhelm sieht sie lange an: Das war ein glücklicher Kauf, eine andere Maria hätte man sich gar nicht vorstellen können, es ist, als ob man sie kennt! Sie liegt in einem besonderen Kasten, getrennt von Joseph, der nicht so bedeutend wirkt. Etwas mißgünstig sieht er aus, »scheel«, wie man vielleicht sagen könnte, mürrisch.

Jauchze laut, Jerusalem ...

In diesem Jahr freut Wilhelm de Bonsac sich ganz besonders auf das Fest, seine geliebte Tochter Grethe kommt nämlich mit ihren beiden Kindern Ulla und Robert aus Rostock auf Besuch. Die Kinder kommen zum ersten Mal in das großelterliche Haus. Weihnachten ist ja erst so richtig Weihnachten, wenn hüpfende und springende Kinder das Haus mit ihrem fröhlichen Lärm erfüllen.

Das große Haus in der Bärenstraße, das man vom Überschuß eines einzigen Jahres erbaut hat, mit seinen zehn Zimmern: es ist still geworden, seit nun auch Lotti ausgezogen ist, in Lübeck wohnt sie, und sie hat einen sonderbaren Mann, der eine Autowerkstatt besitzt, also mit rostigem Eisen und mit Schmieröl zu tun hat, und das paßt ja nun überhaupt nicht zu den de Bonsacs in Hamburg.
Hertha, in Berlin, mit ihrem Verpackungsfabrikanten, die hat ja nun schon drei Kinder, alles Töchter, und Richard lebt in Hongkong, Reis und Gewürze. Günstig verheiratet und mit zwei Kindern gesegnet, mit einer gesunden Tochter zunächst und dann mit dem ersehnten Stammhalter. Gezittert hatte man schon, daß die Linie erlischt!
Originelle Briefe kommen von Richard aus Hongkong mit prachtvollen Schilderungen lustiger Begebenheiten.

Trotz zahlreicher weihnachtlicher Attribute, den unter den Lampen hängenden Sternen, dem Nußteller auf jedem Tisch, den Transparenten auf den Fensterbänken und den Tannenzweigen hinter allen Bildern: weihnachtliche Stimmung will so recht nicht aufkommen in diesem Haus, seit die Kinder fort sind. Daß es so still ist, liegt aber auch daran, daß es die gute Martha hingestreckt hat, an einem x-beliebigen Freitag, morgens um halb elf: Nach einem weißen Faden hatte sie sich gebückt, der auf dem Teppich lag, und dabei hatte sie der Schlag getroffen. Eine geplatzte Ader lähmte sie rechts und – was schlimmer war – nahm ihr die Sprache.
»Warum? Warum?« Diese Worte waren ihr geblieben, unter wenigen anderen, und die stieß sie immer wieder hervor, als sie es begriff, daß sie nun für immer stumm sein würde, und auf den Mund schlug sie sich dabei. Die gute Martha, nun so zart und durchsichtig und früher doch immer so robust? »Warum? Warum?« Nicht sprechen können und: nicht lesen und nicht schreiben? Das kam ja noch hinzu?

Wegen ihres Zustandes geht man in dem Haus nur noch auf Zehenspitzen, und man flüstert! Dort oben, hinter jener Tür sitzt die arme Frau und sagt »Warum?«

»Warum? Warum?« das sagt auch Wilhelm, der jetzt viel Zeit für seine Frau haben muß. Sonntags geht er selbst den Besuchern die Tür öffnen, den Bekannten und Freunden, die den Hut ziehn und fragen: »Wie geht es heute?« Im Hintergrund wird flüsternd Bericht erstattet, und oben, hinter jener Tür, die leise geöffnet und behutsam geschlossen wird, sitzt die arme Frau in einem schwarzen Kleid, inmitten von Blumen, die man ihr reichlich bringt. »Wie geht es heute?« wird auch sie gefragt, und man empfängt ihre beweglich gebliebene Linke und nimmt sie in beide Hände und fragt: »Geht es schon ein wenig besser?«, um sich so bald wie möglich zu entfernen.
»Fein, du Kleine«, das sind Wörter der Dankbarkeit, die Martha für diesen Fall noch zu Gebote stehen, sprachliche Restbestände, die sich vor dem Schlag in den dafür in Frage kommenden Ganglien verborgen hielten, übersehene Reste: jetzt äußerst wertvoll. Mit diesen Wörtern wird jongliert, was manchmal nicht ganz einfach ist für Martha, weil sie doch noch allerhand zu sagen hätte und mitzuteilen? Die Bilder ihrer Erinnerung sind stumm geworden, und so vieles bewegt sie doch noch! Ihr lieber Vater und ihre strenge Mutter, die junge Ehe, und: Süderhaff! Die schönen Sommertage, als die Kinder noch klein waren? Gerne möchte sie zu ihrem Mann sagen: »Weißt du noch?« Pastor Kregel, wenn der mit seinen Töchtern umgedichtete Volkslieder sang?

Was sind denn Elbe mir und Spree,
wenn ich mein Süderhaff anseh'?

»Weißt du noch?« Hella, die große blonde Pastorentochter... Ob Wilhelm noch weiß, daß er mit Hella damals ruderte, während sie zu Hause blieb und auf die Kinder aufpaßte? Zur Ochseninsel, wo es wilde Schwäne gab. Wo man sich lagerte?

Tagsüber sorgen zwei Mädchen für Martha, mit zwei Glocken werden sie herbeigerufen, einer größeren und einer kleineren, Martha sitzt gut eingepackt am Fenster, zwischen all den Blumen, die man ihr ständig schenkt, in einem schwarzen Kleid, zarte weiße Spitzen an den Handgelenken. Sie guckt auf die verschneite Straße hinaus: der Rauch aus den Schornsteinen, kerzengerade, und die Leute, die äußerst vorsichtig vorübergehen – wer hier ausrutscht, der steht so leicht nicht wieder auf.
Der rechte Nachbar hat hellbraune Brikettasche auf das Trottoir gestreut und der linke Nachbar graue Asche von Koks. Jetzt eben tritt das Mädchen unten aus dem Haus mit einem Eimer Sägespäne. Das ist ja nun nicht grade das Wahre! Hier sollte man doch den Schönheitssinn walten lassen und alle Parteien auf das nämliche Streugut verpflichten?
Herr Brettvogel, vis à-vis, schüttelt den Schnee von den Bäumen, damit sie nicht zu sehr belastet sind.

Wenn Martha lange genug auf die Straße geguckt hat, dann steht sie auf – was leichter gesagt ist als getan – und geht ein wenig an den Möbeln entlang, mit größter Vorsicht. Ein großer Tag war es, als sie plötzlich unten in der Küche stand. Die Mädchen »verfierten« sich vor dieser zarten Frau, die es geschafft hatte, jene Tür dort oben selbst zu öffnen und sich, an das Geländer gekrampft, Stufe für Stufe hinunterzuarbeiten. Martha reinigt seitdem den Vogelkäfig, das ist ihr Revier, und sie putzt das Silber.

Wenn Wilhelm abends aus dem Kontor kommt – die Geschäfte mit den Japanern sind schon längst wieder in Gang gekommen –, wenn er hustend und schnaubend an

der Haustür den Schnee abklopft, dann erwartet sie ihn schon. Erst geht er mit Getöse in den Keller: Zur Heizung sehen, das ist sein Amt. Danach wäscht er sich lärmend die Hände, dann ist es einen Moment still, denn Wilhelm sieht die Post durch, die in der Garderobe steht, aufgebaut zwischen Spiegel und Kleiderbürste.
Nun beginnt er wieder zu husten, und schon steigt er die Treppe herauf: Höchste Zeit für Martha, das Haar zu richten; ein Kleid mit Blumen wird sie sich besorgen, bald.

Herzlich ist die Begrüßung, weil man noch lebt und sich hat, anders wie früher, als das mehr selbstverständlich war... Und Wilhelm packt aus, denn er bringt ihr meistens etwas mit: Zuerst packt er ein paar Kleinigkeiten für die Krippe aus, künstliche Pilze und Käfer mit großen fragenden Augen – das hat er sich selbst mitgebracht. Dann kommen die leckeren Dinge für Martha zum Vorschein, geräucherte Gänsebrust von Heimerdinger oder Kalbsleberpastete, die nicht von schlechten Eltern ist. Nach den Hungerjahren genießt man jetzt alles doppelt und dreifach. Steckrübenmarmelade und Trockenkohl? Nie wird man die Hungerjahre vergessen, nie, nie, nie! Und immer wird man dankbar sein, daß man so gnädig geführt wurde.
»Weißt du noch?« sagt Wilhelm.
Ja, man erinnert sich der Zeiten, in denen Wilhelm wegen ein paar gelber Erbsen zu Kaufmann Gurtbüttel stiefelte und sich lang und breit nach dessen Frau erkundigte, wie's der geht. Martha erinnert sich an alles. An Hella Kregel erinnert sie sich, wie gesagt, die blonde Pastorentochter, mit der Wilhelm in Süderhaff zur Ochseninsel ruderte, und auch daran, daß sich Jahre nach dem Krieg, oben in Wilhelms Lattenverschlag, Papptonnen mit verschimmelten Haferflocken fanden. Die langen grünlichen Schimmelfäden – das war direkt hübsch gewesen.

Auf dem Komposthaufen war das Zeug gelandet.
Beim Abendbrot sitzen die beiden Eheleute im großen Eßzimmer einander gegenüber. Wie kann man dankbar sein, daß man noch beisammen ist. Man kennt einander, und man weiß, was man von der Welt zu halten hat.
Auf einem Brettchen schneidet Wilhelm seiner Frau das Brot zurecht, in mundgerechte Häppchen, so wie er es mit Regenwürmern macht für sein Aquarium.

»Fuchba, du!« sagt Martha wegen der Rinde, die sie schlecht beißen kann (mit ihren Zähnen steht es nicht zum besten). »Warum, warum?« und »Fuchba, du!«, das kann Martha sagen; manchmal sagt sie auch »Fein, du Kleine« oder: »Und denn, und denn ...« An die Zukunft gerichtete Worte sind das, das Schicksal betreffend, gelegentlich aber auch direkter auf Fortzusetzendes bezogen.
»Fuchba, du!«, das bezieht sich auf den Hund des Nachbarn, der unentwegt bellt, weil man ihn draußen gelassen hat, bei dieser Kälte. »Fuchba, du!«, das bezieht sich aber auch auf die Winterlandschaft in Öl, über dem Büfett. Dieses Bild ist eigentlich recht unpassend, jetzt in dieser Jahreszeit. Man sehnt sich so nach Wärme. Im Winter müßte man ein anderes Bild aufhängen, ein Waldbild mit heraustretendem Reh, oder vielleicht eine Erinnerung an Wilhelms Afrikazeit, 1884, als die Neger ihn an Land trugen ...
Mit »Fuchba, du!« können auch kleine Verfehlungen der Mädchen gemeint sein, die man dem guten Wilhelm dadurch allerdings nur andeuten kann. Zu entschlüsseln ist diese Mitteilung nicht.

Nach dem Essen gehen die beiden eingehakt hinüber in das sogenannte »kleine Wohnzimmer«. Dies ist kein Paradezimmer, mit dem man auf Besucher Eindruck machen kann. In diesem Zimmer befinden sich ältere Möbel, »olle«, wie man sagt, an den Wänden hängen Familienfo-

tos von Bertram dem Guten und von Hans dem Lieben, der Teppich ist recht mitgenommen. Wilhelm hatte schon immer vor, alles rauszureißen und dieses kleine Zimmer absolut neu einzurichten. Aber jetzt, wo Martha krank ist, fehlt ihm der Elan.
Das Küchengeräusch verstummt, und die Mädchen gehn auf ihre Zimmer. Die Uhr auf der Fanchon-Kommode tickelt und tackelt »Bing!« Eine eilfertige Uhr ist das, die ständig vor sich hinstolpert.
Wilhelm nimmt das Kistchen mit der bayerischen Krippen-Maria zu Hand, öffnet es und sieht hinein: Bald ist es soweit, und die Gottesmutter wird wieder eingesetzt in ihre Rechte.

Dann wird das »Hamburger Fremdenblatt« entfaltet, und Wilhelm setzt sich in den Sessel, unter dessen Beinen sich Messingrollen befinden, was praktisch ist, weil Wilhelm immer erst eine Weile hin- und herrutschen muß mit dem Sessel, ehe er das Licht von der richtigen Seite kriegt, und das wird durch die Messingrollen sehr erleichtert. Er will die Zeitung sowieso lesen, und deshalb liest er sie seiner Frau gleich vor, das ist dann ja *ein* Abwasch. Eben noch mal tüchtig ausschnauben, und dann vorlesen: nicht die schlimmen Schlagzeilen von dem Gezänk über den neuen Panzerkreuzer (als ob Deutschland nicht auch das Recht hätte, Panzerkreuzer zu besitzen!), diese Begeiferungen jeder gegen jeden – so etwas liest er leise für sich, bis Martha mahnt: »Und denn, und denn, du Kleine?« –, sondern hinten auf der letzten Seite des »Hamburger Fremdenblatts« die »Drahtlosen Meldungen« und »Buntes aus aller Welt«. Von jungen Mädchen, deren Beine angefroren sind, weil sie in dieser barbarischen Kälte zu dünne Strümpfe anhatten – Eitelkeit will Pein leiden –, und von alten Menschen, die man tot im kalten Bett gefunden hat.
Daß dies der kälteste Winter ist seit Menschengedenken,

steht unter »Buntes aus aller Welt« und: Ob wohl eine neue Eiszeit kommt? Professor Sowieso hat das gesagt? Die Gletscher rücken jeden Tag ein paar Meter vor, das hat sich feststellen lassen. Im nächsten Winter wird womöglich eine noch härtere Kälte »einfallen«, und eines Tages werden riesige Flutwellen entstehen, die ganz Hamburg zerstören? Ehrlich gesagt: in der Jugendzeit waren die Winter kalt und schneereich.
»Nicht, mein Martha?«
Winter wie dieser jetzt waren damals fast die Regel ...

Wer gestorben ist, das liest Wilhelm auch vor. »Nach langer schwerer Krankheit«, das ist meistens Schwindsucht oder Krebs. Oder »Plötzlich und unerwartet«, darunter verbergen sich Unfälle und Selbstmorde: Herr Petersen von Fredersdorf & Jung, den der Krach einer amerikanischen Bank mit in die Tiefe riß, von dem heißt es, daß er »plötzlich und unerwartet« verstarb. Die beiden trinken Rotwein zu dieser Lektüre, und essen feine Kekse: Heidesand.

Rührend ist Wilhelm um seine Frau besorgt, Tag für Tag und ja auch Nacht für Nacht. Der Mensch ist eine traurige Maschine! Die Dinge des Körpers, für die man nicht jedesmal das Mädchen klingeln kann. Hatte man daran gedacht, in der Brautzeit, daß Ehe sich einmal so darstellt? Das sind Zeiten, in denen sich Liebe bewähren kann, ohne daß man groß darüber spricht.
Dankbarkeit ist gar kein Ausdruck: Jede Gelegenheit dazu benutzt Martha, »Fein, du Kleine« zu sagen, »Fein, du Kleine ... und denn, und denn«. Das ergibt Sinn, und Wilhelm versteht es, diese Wörter aus seiner Frau hervorzulocken, indem er ihr täglich alles zeigt, was er besorgt. Unten im Keller zum Beispiel, daß muß sie mitansehen, wie er die Asche der NARAG-Heizung entnimmt und nach verwertbaren Rückständen durchsiebt.

»Sieh mal, mein Martha«, sagt er und zeigt ihr kleine Kokskrümel, die sich im Siebe finden. »Das ist doch auch alles Geld!« Sie werden in der hohlen Hand gesammelt und in das Feuer geworfen, das tadellos brennt. Schade ist es, daß man die Kachelöfen herausriß, die heizten besser als die neue Narag-Heizung, aber – wer rechnet denn auch mit einer solchen Kälte?

Seine Tischlerwerkstatt ist auch sehenswert; hier hängen die Bohrer wie Orgelpfeifen an der Wand. Martha muß das Krippenschaf betrachten, das Wilhelm in den Schraubstock gespannt hat, weil es ein neues Bein bekommen soll (irgend jemand war im letzten Jahr daraufgetreten, vermutlich Lottis Mann, dem war das zuzutrauen). Martha muß sich auch die Arche Noah ansehen, die Wilhelm für die Rostocker Enkelkinder bastelt.

»Fein, du Kleine ...«, sagt Martha: »... und denn, und denn!« Und sie stützt sich mit der Linken auf die Hobelbank, obwohl sie bereits wieder Angst hat vorm Hinaufgehen. Schon beim Hinuntergehen hat sie Angst vorm Wieder-Hinaufgehen.

Als Martha die ausgesägten Tiere sieht, die sehr viel einfacher sind als die original geschnitzten bayerischen Krippenfiguren, sagt sie klar und deutlich: »Eins, zwei, drei!« Auch diese Wörter haben sich also angefunden. Das ist aber dann auch wirklich alles.

Leider macht sich bei Martha manchmal ein gewisser Eigensinn bemerkbar, den man früher so gar nicht bei ihr kannte. »O fuchba, du!« Die Mädchen werden so gescholten, wenn sie das Silber geputzt haben, was Martha doch immer selbst tun will, einmal im Monat, worauf sie sich immer schon so freut: All das schwere Silber, das sie mitgebracht hat in die Ehe, in Samtfächern liegt es dicht an dicht.

»Fuchba, du Kleine! Und denn, und denn!!«

Manchmal ist auch Wilhelm Zielscheibe ihrer Wut. Wenn er sie trotz Aneinanderreihung aller ihr zu Gebote stehenden Wörter nicht versteht.
Was will sie nur? denkt er, was will sie nur? – Er schleppt alles mögliche an, ein Kissen, das Nähzeug ... nein, das ist es nicht.
»Fuchba, du Kleine!«
Soll er die Heizung höher stellen? Oder die Eisblumen abkratzen vom Fenster?
Nein, auch das ist es nicht. Da verliert Wilhelm manchmal die Geduld. Achselzuckend geht er hinaus, damit er nicht erleben muß, wie Marthas Wut in Tränen umschlägt, und die Tür schließt er fester als nötig.
Martha sitzt dann im Stuhl, all die Blumen um sich herum, und sie schlägt sich an den Mund: »Warum, warum ...« Sie denkt an den einen weißen Faden auf dem Rankenwerk des Teppichs. Hätte sie den bloß liegenlassen.

Wilhelm sucht Trost und Rat bei Pastor Eisenberg von der Stiftskirche, den Martha übrigens nicht mehr so sehr schätzt. Früher war das ein so rührend-netter Mann gewesen, aber nun? Doch schon sehr eingefahren.
»Fuchba!«, sagt sie, wenn er ihr Choräle vorsingen will, lange Choräle.
In der ersten Zeit kam er Tag für Tag und flehte zu Gott, daß er dieser guten Frau doch helfen möge, Tag für Tag, und er flehte entschieden zu laut! Sprechen kann Martha nicht, aber deshalb ist sie doch noch lange nicht taub. Oder daß Gott sie erlösen möge, so hatte er einmal fast geschrien. Erlösen? Was meint er denn damit? ›Plötzlich und unerwartet?‹ »Fuchba!« kann man da nur sagen, und man tut es.

Martha möchte lieber den jungen Vikar Schäffers bei sich sehen, einen Vertreter der modern-positiven Theologie, der zu den Leuten gehört, die statt einer 10-Pfennig-Marke mit dem Bilde Friedrichs des Großen zwei 5-Pfennig-Marken mit Schiller auf den Brief kleben. Er hat so feine Hände! Eine einzelne Blume bringt er ihr mit. »Rose!« sagt er, und hält sie in die Sonne. Wie fein Gott diese »Ro-se« gemacht hat, das gibt er Martha zu verstehen.

Hundert Rosen lassen sich auf einer Decke aussticken, die er ihr in einem Handarbeitsgeschäft aussucht. Er kauft auch buntes Garn dazu und einen runden Stickrahmen, den er an ihrem Stuhl festschraubt.

»Dek-ke!« sagt er, und hilft ihr, den Faden einzufädeln, bis sie es selber kann.

»Ro-se ... und: Dek-ke ... «

Auch Schattenspiele hat er ihr mal vorgemacht, an der Wand, einen Hund, dem die Zunge aus dem Maul hängt, und einen Hasen, der mit den Ohren wackelt. »Ha-se!« Dann einen Tod mit hohlen Augen, Freund Hein also, aber da war »fuchba!« gesagt worden, weshalb man das dann schleunigst unterließ.

Schade ist es ja auch, daß Martha nur bis drei zählen kann. Wenn sie »Eins, zwei, drei«, sagt, dann zieht Vikar Schäffers die Augenbrauen hoch und sagt mit Bedeutung »Vier!«, wobei sein Adamsapfel einmal hoch und runter geht. Martha vermeidet es, »eins, zwei, drei« zu sagen, damit Vikar Schäffers nicht wieder »vier« sagt, »vie-hier«, und damit sie nicht wieder seinen Adamsapfel sehen muß, was diesen lieben Menschen so entstellt.

Viel Zeit bringt er mit Experimenten zu, um Marthas Sprachschatz zu erweitern. »Ro-se ... Dek-ke ... Ha-se ... « Wenn man nicht nachläßt in seinen Bemühungen, dann wird sie eines Tages vielleicht wieder »Hase« sagen können. Mit einer feinen Pinzette hätte er ihr Hirn reinigen mögen, freilegen, diesen kostbaren Apparat. Wann immer er sie sieht, muß er an das Reinigen denken, als einen Uhrmacher sieht er sich, die Lupe im Auge, über das freigelegte Gehirn gebeugt.

Der Radioapparat, den Wilhelm für seine Frau besorgt hat, ein großer schwarzer Kasten mit vielen Knöpfen zum Drehen, ist Marthas ganze Freude. Zwischen die Kopfhörer geklemmt, lauscht sie den fernsten Ätherklängen: in Daventry Motiven aus Schuberts Rosamunde, in Königsberg einer Operette und in Toulouse »Black Bottom«. Dazwischen läßt sich ein Schiff vernehmen, weiß der Himmel, was die wieder wollen: büt-bütbütbüt-büt...
Merkwürdig ist es, daß Martha leichtere Musik bevorzugt. Zufällig ist man ihr mal draufgekommen. Gerade hatte Wilhelm ihr einen wundervollen Brahms eingestellt, in seiner ganzen Schwere Marthas Krankheit so entsprechend, und als er nach einer Viertelstunde wieder hereinkommt, um zu kontrollieren, ob der Sender sich nicht verschoben hat, da hat sie sich Schlager eingestellt!

Ich spiel' auf der Harmonika
die schönste Melodie,
und meine Braut Veronika,
die sitzt auf meinem Knie.

Das ist seltsam und nicht recht zu verstehen.
Was Wilhelm an dem Radio nicht billigt, das sind die gelegentlichen Ansprachen von Hindenburg. Wenn er sich vorstellt, daß in den Wohnungen sich Menschen räkeln, essen oder Rommé spielen, während der Reichspräsident zu ihnen spricht?
Es gibt Männer, in deren Gegenwart man sich gelobt, ein neuer Mensch zu werden. Hindenburg gehört dazu. Wenn man ihm ins Auge gesehen hat, kann man nie mehr lügen.

Sehr hilfreich sind die Fotoalben. Dann und wann geht man mit Martha die Bilder durch. Wie's dem geht, und was der eigentlich macht.

»Fein, du Kleine«, sagt Martha dann. Die eleganten Fotos aus Hongkong, Richard ganz in Weiß mit einem Tropenhelm auf dem Kopf, und seine stattliche Frau mit einem Sonnenschirm, auf dem chinesische Drachen zu sehen sind.
Der lockige Stammhalter hat sonderbarerweise den Namen »Hartmut« erhalten, einen Namen, der sich in der umfangreichen Familiengeschichte der de Bonsacs nicht findet. »Wilhelm« gibt es da in großer Zahl, »Kaspars« auch und zwar mit K und mit C. Auch der schöne Name »Emanuel« kommt gelegentlich vor, was »Herr hilf!« bedeutet.
Einen »Hartmut« hat es bis dato nicht gegeben, aber ein süßer Junge ist es nichtsdestoweniger. Hartmut de Bonsac? – Warum nicht.

Schlitzäugige Diener sieht man auf den Fotos von Richard und Palmen.
»Fein, du Kleine«, ja das ist fein. Diener und Palmen und ein Büro mit Ventilatoren unter der Decke.
Richards Tochter heißt Rita. Eine Abkürzung von »Marita« ist das.
Was »Hartmut« bedeutet, das kann man sich ja denken.
Gut geht es den de Bonsacs da unten in Asien. Dreimal pro Tag müssen sie die Wäsche wechseln, so heiß ist es, ohne Diener geht es überhaupt nicht. Und für den Eselwagen, in dem die Kinder durch den firmeneigenen Park fahren, hat man zwei chinesische Jungen engagiert, die ziehen den Karren anstelle eines störrischen Grauschimmels.
Leider ist Richard nur Angestellter, und zwar ohne Handelsvollmacht. Merkwürdig, daß er nicht weiterkommt? Längst hätte er Prokurist sein können oder Abteilungsleiter. Mangelndes Interesse?
Eigentlich hatte er ja gar kein Kaufmann werden wollen, »Koofmich?«, so hatte man ihn in Hamburg reden hören,

bevor er in die Tropen ging. Er wäre lieber Offizier geblieben, was ja aber wegen des verlorenen Krieges gänzlich ausgeschlossen war.

Auf die Rostocker Fotos hat Martha wiederholt gedeutet, die neue Wohnung Alexandrinenstraße 81, die die Kempowskis durch Vermittlung der Stadträtin Bultmann ergatterten; etwas unscharf und unterbelichtet, aber: herrliche große Zimmer!

»Eins, zwei, drei, du Kleine?«

Nein, nicht drei, acht Zimmer sind es, komfortabel möbliert.

»Und denn und denn, du Kleine?«

Ja, mit zwei Balkons und einem Erker für Blumen.

Der Flügel steht jetzt frei im Raum. Manchmal stellt man ihn »auf«. Hauskonzerte könnte man veranstalten in diesem großen Raum. Vielleicht tut man das sogar, eines Tages.

Karl setzt neuerdings ein Bäuchlein an: »Bratswurst« und »Metzwurst«, diese Wörter seiner Sprache mag Martha gern hören. Dann lacht sie, bis ihr die Tränen kommen. Und: »Ellf gellbe Nellken« – diesen Spruch, an dem man jeden Mecklenburger erkennt. Sie versteht nicht, was die andern alle wollen – sie findet Karl ganz nett. Etwas treuherzig, aber nett. Und: immerhin Reeder, nicht wahr. Wenn auch nur kleiner … Ein Reeder braucht jedenfalls nicht mit rostigem Eisen zu hantieren und mit Schmieröl, wie Lottis Mann das tut.

Das Bild der kleinen Ulla mit dem dunklen Haar und der großen Taftschleife über dem Kopf, einen Teddybär im Arm und auf dem Topf sitzend, das sieht sie sich an, und das Bild von Robert, dem kleinen süßen Butjer, auf dem Balkon, gegen die Sonne blinzelnd, auch. Letzteres etwas länger, denn im Gegensatz zur bockigen Ulla ist an diesem Kind viel Liebenswertes, und die Geschichten, die

man von ihm erzählt, sind alle drollig! »Klabong« sagt er statt »Balkon«, und zum Automaten sagt er gar »Tomatenauto«. Er ist aber ganz in Ordnung im Kopf. Das hat man überprüft.
Lustig ist es, wenn man ihn fragt, wie er heißt und wo er wohnt: »Robert Poffti, Dienen-Dannen achtig-achtig«, sagt er dann, und zwar immer noch, obwohl er es insgeheim längst richtig zu sagen weiß.

Martha läßt sich eine Schere bringen. Sie schneidet aus alten Illustrierten für die Kinder alle möglichen Bilder aus. Clowns im Zirkus, Katzenkinder jeder Größe, und den Mord in Sarajewo, 1914. Das wird ihr Weihnachtsgeschenk sein, für die Kinder.
Wilhelm hat nach langen, erbittert geführten Palavern kapiert, daß er beim Buchbinder ein Buch herstellen lassen soll zum Einkleben dieser lustigen und interessanten Bilder. Weizenmehl rührt sie an, das klebt immer so gut.
Für Grethe arbeitet Martha eine Tischdecke, alles mit links gestickt, Stich für Stich, einmal hoch, einmal runter: grüne Tannenzweige und schwingende Glocken an roten Bändern. Während Martha stickt – wegen der Kälte in ein Plaid gehüllt –, hört sie in den Kopfhörern des Radioapparats Nachrichten. Die reinsten Katastrophenmeldungen sind es: Arktische Luftmassen dringen vor, und alle Ostseehäfen sind zugefroren. Dann läßt sich wieder einmal das »Büt-bütbütbüt-büt« eines Schiffes vernehmen. Was mag das wohl bedeuten? SOS? Oder nur: Uns geht's gut?
Nicht sprechen können ist das eine – nicht verstehen das andere.

Wilhelm ist im Keller damit beschäftigt, Tiere für die Arche Noah auszusägen. Aus Brehms Tierleben hat er sie abgezeichnet, auf Sperrholz übertragen, und nun sägt er sie aus, eines nach dem andern. Beim Schwanz muß man vorsichtig sein, der bricht leicht ab, und dann wird Wilhelm wütend, er schimpft, und gerät ganz außer sich. Wenn Martha nicht die Kopfhörer umhätte, dann würde sie die schlimmen Wörter aus dem Keller hervorquellen hören. Dann würden sich ihre Blicke mit denen des staubwischenden Mädchens treffen, und beide würden leider lachen müssen.

Viel Zeit bleibt Wilhelm nicht mehr, denn die Tiere sollen ja noch angemalt werden, die Löwen gelb und die Elefanten grau. Oder sollte man sie vielleicht in Naturfarbe belassen, damit das Holz in seiner Maserung zur Geltung kommt? Man kann nicht früh genug mit der Erziehung zum Geschmack beginnen? Was, mein Martha? Na, mal sehn?

Die Arche selbst hat er schon fertig, das hat ihn wochenlang beschäftigt: alle Spanten einzeln ausrechnen und die Beplankung mit der Hand schnitzen – alles ganz genau. Sogar Pastor Eisenberg war konsultiert worden, in einer Bilderbibel hatte er ein Bild von diesem Schiff gefunden. Gott sei Dank hatte Noah die Arche damals ohne Segel konstruiert, wie deutlich zu sehen war, sonst hätte Wilhelm ja ewig daran arbeiten müssen. Ohne Segel, dafür aber mit Klappe, durch die die Taube dann hinausbefördert wird. Sie fliegt davon und kehrt nie wieder.

Grethes Reise nach Wandsbek war schon lange geplant gewesen, zu Ostern wollte sie fahren, zu Pfingsten – immer war etwas dazwischengekommen – Ulla: eine Mandelentzündung nach der anderen –, man kam einfach nicht zur Ruhe. Zum Verzweifeln! So nett Kinder sind, aber sie absorbieren einen eben doch gänzlich.

Im Kaufhaus Zeeck sind die Kinder neu ausstaffiert worden, natürlich bei Zeeck, denn dieses Kaufhaus hat sich im Flaggenstreit so mutig zu schwarz-weiß-rot bekannt.

Robert mit einem Kieler Anzug, an dessen Hosen »Spitzen« sind, also Bügelfalten, und seine Schwester Ulla mit einem dunkelgrünen Samtkleid, das mit perlmuttenen Knöpfen versehen ist.

Karl bringt seine Frau zur Bahn. Er zieht die beiden Kinder auf dem Schlitten, und er trampft dabei wie ein Pferd. Leider kann er nicht mitfahren zu den Schwiegereltern, bei diesem Wetter ist er in Rostock unabkömmlich. Der Hafen ist zugefroren, die Seeleute wollen versorgt sein: grade jetzt zu Weihnachten.
Er verstaut seine Frau, die einen merkwürdigen Hut trägt, in einem Abteil dritter Klasse, und mit den beiden Kindern geht er zur »Lokomotetive«, wie Robert sagt, schwarz mit roten Rädern.
Das Zischen der Ventile macht großen Eindruck auf den Jungen und auf den Vater auch. Weiße Dampfwolken in klarer frostiger Luft ...
Der Lokomotivführer auf seinem Führerstand guckt gemütlich aus seinem Fenster heraus, der raucht seine Pfeife. Hinter ihm der Heizer, der sieht nicht so propper aus. Der wohnt vermutlich in der Werftgegend.

Ulla, die ja schon ein Schulkind ist, interessiert sich nicht für Lokomotiven, sie guckt lieber den süßen »Wauwi« einer Dame an: Es ist ein Fox-Terrier; ein handgestricktes Rückendeckchen trägt er und ein rotes Halsband. Das muß ja schrecklich sein: bei dieser Kälte quasi barfuß laufen.

Nun werden die Kinder in das kühle Abteil gehoben, das die Mutter schon wohnlich gemacht hat. Sie werden in eine Decke eingeschlagen, kalt wird es werden auf der Fahrt, und die Mutter wird viele Geschichten vorlesen müssen – »Vom Schwaben, der das Leberlein gegessen« –, damit die Kinder nicht zu jammern anfangen.

Kinder muß man ablenken, das ist der ganze Witz. An sich ja furchtbar einfach.
Jetzt kommt ein Mann mit einem Handkarren voll Obst, Schokolade und Leibniz-Keks. Es werden Apfelsinen gekauft, und Grethe macht gleich mal eine ab, biegt die Frucht wie eine Seerose auseinander, weshalb sie Karl zum Abschied auch nur den kleinen Finger reichen kann. Neugierig ist sie, ob er sich über das Rostocker Hafenbuch freuen wird, das sie ihm zu Weihnachten besorgt hat. Schade, daß sie das nicht miterlebt!

In Rostock pfeift ein eisiger Wind vom Hafen her in die Straßen hinein. Die Marktfrauen haben Kohlepfannen unter ihren Röcken, und die Pferde stehen, den Kopf abgewandt, traurig und ergeben da. Weihnachtsmarkt: in diesem Jahr nicht schön. Die Zeltplanen der Buden knattern im Wind.
Karl verzehrt sein Abendbrot nachdenklich. »Bratskartoffeln« und einen »Bücking« gibt es, am Kröpeliner Tor gekauft, bei der altbekannten Frau da: fettglänzend wie ein Spickaal. Er hat die Lichter des Adventskranzes angezündet, das wirft große Schatten. An sich ist er nicht so sehr für dieses neumodische Gerät, Adventskränze werden von den Sozialisten propagiert, als Ersatz für Weihnachtsbäume, die angeblich das hierarchische Prinzip versinnbildlichen. Aber dekorativ ist der Kranz, das kann man nicht anders sagen.
In Schweden tragen die jungen Mädchen solche Kränze ja sogar auf dem Kopf ...
Sehr dekorativ das Dings, aber weshalb der Ständer unbedingt rot sein muß, das ist nicht einzusehen. Wieso nicht grün oder blau?

Karl nimmt die letzte Gräte aus den Zähnen und wischt sich mit der Serviette den Mund ab, »Selviette«, wie Karl und »Wersette«, wie Robert sagt. Er klingelt dem Mädchen Lisa, es soll abräumen.

Um nicht mit ihr sprechen zu müssen, geht er ins Wohnzimmer hinüber und zündet sich eine Zigarre an. Das Mädchen besorgt auch die Öfen noch – »Na, Herr Kempowski? Immer rauchen?« –, die weißen Kachelöfen mit den gelben Zierkacheln, Girlanden darstellend und Göttinnen, einen Wassergott bekränzend.
Hier, sagt das Mädchen, er soll mal sehen, was sie für Knochen hat, gute mecklenburgische Ware.
»Wenn ich mal sterb', verkauf ich meine Knochen für 5 Pfennig das Pfund, nicht für 3 Pfennig!«

Als das Mädchen endlich in der Küche verschwindet, nimmt Karl seine abendliche Wanderung auf, von einem Zimmer ins andere, wie er das immer so gerne macht. Die Hände hat er dabei auf dem Rücken. Vom kleinen gemütlichen Wohnzimmer, schwarz tapeziert mit goldenen Eulen, geht er in das sehr große Eßzimmer, golden tapeziert mit schwarzen Eulen. So groß ist es, daß darin die ganze Borwinstraßen-Wohnung Platz gefunden hätte.
Dahinter liegt Grethes Kabinett mit den geschwungenen Biedermeier-Möbeln, von Tante Hedi noch aus Fehlingsfehn. Jetzt ist es schwach erleuchtet von einer grünen Schirmlampe.

Im Kabinett steht auch Grethes Sekretär.
Es ist nicht, daß er schnüffeln wollte, das liegt ihm fern, aber Karl zieht doch eine der zahlreichen Schubladen auf in Grethes Sekretär. »Das süße Gift der Sünde«. Allerhand Schurrmurr. Kleine Erinnerungsstücke, wie es scheint, ein gläserner Briefbeschwerer, unter dem ein Foto von Chemnitz klebt, ein Glasstreifen für die Laterna Magica, Muscheln und eine zerbröckelte Gipsbiene: Die kommt Karl bekannt vor.
Gern hat Karl es, wenn seine Frau in ihrem Kabinett sitzt und Briefe schreibt. Er hier, sie da, ein idealer Zustand: allein zu sein und doch zu zweit.

Nun geht Karl in das Schlafzimmer hinüber, das nach hinten hinaus liegt, und in das Kinderzimmer: der Wäscheschrank so sauber aufgeräumt, und die Betten der Kinder so ordentlich gemacht. Da liegt noch ein kaputter Holzsoldat, der gehört in den Kasten zu den anderen.
Schade, denkt Karl, daß er nicht mit nach Wandsbek gefahren ist, aber gut: »Fein, du Kleine...« Immer so peinlich, wenn die gute Frau nicht zu Potte kommt.
Karl setzt sich an Grethes Toilettentisch und bürstet sich das Haar mit Grethes silberner Bürste. Sollte er sich vielleicht ein Bärtchen stehen lassen? Grethe damit überraschen? Konturierter würde er damit aussehen, wesentlich konturierter.

Das Feuer knackt in den Öfen, und der Wind pfeift um das Haus. Schnee wirbelt unter den Laternen auf.
Karl geht wieder hinüber und setzt sich an den Flügel und spielt seine schönsten Stücke, eines nach dem anderen. Nicht Chopin, hinauf, hinunter, das ist ihm zu fummelig. Die »Melodie« von Rubinstein spielt er und den »Aufschwung« von Robert Schumann mit dem so sanglichen Mittelteil, in den man alles hineinlegen kann.
Nun fängt er an zu phantasieren, zuerst sehr leise und verträumt, Tränen in die Augen treibend, dann fremdartig dissonant, im wesentlichen kleine Sekunden, wie das so ist im Leben: Wenn man eben denkt, nun ist alles in Ordnung, dann kommen die Probleme.
Schärfer und schärfer spielt Karl und lauter:

Rasch tritt der Tod den Menschen an!

Leider wird das wilder werdende Spiel, bei dem Karl auch die extremsten Tasten benutzt, plötzlich unterbrochen von einem sehr leisen, doch gut hörbaren Klopfen. Einen Stock höher, die reizende Frau Spät, die Studienrätin mit Zwicker: Sie klopft nur ein-, zweimal, das genügt. Augenblicklich hört Karl auf zu spielen: Nachbarschaft, das ist kein Problem, wenn man aufeinander Rücksicht nimmt.

Fettiges Abwaschwasser gießt man sich hier nicht ins Fenster, aber man klopft.

In Wandsbek liegen die Kinder bereits im Bett. Es sind dieselben Betten, in denen Grethe und Lotti, die es jetzt in Lübeck so gar nicht einfach hat, als Kinder geschlafen haben. Die Mutter war ja auch mal klein, und sie hat auch auf dem Daumen gelutscht, obwohl das nicht gut ist für die Zähne, die biegen sich dann nach vorn, wie bei Tante Lottis Mann, und dann sagen alle Leute: Was hat der bloß für komische Zähne!
Die Oma hat an ihr mal eine Rute zum Strunk gehauen, weil sie Onkel Bertram nicht »Gesegnete Mahlzeit« sagen wollte! Dieselbe Oma, die jetzt, so zart und durchsichtig, unten im Stuhl sitzt oder an den Möbeln entlanghumpelt, höchst mühsam.
Streng ging es damals zu. Die Schlafzimmer ungeheizt. Manchmal das Waschwasser in den Schüsseln gefroren. Und jeden Tag um sieben Uhr ins Bett.

Grethe steht in der Tür, so wie ihre Mutter immer in der Tür stand. Sie hat nun schon die Namen der Familie Brettvogel aufgesagt, und sie hat wiederholt auf das morgige Weihnachtsfest hingewiesen und die dafür in Frage kommenden Lieder gesungen:

> Einmal werden wir noch wach,
> heißa, dann ist Weihnachtstag!

und berichtet, daß sie Gelegenheit gehabt hat, in die Werkstatt des Weihnachtsmanns einen Blick zu tun. Sie regt an, die Gedanken nach Rostock schweifen zu lassen, wo der liebe Vati nun so ganz alleine ist, und dann sagt sie ihren Kindern »Gute Nacht«, küßt sie und zieht die Decken glatt.

Draußen fährt die Vorortsbahn vorüber, und als das Geräusch verebbt ist, ist auch die Mutter fort. Zweistimmig wird sie wieder herbeigeschrien. Zunächst kommt sie nicht (vielleicht geht es so vorüber?), dann aber doch, und sie setzt sich an die Betten, streicht die Decken nochmals glatt und berichtet, daß ihr Vater immer gesagt hat: »Und nun steck die Nase ins Kissen und schlaf schnell ein ... « – derselbe Vater übrigens, der jetzt unten sitzt mit Familien-Briefen in der Hand, die er ihr alle vorlesen will (man kann sie immer wieder hören!), und schon eine Augenbraue hochgezogen hat, wie lange er denn nun noch warten soll.

Grethe gähnt und sagt, daß sie nun bald schlafen geht, daß sie sich freut, nun bald schlafen gehen zu können.

Welch ein Jubel, welch ein Leben
wird in unserm Hause sein!

Betten, das ist doch wirklich eine herrliche Erfindung, so schön warm und mollig?
Und sie denkt, was wohl in dem kleinen Päckchen ist, das Karl ihr mitgegeben hat, hoffentlich nicht wieder so etwas Geschmackloses.

Wißt ihr noch, wie vor'ges Jahr
es am Heil'gen Abend war?

Und dann sagt sie, daß die beiden dem Christkind eine Freude machen sollen und schnell die Augen schließen, wie alle Kinder auf der ganzen Welt.
Ulla, das große Mädel, das schon zählen kann, soll das jetzt mal tun, zählen, wie lange es wohl dauert, bis die nächste Vorortsbahn kommt!
»Und nun schlaft schön!«
Grethe geht die knackende Treppe hinunter.
»Bin ich auch deine Liebe?« ruft die kleine Ulla, und: »Ja, du bist meine Liebe!« antwortet Grethe, nun schon unten auf der Diele, neben der großen Familienuhr. Und wenn die Kinder nun noch mal rufen, dann wird sie sie rufen lassen, bis sie schwarz werden, denkt sie, obwohl sie genau weiß, daß sie dann doch wieder hinaufeilen wird.

»Bin ich auch deine Liebe?« ruft's jetzt noch einmal, aber zaghaft, und deshalb riskiert es Grethe mit klopfendem Herzen, nicht darauf zu antworten.

Der kleine Robert hat bereits zwei Finger im Mund, den dritten und den vierten, der lauscht, damit er die Bahn nicht versäumt, und er zählt, obwohl er erst bis vier zählen kann.

Die Erlebnisse des Tages schmelzen ihm zusammen zu einem Brei von Eindrücken, ein Katarakt in Zeitlupe. Lokomotivführer wird er werden, das ist nun klar, und wenn er es ist, wird er freundlich von der Maschine heruntergucken auf die kleinen Jungen, die sich sein Fahrzeug ansehen wollen.

Daß seine Schwester jetzt nicht noch einmal rufen würde, wünscht er sich, und wenn doch bloß der Zug bald käme, damit er endlich schlafen kann.

Sich selbst zur Abwechslung macht er nach, wie Tante Lottis Mann aussieht mit seinen auswärts gerichteten Zähnen, und er denkt, ob er wohl die Arche Noah kriegt, die er sich gewünscht hat, und ob dabei wohl auch zwei Geier sind?

Die Finger nimmt er aus dem Mund, besser ist besser, und er schläft ein.

Die dunkle Ulla ist sich immer noch nicht sicher, ob sie Mutters »Liebe« ist. Sie hat es wohl gehört, daß unten die Wohnzimmertür noch nicht geklappt hat. Die Mutter müßte also noch auf der Diele stehen. Aber vielleicht hat sie ja die Wohnzimmertür offen gelassen, das kann ja sein.

Einmal werden wir noch wach,
heißa, dann ist Weihnachtstag!

Da wird man sich also nun wohl entschließen müssen, die Augen zuzumachen, obwohl man immer noch nicht ganz sicher ist, ob man Mutters »Liebe« ist... Und nun kommt

die Vorortsbahn angerollt, und man fragt sich, ob wohl noch ein Zug kommt.
Robert träumt inzwischen, daß er einen Brummer verschluckt hat, rauh rutscht er ihm die Speiseröhre hinunter. Aber, er wacht davon nicht auf. Er wacht auch nicht auf, als die Schwester »Robert?« flüstert, immer wieder. Er segelt ab in untere Regionen.

Karl genießt es, daß er mal alleine ist. Alles ist anders als sonst. Zum Offiziersstammtisch geht er nicht. Die reden immer noch von Danzig und von Straßburg. Und sie schimpfen auf das Sozialistenpack: Einfach dazwischenschießen, sagen sie.
Sozialistenpack? Wenn man ehrlich ist, es sind allerhand Neubauten im letzten Jahr zu verzeichnen, wenn auch verrückterweise alle ohne Dach! Das heißt, mit Dach schon, aber mit flachem! Wie im Morgenland ...

Am Heiligabend geht Karl in die Stephanstraße. Sein Vater sitzt im Erker und läßt sich vom alten Ahlers was erzählen. Anna ist in Bad Oeynhausen, irgendwie Gott sei Dank. Sie war in der letzten Zeit ziemlich leidend. Schleppte sich immer so die Treppen hinauf ... Silbi ist übers Fest zu ihr gefahren, mit ihren beiden Kindern, vom Töchterheim hat sie die Nase voll, das hat sie dichtgemacht.

Der Weihnachtsbaum brennt unentwegt, und der alte Ahlers erzählt von seiner einzigen Segelschiffsreise, hundertachtzehn Tage. Wie sie da mal einen Schweinsfisch angelten, davon berichtet er drastisch, ein Weibchen war es gewesen, mit schwarzem Fleisch, von dem die ganze Mannschaft drei Tage aß. Dann erzählt er von Kap Hoorn, wo er krank in der Kajüte gelegen hat, weswegen er Kap Hoorn folglich, wie seine Kameraden scherzten, gar nicht umsegelt hat. Er denkt noch immer an seine

Koje da, im Matrosenlogis, vollgehängt mit Decken und feuchten Kleidungsstücken, eine Tranfunzel auf dem Tisch, und über ihm an Deck das Getrappel der Matrosen, die im Sturm die Segel bargen: Hornklumpen hatten sie anstelle von Händen. Und dann kam der Kapitän heruntergestiegen, ein Mann mit kleinen Augen, nicht um nach dem Kranken zu sehen, sondern um nachzuprüfen, ob sich hier auch keiner von der Arbeit drückt. Ein nasses Tau an einem Übeltäter trockenschlagen – dieser Art waren die Strafen, die er zu verhängen pflegte.

Der alte Ahlers steht auf, was er sonst nie tut, und kommt ins Schwärmen. Ob sich Robert vorstellen kann, wie »mascheschtätisch« auf so einem großen Segler die gigantischen Leinwandtürme aussehen? Dreißig Meter hoch? Wenn alle Segel voll Wind sind? Wie sich das bläht und rundet? Und wie das pfeift?
Der alte Ahlers macht nach, wie es pfeift, und dann biegt er sich zur Seite: Wenn sich das Schiff auf die Seite legt und man ganz oben in der Takelage steht, ob Robert sich vorstellen kann, was das für ein Gefühl ist? Unter sich nicht etwa das Schiff, sondern die See?
Und »ümmer« verschieden ist das auf See, mal gleitet das Schiff sanft dahin, und mal rumpelt es wie auf einer holprigen Chaussee.
Von Sturm will er nicht sprechen, davon kann er nicht sprechen. Das muß man erlebt haben, sagt er und setzt sich wieder hin.

Robert William läßt den Rollstuhlschieber aus der Küche kommen, die beiden Mädchen und die Kochfrau. Sie müssen sich Stühle holen, jeder kriegt einen Schnaps und Königsberger Marzipan aus der verschlossenen Dose.
Der Rollstuhlschieber erzählt sonderbare Witze und macht »Tatar! Tatar! Tatar!« unter den Klängen des Badenweilers den Aufmarsch der 90er nach, täuschend ähnlich.

Rebekka muß dem alten Herrn die Kissen aufschütteln, und hinten zwackt es ihn.

»Da?«

»Nein, höger!«

Und eine Wärmflasche braucht er auch. Und als sie ihm die Wärmflasche bringt, verlangt er einen Kuß, was natürlich überhört wird.

Der alte Ahlers will sich das Mädchen greifen – »Kohlöppvehnah« –, das irgendwie Minna heißt, aber auch ohne Erfolg. Häßlich ist es und merkwürdigerweise spröde zugleich. Anstatt nun froh zu sein, daß man sich seiner annimmt? Er geht ans Klavier und spielt das bekannte Weihnachtslied »O Tannenbaum ...«, und zwar nur bis »Blät ...«:

O Tannenbaum, o Tannenbaum
wie grün sind deine Blät ...

und dann tut er so, als ob er das »... ter« nicht finden kann. Und er tut es immer wieder!

Dann wird das Grammophon aufgezogen, und die Mädchen tanzen miteinander. Karl soll mit der Mamsell tanzen, regt der Vater an, Korpulente tanzen besser, als man denkt!

Wat? Nee? Will er nicht? – Ein sonderbarer Heiliger ist sein Sohn. Ob Luden Ahlers versteht, wieso sein Sohn ein so sonderbarer Heiliger ist? fragt der Alte, und ob es nicht ein Wunder ist, will er wissen, daß Karl eine so hübsche Frau gekriegt hat?

»Sag' mal, läßt du di'n Bort wassen?« Das ist ja nun wirklich das Allerletzte! »'n Bort! Hest du dat nödig?«

Daß Karls Schwiegervater auch so ein komischer Heiliger ist, sagt der alte Herr Kempowski, irgendwie pinnenschittrig? Daß der sich nun mal sehen ließe in Rostock? Da luer upp. Man könnte doch die herrlichsten Geschäfte miteinander machen ... Er weiß noch, wie der sich auf der Hochzeit immer so abseits gehalten hat, als ob er was Besseres wär'.

Einen so harten Winter hat es noch nicht gegeben, das weiß sogar der alte Ahlers, das ist ja einmalig. Jetzt steht das Thermometer schon bei minus 32 Grad. Da fallen wohl bald die Vögel wie Steine vom Himmel herab?
»Achteinhunnert-wat-weit-ick« war auch mal so ein kalter Winter, da sind sie im Mai noch Schlittschuh gelaufen. Mag sin, mag öwersten ok nich sin.

Den Weihnachtsabend in Wandsbek werden die Kinder so leicht nicht vergessen. Die schöne Mutter sitzt auf dem Sofa, die Kette mit dem Aquamarin um den Hals. Sie hat die beiden Lütten neben sich. Ulla rechts im grünen Samtkleid, Robert links im Kieler Anzug. Der Großvater liest mit bewegter Stimme die vertrauten Worte, das Andachtenbuch hält er in seiner großen knochigen Hand. Daß Cyrenius Landpfleger war, liest er, und daß dies die erste Schätzung im Lande gewesen ist, und die Tränen treten ihm dabei in die Augen, weswegen die Lesung einen kleinen Aufschub erfährt.
Das Harmonium kann leider nicht in Tätigkeit treten, wer sollte es denn spielen? Grethe? Nein, sie würde von Ulla, dem merkwürdigen Kind, daran gehindert werden: Keinen Schritt darf die Mutter ohne sie tun. Und vor dem schwarzen Harmonium fürchtet sie sich! Das sieht ja aus wie ein Sarg!

Vor der Bescherung werden die 10 Strophen von »Der Christbaum ist der schönste Baum« gesungen.
Als dann endlich die Glocke erklingt (das ist ein Zwerg, der die Glocke huckepack trägt) und die Tür zum Weihnachtszimmer geöffnet wird und mit dem Feststeller, der mal wieder tüchtig geölt werden müßte, ordnungsgemäß festgestellt, rutscht Robert vom Sofa und läuft auf Wilhelms zauberhaft erleuchtete Krippe zu, die das Zimmer terrassenartig anfüllt.

»Dat's all min!« ruft der Junge. Mit Mühe nur kann man seine Aufmerksamkeit auf die Arche Noah lenken, bunt bemalt, die Hirsche braun und die Krokodile grün, sonst wäre das wohl nicht so glimpflich abgegangen.

Der lebhafte Robert fängt sofort an zu spielen, aber Ulla, wie immer etwas sonderbar und störrisch, ist nicht von der Mutter wegzukriegen, sie klammert sich an!
Sonderbar und fremdartig.
Und als man sie dann endlich »mit List und Tücke« in die Puppenecke lotst, wo das große Puppenhaus steht, noch aus der Ritterstraße, mit Türen richtig zum Auf- und Zumachen, einer kleinen Bibliothek, einer Weihnachtsstube mit Weihnachtsbaum und einer winzigen Arche Noah auf dem Gabentisch, da erweist sich die Existenz eines zu großen Stehaufmannes – einer der typischen Einfälle von Tante Lotti in Lübeck! – als störend. Robert hat nämlich herausgefunden, daß die Schwester mit diesem Monstrum zu ärgern ist.
Die arme Großmutter – das selbstgeklebte Bilderbuch will sie mit den Kindern ansehen, aber die Kinder sind nicht zu bewegen, an ihren Stuhl zu treten. Man schiebt sie quasi an die Großmutter heran, aber vergeblich. Wie Kinder eben sind!

Am nächsten Morgen liegen die Tiere der Arche Noah im Puppenhaus und die Biegepuppen aus den Salons des Puppenhauses in der Arche Noah (die übrigens für die vom Großvater fabrizierte Tierwelt etwas zu klein ist). Die Kinder haben sich eingewöhnt und sind nicht wieder wegzukriegen von dem Spielzeug, was angenehm ist, da Grethe die Besuche, die sie sich vorgenommen hat, nun allein machen kann. Kinder stören eben manchmal doch.
Kaum ist die Mutter weg, da steigt Robert, gefolgt von der zögernden Ulla, im Treppenhaus die Treppe hinauf.

Sie rutschen das Geländer herunter, immer wieder, auch an jener Tür vorüber, hinter der die arme Großmutter sitzt. Sie horchen an dieser Tür, wispern und sehen durchs Schlüsselloch.

Am Fenster sitzt die zarte Frau, stickt eine Decke aus und hört dabei Radio: die Stangen des Kopfhörers stehen ihr wie Fühler links und rechts am Kopf empor.
Sollte man sie nicht einmal besuchen?
Die beiden klinken die Tür auf und stellen sich vor sie hin.
Die Großmutter freut sich über den Besuch. »O fein, du Kleine«, sagt sie.
Gern möchte sie alle siebzehn Namen der Familie Brettvogel herunterrappeln, sie weiß, daß sie es einmal gekonnt hat, oder diesen schönen Spruch, der allen Kindern Freude macht:

> Piii, sä de oll Uhl,
> kann ick nich pisen
> mine Pasen
> mine Pimpampusen?

»O fein, du Kleine«, sagt sie statt dessen. Sie nimmt den Kopfhörer ab und will ihn Ulla aufsetzen, die schreiend hinausläuft und hinunter, bis in die Küche.
Robert aber läßt es sich geschehen, und er setzt sich neben die Großmutter, schmiegt sich an sie an und hört Musik aus fernen Welten.

> Du kannst nicht treu sein,
> nein – nein, das kannst du nicht,
> wenn auch dein Mund mir
> wahre Liebe verspricht...

Und während Ulla in der Küche steht und »flennt«, wie die Mädchen sich ausdrücken, sitzt Robert neben der Großmutter und lauscht. Zusätzlich besieht er sich das Bilderbuch mit den Katzenfotos und dem Mord in Sarajewo, weshalb er auch noch Keks und Bonbons empfängt.
Daß die Großmutter abgeschnittene Stickfäden in der

gelähmten Hand hält, die sie dort vergessen hat – sie hält sie wie einen Blumenstrauß –, das hat er wohl gesehen, das wird er sich merken.

Karl besucht die Schiffe, die im Eise eingeschlossen sind. Gott sei Dank, keins der drei eigenen, da müßte man den Kapitän ja dauernd zum Mittagessen einladen ...
Zu Fuß kann er an Bord gelangen, über das Eis, auf ausgetrampelten Pfaden. Kleinere Schiffe und größere sind es, die hier Unterschlupf gefunden haben, deutsche und ausländische mit netten und mit unangenehmen Kapitänen, und auf jedem Schiff muß Karl Grog trinken oder »Brennevin«.
Besonders gern besucht Karl seinen Freund, den Kapitän Lorenz, abends, wenn alle Geschäfte erledigt sind, »Anna Maria vom Busch« heißt das Schiff, es liegt an der Schnickmannsbrücke. Lorenz ist ein Mann, der noch vor dem Mast gefahren ist, er ist aber auch ein Mann von Bildung, der gelegentlich sogar ins Theater geht. Das Schluchzen eines italienischen Tenors kann er nachahmen – »Mimi, Geliebte!« –, so daß man denkt, Kapitän Lorenz hätte lieber Opernsänger werden sollen statt Seemann. Ins Theater geht er und Bücher liest er auch. In seiner mit Mahagoni getäfelten Kajüte, die »Salon« genannt wird, verwahrt er sogar eine kleine Münzsammlung, und er zeigt Karl einen Koppern Wittling, eine alte Rostocker Münze also.

Ein kleiner Tannenbaum steht auf dem Eckschrank, mit bunten Papierketten geschmückt, und in dem Eckschrank sind Steinguttöpfe aufgereiht mit verschiedenen Tabaksorten, die werden dann gemischt. Karl hat sich extra eine Pfeife angeschafft, für den »Veritablen«, wie er sagt, weil der so gut schmeckt. Genever wird dazu getrunken, und Schmalzkekse werden gegessen, und Karl denkt an Flandern, wo er mal einen wunderbaren Unterstand hatte, mit Möbeln aus Birkenästen und einem richtigen Tisch.

Man nennt mich Mimi,
Luzinde hieß ich einst...

Mit Lorenz läßt es sich behaglich reden: Das hätte die Entente wohl nicht gedacht, daß Deutschland sich so schnell wieder erholt?

Manchmal stößt noch Kapitän Fretwurst dazu, ein kleiner vierschrötiger Mann mit rundem Kopf, der so ungefähr nur aus Muskeln besteht, mit dem wird das »Buch der vier Könige« studiert, also Skat gespielt, und Karl ist froh, daß er das im Krieg gelernt hat – »achtzehn, zwanzig« –, sonst könnte er hier nicht bestehen. Im Kopf behalten, wieviel Stiche heraus sind, und dann immer wissen, ob man aus dem Schneider ist, das macht ihm manchmal Schwierigkeiten. Er wurschtelt sich dann so durch.

Am liebsten ist es ihm, wenn er »hinten« sitzt, da kann man immer so schön reinhauen, blanke Zehnen oder mal einen König, der immerhin vier Punkte zählt.

Über dem schweren Tisch wölbt sich das Skylight mit sechs winzigen, vergitterten Fenstern. Zwei Blumentöpfe mit Spargelkraut hängen herunter, und Petroleumlampen. Tabakqualm füllt die Kajüte, es knackt geheimnisvoll, und die Karten klatschen auf den Tisch. Bei »Null« muß man »Contra« sagen, wenn es in die Hosen geht.

»Pik, heißt der Vogel?« sagt Karl, und er denkt an das Jahr 1917, und daß der Unterstand damals sogar wasserdicht war.

In der Brusttasche hat er die Post, ein Brief aus Schweden ist dabei, das hat er gleich gesehen. Das ist kein Geschäftsbrief, das hat er auch schon gesehen.

Und dann muß Karl gehen, was man so »gehen« nennt. Es ist schon weit nach Mitternacht, Fretwurst und Lorenz treten stelzbeinig mit hinaus aus der Kajüte, und Fretwurst, der auch vor dem Mast gefahren ist, als junger Seemann, erklärt Karl den Sternenhimmel, wie er wohl noch niemals jemandem erklärt worden ist.

»Twee Arschbacken sün datt«, sagt Kapitän Fretwurst, »een' unten, een' baben.«
Ein Matrose wird gerufen, der »leuchtet« Karl mit der Laterne »heim«.
Karl schwankt die Schnickmannstraße hoch, und der Matrose geht immer einen halben Schritt voraus. Karl redet viel zu laut über die verdammte Marine in Kiel. Er redet aber auch vom Wiederaufbau. »Columbus« heißt der Riesendampfer, den die Deutschen schon wieder haben, und er hat so was läuten hören, sagt Karl, bald werden die Deutschen zwei noch viel größere Riesendampfer haben. Die gehen von hier – bis hier! Die Engländer werden sich noch wundern!

Am Rosengarten faßt ihn der Matrose, der übrigens aus Sachsen stammt, wie so viele Matrosen, und daher gutmütig ist, gar unter, denn hier sind die verdammten Glitschen, die sich die Rostocker Jungen angelegt haben, weshalb er denn auch vor dem Hause »Dienen-dannen achtig-achtig« ein gutes Trinkgeld empfängt. Die Mütze nimmt er dazu ab.
Karl verschwindet im Haus. Den Brief aus Schweden wird er nun endlich lesen, ungestört, darauf hat er sich lange genug gefreut. In seiner Nachttischschublade liegt der kleine kunstgewerbliche Marienkäfer. Der bleibt da auch drin.

Grethe macht Besuche. Zuerst geht sie zu Onkel Hans, dem Bruder ihres Vaters. Mit seiner englischen Frau wohnt er in Rahlstedt. Er sitzt im Patriarchenstuhl am vereisten Fenster und legt Patiencen. Braun ist sein Gesicht, wie es immer war, Hans, der Luftikus, der im Taxi in die Stadt fuhr und seinen Urlaub gerne in Ägypten verlebt.
Eine Decke hat er um die Beine, und er reicht seiner Nichte

die linke Wange zum Kuß: Reizend, daß sie gekommen ist, nein, wie ist es nett! Die Zeiten, die Zeiten! Wie sind die schlecht geworden! Was soll man dazu sagen?
Viel Geld hat er mit argentinischem Fleisch gemacht, das er gleich nach dem Kriege importierte, sehr viel Geld, weshalb er jetzt auch auf dem kleinen Finger der Rechten einen Brillanten trägt.
Er legt die Patience-Karten auf den Tisch und zieht das große reinliche, nach Kölnisch Wasser duftende Taschentuch und breitet es sich über die Augen, denn das Gespräch ist auf den guten Bertram gekommen, den dritten Bruder, der kürzlich an gebrochenem Herzen starb, und Hans hat, wie alle de Bonsacs, einen Wein-Tick. Hans, der Luftikus, der in seiner Jugend einen Frackmantel besaß und gerne »meine reichen Brüder« sagte – da sitzt er und wird geschüttelt vom Weinen: Ihn hat der Tick entschieden am schlimmsten erwischt.
Da das Weinen kein Ende nehmen will, geht Grethe bald. Sie rührt ihn an und sagt laut und fest, daß sie nun gehen will, zu Karl und Hanni will sie noch, und Hans winkt unter seinem Taschentuch ab, auf Wiedersehen, auf Wiedersehen! … und gibt sich seinen Tränen hin.

Grethe geht den alten Weg zu Karl und Hanni, den sie so oft gegangen. Ihre Hände hat sie im Muff, da steckt auch das Taschentuch, mit dem sie sich die Nase putzt. Kalt ist es, und der Schnee knirscht: Ein schwerer Wagen fährt vorüber, von zwei im Schritt nickenden Pferden gezogen, denen der Atem dampfend aus den Nüstern schießt. Der Kutscher geht nebenher, einen Sack wie eine Schürze um den Bauch, die Klappen seiner Mütze hat er über die Ohren gezogen. Kohlen sind auf dem Wagen, und die Pferde haben schwer zu ziehen, mit den Hufen rutschen sie aus, und dann schimpft der Mann und schlägt mit der Peitsche nach ihnen. Als ob das Ausrutschen verboten ist!
Karl und Hanni wohnen in Marienthal, in einem gemütli-

chen Haus. Mit Wein ist es berankt, was im Herbst entzückend aussieht. Jetzt ist das weniger dekorativ.
Karl macht wieder seine Witze. Von Hans kommt sie? Von Hans? Dem Tränenmeer? Einen Portwein gießt er Grethe ein, und dann erzählt er händereibend von der Fabrik, die fabelhaft geht, sie floriert. Es ist zum Staunen!
Karl geht vor den beiden Frauen auf und ab, daß die Gläser klirren, äußerst tüchtig ist er. Das kann man schon von seinem Gesicht ablesen, wenn er die wesentlichsten Dummheiten aller seiner Konkurrenten verschmitzt zum besten gibt.
Grethe freut sich für die beiden, besonders für Hanni, die so entzückende, sonderbarerweise zusammengewachsene Augenbrauen hat. Früher immer so im Schatten ihrer fünf Schwestern, und nun doch offensichtlich die beste Partie.
Die Blumen auf dem Fensterbrett sind gut in Schuß, was man von Hannis Wirtschaft nicht gerade sagen kann, du lieber Himmel! Und diese Vorhänge? Nein, da hat Grethe doch einen anderen Geschmack. Die weißen Stühle in der Veranda allerdings – die hätte sie selbst ganz gern. Und die Veranda auch: mit Ausgang zum Garten, in dem ein großer Kirschbaum steht. Schade, daß Sie in Rostock keinen Garten hat. Im Sommer, wenn alles blüht und grünt, morgens in aller Herrgottsfrühe beide Türen öffnen, tief einatmen und auf den taufrischen Rasen treten … Und draußen frühstücken, unter einer selbstgepflanzten Birke? Das wäre unvergleichlich.
Weniger schön ist es, daß Karl über den alten Herrn Kempowski in Rostock allerhand »Mord und Dotschlag« zu erzählen weiß, haarsträubende Geschichten, verschiedenen »on dits« zufolge, von Wechseln, die prolongiert werden mußten! Hatte der Mann denn das nötig?
Dann wird die restliche Familie durchgegangen, Hertha in Berlin mit ihren hübschen Töchtern und Lotti mit

ihrem merkwürdigen Mann, der ja wohl im Reichsverband der Kreuzworträtsellöser Mitglied ist.

Von Hanni und Karl aus fährt Grethe mit der Taxe an die Alster, und sie fährt einmal um die Alster herum. Auf der Krugkoppel-Brücke läßt sie halten. »Filigran«, dies Wörtchen stellt sich ein, als sie die bereiften Bäume sieht. Es sind noch dieselben Bäume wie damals, ein wenig größer und ein wenig schwerer sind sie geworden...
Da drüben liegen die Hamburger Kirchen, die St. Johanniskirche, St. Petri, St. Katharinen und der gute alte Michel. Die Hamburger Banken liegen da übrigens auch.
Störend sind für Grethes nachdenkliche Stimmung die Schlittschuhläufer, die sich auf dem Eise tummeln. Sie tanzen zu verschiedenen Drehorgeln, die alle gegeneinander anspielen.
Diese Menschen stören.

In Wandsbek ist es der traurigen Martha vorbehalten, in der Stunde des Abschieds auf Grethes Leib zu deuten. »Und denn und denn, du Kleine? Oh, fuchba, du?«
Ja, hier ist schon wieder etwas im Kommen, ein rechtes Wunschkind, wie der Mutter gebeichtet wird. Kein zwangsläufiges Ergebnis körperlicher Bedürfnisse. Ein bewußtes Produkt heißer, liebevoller Überlegungen.
Als Wilhelm ins Zimmer tritt, wird er eingeweiht, und tränenden Auges gibt er seiner Tochter einen Kuß auf die Stirn: Das wäre dann die Numero acht? Das achte Enkelkind! Wer hätte das gedacht? Und er zieht das riesige Taschentuch heraus und schnaubt sich die Nase.

Martha möchte ihrer Tochter gerne einen Bibelspruch mit auf den Weg geben, und Wilhelm liest ihr einige

Sprüche vor, von denen er annimmt, daß Martha sie gern hört. Dies ist nicht der richtige, der auch nicht ... aber dieser: »Oh, fein, du Kleine!« Philipper sowieso:

Ich jage nach dem vorgesteckten Ziel ...

Ja, den meint Martha.

Wilhelm schreibt den Spruch auf ein Stück Papier, und Martha, die zwar nicht schreiben kann, die aber weiß, was Schreiben bedeutet, daß jemand das entschlüsseln kann, was auf dem Papier steht, nimmt Zettel und Bleistift und zeichnet die Buchstaben ab, so gut es eben geht.

Dieser Spruch wird Grethe Glück bringen, er wird über dem Kinde stehn, das, wenn man richtig rechnet, im Mai 1929 zur Welt kommen wird.

Die Scheibe des Propellers, auf der Fanchon-Kommode, zum Aschenbecher ausgehöhlt, die von diesem merkwürdigen Flieger stammt – wie heißt er noch? – die darf Grethe in Gottes Namen mitnehmen. Wenn ihr soviel daran liegt? Das Harmonium, das die Kinder gern haben möchten, weil sie zu zweit so schön darauf spielten, als die Mutter nicht da war, einer trat, der andere drückte – »Oh, fuchba, du!« – muß allerdings hierbleiben. Robert ist es, der das zuerst einsieht.

Dreißig Grad Kälte und ein steifer Wind von Osten, Karl kann es nicht lassen, er zieht den von Grethe gestrickten Pullover an, der das »Perlhuhn« genannt wird, kramt die Schlittschuh hervor und fährt nach Warnemünde. Auf die Mole geht er, weit hinaus. Eisschollen türmen sich hier, von der Strömung zusammengeschoben – »das müssen Sie gesehen haben, Herr Kempowski« – wie auf dem Bild von der »Fram«, und der Wind weht stärker als zu vermuten war: An Schlittschuhlaufen ist hier nicht zu denken.

Karls Augen tränen, und seine Wangen sind taub. So etwas hat er noch nicht erlebt. Er hätte vielleicht doch

lieber einen Schal mitnehmen sollen und seine Ohrenschützer. Feine Eiskristalle peitschen ihm ins Gesicht und setzen sich in seinem Schnurrbart fest.
Nun schieben zwei junge Leute ihr Motorrad aufs Eis. Sie treten es an und rasen los mit Knattern. Jugend ist schwer zu ertragen, denkt Karl. Ein Glück, daß er sie hinter sich hat.

7

Als Grethe nach Rostock zurückkehrt, mit ihrem schwerer gewordenen Leib, links und rechts ein Kind an der Hand und unter dem Arm den Stehaufmann, hat Karl sich sehr verändert.

»Der Kopf ist eine einzige nässende Geschichte«, schreibt Grethe nach Wandsbek. »Seine Ohren reißen ein, und die Augenlider hängen quasi nur an einem Faden.«

Ja, der Frost hat seiner empfindlichen Haut gefährlich zugesetzt, nach Warnemünde zu fahren bei 30 Grad Kälte und auf der Mole herumzustehen, das war ja wohl 'ne Schnapsidee. Siebzig kleine Furunkel entsprießen seinem Kopf, Grethe muß sie ausstechen und mit hochprozentigem Alkohol ausbeizen. Schließlich gehen die Entzündungen auf die Schultern und Achselhöhlen über und auf die Brust. Jeden Tag wird Karl zweimal verbunden. In einem besonderen Kochtopf werden die Gazebinden ausgekocht, und beim Nachmittagskaffee werden sie aufgewickelt zu neuem Verschleiß.

Wie im Lazarett zu Brügge läuft Karl nun umher. Kopf, Hals, Arme: ein einziger Verband. Da auch die Hände aufgerissen sind und lymphen, stellt Herr Sodemann schließlich Betrachtungen an über den »Siff« und seine Folgen und verweigert Karl die Hand zum Morgengruß.

Karls Hautkrankheit, im Felde erworben, wird also in die Nähe der venerischen Krankheit gerückt, an der sein Vater leidet, und das ist Anlaß für Karl, zu Hause zu bleiben, was ja auch angenehme Seiten hat. Morgens kann er ausgiebig Klavier spielen, da ist nicht zu befürchten, daß von oben gepocht wird, und nachmittags sitzt er im Wohnzimmer, beschäftigt sich mit seinen Briefmarken – Luftschiff »Graf Zeppelin«, zwei Mark, ultramarin – oder blättert den KOSMOS durch: »Giftfische und Fischgifte«, der sich im Offnen Schrank schon häuft.

Grethe hat für die Kinder zwischen Wohnzimmer und Eßzimmer ein Gitter anbringen lassen, damit die Unordnung auf ein Zimmer beschränkt bleibt. Da drüben spielen die beiden friedlich mit Puppen und mit dem herrlichen Auto von Tante Hedi aus Fehlingsfehn, das vorwärts und rückwärts fahren kann.

Ab und zu guckt Lisa herein, das Mädchen, das sehr kinderlieb ist. Sie regt die beiden an, mal einen Zoo zu bauen, mit all den schönen Tieren. Zigarrenkästen von Loeser & Wolff werden ihres Deckels entledigt, sie werden vorne mit Lamettafäden beklebt: Das sind die Gitter. Jedes Tier bekommt ein Stück vom Brötchen als Fressen und eine Nußschale mit Wasser.

Wenn Lisa erscheint, hebt Karl die Zeitung vors Gesicht: Dieses Weib ist nicht sehr schätzenswert, auf das könnte man getrost verzichten. Die Bleistiftstriche hat sie abgewischt, an beiden Türpfosten, an denen man das Wachstum der Kinder bis ans Ende aller Tage hätte verfolgen können!

»Immer lesen, lesen, lesen, Herr Kempowski?« schreit sie herüber und droht gar mit dem Finger, und ob sie das nicht prima macht, mit den Kindern, einen Zoo zu bauen? Immer zwei und zwei Tiere in einem Käfig?

Dr. Kleesaat, der neuerdings »Treudeutsch« sagt, statt »Guten Tag«, weiß schon längst nicht mehr weiter. Mit seinem rechten Auge guckt er nach rechts und mit seinem linken nach links: Den Verband reißt er Karl ab, Teersalbe oder Schwefel? Bei Hautkrankheiten kennen sich ja selbst die Spezialisten nicht richtig aus. Am besten wäre es, man führe nach Aachen zur Kur.

Bei Dr. Kleesaats Besuchen ergibt sich die Gelegenheit,

endlich mal wieder von Arras zu reden, was demnächst von der Offizierskameradschaft besucht werden soll. Kleesaat fragt Karl, weshalb er sich beim Offiziersstammtisch nicht mehr sehen läßt? Die Herren erkundigen sich schon dauernd nach ihm. Vorige Woche hat Lotterbach »genullt«, ist vierzig geworden, da hätte Karl sich doch wenigstens mal rühren können?

Die Offizierskameradschaft tagt jetzt in »Heldts Wintergarten«, einem feineren Lokal, in dem es als Spezialität geröstete Schweineschwänze gibt. Hier läßt es sich bequem von großen Zeiten reden, ohne daß man von minderer Seite angepöbelt würde. Auch wenn man mal laut wird, ist man sich des Wohlwollens aller Gäste sicher.
Neulich war man mit der ganzen Gruppe im Sportpalast, wo Hitler sprach, vielmehr schrie, das erzählt Kleesaat. Der Badenweiler wurde gespielt, als Hitler den Saal betrat. »Tatar! Tatar! Tatar!« und keineswegs von einer Bumskapelle, sondern eindrucksvoll und regulär, ganz wie in alten Zeiten.
Recht vernünftig war alles, was der Mann sagte oder vielmehr: schrie, soweit man es verstehen konnte.
Beeindruckend auch die Ordnung: Kein Hü! und Hott! wie bei den Sozialisten. Nein: Zustimmung und Ablehnung stets wie ein Mann. Karl hätte mal sehen sollen, wie schnell der »Saalschutz« die zwei, drei Krakeeler in den Griff bekam! Da brauchte keine Polizei zu kommen.

Wo Karl den Rotwein stehen hat, will Kleesaat wissen, und er spricht ihm kräftig zu, und: Karl soll mal wieder zum Stammtisch kommen, wenn er wieder gesund ist; das macht keinen guten Eindruck, wenn er da dauernd fehlt.
Was Kleesaat nicht wissen kann: Karl hat Wichtigeres zu tun als von alten Zeiten zu reden. Alle 14 Tage fährt er zum Ulmenmarkt in die Füsilierkaserne. Dort wird er als ehemaliger Offizier von jungen Reichswehrleuten unter-

wiesen in neuerer Taktik. Am Sandkasten geht das vor sich, und geheim ist es, weil die Siegermächte dem deutschen Volke nur 100000 Soldaten zugestehen.
Die werden sich schön wundern, wenn statt 100000 Mann eines Tages 200000 dastehen. Oder 300000. Und ein Offizierskader, der sich gewaschen hat.

Was er sich auch nicht nehmen läßt, sind die regelmäßigen Sitzungen der Blücher-Loge, die in der Blücherstraße tagt. Karl fährt mit dem Fahrrad hin und kommt mit dem Fahrrad zurück, meist ziemlich spät in der Nacht, mit rotem Kopf.
Was er dort eigentlich treibt, erfährt man nicht. Spezielle Klopfzeichen sind dort üblich, das hat er mal erzählt: dumm-dumm ... dumm. Mehr hat er nicht gesagt.

Eines Abends, im Februar 1929, wird Robert krank.

Du iss' mich nich,
du trinks' mich nich,
du biss mich doch nich krank?

Er war schon den ganzen Tag gnatzig, wollte nicht mit der Arche Noah spielen und weigerte sich, auf dem kunstgewerblich so wertvollen Schaukelpferd zu reiten. Er hatte »Koppwehda« und wollte nicht baden in der extra – mit Gas – geheizten Wanne.
Und dann stört er die Mutter beim abendlichen Märchenvorlesen: »Ergibscht du di, ergeb i mi!« Die Geschichte von den Sieben Schwaben will er nicht hören, er wirft sich nach rechts und links, wogegen die sonst doch immer so sonderbare Ulla brav in ihren Kissen sitzt. Märchen will er nicht hören, und auch das Gedicht von dem Knaben, der im Bett mit seinen Bleisoldaten spielt, verfängt nicht.

Ich bin der Riese groß und still,
der alles tun kann, was er will,
vom Bettberg bis zum Lakenstrand
im Reich der weißen Leinewand.

»Na, denn nicht«, sagt die Mutter und klappt das Buch zu. Dann helpt datt nix, dann muß sie dem Jungen eben einen Prießnitz-Umschlag anlegen, zur Beruhigung, das hat er sich selbst zuzuschreiben.
Zusätzlich verabreicht sie ihm Zuckerwasser. Das beruhigt.
»Kinderkrankheiten kommen und gehen, da steigt das Thermometer leicht mal in schwindelnde Höhe«, steht im Gesundheitsbuch. Verdächtig ist allerdings, daß der kleine Junge, der sich sonst doch immer zusammennimmt, diesmal so hemmungslos klagt.

Schließlich wird auch Ulla gnatzig. Auch sie bekommt also einen Prießnitz-Umschlag und Zuckerwasser, und dann wird sie umgebettet ins Elternschlafzimmer – divide et impera – in das Bett der Mutter. Riesig sind die Federbetten, und auf dem Nachttisch tickt der Wecker.
Lieber würde Ulla im Bett ihres Vaters liegen, in dessen Nachttischschublade man so manches findet: goldene Frackknöpfe mit Rubinen, einen Marienkäfer aus Holz, winzige Orden und Veilchenpastillen gegen Mundgeruch, von denen man übrigens welche nehmen kann, ohne daß das bemerkt wird. (Die Pistole liegt da nicht mehr, die liegt jetzt auf dem Wäscheschrank.)
Bei der Mutter findet sich ein rosa Heftchen mit Puder, ein grünes Riechfläschchen, die Bibel mit bunten Lesezeichen und eine kleine Biene aus Gips.
Auf dem Nachttisch des Vaters steht meist das Wasserglas vom Tag vorher, mit Blasen unten drin. Man müßte mal eine japanische Muschelblume hineinwerfen, wie die sich dann so entfaltet … Das würde hübsch aussehen.
Grethe legt dem kleinen Robert die kühle Hand auf die heiße Stirn

Alle, die mir sind verwandt,
Gott laß ruh'n in deiner Hand …

und blickt im Zimmer umher. Wenn die Kinder mal aus

dem Haus sind, eines Tages, wird man hier eine Nähstube einrichten können.

Karl sitzt im Wohnzimmer. Er hat die Lampe heruntergezogen und studiert mit seinen kurzsichtigen Augen die Rangliste des Preußischen Heeres. Der Major Krempowski, der darin verzeichnet ist, wird aufgesucht. Majore tragen geflochtene Achselstücke. Ob dieser Mann noch lebt?
Jetzt sollte Grethe eigentlich kommen, denkt er, sonst ist der ganze Abend im Eimer. Wo bleibt sie bloß so lange? Man wollte doch »Krieg und Frieden« vorlesen, das hatte man sich doch vorgenommen. Daß man endlich mal weiterkommt in dem dicken Buch und erfährt, »ob sie sich kriegen«? (Kratzen müßte Karl sich jetzt, unter dem Verband, aber das tut er nicht, man muß sich auch beherrschen können.) Krieg und Frieden: Wie konnte Napoleon auch nach Rußland gehen, das war ja unverantwortlich. Da mußte er sich dann nicht wundern, daß es zum Desaster kam.

Jetzt tönt plötzlich lautes Wimmern aus dem Kinderzimmer! Da hält es Karl nicht länger in seinem Sessel: Was geschieht hier mit seinem Sohn? Irgendwie wütend geht er ans Telefon: Jetzt wird sofort der Arzt angeweckt. Das hat seine Frau nun davon, klare Sache und damit hopp! Ganz egal, was der denkt! Dr. Kleesaat muß kommen, mitten in der Nacht, so wie man selbst kommen würde, wenn der einen brauchte.

Der Arzt bringt kalte Luft ins Haus – mit seinen kalten Händen schält er den Jungen aus dem Bett.
Nein, hier ist das Licht zu schlecht, in die Wohnstube trägt er das Kind, in die Wohnstube mit goldener Tapete, auf der die schwarzen Eulen zu sehen sind. Unter die grüne Lampe mit den Glasperlentroddeln, die man zu-

nächst nach oben schiebt und dann herunterzieht, wird der Junge gelegt.
Dr. Kleesaat sieht mit dem einen Auge hinter sich und nuschelt allerhand: Wenn er das Bein berührt, dann schreit das Kind prompt.
Ob das Kind hingefallen ist, will Kleesaat wissen, er tippt auf Beinbruch?
Nein, hingefallen ist es nicht, außerdem paßt zum Beinbruch das Fieber ja nicht.
Hm. Dann wird's wohl Rheuma sein. Oder vielleicht »K«? Kleesaat sieht die beiden jungen Leute an.
»Was: ›K‹?« fragen die.
»Nun, Kinderlähmung ...?« Ob sie meinen, daß das Kinderlähmung ist?
Woher sollen *sie* denn das wissen? – Man guckt sich eine Weile ratlos an, und das Kind wimmert leise vor sich hin.
Inzwischen ist auch Ulla wach geworden, hat sich aus dem Bett ihrer Mutter herausgearbeitet und steht in der Tür des dunklen Zimmers und sieht die drei Erwachsenen um den Tisch herumstehen, den grünen Lampenschirm darüber. Und dieses Bild ist es, das sie nie vergißt.
Gegenüber, in der Eßzimmertür, steht übrigens Lisa mit Mantel überm Nachthemd. Sie sucht den Blick des gnädigen Herrn.
»Die beste Krankheit taugt nichts!« schreit sie ihn an und fragt: »Nich, Herr Kempowski?«, während Dr. Kleesaat von Armeen spricht, die sich in den Adern des Kindes einen erbitterten Kampf liefern.

Am nächsten Morgen bringt Grethe den jammernden Jungen zu Professor Gülter in die Kinderklinik, dessen Kopf von Mensuren zerhackt ist. Gülter hält sich nicht lange auf mit: »Wie geht's?«, der sagt augenblicklich: »Das wird ja höchste Zeit.« Rheuma ist es nicht und »K« auch nicht. Es ist das Knochenmark, das sich entzündet hat. Osteomyelitis heißt die Sache, für die es nur ein einziges Mittel gibt: sofort alles aufmeißeln.

Manche Menschen bekommen einen Schnupfen, sagt der Professor noch, während er sich die Hände wäscht, bei anderen vereitert gleich das ganze Knochenmark.
Auf ein Fahrbett wird der Junge gelegt, und ein Ätherhütchen kriegt er auf die Nase, und schon verschwindet man mit ihm hinter einer weißen Tür, über der die rote Lampe aufleuchtet.
Wie gut, daß es den tüchtigen Professor Gülter gibt, einen Mann, auf den man sich verlassen kann. War er nicht auch an der Front? In Flandern? Wie? Im Tosen der Granaten? Auf die Frage, ob Robert wieder »wird«, hat er leider nicht geantwortet. Da hat er nur grob geguckt. So als ob man schuld ist an der Krankheit.

Die Steintor-Mädchenschule liegt am Steintor, wie der Name sagt. Ein Teil des ansonsten abgerissenen Johannisklosters gehört dazu, im Sommerrempter wird geturnt.
Es ist März, und auf dem alten Klosterhof streiten sich die Spatzen. Ulla sitzt bei Fräulein Schlünz in der 1 A.
Fräulein Schlünz ist eine junge sportliche Lehrerin, die gern in den Harz fährt und da herumklettert, im Winter sogar Ski läuft! Auf der Brust trägt sie eine silberne Brosche mit germanischen Lebensrunen, und im Nacken hat sie einen Knoten. Morgens geben ihr alle Kinder die Hand, und dann fragt sie jedes mit rollendem »r«, wie's ihm geht und ob es sich auch gründlich gewaschen hat, den Hals und da, wo's am nötigsten ist?
Dann fassen sie sich alle bei der Hand, auch der Schulrat tut da mit, der häufig zu Besuch kommt. Nicht zur Kontrolle dieses festen Menschenkindes dort vorn, sondern zum Mutmachen, Bestätigen. Ja, zum Selberlernen! Dieser Schulrat mit den grünen wollenen Strümpfen über den Breechesbeinen verschmäht es nicht, von der Jugend zu lernen, und ein Notizbuch hat er in der Tasche, in das er das Neue einträgt, das die Jugend jeder Generation

dem Alter zu bieten hat. Gesicherte Erfahrung des Alters und vorgreifende Intuition der Jugend sollen sich ergänzen.

Ein Lied wird gesungen und ein Gebet wird gesprochen.

Wie fröhlich bin ich aufgewacht,
wie hab' ich geschlafen sanft die Nacht...

Dann noch ein Lied, und dann will Fräulein Schlünz, jetzt im März, im »Lenzing« also, in dem es früher viel Brauchtum gab, mit Winteraustreiben, Märzfeuern und Heischgängen, im »Lenzmond«, wie der März auch heißt, das »au« einführen, es war eigentlich schon lange dran, aber Fräulein Schlünz ist Anhängerin der neuen Methode, die auch der freundliche Schulrat vertritt, der sich jetzt hinten auf seinen Stuhl gesetzt hat und die Beine übereinanderschlägt.
»Lassen Sie den Kindern ruhig Zeit!« hat er gesagt, und so was hört ein jeder Lehrer gern. Das Lerntempo muß sich den Kindern anpassen, nicht umgekehrt.
»Vom Kinde her« wird unterrichtet, gesund, frei, ja geradezu wohltuend, und zwar für alle Beteiligten.

Ulla trägt ein Bleylekleid, sie meldet sich schon die ganze Zeit – »Das ist die Tochter von dem Reeder!« –, und nun darf sie erzählen, daß ihr Bruder krank ist.
Das paßt ja ausgezeichnet. Das kann man ja für den Unterricht verwerten! Da sieht man's mal wieder! Die neue Methode funktioniert: Die Kinder kommen lassen, dann klappt alles.
Zähne machen »au« wird also gesagt, Bäuche machen »au«, und bei dem kleinen Robert macht das Bein eben »au«.
»Kinder, sagt mal alle ›au‹!«
»Und was macht noch alles ›au‹?«
Die heiße Herdplatte in der Küche und die Tür machen »au«.

Was der Schulrat damit meint, daß er dauernd auf seine Brust zeigt und die Augen verdreht, das kriegt niemand heraus. Die Seele meint er, die macht auch »au«, wenn man sie verletzt, und wie leicht geschieht das?

Dann wird das »au« gespielt, ein blondes Mädchen ist der Arzt; es heißt Leni Pagels, und Ulla ist der kleine Robert, das Bein tut so weh, das Bein! Ulla darf ihren Bruder spielen, das ist ganz natürlich, und sie atmet tief ein, als Leni Pagels als Arzt sich über sie beugt, denn ein frischer Geruch geht von dieser »Dirn« aus, wie Fräulein Schlünz es ausdrückt, mit rollendem »r«.

Eigentlich hatte Fräulein Schlünz das »au« mit dem Wort »Schaukel« einführen wollen. (Das steht auch in der Unterrichtsvorbereitung, die der Schulrat in der Hand hält.) Sie hatte sich ein Tafelbild ausgedacht, eine Schaukel, auf der ein Junge schaukelt, zu hoch schaukelt und natürlich hinunterfällt, in die Brennesseln hinein! »Au!«
Die Wörter »Traum«, »Baum« und »faul« waren locker eingewebt in die Geschichte, aber wenn einem so etwas geboten wird wie die Sache mit dem kranken Robert, dann läßt Fräulein Schlünz ihre Vorbereitung eben sausen und greift nach dem Leben (so hat sie es im Seminar gelernt). Und der Schulrat nickt, macht »Bravo!«, legt die nun also erledigte Unterrichtsvorbereitung zur Seite und wundert sich, wieviel gute junge Lehrer es gibt im deutschen Volk.

Leni Pagels ist also der Arzt, und Fräulein Schlünz packt Leni bei der Taille und schiebt sie mal hierhin und mal dorthin, und das tut sie gern, weil Leni eine fesche deutsche Dirn ist, an ein Kornfeld denkt man, wenn man sie sieht, an Korn und blauen Himmel.
»Und wer will jetzt einmal der kranke Robert sein?« spricht Fräulein Schlünz.

»Ich, ich, ich!« rufen die Kinder.

Nun mal wieder Ruhe einkehren lassen. Jedes Kind darf jetzt malen, wo es ihm schon einmal »au« gemacht hat, und dann wird »au« geschrieben, eine ganze Tafel voll, und dann »hau«, was auch »au« macht, wie die Kinder wissen, während der Schulrat mit Fräulein Schlünz ans Fenster tritt.
Das ist ja wieder etwas Wunderbares! sagt er zu der jungen Kollegin. Diese Elastizität, mit der die Freiheit gehandhabt wird, das Konzept hinwegfegen, wenn die Kinder mit etwas Eigenem kommen! Nicht »Schaukel« nehmen, dieses Wort, das möglicherweise etwas Wankelmütiges bedeuten könnte, ja Erotisches, und: wie kann man denn wissen, ob auch wirklich alle Kinder schon einmal geschaukelt haben, nein, einfach vom »au« als »au« ausgehen.
In dieser Stunde läßt es sich mit den Händen greifen, wie aus der tiefsten Tiefe der jungen Seele das Erlebnis geholt und den jungen Menschen als etwas Lernbares zurückerstattet wird.
Ob das Fräulein Schlünz vielleicht in seinen Pestalozzi-Kreis kommen will, einmal im Monat? fragt der Schulrat die junge Lehrerin. Im Pestalozzi-Kreis finden aufstrebende Kräfte zueinander, die deutsche Jugend von Grund auf zu erneuern. Nachdem Fräulein Schlünz, die »Käthe« mit Vornamen heißt, einmal die Augen hat aufleuchten lassen, setzt sich der Schulrat wieder.

Mucksmäuschenstill ist es nun in der Klasse, wohltuend für Kinder und Lehrerin: nur die Griffel quietschen.
Fräulein Schlünz sitzt oben, hinter dem Katheder, und kontrolliert die fleißigen Kinder, ob sie nicht »mit der Nase« schreiben, was den Rücken krumm macht. Für diesen Fall hat die junge Dame einen kleinen roten Ball, den sie mit äußerster Präzision auf die Bank des betref-

fenden Kindes zu werfen versteht. Ein Einfall, den sich der Schulrat notiert. Prachtvoll! Und nun bringt ihr der Übeltäter gar den Ball zurück, mit Knicks!
Auch das ist gut. Auch das wird notiert. Autorität und Frohsinn, Freiheit und Zucht, ja, so muß es sein.

Nun ist es wieder still, und der Schulrat kann seinen Bericht schreiben, genug Material hat er beisammen. Wenn er ihn jetzt hier schreibt, dann braucht er das heute nachmittag zu Hause nicht mehr zu tun. Positiv wird er ausfallen, soviel ist klar. Und »Schlünz« schreibt er ins Notizbuch, »Käthe«, und er versieht diesen Namen mit einem Ausrufezeichen.

Draußen auf dem Klosterhof liegt noch immer Schnee, aber die Sonne hat schon Kraft. »Lau«, dieses Wort fällt der jungen Lehrerin ein.

Die lauen Lüfte sind erwacht...

Ludwig Uhland also, aber das kann man nicht schreiben lassen, »lau«, das verstehen die Kinder nicht. Außerdem heißt es ja: »Die *linden* Lüfte sind erwacht.« Von daher geht das also auch nicht. Außerdem *sind* sie noch nicht erwacht, in diesem Jahr, es friert noch immer Stein und Bein. Zwei Meter dick ist das Eis auf der Warnow, das hat man festgestellt.

Grethe geht jeden Tag zweimal zu ihrem kranken Sohn in die Klinik, morgens zum Verbinden, nachmittags zum Zeitvertreib.
Mit schwerem Leib geht Grethe die Alexandrinenstraße entlang, wo Mutting Schulz, die Kaufmannsfrau, aus dem Schaufenster guckt, an Türmen von Kathreiners Malzkaffee vorbei, durch die Schleife von EDEKA hindurch.
Vorsichtig muß Grethe gehen auf dem glattgetretenen Schnee, vorsichtig, vorsichtig, sonst gibt es womöglich eine Fehlgeburt!

Da drüben kommt Frau Geheimrat Öhlschläger angestöckert, nein, die läßt es sich nicht nehmen, sie kommt herüber von der anderen Straßenseite. Auch sie hat von dem russischen Eisbrecher gehört, der in Warnemünde die Fahrrinne freibrechen soll, dem größten Eisbrecher der Welt, was Grethe ihr grade erzählen will.
Daß unverantwortliche Menschen am Kai gestanden haben und die »Internationale« sangen, das allerdings weiß sie noch nicht. Das ist ja ziemlich empörend, das muß man schon sagen. Empörend und ungehörig, ja, irgendwie stillos.
»Kennt man die Leute?«
Dann geht sie mit Grethe die ganze Familie durch: das große Urselchen, Karl mit seiner Haut und Roberting, der süße kleine Butjer.
»Och-hotting-nee« wird gesagt, und: »Was ein Glück!«, daß man den tüchtigen Professor Gülter hat, diesen fabel-haften Mann!
Schließlich erkundigt sich Frau Öhlschläger nach dem Zustand, in dem sich Grethe befindet, und sie tut es mit dem Wissen einer Frau, die selbst vier Kindern das Leben geschenkt hat: Immer schön die Füße hochlegen, damit es keine Krampfadern gibt. Und nach der Geburt einen Sandsack auf den Bauch gegen die Falten, die sich sonst bilden.

Bei dieser Gelegenheit erfährt Grethe, daß August Menz sich an der Recknitz ein Gut gekauft hat, 3500 Morgen. Zu Hause wird Grethe sich den Heimatatlas vornehmen und die Recknitz suchen, ob es da schön ist.

Auf der Reiferbahn fahren die Kinder dieser Gegend noch immer Schlitten. Grethe tritt das Wasser in die Augen. Wie gern würde sie ihren Jungen dabei sehen.
3500 Morgen? Wieviel das wohl ist? Zwanzigmal die Reiferbahn? Oder dreißigmal?

Na, wie dem auch sei: Auf Zimmer 17 wartet der kleine Junge schon. Er nimmt die Ausschneidebögen in Empfang, die ihm seine Mutter in der ganzen Stadt zusammenkauft – vornehmlich »wilde Tiere« –, und er umhalst seine schöne Mutter, die ihn vorsichtig aufnimmt.
Grethe wiegt ihn ein bißchen auf dem Arm, wie das ihr Vater immer tat, mit ihr als Kind, und sie haucht ihm ein Loch in das Eis des Fensters, März ist es, und es ist noch immer so kalt!

Dann trinkt die Mutter eine Tasse Kaffee, die ihr die Oberschwester persönlich bringt, und schlägt das Märchenbuch auf: »Von dem Fischer un syner Fru«, diese Geschichte ist heute dran, und Grethe liest sie ihrem Sohn ohne zu zögern vor, und zwar auf Platt, obwohl sie Platt eigentlich gar nicht spricht.
»Na, watt will se denn?«
»Se will Kaiser warden.«
Das hätte *er* nun *nicht* gemacht, denkt Robert, sich immer wieder was Neues wünschen. Er hätte bei dem schönen Haus Schluß gemacht. Oder beim König. Das reicht ja völlig aus, König. Was will man mehr?
»Pißpott«, das ist ein lustiges Wort, die Mutter liest es ohne Zaudern vor, obwohl dieses Wort bei den Kempowskis nicht verwendet wird. »Pi-Pott«, sagt man, und das Tätigkeitswort dazu heißt »klötern«; das macht man mit dem »Tüdelüt«.

Der Junge kriegt viel Besuch, und jeder bringt was mit, das stapelt sich auf seinem Nachtschrank und in allen Schubladen. Rotbäckchensaft, Lakritze in jeder Form. Schalen voll Obst; Liebesperlen und vor allem Schokoladenzigarren, von denen Robert dem ernsten Professor Gülter bei jeder Visite eine anbietet. Der Assistenzarzt kriegt nur Schokoladenzigaretten, in einem Blechetui stecken sie; und sie sind etwas aufgelöst, weil sie lange unter der Bettdecke aufbewahrt wurden.

Einmal ist der Professor an der Tür stehengeblieben, er hat gesagt, daß er sich gar nicht in dies Zimmer traut: All die vielen Löwen, Tiger und Leoparden, die Robert ausgeschnitten und auf dem Nachtschrank aufgestellt hat. Da kriegt man ja Angst! Und die Schwestern haben sehr gelacht.
Weil Robert so tapfer ist beim Verbinden und so entzükkend aussieht mit seinem goldblonden Haar, ist er der Liebling aller.
Was er mal werden will, wird er gefragt. Lokomotivführer will er werden, das ist klar. Und: »Oh, mein Taubenschlag ist ja offen«, sagt er, was für immer in die Familienmythen eingeht.

Ullas junge Lehrerin kommt schließlich auch mal zu Besuch. Mit Korkenzieherlocken, Runenbrosche und rollendem »r«. Ulla erzählt ihr ja fast täglich von dem Bruder, wie's dem geht, und wenn man schon »vom Kinde her« unterrichtet, dann muß man auch mal zum Kinde hingehen.
Ulla läuft im Krankenzimmer umher und erklärt ihrer Lehrerin die Fieberkurve und den besonderen Pi-Pott, den man im Liegen benutzen kann. Sehr praktisch ist das! Auch hebt sie dem Bruder die Bettdecke hoch, um das eingewickelte Bein freizulegen, was dieser gar nicht gerne hat.

Das sportliche Fräulein Schlünz hat inzwischen einen roten Luftballon aufgeblasen, sie stellt sich an das Fußende des Bettes und schnippst ihn mit einem Finger dem Jungen zu, der ihn zurückschnippst.
Ulla aber ist stolz auf ihre Lehrerin: Silberreifen hat Fräulein Schlünz um das Handgelenk und Ohrringe, die dazu passen!

Nun packt Fräulein Schlünz ein Trachtenjäckchen aus, das hat sie selbst gestrickt, und zwar im Pestalozzi-Kreis – die Ärmel sind ein bißchen kurz –, von der Art, wie die Tiroler sie tragen, ist es, diese armen Menschen, die nun nicht mehr zum deutschen Vaterland gehören. Ob er sich vorstellen kann, wie schlimm das ist, draußen unter den fremden kalten Ausländern leben zu müssen? Oh, wie manches Mal stehen diese Menschen an der Grenze und grüßen herüber zu ihren Brüdern und Schwestern, von denen sie getrennt sind!
Hier kann der kleine Robert auch gleich ein Lied lernen:

Die Tiroler sind lustig
die Tiroler sind froh ...

das ist nicht schwer. Die Melodie kennt er schon, es ist dieselbe wie: »Kommt ein Vogel geflogen«, und tanzen kann man dazu.

Einmal hin,
einmal her,
rundherum –
das ist nicht schwer.

Fräulein Schlünz stemmt die Arme in die Hüften und beginnt sich zu drehen und mit den Füßen zu stampfen. Schnell kommt die Oberschwester und schafft Abhilfe.

Jeden Tag bekommt Robert Besuch, Frau Studienrat Spät kommt und bringt einen Blech-Apparat mit, wenn man ihn drückt, dreht sich eine farbige Schnecke, und unten kommen Funken heraus.
Silbi kommt eines Tages mit Bruno und Rieke. Die beiden Kinder sehen sich Roberts Ausschneideerzeugnisse an, und Silbi setzt ihm auseinander, wie vernünftig es ist, daß sie das Töchterheim aufgibt. Alle Argumente *gegen* das von ihr gegründete Heim zählt sie auf, so wie sie früher die Argumente *dafür* aufgezählt hat. Und Robert hört sich das nachdenklich an, sitzt da in seiner Seppeljacke und hat die Arme verschränkt.

Getröstet geht seine Tante von dannen, und erleichtert sinkt Robert in die Kissen zurück.

Auch Dorothea, die jetzt Dorothea Franz heißt und einen Hut trägt, läßt es sich nicht nehmen, ihren Röbbing zu besuchen. Sie weiß noch, wie es war, als sie bei den Kempowskis ihre Stellung antrat, in der Borwinstraße, ihre erste und letzte Stelle, und wie die Kinder zuerst nicht und dann doch kamen. Röbbing! Vom ersten Tage an hat sie dieses freundliche Kind so liebgehabt, und nun liegt es da. Einen fetten Topfkuchen hat sie gebacken. Diesen Kuchen ißt Robert nach und nach ganz auf! Und er aß doch sonst fast nichts!

Die christlichen Kinderschriften, die Dorothea von ihrer Sekte mitgebracht hat, läßt Robert freilich unbeachtet. Die Bilder darin sind ihm zu fade. Da ist das Buch vom Prinzen Tulipan schon interessanter, ein Faltbuch zum Auseinanderklappen – die Mutter hat's bei Leopold besorgt –, in dem ein blonder Tulpenprinz mit einem schwarzhaarigen Kaktusmann um eine Rosenprinzessin kämpft. Der Tulpenprinz reitet auf einer Heuschrecke. Der Kaktusmann, der eine krumme Nase hat, reitet leider nur auf einer Raupe, was Robert irgendwie leid tut. Er gönnt diesem dicken, gemütlichen Mann, der ein rundes Kaktushaus besitzt (mit Tür und Schornstein), die Rosenprinzessin weit eher als dem forschen Prinzen, zumal neben dem Kaktushaus Geldsäcke stehen. Und des Prinzen Hose ist geflickt!

Wenn der Besuch gegangen ist, langt sich Robert seine Kinderschere und schneidet die Ausschneidebögen aus. Eine Straße macht ihm zeitweilig Vergnügen, mit Radfahrern und Autos, deren Fahrer eine Brille aufhaben und eine Lederkappe. Hühner hat der Zeichner dieses Bilderbogens auch gemalt, die retten sich mit letztem Flattern vor dem Auto.

Ärgerlich ist es, daß die Kinderschere aus Sicherheitsgründen vorne abgerundet ist: damit kann man die Straßenbäume nicht richtig ausschneiden. Ärgerlich ist auch, daß sie ein wenig stumpf ist, die Schraube im Gelenk ist nicht fest genug angezogen: da glippt die Vorlage immer so um … und dann dies Husten nebenan. Wie kann man bloß den ganzen Tag husten?

Zu Hause sitzt Karl und macht Schularbeiten mit seiner Tochter: »Frau« soll sie schreiben und »Tau«.
»Sau« nicht. Sau, das ist ein unanständiges Wort, das will Fräulein Schlünz nicht hören. So ein Wort nimmt man nicht in den Mund. Von anderen Wörtern ganz zu schweigen.
Karl sitzt auf dem Sofa, dort, wo sonst die Mutter sitzt; den Kopfverband braucht er nicht mehr umzutun, vielleicht ist es die laue Frühlingsluft, die seine Haut heilt und die Produktion von Furunkeln und anderem bremst.

Frühling läßt sein blaues Band
wieder flattern durch die Lüfte!

Vielleicht ist es aber auch die Zufriedenheit, die ihn ganz erfüllt. Der Sohn auf dem Wege der Besserung – das hätte auch schiefgehen können! –, er selbst ebenfalls und draußen das »Konkert« der Vögel.
Gut auch, daß Lisa heute bei der Heißmangel ist, da braucht man nicht zu befürchten, daß sie plötzlich in die Stube tritt und fragt, ob einem der Kaffee schmeckt. Womöglich noch den Deckel der Kanne hebt und mit dem Finger droht, daß man nicht so viel Kaffee trinken soll, das sei nicht gut!

Ursel schreibt die Reihen auf der Schiefertafel voll, den Zippel vom Reißverschluß ihres Bleylekleides hat sie zwischen den Lippen. Schön schreibt das Kind und ganz ohne Antreiben: Dieses Kind wird seinen Weg machen, so

scheint es Karl, und er läßt die Zeitung sinken, in deren Wirtschaftsteil leider tückisch-schlechte Nachrichten stehen, aus Amerika, daß dort die Banken krachen.
Sein Auge ruht wohlgefällig auf dem Scheitel dieses Menschenkindes, das sein eigen ist. Sein eigen Fleisch und Blut. Kinderärztin kann sie werden, eines Tages, oder Apothekerin.
Schwarzes Haar? Merkwürdig. Wo sich das bloß hergemendelt hat ...
Er zieht den Taschenspiegel aus der Tasche und sieht seinen Schnurrbart an, der ziemlich kümmerlich ist. Er wird ihn abrasieren, bei nächster Gelegenheit: Zum Haarschneider wird er auch bald wieder gehen müssen, obwohl da nicht mehr viel zum Schneiden ist.

Ursula: das »Bärlein«. Sonst doch immer so störrisch und sonderbar, und nun auf einmal so liebevoll und freundlich! Nach dem Schularbeitenmachen setzt sie sich neben ihren Vater auf das Sofa. Er trinkt seinen Kaffee, ißt Mürbeplätzchen dazu und sieht mit ihr in die Zeitung.
Walter Hurlemann heißt der Weltmeister im Murmelspielen, und hier, dieser Mann, der da in einem Glaskasten sitzt und angeglotzt wird, ist ein Hungerkünstler; der wohnt schon seit vier Jahren in einem Glaskasten und ißt nicht das geringste.
Schnell noch ein Mürbeplätzchen nehmen, und den Rest Kaffee trinken. Und dann darf Ulla die beiden Geldschrankschlüssel sehen, den kleinen mit den zwei Bärten und den großen, auf dem man so gut pfeifen kann.

Schließlich gibt Karl seiner Tochter einen Groschen, für den Storch. Sie legt ihn draußen auf das Fensterbrett, der Storch muß ja schließlich auch mal was haben. Bald wird er ein neues Baby bringen, einstweilen wächst es im Bauch der Mutter heran.
Karl zeigt seiner Tochter den Granatzünder im Bücher-

schrank, und dann darf Ulla den Zuckerfisch aus seiner Kaffeetasse löffeln, diesen kleinen Zuckerrest, der so aromatisch nach Kaffee schmeckt.

Ich und du,
Müllers Kuh,
Müllers Esel,
das bist du!

Dieser Vers wird deklamiert, und Ulla versucht, ihren Vater zu besteigen, wie man einen Berg besteigt. Leider rakt sie ihm die Brille herunter, was dem Spiel ein sofortiges Ende setzt.

Wenn Grethe nach Hause kommt, darf Ulla an ihrem Bauch horchen. Sie wird als Muttis große Tochter bezeichnet, was es unnötig macht, daß sie sich danach erkundigt, ob sie auch Muttis »Liebe« ist.
Abends bleibt die Tür des Kinderzimmers angelehnt, die Tür zum Wohnzimmer auch, was sonst doch immer strikt verweigert wurde. Ulla liegt mit ihrem Kopf zwischen den beiden Kissenzipfeln, die piel nach oben stehen. Der Vater liest dort drüben »Krieg und Frieden« vor, was man zwar hören, aber nicht verstehen kann.
»Soll ich weiterlesen?«
Daß sie später auch solche Bücher vorlesen will, denkt Ulla, wenn sie groß ist und selbst eine Frau oder einen Mann hat. Und Kinder.
Nun träumt sie bereits – wacht sie noch, oder schläft sie schon? Sie träumt, daß sie reitet, und das Pferd ist ihr großer Vater, mit starken Muskeln trabt er dahin. Ulla reitet immer heftiger, ja, sie jackelt, wie man das beim Reiten eben macht!
Was hat das Kind bloß? denkt Grethe und geht hinüber und beruhigt das Kind. Jackelt hier so hin und her?
Karl grabbelt die Seiten um, er fragt, ob er *noch* ein Kapitel lesen soll? Damit man endlich erfährt, ob sie sich »kriegen«?

Nein, heute nicht, sagt Grethe. Sie muß noch nach Wandsbek schreiben. Sie kommt ja zu nichts.
So holt Karl sich denn seine Briefmarken – »Paul von Hindenburg, 20 Pfg., dunkelblaugrün« –, und Grethe setzt sich drüben an ihren Sekretär, neben sich den Propellerabschnitt, den man zu einem Aschenbecher ausgehöhlt hat. Sie schreibt ihrer Mutter, daß sie noch nie so sehr den Frühling herbeigesehnt hat, oh, wie hat sie den Winter satt!
Ihrem Jungen geht es nun schon besser, wahnsinnig tapfer ist er, nur beim Verbinden weint er noch.
Bald kommt er wieder nach Hause, dann kann man ein wenig aufatmen ... Man glaubt ja gar nicht, was Kinder für Sorgen machen. Jetzt versteht sie ihre Eltern besser, oh ja. Damals, als sie Onkel Bertram nicht »Gesegnete Mahlzeit« sagen wollte, das versteht sie jetzt, daß ihre Mutter an ihr eine Rute zum Strunk geschlagen hat.

An ihre Freundin Thea schreibt sie auch. August Menz, ob sie sich noch an den erinnert? Wie der sie damals in seinem offnen Opel abgeholt hat, grün mit roten Sitzen, den Schal um den Hals? Von der Warteschule? »Oh, der Soldat holt sein Mädchen ... «?
August Menz, der tapfere Flieger, der hat an der Recknitz ein Gut gekauft, da residiert er nun. Verheiratet scheint er auch zu sein. Ob er Kinder hat, das hat sich noch nicht herausbringen lassen.
Karl geht's übrigens viel besser, der hat sich ja immer derartig gekratzt, das hat man durch die ganze Wohnung gehört.

Ja, die Haut hat sich gebessert, die jungen Kempowskis können mal wieder unter die Leute gehen: Gelegenheit dazu gibt es übergenug. Dahlbusch weiht sein neues Auto ein mit einer Landpartie, ein offner Wagen ist es, der aber erfreulicherweise auch ein Verdeck hat, was sehr nötig ist, wie man nach wenigen Kilometern feststellt, und man fährt nach Warnemünde, wo man im Café Bechlin ziemlich versackt.

Ein Höhepunkt ist die Silberhochzeit von Konsul Böttcher, zu der einhundertfünfundsechzig Personen geladen sind – alle Herren im Frack, und jeder kriegt was Silbernes geschenkt!
Konsul Böttcher – »Ein HABEN ist besser als zehn HÄTT' ICH« – groß, weißhaarig, steht massig auf der Diele seiner Villa, eine Villa mit Turm und mit lachenden und weinenden Masken am Giebel. Seine kleingewachsene Frau hat er neben sich, die stammt aus Schwerin. Mit der rechten Hand nimmt er die Geschenke ab, und mit der linken gibt er ihnen was Silbernes: Drehbleistifte, Zigarettenspitzen und Fingerhüte. Für die Feier dieses Tages ist ihm nichts zu schade.
Seine Frau hat auch Silberhochzeit, ein Abendkleid aus Silberlamé trägt sie, aber den Mund macht sie nicht auf, weil sie so furchtbar mecklenburgisch spricht, und zwar mit Schweriner Akzent, der in Rostock nicht beliebt ist. In Schwerin sitzen all die Beamten, die einem das Leben sauer machen. »Helga!« hat sie mal aus dem Fenster gerufen, das wird immer noch erzählt. »Helga, komm reien! Füßings wasch' ... «

Alle Gäste wissen, daß Konsul Böttchers Vater Schuster war und daß seine Frau aus Schwerin stammt, aber jetzt hat er eine Villa mit Turm, einen weißen Flügel, und jeder Gast bekommt was Silbernes, denn er hat Silberhochzeit. Ein großer Tag ist dieser Tag für den großzügigen Konsul Böttcher. Alle Freunde und Verwandten sind gekommen, um dieses Fest mitzufeiern: Konsul Discher mit seiner dicken Brille, wenn der einen anguckt, dann hat er plötzlich Riesenkuhaugen, der alte Menz mit seinem Zähnewetzen, Lacke und Farben en gros, Grundgeyer von

Grundgeyer & Schrey, der König der Reeder, der so phantastisch spekulieren kann: immer dann stößt er Papiere ab, wenn's auf der Spitze ist. Seine sämtlichen Schiffe hat er dem Konsul Böttcher verkauft, auf einen Schlag – jawohl! das weiß hier noch keiner: Er hat also nichts mehr (außer Geld), und Böttcher hat alles (auch: außer Geld).

Karl schiebt seinen Vater im Rollstuhl in die Villa mit dem Turm hinein. Gleich sind sie umringt von großen weißhaarigen Männern, die auch alle Böttcher heißen, von Brüdern des Konsuls, Menschen, die besser Schuster geworden wären. Sie lieben den alten Herrn Kempowski, weil er so derbe Späße macht und es sie nicht fühlen läßt, daß sie es zu nichts gebracht haben.
»Müding« heißt der eine, also Helmut, der ist Bote bei seinem Bruder. »Schorsch« heißt der andere, bei dessen Geburt erwogen wurde, ob man ihn nicht gleich wieder »über Bord« schmeißen sollte. Dann ist da noch »Fritzing«, der wenigstens gut schreiben kann, wie ein Mönch, herrliche Initialen, nadelfein! Seit der Einführung der Schreibmaschine sitzt er allerdings auch ziemlich herum.
Müding, Schorsch und Fritzing fragen den alten Herrn Kempowski, was seine Frau macht, wie's der geht? – »Da müssen Sie *die* fragen ... « –, und dann nehmen sie ihn in die Mitte – »So jung kommen wir nie wieder zusammen!« – und fahren ihn zielbewußt in hintere Regionen, am weißen Flügel vorbei, wo die Tochter der Böttchers, Helga, sich mit einem Walzer von Chopin abmüht, was zum Höhepunkt des Tages gehört. Sechs Jahre Klavierstunde, ist das nichts? Leider hört niemand zu.
In den hinteren Regionen steht ein Tisch mit Flaschen und Gläsern, dorthin zieht es den alten Herrn Kempowski.
Karl besieht sich das Schiffsmodell, das in der Diele steht, zwölf Kanonen auf jeder Seite, und Grethe setzt sich zu

dem alten Ahlers, der schwermütig wird bei all dem Betrieb. Er zeigt Grethe das Geld, das er für seine Beerdigung gespart hat, es steckt in einer Seitentasche des »Port-Juchhes«, und er fragt Grethe, ob sie zu seiner Beerdigung kommt, wenn er einmal tot ist? Dann kommt wenigstens einer.

Grethe ist nicht so recht bei der Sache, denn im Wintergarten zwischen Oleander und Gummibäumen steht ein Mann, der eine überlange Zigarette raucht. Grethe sieht zuerst den Qualm aufsteigen, und dann sieht sie den Raucher von hinten, und sie erkennt ihn sofort. Ja, das ist August Menz, der mit ihr mal Tango getanzt hat, vor vielen Jahren. Einen Tango, den sonst noch niemand konnte. Ein Gut hat er jetzt von 3500 Morgen, an der Recknitz, wo es Hügel gibt, von denen aus man weit ins Land schauen kann.

Beim kalten Büfett kommt es zu einer kurzen Begegnung. Mit seinen kräftigen braunen Händen legt er sich Lachs auf und sagt: »Weißt du noch, Grethe?« und sieht an ihrem runden Leib herunter.

Ja, sie weiß es noch, sagt sie und legt sich auch Lachs auf, an dem bei Böttchers kein Mangel herrscht. Dann erfährt sie, daß er seine Frau deshalb nicht dabei hat, weil sie auch schwanger ist.

Nein, das gibt ihr keinen Stich, sonderbarerweise, das läßt sie kalt. Wie jene Frau heißt, möchte sie gern wissen, aber sie fragt nicht danach. Kühl sieht sie ihn an: seine Falten, und das Bärtchen, jetzt von einer kleinen Narbe geteilt. »Ich bin hier, und du bist da.« Aber eigentlich müßte sie auch da sein. Zwei Äste an einem Baum.

Und da ist er ja auch schon, der liebe Karl. Das Schiffsmodell hat er sich lange genug beguckt, mit den vielen Kanonen links und rechts, und nun schlägt er seinem Schulfreund August auf die Schulter und nennt ihn einen alten Schweden. Er hat schon die ganze Zeit nach Grethe gesucht, sagt er, er will sie nämlich zum Tanzen holen. Langsamen Walzer kann er einigermaßen, mit Zwischenschritt und Linksdrehung. *Drei* Orden hat er an seinem Frack, und August Menz hat nur *zwei*.

Karl und Grethe gehen nun häufiger ins Kino, der Film »Metropolis« macht ihnen Eindruck. Diese stumpfen Arbeitermassen, die da unter der Erde in die Fabrik trotten. Kein Dante hätte das Inferno der Maschinenfron mit derart untergründiger Phantastik schildern können. Unter der Erde die sich empörenden Arbeitermassen und oben, am Licht, die Sonnenkinder, Söhne und vor allem Töchter der Unternehmer – dies Schauen sei schon fast nicht mehr von unserer Welt, meint Karl.
Oder »Brennende Grenze«, ein Film aus der Zeit der tiefsten Erniedrigung, in der wilde Horden über die Grenze kamen und deutsche Höfe überfielen. In der Halle des Gutshofes ziehen Freischärler sich mit beiden Fäusten Hühnerkeulen durch die Zähne, und die Freitreppe herunter kommt unterdessen mit stillem, stolzem Dulderantlitz die Gutsherrin geschritten.

Der Film »Panzerkreuzer Potemkin« ist an sich abzulehnen. Soviel weiß man ja nun doch, daß so mancher Sowjetschwindel dabei Pate gestanden hat. Auf der berühmten Freitreppe war nicht besseres Publikum zusammengeschossen worden, sondern revolutionäres Plündergesindel, und zwar von den Ordnungstruppen. Aber, das Daherrauschen der schwimmenden Stahlburgen ist nie zuvor so majestätisch dargestellt worden wie in diesem Film, darüber ist man sich einig. Künstlerisch ist dieser Film eine Großtat. Und man fragt sich, ob es denn nun wirklich nötig war, den Matrosen madiges Fleisch vorzusetzen.
Im Theater erlebt man eine herbe Enttäuschung. »Die Weber« von Gerhart Hauptmann. Auf Schlesisch! Da

versteht man ja kein Wort! Hauptmann, dieser Gewerkschaftsgoethe ...

Man trifft sich immer häufiger bei Jägers, mit Kröhls und Thießenhusen, dem Juristen, der ein ganz vernünftiger Mensch ist, wie sich inzwischen herausgestellt hat, und mit den anderen Gästen, die mehr sporadisch kommen, Inge von Dallwitz, erfreulicherweise, und der prachtvolle Dahlbusch mit seiner etwas tranigen Frau, was nicht zu ändern ist.
Das Stierchen erscheint nicht mehr in diesem Kreis. Man hat es ihr zu verstehen gegeben, daß sie stört. Immer diese konträren Meinungen – einig will man sich wissen, in dieser Zeit der widerstreitenden Strömungen.

Bei Jägers zu sitzen, das ist wahrlich ein anderer Schnack als immer dieses Fressen und Saufen bei all den Reedern. Immer kann man zu Jägers kommen, immer wird man herzlich empfangen. Angeraten ist es allerdings, rechtzeitig dort einzutreffen, damit man nicht auf der harten Eckbank sitzen muß, und leider ist es immer etwas kühl dort, was damit begründet wird, daß der Hausherr herzkrank ist.

Thießenhusen mit seinen Schmissen am Kopf sieht fabelhaft aus, und er kann gut zuhören. Und Kröhl, der Finanzbeamte, hochgradig verheiratet mit einer kleinen pummeligen Frau, die er neuerdings sein »Mittelgebirge« nennt, der ist sehr originell! Eine fabelhafte Haartolle hat er, die setzt sich in klein und kleiner werdenden Wellen bis in den Nacken hinein fort.
»Das ist natürlich wieder alles falsch«, hat er mal zu Karls Steuererklärung gesagt. – »Einstweilen besten Dank«, auch dieser Schnack stammt von ihm: »Ich werd's Ihnen lohnen im späteren Leben, *einstweilen* besten Dank.«

Dr. Jäger ist ein gewandter Klavierspieler, das sollte man gar nicht vermuten! Als Studienrat? Latein und Griechisch? Vor Konzerten erklärt er seinen Gästen, wie die Symphonien aufzufassen sind, die man demnächst hören wird, im Rostocker Stadttheater, und was man sich dabei zu denken hat.

»Durch Nacht zum Licht«, diese Geschichte also.

»Per Asperin ad Astrachan«, wie Kröhl natürlich sagt.

Dr. Jäger legt seine Zigarre auf den Aschenbecher im Diskant, deutet Motive, Themen und deren Durchführung an und erläutert die Schwere, die der Komponist empfunden haben mag, in seinem Leben. Oder er demonstriert die Heiterkeit, die manchmal dessen Wesen eignete.

Der Dorfreigen, der sich im dritten Satz entwickelt, ist ein Beispiel für diese tiefe, abgründige Heiterkeit. Ländliches Volk dreht sich im Kreis, die Dorflinde rauscht und webt, anmutige Dirnen und trutzige Knechte... Aber nun? Horch! Vom fernen Waldrand ertönen Hörner! Ein Jagdzug nähert sich. Die Landleute halten inne und staunen über den prächtigen Zug der grünberockten Jäger. Manch hohe Frau ist darunter, das Gewand weit hinter sich aufs tänzelnde Pferd gebreitet. Lauter und lauter werden die Hörner, jetzt reitet die Kavalkade vorüber und entfernt sich, weshalb die Hörner – Decrescendo! – immer leis' und leiser werden. Und dann zeigt auch schon die Klarinette durch einen Juchzer an, daß man sich der Freude am erdhaften Sein wieder voll verschreiben kann. Sonderbar ist es und köstlich, daß der geniale Komponist in den wiederauflebenden Dorfreigen das Thema der Jagdhörner verwoben hat: Es ist etwas Fremdes hineingeraten in den Dorfreigen, ein Etwas, das den Reigen in Frage stellt.

Nun nimmt Dr. Jäger seine noch intakte Zigarre wieder auf und guckt seine Gäste an, was sie wohl dazu sagen.

Noch einmal dreht er ihnen den Rücken zu und stößt

seinen knochigen Zeigefinger in die Tasten: Ob sie dieses Etwas hören? fragt er sie.

Intelligent ist diese Musik – und seine Erklärungen sind es nicht minder.

Auch die anderen Herren versuchen sich im Gespräch, diese Musik »übertürme« sich so, sagt Kröhl, und daß er gar nicht versteht, wieso ein einzelner Mensch so schöne Musik schreiben kann.

»Ja«, sagt Dahlbusch, »und so 'ne Masse!«

Grethe genießt diese Abende, weil sie bei der Musik in aller Ruhe an das heranwachsende Leben denken kann, das in ihrem Leibe strampelt.

Ich jage nach dem vorgesteckten Ziel...

Musik zu hören in der Zeit ihrer Schwangerschaft, wie es die »Frau als Hausärztin« rät, dazu hat sie diesmal wenig Zeit. Dr. Jägers Darbietungen kommen ihr da wie gerufen!

Das Landleben! O ja, schön... In der Veranda sitzen und mit den Mägden zusammen Erbsen auspahlen. *Sie* wär sich nicht zu fein gewesen, wie man hört, daß es die jetzige Frau Menz leider sei. In der Veranda des Gutshauses sitzen und auf die Recknitz hinunterblicken, den schwarzen, murmelnden Fluß? Dassenow, so heißt das Gut, und bald wird man es sich wohl mal ansehen müssen.

Erbsen hätte sie ausgepahlt, und die Gespräche der Mägde hätte sie, ohne daß die es groß merkten, zum Guten, Feineren gewendet, und in die Katen wär sie gegangen und hätte nach dem Rechten gesehen, hier eine Hose geschenkt, dort Rat erteilt, einer kranken Frau oder einem Greis. Und nach dem Hausherrn hätte sie ausgeschaut, wie der auf seinem schlanken Pferd geritten kommt.

Aufmerksam lauscht Grethe den Ausführungen von Thießenhusen, der, angeregt durch Dr. Jägers Vortrag,

über frühe Jagdgesetzgebung spricht. Ungeheuerlich, wie sich der Landadel damals aufgeführt hat. Strikt ist Thießenhusen gegen die Sozis, die das Unterste zuoberst kehren wollen, aber die Jagdgesetze, alles, was recht ist... Wildern wurde früher mit dem Tode bestraft! Und wie! Erst gefoltert und dann hingerichtet, das muß man sich mal vorstellen.
Bei der Flußfischerei ist dieser Unfug ja noch deutlicher. Wie kann man denn die Fischereirechte an einem Fluß erwerben! »Angeln verboten!« Die Forellen kommen doch von wer weiß woher! Gottes freie Natur?! Mit Teichen ist das was anderes, da setzt man was rein, was man nicht will, daß es ein anderer wieder herausholt, Karpfen z.B., die man jeden Tag füttern muß, genauso wie die Schweine im Stall.
Nein, die Feudalherren sind selbst schuld, daß sie vom Volke weggejagt wurden. Die hatten den Bogen überspannt.
Inge von Dallwitz möchte gern wissen, *wie* denn die Wilderer gefoltert wurden. Ganz doll geprügelt? Sie wird im Meyer nachschlagen, unter F, da steht so was drin.

Nun kommt man auf Erbkrankheiten zu sprechen, auf Bluter und Geisteskranke. Ludwig II. von Bayern, der sich das Frühstück hinter einem aufgespannten Regenschirm servieren ließ, was Karl weiß, aber wegen der Beredsamkeit der anderen Herrschaften um ein Haar nicht losgeworden wäre.
Auch Geschlechtskrankheiten werden erwähnt, unter denen vornehmlich der Adel litt, wobei Herr Dr. Jäger sich einmischt und aufzählt, welche großen Künstler daran gestorben sind: bei lebendigem Leibe verfault. E.T.A. Hoffmann, Gespenster-Hoffmann also, dessen krankhafte Phantasien seine Gäste erschauern ließen. Ein kleines Männchen mit glühenden Augen und zuckenden Gesichtsmuskeln! Und Oscar Wilde, dieser süßliche Wüstling...

An den Malern läßt sich die Paralyse auch leicht nachweisen. Manet zum Beispiel, dessen anstößige Bilder vom Salon ausgeschlossen wurden, oder dieser – wie heißt er noch? – Gauguin, ohne dessen Krankheit seine »Kunst« wohl gar nicht zu erklären ist. Giftblüten, die schon längst als solche erkannt sind.
Mit Beethovens Mitgliedschaft im Bannkreis dieser Krankheit wird man sich abfinden müssen, das ist nicht zu ändern. Dieses heilig-glühende Musiker-Herz ist wohl das edelste Opfer der tückischen Seuche. Was sind die Pfeile, die das Fleisch der Heiligen zerreißen, gegen die Qualen, die die Seele dieses Heros bei jedem Atemzug zerstückten? War dieser Mensch nicht wahrlich ans Kreuz geschlagen?
Goethe ja nicht, das war ein Geistesheros, nach dem die Paralyse nicht gegriffen, obwohl die dauernden Totgeburten in seinem Umkreis auch auf schlechte Erbkraft schließen lassen. Aber ein Mann, der noch mit 82 Jahren große Teile von Faust II geschrieben hat, und dessen wundervollen Körper auf dem Totenbett Eckermann rühmte, kann nicht verseucht gewesen sein.

Und nicht nur Künstler hat es erwischt! Lenin, dieser irgendwie geniale Mensch, *auch* Syphilitiker. Die Gehirnwindungen stark eingefallen und orangegelb verfärbt. Vielleicht ist der blutige Terror der Bolschewisten darauf zurückzuführen, daß auch Lenin krank war?
Und Mussolini.
Aber, wie bei Lenin die Krankheit überwiegend Positives hervorgebracht zu haben scheint, so bei Mussolini Negatives. Dieser eitle Theater-Cäsar soll ja schon von Geschwüren bedeckt sein, die stinken!
Das Vertrackte ist, daß die Syphilis erblich ist, sagt Kröhl... Jetzt sind es vielleicht zwei Prozent des Volkes, die verseucht sind – durch die Liederwirtschaft der Sozialisten noch verstärkt! –, in zehn Jahren werden es schon

drei Prozent sein. Da hilft keine Medizin, da hilft nur innere Besinnung, eheliche Sauberkeit und Reinheit des Herzens.
Daß Syphilis erblich ist, als das gesagt wird, kriegt Karl einen roten Kopf.

Nun wendet man sich wieder der edlen Frau Musica zu. Kröhl spielt Bratsche. Er hat mit Dr. Jäger ein Stück eingeübt, das er immer wieder gern zu Gehör bringt, eine Burleske von Smetana. In diesem Stück gibt es eine Stelle, auf die man sich jedesmal freut. Ist sie vorüber, dann geht man seinen eigenen Gedanken nach.
Dann wird gesungen. Die rundliche Frau Kröhl, die, wie Apotheker Dahlbusch mal gesagt hat, »ihre Hose wohl auf der Tonne trocknet«, hat einen Ansatz zum Doppelkinn, aber sie kann singen! An den Ohrläppchen trägt sie lange Silbergehänge, und sie kann singen! Dunnerlüttchen! Unglaublich schön klingt es, wenn »das Mittelgebirge« mit sammetweichem Alt düstere Lieder singt, und man vergißt es ganz, daß diese Frau ihre Hosen offensichtlich auf der Tonne trocknet.

Inge von Dallwitz singt auch, leider, muß man sagen, denn sie singt hart und spröde, und ihre Stimme ist klein. Eine Brosche mit den Kranichen des Ibykus hat sie an der Bluse und bei den hohen Tönen bohrt sie mit dem Fuß im Teppich.
»Gleich ist sie durch«, sagt Kröhl, wodurch er Heiterkeit erregt, die sich nicht unterdrücken läßt, so sehr man sich auch bemüht, was Dr. Jäger am Klavier mit einer längeren Pause beantwortet. Er hält die Hände in der Schwebe, über all den braunen ausgegriffenen Tasten, starr und steif, währenddessen Inge von Dallwitz zu Boden sieht. Endlich ist der Bann gebrochen, man kann weitermachen, und Fräulein von Dallwitz singt von einem wilden Mädchen, das gern Soldat geworden wäre.

Die Trommel gerühret, das Pfeifchen gespielt!
Mein Liebster gewaffnet dem Haufen befiehlt,
wie klopft mir das Herz, wie wallt mir das Blut,
o hätt' ich ein Wämslein und Hosen und Hut...

Karl findet es grade gut, daß die junge Frau so spröde singt. Ihm gefällt das. Er hat bei diesem Lied so seine eigenen Gedanken.

Nach den musikalischen Genüssen, bei denen Dahlbusch leider den Takt mit dem Fuß klopft, wird eine Tafel Schokolade zerbrockt: nun ist man aufgeräumt. Musik, o nein, wie ist sie schön! wird gesagt und: Was alles in diesen Liedern steckt! Das hatte man ja gar nicht geahnt, geheime Ausdeutungen und Anspielungen – meisterhaft. Das deutsche Liedgut, das ist es, was uns niemand in der Welt nachmacht.
Unter anderem.

Ob Karl nicht auch einmal was vorspielen will, wird er gefragt. Nein, das will er nicht, sagt er, und sieht seine rissigen Hände an. Er hat lauter Daumen als Finger, und was er spielt, ist mehr so für den Hausgebrauch.
Grethe hat sich nur ein einziges Mal verleiten lassen, ihr schönes »Glückes genug« zu spielen, so schleppend wiegend, wie das in ihrer Jugend eben üblich war. Und da war sie dann, das hätte man voraussehen können, an jener Stelle gescheitert, an der sie jedesmal scheitert. Dr. Jäger war aufgesprungen mit wackelnden Hängebäckchen und hatte ihr über die Schulter gegriffen, den vierten Finger hätte sie nehmen müssen, wußte er zu sagen.
»Den vierten, Frau Kempowski!«

Herr Kröhl hat die lustigsten Einfälle, ohne ihn ist so ein Abend nichts. Besonders schön, wenn er in der Nase zu bohren scheint und dazu mit der großen Zehe im Schuh kratzt, das hört sich so an, als ob er »oben angekommen«

ist. Da lacht sogar Dr. Jäger, der doch sonst immer so ernst ist. Von Beruf Finanzbeamter ist Kröhl, aber lustig und originell, das ist er ohne Zweifel.

Zum Schluß bringt man sich gegenseitig nach Hause. Zuerst wird Fräulein von Dallwitz gebracht, dann der junge Herr Thießenhusen, mit all seinen Schmissen, und zwar in die Schießbahnstraße, da bewohnt er die gute Stube einer sehr dicken Frau. »Frau« oder »Fräulein«, das war die Frage gewesen: Ein *Fräulein* sei sie, hatte sie gesagt: »Ich bin 'n unbeschriebenes Blatt.«
Dem Vorgänger war gekündigt worden, weil er wiederholt in den Gummibaum gepinkelt hatte.

Dann werden die Kröhls in die Friedrich-Franz-Straße begleitet. Aber vorher geht's noch auf die Reiferbahn, dort steht ein Würstchenmann mit Wiener Würstchen. Kröhl macht die Ansprache seines Regimentskommandeurs nach, wie es sich anhörte, wenn der im Karree stand. Da er sich ständig im Kreis drehen mußte, konnte man immer nur einen Fetzen der Ansprache hören.
Das Mittelgebirge mit ihrem fabelhaften Fuchspelz hat sich ein besonderes Türschild machen lassen:

Therese Kröhl
Oratoriensängerin

Das entdeckt man bei dieser Gelegenheit.
»Wie gut, daß sie nicht ›Gröhl‹ heißt«, sagt Karl Kempowski, worüber die junge Frau Jäger herzlich lachen muß.

Direkt neben dem Haus von Kröhls steht ein kleines weißes Haus mit einer Linde davor. Hier ist Karl zur Schule gegangen, bei Fräulein Seegen.
»Koarl, ick seih di!«
»Ick di ok!«
Er kann es nicht lassen: Er betätigt den Türklopfer mitten

in der Nacht! Und dann rennen diese ernsthaften Menschen miteinander die Straße hinunter, sogar Grethe, die sich wegen ihres Zustandes den Leib halten muß.

Nun werden die Kempowskis in die Alexandrinenstraße gebracht. In der Dienstmädchenkammer geht das Licht an und wieder aus. Dahlbuschens und Jägers kommen noch für einen Moment mit hinauf, und während das kinderlose Ehepaar Dahlbusch das liebe Urselchen anguckt, wie es da schläft, den Zipfel neben sich auf dem Kissen, und das leere Bett von Roberding, dem armen Jungen, rast Grethe durch die Wohnung und stopft Karls Mullbinden unter das Sofakissen.

Im Wohnzimmer öffnet Studienrat Dr. Jäger den quietschenden Bücherschrank, er wundert sich darüber, daß ein Kaufmann so viele Bücher hat, und so gute! Donnerwetter!

Seine Frau hat mit flinken Fingern die »Contes drôlatiques« herausgeholt. Sie hält Karl das Buch unter die Nase und fragt: »Was ist denn dies?«

Ja, das will Dahlbusch auch gern wissen, der an sich wenig liest.

Dr. Jäger ist indessen an den Flügel getreten, um ihn mit einer imponierenden Fingerübung auszuprobieren, wovon er grade noch abgehalten werden kann. Frau Spät, da oben, die würde ja Zustände kriegen!

Die beiden Balkons dieser Wohnung, die auch noch besichtigt werden, liegen leider nach hinten heraus, dies wird den Gästen eingestanden. Da ist zwar Süden, aber man blickt auf einen Hof, der einem Schlachter gehört. Quiekend entweichen hier zuweilen Schweine.

Im Kurpark von Bad Oeynhausen steht ein Springbrunnen, der ist mit Brettern verschalt, und die Wege sind schmutzig. Nein, Anna wird nie mehr durch den Kurpark gehen, an den Kiosken vorüber, an Bänken mit gaffenden Männern. Sie wird sich kein Kurkonzert mehr anhören, und sie wird auch keinen Brief mehr nach Rostock schreiben. Sie liegt in einem weißen Eisenbett. Aus ihren harten Augen rollen Tränen.

Alljährlich naht vom Himmel eine Taube …

Zwei Röhrchen Veronal hat sie schon beisammen, das dritte ist halbvoll. Die Nachtschwester auf dem Gang strickt, und unten im Restaurant läßt sich ein Herr Rebhuhn auftischen mit Madeirasauce. Er trinkt schweren Rotwein dazu, und der elektrische Lüster wirft Spektralfarben aus dem geschliffenen Pokal: grün und rot.

Weh', nun ist all unser Glück dahin …

Alles ist schief gelaufen, das weiß Anna nun: ihr ganzes Leben!

Sie sieht sich aus dem Fenster gucken, als junges Mädchen, eine breite Schürzenschleife auf dem Rücken, und die Geranien riechen staubig. Sie guckt aus dem Fenster in die Straße, die voll Sonne ist. Ein schweres Fuhrwerk fährt vorüber, mit starken Pferden, die ihre Hufe in das Pflaster drücken. Sie sieht sich am Fenster stehen, und in der Stube auf dem Bett liegt der tote Vater, nebenan schluchzt die Mutter. Der Vater hat ein gelbes Gesicht. Und drüben auf der andern Straßenseite geht ein junger Mann ins Kontor wie jeden Tag. Robert W. Kempowski heißt er. Nicht grade stattlich ist er, aber forsch. Irgendwie muß sie es anstellen, daß er sie bemerkt. Aber er *hat* sie schon bemerkt.

Nun kurbeln sich tausend Bilder rasch und immer rascher vor ihr Auge, das stürzt und blendet. Menschen kommen und gehen, »Schauplätze« wechseln. Ein Sonntag im Wald, das Picknick ist angerichtet, man lagert sich … ein kleiner See, der zugewachsen ist …

Und während der Herr unten im Restaurant seinen Rebhuhnbraten bezahlt und einer bestimmten Stelle im Kurpark zustrebt, wo eine Bank steht, auf der man nicht lange alleine sitzt, schüttet Anna die Tabletten in ein Glas mit Wasser und sieht zu, wie sie sich allmählich auflösen.

Am 1. April 1929 hat Robert William Kempowski 25jähriges Geschäftsjubiläum. Roberting mit seinem dicken Bein wird in die Sportkarre gesetzt und Urselchen darf ihren Bruder schieben, was sie sehr vorsichtig tut. Die Meisen und Buchfinken schnetzen, pfeifen und trällern, die Linden haben dicke Knospen, und das Erdreich in den Vorgärten hebt sich unter der Sonne.
Karl schwenkt den Spazierstock wie ein Artist, den Schnurrbart hat er sich abrasiert: Ein Schnurrbart ist im Grunde ja völlig überflüssig. Wer einen Schnurrbart trägt, hat's nötig! Die Haut ist ganz in Ordnung, ab Montag wird er wieder ins Geschäft gehen.
Das Mädchen, das irgendwie Minna heißt, öffnet die Tür. Sie hat verweinte Augen, das ist seltsam. Wo mag Rebekka stecken? Das Mädchen mit dem krausen Haar? Als man Rebekka das letzte Mal sah, war sie bereits ein wenig voller geworden, aber auch nicht schlecht.
Die Sportkarre wird von Minna beanstandet, die mit in die Wohnung soll, weil der kleine Robert noch nicht auftreten kann – »Das geht aber nicht, Herr Kempowski« –, was einen leichten Jähzornanfall bei Karl auslöst, der sich jedoch rasch unterdrücken läßt.

Der alte Herr empfängt die jungen Leute, im Erker sitzend mit erhobenem Glas. Er sitzt inmitten von Präsentkörben und Blumenschüsseln, in denen eine silberne »25« steckt: Den Schnurrbart hat er aufgezwirbelt.
»Gratulieren willt ji mi?« sagt er. »Denn könnt' ji mi ok gliek kondulieren.«
Anna, seine Frau, ist gestorben, plötzlich und unerwartet. Nach langer schwerer Krankheit in Bad Oeynhausen – »plötzlich und unerwartet«.

»Wie krieg' ick nu die Leiche her?«
Das ist zu arrangieren, für diese Zwecke gibt es Herrn Seitz, der mit dunklem Paletot durch Rostocks Straßen eilt. Ein Fotoalbum hat er in der Tasche mit Abbildungen von Särgen: »Für Ihre Frau Gemahlin ist das beste grade gut genug.«
Grethes Beileidsbezeugungen werden brüsk zurückgewiesen, »Knicknors« sagt der Alte, er hat mal einen Mann gekannt, der »Knicknors« hieß, der »trat in die Kuhle«, jawoll.
Grethe schiebt daher Ulla dem Großvater zu, die ihrerseits die Sportkarre schiebt. Kinder hat der Großvater nämlich gern. Er holt seine Taschenuhr heraus und läßt sie daran horchen, dann läßt er die Uhr verschwinden, wie er das jedesmal tut, wenn er Kinder sieht.
Wenn die Uhr plötzlich stehen bleibt, nicht wahr? »Denn is't sowiet!«

Schon Karl hat als Kind dies Zaubern über sich ergehen lassen müssen, damals, als seine Mutter mit am Tisch saß, fremd und schön: »Du bist ja nur ein Versehn!« und: »Der fällt ja doch.«
Jetzt streicht Karl durch die Wohnung und sieht sich die Bilder an. Anno 1902 mag es gewesen sein, da saß er auf ihrem Schoß. Tot?
Ja. Nun ist sie tot.

Die Kinder geben ihrem Großvater die Maiglöckchensträuße, und Robert wird gefragt, ob er auch schon mal Ascheimer umgestoßen hat wie er, der Großvater, weshalb er im Rollstuhl sitzen muß bis an das Ende seiner Tage.
Nun kommt Silbi herein, mit zerknülltem Kleid, auch sie verweint – die Mutter ist tot! Gell? Die gute, gute Mutter! Sie begrüßt ihren Bruder und ihre Schwägerin, so, als ob sie die beiden jahrelang nicht gesehen hat. Den Kindern

wird unters Kinn gefaßt, sie werden angesehen wie Menschen, die noch nicht wissen, daß nun alles anders werden wird im Leben. Sie sollen mal nach oben gehen zu Bruno und Rieke, die freuen sich schon. Aber nicht zu laut! Nicht toben!
Wie gut ist es jetzt, daß Silbis Töchterheim geschlossen ist – zuerst kam keiner, und dann wurd' man sie nicht wieder los! Saßen im Salon herum und kicherten! Hatten Migräne! Und dies und das! Und wie praktisch, daß sie nun *zur Verfügung* steht. Sie kann ihrem alten Vater den Hausstand führen, im ersten Stock zieht sie ein, in die Zimmer der Mutter.

Auch Hasselbringk, der kurze Zeit später kommt, wird auf die veränderte Jubiläumslage hingewiesen. Das Telegramm wird hochgehalten, da steht's drin. Schwarz auf weiß.
Frau Kempowski ist also »erlöst«, aha. Hat ins Gras gebissen, hat sich absentiert. Soso. »Trauriss« ist das. Ja. »Trauriss, aber wahr.«
Wann man sie zum letzten Mal gesehen hat, wird sodann erörtert, und »vielleicht ganz gut, daß das so gekommen ist«, wird gesagt: Bei Krebs, da löst sich ja so nach und nach der ganze Körper auf, eine einzige suppende Geschichte...
Nachdem Hasselbringk davon abgebracht werden konnte, noch andere Krebsfälle exakter zu beschreiben, spricht er über die Natur, über das Stirb und Werde, über den ewigen Kreislauf und über den letzten Winter, in dem das Schwache ganz schön ausgemerzt worden ist!
»Unheimliss!«
In diesem Winter ist das Schwache ja ganz besonders doll ausgemerzt worden. Jawohl! Da hat die Natur nicht lange gefackelt. Was da an Vögeln totgegangen ist, da ist das Ende von weg. Und an Insekten. Nur das Starke hat sich behauptet.

Er sei direkt »neugieriss«, sagt Hasselbringk, wie sich das in der Politik entwickelt. Das sei ja auch ein Ausmerzungsvorgang, sondersgleichen! *Er* werde jedenfalls zum *Starken* halten, je nachdem. Wenn er sähe, wer gewinnt in der Politik, dann werde *er* sich auf *dessen* Seite schlagen.

Dann wird die Frage erörtert, was man mit den Kapitalien macht, die durch Annas Tod freigeworden sind. Land kaufen? Wie Menz das für seinen Sohn getan hat? Lacke und Farben en gros?
Nein, kein Land kaufen. Lieber Häuser, Mietshäuser. Aber das ist auch nicht der wahre Jakob, dann muß man sich mit den Mietern rumärgern, weil es reinregnet oder wie.
Nein, dann schon lieber die Schiffshypotheken ablösen, die »Parten«, wie sie heißen, damit einem die Schiffe ganz und gar gehören. Das ist dann ein ganz anderes Gefühl, als wenn man immer denken muß: Das Heck gehört Fritz Knicknors diesem Nieselpriem, der »in die Kuhle tritt«! – und der Bug Klaas Leckoog.

Annas Beerdigung findet auf dem Neuen Friedhof statt.
»Wenn Me-me-menschen auseinandergehn, d-d-dann sagen sie auf W-w-wiedersehn!« ruft der schon recht klapprige Pastor Stütz am Grabe aus. Das Grab wird mehrfach fotografiert, für den alten Herrn Kempowski, der nun »Wittiber« ist, wie Dienstmann Plückhahn es ausdrückt.

An der Beerdigung nimmt der alte Herr Kempowski nicht teil, und die Fotos vom Grab guckt er sich auch nicht an. Das kann er ja immer noch tun, sagt er. Das läuft ihm ja nicht weg.

8

Das Schönste an der neuen Wohnung ist der geräumige Erker im ersten Stock. Von hier aus kann man die Straße hinauf- und hinuntersehen. Bäcker Lampe und Schlachter Hut, Kaufmann Schulz und Malermeister Krull, und die schönen Autos, kleine und große und nicht mehr so häßliche wie die eckigen »Glasveranden« der Nachkriegszeit, bunt und blank.

Morgens die Bäckerburschen in ihren karierten Hosen, eine offene Weidenkiepe mit frischen Brötchen auf dem Rücken, die bloßen Füße in Pantoffeln. Einer wetzt nach links die Straße hinunter, der andere nach rechts – an den Haustüren hängen weiße Beutel mit den eingestickten Namen der Kunden für die Brötchen.

Nun kommt der Milchmann, der hat es nicht so eilig. Sein Wagen ist weiß – mit aufgemalter Kuh an der Seite –, und das Pferd ist ein Schimmel: Er hält bei jedem dritten Haus von selbst an. Neben dem Kutschbock baumelt eine Messingglocke, der Milchmann schlägt sie ein-, zweimal an, dann kommen Frauen aus den Häusern – manche im Morgenmantel – und holen sich ihren halben Liter Milch, während der Schimmel in aller Ruhe äppelt. Hoffentlich läßt er nicht noch das Wasser aus seinem Bauch heraus, dann müßte der Verkauf hier gestoppt werden.

Die Linden stehen voll im Laub. Malermeister Krull lädt seine Leitern auf den Ziehwagen und die Farbtöpfe und Pinsel. Die Lehrjungen ziehen den Wagen, und Herr Krull geht pfeiferauchend nebenher. Wo er hingeht, wird alles neu und schön: Striche ziehen, mit dem Pinsel, das ist gar nicht so einfach.

Auch der Briefträger läßt sich sehen, er kommt dreimal am Tag. Er trägt eine tadellose Uniform, die von der des Militärs sofort zu unterscheiden ist.

Antwortlich Ihres sehr
geehrten Vorgestrigen ...

Den Kempowskis bringt er, leise vor sich hinflötend, Post aus Wandsbek, manchmal aus Berlin, seltener aus Hongkong von Richard (dem der Humor ausgegangen ist, weil es der Firma dort nicht gutgeht). Einen gelben Kopierstift mit Schutzkappe hat der Briefträger hinter dem Ohr, und die Briefmarken möchte er immer gern haben, die Nothilfemarken, die hübsch aussehen, aber die möchte Karl auch gerne haben, so ist das ja nun nicht.

Einmal stand auf einer Rechnung: »An den *Arbeitsmann* Kempowski« – da wurde sehr geschimpft... »wohl verrückt geworden!«

Ein andermal hieß es: »Herrn *Dr.* Kempowski«, das war natürlich was Andreas.

Lastwagen kommen von links und von rechts, immer fahren sie zu schnell! Sie fahren aus der Stadt hinaus, in Richtung Schwaan meist leer, und wenn sie hereinkommen in die Stadt, haben sie Korn geladen oder Zuckerrüben oder Vieh, je nachdem.

Nun kommt auch der gelbe Omnibus. Dem nützt das Schnellfahren nichts. Wenn er eben in Schwung ist, muß er anhalten, weil wieder einer einsteigen will.

Zwei verschiedene Arten von Bussen gibt es: die normalen gelben Straßenbusse und die roten Reisebusse, die etwas größer sind und *drei* Achsen haben und ein Ladegitter auf dem Dach, auf dem Koffer festgeschnallt sind. Diese Busse fahren nach Warnemünde.

Im Erker sitzt ein Kind, das den Namen Walter trägt, auf einem Kinderstuhl, in dessen mit Wachstuch überzogener Sitzfläche ein Pott eingelassen ist. Er ist drei Jahre alt,

und dies hier ist sein Lieblingsplatz. »We-Münde! We-Münde!« ruft er, wenn der Reisebus vorüberfährt, und die Mutter, hinten im Zimmer, die gerade den Staubsauger angestellt hat, sagt: »Schön, mein Junge!« Fabelhaft ist es, daß dieser kleine Junge sogar schon die Busse auseinanderhalten kann!
In einem blauen Strickanzug sitzt er da, um den Hals hat er eine blaue Troddel. Reguläre Stiefelchen trägt er dazu, hellbraune mit schwarzen Lackkappen.

Das Kind namens Walter ist das dritte Kind der Kempowskis. »Schon wieder so ein Bengel«, hatte Ulla gesagt, als ihr das neue Brüderchen gezeigt wurde, »die werden nachher immer so frech.«
Und Karl – der gelegentlich als das vierte Kind der Familie bezeichnet wird – hatte sich wieder einmal gewundert, daß an kleinen Kindern alles schon dran ist. Sogar der Nagel am kleinen Zeh! Zwei Finger hatte er dem Säugling in den Hemdkragen gesteckt, und »Duzi! Duzi!« hatte er gesagt, und: daß der sich man schon drauf einstellen soll, daß er *nicht* in die Firma kommt! Das hatte er auch gesagt. Die Firma bleibt allein Roberts Revier!
Eigentlich sollte der Nachkömmling »Peter« heißen, aber dann nannte man ihn Walter, weil die Hebamme protestierte, »Peter« sei kein Name für 'n erwachsenen Mann, »Walter« müßt' er heißen, auf mecklenburgisch also »Walting«.

Stundenlang sitzt der Junge im Erker und guckt hinunter auf die Straße, nichts entgeht ihm: Jetzt kommt das achtzigjährige Fräulein von Brüsewitz angestockert. Sie trägt eine veilchengeschmückte Haube aus schwarzen Spitzen und einen Spazierstock mit elfenbeinerner Krücke, den braucht sie zum Zeigen. Liegt etwas auf dem Weg, dann fragt sie: »Ist das ein Stein? Ist das ein Stein?« Nun kommt ein Mann mit einer Schubkarre, der ruft

»Krrriabb!« Ein ambulanter Händler also, von denen es jetzt viele gibt in Rostock. Rote Ostseekrabben verkauft er. »Bickbärn! Bickbärn!« wird von einem anderen Mann gerufen, der auf seinem Handkarren Blaubeeren hat, mit einer Untertasse schaufelt er sie in die Tüte. »Bickbärn – von 'n Dörp!«
»Blaubeeren« oder »Heidelbeeren«, diese Ausdrücke benutzt in Rostock niemand.

Auch Fischfrauen lassen sich sehen. Was sie rufen, versteht keiner, und doch weiß jedermann, was das bedeuten soll. »Freckireck un Dösch!« So etwa klingt das in ihrer plattdeutschen Sprache, und »Frischer Hering und Dorsch!« soll es heißen.
Eine der Fischfrauen hat den Bogen irgendwie nicht raus. Anstatt langsam und bedächtig die Straße entlang zu fahren und »Freckireck un Dösch!« zu rufen, läuft sie im Geschwindschritt am Kantstein entlang: »Dösch-Dösch-Dösch-Dösch-Dösch ... « Sehr dürr ist diese Frau, und ob sie je Geld einnimmt, ist die Frage.
Da ist eine dicke Fischfrau zu loben, die alle paar Meter stehen bleibt und: »Ma – ischollen« ruft. Die Hausfrauen können sich in aller Ruhe überlegen, ob sie das riskieren wollen: »Ma – ischollen!« und ihrem Mann Schollen vorsetzen, die bekanntlich nur in den Monaten ohne »r« schmecken, was heute in Vergessenheit geraten ist.
Der Krabbenverkäufer hat ein rotes Gesicht, er schiebt die Schiebkarre mit den roten Ostseekrabben vor sich her: »Krrriabb!« Der Blaubeerenhändler hat seine Frau dabei und einen Hund, der ziehen hilft.
Die Fischfrauen sind wegen ihrer Tracht bemerkenswert. Eine schwarze Tracht ist es, an der Fischschuppen blitzen.

Einmal im Monat kommt ein Elektrokarren gefahren mit Männern, die den Gullideckel öffnen. Die Attraktion

dieser Unternehmung: der kleine Köter, der hinabgelassen wird. Der Hund weiß auch, daß er die Hauptperson ist, und er benimmt sich dementsprechend. Was er nicht weiß: daß da unten eventuell giftige Gase lagern, die ihm den Garaus machen können.
Nun wird der Hund wieder heraufgeholt aus der Tiefe, und die ganze Gesellschaft setzt sich auf den Karren und fährt geräuschlos davon. Der Hund steht auf dem Seilhaufen, von da aus kann er alles überblicken. Gern begibt er sich in die Unterwelt, und freuen tut er sich, wenn er wieder ans Tageslicht kommt.

Hin und wieder steht die ganze Familie am Fenster des Erkers. So geschieht es, als der Zirkus Sarrasani auf dem Güterbahnhof ausgeladen wird. Ausgerechnet die Ferdinandstraße herauf kommen die Elefanten mit den hübschen Mädchen im Genick, die Kamele, unordentlich, mit einem groben Strick zu mehreren zusammengebunden, die Pferde, gutmütige große und äußerst kleine, vermutlich bissige. Dann die Wagen, einer nach dem andern, weiß gestrichen und grün, offene Wagen mit Zeltplanen und Stangen, geschlossene mit Gerät und Tieren (aus einem tropft Wasser!). Wohnwagen auch, mit Blumen vor den Fenstern.
Neben den Wagen laufen Clowns auf dem Bürgersteig mit Diabolos in den Händen, sie erweisen den alten Damen im Stift ihre Reverenz. Die Dompteure in Phantasieuniform zwirbeln den Schnurrbart und knallen mit einer langen Peitsche.
Am interessantesten noch und unvergeßlich die drei großen Männer mit Stelzen in den Hosenbeinen. Die stelzen gelangweilt dahin: ein grotesker Anblick.

Oder die Zigeuner? Dreißig grüne Zigeunerwagen, einer hinter dem andern? Und ausgerechnet in der Alexandrinenstraße halten sie! Schwarzhaarige Frauen mit klein-

faltigen bunten Röcken, Männer mit silbernen Ohrringen. An die Haustüren klopfen die schwarzen Frauen vergeblich, die sind verrammelt. Zigeuner nehmen kleine Kinder mit, heißt es, und färben ihnen das Gesicht mit Walnußschalen braun – an sich ja unverständlich angesichts des Kindersegens dieses Volks.
Auf einem der Zigeunerwagen hängt ein toter Hirsch, den Kopf mit dem Geweih nach unten. Zwei Männer klopfen nebenan bei Schlachter Hut, sie wollen ihm den Hirsch verkaufen. Aber, der läßt sich nicht sehen.

Der Zirkus und die Zigeuner – das sind Sensationen, die nie wiederkehren. Was ist dagegen der eine Betrunkene, der von einer Straßenseite zur anderen torkelt und schließlich im Rinnstein liegenbleibt? Ein Polizeiauto kommt, zwei Polizisten packen ihn und werfen ihn mit Schwung auf die Ladepritsche.
Oder die Heilsarmeekapelle, die sich gegenüber bei Bäkker Lampe niederläßt, der Mann mit der Pauke hinter der Gitarrenfrau, auf einmal: Zäng! Höchst unchristlich?

Nein, der Erker ist der bevorzugte Platz des kleinen Jungen. Sein Kinderstuhl ist hochgestellt, sehr praktisch. Die bunten Holzperlen, die darauf angebracht sind, könnten allerdings fehlen. Das hat sich der Kinderstuhlfabrikant nicht für die Kinder, sondern für die Eltern ausgedacht, die diesen Stuhl kaufen sollen. Das Kind beachtet sie nicht weiter. Auch der Pott könnte fehlen, den hält Grethe für ordinär.

Einmal gibt es einen regulären Verkehrsunfall, man sieht es schon kommen! Die Ferdinandstraße herauf müht sich ein Schlachterauto, voll mit halben Rindern, Würsten und Hack in Holzkummen, was jetzt, am Sonnabend, noch in die Kühlräume des städtischen Schlachthofes gebracht werden soll; und von links, sehr geschwind,

kommt eine Limousine mit lustigen Ausflüglern, die »Huhu!« rufen und nach allen Seiten winken.
Es muß ausgewichen werden. Das Automobil mit den Ausflüglern rammt die Laterne, und das Schlachterauto kippt um! Das Fleisch rollt auf die Straße!
Da tritt Polizist Holtermann in Aktion mit Helm, Seitengewehr und Aktentasche, der sich bei den Zigeunern nicht hat sehen lassen; unter der schrägstehenden Laterne steht er, und er geht mit den Fahrern streng ins Gericht. Wie sie dazu kommen, hier einen solchen Unfall zu verursachen. Und ob der Schlachter die Würste und so weiter auch hoffentlich alle wegschmeißt? Das will er stark hoffen!
Die Fettflecke auf dem Pflaster sind noch lange zu sehen, da hat der dreieckige Bürstenwagen der städtischen Straßenreinigung noch allerhand zu schrubben.

Was hat den Kapellmeister Bauerfeld von den Rostocker goern bewogen, eines Tages mit klingendem Spiel durch die Alexandrinenstraße zu marschieren?

Der Piefke lief,
der Piefke lief,
der Piefke lief sich die Stiefel schief...

Da ist es Karl, der die ganze Familie zusammentrommelt. Von einem Fenster zum andern läuft er, damit er die Sache auch mitkriegt: Der Königgrätzer, Herrgott, ist dieser Marsch schön!
»Kinder, kommt schnell!« ruft Karl, und er kann es nicht begreifen, daß seine Frau: »Ja, gleich!« sagt.
Wie groß ist die Enttäuschung, daß die in voller Tätigkeit begriffene Kapelle auf ein geheimes Zeichen des Musikmeisters hin plötzlich die Instrumente sinken läßt, und zwar direkt unter der Hausnummer 81, um statt des vollen Orchesterklanges der ekelhaftesten Pinkelmusik von Trommeln und Pfeifen Platz zu machen?
Da ist natürlich der ganze Tag im Eimer.

Jeden Sonnabend marschieren Leute in braunen Uniformen vorüber, die wollen in den Kiesgruben militärische Übungen veranstalten.
Abends kommen sie zurück.
Einmal kommt ein zweiter Trupp marschiert, der marschiert hinter den Braunen her, Leute vom Reichsbanner sind es, mit festen Eichenknütteln in der Hand: »Reichsbananen« genannt, mit drei »Veilchen« auf der Fahne, wie man die drei Pfeile nennt. Am Abend gibt es dann allerhand Blessierte zu sehen, die von den Kiesgruben zurückkehren. Leute mit verbundenen Köpfen, die sich gegenseitig stützen.
Da drüben übrigens, hinter den Häusern, der Gasometer! Wenn hier mal 'n Krieg kommt oder was, dann gute Nacht.

Bäcker Lampe auf der andern Seite hat eine Ladenklingel, die deutlich zu hören ist. Jeden Freitag, wenn die Arbeitslosen zum Stempeln gehen, fährt er mit einem Pferdewagen voll frischem, duftendem Brot zum Arbeitsamt und stellt sich da hin. So mancher Arbeitslose kauft erst mal Brot ein für die Familie, bevor er den Rest des Stempelgelds vertrinkt.
Im Herbst, wenn das Laub der Straßenbäume die Gullis verstopft, bildet sich direkt vor Bäcker Lampe eine sehr große Pfütze. Herrlich! Gedankenverloren schlendern Fußgänger auf dem Gehsteig dahin – und da wünscht man sich natürlich ein Auto herbei, und manchmal kommt es auch. Der rascheste Sprung nützt in dieser Situation dem Fußgänger nichts; er wird naß, von oben bis unten, indessen der Fahrer mit flüchtigem Bedauern, sozusagen die Achseln zuckend, davonfährt.
Ärgerlich ist es, daß der sonst so gemütliche Bäckermeister Lampe, den das doch gar nichts angeht, mit einer Harke kommt und die Gullis flottmacht. Wie schön, daß auch ihn die Flutwelle erreicht, eines Tages, und zwar bei dieser Tätigkeit.

Grethe muß jetzt selber staubsaugen, wir schreiben nämlich das Jahr 1932. Wie gut, daß man den herrlichen PROTOS hat! Die alte Inschrift am Steintor, die da früher mal angebracht war

In disse Stadt is de Credit müsedot

würde jetzt auch passen. Wegen der anhaltenden Depression ist im Hafen jegliches Leben erstorben. Die Herren lesen Zeitung im Büro – man muß sich einschränken. Die Schiffe »liegen auf«, wie man das nennt, eines neben dem andern, es ist keine Ladung zu bekommen, und jeden Tag muß für jedes Schiff einhundert Mark gezahlt werden, an Liegegebühren und an Heuer. Das geht an die Substanz. Nun wäre es doch entschieden besser gewesen, man hätte damals für die wundervollen schwedischen Kronen ein verdienstintensives Mietshaus und kein Schiff gekauft. Wer war eigentlich auf die sonderbare Idee gekommen, ein drittes Schiff zu kaufen? War es nicht Karl gewesen?! Prokurist Sodemann behauptet das jedenfalls fast täglich und zwar ungefragt. Drei Schiffe haben die Kempowskis, die liegen jetzt nebeneinander, im Rostocker Hafen, Bug an Bug: zwei mit »C« und eins mit »M«.
Gut immerhin, daß man die Parten abgelöst hat von Annas Geld, sonst kämen zu den täglichen Gebühren auch noch die Zinsen dazu.

Grethe muß also selbst staubsaugen, dem Mädchen Lisa ist gekündigt worden – nie konnte sie die Messer richtig abtrocknen, stets und ständig waren die Abtrocktücher kaputt! Bettler bat sie herein, und Bekannte ließ sie vor der Tür stehen. Und: die Bleistiftstriche am Türpfosten hat sie abgewischt. Das konnte man ihr nicht vergeben!
Selber staubsaugen muß Grethe, und die große Wäsche ist auch kein Pappenstiel. Man könnte es machen wie der Apotheker Dahlbusch, der sein Dienstmädchen weiter bei sich behält, als »Freundin des Hauses«, die Essen und Wohnung frei hat und alle Arbeit macht, sich das Bargeld

aber vom Arbeitsamt holt, als »Arbeitslosenunterstützung«. Aber das ist irgendwie unreell.

Abends sitzt Grethe und zählt das kümmerliche Hausstandsgeld – »fünf Pfennig für Diverses« –: Mit ganzen drei Mark auszukommen an einem Tag, das ist wünschenswert, aber es gelingt nur selten! Immer ist wieder was anderes! Feuerung, Elektrisch, Miete! Und immer, wenn man grade nicht daran denkt.

Unten auf der Straße lassen sich jetzt verstärkt Drehorgeln sehen und hören. Einer kommt immer um die Mittagszeit, wenn Karl sich eben auf das Sofa gelegt hat, um sich vom ermüdenden Nichtstun auszuruhen – den Bohnenkaffee hat Grethe durch Muckefuck ersetzt –, der spielt Märsche auf seinem Dings und guckt zu den Kempowskis hoch.
(»Überschrift: Die Mittagsruhe!«)
Einmal hat er hier fünfzig Pfennig ergattert, das vergißt er nicht so leicht.
An fröhlichen Tagen macht Karl das nach, das Drehorgelspiel, wie der Mann da unten mit der Rechten kurbelt und gleichzeitig mit der Linken einen Schnaps trinkt. Aber die fröhlichen Tage sind selten geworden.

Kann ein Volk wie das deutsche ewig den Dulder spielen? Diese Frage wird am Stammtisch erörtert: Kann dieses Völkerschicksal gerade Deutschland beschieden sein? Hat Gott Deutschland diese Rolle im Weltenplane zugedacht? Sollten wir der Welt zeigen, was ein Volk zu dulden vermag?
»Wir haben es gezeigt«, ruft Lotterbach, »unsere Geduld aber ist zu Ende!« Und er schlägt auf den Tisch.
Achtzigtausend Konkurse in einem Jahr! Man fragt sich doch allen Ernstes, wie Scheidemann das geschafft hat, auf einem einzigen seiner Bankkonten Werte von über

einhunderttausend Mark zu haben (wie man kürzlich lesen konnte), und der Genosse Heilmann hat gar ein Vielfaches davon? Diese stellt der Kamerad Altvater zur Debatte, jedoch niemand weiß eine Antwort darauf.

Morgens, wenn Grethe die Zimmer saugt, dann klingeln die Hausierer. Am liebsten würde Grethe gar nicht öffnen, aber man kann ja nicht wissen, ob das nicht etwas Wichtiges ist. Postkarten, Schnürsenkel – die Seife stapelt sich schon!

Manch einer dieser treu oder traurig blickenden Männer hat bessere Tage gesehen. Ein Teller mit Pfennigen steht für sie auf der Garderobe. Mit einem einzigen Pfennig ist ihnen schon gedient.

Betteln und Hausieren
zwecklos!

Ein solches Schild sich an die Tür zu schrauben, wie Dahlbusch es tat, also das bringt man nun doch nicht übers Herz. Da ist es schon wirkungsvoller, man schreibt an seine Tür

Kriminalkommissar Sturm

Das schafft Luft.

Einmal kam ein Hauptmann Knittel vom Regiment 211. Also, ein Kamerad! Der wurde sofort hereinkomplimentiert. Grethe band sogar die Schürze ab und kriegte Portwein her. Schade, daß Karl nicht da war! Aber gut, denn dieser ehemalige Hauptmann wollte Oberhemden verkaufen, wie sich schnell herausstellte.

Pro Tag und Schiff einhundert Mark muß der alte Herr Kempowski auf den Tisch legen. Es ist die Frage, wie lange er das durchhält. Zwei Villen hat er schon verkauft, auch die am Schillerplatz, mit der Fontäne davor, die eigentlich Karl gehört, von der aus man das Fenster von Inge von Dallwitz hätte sehen können.

Auch Silbi hat ihr Haus verkauft, sie hat das Geld ihrem Vater geliehen, gegen acht Prozent, was man durch Querfragen eines Tages herauskriegt.
Eigentlich ja unerhört!

Rostocks Reederkönig, Herr Grundgeyer von Grundgeyer & Schrey, war eben doch der Schlaueste gewesen. Als es noch Zeit war, verkaufte er alle seine Schiffe an Böttcher, den finnischen Konsul. Jetzt geht er im Rosengarten auf und ab, die Hände auf dem Rücken, und lächelt still vor sich hin.
Konsul Böttcher, der ihm die Schiffe abgekauft hat – weinende Masken und lachende finden sich an seinem Hausgiebel –, ist leider »plötzlich und unerwartet« gestorben.

Lieferanten

den hinteren Eingang benutzen!

An einer Staubsaugerschnur hat er sich erhängt, im Badezimmer seiner Villa. All die Gäste, die auf seiner Silbernen Hochzeit was Silbernes gekriegt hatten, waren nicht zu sehen gewesen, als die große Not hereinbrach über dieses Haus.
Die drei Brüder Böttcher – Müding, Schorsch und Fritzing – stehen nun am Rosengarten und passen auf, ob sich der Herr Grundgeyer von ihnen grüßen läßt.

Mit jeder Woche wird die Lage der Kempowskis bedrohlicher. 250 Mark bekommt Karl von seinem Vater statt 400 Mark, und davon gehen allein für die Miete 75 Mark ab. Wie soll das bloß weitergehen? Cu fortis-stalleris? *Drei* Kinder?
Die schönen Briefmarken zu verkaufen, dazu kann sich Karl denn doch nicht entschließen.

Deutsches Reich

Das kann er ja immer noch tun. Aber den Kosmos hat er abbestellt, und zum Muckefuck werden keine Mürbeplätzchen mehr gekauft. »Klöben« tut's ja schließlich auch. Und statt des wundervollen Aufschnitts, des gekochten Schinkens und des kalten Bratens gibt es abends Waschfrauenwurst oder Lebenswurst mit reichlich Lunge darin, für achtzig Pfennig das Pfund.

Die deutsch-französische Pistole, die immer noch auf dem Wäscheschrank liegt, hat Karl schon wiederholt betrachtet. Es war gut, daß er sie aus dem Felde mitbrachte. Wer weiß, was noch alles kommt.

In der Küche denkt Grethe sich Spargerichte aus, die von der Familie mit unterschiedlichem Beifall aufgenommen werden. »Fliegensuppe« zum Beispiel, das ist eine Wassergriessuppe, in der ein paar Korinthen schwimmen.
Karl lobt sie sehr, er sagt, daß er davon gar nicht genug kriegen kann.
Ulla und Robert hingegen zählen die Korinthen, wer wohl die meisten hat.
Der Jüngste verweigert diese Speise. Er sitzt in seinem Stuhl, vor sich die Suppe auf einem Blechtablett mit Ablaufrinne, auf das Enten gemalt sind. Er schließt den Mund fest, als man ihn mit der Fliegensuppe füttern will. Allein muß er dann am Mittagstisch sitzen, vor seinem vollen Teller.
Als der Vater schon längst wieder ins Kontor gegangen ist und die Geschwister unten auf der Straße toben, sitzt er noch immer da, vor seinem Blechtablett, den Mund zu. Neben dem Teller liegt der »Gelbe Onkel« als stumme Mahnung: Was auf den Tisch kommt, wird gegessen!
Schließlich redet die Mutter mit ihm. Tränen fließen, und ein Kompromiß wird geschlossen zwischen Mutter und Kind:
»Noch einen Löffel für Vati«, heißt es, »noch einen für die arme Oma in Hamburg ...«
Da läßt man sich dann nicht lange bitten, zumal die Mutter in einer gewissen Entfernung einen Himbeerbonbon

deponiert hat. Als dann aber gesagt wird: »Und nun noch einen Löffel für Hindenburg!« da wird geantwortet: »Der kann alleine essen.«

Andere Notgerichte sind: Pellkartoffeln mit Hering, Bratskartoffeln mit Lebenswurst und »Heetwecken«, das sind Rosinensemmel, die im Herd überbacken werden. Man ißt sie mit heißer Vanillesoße.
»Iiih, die mögen wir nicht...«, sagen die Kinder beim ersten Mal.
»Herrlich«, sagt Karl, »wundervoll! Grethe, dann essen wir die eben allein!«
Der Vater geht mit seinem Teller nach nebenan, kommt noch mal zurück und holt sich noch mehr Heetwecken, die Lippen leckend, und verzehrt sie drüben betont behaglich und laut schmatzend. Das bricht den Bann, und an diesem Tag ißt die gesamte Familie Heetwecken, und zwar in der Wohnstube.

Schweren Herzens entschließen sich die Kempowskis, zwei Zimmer zu vermieten, und man hat Glück, daß sich überhaupt Mieter finden! Grethe gibt ihr hübsches Kabinett auf. Der Sekretär wird leergeräumt, und ein weißes Bett wird in das Zimmer gestellt, das man von Silbi sich leiht, die nicht weiß, wo sie mit ihren Pensionsbetten bleiben soll.
Der erste Mieter stammt aus Braunlage. Ein blasser, schmaler Jüngling ist es, aus gutem Hause – statt eines Koffers hat er einen Reitsattel unterm Arm, als er bei den Kempowskis einzieht. Karierte Oxfordhosen trägt er und ein dunkles Jackett. Und die Miete drückt er Grethe sofort in die Hand, die weiß gar nicht, wie man das macht: Geld annehmen.

Ein fremder Mensch ist also jetzt in der Wohnung, morgens stehen seine Schuhe vor der Tür, und sein Bett muß auch einer machen.

Stud. med. Wirlitz

ist auf dem Blechschild zu lesen, das der junge Mann sich auf dem Bahnhof an einer Prägemaschine geprägt hat, unter dem Kempowski-Schild wird es angebracht.

Bitte zweimal klingeln.

Am ersten Abend muß Grethe ausführlich Bericht erstatten, wie der junge Herr sich macht, und ob sich schon etwas über die guten Verhältnisse hat herausbringen lassen, aus denen er doch offensichtlich stammt.

Eine Papierfabrik hat der Vater, im Harz? Soso. Und die Koffer wurden von einem Dienstmann gebracht?

Ungeheure Mengen Klopapier verbraucht der junge Herr, das wird noch gesagt, und ein Ereignis ist es, als man ihn drüben in seiner Stube niesen hört. »Prost!« ruft Grethe hinüber, was ihr streng verwiesen wird. So was geht nicht, das ist indiskret. So was überhört man doch!

Grethe putzt also die Schuhe des Studenten Wirlitz, elegante Schuhe sind es, aus Antilopenleder, und die Reitstiefel sind braun. Sie macht auch das Zimmer sauber, wobei es sich kaum vermeiden läßt, daß man auch mal ein wenig guckt, was da so herumliegt auf dem Tisch und auf dem Sekretär.

»Liebe Mutter! Rostock ist eine vortreffliche Stadt...«

Ein angefangener Brief, Bücher, vorwiegend medizinischen Inhalts, ein anatomischer Atlas mit gräßlichen Abbildungen, aber auch »Im Feld unbesiegt«, eines der drei »Unbesiegt«-Bücher, die in dieser Zeit viel gelesen werden.

Ein großer Augenblick ist es jedesmal, wenn Grethe den Papierkorb des Studenten Wirlitz in die Küche trägt; dessen Inhalt wird sorgfältig untersucht.

In der Gewohnheit des Herrn Wirlitz liegt es nämlich, das, was andere Leute durchaus noch gebrauchen können, in den Papierkorb zu werfen.

»Fort damit in den Ascheimer!«
Ein Füllfederhalter mit grünem Mosaikmuster und goldener Feder: »Fort damit in den Ascheimer«, der ist nämlich schwierig zu füllen. Eine Schachtel Feodora-Täfelchen, nur weil die Schokolade ein wenig beschlagen ist: »Fort damit in den Ascheimer!« Sie könnte ja giftig sein: Herr Wirlitz ist äußerst besorgt um seine Gesundheit, seit er Medizin studiert.
Die schönsten Zeitschriften, die Grethe aus dem Papierkorb heraussammelt, glattstreicht und ihm wieder hinlegt, englische Jagdzeitschriften mit farbigen Bildern, sie liegen anderntags wieder im Papierkorb: »Fort damit in den Ascheimer!«
Als sich eines Tages sogar eine Aktentasche findet, deren Schloß ein wenig klemmt, schaltet Karl sich ein: Die kann er gut gebrauchen. Die Tasche, mit der er täglich ins Kontor geht, stammt noch aus seiner Schulzeit.

Die ganze Familie nimmt Anteil am Leben des neuen Hausgenossen. Einmal bittet Grethe ihn, ob er nicht vielleicht in fünf Minuten den Ofen schließen kann? Sie muß mal schnell was einholen? Hier unten, diese Klappe? »Nein!« ruft Herr Wirlitz, »um Gottes willen! Womöglich explodiert das Ding!« Die Klappe schließen – das kann Herr Wirlitz auf keinen Fall riskieren.

Eines Abends vernimmt man klar und deutlich den Tenor Caruso durch die Schiebetür. Herr Wirlitz hat sich ein Grammophon gekauft.
Erfreulich ist dann allerdings, daß er wieder abkommt von dieser Leidenschaft, denn er hat auch eine Platte, die nicht von Caruso gesungen wird:

Der Neger hat sein Kind gebissen
O Mona!

Und die wurde doch entschieden zu oft und zur Unzeit aufgelegt.

In eine der beiden Dachkammern zieht Frau Mommer ein, die Souffleuse vom Theater, mit Pagenkopf und Baskenmütze.

Thea Mommer
Bitte dreimal klingeln

»Ist das Herrn Wirlitz seine Frau?«
»Um Gottes willen, nein!« ruft dieser und schlägt die Tür zu, denn Frau Mommer wirkt schon etwas abgetakelt.
»Das kommt vom vielen Schminken ... «
Zwanzig Mark bezahlt Herr Wirlitz und zwölf Mark die Mommer – das macht zusammen zweiunddreißig. Da kann Grethe mal wieder einen Wackelpeter machen, statt der Fliegensuppe, diese grüne Waldmeisterspeise von Dr. Oetker, die ein jeder gerne ißt.

Auch Frau Mommer sorgt für Unterhaltung. Aus ihrem Zimmer gellen Schreie durch das Haus! Sie übt mit Schauspielern Rollen, und Frau Spät hat nun sowohl nach unten als auch nach oben zu pochen, von Zeit zu Zeit.
Manchmal leiht die Mommer sich Grethes kleinen »Verzug« zum Knutschen aus. Er wird aufs Bett gesetzt und darf zuhören, wie es klingt, wenn Schauspieler mit einem Korken im Munde sprechen.
Um das Haar voller erscheinen zu lassen, hat sie sich unter dem Dutt ein Brötchen festgesteckt. Schwarze Satinhosen trägt sie und eine Blumenbluse. In diesem Aufzug geht sie mit »Walting« auf den Unterwall und füttert die Enten. Und dann setzt sie sich ins Café Herbst, um sich selbst zu füttern, wozu sie unbegreiflicherweise in dieser Zeit die Gelder hat. »Walting« wird auch hierhin mitgenommen und ab und zu gedrückt. Er trinkt heiße Schokolade, an der er sich den Mund verbrennt, wird wieder gedrückt und vergißt nie in seinem Leben das Gemurmel und Tassenklappern und den Caféhaus-Geruch nach Citronencreme und Kaffee.

Eng ist es im Souffleurkasten des Rostocker Stadttheaters, aber nicht so eng, daß nicht auch »Walting« darin Platz fände. Und mehr als einmal schläft er darin ein. Er wacht auf und sieht im Kastenschlitz die umgedrehten Schauspielerköpfe: Die Schauspieler gucken in den Souffleurkasten hinein, sie wollen sehen, wie der kleine Mann aussieht, wenn er schläft.

So oft es geht, macht Ullas Lehrerin, Fräulein Schlünz, mit ihren »Mädels« Ausflüge in die freie Natur.
»Bauen Sie die Heimatliebe in den Kindern auf«, hat der Schulrat zu ihr gesagt und ist sich mit beiden Händen durch das volle Haar gefahren: »Die Heimat ist das einzige, was wir noch haben!«
Sie hat für Ullas Klasse eine blaue Fahne entworfen mit einem gelben Sonnenrad darauf. Leni Pagels darf die Fahne tragen, nur Leni Pagels, durch Wald und Feld, und durch »Auen«, über die sich der blaue Himmel mit den sehenswertesten Wolken wie ein Dom spannt.
Fräulein Schlünz trägt eine alte Kletterweste, die sich über ihrem Busen wölbt, und kleine weiße Rollsöckchen, was der neuesten Mode entspricht.
Mit dem Fotoapparat wird geknipst, wie die Mädchenschar hinter der Sonnenfahne hermarschiert, und Fräulein Schlünz tut das zweimal, damit es auch was wird.

> Aus grauer Städte Mauern
> zieh'n wir durch Wald und Feld!
> Wer bleibt, der mag versauern …

Dies ist das Lieblingslied der Klasse, weil es das Lieblingslied von Fräulein Schlünz ist. Immer wieder wird es von den Mädchen angestimmt, Fräulein Schlünz begleitet es auf der Laute, und alle gehen hinter Leni Pagels her, die die Fahne trägt, braungebrannt ist sie, und sie hat dicke Zöpfe, und die Lebenslust kracht ihr nur so aus den

Augen, Leni Pagels, die man nicht nur deshalb gerne hat, weil Fräulein Schlünz sie mag.

Den »Einsiedler« hat die Wanderschar bald erreicht, das ist ein kleines Wirtshaus im Wald. Über der Eingangstür ragt ein Kopf mit halbem Oberkörper heraus; angeblich ein Andenken an den Einsiedler, der sich als Verfolgter in diesem Haus versteckt haben soll. Das erzählt Fräulein Schlünz, und die Brote werden ausgepackt.

»Verfolgte, das sind Menschen, die an was Bestimmtes glauben, an Gerechtigkeit zum Beispiel, was die Obrigkeit oft nicht leiden kann«, so spricht Frl. Schlünz zu den Kindern. »Die schicken dann Reiter aus, um diese Leute zu fangen und zu töten. Der Mann über der Tür, das war so einer, der sich seine Meinung nicht hat nehmen lassen. Wollen's hoffen, daß er mit dem Leben davongekommen ist. Inzwischen ist er natürlich längst tot.«

Es hat Menschen gegeben, die bei ihrer Meinung blieben, obwohl man ihnen mit dem Feuertode dafür drohte! Sie blieben dabei, und dann wurden sie verbrannt.

Ob die Mädels ihr versprechen, daß sie auch immer bei ihrer Meinung bleiben werden, komme was da will?

Ja, das versprechen die Mädchen.

In den Feldflaschen ist Saft, davon werden die Finger »backsig«.

Auch beim Essen wird gesungen, und Fräulein Schlünz kontrolliert, ob jeder was zu essen hat.

> Lauf, Jäger lauf, Jäger lauf, lauf, lauf,
> mein lieber Jäger, guter Jäger, lauf!

Ein hartgekochtes Ei gibt sie der kleinen pickligen Gerda, neben der sich niemand gern aufhält.

Fräulein Schlünz fotografiert das gemeinsame Essen, und dann pflückt sie Wegerich-Blätter und zeigt den Mädchen, wie man an den heraushängenden Fasern die Anzahl der Kinder ablesen kann, die man später kriegt.

Dann nimmt sie die Laute, an der Bänder herabhängen, spielt ein Lied nach dem andern. Dieses Band, dies blaue, ach! Das hat sie bekommen, ach! von einem ganz, ganz lieben Menschen! …
Die Mädel lauschen ihr, sie drücken sich mit ihren zerkratzten Beinen an sie und lauschen diesem kräftig-schönen, nach Moos riechenden Menschen und verstehen alles.

Leni Pagels schnirpst inzwischen auf einem Grashalm: Ihre braunen Beine sind bedeckt von einem Flaum zarter blonder Härchen. Gegen den blauen Himmel muß man dieses Mädchen sehen, wie es im Winde sitzt, neben der kräftigen Lehrerin:

Juwi, juwi, di – haha ha ha!

dann weiß man, daß es in unserm deutschen Vaterland noch gute Säfte gibt.
Die Fotos übrigens werden im Pestalozzi-Kreis zu sehen sein, von Hand zu Hand werden sie gehen. Der Schulrat soll es nicht bereuen, daß er sich für seine jungen Lehrer einsetzt!

Nach dem Singen wird Eierlaufen veranstaltet, »Toter Mann« und Sackhüpfen, und zum Schluß gibt es eine Schnitzeljagd. Wer bloß die Schnitzel ausgestreut hat? Das ist ja ein Rätsel.
Die Schnitzeljagd endet in einer kleinen Kieskuhle mit weißem sauberen Sand. Hier balgen sich die Mädchen, Fräulein Schlünzens wilde Mädchen!
O ja, hier wird Heimatliebe aufgebaut. Ein Hohelied von jubelnder Heimatliebe und Heimatseligkeit wird hier gesungen, das diesen jungen Menschen noch lange im Ohr hallen wird. Mit Tannennadeln im Haar, zerschunden und braun gebrannt, kehren sie nach Hause zurück.

Am Abendbrottisch, wo es viel Bratskartoffeln und wenig Metzwurst zu essen gibt, ist Ulla die Hauptperson. Von Fräulein Schlünz erzählt sie und von ihrem rollenden »r«, und von Leni Pagels, die die Fahne getragen hat, und Ulla denkt irgendwie, daß sie selbst kein Mädchen, sondern ein Junge ist.

Menschen gibt es, sagt sie, die sich verbrennen lassen, nur weil sie 'n Bock haben. Die werden von Reitern eingeholt und ins Gefängnis gesteckt. Und dann werden sie gefragt, ob sie jetzt was anderes sagen wollen, und die sagen dann: Nein, sie wollen nichts anderes sagen. Die werden dann an einen Pfahl gebunden und angezündet. Manche rufen dann: »Ich will doch was anderes sagen!« Das ist dann aber zu spät.

Ulla stützt die Ellenbogen auf den Tisch und schmatzt. »Tausend Stecknadeln« kennt sie nun, und sie macht es bei Robert, der dies nicht sehr schätzt. Robert ist ein freundlicher, aber ernsthafter Junge, mit gesetztem Wesen, der nicht so gerne Lieder singt, wie Fräulein Schlünz sie kennt.

Robert sitzt mit Vorliebe auf den Stufen von Mudding Schulz' Laden, bläst auf dem Kamm melancholische Weisen und guckt sich die Frauen an, die Margarine kaufen und Sirup und anschreiben lassen, wenn sich das machen läßt. Wenn er da so seine Lieder bläst, dann kommt auch die Katze aus dem Laden und schmiegt sich an seine Beine und zittert und schnurrt, und Robert bläst, so schön er irgend kann.

Neben ihm sitzt der starke Heini Schneefoot, der Robert mit den Zähnen am Hosenbund faßt und hochhebt, so daß die Frauen schon sagen: »O Gott, laß den Jungen bloß nicht fallen.«

Meine Oma fährt im Hühnerstall Motorrad ...

Beim Kaufmann ist der Treffpunkt aller Jungen. Hier spielt man Tippel-Tappel, Abo-Bibo und Brummkreisel.

Heini Schneefoot ist der beste Kreiselspieler der ganzen Gegend. Der schafft es, die lange Alexandrinenstraße von einem Ende bis zum andern hochzukreiseln, ohne abzusetzen! Vor Heini Schneefoot warnen die Eltern ihre Kinder jedoch, und das aus gutem Grund: Das schöne Auto, das Robert von Tante Hedi geschenkt gekriegt hat, mit Vor- und Rückwärtsgang, das hat er auseinandergenommen und nicht wieder zusammengekriegt!

Hans Dengler hingegen ist das, was Erwachsene einen »richtigen Jungen« nennen, er sieht jedenfalls so aus: Jedes Jahr, im Frühling, trägt er als erster kurze Strümpfe, und mit den benagelten Schuhen kann er Funken schlagen. Wenn Ulla ihn sieht, dann weiß sie, daß sie selbst kein Junge ist, sondern eben doch ein Mädchen. Sein schmaler Kopf ist liebenswert, und die wenigen Sommersprossen auf der Nase sind es auch.
Hans Dengler sitzt meistens auf seinem Fahrrad, ein Bein hoch, eins runter; er ist kaum davon zu trennen, denn es hat eine echte Bosch-Lampe mit Abblendlicht und Dynamo und eine Klingel mit Zug. Einmal hat er Ulla vorne mit draufgenommen und ist die Alexandrinenstraße bis zum Schlachthof gefegt, und grade in dem Moment mußte doch Polizist Holtermann um die Ecke biegen? Holtermann, dieser Polizist mit Aktentasche?
»Halt!« sagte der in diesem Fall. Und: »Das wird nicht wieder gemacht!«

Auf einem Gummi-Gummi-Berg
da saß ein Gummi-Gummi-Zwerg,
der aß ein Gummi-Gummi-Brot,
da war er gummi-gummi-tot.

Hans Dengler müßte Leni Pagels heiraten, dann gäbe es noch mehr gute Säfte in unserm Volk.

Bei Bäcker Lampe gibt es Kuchenreste, die Tüte für zwei Pfennig, und bei Mudding Schulz kann man für einen

Pfennig den bunten Grieß von Schokoladenplätzchen kriegen, der in der Glaskruke am Boden liegt. Gänzlich umsonst ist das »Hau-mi-blau«, um das jedes Kind Mudding Schulz nur ein einziges Mal bittet.

Zweimal die Woche kommt »Eis-Bölte« mit seinem Wagen durch die Straße, auf dessen Seitenwänden ein Eisbär mit Sonne zu sehen ist. Natureis in Stangen liegt auf dem Wagen, und die Männer haben Eispickel, mit denen sie sich die Stangen heranziehen.
Sobald sie in die Häuser gegangen sind, mit ihrer Eislast auf der Schulter, holen sich die Jungen die abgeschlagenen Eissplitter und lutschen sie auf. Kleine Zweige und Blätter finden sich in dem Natureis, denn das Eis stammt aus der Warnow.
Richtiges Speiseeis kann kein Kind sich leisten. Jeden Tag kommt ein Eisverkäufer durch die Alexandrinenstraße. Drei barocke Nickeldeckel zieren seinen weißen Ziehwagen, weil er drei Sorten Eis zu verkaufen hat: Vanille-, Schokoladen- und Erdbeereis.
In dieser Zeit kann man seine Eltern anflehen, solange man will, niemand erhält die dafür nötigen fünf Pfennig.

Ulla ist wohlgelitten in dem Kreis der Straßenjungen. Sie hat so was Kameradschaftliches an sich. Sie petzt nicht, und sie flennt nicht, und wenn man auf zwei Fingern pfeift vor ihrem Haus, dann kommt sie auch sofort herunter, was ihr schon mehrmals »Stubenarrest« eingetragen hat.
Auch Robert ist gelitten. Er kann eine Narbe vorweisen, die wesentlich imposanter ist, als Heini Schneefoots schönste Narben es sind. Dieses Ding verschafft ihm Respekt. Kreisel spielt er nicht, und »Tausend Stecknadeln« schätzt er nicht, aber Jo-Jo, darin ist er firm. Das ist ja auch eine besinnliche Tätigkeit. Auf den Stufen von Mudding Schulzens Laden sitzt er, und er spielt mit

seinem Jo-Jo, oder er bläst auf dem Kamm, und eine Narbe hat er aufzuweisen, von der andere Jungen nur träumen können.

Roberts Lehrer heißt Zimmermann, das ist ein alter Mann mit krausem Haar. Von Lehrerseminaren wird er besucht, weil man seinen Unterricht für vorbildlich hält. Im Mai, genauer gesagt, in der dritten Woche des Mai ist das Pferd an der Reihe, und das geht folgendermaßen vor sich: Ein Anschauungsbild wird entrollt, worauf die Kinder »Ah!« rufen.

»Sst!« sagt Lehrer Zimmermann, was alle Kinder sofort veranlaßt, die Lernhaltung einzunehmen, die hier vorgeschrieben ist: Hände falten, auf dem Tisch.

»Was siehst du auf dem Bilde?« fragt Herr Zimmermann.

»Einen Pferd«, antwortet ein Kind.

»Das heißt: *ein* Pferd. Sage noch einmal: was siehst du auf dem Bild?«

»Ein Pferd.«

»Sprich im ganzen Satz: Ich sehe ...«

»Ich sehe auf dem Bild ein Pferd.«

»Was für ein Tier ist das Pferd?«

»Ein großes Tier.«

»Ganzer Satz!«

»Das Pferd ist ein großes Tier.«

»Was für ein Tier ist das Pferd aber auch?«

»Das Pferd ist aber auch ein wildes Tier.«

»Nein, sondern was für ein Tier ist das Pferd auch? Du!«

»Ein feines Tier.«

»Nein. – Du!«

»Ein schönes Tier.«

»Sprich im Satz: Das Pferd ist ein ...«

»Das Pferd ist ein schönes Tier.«

So läuft der Unterricht von Herrn Zimmermann. Immer neue und wichtige Erkenntnisse werden »gefunden«.

»Vorhin fanden wir, das Pferd sei ein großes Tier, und

jetzt haben wir gefunden, das Pferd sei ein schönes Tier. Wer sagt mir das zusammen in einem Satz? Nun? – Du!«
»Das Pferd ist ein großes Tier, das Pferd ist ein schönes Tier.«
»Das sind ja zwei Sätze!«
»Das Pferd ist ein großes Tier und ein schönes Tier.«
»Richtig. Nun alle! Das Pferd ...«
So schreitet der Wissenserwerb bei diesem Lehrer fort, Schritt für Schritt. Hier wird nichts überstürzt. Morgen kommt die Kuh an die Reihe und übermorgen das Schwein.
»Was für ein Tier ist das Schwein?«
»Ein dickes Tier.«
»Ganzer Satz!«
»Das Schwein ist ein dickes Tier.«
Der beste Schüler sitzt hinten links, der schlechteste vorne rechts. Jeden Monat wird umgesetzt, das ist dann ein allgemeines Gerücke.

Eine andere Spezialität des Lehrers ist das Kopfrechnen. Es werden Aufgaben gerechnet nach dem Rezept: dies und dies mal dem durch das. Sogenannte Kettenaufgaben sind es. Zum Schluß kommen die wunderlichsten Resultate heraus: »123« etwa oder »777«.
So etwas nennt Herr Zimmermann »Rechenwitze«, sie sind auch in die Aufgaben selbst eingebaut: Dafür ist er berühmt.
Herr Zimmermann läßt die Gedanken der Kinder, zum Beispiel, gern um die 100 herumtanzen, 3 ab, 4 zu und so weiter. Eine Art gedankliches Hinke-Pinke. Diese Art Rechenwitze werden von den Klügeren auch ohne weiteres verstanden, was sie durch lauteres Lachen andeuten. Die Dummen lachen dann mit, was ihnen aber nichts nützt, denn plötzlich ruft Herr Zimmermann: »Ist???« und deutet mit dem Rohrstock auf irgendeinen, meistens auf jemanden, der es eben *nicht* weiß, der schon nach dem

dritten Glied der humoristischen Rechenkette aufgegeben hat. Wenn dieser Knabe nun irgendeine Zahl ruft, auf gut Glück, dann geht es gnädig ab, dann ruft Herr Zimmermann: »Falsch!!« und fragt einen andern. Schweigt er aber, steht er in der Bank und schweigt, um sich herum den wildbewegten Wald der Zeigefinger, dann wird das »Ist??« dreimal wiederholt. Danach gibt's welche mit dem Stock, zack!, weil dieser Junge nicht nur dumm, sondern auch verstockt ist.

Der Schüler Wesselbring gehört zu denen, die jeden Tag rauh angefaßt werden. Seine Eltern sind derartig arm, daß sie ihm nicht einmal ein Heft kaufen können, auf Zeitungsrändern schreibt er und auf Tüten, und auch dafür gibt es jeden Tag, zack! welche auf den Buckel.

Der »Peterpump«, wie Grethe ihren Jüngsten nennt, sitzt indessen im Erker und sieht auf die Straße. Er ist das Nesthäkchen, was ja eigentlich nur Vorteile hat.

Wenn er mal nicht im Erker sitzt, dann schaukelt er im Korridor auf der Schaukel, die für ihn dort angebracht worden ist. Hier hört er die Mutter in der Küche singen und die Standuhr im Eßzimmer ticken, und von hier aus hört er Frau Spät von oben herunterkommen, Selbstgespräche führend, sich vorsichtig Stufe für Stufe vortastend, damit sie nicht ausrutscht auf der gebohnerten Treppe. Und jetzt kommt auch der flötende Briefträger, der Briefkasten öffnet sich, und Briefe rutschen herein.

Ab und zu ist auch Herr Wirlitz zu hören, der hat sich eine Schreibmaschine angeschafft und tippt. Plötzlich steht er auf, rückt den Stuhl, öffnet die Tür und geht auf die Toilette, um dort, wie jedermann weiß, unglaubliche Mengen Klopapier zu verbrauchen. Wenn er wieder herauskommt, wird gesagt:

»Na, Herr Wirlitz?«, was diesen irritiert.

Bei Grethe in der Küche sitzt Frau Schwarzmüller aus der Waldemarstraße und weint. Eine Fehlgeburt nach der andern, und der Mann schlägt sie in einem fort! Und arbeitslos ist er auch noch! Und säuft! Und hat Rheuma!
Grethe hat im Küchenschrank einen Groschen liegen, für alle Fälle, kann sie das denn machen? Ihr den schenken? Muß die Frau das nicht als Beleidigung auffassen? Einen einzigen Groschen? Und so schüttet sie ihr denn ein paar Kartoffeln in die Handtasche, worauf Frau Schwarzmüller die Tränen trocknet, »fidell Dank« sagt und geht. Morgen wird sie zu Pastor Straatmann gehen, und für übermorgen hat sie auch noch jemand. Und nächste Woche kann sie dann noch einmal zu Kempowskis kommen.

Die Balkons haben nachmittags Sonne. Als Frau Schwarzmüller gegangen ist, stellt Grethe ihrem Jüngsten einen Kasten mit Seesand auf den Küchenbalkon und eine sogenannte »Muh-Kuh«, die auf ein Brett montiert ist, mit vier Rädern. Sie zieht ihm Strickhosen an und eine dicke Jacke. Sie gibt ihm auch eine ausgequetschte Zitrone in den Mund, an der es sich behaglich lutschen läßt. Jetzt kräht der Hahn unten auf dem Hof, und die Hühner stutzen. Der Junge rutscht ans Gitter und wirft ihnen Seesand zu, den sie tatsächlich einen Augenblick lang als Futter ansehen.

Nun singt Grethe in der Küche:

> In einem kühlen Grunde,
> da geht ein Mühlenrad ...

laut und deutlich, und ihr Jüngster guckt hinunter in den Hof, auf den Holzschuppen, die Wagenremise und die Stallungen, wo Spatzen sich in der Dachrinne streiten.
In der Wagenremise stehen die verschiedenen Wagen des Schlachters, ein Viehwagen ist dabei und ein Kutschwagen, der äußerst selten benutzt wird. Im Kutschwagen hat

eine Katze gejungt, im aufgerissenen Polster der Sitzbank ist es warm; da liegen die Kleinen und gähnen.

> Die Liebste ist verschwunden,
> die hier gewohnet hat …

Nun kommt aus dem Holzschuppen Schlachter Hut geschritten, ein Beil hat er in der Hand. Gerne hört Schlachter Hut die junge Frau da oben singen.

Er lehnt sich an einen Pfosten, und lauscht. Er hat ein zartes Gemüt, hat »am Wasser gebaut«, wie man so sagt, und er bekommt leicht feuchte Augen. Er lehnt am Pfosten und lauscht: Wo hat er nur schon mal ein so schönes Singen gehört, denkt er. Irgendwann, in ferner Vergangenheit

> Ich möcht' als Reiter fliegen,
> wohl in die blut'ge Schlacht …

Nun zieht er hoch und rotzt aus – Grethe unterbricht daher ihr Lied und ruft »Prost!«, und nun greift er nach einem der Hühner, die ihn bereits mit schiefgelegtem Kopf betrachten. Das Huhn entwischt ihm mit einem letzten gewaltigen Flattern und fliegt federnlassend in die Wagenremise, wo die Katze mit ihren Jungen aus der Kutsche springt.

Herrgott, was für ein Spektakel!

Schlachter Hut hat nun keine feuchten Augen mehr. Er hat den Unterkiefer vorgeschoben und fletscht die Zähne. *Jetzt* hat er das Huhn erwischt, an den Beinen hält er es, und nun verschwindet er mit dem klagenden Vogel im Holzschuppen, weswegen Grethe ihren Sohn in die Küche holt und die Balkontür schließt.

Ja, auf diesem Hof ist immer was zu sehen. Vorne vom Erker aus ist die Straße zu beobachten, und hinten vom Balkon aus der Hof. Aber auch in der Küche ist es interessant. Grethe hat die herrlichsten Beschäftigungseinfälle. Eine Schüssel mit lauwarmem Wasser gibt sie ihrem »Lütten« und etwas grüne Seife dazu. Nun kann er

Schaum schlagen, soviel er will. Wann wird einem das schon mal geboten?
Der »Peterpump« kniet auf einem Küchenstuhl, schlägt Schaum und sieht seiner Mutter zu, wie sie am Küchentisch die Wäsche einsprengt, die sie bügeln will.

Hör' ich das Mühlrad gehen,
ich weiß nicht, was ich will;
ich möcht' am liebsten sterben,
da wär's auf einmal still,

singt sie, und als sie damit fertig ist, sagt der Junge: »Noch mal.«
Ach, Grethe ist es nicht nach Singen ums Herz. Die arme Frau Schwarzmüller mit ihrem schlimmen Mann, und der tapfere Karl! Jeden Tag im Kontor sitzen und Zeitung lesen? Und kein Ende abzusehen?

Gegen Abend, wenn bei Schlachter Hut der Betrieb noch einmal zunimmt: Frauen, die ein Achtel Aufschnitt kaufen, das heißt also eine Scheibe Preßkopf, eine Scheibe kalten Braten und ein wenig Leberkäse; wenn Bäcker Lampe die nicht verkauften Brötchen in die Backstube trägt, damit sie zu Rumkugeln verarbeitet werden können; wenn Mudding Schulz das Bündel Besen und die Tonne mit Heringen von der Straße hereinholt, dann kommen auch Ulla und Robert nach Hause. Den ganzen Nachmittag waren sie draußen, haben beim Messerstich der großen Jungen zugeguckt und haben auf der Reiferbahn Höhlen gebaut. Im Badezimmer schrubben sie sich die Knie und dann kommen sie in die Wohnstube, wo bereits der kleine Bruder auf seinem Stühlchen sitzt.

Um sechs Uhr kriegt »der Lütte« nämlich sein Abendbrot: Griesbrei mit Apfelsinensaft. Ulla setzt sich neben die Mutter auf das Sofa und läßt sich von ihr einen Lindwurm zeichnen, den sie »auf« hat.

Robert setzt sich neben seinen kleinen Bruder und sieht zu, wie der in seinem Griesbrei für den Apfelsinensaft Kanäle gräbt. Bilderschecks sammelt Robert, er hat sie mit Gummibändern gebündelt und in eine Zigarrenkiste geschichtet. Mit dem Ankersteinbaukasten baut er Türme, über die man nur staunen kann, und mit dem Stabilbaukasten konstruiert er Autos, die sich durch Überlänge auszeichnen. Wenn man das Steuer links herumdreht, fährt das Auto nach rechts und umgekehrt.
Die Mutter schneidet inzwischen aus freier Hand mit einer Schere allerhand Figuren aus einem Stück Zeitungspapier, das sie zuvor zusammengefaltet hat. Jetzt ist sie fertig: sie schüttelt das Blatt auseinander, und da sind es sechs Mädchen, die sich an den Händen halten.

Dann liest sie Märchen vor, von Schneewittchen, das sieben Jahre in einem Glassarg liegt, von Dornröschen, das sogar einhundert Jahre lang schläft. »Hans mein Igel« läßt sich einen Hahn beschlagen und reitet mit ihm in die Fremde. Acht Jahre liegt er hinter dem Ofen!

Kiwitt, Kiwitt
watt für'n schönen Vogel bün *itt!*

Das Märchen vom Machandelboom darf Grethe nicht vorlesen, das hat Karl strengstens untersagt. Daß ein Vater seine eigenen Kinder verspeist? Also, nee …
Einmal hat Ulla die Mutter beim Lesen vertreten.
» … und sie erreichten einen hohen Adler.«
Das war nicht ganz das richtige gewesen. Was denn für 'n Adler? Auch überschlug sie so manchen Absatz, um schneller fertig zu werden.
Das wurde aber gemerkt!

Zum Schluß singt Grethe mit ihrer schönen Stimme Volkslieder, und Ulla singt mit; sie kann die zweite Stimme, die hat sie bei Fräulein Schlünz gelernt.
»Aber nicht wieder das traurige Lied«, sagt der Kleine, und sie tun es doch.

... die konnten zusammen nicht kommen,
das Wasser war viel zu tief...

Der Kleine kann seine Kanäle nicht mehr erkennen, die Augen füllen sich mit Tränen, und er fängt schließlich an zu schluchzen, was alle Welt süß findet. Nur Robert nicht, der findet das nicht süß. Der steht auf und guckt aus dem Fenster. Da draußen ist es verdammt dunkel.

Manchmal gelingt es Karl, noch rechtzeitig nach Hause zu kommen, um an dieser gemütlichen Runde teilzunehmen. Er lädt sich den Kleinen auf den Schoß, macht »Hoppe Reiter« mit ihm und holt auch ein Buch hervor. Der »Struwwelpeter« heißt es und

»Konrad«, sprach die Frau Mama,
»ich geh' aus, und du bleibst da ... «

das ist die Stelle, die Karl immer so gerne liest, weil er sie so komisch findet, und er weiß gar nicht weshalb!

Ein anderes Buch heißt »Fitzebutze«, und hier werden die folgenden Strophen nie ausgelassen.

Winkele, wankele,
vor der Tür steht ein Bankele,
auf der Bank sitzt mei Kindele,
spielt mit mei'm Hündele,
winkele, wankele.

Winkele, wankele,
ich hab' ein Gedankele:
ein Äpfle für's Kindele,
ein Knöchle für's Hündele,
Dankele!

Dann muß der Kleine »aber schleunigst« ins Bett, die ganze Familie schafft ihn hinüber, und der Vater setzt sich noch ein wenig ans Klavier und spielt ihm die allerschönsten Lieder vor, die auch die beiden Großen noch gern hören. Dann geht er hinüber zu dem Kleinen, der bereits den Daumen im Mund hat, und ermahnt ihn, er soll immer daran denken, daß er nicht in die Firma kommt, später, wenn er einmal groß ist. »Hörst du?«

Die Firma ist dem Ältesten vorbestimmt, das war schon immer so in der Welt.

9

Was ist ein »Holländer«? Ein Holländer ist ein Kinderfahrzeug. Es hat vier Räder, die vorderen steuert man mit den Füßen, die hinteren werden mittels einer Stange angetrieben, die man mit einem Knüppel in Bewegung setzt. Es sieht so aus, als ob man rudert, und einen ähnlichen Effekt hat es: Man kommt vorwärts.
Karl und Grethe schenken ihrem Ältesten einen sogenannten »Holländer«, damit sich sein Rücken kräftigt und sich das Bein an Belastungen gewöhnt.

Mit diesem Holländer macht Robert hin und wieder Inspektionsfahrten. Er fährt zum Güterbahnhof, wo er Arbeiter beobachtet, die mit einer Hebelstange einen Waggon ins Rollen bringen, er fährt über die Reiferbahn, auf der eine Würstchenbude steht. Oft begegnet er andern Kindern mit Dreirädern und Rollern, sogar mit Tretrollern. Aber keiner hat einen so schönen Holländer wie er. Die Damen auf der Reiferbahn, die da auf Bänken sitzen, unter den Kastanienbäumen, zeigen einander den Jungen, wie er auf seinem Holländer so gesund vorüberfährt, und er grüßt sie alle freundlich.

Ich bin der Riese groß und still,
der alles tun kann, was er will,
vom Bettberg bis zum Lakenstrand
im Reich der weißen Leinewand.

Hin und wieder macht Robert in der Stephanstraße einen Besuch. Er »rudert« mit seinem Gefährt an den Villen der Kaufleute vorüber, ausdauernd und stetig. Die kleine Taschentuchfahne, die er an dem Gefährt befestigt hat, flattert sogar ein wenig dabei... Bei einer dieser Besuchsfahrten ging es plötzlich ganz leicht! Da hatte ein Herr ihn von hinten mit dem Handstock geschoben.

Auch in der Stephanstraße befindet sich jetzt ein zweites Türschild an der Haustür:

Sylvia Schenk.

Eine Visitenkarte ist es, und sie ist mit einer Heftzwecke unter dem breiten Messingschild des Alten angebracht.
Silbi bewohnt drei Zimmer im ersten Stock. Es sind die beiden Schlafzimmer ihrer Eltern mit der dazwischenliegenden Bibliothek.
Im hinteren Schlafzimmer lebt Silbi. Ob's draußen stürmt oder schneit, ob die Sonne lacht oder nicht, hier lebt Silbi ihr sonderbares, ja vielleicht beneidenswertes Leben. Sie liegt auf dem Bett und liest, still und unentwegt, tastet blind zum Pralinenkasten und liest.

O Ordnung, selige Himmelstochter …

Die Kleider quellen aus dem Schrank, der sich nicht mehr schließen läßt, und die Schuhe liegen auf dem Fußboden herum, einer hier und einer da. Aber gemütlich ist es: Der Mensch, der hier wohnt, lebt. Mehr braucht Silbi nicht zu ihrem Leben: ein warmes Zimmer, Bücher und Pralinen. Wenn sie ihr Zimmer betritt, hüpft sie quasi vor Freude. Das hat sie dem Leben abgetrotzt, daß sie sich hier jetzt auf das Bett werfen kann. Da können die draußen in der Welt lange suchen, bis sie sie finden! Sie hat es warm und schön, und sie liest Ganghofer.

Wie gut, daß ihr Töchterheim hinüber ist! Statt duftiger Gestalten waren welche mit schwerem Schritt gekommen. Wer hätte das ahnen können? Ewig unausgeschlafene Gesichter und ein ständiges Genöhle? Und keinen von Silbis kleinen Scherzen hatten sie verstanden, das Nachahmen des Postboten, wie der seine Finger anleckt, oder die theatralischen Gebärden des Pastors …
Diese breiten Menschen aus Schwerin, Crivitz und Malchow – »Ellf gellbe Nellken« – hatten nur geguckt, wenn Silbi in ihrer lebhaften Art ein lustiges Theater vollführte, was das soll oder »woans?«, hatten sie gedacht. Sie hatten

Briefe nach Hause geschrieben, und die Eltern waren gekommen und hatten geguckt: Ob sie nicht recht klug ist, diese Dame, die ihre Töchter hüten soll. Und sie hatten die lustigen Ansichten über den Sinn des Lebens nicht geteilt, die Silbi gestenreich zum besten gab.
Reigen tanzen auf dem Rasen? Aber nicht mit Mädchen aus Schwerin, Crivitz und Malchow. Denen muß man Schweinesülze vorsetzen, dann sind sie zufrieden.

Die weißen Möbel stehen in der Bibliothek noch ganz so, wie sie immer gestanden haben, die Sessel, der runde Tisch und die Chaise. Auch die Rosentapete ist noch zu sehen, wenn auch stark verblichen.
Bücher gibt es hier genug. Quer über den kompakten Werken von Heyse, Goethe und Heinrich Seidel liegen andere Bücher: Bernhard Kellermann: »Der Tunnel«, und »Quo vadis« von Sienkiewicz. Auch auf dem Tisch liegen Bücher, große und kleine, sie türmen sich dort, und auf den Stühlen auch.
Auf der Chaise aber steht das alte Grammophon mit dem Blechtrichter – innen rosa –, daneben liegen die Schallplatten, die im Hause reichlich vorhanden sind.

Die Kinder dürfen in ihrem Zimmer machen, was sie wollen, und das tun sie auch. Niemand stört sie dabei. Sie müssen nur leise sein, das ist die einzige Bedingung! Nie hat es Kinder gegeben, die so laut flüstern konnten wie Bruno und Rieke. Neun und zehn Jahre sind sie, und sie spielen den ganzen Tag miteinander.

Der Junge lebt gewöhnlich in seiner Betthöhle, in der manchmal sogar eine Talgkerze brennt. Hier hat er auch einen reichlichen Vorrat von Gummiteddys, roten, gelben und grünen, die er so gerne ißt, und kleinen bebilderten Heften vom »Blendax-Max«, die es in der Drogerie zugibt.

Rieke, die Schwester, ist ein niedliches Mädchen mit einem blonden Lockenkopf, wie Shirley Temple sieht sie aus, das amerikanische Filmwunderkind, und so stellt sie sich auch manchmal vor den Spiegel. Neben dem Schrank brät sie rohe Kartoffeln auf einem Puppenherd, die sie richtig abschmeckt und dann tatsächlich auch ißt. Meistens sitzt Rieke allerdings auf der hin- und herpendelnden Kommodentür und singt leise vor sich hin. Eine Puppe hat sie im Arm oder die Katze, und sie singt ihre eigenen Lieder, die von dem Leben handeln, das leider nicht das Leben ist.
Der Schrank daneben ist ein wahres Ungetüm. Von oben bis unten vollgepfropft mit Spielzeug. Für Hochgebirgstouren wird er verwendet. Die beiden seilen sich zünftig an und knacken da oben Nüsse.

Quer über den Fußboden verläuft ein Stacheldrahtverhau für Lineolsoldaten, mit Vierzöllern ins Parkett geschlagen. Dies brauchen die Kinder, wenn sie Krieg spielen. »Du bist der Feldmannschar«, sagt Rieke zu ihrem Bruder und zieht sich den Schlüpfer hoch. Mit Erbsenkanonen schießen sie auf die Soldaten, wobei Rieke gewöhnlich etwas geschickter ist. Der Schluß dieses Spiels besteht darin, daß mit den Soldaten geworfen wird, was nicht unbedenklich ist, denn die Mutter kommt schon bald gelaufen, im Unterrock und in Pantoffeln, und tritt zur Strafe ein paar Reiter zu Mus.
»So!« damit die Kinder lernen, still zu sein.
Dann zieht sich Bruno in die Betthöhle zurück, wo der »Blendax-Max« wartet oder ein Karl May: »Durch das Land der Skipetaren«. Bruno liest immer »Skipateren«, aber es macht ja nichts. Spannend ist er trotzdem.
Rieke bevorzugt mehr die »Zehn kleinen Negerlein« oder »Vater und Sohn«, wovon ihr noch der rote Band fehlt.

Ab und zu werden Entdeckungstouren im Hause unternommen. Das Treppenhaus mit den lockeren Teppichstangen geht's hinunter. Die kleinen Aquarelle von Rostock werden dabei angestoßen, so daß sie noch wackeln, wenn man unten angekommen ist. Im Entree steht eine Waschschüssel mit Großvaters Katheter. Äußerst leise muß man an seinem Zimmer vorübergehen, die Tür ist nur angelehnt, und er schnarcht.
Im Keller liegen die Kohlen, und daneben ist die Dunkelkammer mit den Foto-Utensilien der Großmutter. Stöße von blaßbraunen Fotos liegen hier umher, von Picknickfahrten und vom Kaffeetrinken in Warnemünde. Porträts von Unbekannten, im Garten aufgenommen, und von Wohnungseinrichtungen, deren Möbel und Bilder einem bekannt vorkommen.
»Ist das nicht der Eckschrank aus dem Eßzimmer?«

Auf dem Dachboden ist es auch interessant. »Wer zuerst oben ist!« Hier steht eine Elektrisiermaschine, und auf dem alten Sofa liegen Punch-Hefte, deren Witze man nicht versteht. Neben dem Sofa steht ein Fernrohr mit Stativ. In die Fenster der Nachbarn kann man damit gucken: eine Frau, die gerade ein Kleid überzieht, ein Mann, der sich rasiert.
Nebenan bei Konsul Böttcher sind die Gardinen meistens zugezogen. Da wird es erst des Nachts lebendig.

Auch auf dem Dachboden müssen die Kinder äußerst leise sein. Hier haben Rebekka und das Mädchen Minna ihre Zimmer, und die wollen nicht gestört sein. Bruno tut das manchmal absichtlich. Er klopft an Rebekkas Tür und rennt weg, immer in der Hoffnung, daß sie ihn verfolgen wird. Und manchmal tut sie das auch, und dann kommt es dazu, daß er sich von ihr erwischen läßt und durchhauen, wobei er sich an sie herandrückt. Wenn sie das merkt, will sie sich losmachen, aber er klammert sich fest!

Einmal, ein einziges Mal, hat sie ihn in ihr Zimmer gelassen. An dem Tag war sie nachdenklich gewesen, träumerisch. Da ließ sie es zu, daß er sich vor ihren Stuhl kniete und sie umfaßte. In seinen Haaren hatte sie gewühlt und ein merkwürdiges Lied hatte sie gesungen, in einer sonderbaren Sprache.

Manchmal geschieht es, daß Rieke zu ihrem Großvater hineingeht. Der liegt schwer atmend in seinem Bett.
Rieke sieht sich den schlafenden Großvater an, mit dem Pottstuhl daneben. Die Bettdecke zieht sie ihm glatt, und der Großvater rasselt weiter. Sie setzt sich neben ihn und betrachtet das eingefallene Gesicht, den Schnurrbart, der an einer Seite hochsteht, und die Hand, die auf der Bettdecke zuckt.
Die Fotos auf seinem Nachttisch stehen nicht richtig, die müssen ordentlicher hingestellt werden. Das Wasserglas mit dem Gebiß gehört auf das untere Bord, dann fällt das nicht so auf.
Draußen scheint die Sonne, die Gardinen könnte man ein wenig aufziehen. Rieke tut das und stützt sich auf das Fensterbrett. Die Sonne fällt auf ihre Locken, weiße Strümpfe und ein kariertes Kleid trägt sie. Sie guckt hinaus, und sie merkt nicht, daß der Großvater sie rasselnd betrachtet.

Nie hat es Kinder gegeben, die lauter flüstern konnten als Bruno und Rieke. Wenn Bruno allein ist, dann flüstert er mit sich selbst. Hier müssen noch Schützengräben stehen, die werden aus Zigarrenkisten hergestellt, die er sich bei Welp und Rosinat zusammenbettelt, und dort gehören noch ein paar Granateinschläge hin, die man kaufen kann, bei Fohmann am Neuen Markt, für 15 Pfennig.
Die Mutter drüben blättert die Seite um, und nun steht Bruno in der Tür. Sie hat ihn schon gesehen, aber vielleicht geht's so vorüber. Es geht nicht so vorüber.

»Na, denn komm her.«
Sie macht ihm Platz auf ihrem Bett, er kuschelt sich, und dann liest sie ihm Ganghofer vor, und zwar lange, während draußen heller Tag ist, mit klingelndem Milchmann und Spatzen, mit Hunden, die an die Linden pinkeln, und Hausierern. Ein geheimes Zeichen ist von den Hausierern in die Haustür eingeritzt: »Die machen nicht auf!« bedeutet das. Die Klingel geht nämlich nicht.

Wenn Robert einen Besuch in der Stephanstraße macht, stellt er seinen Holländer im Garten ab und geht durch den Kellereingang – »Nur für Lieferanten« – in das Haus hinein, das meistens totenstill daliegt.
Er geht hinauf zu Bruno und Rieke, wo er ohne Zeremonien willkommen geheißen wird. Hier darf er sich auf die Kommodentür setzen und hin- und herschwingen, während auf dem Grammophon eine Platte mit doppelter Geschwindigkeit läuft. Er darf auch an Hochgebirgstouren teilnehmen, die man sich für diesen Nachmittag grade vorgenommen hat. Er wird angeseilt und den Schrank hochgezogen. Und nie wird jemandem erzählt, daß er von da oben hinuntergefallen ist, mit seinem kaputten Bein.
In der Kellerküche wird Blei gegossen. Die Formen macht Bruno selber. Mit einem Küchenmesser schneidet er sie in ein Brett ein. Das Blei gibt's bei Gimpel in der Altstadt, das hackt der da mit einer Axt vom Barren ab. »Ist es so recht, junger Herr?« Über dem Gasherd wird das Blei geschmolzen. Wer Hunger hat, geht in die Speisekammer und nimmt sich ein Stück trocken Brot.
Und dann wird Blei gegossen, Schiffe werden das, Bleistücke, die mit Phantasie als Schiffe zu bezeichnen sind. In der Plättstube steht ein großer Tisch. Hier werden die Schiffe zur Flotte formiert und mit Zwirnsfäden über die Platte gezogen. Einer zieht, und die andern schießen

Papierkrampen mit einem Gummiband darauf ab. Die Schlacht bei Skagerrak. Noch mehr Schiffe gießen, und dann alle in die Luft sprengen. Aber wie?
Beim Drogisten Ernst kauft Bruno ein Schächtelchen mit hundert Stück Knallerbsen. Auf den Tritt stellt er sich und bombardiert die Schiffe damit, was sehr knallt, aber keines rührt sich von der Stelle. Die müssen doch kaputtzukriegen sein? Nein, das sind sie nicht.

Im Garten steht ein großer Birnbaum. Auf dem Baum haben sich Rieke und Bruno ein Bretterhäuschen eingerichtet, das man mit einer Leiter ersteigt. Die Leiter wird dann eingezogen. Hier sitzen die drei auf einer alten Matratze.

Dunkel war's, der Mond schien helle,
als ein Wagen blitzesschnelle
langsam um die Ecke fuhr.
Drinnen saßen stehend Leute,
schweigend ins Gespräch vertieft,
als ein totgeschossener Hase
auf dem Sandberg Schlittschuh lief.

Dieses Gedicht wird aufgesagt und von Robert spielend gelernt. Auch das Lied von den drei Chinesen lernt er hier, die mit einem Kontrabaß auf der Straße sitzen und sich was erzählen. Vom Doktor-Spielen will er allerdings nichts wissen, vom Doktor hat er genug.
Reizvoll ist es, daß man vom Baum aus in die Mädchenkammern gucken kann. Wenn man sich lange genug still verhält, dann vergessen die Mädchen, daß das Bretterhäuschen auf dem Birnbaum besetzt ist. Einmal gelang es den Kindern, Rebekka zu sehen, wie sie ans Fenster trat und sich reckte.

Öfter sitzt der kleine Robert mit dem alten Robert im Erker bei einem Glas Bier, beziehungsweise Milch.

Vom Erker aus gibt es immer viel zu sehen. Menschen, die vornübergebeugt gehen, oder solche, die sich sehr aufrecht halten. Jeden Passanten kennt der Alte, und er unterrichtet seinen Enkel genau. »De hett 'n Vagel«, sagt er zum Beispiel, und er sagt auch warum. Hier erfährt Robert, was ein Vegetarier ist, sogar der Ausdruck »Nutte« kommt vor, allerdings ohne nähere Erklärung.
Ab und zu gehen auch Fremde vorüber. Das ist Anlaß für längeres Kopfschütteln. Diese Menschen haben mitgekriegt, daß da im Erker jemand sitzt und »Kiek em!« sagt. Aber sie lassen sich's nicht anmerken.
Der Alte hat den Krückstock zwischen den Beinen und erzählt Geschichten von zu Haus, von Königsberg, also, daß er barfuß gelaufen ist als Kind, weil das Geld knapp war. Im Kirchenchor hat er gesungen für fünfzig Pfennig im Monat, und das Geld hat er seiner Mutter gegeben, weil die immer gar nichts hatte.
Tief wird in der Vergangenheit gekramt, und Bilder setzen sich im Hirn des kleinen Robert fest für immer: Bilder von Segelschiffen, die ein »K« auf der Flagge führten und die mit Äpfeln übers Haff schipperten.
Immer schon hatten die Kempowskis Schiffe, solange man denken kann. Und einmal ist sogar eins in Spanien gewesen.
»Hier!« sagt Robert William zu seinem Enkel, und er klappt die Brieftasche auf. »Ditt sünd hundert Mark!«
Von dieser Art Scheine hat er schon mal sehr viel gehabt, jetzt hat er davon ziemlich wenig. Leider. Er gibt ihn dem Jungen, der darf den Schein ruhig mal anfassen. Nun aber wieder hergeben ... Und: »Hier! Kiek ma ... « Dies ist das Bild seines Vaters, Friedrich-Wilhelm hieß der mit Vornamen, und neunzig ist er geworden.
Und: »Immer schön datt Muhl hollen!« Das gibt er seinem Enkel mit auf den Weg.
So sitzen die beiden Roberts, der eine redet, und der andere hört zu. Es ist sogar schon vorgekommen, daß der

Alte seine Geige unterm Stuhl hervorzog und seinem Enkel ein Ständchen brachte.

Aus der Jugendzeit...

ein ziemliches Gekratze, aber selbst beigebracht, und das kann auch nicht jeder.

Während Robert es mit dem Holländer hält, gibt Ulla sich mit Lena, der Stute, ab. Sie hilft ihrer Mutter Wäsche aufhängen, auf dem Hof, die Klammern zureichen aus dem Klammerbeutel, den sie sich wie eine Schürze umgebunden hat. Die Wäscheleine muß vorher mit einem Lappen abgewischt werden, denn die Wäscheleine hat im Keller gelegen und ist dreckig geworden, wie man an den dunklen Strichen auf dem Lappen erkennen kann. Solche Striche kann der Kutscher auch hervorbringen. Wenn er die Stute Lena striegelt, dann klopft er den Striegel neben der Box auf dem Steinfußboden aus, und das gibt jedesmal einen Strich aus Pferdeschinn.

Dankwart heißt der Kutscher, und er hat ein rotes Gesicht. Im Winter hat man ihn schon gesehen, wie er seiner Stute aufhalf, als sie im Torweg gestürzt war, nun zeigt er der kleinen Ulla, wie man das macht, Pferde striegeln. Auch hinten muß man das Pferd säubern, was nicht uninteressant ist.

Ulla darf eine Weile auf der Stute sitzen, das ist warm.

Im Stall ist es dunkel, das große Tor steht offen, hell fließt das Sonnenlicht herein. Eine Katze streicht am Torpfosten entlang und krümmt den Rücken, und Ulla sitzt auf dem warmen Pferd, still und stumm.

Nun hebt der Kutscher sie herunter, rauh ist seine Hand. Sie gleitet an ihrem Bein entlang, und Ulla stemmt sich ab von dem Mann, und gut ist es, daß draußen auf dem Hof ein Schlachtergeselle die Kübel zu schrubben beginnt, da kann Ulla aus dem Pferdestall hinauswitschen, so wie die Katze es tat.

Roberts Besuche bei Vetter und Kusine finden nach einem Versteckspiel ihr Ende.

Eins, zwei, drei, ich komme!

Bei diesem Spiel waren die beiden Schenk-Kinder plötzlich unauffindbar geblieben. Anstatt sich hinter ein Faß zu ducken, waren sie ganz und gar weggelaufen, über den Schillerplatz mit der stillgelegten Fontäne zum Bahnhof. Und hier hatten sie sich auf die Stufen der Normaluhr gesetzt und sich »gehoegt«, wie es in Mecklenburg heißt. Sich also vorgestellt, wie ihr Vetter sie überall sucht.

Nach diesem Erlebnis stellt Robert seine Besuche in der Stephanstraße ein.

Grethe findet das typisch. Normale Kinder kommen doch nie auf die Idee, ihren Vetter mit seinem kranken Bein allein zu lassen! Das kommt eben davon, wenn die Mutter den ganzen Tag im Bett liegt und die Kinder sich selbst überläßt. Vielleicht ganz gut, daß Robert da nicht mehr hinfährt. Sonst käme er womöglich auf den Gedanken, sich auch den ganzen Tag ins Bett zu legen und zu lesen. Böse Beispiele verderben gute Sitten?

Silbi kriegt nichts mit von der Affäre. Silbi liegt auf dem Bett und liest ein Buch nach dem andern, und sie fühlt sich wohl dabei. Ab und zu lacht sie auf, ganz unmotiviert, bricht eine neue Pralinenschachtel an und schlägt in die Kissen vor Freude und reckt sich: Daß sie hier liegen kann, das hat sie dem Leben abgetrotzt! Und das Buch nimmt sie zur Hand, von Ganghofer, in dem grad' ein Unwetter beschrieben wird. Ein Gebirgsfluß schäumt über und reißt alles mit sich. Lange schon hatte die Natur Zeichen von sich gegeben, aber die Menschen haben die Zeichen nicht verstanden!

Abends rafft Silbi sich auf, »zieht sich gut an«, auch die Kinder werden hübsch angezogen. Fotos existieren, auf denen Bruno in einem bequemen Kieler Anzug zu sehen

ist, und daneben Rieke, in weißem Kleid, mit Taftschleife über dem Kopf.
Der Alte weiß nicht, wie es oben bei seiner Tochter aussieht, das ist ihm auch egal. Ihm genügt es, wenn er abends Gesellschaft hat. Kartoffelsuppe gibt es jeden zweiten Tag, mittags zum Mittag und abends zum Abendbrot. Der Alte brockt sich Brot hinein, und den Sellerie fischt er heraus. Sellerie mag er nicht. Er ißt Kartoffelsuppe gern mit angebratenen Weißbrotwürfeln, und die kriegt er nicht. Deshalb brockt er sich Schwarzbrot in die Suppe.
Vor dem Suppenessen nimmt sich der Alte den Priem aus dem Mund und legt ihn neben den Teller.
»Du, Großvater, das gibt's aber nich!« sagt die kleine Rieke. »So?« sagt der Alte und steckt ihn in die Schachtel. Die Kleine ist manchmal sehr streng mit ihm.

Gern examiniert der Großvater seine beiden Enkel:
»Ein Schiff ist *fünfzig* Meter lang, und *sechs* Meter breit – wie alt ist der Kapitän?«
Dieses Rätsel gibt er ihnen auf. Oder:
»Loch an Loch und hält doch?«
Ein solches Examen bestehen die Kinder immer mit Glanz.
Wenn er sich weit hintenüberlegt, die Augen schließt und den Mund öffnet, wissen sie, was sie zu sagen haben. »Engelbert Humperdinck!« rufen sie, »die Totenmaske von Engelbert Humperdinck!« Das gebietet ihnen die Klugheit.
Von seinen Eltern erzählt der Großvater auch ihnen, daß sie Truhen voll Goldstücke stehen gehabt hätten in ihrem Haus, sagt er, in Königsberg. Und wenn er das so sagt, denkt er daran, wie armselig das in Wirklichkeit war: zwei kleine Stuben und für die fünf Kinder zwei Betten. Sechs Schiffe, und alle in einem Jahr gesunken.

Eines Tages packt Robert sich einen Brotknust ein und eine Bierflasche mit Wasser, und dann fährt er los in Richtung Stadt. An der Reichsbank fährt er vorüber. Hier hält er einen Augenblick inne und legt das Ohr an die Hauswand: Ob man das Geld klimpern hören kann?
Beim Steintor hilft ihm eine freundliche Dame über die Straße, wofür er sich bedankt. Ans Barometer klopft er, wie alle Passanten das tun, und dann fährt er durch die belebte Steinstraße, in der die Menschen ihm kopfschüttelnd ausweichen.
Über den Neuen Markt geht die Fahrt, auf dem das Rathaus steht mit den sieben Türmen. Hier hält Robert an und nimmt einen Schluck aus der Flasche. Unter den Arkaden sitzen unrasierte Männer, einer neben dem andern. Einer hat ein Schild neben sich stehen: »Arbeit!« steht darauf.
Drüben bei der Marktapotheke parkt ein Auto der Polizei. Hinter dem Rathaus stehen laubenartige Schlachtbuden, in denen Kleingetier und Geflügel geschlachtet wird. Sie stammen noch aus dem Mittelalter. An den Schlachtern, die sich auf ihr Beil stützen, fährt Robert vorüber.
Schlachter? Da ist die schöne Persildame im weißen Kleid auf der Hauswand gegenüber schon sehenswerter, weiß mit freundlichem Gesicht!
Dann geht's die Große Mönchenstraße hinunter, wie von selbst. Ein bißchen Sorge macht sich der Junge, wie er wohl wieder hinaufkommen wird, die Steigerung ist erheblich. Er dreht um und versucht es ein paar Meter. Ja, es wird gehen.

Durch das Mönchentor fährt der Junge, dort steht der Pferdebrunnen, der oben für Vögel und unten für Hunde eingerichtet ist. Er parkt den Holländer, nimmt seinen Proviant und betritt das Kontor.
Im Kontor ist es leer. In der Ecke raschelt es, da sitzt der dicke Sodemann und liest Zeitung. Den einen Dampfer,

der hier pro Woche Stückgut bringt, hat er schon heut' morgen abgefertigt. Und nun liest er eben Zeitung, obwohl das nicht grade anregend ist. Von Sparmaßnahmen ist darin die Rede.

»Spare in der Not, dann hast du Zeit dazu«, sagt Sodemann zu Alphons Köpke von der »Fröhlichen Teekanne«, bei dem man zu dieser Zeit schon für 90 Pfennig ein Mittagessen bekommt. Zuviel für den, der das nicht hat.

Sodemann bemerkt den Jungen zunächst nicht, und dann schickt er sich an, auf allen vieren ihm entgegenzukriechen und zu bellen. Dies wird unterbrochen durch Karl, der plötzlich vor seinem Sohn steht. Groß, mit goldener Brille.

»Junge, wo kommst du her?« sagt er und zieht die Uhr, deren Kette er sich um den Finger wickelt.

Gold gab ich für Eisen.

Daß der Junge allein den weiten Weg gemacht hat, sagt Karl zu Sodemann, der sich wieder erhoben hat und »ßü!« dazu sagt. Ganz allein, und daß der sicher mal ein tüchtiger Kaufmann wird, davon ist er überzeugt.

Hierzu sagt Sodemann nichts. »Wer's glaubt, wird selig«, das denkt er so ungefähr, seinem Gesicht sieht man das an. Dann zeigt Karl seinem Sohn den großen Geldschrank mit den zwei Schlüssellöchern, einem sehr großen und einem sehr kleinen, in dem momentan lediglich eine Schachtel Büroklammern liegt. Die beiden Schreibtische, der des Großvaters und der eigene, sind auch leer. Unten im Fach hat Karl zwei Tüten mit Briefmarken, eine kleine und eine große. Die kleine schenkt er seinem Sohn. Eines Tages, sagt Karl zu seinem Ältesten, wird *er* hier sitzen und *ihn* angucken. Vis-à-vis. Er soll sich schon mal auf den Stuhl setzen und er, Karl, wird sich aus Spaß mal drüben hinsetzen. Was?

Aber das tut Karl denn doch nicht. Er stellt sich lediglich hinter den Stuhl des Vaters, und er sieht zu seinem Sohn hinüber, und die Bilder an der Wand sieht er gleichzeitig, die Schiffsbilder, auch das von dem, das untergeht.

Nun erfährt die Besichtigung einen Aufschub, das Telefon klingelt, und Karl stellt sich ans Fenster und guckt hinaus, während er telefoniert und mit der Schnur spielt. Lange dauert das, und Robert sieht ihm dabei zu, ißt sein Brot und trinkt sein Wasser, und so, wie Karl da am Fenster steht und telefoniert, so wird er seinen Vater für immer im Gedächtnis behalten: Und, daß dies in einer fremden Sprache geschah. »... den lilla nyckelpiga ...« diese Worte kommen vor in dem Gespräch und »käre brev«, und singend wird das gesprochen.

Nach dem Telefonieren wird ihm noch die Kopierpresse gezeigt, unter die man den Finger legen kann, aber nicht soll.
Neben dem Heizungskeller, in einem finsteren Raum, ist die Registratur, da sitzt ein alter Mann und »legt ab«. Einen Diener macht er vor dem kleinen Jungen, und dann legt er weiter ab, und zwar Briefe, die von wer weiß woher kommen. Aus Ceylon hat er einen in der Hand. Daß dies sein Sohn ist, sagt Karl zu dem alten unrasierten Mann, und daß der den weiten Weg ganz allein gemacht hat und eines Tages das Geschäft übernehmen wird.

Karl guckt auf die Uhr. Es ist kurz vor sechs. Er zieht seinen Mantel an. Heute war es wieder nichts mit Geschäften. Wie schon seit Monaten. Ein Anruf aus Schweden allerdings, der ihm das Herz erwärmte.
Karl setzt den Hut auf und sagt »Auf Wiedersehen!« zu Sodemann, der in wenigen Minuten dasselbe tun wird. Und dann geht er mit seinem Sohn nach Hause, das heißt, dieser fährt, und er schiebt ihn ein wenig.
Ein kleiner Umweg wird gemacht, am Hafen entlang zum Petritor, an still vor sich hindümpelnden Schiffen, um die

sich kein Kran müht. Ein Hund bellt, und eine Tür klappt, das ist alles.
Am Heringstor, wo der Schiffsproviianthändler grade die Tür zuschließt, liegen drei Dampfer nebeneinander. »Consul«, »Clara« und »Marie« heißen sie. Das hat's noch nicht gegeben, daß diese drei Schiffe gleichzeitig im Rostocker Hafen liegen. Doch dies ist kein Anlaß zur Freude, denn diese Schiffe »liegen auf«, weil sich keine Ladung für sie hatte besorgen lassen.

Vom Petritor aus geht es durch die Altstadt. Und das ist gut so. Denn grade in diesem Moment haben sich die Flammen im Lagerhaus der Firma Gimpel durch den Stapel Jutesäcke gefressen und schlagen aus dem Dachstuhl heraus. Eines der wenigen noch erhaltenen alten Giebelhäuser besitzt der Herr Gimpel, mit Treppengiebel und Glasurziegeln in den gotischen Fensterbögen, und grade hat er es renovieren lassen! Aus Liebe zu seiner Vaterstadt. Nun schlagen die Flammen aus dem Dachstuhl, und Gimpel kommt aus dem Haus gelaufen und schreit: »Feuer!«
Von allen möglichen Leuten wird die Feuerwehr gerufen, und der Feuermelder an der Viergelindenbrücke wird eingeschlagen. Ach, es ist zu sehen, daß hier die Feuerwehr vergebens kommt. Mit wildem Krachen schießen die Flammen gen Himmel – vierhundert Jahre lang haben sie darauf gewartet –, und die Gimpels tragen Schubladen ins Freie, weil sie die großen schweren Eichenmöbel nicht von der Stelle rücken können.
Karl hält seinen Sohn an der Hand. Er denkt an die eine Nacht, damals, als das Holzlager brannte vor der Stadt, das Tuten und Blasen, und daß sein Vater ihn auf dem Arm trug.
Robert versteht überhaupt nicht, was das Wort »Jude« bedeuten soll: Daß das dem Juden gar nichts schadet, sagt ein dicker Mann laut.

Abends, wenn der alte Herr Kempowski die Zeitung durch hat mit den meist ärgerlichen Nachrichten – er liest sie stets von der ersten bis zur letzten Zeile –, dann weiß Silbi, daß sie ihrem Vater nun was bieten muß. Und das tut sie auch. Frau Böttcher, nebenan, ist ein beliebtes Objekt für Silbis Darstellungskünste. Silbi hat sie beobachtet, nachts, wie sie mit der Talgkerze durch die leeren Zimmer strich, und Silbi kann das nachmachen! Genau! Den irren Blick kriegt sie hin und dies Tasten nach Möbeln, die nicht mehr da sind ...
Ganze Dramen führt Silbi auf, oder doch zumindest Teile davon. Von Shakespeare kann sie am besten die Lady Macbeth, wie die sich die Hände besieht und immer sagt: »Blut ... Blut ...« und darüber wahnsinnig wird. Aber auch König Lear, der blind am Strand umherirrt.
»Parole?«
»Süßer Majoran!«
Oder Richard Wagner, der Tannhäuser, als er sagt, daß er im Venusberg gewesen ist, da schreien alle auf.

Der Alte sitzt neben dem Ofen in seiner schummrigen Ecke: Seine Tochter ist ja eine Künstlerin! Zum Theater hätte sie gehen sollen. Und dann fängt er an zu husten, und der Husten geht in Lachen über, bis das Lachen im Husten endet.
Oder der alte Ahlers? Der ist auch ein beliebtes Objekt. Der alte Ahlers, der sich neuerdings seltener sehen läßt, wofür man keinen Grund anzugeben weiß.
Auch den alten Ahlers kann Silbi spielen. Wie der immer aufstand, wenn man ihm Kaffee eingoß. Aufstand und den Zwicker abnahm, als »Kavalier alter Schule«, bis das Plätschern zu Ende war.
Eine ganze Schiffsladung Cognac hat er in der Stephanstraße ausgetrunken, das ist nicht übertrieben!

Wenn Silbi richtig in Fahrt ist, bevölkert sich die Stube wieder mit dem lustigen Schauspieler-Treiben, das ihre Mutter so gern um sich hatte.
»Gibt's denn hier keinen Sekt?«
Tenor Müller aufersteht leibhaftig und die kleine Linz, die dauernd weinte ...

Nero, der Kettenhund!

Der Alte guckt ihr mit runden Augen zu, lachend, hustend, und er denkt sich die Gestalten dazu, die Silbi ausläßt. Schenk, den schnöden Afrikaner. Er kriegte nun 'ne reiche Frau, das hatte er schon vor der Hochzeit rumerzählt, das hätte einen hellhörig machen sollen! Einander würgend hatte man sie auf dem Teppich liegen gefunden. Und dann war er eines Tages weggegangen.
Und Anna, seine Frau, wie sie da auf dem Sofa saß in ihrer majestätischen Haltung. Damals flutschte der Betrieb hier noch. Herrgott, wenn er noch an die sauer eingelegten Gänse denkt! Und an die Citronencreme ...
Damals war aber auch noch Geld dagewesen. Ein steter warmer Strom ergoß sich in das Haus hinein, und wärmte alle, die daran teilhatten.

Glücklich ist,
wer vergißt,
was nicht mehr zu ändern ist.

Da hinten der Flügel, auf dem nun schon so lange keiner mehr gespielt hat, und die Vitrine mit der Tasse, aus der die Königin Luise mal getrunken haben soll ...
Da drüben auf dem Sofa sitzt sie immer noch, Anna, seine Frau. Ernst guckt sie ihn an!
In seiner Brieftasche hat der Alte einen Hundertmarkschein, da hat er auch Fotos von seinen Eltern. Unter den Fotos, im letzten Fach, liegt ein zerknitterter Zettel: »Willst du mich heiraten?« steht darauf, von einer Mädchenhand geschrieben.

Ob sie mal die Kaffeedecke holen soll, mit den eingestickten Namen, fragt Silbi. Aber der Alte antwortet nicht. Er sitzt am Ofen in seinem großen Wohnzimmer, in seinem großen Haus, eine Steinhäger-Flasche mit Warmwasser auf dem Schoß.

In disse Stadt is de Credit müsedot.

Er sieht ins Leere.

Das Auto hat er verkauft, und im Geschäft, die Leute hat er entlassen. Er weiß nicht, wo sich noch etwas abknapsen läßt.

Verkehrt war es, die Häuser zu verkaufen und die Schiffe zu behalten, das weiß er nun. Aber, wer hätte das auch ahnen sollen? Seit Monaten keine Ladung zu bekommen, alles totenstill? Grundgeyer hat das geahnt, dieses Schlusuhr, alle Schiffe abzustoßen, als es noch Zeit war. Der hat's faustdick hinter den Ohren! Ein neues Auto hat er sich gekauft, und beide Söhne studieren.

»Soll ich Licht machen?« fragt Silbi. Nein, Licht kann der Alte nicht gebrauchen.

Wo war er stehengeblieben? Grundgeyer, der König der Reeder, der nun keine Schiffe mehr hat, dafür ein Auto, und seine beiden Söhne studieren.

Böttcher hat es am schlimmsten erwischt. Gestern noch auf stolzen Rossen... Wie kann man aber auch auf einen Schlag sechs Schiffe kaufen? Die liegen nun alle im Hafen, eins neben dem andern, und Ratten spielen darin herum. Und *er* liegt unterm Rasen. Ein HABEN ist besser als zehn HÄTT' ICH? Einzelheiten seines Todes sind durchgesickert, aber darüber spricht man nicht.

»Mach mal Licht, Silbi!«

Pleite gehen, und dann mit einer Frau aus Schwerin verheiratet sein! Eine Frau, die den Mann nicht ermutigt, wenn er im Dreck sitzt. »Es wird schon werden...« Solche Worte kann man von einer Frau nicht hören, die aus Schwerin stammt. Und jetzt? Jetzt geht sie nachts mit

einer Talgkerze durch die Zimmer – das kommt dann dabei heraus.
Das Mädchen Rebekka wird man entlassen müssen und die »Marie« verkaufen. Am besten jetzt gleich: also morgen früh. Und die »Clara« auch. Sonst muß man sich am Ende gar auch am Rosengarten aufstellen, ob Grundgeyer einen noch grüßt.
»Los, Silbi, fåt ma an!«
Der Alte will aufstehen, seinen »Spaziergang« machen, wie er das nennt. Silbi kriegt ihn aus dem Sessel heraus und faßt ihn unter. Und dann geht er sechs Schritte hin und sechs Schritte her. Alles verkaufen! Am besten jetzt gleich! Und noch mal sechs Schritte hin und her. Immer auf und ab. Und plötzlich bleibt er stehen. Ja! Alles verkaufen! Am besten gleich!

Er will jetzt sofort zu seinem Sohn, zu Körling! Das fällt ihm ein. Warum nicht? Ist das nicht sein Sohn? Kann er den nicht besuchen? Alles mal durchsprechen? Kann er da jetzt nicht hin?
Zu seinem Sohn will der Alte fahren, Herrgott noch mal, wo wohnt der eigentlich? In der Alexandrinenstraße? Da ist er noch nie gewesen, das stimmt.
Es ist halb neun, als Silbi ihren Vater in den Rollstuhl verfrachtet und mit ihm die Stephanstraße hinunterfährt, an Villen vorbei mit Turm, in denen andere Kaufleute sitzen und auch denken: »Hätt' ich doch« und »Wär' ich doch«. Leute mit weißem Flügel auf der Diele und Schiffen im Hafen, die auch alle alles verkaufen wollen.

Bäcker Lampe, der grade sein Fenster mit Brötchen dekoriert, von denen er sieben verschiedene Sorten führt, hält inne. Im Rollstuhl, geschoben von seiner Tochter, kommt der alte Herr Kempowski daher.
Jetzt wird der Rollstuhl festgestellt, und die junge Frau wuchtet ihn heraus, hakt ihn unter, und nun geht's: linkes Bein, rechtes Bein, hinein ins Haus.

Mühsam ist es für die beiden, die Treppen emporzuklimmen. Endlich stehen sie vor der Tür: »Wirlitz – zweimal klingeln«, »Mommer – dreimal klingeln«.
Viermal klingeln sie und *fünfmal* – und schließlich Sturm! Niemand da? Das ist ja noch schöner. Seinen Sohn will der alte Herr Kempowski besuchen, aber sein Sohn ist nicht zu Haus!

Zehnmal klingelt der Alte, da macht keiner auf. Statt dessen öffnet sich der Briefkastenschlitz, und Ulla guckt heraus: »Wer ist da?« Als sie ihren Großvater erkennt, holt sie den Schlüssel, schließt auf und zieht die Kette zurück. Der Großvater schwankt in den Flur hinein, wobei er den Krückstock mal zur Stütze und mal als Knüppel benutzt. Diese Schaukel, die hier hängt?
»Watt sall dat?«
Nun steht er im Wohnzimmer vor Karls Sessel. Er plumpst hinein. Da sitzt er nun. Sein eigener Sohn ist nicht zu Haus, wenn der eigne Vater ihn besuchen will!
Silbi streicht durch die Wohnung, ob sich nichts Süßes finden läßt, und Ulla, im Nachthemd, guckt ihren Großvater an.
»Soll ich dir ein Bier holen?« sagt sie klar und deutlich, und da kommt auch Robert aus dem Kinderzimmer, die Hosenklappe seines Schlafanzugs, hinten links, ist heruntergeklappt. Beide lassen sich von ihrem Großvater betrachten, der noch immer ein wütendes Gesicht macht, dann aber die Taschenuhr hervorholt, repetieren läßt, und mit ihr »zaubert«. Eine besondere Sprache kennt er, und die lautet so: »Du-ulewu, büst-üstle-wüst, een heenlewen, Schaaps-apslepaps, kopp-opple-popp!« Und das heißt: »Du büst een Schapskopp«.

Karl und Grethe sind bei Jägers. Sie haben einen Grund zum Feiern. Aus Wandsbek ist nämlich ein Brief gekommen: was mit dem Geld werden soll?

Mit welchem Geld?
Nun, mit Grethes sauer verdientem Geld aus der Warteschule!
Das war ja völlig in Vergessenheit geraten, das Gehalt, das der Vater damals angelegt hatte und all die Geburtstags-Zehnmarkstücke aus neugeprägtem Gold!... Und man dachte, das alles wäre längst perdu! Herrlich! Da war der Vater also ein Finanzgenie, und das muß gefeiert werden. Karl und Grethe haben zwei Flaschen Wein gekauft, von dem unvergleichlichen 21er, und sind zu Jägers gegangen.

Zu der Zeit, als der alte Herr Kempowski in der Alexandrinenstraße von seiner Tochter bereits wieder halsbrecherisch die Treppen hinuntergeführt wird – beim Hinaufgehen hatte er schon Angst vorm Wieder-Hinuntergehen gehabt –, diskutieren die jungen Leute bei Jägers gerade darüber, was ein Genie ist, das wollen sie herauskriegen. Und ihnen klingen keineswegs die Ohren!
Gemütlich ist es bei Jägers.
Kröhls sind da und Dahlbusch, genannt »Schublhad«, mit seiner Frau, Inge von Dallwitz und Thießenhusen. Und während der alte Herr Kempowski in der Alexandrinenstraße wieder in den Rollstuhl fällt und mit dem Krückstock zum Erker hinaufdroht, weil da die Kinder herausgucken, denen er doch ausdrücklich gesagt hatte, sie sollen sofort wieder ins Bett gehen, sonst kriegen sie kalte Füße, zuckt es dem Herrn Dahlbusch bereits wieder in den Beinen. Er wird heute nacht noch eine lange Fußtour machen müssen, das kündigt sich schon an. Nach Ribnitz, denkt er, nach Ribnitz zu Fuß. Warum nicht?

Woran sich ein Genie erkennen läßt, das ist die Frage, die an diesem Abend erörtert wird. Es gibt dicke Genies und dünne, junge und alte, fleißige und faule... Mozart zum Beispiel, dessen Werke-Verzeichnis alleine 351 Seiten

lang ist, eng bedruckt, der übrigens nur fünfunddreißig Jahre alt geworden ist, warum ist der ein Genie, aber Lortzing nicht? Lortzing, der auch lauter wundervolle Opern geschrieben hat, bei denen sogar auf einem Amboß der Takt geschlagen wird?
Fünfzig Jahre alt ist Lortzing geworden, und gehungert hat er, daß die Schwarten knacken.
Oder Richard Strauss? Eben denkt man, wie gut, daß wir Bruckner haben, der wird uns Deutschen Ansehen in der Welt verschaffen, da kommt schon wieder ein neues Genie. Und was für eins! Strauss! – Wie begnadet sind wir Deutschen doch, daß immer der jeweils größte Meister der Töne ein Deutscher ist! Auch in den ärmsten Zeiten!
»Musik? Sie faltet mich auseinander und öffnet mir die geballte Faust«, so hat Goethe das ausgedrückt, und so ist das auch bei Strauss, diesem Genie. Ob man will oder nicht, man wird auseinandergefaltet.
Erfinder sind auch Genies. Die Glühbirne. Zack, einfach anknipsen.
Oder besser noch, die Sache mit den Zuckerrüben.
»Erfinder brechen die Blockade.«
Da hat Napoleon nicht schlecht geguckt, als wir den Zucker aus Zuckerrüben gewannen. Davon hat dann die ganze Welt profitiert.

Oder Schauspieler, Otto Gebühr zum Beispiel, als »Alter Fritz«. Der braucht einen nur anzusehen, dann umschauert uns schon die Majestät der Geschichte.
Otto Gebühr im letzten »Fridericus«-Film: in der Nacht vor der Schlacht, wo der sorgenzerfurchte König sein Testament diktiert? Nie ist der Alte Fritz in seiner Größe uns menschlich näher gekommen als hier. Faltenzersägt, geduckt vom Schicksal, frierend mit den mageren Händen, krummbeinig und gebückt, so wie er wirklich war, ohne Majestät und Brimborium, aber eben ein Mann,

ein ganzer Mann, der auf das drohende Schicksal mit Felsblöcken wirft: du oder ich!
Friedrich der Große ein Genie und Otto Gebühr auch, ein Künstler mit Verve und Nerv, der den alten Fritz im wesentlichen nur mit einem Aufleuchten der Augen verlebendigt.
Wenn man diesen ekelhaften Remarque-Film dagegenhält: »Im Westen nichts Neues« – Kramer heißt der Kerl ja eigentlich, und wer heißt schon Kramer? –, ein Film, in dem ein Frontsoldat behauptet, es sei schmutzig und widerwärtig, für sein Vaterland zu sterben? Da gerinnt einem wahrhaftig das Blut in den Adern und beginnt im nächsten Augenblick zu sieden!

Zum Genie gehört etwas Spontanes, darüber sind sich alle einig, etwas alle Kräfte in einem Punkt Zusammenziehendes, Vereinigendes. Das Genie ist der wunderliche, edle Kristallisationspunkt einer ganzen Epoche. Wie zum Beispiel: Nietzsche, mit »te-zett-es-ze-ha«.

> Die Krähen schrein
> und ziehen schwirren Flugs zur Stadt ...

Nietzsche, der ja wohl verrückt geworden ist. Dies letzte Bild von ihm, im Bette liegend mit dem gewaltigen, ehrlich gesagt: zu langen und ungepflegten Schnurrbart.
»Wenn du zum Weibe gehst, vergiß die Peitsche nicht ...« Wahnsinnig geworden: und dann noch elf Jahre gelebt, wie Hölderlin, der auch verrückt geworden ist und sogar noch über vierzig Jahre lang gelebt hat!

> ... im Winde klirren die Fahnen ...

Ein ganzes Menschenleben! Aus dem Fenster geguckt und ab und zu ein bißchen Klavier gespielt.

> Weh mir, wo nehm' ich,
> wenn es Winter ist, die Blumen her ...

oder wie es heißt, dieses wundervolle Gedicht.
Syphilis vermutlich oder ganz normal verrückt. Das gibt's ja auch. Vermutlich ist das Gehirn irgendwann voll, und

dann läuft es über. Oder ein über die Maßen angespanntes Seil reißt.
Wie sonst würden so viele Genies verrückt werden?
Eben noch mal nachzählen: Nietzsche, Hölderlin... Schumann nicht zu vergessen. Und wer noch? Da muß es doch noch welche geben? Schumann, der mit Vornamen Robert heißt, was gar nicht so häufig ist.
Lenau, der auch. Ja, der ist auch verrückt geworden. »Drei Zigeuner sah ich einmal...« Verrückt geworden, aber wohl kein Genie gewesen. Das gibt es natürlich auch.

Verkannte Genies... Manchem merkt man es nicht an! Tragisch! Der lebt in tiefster Armut, und keiner ahnt: Dieser Mann wird die Menschheit einmal unerhört bereichern. Wartet nur ab!
Erst nach zweihundert Jahren kommt man drauf, und dann weiß niemand, wo der begraben ist. Liegt womöglich in einem Massengrab! Alle Knochen durcheinander. Wie Schillers Schädel. Hat Goethe sich den nicht mal angeguckt? Oder Mozart, bei dem keiner zur Beerdigung gegangen ist.

Ob es in Rostock wohl schon mal ein Genie gegeben hat? Karl hat den Dichter Adolf Wilbrandt mal gesehen, als Kind, von Aug zu Auge! Vielleicht ist der ein Genie gewesen? Der sah ziemlich so aus.
Thießenhusen lacht plötzlich und sagt: »Versoffene Genies«, daß es den Ausdruck gibt, das fällt ihm grade ein, und daß er weiß, woran man ein versoffenes Genie erkennt.
Daraufhin wird »Prost!« gesagt, aber nicht »Ex!«, weil man sich nur die zwei Flaschen leisten kann.

Die Tafel Schokolade, die Jägers traditionell spendieren, entfällt, denn durch die neuen Notverordnungen wurde

auch Dr. Jägers Gehalt gekürzt, und damit hatte man nicht gerechnet! 465 Mark bekommt er nun, was noch vergleichsweise viel ist.
Ja, wird dann gesagt, in dieser verworrenen Zeit bedarf es mehr denn je eines genialen Mannes, der den Gordischen Knoten des Elends zerschlägt! Eines Mannes mit Visionen und Tatkraft, der ohne Rücksicht auf Verluste den Versailler Vertrag hinwegfegt und über Trümmer hinwegschreitend eine neue Zeit herbeizwingt! Ein Mann wie Bismarck etwa, so einer müßte her! Ein Genie! Was ist dagegen dieser fischblütige, katholische Brüning? Ein Beamter, weiter nichts.

»Neue Zeit« – dabei denkt jeder an was anderes.
Dr. Jäger stellt sich frische junge Menschen vor, senkrecht an Leib und Seele, die in einer sonnendurchfluteten Klasse seinen Worten lauschen.
Thießenhusen denkt, daß es in der »Neuen Zeit« einfacherer Gesetze bedarf, die das Böse sofort zerschmettern und nicht erst nach langwierigen Gerichtsverhandlungen. Eine Art Daumen-hoch- oder Daumen-runter-Justiz, die jeder Mensch versteht.
Grethe stellt sich vor, daß ihr Mann wieder mehr zu tun haben müßte in der »Neuen Zeit«, und Karl denkt an eine Militärparade. Neue Zeit? Kräftige Männer zu kräftiger Musik! Alle im Paradeschritt, den nur die Deutschen kennen!
Deutschland! Daß das Gegeifer aufhört, die Verhohnepiepelung der Frontsoldaten.

Im Sportpalast hat Karl eine nationalsozialistische Versammlung besucht; »aus Studiengründen«, wie er zu seiner Frau gesagt hat.
»Einst kommt der Tag ...«, so schallte es immer wieder, wie der langgezogene Gebetsruf eines Muezzins vom Minarett, und »... der Rache!« antwortete schlagartig,

wie Donnerkrach nach dem Blitz, die Menge, und das klang schon ein bißchen wie »Neue Zeit«.
»Juda... verrecke!« das schrien diese Leute auch. Was Karl allerdings zu brutal fand. Aber: wo gehobelt wird, fallen Späne. Zwölf jüdische Rechtsanwälte allein in Rostock? Und die Regierung auch völlig verjudet? Also Mißwirtschaft?
Wenn man alleine an die Sektsteuer denkt, vier Millionen Mark ergibt sie jährlich, und fünf Millionen betragen die dafür aufzuwendenden Verwaltungskosten! Nein, da muß eine neue Zeit her, und zwar schnellstens!
Dreizehn Millionen Rentenempfänger...

Die Angestellten, unten, in der Firma, denen Karl sagen mußte, daß man sie nicht mehr »halten« kann, dieselben Angestellten, die immer so gut Drehorgel spielen konnten an ihrem Kopf, wenn Karl was sagte, gehören nun auch zu den Rentenempfängern: Arbeitslosenunterstützung – das ist bitter. Einer nach dem andern ist abends bei ihm erschienen, in der Alexandrinenstraße, den Hut in der Hand, ob er nicht ein gutes Wort einlegen kann?

Eine finster-traurige Stimmung bemächtigt sich der Runde, Dr. Jäger setzt sich schließlich ans Klavier und spielt die »Träumerei« von dem genialen, aber verrückt gewordenen Robert Schumann.
Und, obwohl das Klavier verschwommen-dumpf und hallig klingt: so, wie Dr. Jäger sie diesmal spielt, haben sie in diesem Kreis die »Träumerei« noch nie gehört; da sind sich alle Anwesenden einig.
Auch Kröhl hat die »Träumerei« noch nie so bedeutungsschwer vortragen hören – manchmal bleibt die Sache ja direkt stehen! Kröhl, der mit seinem Stuhl die seltsamsten Geräusche hervorbringen kann, sitzt heute still da und in sich gekehrt. Dahlbusch ist zu diesem Zeitpunkt bereits unterwegs, in die stürmische Nacht hinein, und seine Frau ist in ihrem Sessel eingeschlafen.

Als Grethe am nächsten Morgen die etwas konfusen Berichte ihrer Kinder entschlüsselt hat – »um Gottes willen!« –, läuft sie sofort in die Stephanstraße, in die »Höhle des Löwen«. Nie erscheint dieser Mann in der Wohnung seines Sohnes, nicht einmal zur Taufe seines Enkelkindes, und ausgerechnet dann, wenn man mal weggeht. Kann man das nun ahnen?
Sie bringt das starre Eis durch harmlose Fröhlichkeit zum Schmelzen, indem sie ihren Schwiegervater »nimmt« und ihn »uzt«.
Karl kommt etwas später dazu. Das ist ratsam. Man trinkt Erkleckliches und macht einen genialen »Schnitt«, entäußert sich aller Belastungen: Die »Clara« und die »Marie«, die mit dem »Consul« Seite an Seite im Rostocker Hafen festliegen – wie alle Schiffe aller Rostocker Reeder zu dieser Zeit –, werden verkauft, um den guten, alten »Consul« zu retten.
Spät wird es an diesem Tag in der Stephanstraße. Und während im Nebenhaus Frau Böttcher durch die leeren Räume streicht, auf der Suche nach ihrem verlorenen Glück, faßt man wieder Mut: Es müßte doch mit'm Deibel zugehen, wenn's nicht bald wieder aufwärts ginge! Zum Schluß kommt es noch soweit, daß der Alte die Wut beschreibt, die er gehabt hat, als er Karl nicht antraf, und Silbi macht vor, wie er an die Etagentür klopfte mit dem Krückstock und die Kinderschaukel zur Seite schlug, und dann geht Karl ans Klavier und spielt altbekannte Lieder, was Rebekka unten im Keller mit Staunen hört, und Silbi singt sogar dazu, wobei sie gleichzeitig eine Sängerin nachmacht und tanzt! Die schöne Rebekka, deren Tage nun auch gezählt sind, wie vorher die von Lisa. Warum war sie auch immer so spröde gewesen?

Mehrmals setzt Karl an, von Grethes Geld zu sprechen, und Grethe setzt auch an. Aber sie schlucken es hinunter, das ist wahr, und zwar noch rechtzeitig. So viel ist es ja nun auch wieder nicht, das sauer verdiente Geld aus der Warteschule: Statt dessen befestigt Grethe die Übergardine im Erker, die schon so lange herunterhängt. Auch in dieses Haus sollte endlich wieder Ordnung und Sauberkeit einkehren.

III. Teil

Manchmal kommt es mir so vor, als ob die Leute die unerträglichen Verhältnisse von damals ganz vergessen haben: die Arbeitslosigkeit, die wirtschaftliche Misere und die ganz unmöglichen Friedensbedingungen. Das alles hat ja dann zu Hitler geführt. – Und dann die kommunistischen Krawalle! Die haben doch von den Dächern geschossen, hier in Hamburg! Damals haben 'ne Menge Polizisten dran glauben müssen, die liegen alle in Ohlsdorf unter der Blutbuche begraben.
Nein, es waren unhaltbare Zustände. Man sagte schließlich: Es muß mal wieder Ordnung und Zucht herrschen. Die Konsequenzen hat man nicht gesehn. R. F.

Wir waren so getreten von den Siegermächten und so schikaniert von den Bestimmungen des Versailler Vertrages, die nachher überhaupt nicht mehr ausführbar waren, daß wir sagten: da muß doch endlich mal reiner Tisch gemacht werden, und da kommt nun einer und tut es. R. U.

Umzüge von den Arbeitslosen und von der Eisernen Front. Diese Leute hatten drei Pfeile, das war SPD. Wenn so etwas war, wurden die Rolläden runtergelassen.
Als Schüler haben wir uns dann auf den Dachboden gesetzt und haben das gespielt. Der eine war der »Führer«, also nicht etwa Hitler, sondern der Führer von den Drei-Kreuzlern, der andere war der Schriftführer. Und dann haben wir Walter-Flex-Gedichte gelesen; mit den drei Pfeilen paßte das ja nun überhaupt nicht zusammen. O. Sch.

Ich ging auf die Straße und traf Schulfreunde, die mit der Reichskriegsflagge herumrannten. Sie liefen immer um den Häuserblock herum, schwenkten die Fahne und schrien:

Rotfront! Rotfront!
macht uns so frei!
Die Hitlerpartei, die Hitlerpartei!

Sie hatten die Wahlkampfparolen durcheinander gekriegt. L. K.

1932 waren ja 'ne Menge Wahlen. Reichspräsidentenwahl, dann der zweite Wahlgang, wo Hindenburg mit Hilfe der Linken gewählt wurde. Dann Ende April die preußischen Landtagswahlen, im Juli die Reichtagswahl und dann im November ... Da war doch diese Papengeschichte, im Reichstag, wo der das Blatt schon in der Hand hatte und Göring ihn nicht reden ließ. H. K.

1932 waren diese berühmten Wahlen, die Adolf Hitler mit dem Flugzeug absolvierte. Ich hab gesehen, wie er in die Ju 52 einstieg, und da setzt er sich eine Flieger-Kappe auf!
Ich sag' zu meinem Nachbarn: »Nun sehen Sie sich das an! Was für ein Theater! In der Ju 52 setzt der sich eine Fliegerkappe auf! H. H.

Rabatt, das war ein Zauberwort, die Zeiten waren schlecht, und man ließ keine von diesen Rabattmarken liegen. Jede Firma dachte sich etwas Besonderes aus, um Kunden anzulokken: Die Zigarettenfabrik legte kleine Bilder ein, bei Maggi gab es sehr schöne Handtücher, weiß, mit rotem Karo-Rand. Mein Vater hatte ein Bürstengeschäft mit ein bißchen Seife dabei. Und ich weiß noch, wie der abends bedrückt nach Hause kam: »Heute hab ich den ganzen Tag nur 5 Mark eingenommen ... «
Der hat sich dann wieder hochgerappelt. 1933 ging ja plötzlich alles wieder besser. B. B.

Ich hab in der Zeit der Wirtschaftskrise kochen gelernt, das war 1932. Da machten wir für 30 Personen von 1 Pfund Gehacktem Klopse, die bestanden fast nur aus Semmelbrösel! P. L.

Der Menschenauflauf vor dem »Rostocker Anzeiger« bei Bekanntgabe der Wahlergebnisse zur sogenannten »Machtergreifung«...
Ich seh' noch den Verkäufer der »Roten Fahne« vor Café Flint stehn, der verkaufte dann von einem Tag zum andern den »Völkischen Beobachter«, und zwar in Uniform.

H. O.

Den Januar 1933 hab' ich natürlich sehr bewußt miterlebt. Ich war deutsch-national, sehr konservativ, weiter rechts als die Nazis, monarchistisch gesonnen.
Die Linie, die wir damals vertraten, dürfte sich heute in keiner Partei mehr finden.
Den 30. Januar haben wir sehr reserviert hingenommen, etwa in dem Sinne: »Na, das hat uns grade noch gefehlt... Wir woll'n mal sehn, was draus wird.«
Wir waren völlig überrascht von der Sache.

K. K.

Der Gauleiter war bei meinem Onkel auf dem Gut Nachtwächter gewesen, der nahm nachts Deutschstunde, damit er wenigstens ein bißchen sprechen konnte.

> Ich bin so frei
> und setze mich,
> du bist so frei
> und setzest dich.

Viel hat's nicht geholfen. N. K.

Am 1. Mai 1933, am Arbeiterfeiertag, habe ich um 3 Flaschen Sekt gewettet, daß die Arbeiterschaft diesen Nazi-Zinnober nicht mitmacht, also nicht mitmarschiert.

Ich beobachtete den Zug, Musik, Fahnen und das übliche Trara – der 1. Mai wurde ja unter den Nazis zum Nationalen Volksfest erklärt –, und da fielen mir fast die Augen aus dem Kopf! Die ganze Arbeiterschaft marschierte mit! Hinterm Hakenkreuz-»Banner«.
So sah das aus. S. L.

Ich war bei den Christlichen Pfadfindern, und die wurden auch mobilisiert für den Fackelzug am 30. Januar, in Berlin. Wir Dreizehnjährigen haben uns weiter nichts dabei gedacht. Es war ein Heidenspaß, mal einen Fakkelzug mitzumachen. H. B.

Mein Vater war Senator, von dem war bekannt, daß er nicht für die Nazis war. 1933 kamen Zivilisten in unsere Wohnung, mit Schlapphut, die rissen reihenweise die Kinderbücher aus meinem Regal. E. R.

Was die Kommunisten immer vorhatten, das war ein Staatsstreich. Da sollten die Köpfe rollen. Bei Hitler sind sie dann gerollt. V. O.

Die Bücherverbrennung 1933 hab' ich nicht tragisch genommen. Das war doch bloß symbolisch gemeint. Wenn sie alle verfügbaren Exemplare der unerwünschten Werke verbrannt hätten, das wär was anderes gewesen. Meine Bücher im Schrank haben sie jedenfalls stehenlassen. W. U.

Wir mußten auf grauem Zeichenpapier zeichnen, politischer Unterricht war das, in der zweiten Klasse: »Was verdanken wir dem Führer?« Das muß wohl erläutert worden sein, denn ich weiß noch, daß ich Geld zeichnete, aufeinandergestapelte Münzen und dahinter Fabrikschornsteine und im Vordergrund einen Pflug, den ich aber nicht zeichnen konnte. Und dann so ein Schriftband: Das

VERDANKEN WIR UNSEREM FÜHRER! Und ein Hakenkreuz vor aufgehender Sonne. K. B.

Das war ja das Erstaunlichste, daß bei Hitler die Arbeitslosigkeit innerhalb von einem Jahr verschwunden war. L. Z.

Die Assistenzärzte hatten im Kasino eine Versammlung veranstaltet, und dann hatte einer vorgeschlagen: »Also, Kinder, wir wollen nun mal alle eintreten ...«
Ich war gar nicht dabei, aus irgendeinem Grund, und ich wurde nachher auch gefragt: »Wollen Sie nicht auch?«
Na, ich hab' das mit meiner Frau beschnackt, und da hat sie gesagt: »Wenn sie's alle tun?«
Und dann bin ich auch eingetreten, 1933, aber Gott sei Dank ohne irgendwelches Engagement. R. H.

10

Bad Wursten ist eine kleine mecklenburgische Landstadt mit 2000 Einwohnern. Sie verfügt über eine Post und eine Bahnstation sowie über ein Amtsgericht. Das Besondere an dieser Kleinstadt, die sich »Bad« nennt, ist die Saline mit dem Gradierwerk. Im sogenannten »Friedrichsbau« wird salzhaltiges Wasser mittels einer Windmühle über ein Holzgerüst geleitet, es tropft an den Zweigen von Schwarzdornpackungen herunter und reinigt dadurch die Luft.
An dem Gradierwerk vorbei führt ein Weg, auf dem stets einige Kurgäste wandeln, die atmen tief ein und aus. Diese vom Salzwasser gereinigte Luft ist gesund, hat man ihnen gesagt, die sollen sie nur ruhig inhalieren, dann wird schon alles gut.
In der nahe gelegenen, von einem winzigen Park umgebenen Kuranstalt trinken sie dieses Wasser sogar, oder sie baden darin. Auch das ist gut, das kann man sich ja denken.

1933, als der »Consul« sich endlich schuldenbeladen wieder auf die Reise macht, als die Herren im Kontor ihre Zeitungen wegstecken und wieder zu schreiben und zu rechnen beginnen, beschließen die Kempowskis, ihren drei Kindern etwas Gutes zu tun. Mit Reinhard, dem neunjährigen Sohn der Jägers, und Trudi, deren siebenjähriger Tochter, schicken sie sie nach Bad Wursten und quartieren sie für eine Mark pro Kopf und Tag bei einem Schullehrer ein, der Heistermann heißt und am Rande des Städtchens einer kleinen Schule vorsteht. Es ist ein behagliches Fachwerkhaus mit tief heruntergezogenem Dach – Dahlien hängen über den Gartenzaun –, in dem er wohnt und unterrichtet; links liegt der Klassenraum, und rechts liegen die Wohnräume, eine große Stube mit ausgeleiertem Sofa und rundem Tisch – Fliegenfänger hängen von der Lampe –, die Elternschlafstube und zwei Mädchenkammern. Denn die Eltern Heistermann haben zwei Töchter, von denen eine nicht ganz richtig ist –, wie das eben auf dem Lande so ist: Tina heißt sie, und sogenannte »Gesichte« hat sie.

Für die fünf Besuchskinder aus Rostock hat Frau Heistermann auf dem Heuboden Platz geschaffen. Links stehen die Betten der drei Jungen, rechts die Betten der beiden Mädchen. Dazwischen liegt die Räucherkammer mit dem dicken Schornstein. Das Heu braucht man für die eine Kuh, die in Heistermanns Stall steht. Nach Heu riecht es folglich auf dem Dachboden und nach Räucherkammer.

Hinter dem Haus liegt ein von Hühnern kahlgepickter Hof mit Stallungen: Kuh-, Schweine- und Hühnerstall. Da liegt auch der Garten, der voller Stachel- und Johannisbeerbüsche steht. Hier finden sich auch der Backofen und ein Bienenstand, dem man besser nicht zu nahe kommt, obwohl darin schon lange keine Bienen mehr wohnen. Am Backofen steht ein Spruch, der lautet folgendermaßen:

Dat Brot is in 'n Aben,
Got segen dat unnen un baben
Un lat all, dei dorvon eten,
Unsen Herrgott nich vergeten.

Hinter dem Garten murmelt ein schwarzer Fluß dahin, murmelt und strudelt. Heistermann hat einen Steg hineingebaut. Seine zwei Töchter sind hier zu sehen, kniend seifen sie die Wäsche ein. Die großen Hinterteile in die Luft gereckt, spülen sie die Stücke nach bestimmten Gesetzen, ja, sie schlagen sie gar mit platten Prügeln.

Der Fluß heißt »Recknitz«, in dem gibt es reichlich Fische. Den Rostocker Kindern ist es bei Androhung fürchterlicher Strafen absolut verboten, sich diesem Fluß zu nähern, der da so geheimnisvoll dahinmurmelt, schwarz, emsig, unentwegt. Dorfjungen sah man schon einmal in einem Zuber vorbeipaddeln und einen Städter gemütlich in einem Kanu. Eine weiße Mütze hatte er auf dem Kopf und ein Grammophon im Bug.

> Ich tanze mit dir
> in den Himmel hinein,
> in den siebenten Himmel
> der Liebe!

Die Kinder spielen meistens vor dem Haus, wo zwei grüne Pumpen stehen, in Form dorischer Säulen, am Schwengel ein blankes Gewicht. Eine führt Salzwasser, die andere Süßwasser. Wer das nicht weiß, erlebt eine böse Überraschung! Wanderern, die müde diese kleine Stadt erreichten, ist der erste frische Trunk schon oft zur bitteren Enttäuschung geworden.
Das Wasser, das aus der normalen Pumpe kommt, das richtige Wasser also, nennt Frau Heistermann »Gänsewein«. Wer zu viel davon trinkt, bekommt »Läuse im Bauch«.

Frau Heistermann ist eine gute Frau. Schrill singt sie Lieder in der Küche, und in ihrem Schlüpfer bewahrt sie all das auf, was man im Leben so braucht. Ein Taschentuch zum Beispiel und das Portemonnaie. Falls ein Kind sich einen Splitter einreißt, hebt sie die Röcke und grabbelt aus dem Schlüpfer eine Pinzette heraus, mit der sie den Splitter entfernt.

Im Garten existiert eine Schaukel. Hier sitzt Robert, so lange es geht, ein Bein hoch, eins runter, pendelt leicht hin und her, den Kopf gegen den Strick gelehnt. Kurios

kommt ihm die Welt vor, seit er über die Welt nachdenkt, und das ist seit einiger Zeit der Fall.
Gern sitzt er auch mit anderen Kindern aus dem Dorf auf den Stufen des Lehrerhauses. Er bläst ihnen auf dem Kamm was vor, traurige oder auch mal lustige Weisen, zeigt ihnen seine Narbe und läßt sie in seinen Handteller kneifen, den er so stramm macht, daß sie ihm mit ihren schwarzgeränderten Fingernägeln nichts anhaben können.
In seiner Hosentasche hat Robert einige Murmeln aus Porzellan, für die baut er diesen einfachen Kindern eine Bahn in den Sand. Spiralenförmig laufen die Kugeln einen kleinen Berg hinunter.
An ausgerissenen Wegerichblättern ist abzulesen, wie viele Kinder man später mal bekommt. Das geht aber nur, wenn man zählen kann, was Herr Heistermann diesen Geschöpfen erst noch beibringen muß: mit Äpfeln wahrscheinlich oder an der russischen Rechenmaschine.

Reinhard Jäger ist meistens mit Ulla unterwegs. Sie haben es auf die Pferde abgesehen, die auf der nahen Koppel stehen, von Fliegen umschwärmt. Mit ihren langen Lippen versuchen die Tiere, Löwenzahnblätter jenseits des Zaunes zu erreichen, wobei man ihnen behilflich ist. Große Pferde sind das, zu denen man nicht »Fuchs«, »Schimmel« oder »Rappe« sagen kann. Sie haben von allem etwas, sind rötlichblond, haben große Ärsche und über den Hufen rotblonde Mähnen.
Ulla und Reinhard schaffen von jenseits des Weges und aus dem Graben mehr und mehr Löwenzahn heran, was den Pferden gefällt, die sich das indessen nicht anmerken lassen.
Zu guter Letzt besteigt Ulla das eine und Reinhard das andere Pferd, und da sitzen sie nun auf den großen warmen Tieren, die das wohl gar nicht merken. Sie grasen ruhig weiter, zittern nur ein wenig mit der Haut.

Einmal pro Woche werden alle Pferde zusammengetrieben und von den Knechten durch die Schwemme geritten, eine seichte Stelle in dem schwarzen Fluß läßt das zu. Dann sehen diese Pferde ganz anders aus. Wild flattert die Mähne, das Wasser schäumt unter ihrer Kraft, und in den Augen sieht man das Weiße.

Der kleinste Kempowski, jetzt »Dicker« genannt, ist vier. Er hat sich mit Trudi zusammengetan, die ihm alles zeigt und erklärt, auch das, was er sowieso schon sieht und längst zur Kenntnis genommen hat. Hand in Hand gehen sie durch die kleine Stadt: der Marktplatz mit der Kirche, das Rathaus, in dessen Giebel eine Uhr zu sehen ist, die nicht mehr geht.

Auf dem Marktplatz hat ein Schmied seine Werkstatt; hier werden Pferde beschlagen, was sie in Geduld mit sich geschehen lassen. Vorn sind die Hufeisen umgebogen, und qualmen tut die Sache. Das ist interessant.

Auch andere Handwerker arbeiten quasi auf der Straße, ein Sargtischler zum Beispiel, der hobelt da seine Bretter glatt. Verdammt eng, so ein Sarg. Und: Ob man die Bronzegriffe abschraubt, bevor man den Sarg in die Tiefe läßt?

Gern sehen die beiden einer alten Frau zu, die sich ihr Klöppelkissen vor die Tür getragen hat. Ob die beiden miteinander verheiratet sind, fragt die Frau, was allerdings nicht zu verstehen ist, weil sie ein unverständliches Platt spricht.

In der Stadt ist was zu sehen, und draußen bei Heistermanns auch. Der Nachbar hat Kaninchen. Er bewahrt sie auf in einer Art Kaninchen-Mietskaserne, aus lauter Gitterkästen, in denen jeweils ein Tier zu sehen ist, mal von vorn und mal von hinten. Die Kinder stecken den Finger ins Gitter, was sie lieber nicht tun sollten.

Den beiden Kleinen fällt immer etwas ein. Wenn es über sie kommt, drehen sie sich auch mal um sich selbst, immer rundherum. Und dann fallen sie um, und liegen auf dem Rücken, und die Bäume sausen in den Himmel.
Dies tun sie nicht, wenn Robert in der Nähe ist, der schüttelt dann nämlich ausdauernd den Kopf. Ob sie nicht ganz bei Troste sind? Oder ob sie vielleicht den Drehwurm haben? Hier – sie sollen mal gucken – ob sie den Bauch einziehen können, wie er es kann? Nein? Na, also. *Das* würde ihm imponieren, aber doch nicht diese Dreherei.
Auch die Luft anhalten kann niemand so lange, wie Robert es kann, obwohl er ein bißchen durch die Nase atmet dabei, was die beiden Kleinen sehr wohl bemerken.

Bei Frau Heistermann in der Küche ist es auch interessant. Hier spucken die beiden auf die heiße Herdplatte, das zischt, und die Spuckekügelchen rollen wie Quecksilber in alle Richtungen.
Bei Frau Heistermann sehen sie zu, wie Brotteig geknetet wird. Auf einem schweren Tisch walkt die Frau den Teig mit ganzer Kraft, wobei sie schrille Lieder singt. Die beiden Töchter, draußen am Fluß, von denen die eine nicht ganz richtig ist, schlagen mit Prügeln auf die Wäsche ein, und hier drin, die Mutter, walkt den Teig. Die beiden Kleinen sehen ihr zu, und ihnen läuft das Wasser im Munde zusammen. Sie probieren auch den Teig, aber der schmeckt nicht. Brotteig ist mit Kuchenteig nicht zu vergleichen.
Wenn es an der Zeit ist, wird der Backofen angeheizt, und wenn das frische Brot herausgezogen wird, dann duftet die ganze Straße.

> Zieh' mich raus, zieh' mich raus,
> ich bin schon lange braun!

Die Wanderer, die allein oder in Gruppen diesen Ort

ansteuern, kriegen Appetit. »So was gibt's in der Stadt nicht mehr«, sagen sie und ziehen weiter.

Auf dem Küchenfenster liegt die dicke schwarze Katze, »Teifi« heißt sie. Wenn die Kinder sich ihr nähern, fängt sie an zu schnurren, wofür sie reichlich gestreichelt und gekrault wird. Läßt Robert sich blicken, mit seinen etwas zu langen kurzen Hosen, dann steht die Katze auf, reckt sich und geht hinter ihm her. Auch Hühner begleiten ihn gern, wenn er im Garten auf und ab geht. Er spricht mit ihnen, was sie sich auch anhören, einen Fuß abwartend in die Höhe haltend. Nachdenklich sehen sie aus, wenn er mit ihnen spricht.

Zum Hühnerstall gelangt man nur unter gewissen Vorsichtsmaßnahmen. Auf Zehenspitzen gehen die beiden Kleinen über den Hof wegen der Hühnerwürstchen, die überall herumliegen; deren Geruch ist schwer wieder loszuwerden. Die Hühner liegen im Sande, haben sich kleine Mulden gekuschelt, und garren. Der Hahn erhebt sich, wenn er die Kinder kommen sieht; er tut einen Schritt auf sie zu, doch dann blickt er mit schiefem Kopf auf den Boden, wo im Sande sich etwas Eßbares zeigt. Sein roter Bart schlappert, als er die eßbare Substanz aus dem Sande herauspickt. Nun sieht er sich um, und der Hautlappen kommt zur Ruhe.
Im Hühnerstall ist weiter nichts zu sehen. Ob Eier zu finden sind? Ja, aber sie sind aus Porzellan.
Das Schwein liegt hinter seinem Stall in einer Pfütze. Es hat die Beine von sich gestreckt und ein Ohr über dem Auge. Wie tot liegt es in der Hitze. Trudi ist von Natur aus voller Mitleid. Sie nimmt den Picknapf der Hühner, füllt kühles Wasser hinein und gießt es dem armen Schwein über den Bauch. Das Geschrei ist schrecklich! Die Spatzen fliegen im Garten auf, die Hühner reißt es empor, der Hahn kräht.

Abends brauchen sich die Kinder nicht groß zu waschen. Die Hände nuddeln sie sich ab, und dann sitzen sie alle um den runden Tisch herum, Herr Heistermann in bunter Weste und karierten Pantoffeln aus Kamelhaar auf dem Wachstuchsofa, die Fliegenklatsche in der Hand, seine Töchter groß und schwer, die Rostocker Kinder braungebrannt und hungrig.
Frau Heistermann hat Klütersupp' gekocht, wie alle Tage, von der kriegt jeder einen Teller voll, süße Milchsuppe ist das, mit Mehlklümpchen darin. Schweigend wird sie ausgelöffelt, und den Löffel leckt man ab.
Dann schneidet Frau Heistermann vor der Brust große Scheiben ab von dem riesigen Brot. Mit Butter wird es bestrichen, die hier in Bad Wursten ganz besonders delikat schmeckt wegen der Salzlaken auf den Wiesen, auf denen spezielle Pflanzen wachsen. Von der Wurst, mit der man das Brot belegt, weiß man, woraus sie besteht. Selbst geschlachtet, selbst gewürzt, selbst geräuchert.
Lehrer Heistermann sitzt auf seinem Sofa, die Uhrkette hat er auf der bunten Weste. Wenn einer was erzählt, dann guckt er quer durchs Zimmer. So ist das ja nun nicht, daß er »da über« nicht Bescheid weiß, sagt er, und: Das will er ihnen nun erklären, ganz genau. Aufpassen soll'n sie aber, denn: »Zweimal predigt der Pastor nicht.«
Am schlauesten sind die Fliegen, die sich auf Herrn Heistermanns Fliegenklatsche setzen: Das ist der sicherste Platz.

Ach, und das Schlafen! Die Betten stehen wie große Schiffe auf dem Dachboden, eines hinter dem andern. Unter dicken Federbetten liegen die Kinder in der heißen Heu- und Räucherluft! Dunkel ist es, denn hier oben gibt es kein elektrisch Licht.
Der Wind rüttelt an den losen Schindeln, und nun grummelt es gar! Ein Gewitter nähert sich. Noch ist es weit entfernt, so weit, daß es die Kinder in Ruhe läßt, es schläft ein, und sie schlafen auch ein, jedes in seinem Bett.

Wie dem nichtsahnenden Schwein es geschah, auf dem Hof, so geht es den Kindern dann. In ihren tiefen Schlaf hinein kracht auf einmal ein fürchterlicher Schlag! Hell ist es, dann pechschwarz und dann wieder hell! Und es zischt und kracht, und der Regen haut auf die Schindeln herunter, und kleine Sprüher treffen die Kinder, die zusammenfliegen! Zu Ulla, dem großen Mädchen! Die selbst Angst hat und auch aus dem Bett stürzt! Im Nachthemd laufen sie zusammen, und wieder blitzt es hell und kracht.
Steht dort hinten an der Luke nicht Tina, in weißem Hemd? Die Arme hoch erhoben?
Die Kinder verbergen sich im Heu, wie die Katzen kriechen sie zusammen mit pochendem Herzen. Und so wachen sie auf, am nächsten Morgen, Arm in Arm.

In Rostock sitzen Karl und Grethe in ihrem kleinen Wohnzimmer und genießen den Abendfrieden. Herrlich, mal ohne Kinder zu sein. Diese Ruhe! Himmlisch! Regen trommelt auf das Blech-Fensterbrett, der macht die Ruhe noch intensiver.
Auch drüben bei Herrn Wirlitz ist es still. Ist er überhaupt da?
Ja. Jetzt rückt er mit dem Stuhl. Ein eigenartiger Mensch, aber nett.
»Was macht der eigentlich den ganzen Tag?«
Ja, was treibt er? Die Gänge zur Universität hat er eingestellt? Kommt den ganzen Tag nicht aus dem Zimmer heraus?
»Studiert er überhaupt noch? – Wenn das man gutgeht.«
Nun rückt er wieder den Stuhl, und nun ist wieder alles still.

Wirlitz? Der sitzt an seinem Sekretär und bemalt Zinnsoldaten. Von Scholtz aus Berlin hat er sie sich schicken

lassen, blank, und nun malt er sie an, mit feinster Ölfarbe: Einen Null-Pinsel benutzt er dazu, mit drei oder vier Haaren. Jede kleinste Einzelheit muß haargenau stimmen. Die Fangschnüre am Dallman, die Paspelierung, jeder Knopf und jede Troddel.
Den Fleischton herauszubekommen, das ist auch nicht so einfach: Kremserweiß, Zinnober und Lichten Ocker muß man mischen. Die Augenbrauen malt man mit gebrannter Siena.

Herr Wirlitz ist ganz bei der Sache, denn er hat sich ein ernstes Thema vorgenommen: Napoleons Rückzug aus Rußland. Die armen Menschen! Kürassiere in Weiberröcken, Grenadiere ohne Schuh. Er sitzt am Sekretär und bemalt die Elendsgestalten, die ihren kleinen Lebensfunken durch Schnee und Eis in die Heimat schleppen.
Ein paar Figuren hat Wirlitz für sein Diorama schon vollendet. Es sind Gardisten in jämmerlichem Zustand. An einen Fluß sind sie geraten, und sie können nicht hinüber. Wirlitz hat sie auf Pappe geklebt, damit sie besser stehen, und nun siebt er Kartoffelmehl darüber, das macht einen guten Effekt. Seifenpulver darf man für die Darstellung von Schnee nicht verwenden, das verursacht schwerste Schäden an der Bemalung!
Kartoffelmehl ergibt Schnee, und für Eis nimmt man Hoffmanns Reisstärke, das weiß jeder Zinnfigurensammler, und Herr Wirlitz weiß es eben auch.

Die Gardisten in Herrn Wirlitz' Diorama stehen am Fluß und sind ratlos.
Wirlitz hat den Fluß mittels einer Glasplatte in die Landschaft eingefügt, Stückensoda treibt darauf als Treibeis: Denn der Fluß ist keinesfalls zugefroren, das ist ja grade das Tückische. Wenn der Fluß zugefroren wäre, dann könnten die Soldaten sich ja hinüberschleppen ...
Die hintere Begrenzung des Schauplatzes bilden Felsen,

so hat Herr Wirlitz sich das ausgedacht. Es gibt sie nicht in Rußland, aber sie sind malerisch, deshalb klebt Wirlitz Birkenborke in den Hintergrund, die einer zerrissenen Felswand verdammt ähnlich sieht, und oben auf die Felsen, die er ebenfalls mit Kartoffelmehl bestäubt, setzt er zwei schwarze Vögel.
Zwischen den Felsen liegt das »Kürassierpferd, tot auf dem Rücken« – Katalognummer 63 –, auf dessen blanken Rippen ebenfalls schwarze Vögel hocken, und im Vordergrund liegt, an ein Kanonenrad gelehnt, die Nummer 111: ein um Hilfe flehender Verwundeter.
Felsen stellt Herr Wirlitz durch Birkenborke dar und Bäume durch abgetrocknetes Heidekraut. Schade, daß es keine fliegenden Raubvögel aus Zinn gibt, schwarze Vögel, die könnten dann über dieser kleinen Szenerie schweben.

Karl und Grethe genießen immer noch den Abendfrieden. Wie schön, daß der »Consul« wieder flott ist. Das andere werden wir dann schon noch kriegen. Kommt Zeit, kommt Rat. Es wird nichts so heiß gegessen, wie's gekocht wird. Man kann direkt sehen, wie's wieder aufwärtsgeht. Die Nazis mögen sein, wie sie wollen, aber organisieren können sie. Die kartenspielenden Arbeitslosen auf dem Neuen Markt sind jedenfalls verschwunden, schlagartig, und mit den Hausierern wird's auch schon weniger.
Nun hat Herr Wirlitz seine Tür geöffnet, er kommt den Korridor herunter und klopft bei den Kempowskis.
»Herein, wenn's kein Schneider ist!«
Ob er mal stören darf? Er hätte etwas Interessantes? Ja? Ob er das mal eben holen darf?
Grethe und Karl sehen sich an. Und da ist Herr Wirlitz auch schon wieder. Er trägt in der Hand das Diorama, ein entzückendes Gebilde, wie man gleich sieht, stellt's auf den Tisch, und da schlagen Karl und Grethe auch schon

die Hände überm Kopf zusammen! Nein! Wie ist das niedlich! Ein allerliebster Fluß, Bäume, Felsen ...

Ob er das ganz allein gemacht hat, mit der Hand, wird Herr Wirlitz gefragt, was dieser nur bejahen kann. Und nun beginnt er, den beiden Eheleuten, die den Kopf auf die Tischplatte legen, die Sache zu erklären: Napoleon, was das für ein genialer Unmensch war. In ganz Europa Hunderttausende von Soldaten zusammenzuscharren und nach Rußland zu führen und sie dort im Stich zu lassen!

»Ja«, sagt Karl, der ja das Buch »Krieg und Frieden« gelesen hat, »Kutusow ...«, daß der ihn daran hindern sollte, daß der aber zurückgewichen ist, vor ihm, bis hinter Moskau ...

Was? Das weiß der Herr Kempowski?

»Ja, Herring, wir haben unsere Bildung auch nicht in der Tüte gekauft!« – Grethe guckt von Herrn Wirlitz zu ihrem Mann, und sie lauscht den beiden, wie sie sich mit Einzelheiten aus dem Rußlandfeldzug gegenseitig überbieten. Sie haben sich eine Zigarre angezündet, und trinken Rotwein. Und auf dem Tisch steht das kleine Diorama mit den mehlbestäubten Gardisten, die sich gegenseitig stützen. Wie konnte Napoleon auch so verrückt sein und nach Rußland ziehen! Hätte er sich nicht mit Europa begnügen können?

Spät ist es, als Herr Wirlitz seine kleine Szene wieder mit hinübernimmt. Morgen wird er die Sache vergrößern, da wird er das Diorama mit Hinterland versehen, in dem sich noch mehr Bresthafte den Weg erkämpfen, den Weg durch Schnee und Eis bis in die ferne Heimat, und für den offenen Fluß wird Wirlitz sich noch die Nummer 164 von Scholtz schicken lassen, den »Ertrinkenden, an Eisscholle sich anklammernd«. Das macht einen guten Effekt!

Karl und Grethe können sich nicht entschließen, ins Bett zu gehen. Sie sind aufgewühlt. Was tun Menschen einander an! Und: Was gibt es für Wunder in der Welt! Sie müssen sich noch ein wenig die Füße vertreten, die Nacht ist lau und hell. Sie gehen die Alexandrinenstraße hinunter, die noch naß ist vom Regen, in Richtung Schlachthof.
Neubauten sind hier zu sehen, »überall regt sich Bildung und Streben ...«. Man kann nicht umhin, anerkennend zu nicken. Und so wie hier in Rostock wird jetzt überall gebaut, in allen Städten des neuen Reiches, weshalb der »Consul« auch ständig unterwegs ist, mit Kies und mit Zement. Häufiger auch mit Erz für die Firma Rawack & Grünfeldt, die nun nur noch Rawack heißt.
Am neuen Wasserturm sind Schrebergärten. Die Wege tadellos geharkt, die Bäume voll Obst, und vor allem: die Fahnenstangen ohne rote Lappen, wie noch vor kurzem überall: Friedenszeit.
Die beiden Eheleute atmen tief ein und aus: Ja, Frieden! Wie kann man dankbar sein, daß es wieder aufwärtsgeht. Das andere werden wir dann auch schon noch kriegen. Diese sonderbaren Geschichten, von denen zu hören war. Das sind Anfangsschwierigkeiten. Radikalität hat schließlich auch ihr Gutes. Radix, die Wurzel. Wo gehobelt wird, fallen Späne. Neue Besen kehren gut. Das wird sich alles einpendeln.
Wie es wohl den Kindern geht?

Der Jüngste sitzt am liebsten mit Trudi auf der Dorfstraße, und zwar auf dem Kantstein. Quer über den Gehsteig laufen Abflußrinnen von den Häusern aus auf die Straße, die hat man mit Brettern abgedeckt, darunter gurgelt es zuweilen, und dann kommt schschscht! – was angeschwemmt ... da hat jemand Seifenlauge ausgeschüttet oder Spülwasser.

Schnell bauen die beiden im Rinnstein einen Damm aus Matsche, und sie freuen sich, wenn ein Stausee entsteht. Wenn lange Zeit gar nichts geschieht, der Stausee also einzutrocknen droht, dann muß Trudi an der grünen Pumpe pumpen, damit die Sache wieder in Fluß kommt. Interessanter wäre es natürlich, wenn man da drüben an der Recknitz spielen könnte, an der schwarzen, murmelnden Recknitz …

An einem Nachmittag, um halb vier, nähern sich die beiden dem Fluß, Hand in Hand. Noch ein Stück weiter ran, und noch ein Stück.

»Sieh dich vor!« sagt Trudi zu ihrem Freund. Noch ein Stück näher und noch ein Stück, und: »Na?« heißt es plötzlich vom Haus. Da steht Herr Heistermann mit seiner bunten Weste, die offne Zeitung in der Hand. Als alter Schulmeister hat er ein untrügliches Gefühl für dummes Zeug.

Der Gehsteig ist in Bad Wursten nicht so komfortabel wie in Rostock, die Steine sind grob verlegt, mit breiten Fugen, in denen Unkraut wächst. Alte Frauen polken sonnabends mit einem Küchenmesser das Unkraut zwischen den Steinen heraus. Kamille ist das oder einfach Gras. Die Häuser, vor denen das nicht geschieht, daß alte Frauen mit einem Küchenmesser das Unkraut herauspolken, stehen in schlechtem Ruf.

Wenn die Kinder genug im Rinnstein gespielt haben, setzen sie sich in einen Hauseingang und gucken auf die Straße, die krumm und schief in den Ort hinein- und aus ihm herausführt. Hier gibt es immer was zu sehen: Spatzen, die sich um Pferdeäpfel streiten, einen Bauern mit einer Schubkarre. Eine ganze Kuhherde mit sich übersteigenden Kühen, muhend und eilig, weil hinten zwei Mädchen mit Ruten auf sie einschlagen, Mädchen, die anders aussehen als in der Stadt: Zöpfe haben sie und

runde Gesichter. Die machen kein Aufhebens, die raffen auch mal die Röcke und strullen in den Graben, wenn's sein muß.
Eine Kuhherde also oder auch bloß Hühner, die sich vor der Herde rasch in Sicherheit bringen und sofort wieder da sind, wenn Friede eingekehrt ist; Hühner oder Enten. Enten seltener, aber eben manchmal auch Enten.
An Schönheit steht der Enterich dem Hahn nicht nach, weswegen sie sich von ferne auch betrachten.

Und Hunde. Da gibt es diese kleinen schwarzen Mischköter, kluge Tiere, die in Bad Wursten durch die Straße laufen, weshalb? Wohin? Das kann niemand sagen. Sie haben zu tun, und niemand hält sie auf.
In manchem Hauseingang liegt ein schwerer alter Hofhund, den Kopf auf der Pfote. Nur die Ohren bewegt er, wegen der grünschillernden Fliegen, die es hier gibt, die Augen hält er geschlossen, deshalb sieht er aber doch alles. Hier liegt ein Hofhund, dort liegt einer, und dazwischen ist Niemandsland. Die kleinen eiligen Mischköter, die hier mal eben durchlaufen, aus was für Gründen auch immer, sind ihretwegen ständig genötigt, die Straßenseite zu wechseln, und das aus gutem Grund!

Einmal geschieht es, daß zwei Hofhunde sich das Beißen kriegen. Ein Wolfshund und ein Boxer. Sie verbeißen sich ineinander und ringen wüst knurrend auf der Mitte des Fahrdammes in einer Wolke von Staub. Alle Fenster öffnen sich, und die Omas, die sonst hinter der Gardine sitzen und in den Spiegelspion gucken, ob jemand die Straße herunterkommt, ein verrückter Tourist oder der Gendarm, stoßen die Fenster auf und beugen sich über ihre Topfpflanzen.
Das Knurren und Wälzen nimmt kein Ende, auch dann nicht, als ein Knecht von seinem Ackerwagen steigt und mit der Peitsche auf das Knäuel einschlägt.

Schließlich kommt eine Bauersfrau mit einem Eimer Wasser, da hat der Spuk ein Ende.

Die beißenden Hunde und ein durchgehendes Gespann, das sind die Höhepunkte dieses Sommers, in keiner Chronik sind sie verzeichnet. Und die heißen Nächte im Heu, in denen man engumschlungen schläft, statt im Bett zu liegen. Die Katze »Teifi« ist mit dabei. Sie legt sich neben Robert, der das nicht verhindern kann.
Ulla ist groß im Geschichten-Erzählen. Jorinde und Joringel, das Märchen ist beliebt.

> Mein Vöglein mit dem Ringlein rot
> singt Leide, Leide, Leide …

Manchmal wird im Heu getobt, hineinspringen, aufeinander draufspringen. Die Kinder balgen sich, Ulla mit Reinhard, der Lütte mit Trudi oder alle durcheinander, bis der behäbige Herr Heistermann die Stiege heraufkommt, mit rotem Kopf, die Brille auf der Stirn und die offne Zeitung in der Hand, und: »Na??« ruft. Das genügt. Dann ist keiner auf dem Dachboden, die Griffe lösen sich, die Zeit steht still.

Herr Heistermann mit seiner bunten Weste – meistens sitzt er auf dem Wachstuchsofa und raucht Pfeife.

> Nur ein Viertelstündchen

Er schneidet sich die Fingernägel mit dem Taschenmesser. Vom Sofa aus kann er das ganze Zimmer übersehen, und er kann hören, was im ganzen Hause vor sich geht.
Wenn die Töchter Pflaumen pflücken, dann steht er wohl auch mal dabei und nimmt sich eine. Seine zwei Töchter, von denen die eine nicht ganz richtig ist.
Hin und wieder tritt Heistermann auch selbst mal in Aktion. Dann zieht er seine Jacke aus, krempelt die Hemdsärmel auf und greift sich die Sense. Er muß für die Gänse Gras abmähen, und das kann nur *er*. Und an die

Sense geht ihm niemand ran, verstanden? Die hat niemand anzufassen, sonst wird die womöglich stumpf, und er hat den ganzen Tag Ärger davon.

Es ist ein Schnitter, heißt der Tod!

Sehr schön regelmäßig mäht Herr Heistermann; mit jedem Schnitt fällt saftiges Gras. Und er mäht akkurat soviel Gras ab, wie er für die Gänse braucht, nicht einen Schnitt mehr.

Nach dieser Tätigkeit bleibt er meistens noch eine Weile stehen und guckt in die Weite. »Ein Leben war's im Ährenfeld ...«, dieses Gedicht fällt ihm jetzt ein, das wird er seinen Schülern beibringen, nach den Ferien. Das ist nun bald wieder dran.

Auch Holzhacken hat man ihn sehen. Das macht er philosophisch. Wenn Herr Heistermann Holz hackt, dann hat er immer Zuschauer, mit den Händen auf dem Rücken sehen ihm die Kinder zu, die Frau macht das Küchenfenster auf. Es sieht aber auch besonders appetitlich aus, wenn Herr Heistermann das Holz Schlag auf Schlag spaltet. Er braucht nie zweimal zuzuschlagen!

Ein einziges Mal hat man ihn während der Ferien in seiner Schulklasse gesehen. Er hat den rostigen Schlüssel umgedreht im rostigen Schloß und ist hineingeschritten in seine Wirkungsstätte, hat den Schrank geöffnet und ein Tintenfaß herausgenommen. Dann hat er die beiden Kleinen gesehen, die in der Tür standen, hat ihnen ein Stück Kreide gegeben und hat wortlos auf die Tafel gewiesen, die man herunterziehen kann. Das war dann ein schöner Tag geworden für die zwei. Ein Haus malten sie mit Zaun und Garten, mit zwei Fenstern und einer Tür. Die Fenster mit Gardinen und über dem allen die Sonne mit sehr viel Strahlen.

Das war ein stilles, munteres Tun, und es dauerte an, bis die Großen kamen und über die Bänke sprangen und Tinte tranken, weshalb dann auch binnen kurzem Heistermann erschienen war.

»Na??« hatte er gesagt, und die Kinder waren hinausgestoben. Der Schlüssel war in das Schlüsselloch gesteckt worden, das Himmelreich für immer zu verschließen.

Die jüngere Tochter Heistermann ist einigermaßen hübsch, ganz so wie das im Märchen ist: die Jüngste. Sie hat eine etwas enge Nase und zu kleine Augen, dicht beieinander, aber sonst ist sie hübsch.
Einmal an einem Mittwoch kommt sie zu den Kindern auf den Heuboden mit einer weißen Bluse an und einem dunklen Rock. Ob die Kinder den Führer liebhaben, fragt sie auf Platt, Adolf Hitler, diesen großen Mann aus Braunau am Inn? Der jetzt am Ruder steht?
Sie trägt ein Halstuch mit Lederknoten und ein eckiges Abzeichen, mit einem Hakenkreuz darin. Führer und Reichskanzler ist dieser Mann in einer Person, und er räumt ganz schön auf!
Auch Tina steigt einmal hinauf zu den Kindern, die Pechmarie, mit einem Strohhalm im Haar: in der Schürze junge Katzen! Es sind die Kinder der schwarzen Hauskatze »Teifi«. Sind es sechs, sind es sieben? Jeder greift sich eine und krault sie.
Zum Schluß sammelt Tina die Katzen wieder ein, trägt sie an den Fluß und wirft sie in das schwarze gurgelnde Wasser.

Um das Sommerwetter auszunutzen, bricht der Jägerkreis eines Sonntags auf zu einer Wanderung, und zwar morgens um sechs. Die Rostocker Heide lockt, dieser herrliche Wald, der sich jenseits der Warnow bis an die Ostsee hinzieht, fast 6000 Hektar! Jahrhundertelang haben Rostocker Schiffbauer und Böttcher ihr Holz hier eingeschlagen, und noch bis 1860 konnte jeder Bürger hier frei jagen.
Allein ist man nicht so gern in diesem Wald, allerhand Spuk- und Räubergeschichten sind noch immer im Volk

lebendig. Die »Mörderkuhle« heißt eine Stelle, »Knakenstehr« die andere. Erst kürzlich wieder hat sich ein Melker an einem jungen Mädchen vergriffen, hier, irgendwo im Gebüsch!
»So was müßte man gleich einen Kopf kürzer machen«, wird gesagt, und das Gatter der Schonung wird wieder geschlossen, das unvernünftige Menschen offenlassen, obwohl da extra dransteht:

GATTER SCHLIESSEN!

»Morituri« heißt eine kleine Gruppe alter Buchen, die an der Küste steht und von der See gefressen wird, mit der Zeit. Dagegen ist nichts zu machen.

Eine der sehr langen Schneisen, die Herzog Leopold vor 200 Jahren in »die Hayde« hat schlagen lassen, wird entlang gewandert, immer geradeaus.
Ganz vorn wandern die Jägers, Herr Thießenhusen und Grethe, dahinter Kröhl, den es »wochenendelt«, wie er sagt, und seine Frau.
Eine Straßenbahn macht Kröhl im Augenblick nach, und zwar ziemlich echt.
Die Nachhut bilden Karl und Inge von Dallwitz, die eine weiße Bluse mit Puffärmeln trägt und Schuhe mit flachen englischen Absätzen. Der bunte weite Rock schwingt weit aus – sie hat einen unbeschreiblich schreitenden Gang, denkt Karl, und sie trägt keinen Unterrock! sie ist also wohl recht frei.
Karl hat den grünen Knickerbockeranzug gewählt für diese Tour. Er trägt die Kartentasche an einer Schnur über der Schulter, die Ikarette und das Fernglas. Seine Frau, da vorn, hat den Rucksack auf dem Buckel mit den Broten darin.

Daß die Germanen Humor gehabt haben, sagt Dr. Jäger mit seinem brustfrohen Lachen, richtige Schlusuhrn wären das gewesen! Selbst Caesar sei auf ihre Geschichten

hereingefallen. Die Sache mit den Einhörnern, die am Baum lehnend schlafen müssen, weil sie steife Beine haben!
Obwohl Herr Jäger diese Geschichte schon mehrfach erzählt hat, erzählt er sie immer wieder gerne.
Und, vorsichtig zwar, doch deutlich, drückt er seinen Abscheu vor den Nazis aus. Proletarisches Gesindel! Den guten Dr. Matthes rauszuschmeißen, nur weil er eine jüdische Frau hat, und Herrn Dr. Maatz, wegen der Freimaurerei!
Sehr müsse er sich vorsehen in der Schule, daß er kein falsches Wort sage, faustdicke Lügen in gläubige Kinderaugen müsse er erzählen, jeden Tag!

Herr Kröhl fährt mit seiner imaginären Straßenbahn die lange Schneise in Schlangenlinien entlang, er hat einen Hut mit breiter Krempe auf dem Kopf, einen Schlapphut: Wie ein Maler sieht er aus. Nun nimmt er seine Frau bei der Hand, und er beschließt, ganz ernsthaft zu sein. Seine Frau und er, die beiden mögen sich, das ist ganz offensichtlich: sie ihn, weil er immer so lustig ist, und er sie, weil sie so ernsthaft ist und so eine herrliche, dunkle Stimme hat. Das etwas Korpulente ist ihm grade recht.

O Täler weit, o Höhen,
du schöner, grüner Wald …

das singt sie grade mit ihrer wunderbaren Stimme, und zum Dank sagt Kröhl: »Du bist mein Mittelgebirge« zu ihr, und er rechnet ihr vor, daß jedem einzelnen Rostocker Bürger genau 700 Bäume dieses Waldes gehören! So groß ist die Rostocker Heide.

Karl bleibt stehen und stellt einen Fuß auf einen Baumstumpf und klappt die hochklappbaren Gläser seiner Sonnenbrille hoch. Hier hat er eine Karte, und *hier* befindet man sich jetzt, und *dorthin* wird man wandern, und *dort* wird man *dann* und *dann* sein.

»Wo?« fragt Inge von Dallwitz und fährt auch mit dem Finger auf der Karte herum.
»Dort? Oder wo?«
»Na, da!« sagt Karl mit schiefem Mund, und ihre Zeigefinger treffen sich und schubsen sich ein wenig hin und her, was beide recht erwärmt.
»Berührt habe ich sie«, denkt Karl beim Weitermarschieren – die andern sind kaum noch zu sehen. Was daraus folgen kann, hat er mal irgendwo erlebt.
»Berührt hat er mich«, denkt auch Fräulein von Dallwitz, und: »Was dies wohl wird?«
Und dann spricht Karl von Napoleons Großer Armee, deren Reste sich durch Schnee und Eis, von Wölfen umheult, in die Heimat schleppten – und er wischt sich den Schweiß von der Stirn.

An einem Waldweg wird gelagert und ausgepackt.
Die Käfer an den üppigen Brombeerranken, die Laufinsekten auf dem Waldboden, die Mäuse und die Vögel – alles strebt davon, vor dieser Menschenhorde, die sich gelagert hat und sich hartgekochte Eier an der Stirn aufklopft.
Herr Thießenhusen spricht von »Sehnenstählung«, der nun die »Magenstählung« folgen müsse. Er hat in seinem Rucksack dreißig trockne Brötchen und eine Jagdwurst, wie sich jetzt herausstellt. Da schreit die Runde auf vor Vergnügen! Typisch Junggeselle! Dreißig trockne Brötchen! Ihm muß also abgegeben werden. Äpfel kriegt er, und aus dem Weckglas darf er ein paar Löffel Kartoffelsalat nehmen.
Inge von Dallwitz flicht ihm einen Kranz aus Waldmeisterblättern, den muß er aufsetzen: Das ist der Junggesellenkranz. Sie darf dafür von der Jagdwurst abbeißen, sie ist mit Knoblauch angemacht.
Junge, was für Farn! Das ist ja wohl zwei Meter hoch? Adlerfarn?

Wie mancher Vater hat hier schon seinem Sohn eine Freude gemacht und den Wurzelstock durchschnitten, da leuchtet dann tatsächlich ein Adler auf, ein weißer Adler auf dunklem Grunde.
Herr Kröhl hat sich eine Fasanenfeder an den Schlapphut gesteckt, er hat seine Frau neben sich sitzen, sein schwer atmendes Mittelgebirge, und er kaut auf einem Grashalm. Schade, denkt er, daß ich die Bratsche nicht mitgenommen habe.
»Wer weiß«, sagt er laut, »vielleicht hängt hier irgendwo ein Selbstmörder?« – und, wahrhaftig, er verdreht die Augen und den Hals und streckt die Zunge heraus.

Karl hat am blauen Himmel, in dem sich Haufenwolken türmen, einen Bussard entdeckt. Er stellt sein Fernglas scharf und läßt Fräulein von Dallwitz hindurchgucken. Da! Da oben! Und nun kommt auch noch das Weibchen, und sie umkreisen einander, ohne auch nur ein einziges Mal mit den Flügeln zu schlagen. Ganz schön majestätisch. Früher ließen sich hier sogar Adler sehen, doch die Zeit der Adler ist vorbei.
Irgendwo hier in der Gegend muß ein See existieren, völlig zugewachsen.

Dies ist die Lese, die sie selber hält …

mit grünem Schmierull und Pumpesel. Wer will mal mitkommen und diesen See suchen? fragt Karl. Niemand will es außer Inge von Dallwitz. Karl geht vorweg und biegt ihr die Zweige auseinander, hier irgendwo muß der See sein.
Vorsicht! Nicht fallen!
Das Fräulein von Dallwitz fällt keineswegs, sie pflückt sonnenwarme Himbeeren und Zittergras. Sie zeigt Karl das Zittergras und fragt, ob er schon einmal eine so zarte Natur gesehen hat? Ist es nicht unfaßbar, wie schön das ist? Und sie hält ihm die sonnenwarmen Himbeeren hin, auf flacher Hand, wie man einem Pferd Zucker gibt. Und:

»Berührt hat er mich«, denkt sie, und sie stößt nach Jagdwurst auf.
Karl möchte gern auf die Schönheit der Bäume hinweisen, aber er weiß, daß die Worte dann verquer herauskämen aus seinem schiefgezogenen Mund. Er atmet auf alle Fälle mal tief ein und aus, von wegen der Waldluft und dem Knoblauch, von dem er weiß, woher er kommt. Ja, das ist eben doch schon was, Natur, und dort liegt der See mit seinem grünen Schmierull und mit Pumpesel und spielenden Mückenschwärmen, und da: Libellen, zwei, in der Luft stehend, im »Sonnenglast«, wie man auch sagen könnte, wenn man ein Dichter wäre, die eine hier, die andere dort, den blauen Leib wie einen Stock in der Schwebe haltend.
»Den Pinsel Leistikows müßte man haben, um das malen zu können!« sagt Inge von Dallwitz und »Ja!« sagt Karl: »Oder den von Thuro Balzer.« Das war sein Zeichenlehrer.

Was auf das Fingerberühren folgen kann, das weiß Karl. Aber damals, als er das gelernt hat, war es dunkel, Schiffe glitten vorüber mit bunten Lampen.
Jetzt hört man von drüben die Picknickgesellschaft aufschreien. Saft ist umgekippt. Irgendwie roh, dieses Gebrüll... Ja, da stehen die beiden, die Inge und Karl heißen...

Außen blank und innen rein
muß des Mädchens Busen sein.

Der See liegt vor ihnen, zugewachsen, vermutlich mit Skeletten von Selbstmördern auf dem Grund. Bremsen stellen sich ein, und nun geht man vielleicht doch lieber wieder zurück zu den anderen, die hoffentlich kein Aufhebens machen von ihrer Extratour.

Die Gesellschaft bricht auf, damit man mal weiterkommt, man hat noch viel vor sich. Erst die Hälfte der kilometerlangen Schneise ist geschafft, immer geradeaus. Das Papier wird verbuddelt, und die Apfelschalen werden ins Gebüsch geworfen, den Käfern zu, die sich gleich wieder hervorwagen werden. Den Käfern, Mäusen und dem was weiß ich nicht noch alles, den Lebewesen, die den Menschenplatz wieder in Besitz nehmen.

Halt! Eben noch mal alle wieder hinsetzen, möglichst ungezwungen. Karl will eine Aufnahme machen, mit seiner Ikarette, vielleicht wird die ja was.
»Kriegen wir da einen Abzug von?«
Karl knipst die Angelegenheit, dann setzt er sich hin, und Grethe knipst die ganze Sache noch einmal. Das hätte man im Kasten, für alle Zeiten. Eigentlich ja 'ne herrliche Erfindung: das Fotografieren ... Wenn man mal alt ist und alles ist vorbei, dann guckt man sich die Bilder an und erinnert sich, wie schön das Leben doch war.

Man setzt sich also wieder in Marsch, Herrn Kröhls Straßenbahn klingelt, und da hinten kommt ein Reiter die lange Schneise herangeritten, elegant, kommt näher und näher, »wirft sich«, wie man das nennt. Ist das nicht Wirlitz, der Student?
Karl stößt Kröhl, den Finanzbeamten, an und sagt: »Das ist Wirlitz, der Student!« Der hat einen reichen Vater.
Auch Herr Wirlitz hat die Kempowskis erkannt. Zum Umdrehen ist es jetzt zu spät. Ohne von der Gangart abzulassen, reitet er an ihnen vorüber, nur eben den Rand seiner Sportmütze mit dem Finger antippend, von einer bunten Fliegenwolke umschwärmt.
Reiten? Für ihn wäre das nichts, sagt Thießenhusen, sich an Bord eines Pferdes zu verfrachten ... was Inge von Dallwitz nun gar nicht verstehen kann: Reiten? Mit verhängten Zügeln durch die Felder jagen, daß dem Pferd der Schaum aus dem Munde flockt?
Karl denkt daran, daß man ihm mal, in Flandern, ein Stückchen Holz unter den Sattel gelegt hat.

Ja, das ist Wirlitz, der da hinten in der Schneise immer kleiner und kleiner wird. Ein Mensch mit Lebensart. Fehlte bloß noch, daß auch die Mommer hier herumliefe, aber Schauspieler gehen wohl nicht spazieren, oder? Hat man Schauspieler je spazierengehen sehen? Inge von Dallwitz mit ihrem weit ausschwingenden Rock hat sich zu Thießenhusen gesellt. Zu Tode reiten! davon erzählt sie, daß man Pferde zu Tode reiten kann.

Karl hakt sein Grethelchen ein und geht die nächste Etappe mit ihr. Daß die Bäume sich unglaublich schön wiegen und wie hoch die wohl sind, die Kiefern, ganz schöne Apparate, sagt er. Und Grethe geht die Kinder durch, die nun schon vierzehn Tage in Bad Wursten sind und erst eine einzige Postkarte geschrieben haben, obwohl man es ihnen doch wieder und wieder gesagt hatte: Schreibt öfter mal!

Karl hat seine grüne Jacke auf den Stock gehängt und erzählt die Geschichte von Stribold, dem Hund, der mal *direkt* in die Butter trat, mitten hinein, und Grethe hört zu, sie kennt die Geschichte schon.

Karl hört sich Geschichten an, die er ebenfalls alle schon kennt: Roberding, der süße Junge, ein Wunder, wie der sich macht: nun schon elf. Wie schnell ist das gegangen! Man sieht ihn noch in seinem Bettchen liegen.

»Och, du Aschlock!« Diese Geschichte ist nun an der Reihe, wie er plötzlich zur Mutter »Och, du Aschlock!« sagte. An sich ja rasend komisch! Aber, da hatte Grethe doch sehr ernst werden müssen. Und dann hatte er gesagt: *»Erst* so nett, und *dann* so böse.« Und da wär' sie dann beinahe herausgeplatzt!

Ja, Karl kennt diese Geschichte vom süßen Roberding; und weil die andere Geschichte dazu paßt, von *ihm*, aus *seiner* Jugend: »Hast du Grütze im Popo? – Nee, du?«, erzählt er sie gleich noch einmal, ungeachtet dessen, daß Grethe auch *die* nicht neu ist.

So halten die beiden ihren Ehedialog, die endlose Schneise dahinschreitend, in der stiller werdenden Gesellschaft von Menschen, die mit der Hitze zu tun haben und gegen Mücken und Fliegen kämpfen. Einzig Inge von Dallwitz und Assessor Thießenhusen tigern durch den Wald, die spielen Anschleichen oder Grenzübertritt.

Die Borwinseiche wird besichtigt, ordnungsgemäß, an der Dr. Jäger feststellt, daß sie sechshundert Jahre alt ist, also aus dem 14. Jahrhundert stammt, wie sich leicht nachrechnen läßt, worauf Herr Kröhl sich in einen Papagei verwandelt und »Duhn supen!« ruft und sagt, daß diese Eiche nicht Borwinseiche, sondern eigentlich *Brannwinseek* heißt, weil die Waldarbeiter hier beim Frühstück manchen »Sluk« genommen hätten.

Dann kommt man an Brandts Kreuz, das wiederholt erneuerte. »Hest du ok'n Proppen in'n Mors?« ruft hier der Papagei.

Schließlich erreichen sie »das Meer«, wie dumme Leute sagen. »Die See« also, wie es richtig heißt. Man erreicht sie bei Graal, das am Ende der langen Schneise liegt. Durch das Rauschen hat sich »das Meer« schon vorbereitend angekündigt.

Von einer Düne aus wird es dann in Augenschein genommen, den Damen flattern die Haare, den Herren die Schlipse, und Inge von Dallwitz beginnt mit erhobenem Arm zu deklamieren:

> Ich gehe gekleidet
> in Deutschland,
> mit dem lastenden Schritt
> fühle ich es,
> fasse ich es –
> Deutschland!
> Deutschland bläst mir an die Stirne,
> Deutschland weht mir an die Haut,

Deutschland haucht mir in Nüstern und Mund.
Sie beschimpfen es –
um so heißer liebe ich es –
Deutschland!

Und weiter noch geht die Hymne, die die Gesellschaft sich anhört, der Größe des Augenblicks bewußt:

In dunkler Bläue
glänzt der Mörikesee,
der dunkle Brahmsberg ragt,
steil funkelt der Großbruckner,
Hölderlinischer Wind
umstreicht meine Schläfen,
Hebbelische Donner
drohen um den Horizont...

Und da bleiben schließlich auch Passanten stehen, mecklenburgische Männer, die Jacke im aufgestützten Arm – das ist ja etwas ganz Besonderes, das spürt wohl jeder.

Die Gesellschaft läßt sich in der »Strandperle« nieder, vor der eine Blutbuche steht, und bestellt Schollen, die in dieser Jahreszeit so ganz besonders gut sind, und vor allem: ein kühles Bier.

»Zum freundlichen Wohlsein!«

Ein kühles Bier für 15 Pfennig.

»Ahh!«

Thießenhusen hat sich ein Schnitzel »à la Hitler« kommen lassen, er ist mal neugierig, wie das aussieht. Als es dann kommt, muß sich die Gesellschaft sehr zusammennehmen: Auf dem Schnitzel liegt ein Spiegelei, und auf dem Ei befindet sich ein Hakenkreuz aus Heringsrogen!

Daß ich dich fasse,
Bismarckhering,
komm mir nur näher
Schillerlocke...

so deklamiert Kröhl, das Bierglas hoch erhoben

... ich will euch lieben

Mozartkugeln,
kommt an meine Brust...

und so weiter, wie das eben Kröhls Art ist.

Die beiden Eheleute Kempowski gehen nach dem Essen auf die lange Brücke hinaus, an deren Ende eine Bude steht, in der es Ansichtskarten zu kaufen gibt, auf der eben diese Bude zu sehen ist.

»Auf diese Bank von Holz woll'n wir uns setzen!« sagt Karl, und das tun sie auch, die Hände ineinander verschlungen. »Das Meer«, denken sie, obwohl man ja eigentlich »die See« sagt, die Wellen, und da hinten jetzt sogar ein Schiff. Und daß man das Eheschiff nun aus den größten Maleschen rausmanövriert hat, Gott, was war das aber auch alles!

Das hat man nun hinter sich.

Zu neuen Ufern lockt ein junger Tag.

Hauptsache, die Haut rebelliert nicht wieder. Diese Hitze? Und der Schweiß? Wenn das man gutgeht.

Von der Gesellschaft werden sie mit Fingerdrohen empfangen, die Straßenbahn quietscht, in der ein Haufen Papageien flattert, man nimmt die beiden neu-verliebten Kempowskis wieder bei sich auf.

Gut sitzt man in der Strandperle, die ganze Promenade läßt sich überblicken.

Dem Junggesellen Thießenhusen, von dem man weiß, daß er eine dicke Mutter hat, wird geraten, er soll sich mal schnell eine Frau aussuchen. Auf der Promenade läuft doch so allerhand herum! »Garçonnes«, knabenhafte Mädchen also, in den neuen zweiteiligen Badeanzügen: Bubikopf mit geklebter Sechs vor den Ohren. Oder vollschlanke, üppige mit vollweiblicher Figur?

Aber, ist es denn nun wirklich nötig, daß die Badebüxen sich derartig eng an den Körper und in ihn »ein«-schmiegen? fragt sich die Gesellschaft. Nur gut, daß die Behör-

den da endlich Abhilfe schaffen, die Zwickel-Verordnung, daß nur noch Badeanzüge mit Zwickel getragen werden dürfen, mit dem »rhomboidartigen Einsatz im Schritt«, wie es heißt. Wo kommen wir sonst hin?
Jetzt schreitet eine dicke Frau im Dirndlkleid daher. Brillantschmuck hat sie angelegt, die Fingernägel wie in Blut getaucht. Die Söckchen sehen aus wie Papiermanschetten am Hammelkotelett. Ihr Mann, mit kaffeebrauner Glatze und Sandalenbeinen, trottet neben ihr her: Der trägt ein Tennishemd ohne Krawatte. Sie ein Dirndlkleid und er ein Tennishemd. Und so etwas auf der Promenade in Graal!

Nun kommt eine Kolonne verschwitzter SA-Männer anmarschiert, im Geschwindschritt, mit Tornistern: ein Gepäckmarsch also, zur Stählung des Körpers. Die ersten Reihen der Kolonne marschieren noch ziemlich stramm, aber dann bröckelt es ab. Und während die Rostocker ihr kühles Bier trinken und sich fragen, wo wohl der Herr Wirlitz steckt, dessen Pferd da hinten angebunden steht, wird ein Nachzügler hinterhergeschleppt, links und rechts untergefaßt von SA-Kameraden, die Beine nachschleifend.
Für Deutschland marschieren diese Männer, das ist anerkennenswert, aber warum ausgerechnet hier? sagt Herr Kröhl, und Dr. Jäger muß sich sehr zusammennehmen, daß er nicht ausfällig wird. Die dicken SA-Männer fallen ihm auf und: »Gucken Sie mal den da!« sagt er zu Karl Kempowski, »der sieht aber gar nicht germanisch aus!«

Frau Jäger sagt, sie hätte am liebsten zur Zeit der Befreiungskriege gelebt. Miterleben, wie ein Volk aus tiefster Not sich aufrafft! Mit der Königin Luise leiden und glauben und standhalten! Mit Blücher wettern und jubeln! Vor Kant und Goethe Ehrfurcht haben, mit Schiller und Körner sich begeistern! In einer Zeit mittun, in der die ganze

Nation adlig war, wo es keinen Pöbel gab! Aber, dies hier, wenn sie diese Leute sieht... also irgendwie anachronistisch, nicht? Und sie gibt allerhand Einschränkendes zu Gehör, von ihrem Mann unterstützt, flüsternd geschieht das, wobei man den Kopf zusammensteckt. Neue Zeit, alles ganz schön und gut, aber – Köpfe noch enger zusammenstecken – diese Geschichten da, von denen man jüngst hörte...?
Er ist schließlich Jurist, sagt Thießenhusen, er kann sich nur mit Tatbeständen befassen, die offen zutage liegen. Er trinkt sein fünftes und sein sechstes Bier.

Herr Wirlitz, das ist nachzutragen, hat sich ein Zimmer gemietet in der »Strandperle«, im ersten Stock, für ein paar Stunden. Er speist dort für sich allein. SA-Männer in Zinn gibt es zu kaufen, das hat er im Katalog gesehen, aber das wär' ja nun wirklich das allerletzte! Diese Leute, die ihn scheel ansehen, wenn er auf seinem Pferd geritten kommt?

Robert William Kempowski liegt im Bett. Heiß ist es in seinem Zimmer, die Vorhänge sind geschlossen. Es ist wahr, die Krankheit, die seine Beine lähmte, konnte gestoppt werden, aber die Schmerzen blieben. Neunundsechzig ist er jetzt, und er liegt im Bett. Scopolamin hat er sich spritzen lassen, die Schmerzen ruhen, und er fühlt sich wie schwebend: zwischen Schlaf und Wachen. Silbi ist fort, sie ist mit den Kindern nach Schierke gefahren, und der Pottstuhl stinkt.

Der Alte langt sich die Klingel, die an einer Strippe über seinem Bett hängt, und klingelt. Nach einer gewissen Zeit – es dauert entschieden zu lange – kommt Minna, aufgedunsen und an den fetten Armen blaue Flecken. Was denn wär? fragt sie.

Die Gardinen soll sie wegziehen und das Fenster feststellen, das klappert. Und dann den Pottstuhl raustragen.
Ja. Minna zieht die Gardinen weg und stellt das Fenster fest. Dann geht sie hinaus und holt einen Handstock, den benötigt sie, um den Pottstuhl vom Bett wegzuziehen. Wenn sie dem Bett nämlich zu nahe kommt, dann grapscht der Alte nach ihr, und das hat sie nicht gern.
»Immer noch keusch und züchtig, Minna?« fragt der Alte, und sie sagt: »Ja.«
»Na, denn man tau.«
Sie schiebt ihm den »stummen Diener« hin, mit seinen Sachen, die er sich Stück für Stück und unter größten Mühen anzieht. Auf der Bettkante sitzt er, und nun lockt er das Mädchen an, das sehr skeptisch ist. Er beißt ja nicht, sagt er, sie soll ruhig näher kommen und ihn aufstellen helfen, allein kann er das ja nicht. Schließlich gibt Minna sich einen Ruck und packt den Alten an, der mit seinen dürren Fingern ihren Arm umspannt.
Rumms! Nun steht er. Minna muß ihn festhalten, wie betrunken schwankt er hin und her.

Da drüben, das Telefon auf dem Schreibtisch, dahin will er.
Zuerst ruft er seinen Sohn an, weiß der Himmel, wo der wieder steckt; meldet sich nicht. Sonderbar. Dann ruft er den alten Ahlers an, mit dem er sich erzürnt hat, glaubt er: Der war schon lange nicht mehr da, also hat er sich wohl mit dem erzürnt.
Der alte Ahlers meldet sich auch nicht; merkwürdig.

Auf dem Schreibtisch liegt eine Postkarte aus Bad Wursten, von Kinderhand geschrieben. »... Uns geht es gut, dir auch?« Die sieht sich der Alte an, die Briefe, die auch auf dem Schreibtisch liegen, nicht. Man sieht ihnen von außen an, daß es Rechnungen und Mahnungen sind, die braucht er sich nicht anzusehen, er weiß, um was es sich dreht.

Neben dem Telefon steht ein Foto von Anna. Das haben sie ihm hingestellt. »Das bin ich nun ...«, hat sie hinten draufgeschrieben. An einer Birke lehnt sie, den Hut nach vorn gerückt. Das war in Rövershagen, Mai 1901, das weiß der Alte noch, mit Siedow damals, dem Kutscher, der ihr immer in den Mantel half, und dann ging das Gekicher los.
Daß sie ihm als junges Mädchen vom Fenster aus Kußhände zuwarf, damals, in der Koßfelder Straße, das weiß er auch noch. Einen Zettel hatte er in seiner Manteltasche gefunden: »Wollen wir nicht heiraten?« Den hat er noch immer in der Brieftasche stecken.

Während er sich die Geige angelt, die unten im Schreibtisch liegt, und mühsam ein paar Töne kratzt – früher hörten ihm wenigstens die Hunde zu! –, brät das Mädchen unten in der großen Kellerküche Kartoffeln auf dem Riesenherd. Sie hat es noch erlebt, daß hier für 30 Personen gekocht wurde. Da waren sie noch zu dritt hier unten, mit Rebekka noch und mit der Mamsell, die so gute Leberwurst machte. Nun wirtschaftet Minna allein, was einfach ist. Bratkartoffeln jeden Tag und sonntags Frikadellen. Das Saubermachen ist nicht schlimm, nur so'n bißchen Larifari. Allerdings den Pottstuhl muß sie jeden Tag zweimal leeren, dafür kriegt sie aber pro Monat fünf Mark extra.
Nun hat sie die Bratkartoffeln fertig, auch der Speck ist geschnitten, zwei Scheiben Schwarzbrot dazu, sie stellt das auf das Teebrett und geht hinauf.
Der Alte legt die Geige aus der Hand, als sie eintritt.
»Minna«, sagt er, »ich muß heute abend noch arbeiten.« Hochdeutsch redet er, was sonst nicht seine Art ist.
»Nachher kommt eine Dame, mit der muß ich arbeiten, viel arbeiten.«
»Ja, iss gut.«
Minna weiß, daß der alte Herr ab und zu viel arbeiten

muß, abends: »Watt möt, möt«, sagt sie auf Platt, was sonst nicht ihre Art ist. Und: »Wieviel Flaschen soll ich hinstellen?«
Um acht Uhr klingelt es dann an der Haustür, und eine Dame kommt, die keine Dame ist. Mit hohen Schuhen und mit einer langen Zigarettenspitze. Sie verschwindet in dem Zimmer des Alten, und die Tür wird abgeschlossen: ritsch-ratsch.

Der Weg von Graal nach Warnemünde nimmt kein Ende. Am Ufer entlang gehen die guten Leute, das ist nun kein Vergnügen mehr. »Wenn die Pferde müde werden, dann fangen sie an zu stolpern!« Die See liegt glatt da, die rührt sich nicht, und die Gesellschaft geht direkt am Wasser entlang, da sackt man nicht so ein. Die Spuren werden von den kleinen Wellen sogleich fortgeleckt.
Jägers eilen weit voraus; wenn's dem Ende zugeht, rennen sie, so ist das jedes Mal. Inge von Dallwitz ist bei ihnen. Mit Dr. Jäger unterhält sie sich über Strafen im Altertum. Daß Verräter lebendig begraben wurden, das erfährt sie bei dieser Gelegenheit. »Xenophon, der Zug der Zehntausend«, in dem Buch steht das drin.
Herr Thießenhusen ist in Graal geblieben. Das wär' wohl nichts geworden, der hatte schon 'n ziemlich roten Kopf.
Karl und Grethe stellen Betrachtungen an, wie weit es wohl noch ist. Zwei Kilometer? Drei Kilometer?
»Eile mit Weile. Wer langsam geht, kommt auch zum Ziel.«
Zwei Kilometer, das wär': zweimal ins Kontor hinunter, eigentlich gar nicht so schlimm.
Dann sprechen sie von den Kindern in Bad Wursten, wie's denen wohl jetzt geht?
Ach ja, die Kinder...
Man schweigt und denkt sich sein Teil und kämpft sich um die »Biegung« herum, hinter der endlich der Warne-

münder Leuchtturm auftaucht. An seinem Blitzen sieht man, daß es nun schon dämmert.

Herr Kröhl ist mit seiner dicken Frau zurückgeblieben. An seinem Spazierstock hält sie sich fest, er zieht sie wie eine Lokomotive, er macht sogar sch-sch-sch-... Das schaffen wir schon, keine Angst.
Nach und nach läßt er die Donnerkeile fallen, die er gesammelt hat, die beulen die Taschen aus. Was soll man schließlich mit all dem Zeug? Nun doch gut, daß er die Bratsche nicht mitgenommen hat.

An der Straßenbahnhaltestelle trifft man wieder zusammen.

Licht aus!
Messer raus!
Drei Mann zum Blutrühren!

Dr. Jäger hat inzwischen ausgerechnet, wieviel Kilometer sie gelaufen sind. Mit der Uhr in der Hand teilt er es der Gesellschaft mit; das sind drei Kilometer mehr als das letzte Mal.
Vielleicht kann man nächsten Sonntag die Tour über Heiligendamm machen? Na, mal sehn.
Frau Jäger flicht sich ihren Zopf neu und legt ihn um den Kopf herum, wogegen Inge von Dallwitz wie eine Reporterin das Nahen von Kröhls bekanntgibt.
Laut spricht Kröhl mit seiner Frau: Daß sie es gleich geschafft haben, ruft er ihr zu, das ist zu hören.
Auch ihnen wird erklärt, wieviel Kilometer es waren, und da kommt endlich die Straßenbahn, der Anhänger noch von der Pferdebahn, an den Seiten offen. Sie steigen ein, und Heidrun Jäger sagt, wie gut ihr die Wanderung gefallen hat. Als sie das Meer gesehen hat – ach! – da hat sie an ein Bild denken müssen, auf dem nur ein einziger Mönch zu sehen ist, und weiter nix. *So* – sie macht es vor, mitten in der Straßenbahn – *so* steht der Mönch auf

diesem Bilde da; und daß sie daran hat denken müssen: die Allgewalt des Meeres, wie das Schicksal, es kommt und geht, und der Mensch, einsam, der muß es aushalten.

Die Gesellschaft fährt mit der Straßenbahn nach Warnemünde zum Bahnhof, und von dort mit dem Zug nach Rostock.
»Duhn supen«, ruft der Papagei.
Ob sie mitkommen, in die »Klause«, auf einen Schoppen? werden die Kempowskis gefragt.
Nein, die Kempowskis nehmen keinen Schoppen mehr, die wollen noch ihren Vater besuchen, der Alte, der sitzt da so allein in seinem großen Haus!

In der Stephanstraße ist noch Licht. Aber auf das Klingeln wird lange nicht geöffnet. Endlich kommt Minna, mit wuscheligem Haar. Sie öffnet die Tür zwar, aber sie stellt sich in die Öffnung und sagt, daß der alte Herr schwer zu arbeiten hätte, jawohl, ob sie was bestellen soll?

Ende Juli fährt Grethe nach Bad Wursten. Der Kurpark besteht aus einem Achtenweg mit zwei Rabatten darin, auf dem bewegen sich einzelne Kurgäste an Stöcken. Hier spielt täglich eine Kapelle des Reichsarbeitsdienstes Marschweisen.

> Als die güldne Abendsonne
> sandte ihren letzten Schein …

Grethe sitzt mit den Kindern im Pavillon und macht mit ihnen Handarbeiten. Decken werden von den Großen ausgestickt, wie die gute Oma in Wandsbek das tut. Und Stickbilder von den Kleinen, was auch gar nicht so einfach ist.

. . . zog ein Regiment von Hitler
in ein kleines Städtchen ein . . .

spielt die Arbeitsdienstkapelle, und der Wind weht es ihnen zu.

Robert sitzt nicht im Pavillon, der steht bei der Kapelle, und zwar direkt neben der großen Trommel. Kleinere Dorfkinder hat er bei sich, mit bloßen Beinen, die gucken zu, wie er sich das anguckt.

Herrlich, wie das Trommelfell zittert! denkt Robert. Und genau im richtigen Augenblick schlägt der Mann darauf, und das Becken bedient er noch gleichzeitig! Paukenschlegel und Becken hat er mit Lederschlaufen am Handgelenk befestigt, damit sie ihm nicht wegfallen; dann käme ja alles aus dem Takt!

Robert kann seinen kleinen Freunden nichts weiter erklären, weil er sich diese Musik anhören muß: Ganz überwältigt ist er davon, sie erscheint ihm meisterhaft! Er kann sich keine Musik vorstellen, die besser ist als diese.

Als Grethe ihre Kinder wiedersieht, bleibt ihr zunächst die Spucke weg. Robert geht ja noch, der liebe Junge, aber die andern! Ulla wie ein Zigeunerkind, schwarzgebrannt mit verwilderten Haaren, und der Lütte mit offner Hose und *einem* Strumpf nur an. Nein! Himmel! Robert holt aus seiner Hosentasche eine lebendige Maus heraus, die Grethe ihm in den Wald zurückzutragen empfiehlt, der gute Junge.

Grethe hat sich in einem Haus eingemietet, das tatsächlich »Sanssouci« heißt. Es ist ein Fachwerkbau, dem man zur Verschönerung einen gußeisernen Balkon mit Säulen vorgesetzt hat, die bis auf das Pflaster hinunterreichen. Gegen die gußeisernen Säulen läuft jeder Passant, der noch nie in Bad Wursten war.

Zu Mittag gibt es »Plummen und Klüt«, Backpflaumen also mit geräuchertem Magerspeck und Klößen, und am Nachmittag sitzt Grethe beim dicken Herrn Heistermann

in der Stube auf dem Wachstuchsofa und trinkt schlechten Kaffee.
»Tass' Kaff' möt het sin, de möt in 'n Mund noch kåken«, sagt Herr Heistermann, und dann sprechen sie von der Weltlage, die Heistermann als eine Verschwörung finsterer Mächte ansieht. Die Freimaurer, die Juden und die Kommunisten, überall haben die ihre Fäden drin!
Draußen in der Küche steigert sich unterdessen ein merkwürdiger Lärm, ein Tumult von unartikulierten Lauten. Tina scheint es zu sein, die da Schwierigkeiten hat mit ihrer Seele. Herr Heistermann steht auf und geht hinaus, worauf der Lärm in der Küche jäh anschwillt und dann aufhört. Heistermann aber hat ein rotes Gesicht, als er zurückkommt, und den Gürtel tütert er sich wieder in die Hose.

Ulla und Reinhard gehen zum Zeltlager der Hitlerjugend, von überall her sind nämlich an diesem Wochenende Hitlerjungen in Bad Wursten zusammengeströmt. Ein Lagerfest soll es geben mit Reiterkämpfen und Eierlauf. In der Mitte des Lagers steht eine Art Maibaum, mit bunten Bändern dran. Wer den hinaufklettert, findet oben, an dem Kranz, allerhand schöne Sachen. Eine Taschenuhr soll dabei sein, wird gesagt.
Auch Gerdi Heistermann besucht das Zeltlager. Sie will mit ihrer BDM-Gruppe den braungebrannten Jungen etwas auf der Blockflöte vorspielen.
Blockflöte? Das ist nicht nach Ullas Geschmack. Sie möchte lieber bei den Reiterkämpfen mitmachen. Sie stiftet Reinhard an, er soll sie auf die Schultern nehmen, was der auch willig tut.

Robert liebt die Einsamkeit. Er geht nicht zu den Reiterkämpfen. Er hat einen Baum entdeckt, auf den er bequem hinaufklettern kann. Da oben richtet er sich ein Plätzchen ein, wo er in aller Ruhe auf dem Kamm bläst. Er hat auch ein Buch mit hinaufgenommen, »Der U-Boot-Pirat« heißt es, das will er lesen. Leider stehen unten am Stamm bereits wieder ein paar Kinder, die wollen zu ihm hinauf. Na, dann hilft das nicht, dann muß er sie eben zu sich hinauflassen.

Auf dem großen Ast sitzen sie schließlich, eins neben dem andern, jedes will neben Robert sitzen.

Dri Chinisin mit dim Kintribiß!

Kleine Witze bringt er ihnen bei, die Sache mit dem Zeisig, der hinten eisig ist, und daß das Möwchen hinten ein Öfchen hat. Er singt ihnen auch mal ein Lied vor, das er in der Schule gelernt hat:

C-a-f-f-e-e,
trink' nicht so viel Kaffee ...

und erlaubt ihnen, »Tausend Stecknadeln« bei ihm zu machen, was an sich gegen seine Überzeugung ist.

Am Sonntag spielt Herr Heistermann Orgel in der Kirche. Grethe trägt sogar ein Haarnetz über Hut und Nase und hat feine Handschuhe an aus Waschleder. Weil es der letzte Tag ist für die Rostocker, gehen alle Kinder mit.

Oben auf der Orgel spielt Herr Heistermann sein schönstes Choralvorspiel auf den schönsten Registern. So ist das ja nicht, daß er das nicht kann? Orgelspielen?

Links und rechts über den Pfeifen sind zwei Engel angebracht, in holzgeschnitzten Wolken sitzend, Posaune blasend, und dazwischen spielt Heistermann mit seiner blanken Glatze das Choralvorspiel, das in F-Dur steht. Weil der Choral, den die Gemeinde gleich danach singen soll, in G-Dur steht, muß er aus dem Schlußakkord seines Vorspiels hinüberglitschen in diese Tonart, so will es das Gesetz, doch das ist kein Problem.

Grethe zieht ihren Jüngsten an sich heran und singt den schönen Choral:

O Lebensbrünnlein tief und groß,
entsprungen aus des Vaters Schoß ...

mit ihrer hellen, klaren Stimme, und sie denkt dabei an August Menz, der hier ganz in der Nähe wohnt.

Man könnte sein Gut mit Pferd und Wagen in einer Stunde erreichen. Es wäre ja ein Hauptspaß, wenn sie plötzlich da ankäm'. August Menz stünde vielleicht grade mitten auf dem Hof, die Arme in die Hüften gestemmt, mit Reithosen an und zankte einen Knecht aus, und sie käm' dann da an, fahre vor?

»Los, machen Sie, daß Sie an Ihre Arbeit kommen!« würde er noch rufen und dann an ihren Wagen treten: »Grethe, daß du gekommen bist ... «

Grethes Augen füllen sich mit Tränen, als sie sich das so ausmalt.

Ein sehr blanker Kronleuchter hängt an einer langen Kette aus dem Gewölbe herab. Wanderern, die sich die Kirche ansehen, wird erzählt, er sei zwei Zentner schwer.

Auf der Kanzel, die mit gedrehten Säulen und Bildwerken überreichlich ausgestattet ist, erscheint soeben der Pastor und schaltet Licht an. Er legt die Bibel hin und betet. Nun kommt die Geduldsprobe, die man aushalten muß, das wissen die Kinder. Erst wenn der Pastor sagt: » ... und nun noch ein Letztes ... «, kann man aufatmen. Das, was dann noch kommt, ist halb so schlimm.

11

Frikadellen gibt es nun wieder häufiger. Auch mal ein Kotelett mit Erbsen und Wurzeln. Der Vater sitzt oben, die Mutter zur Linken, die Großen zur Rechten. Der Kleine sitzt unten.
»Wie spricht der Hund?« wird er gefragt, worauf er »Wau-wau« zu antworten hat.
Das neue Mädchen heißt Gerdi Heistermann, sie stammt also aus Bad Wursten, ißt mit am Tisch. Dies hat sie dem Umstand zu danken, daß man die Eltern kennt und daß sie einigermaßen hübsch und appetitlich aussieht.
Wenn sie gefragt wird, ob sie noch Rote Grütze will, sagt sie allerdings: »... 'iss egal.« So was stört.
»Entweder ja oder nein!«
Auch kriecht sie beim Naseausschnauben jedesmal beinahe unter den Tisch!
Sonst ist sie jedoch meistens ein erfreulicher Anblick. In den ersten Tagen konnte es sogar geschehen, daß Karl selber aufstand, wenn das Salz mal wieder fehlte, und es aus der Küche holte.

Iller, Lech, Isar, Inn,
fließen zu der Donau hin ...

Ulla und Robert sind jetzt auf der Höheren Schule. Fünfundzwanzig Mark im Monat kostet das. Ulla geht auf das Lyzeum von Dr. Brandt, weil Jägers gesagt haben: Das ist gut. Das ist besser als das Lyzeum von Dr. Feinhuber. Zu Feinhuber schicken kleinere Beamte ihre Töchter und die aus Sachsen und Thüringen zugereisten Ingenieure von Heinkel.
Robert geht auf das Realgymnasium.
»Open your books!«

Als Kaufmann sollte man praktisch denken: Englisch *und* Latein. Englisch fürs Geschäft, Latein für die Bildung. Griechisch? Also nein. Das geht denn nun doch zu weit. Weil Robert mit Latein zu tun hat, wird er bei Tisch fast täglich gefragt, was »Trelamentius« heißt. So ist das nun einmal.

Dritte Person pluralis passivi
imperfecti coniunctivi
von amare?

Das ist nicht zu ändern. Und streng wird das Fortschreiten im Erwerb von Lateinkenntnissen überwacht.
Nach Tisch, wenn Karl seinen Kaffee trinkt und die Mürbeplätzchen, die man sich wieder leistet, eintunkt, muß sein Sohn ihm was aus dem »Mader« übersetzen. Darin stehen Sätze nach diesem Muster: »Der Künstler wollte läuten, aber der Pastor aß einen Brathering.«
Manchmal übersetzt der Sohn seinem Vater was Falsches, und weil der ihm das nicht nachweisen kann, rächt er sich, indem er ihm die schriftlichen Arbeiten durchstreicht. »Das mach' man noch mal!«

Ulla hat bereits Französisch – »nous avons, vous avez, nu 'sa weg«. Sie macht gern ihre Lehrer nach. Die üblichen Geschichten, die wir hier nicht wiederholen wollen. Eine Lehrerin heißt Duwe, was einen entsprechenden Spitznamen nahelegt.
»Gott, Kinder«, sagt Grethe, »macht bloß nicht soviel Unsinn!«
»Ja«, sagt Karl, da muß er ihr durchaus recht geben. »Vom Piejacken kommt Pojacken, und von Pojacken kommt Pökerklappen.«
Peule Wolff, sein ehemaliger Klassenlehrer, habe neulich auf der Straße zu ihm gesagt: »Aus Ihnen ist ja doch noch ganz was Ordentliches geworden.«
Eigentlich 'ne ziemliche Unverschämtheit.
Lebertran kriegen die beiden einmal pro Tag, damit sie

besser lernen können. Hinterher gibt es für jeden kissenartige Pfefferminzbonbons, die nehmen den Geschmack weg. Der Lebertran wird mit zugehaltener Nase geschluckt.
Dr. Kleesaat, der neuerdings »Heil *Hitler*« sagt statt »Treudeutsch«, ist an sich gegen Lebertran.
»Ach, wissen Sie, Frau Kempowski, die Natur hilft sich selbst.« Aber schaden kann es nicht.

Von der Schule wird bei Tisch erzählt, und auch Karl beteiligt sich an den Darbietungen, wogegen Grethe mehr dafür sorgt, daß das Milchkännchen dabei nicht umfällt.
Karl hat den dicken Sodemann beobachtet, wie der sich verhält, wenn ein Lehrling ins Kontor kommt und die Mütze nicht abnimmt. Das macht Karl nach. Sodemann setzt sich dann den Hut auf und stellt den Rockkragen hoch: »So, bester Herr, was darf's sein?«
An sich ein ganz origineller Mensch, der Sodemann, aber er liest den »Niederdeutschen Beobachter«. Früher den »Vorwärts« und heute den »Niederdeutschen Beobachter«. Und dauernd horcht er, ob man beim Telefonalphabet womöglich noch die alten jüdischen Namen verwendet. »Jakob« statt »Julius« und »David« statt »Dora«, wie es jetzt heißen soll.
Erfreulich ist es, daß er neuerdings häufiger kleine Fehler macht, was Karl wohl bemerkt. Die Sache mit den 3 Pfund 7 Schillingen! Und Sodemann hat bemerkt, daß Karl es bemerkt hat!
Gut. So wäre das Klima in der Firma also etwas erträglicher geworden. Man hat nun Mittel an der Hand, diesen Mann lange ernst anzugucken, wenn er sich bei Verhandlungen zwischen Karl und den entsprechenden Partner drängt. Und solche Verhandlungen gibt es jetzt häufiger, denn der alte Herr ist öfter krank.

Ja, Karl ist jetzt einigermaßen »drin«. Die ruhigen Jahre der Depression haben ihm das beschert. Da passierte derartig wenig, daß er stundenlang über jeden Kasus nachdenken konnte.
Die erste eigene Befrachtung war eine Angstpartie – »das wird ja doch nichts« –, aber sie funktionierte. Merkwürdigerweise. »Kaere Venn!«* solche Briefe wurden geschrieben, und dann fuhr das Schiff »Leda« mit Getreide nach Bergen und von Bergen mit Fischmehl nach Stettin. 2300 Tons, und pro Tonne gab es zehn Pfennig Provision, plus dies und das, abzüglich dem und dem.

Bezugnehmend auf Ihr
sehr geschätztes Vorgestriges …

Das Geld kam eines Tages ordnungsgemäß an. Ein kleines Wunder, ein Wunder, das Spaß machte.

Und dann die Sache mit der »Stolzenfels«? Das war der Durchbruch gewesen. Zufällig war Karl noch einmal ins Kontor gegangen, abends, er »hatte so ein unruhiges Gefühl«, wie er später dann immer wieder erzählte, und da klingelte das Telefon, und der Leuchtturmwärter von Prerow meldete, daß ein Schiff gestrandet ist.
Ah! Wundervoll? Ein Schiff namens »Stolzenfels«, mit Blockschokolade, Fruchtkonserven und anderen schönen Dingen, randvoll.
Den Hörer aufknallen und die Bugsier-Reederei anrufen. *Erst* die Vermittlungsgebühr aushandeln, und *dann* den Unglücksort nennen. Herrlich!
Karl war aus dem Händereiben gar nicht wieder herausgekommen. Die Bergungsschiffe »Kraft« und »Ausdauer« hatten das Frachtschiff freigeschleppt. Monatelang waren Abrechnungen gekommen, denn die ganze Ladung hatte geleichtert werden müssen. Blockschokolade! Riesige Tafeln. Und von der Blockschokolade hatte

* »Lieber Freund!«

man sich dann sogar ein paar Tafeln besorgt, das Stück für drei Mark! Mit dem Beil hatte Grethe sie auseinandergeschlagen, und jeder kriegte was ab: Dahlbusch, Thießenhusen, Jägers. Alle hatten etwas davon gehabt: nur die Versicherung nicht.

Ja, auch Karl hat etwas beizutragen, wenn an der Mittagstafel etwas dargeboten wird. Der Chinese auf der »Stolzenfels«, der über Bord guckte, als Karl die Strickleiter hinaufstieg! Und der Leuchtturmwärter von Prerow, was der für 'n Gesicht machte, als Karl ihm eine Kiste Zigarren dedizierte: extra mit dem Fahrrad nach Prerow gefahren deswegen. Höchst erfreulich!

Das hätt' sie wohl nicht gedacht, wird zu Gerdi Heistermann gesagt, daß es bei den Kempowskis so lustig zugeht? – Und dann erzählt Grethe, wie verkehrt Tante Lotti Platt sprach, als Kind – »Popo, woviel iss de Ohr?« – und:

> Eduard Biermöller
> blond, mit gescheiteltem Haar:
> Er spielte gar prächtig
> mal zart und mal mächtig ...

Eine Menge ulkiger Verse kann sie:

> Verdammt sprach Max
> und hinten schien die Sonne ...

aus irgendwelchen Büchern zusammengeklaubt. Karl produziert sich als mechanische Jahrmarktspuppe, Robert schneidet Fratzen, und auch Ulla streckt die Zunge heraus.

Nein, das hätte Gerdi Heistermann nicht gedacht, und sie staunt und freut sich ehrlich darüber.

Nach Tisch geht jeder an seinen Platz. Gerdi Heistermann in die Küche, die beiden Großen an die Schularbeiten und die Eltern schlafen. Vorher muß aber noch schwere Arbeit geleistet werden: Der Lütte muß ins Bett! Als er noch kleiner war, konnte man ihn einfach abschleppen, so schwer er sich auch machte. Jetzt muß man ihn zerren, an jedem Stuhl hält er sich fest, und Türen sind ein Problem! Einer schiebt, der andere zieht. Schließlich muß der gelbe Onkel geholt werden, und dann schießen die Tränen!

Manchmal wird aber auch gelacht. Wenn Karl gut gelaunt vom »Federball« spricht, den er mit seinem Sohn besuchen will. Oder man ist »vernünftig«, das gibt's auch. Der Junge darf dann in den Ehebetten schlafen, weil er schon so groß ist. Der Vater nimmt dann das Sofa, und die Mutter geht ins Kinderzimmer.
Wenn darüber hinaus noch zehn Pfennig in Aussicht gestellt werden, dann läßt der Junge mit sich reden, er liegt dann in dem großen Bett, das kühl ist und warm zugleich, die Fenster sind aufgestellt, und die Gardine weht.
Unten auf dem Hof werden Kübel ausgewaschen, ein Hund bellt, und dann wird es still. Nur die Spatzen machen Krach auf dem Fensterbrett, und Hühner sind zu hören, die im Sande gurren, ganz wie in Bad Wursten, wo Dahlien über den Zaun hingen.

Nicht immer sind die Tage für Karl angenehm, unten, in der Firma. Wenn der Vater da ist, mürrisch und ungepflegt – der »Mors« tut ihm weh –, oder wenn er zu Kredit-Kerner gehen muß und über eine Prolongierung verhandeln. Der ist zwar immer furchtbar nett, aber nicht zahlen können oder jedenfalls nicht genug, das ist unangenehm.
»Sie machen das schon, Herr Kempowski, da bin ich gar nicht bange.«
Und in der Tat, die Tilgung der ungeheuren Schulden macht Fortschritte. Es geht aufwärts, wie man so sagt. Allerorten wird gebaut, Sand und Kies werden gebraucht, und den schafft der »Consul« heran, unentwegt. Nun vielleicht doch verkehrt, daß man die »Clara« und die »Marie« verkaufte?

Merkwürdig eigentlich, daß es plötzlich aufwärtsgeht. Gesundschrumpfen? Nach Brünings Art? Na, also. Das ist ja so, als ob man der Ziege das Fressen abgewöhnen will.
Öfter macht Karl einen kleinen Spaziergang am Hafen entlang. Und als er sich mal abends, vorm Nachhausegehen, noch ein wenig auf die Fischerbastion setzt, in Ruhe den Abendfrieden zu genießen – da hinten die neuen Silos und der neue Kran –, da ist er plötzlich nicht allein. Rebekka sitzt neben ihm. Ob er sie nicht hinausschaffen kann mit dem Schiff? Das ist ihr Anliegen.
Dies ist das erste Mal, daß Karl etwas zu tun kriegt mit den Anfangsschwierigkeiten des 3. Reiches. Gehört hat er schon allerhand davon, wüste Geschichten, aber so direkt?
Nicht viel fragen darf man in einem solchen Fall und nicht viel überlegen. Am besten gleich aufstehen und das Ansinnen das Gehirn passieren lassen, ins eine Ohr hinein, zum andern wieder hinaus.
In der Nacht fällt es ihm aber wieder ein, er schläft gerade so schön, da tun sich ihm die Augen auf: Was war das? So soll man nun also die Familie aufs Spiel setzen, um die Existenz eines anderen Menschen zu retten? Gerade jetzt, wo alles so gut läuft? – Ein Ansinnen ist an ihn gestellt worden: Hätte er sich bloß nicht auf die Fischerbastion gesetzt...

Einen Menschen hinausschaffen aus dem Deutschen Reich? Das ist gar nicht so einfach. Mit Kapitän Fretwurst, diesem kleinen muskulösen Mann, dessen Schiff gerade im Rostocker Hafen liegt, versucht Karl darüber zu reden, in der Kajüte bei Gin. Aber bei dem hängt ein Hitlerbild neben dem Schapp. Und von Gesochs redet der Seemann, das man am besten totschlägt.

In einem Hauseingang paßt Rebekka ihn zwei Tage später ab, sie hat es eilig! Ob es nicht bald was wird? Sie kann nicht mehr lange warten.

Gar nicht adrett sieht sie aus, ungepflegt und nach Zwiebeln riecht sie. An sich ja furchtbar unklug, sich für einen solchen Anlaß nicht ein wenig feinzumachen.
Wenn man von einem Menschen etwas will, dann muß man ihn von sich einnehmen. Da darf einem doch nicht alles wurscht sein?

Mit dem gutmütigen Kapitän Lorenz kann dann verhandelt werden, flüsternd, obwohl niemand in der Nähe ist. Erst in der Kajüte, dann in der »Deutschen Fahne«, die den Besitzer gewechselt hat: Finsteres Gelichter sitzt da jetzt, Sozis vermutlich oder gar Kommunisten. Die Fotos von den Offizieren im Korbstuhl sind verschwunden.
Man ist sich einig, daß es gewagt werden muß, das arme Mädchen, und Kapitän Lorenz findet unter Deck ein Plätzchen. Zwischen Kisten und Kasten der Stückgutladung, hinter einem verschalten Klavier ... Aber: Rebekka ist nicht mehr da! Das Haus in der »Kleinen Goldstraße« ist verschlossen. In dieser Gegend, in der Ratten aus den Gullis kommen, in der die Keller zweimal pro Jahr unter Wasser stehen, und zwar vor dem grauen windschiefen Haus Nr. 9 steht Karl und klingelt. Kann man denn stundenlang vor einer verschlossenen Tür stehen? Wenn man hier nun gesehen wird? Morgen früh muß Kapitän Lorenz ablegen?
Auch in der Nacht ist die Tür verschlossen, und aus dem Schlüsselloch kommt kühle Luft.

Ulla und Robert gehen jeden Nachmittag in die Warnow-Wiesen.
»*Habt* ihr schon Schularbeiten gemacht?«
»Ja, ja!«
Heini Schneefoot hat einen Kahn, damit spielen die Kinder Wolga-Schiffer. Heini sitzt im Kahn, und die andern müssen ihn vom Ufer aus mit einem Strick schleppen. Mit einer Peitsche treibt er sie an, aus Spaß.

Am Bahndamm, an dem die schönsten Blumen blühen, Kornblumen, Wicken und Mohn, zwischen zwei Kopfweiden, von denen man eine herrliche Aussicht hat auf die »Wackel«-Wiesen, die von Sumpfdotterblumen ganz gelb sind und vor Nässe quutschen, und auf das Bahngelände gleichzeitig, hat Heini Schneefoot eine Art Negerhütte gebaut: mit Dach! Hoffentlich regnet es bald, denken die Kinder, dann wird es sich zeigen, ob das Dach dicht ist.

Hans Dengler sitzt in einer der beiden Weiden, den Platzpatronenrevolver in der Hand, von Vögeln umpfiffen, der muß aufpassen, ob irgendwelche Feinde kommen. Wie in einem Nest sitzt er in der Weide; auf den Bahndamm kann er gucken, auf die Lokomotive, die den Ablaufberg hinauffaucht und einzelne Waggons hinunterrollen läßt, die sich dann irgendwo verlieren.
Bis zur Warnow kann er sehen, die hier still und stetig dahinfließt, zwischen Kühen dahin. Schiffe ziehen vorüber, Frachtkähne mit Frauen, die Wäsche aufhängen. Wohin mögen sie fahren? denkt Hans Dengler. – Die Kirchtürme sieht er auch, und auch den Gaswerkturm, auf den Kohleloren hochgezogen werden. Automatisch kippen die Kohlen in den Turm, aus denen dann das Gas herausgeholt wird.
Heini Schneefoot hat einen Spirituskocher mitgebracht, auf dem wird Erbswurstsuppe gekocht. Hans Dengler steckt den Revolver weg und steigt ab, denn die Suppe ist jetzt fertig: Man riecht es. In der Hütte sitzen die vier um den Pott herum und löffeln ihn aus. Trocken schmeckt sie und mehlig. Aber es ist etwas Besonderes.

Nach dem Essen machen sie sich lang, nebeneinander, und Heini Schneefoot holt eine Packung Lloyd-Zigaretten aus der Tasche – »Arme Leut« –, die billigste Zigarette der Welt. Sie liegen auf dem alten Bettvorleger, Ulla

neben Hans, und sie gruseln sich vor ihrer eigenen Courage: Hier zu liegen und zu rauchen!
Robert kann schon Ringe blasen: Er tut es, und dann wird er von Heini Schneefoot gebeten, »Leiter« zu sagen. »Leiter« sagt er also. »Hast 'n ganzen Mund voll Eiter«, so wird dieses Wort ergänzt. Hans Dengler hingegen wird aufgefordert: »Hirsch heiß ich« mehrmals schnell hintereinander zu sprechen, was Ulla gemein findet.

Freut euch des Lebens,
Großmutter wird mit der Sense rasiert!
Aber vergebens,
sie war nicht eingeschmiert.

Ulla hat Gewissensbisse. Das Rauchen? Ob sie das der Mutter heute abend beichten muß? Einmal hat sie das schon getan, gebeichtet, für ihren Bruder gleich mit. Das war peinlich gewesen für den.

Von den Wolgaschiffern wird sodann gesprochen und von sibirischen Kettensträflingen: An Händen und Füßen gefesselt, schleppen sie sich an den Ort ihrer Verbannung, und sie singen dabei schwermütige Weisen.
Heini Schneefoot hat das Buch »Vom Zarenadler zur Roten Fahne« gelesen, davon berichtet er flüsternd, und er hat ein Bild bei sich von einem Neger, den sie gerade gelyncht haben: zuerst aufgehängt und dann verbrannt.

Der hat noch Glück gehabt, daß sie's nicht andersrum gemacht haben. Teeren und Federn, das würde man aushalten. Das braucht hinterher ja nur wieder abgewaschen zu werden.

Dann wird Sechsundsechzig gespielt. Ein harmloses Spiel, bei dem man so tun kann, als handle es sich um Skat. Leider wird plötzlich der Sack vom Eingang weggerissen, ein Mann guckt herein: »Watt måkt ji hier?« Eine überflüssige Frage, denn der Tatbestand ist offensichtlich: Hier wird geraucht, und hier werden Karten gespielt.

Draußen müssen sie sich aufstellen, weil der Mann sie aufschreiben will. Ob noch welche in der Hütte sind, will er wissen, und er guckt nochmals hinein, und diesen Moment benutzen die vier, um wegzulaufen. »Stehenbleiben!« ruft der Mann, aber das kann ja jeder sagen. Von fern sehen sie, wie er die schöne Hütte zerstört. Die geflochtenen Wände und das Dach aus Flaschenhülsen.
Hans Dengler überlegt, ob er eine der nagelneuen Platzpatronen auf ihn abschießen soll.

Vom Ablaufberg kommt ein Waggon gerollt, den nehmen sie. Heini und Hans springen vorne auf und die beiden Kempowskis hinten, und so rollen sie gemächlich an dem Mann vorbei, der ihnen mit wüster Gebärde droht.
Auch die Stellwerksbeamten drohen, man sieht sie hin- und herlaufen, da oben von einem Fenster zum andern, und telefonieren. Fröhlich winken ihnen die Kinder zu.
Am Wasserwerk springen sie ab, und den ganzen Nachhauseweg über wird gesagt: »Wat måkt ji hier?«, und Pläne werden geschmiedet, wie man sich an diesem Kerl rächen kann.
In den Warnow-Wiesen werden sie nun erstmal nicht mehr spielen können.

Grethe hat jeden Mittwoch Kränzchen. Das »Kränzchen zum Rosenkranz« heißt es, und es trifft sich gewöhnlich bei Frau Kröhl. Frau Geheimrat Öhlschläger gehört dazu, mit hochgeschlossenem Kleid und strenger Frisur. Frau Jäger und Frau Freudenthal, die die Augenlider immer nicht hochkriegt, wenn sie spricht – sie hat drei Kinder, und sie lebt in Scheidung, was man dem Manne nachempfinden kann.

Die mollige Frau Kröhl hat ihre Sammeltassen aus dem mit abgehangenen Rebhühnern und auffliegenden Auer-

hähnen verzierten Büfett herausgeholt, worüber sich Frau Jäger amüsiert. Sammeltassen! Sie plinkert Grethe zu, aber Grethe ignoriert das.
Alle Damen dieses Kreises sind um die alte Frau Seybold bemüht, eine freundlich lächelnde Greisin, die nahezu blind ist. Auf einer Möbeltakelage sitzt sie, einem Sofa mit Umbau, der ebenfalls Rebhühner und Auerhähne aufweist sowie allerhand Spiegel. Von links und rechts wird ihr Punschtorte aufgelegt, und um ihre Meinung wird sie befragt.
An der Wand hängt »Die Toteninsel« von Böcklin.

Grethe hat etwas Sonderbares zu berichten. Zur Geheimen Staatspolizei ist sie geladen worden, und da hat der Beamte eine Ansichtskarte aus Rio de Janeiro in der Hand gehalten. Ob Grethe weiß, von wem die ist? hat er sie gefragt.
Nee, von wem denn?
Nun, von Rebekka Strauß aus Rio!
Rebekka Strauß?
Ja. Merkwürdig, nicht? Ob Grethe wohl weiß, wie diese saubere Dame dahingekommen ist?
Nein, wie soll *sie* denn das wissen …
Grethe ist empört, denn der Herr von der Staatspolizei hat ihr nicht mal einen Platz angeboten, und ist selbst sitzengeblieben, dick und brösig.
So etwas hätt's früher nicht gegeben.

Kaffee wird nachgeschenkt, und die Juden der Stadt werden durchgegangen. Die guten und die schlechten Juden. Daß das ja auch die Höhe ist, wie verjudet das ganze Sanitätswesen war! sagt Frau Kröhl. Ihr Sohn hat ihr Sachen erzählt … Also, ihr ist die Spucke weggeblieben. Von dreißig Assistenzärzten siebenundzwanzig Juden! Haben sich die Posten immer so zugeschoben, sich *nach*geholt, lanciert …

Ja, und die Hosenknopfaffäre? Daß Rechtsanwalt Hirsch von seiner arischen Sekretärin verlangt hat, daß sie ihm einen Knopf am Hosenschlitz annähen soll? Das ist durch alle Zeitungen gegangen! Und der arische Verlobte der Sekretärin dann schneidig ins Büro geplatzt und den Rechtsanwalt geohrfeigt!

Die alte Frau Seybold hat ein Taschentuch in der knochigen Rechten, sie ist fast blind, muß immer so nach der Tasse tasten, und den Zucker schüttet sie daneben, wenn man nicht aufpaßt.

Frau Jäger weiß von ihrem Mann, daß Studienrat Dr. Matthes eine Volljüdin zur Frau hat und zwangspensioniert wurde. Daß der aber immerhin die volle Pension kriegt. Also eigentlich merkwürdig, nicht? Verrückt, den zu pensionieren, ein grader Mann und durch und durch national ...
Da lacht Frau Geheimrat Öhlschläger. Sie kann sich nur wundern, sagt sie, daß die liebe Frau Jäger so redet. Irgendwo muß man ja anfangen, wenn man diese Sache bereinigen will. Und wenn der Herr Dr. Matthes so national ist, wie Frau Jäger sagt, dann versteht sie nicht, daß er sich eine jüdische Frau genommen hat. Die Kinder – daran muß er doch auch denken –, die sind dann ja ein völliger Mischmasch. Sie hat den Ältesten neulich gesehen, also nein: direkt eine fahle Gesichtsfarbe.

Nun kommen die Damen auf die Juden in der Kunst zu sprechen. Liebermann! An sich gar nicht so schlecht.
Aber kein Vergleich zu Lenbach! sagt Frau Kröhl. Dieses entzückende Bild von seiner Tochter? Die aus flirrendem Goldhaar glühenden Augen? Tiefe ist darin und Trotz, glückhaftes Träumen und doch auch Wissen um Leid!
Alle Damen stimmen ihr zu, obwohl niemand das Bild je gesehen hat.

Oder Lovis Corinth. Da hat man doch sofort den Eindruck ungeheurer Kraft! Vielleicht könnte man ihn gar als Rubens unserer Zeit bezeichnen? Dieser lachende, klirrende Ritter, als den er sich so gerne malt, der das Leben – das Weib! – in froher Sinnlichkeit sieghaft packt. Nicht ein bißchen schwül wirkt seine feigenblattlose Malerei, denn trotz aller Fleischeslust ist er ein Gottsucher!
»Stammt er nicht aus Ostpreußen?« fragt die alte Frau Seybold und tastet blind nach den Keksen, die man ihr hinschiebt, und für diesen Einwurf kann man nur dankbar sein!
Ja, das tut er, und das merkt man auch! Was ist dagegen der französelnde Slevogt oder, wie gesagt, Liebermann, dieser jüdische Nachempfinder. Der ist doch allenfalls das, was man auf dem Brettl einen Damenimitator nennt.

Lovis Corinth. Dieses Bild vom Grafen Keyserling, fast humoristisch? Und da man grade bei Humoristischem ist, weiß Frau Jäger einen Spruch:

Als Gottes Atem leiser ging,
schuf er den Grafen Keyserling.

Worüber man nun doch sehr lachen muß. Nein! Da tun einem ja die Kusen weh!

Der Rest der Kaffeestunde geht damit hin, daß man auch die andern Künste nach Juden absucht, die Musik insbesondere, Meyerbeer, mit dem man eigentlich nie was Rechtes anzufangen wußte. »Robert der Teufel«, eine Oper dieses Namens hat er geschrieben, was man im Hinblick auf Grethes Sohn originell findet. Meyerbeer, der eigentlich Jakob Liebermann hieß, und Felix Mendelssohn-Bartholdy, von dem allerdings diese entzükkende Musik zum Sommernachtstraum stammt. Die leider neuerdings durch ziemlichen Pinkelkram ersetzt wurde.
Merkwürdig, daß man es ausgerechnet einem Juden

überlassen hat, Johann Sebastian Bach wiederzuentdekken! Wenn die andern ein bißchen besser aufgepaßt hätten, dann hätten die das doch auch geschafft!
»Vermutlich hängt das mit der echt jüdischen Neigung zur Schnüffelei zusammen«, sagt Frau Freudenthal. Den arischen Menschen liege das eben nicht so.
Ja, die Juden – Heine, allerdings ... Das ist wohl ein Sonderfall, sagen die Damen, und sie sind sich darin einig. Es gibt eben überall Ausnahmen, auch bei den Juden. Und: Ausnahmen bestätigen die Regel. Individuen gibt es bei den Juden, in denen das Zersetzende, Herabziehende, zeitweilig zumindest ausgeschaltet ist. Schumanns Lieder, was wären sie ohne Heines Texte?
»Ja!« ruft die blinde Frau Seybold, »ja! o ja!«, und sie beginnt mit ihrer brüchigen Greisenstimme zu singen:

Wenn ich in deine Augen seh',
so schwindet all mein Leid und Weh ...

und sie singt sogar die Klavierbegleitung mit.
Ja, Heine ist eine Ausnahme, darin ist man sich einig, wenn er auch – und das ist nun allerdings wieder typisch! – als Syphilitiker endete.

Auch das Positive in den Juden wird jetzt hervorgehoben, Einstein, nicht wahr? Und Albert Ballin. Wenn man eine Weile nachdenkt, dann fallen einem eine Menge guter Leute ein. – Stefan Zweig, der auch! Frau Jäger ist es, die auf diesen Dichter hinweist. Vielleicht sollte man die Novellen dieses Mannes mal gemeinsam lesen? Hier im Kränzchen? Warum nicht? Um sich ein Urteil zu bilden ... Aber das kann ja auch jeder für sich tun, im stillen Kämmerlein.

Dann wird Frau Freudenthal im Hinblick auf die bevorstehende Scheidung beraten. Sie soll sich ja auf nichts einlassen!
»Hören Sie, meine Liebe? Um Gottes willen!?«

Und sie verspricht es, mit den Augen plieernd. Ein Kleid in dreierlei Farbe trägt sie, was man zu dieser Zeit für äußerst geschmacklos hält.
Die alte, fast blinde Frau Seybold lehnt sich zurück.

> ... doch wenn ich küsse deinen Mund,
> so werd' ich ganz und gar gesund ...

Sie kann es nicht lassen, sie singt noch immer vor sich hin, dies Lied, das irgendwann in ihrer Jugend einmal eine Rolle gespielt haben mochte, und die Frauen sind ein bißchen erschüttert von dieser Darbietung.
Niemand weiß in diesem Kreis, daß sie eine geborene Bernstein ist.

Gerdi Heistermann hat sich feingemacht. Wenn sie Ausgang hat, einmal die Woche – auch das ist eine Errungenschaft der nationalen Revolution –, zieht sie ihre Hackenschuhe an (vier Zentimeter) und trägt sogar einen Hut auf dem Kopf und eine Handtasche in der Hand.
Sie geht in die Stadt. Hier bummelt es sich so wundervoll an den Schaufenstern entlang: der Spanische Garten, dessen Fenster von Südfrüchten überquillt, daneben die äußerst langweiligen Schaufenster von Driebusch, der Leihbücherei, dann der Optiker Krille:

> Ist's die Brille,
> geh' zu Krille!

Ein naheliegender Spruch. Eckige Hornbrillen tragen jetzt die Herren, die runden sind nicht mehr modern. Unverständlich, daß man früher runde Brillen für schick hielt.
Am tollsten sind die randlosen Brillen mit sechseckigem Schliff.

Ins Café Flint würde Gerdi wohl gerne hineingehen. Da ist so schmissige Musik, aber das traut sie sich nicht. Das ist ihr zu vornehm und zu teuer. Sie schlendert lieber noch ein Stückchen weiter.

Am Kröpeliner Tor haben sich neuerdings Italiener mit einer Eisdiele niedergelassen. »Eispalast Venezia«. An kleinen Tischen sitzt man hier zu italienischer Musik, und in den Eisbechern stecken Schirmchen chinesischer Machart.

Gerdi sucht sich einen Platz am Fenster. Von hier aus kann sie sehen, wer auf der Straße geht, und gleichzeitig kann sie sehen, wer in der Eisdiele sitzt.
Sie bestellt drei Eiskugeln, Vanille natürlich und Nuß und Zitrone. Den Schirm wird sie mit nach Hause nehmen und hinter das Bild stecken, das über ihrem Bett hängt, »Nackedei«, diesen Titel trägt es.
Von dem Eis ißt sie nur das Aufgeweichte, mit dem Löffel »säubert« sie die Kugeln unablässig. Gleichzeitig betrachtet sie den einen der beiden Italiener, einen fixen Kerl, der mit der Eiskugelzange jongliert und unaufhörlich Witze macht, in seiner Sprache. Es ist nicht ganz herauszukriegen, über wen er diese Witze reißt. Anzunehmen ist es, daß er es auf Kosten der Gäste tut.

Jetzt kommt ein verkrachtes Genie hereingestöckert, ein hagerer Mann mit Hindenburgfrisur. In der Kavalierstasche seines schäbigen Leinenjacketts hängt ein weinrotes Taschentuch: Student war er mal.
»Können Sie mir nicht zehn Pfennig leihen?« sagt er zu einzelnen Gästen. »Ich habe alle Examen mit Auszeichnung gemacht.«
Das ist was für den Italiener! Was? Zehn Pfennig? Wo er so ein guter Kunde ist, wird ihm doch eine Portion geschenkt! . . .
Von seinem Spültisch fegt er allerhand Zermatschtes in einen Becher und reicht ihm das, wortreich und gestenreich. Aber, erst soll er noch »bitte!« auf Italienisch sagen. Nein, erst noch »bitte« sagen, also: »Prego-prego«.
Dies findet Gerdi nicht so angenehm. Sich über den

armen Mann lustig zu machen, das ist nicht recht. Außerdem – als Ausländer? Über einen Deutschen?
Leider lachen auch die beiden Soldaten da hinten in der Ecke, die Gerdi an sich ganz fesch findet.

Nun treten zwei Hitlerjungen in die Eisdiele. Die blanken Schenkel sind so braun wie ihr Hemd! Das Haar blond, die Haut braun und die kurzen Hosen schon ein bißchen abgewetzt von rauhen Geländespielen.
Die beiden Hitlerjungen haben Abzeichen zu verkaufen, kleine Blumensträuße und Erntekronen aus Papier, hübsch gemacht, für zwanzig Pfennig das Stück. Sie klappern mit der Sammelbüchse, und endlich kommen sie auch zu Gerdi. Und während Gerdi in ihrer Handtasche nach vier Fünfpfennigstücken kramt, riecht sie den Sonnenduft der beiden kräftigen Jungen.
»Klirtsch, klirtsch!« machen sie mit ihrer Sammelbüchse, weil ihnen das zu lange dauert, und da hat Gerdi schon die »Sechser«, einen Erntekranz sucht sie sich aus, er wird neben den chinesischen Eisbecherschirm hinter das Bild gesteckt werden, das den Titel »Nackedei« trägt.

Viele Wenig ergeben ein Viel.

Schade, daß sie nicht etwas mehr Geld verdient, dann würde sie zwei Abzeichen kaufen oder sogar drei, dann würde es noch schneller aufwärtsgehen mit dem deutschen Vaterland.

Während Karl Kempowski im Büro hinter seinem Schreibtisch steht, den Telefonhörer in der Hand und mit der Schnur spielt, aus dem Fenster dabei guckt, wer draußen vorübergeht, während Rebekka Strauß in Rio de Janeiro sitzt, in einer Hafenkneipe, was auf ihre Abkunft und das Parteibuch ihres Freundes zurückzuführen ist, während Grethe in der Gärtnerei Schwiedeps sich frische Blumen schneiden läßt, zur selben Zeit sitzt Gerdi Heistermann im Eispalast Venezia und überlegt, ob sie es

wohl riskieren kann, *allein* in den Schuster zu gehen, nächsten Sonnabend, wenn sie Ausgang hat. Dort sollen öfter Soldaten sein, und gute Musik ist da auch.
Herr Heistermann sitzt zur selben Zeit in seinem Wohnzimmer auf dem mit Wachstuch bezogenen Sofa und sieht Heimatkundehefte nach – »Der Kreislauf des Wassers« –, der dürfte das nicht zu wissen kriegen, daß seine Tochter in den Schuster geht, auf gar keinen Fall.
Auch Herr Jäger sitzt über Heften, Oberstudienrat ist er jetzt, eine Formenarbeit wird er seinen Schülern diktieren, morgen, das hat er gerade beschlossen.

miseri, misci und misi

diese Wörter wird er nebeneinanderstellen, da werden die Schüler schön gucken:

miseri, misci, misi und *nisi*

ja, das kommt noch hinzu. Haha! – Zu seiner Frau in die Küche läuft er, die dort gerade Weißwäsche auf dem Gasherd kocht und dabei in Nietzsches »Zarathustra« liest, und er zeigt ihr das, was er eben ausgebrütet hat: Miseri, misci, misi und nisi!
Ob das nicht zu schwer ist, fragt seine Frau. – Aber was! Für den der aufgepaßt hat, ist das nicht zu schwer, sagt Herr Dr. Jäger, und er eilt in sein Studierzimmer und brütet andere Geistesklippen aus, an denen sich der Verstand seiner Schüler stählen kann.

Im fernen Schweden geht eine junge Frau mit Namen Cecilie durch ihren parkartigen Garten. Weiß gekleidet ist sie, und ihre beiden Kinder sind es auch. Einen Spaziergang will sie machen, am Fluß entlang, auf dem ein großes Schiff langsam vorüberfährt, und sie ist still, denn sie hat Gedanken im Kopf, die sie bewegen. Jetzt beugt sie sich über die Promenadenmauer: Ein Matrose kippt einen Eimer Wasser aus.
Eben hat Cecilie mit Deutschland telefoniert, das hat ihr Herz erwärmt. Deutschland, das Land, aus dem so man-

che Kunde kommt von Grausamkeiten... Unerklärlich ist es, weshalb sie immer wieder an diese Grausamkeiten denkt: Von starker Hand in die Ecke geschubst zu werden, und ein Stiefel stellt sich schwer auf das Genick? Ob man das wohl zu sehen kriegt, in Deutschland?

August Menz, auf seinem Gut? Der sitzt im Stuhl und schläft. Die ganze Nacht war er auf, weil »Fessel«, sein Hengst, Koliken hatte. An der Wand hängen Fliegerfotos, und nun kommt seine Frau herein und sieht ihn schlafen.

Zu dieser Zeit hält im Hause Alexandrinenstraße 81 der kleine Kempowski wieder mal genußreich seinen aufgezwungenen Mittagsschlaf. Der Nachteil eines geöffneten Fensters ist es, daß eben doch Fliegen hereinkommen, trotz der Stores und trotz der Übergardinen, die im Elternschlafzimmer von zarter orangeroter Farbe sind und von der Sonne kräftig beschienen werden, wodurch das ganze Zimmer in rotes Dämmerlicht getaucht ist.
Der Wind bauscht die Vorhänge ein wenig, ein leichtes Klirren ist zu hören, was von den Gardinenringen herrührt, oben am Gardinenbrett. Auch quietscht der Feststeller des Fensters, an eine Schiffskajüte ist zu denken, im Hafen liegt es, das Schiff, und leicht dümpelt es an seinen Haltetauen.
Die Fliegen fliegen eine Weile um die Lampe herum, und eine von ihnen landet auf dem Plumeau, unter dem der kleine Junge liegt, in dessen warmem Gehirn die ruhigsten Bilder dahinziehen, wie Segelschiffe fern am Horizont. Die Fliege putzt – wie wir es kennen – zunächst den Kopf, dann die Flügel links und rechts, dreht sich dem Schläfer zu und fliegt ihm, von Instinkt geleitet, auf die Stirn. Von hier aus marschiert sie über die Augenlider dem Munde zu, der feucht ist, was die Fliege mag.
Der Junge erwacht nun halb und dreht sich ein wenig, die Fliege fliegt auf und setzt sich aufs Plumeau. Nun erwacht

der Junge vollends. Er starrt das Fliegenvieh an, wie es sich da direkt vor seinen Augen auf dem Häkeleinsatz des Plumeaus die Hände reibt, harmlos tuend, und er verhindert eine neuerliche Landung auf seinem Gesicht durch einen plumpen Schlag in die Gegend.

Nun ist die Mittagsruhe beendet. So ärgerlich es ist, am hellichten Tag ins Bett gehen zu müssen, so schwer ist es nun, herauszufinden aus der warmen Falle.
Nach einigem Besinnen steht der Junge auf und streicht durch die leere Wohnung. Man ist ausgeflogen, offenbar. Im Nebenzimmer steht noch das Kaffeegeschirr. Der Vater hat eingetunkt, wie man sieht.
Auf dem Schreibtisch liegt die Intarsienmappe mit Briefpapier darin. Ein Bleistift ist auch vorhanden, man kann also ein Auto malen, was mit einem einzigen Zug geschieht: beim Kühler wird angefangen, oben herum gleitet der Stift, dann unten, wo Platz für die Räder gelassen wird, die später eingezeichnet werden.
Im Kühler eines jeden Autos ist ein kleiner Deckel für Wasser, der kann abgeschraubt werden. Vorn wird Wasser ins Auto hineingegossen, und hinten ist der Auspuff, da kommen kleine Wolken heraus. Ein Mann sitzt am Steuer, das ist deutlich zu sehen, er hat eine Mütze auf und lacht.

Nachdem das Bild vollendet ist, wird das kunstgewerblich so wertvolle Schaukelpferd bestiegen. Es ist aus Holz geschnitzt und läuft im Galopp, auch wenn es absolut stillesteht. Der Junge hat einen langen Bauklotz in der Hand und beginnt zu schaukeln. Das Schaukelpferd rutscht im Zimmer umher, was die Mutter nicht so gerne hat, denn das gibt Schrammen. Der Bauklotz ist eine Reitgerte, mit der wird das Pferd geschlagen, was auch nicht statthaft ist, denn das Hinterteil des Pferdes weist bereits Dellen auf, das hat die Mutter festgestellt. Und das ist ja nun nicht der Sinn der Sache, daß das Schaukelpferd Dellen kriegt.

Nachdem der Junge seinen Ritt beendet hat, geht er an den Flügel und spielt mit zwei Fingern darauf. Er schlägt jeweils eine Taste mit jeweils einem Finger an, und zwar gleichzeitig. Mal weiter entfernt, mal dichter zusammen. Hin und wieder klingt das gut, manchmal schlecht, das ist nachdenkenswert.
Von oben pocht es, ja, der Junge hat es wohl gehört, doch das stört ihn nicht.
Nun guckt er durch das Schlüsselloch zu Herrn Wirlitz in die Stube. Der sitzt und schreibt, ohne sich zu bewegen. Er malt also keine Zinnfiguren an, wie man hätte vermuten können, sondern er schreibt. Zwischendurch guckt er in ein dünneres Buch, dann in ein dickeres, zündet sich eine Zigarette an und schreibt.

Auf dem Flur hängt die Schaukel, darauf könnte er nun schaukeln, aber das läßt der Junge. Er geht statt dessen in die Küche – die Gelegenheit ist günstig –, zieht einen Schemel in die Speisekammer und greift in verschiedene Kruken, deren Inhalt er kennt. Rosinen, Mandeln oder ganz einfach Zucker. Danach zieht er sich seine Stiefel an – die Schleife machen kann er schon, das hat ihm sein Bruder beigebracht –, und er geht hinaus ins Treppenhaus. Die Tür klappt zu, und da entdeckt der Junge, daß er ja noch die Schürze umhat, die Schürze mit der Ente drauf. Die wird also abgebunden und durch den Briefkastenschlitz in die Wohnung zurückbefördert.
Anstatt nach unten zu gehen, wie er es vorhatte, steigt der kleine Herr die Treppe hinauf. Das heißt, er steigt nicht so einfach Stufe für Stufe hinauf, nein, die ersten Stufen nimmt er mit steifem Bein und dann, sobald er das Treppengeländer der nächsten Treppe erreichen kann, klettert er umständlich hinüber, auf die andere Seite,

durch die Sprossen hindurch. Somit spart er genau vier Stufen. Er glaubt, daß er dann länger lebt. Vier Stufen gespart, vier Tage länger leben.

Bei Frau Mommer, der Souffleuse, oben, wird er überschwenglich begrüßt. Das Knutschen will kein Ende nehmen. Ob er sich ans Fenster setzen möchte? Und ein bißchen rausgucken?
Gleich darauf kommt eine kleine Schauspielerin mit verweinten Augen. Auch sie wird umarmt und geknutscht, das Wort »gemein« kehrt häufig wieder im Gespräch, und der Junge wird gefragt, ob er mal eben vom Bäcker für eine Mark Kuchen holen will? Ja?
Der Kleine steckt die Mark ein und geht.

Bei Frau Spät könnte man auch noch mal eingucken, denkt er.
Frau Spät, die in ihrem Wohnzimmer sitzt, hört, daß der Briefkasten klappert. Sie geht zur Tür und öffnet sie gerade so weit, wie die Sperrkette es zuläßt. Der kleine Kempowski ist es, und da Frau Spät Studienrätin ist, besinnt sie sich auf ihren pädagogischen Auftrag und holt den Jungen herein.
Auf dem Flur stehen große düstere Schränke mit geschwungenen Türen, einer neben dem andern. Die Schlüssel sind sehenswert, auf die ist er schon hingewiesen worden.

Die Wohnstube ist angefüllt mit altertümlichen Möbeln, äußerst zierlichen Sesseln, die schwarz und grün bezogen sind, und einem blanken Tisch, von dem eine hauchdünne Decke herunterhängt. An den Wänden Unmengen von Bildern!
Der Junge war schon öfter bei Frau Spät, aber wenn er ihre Wohnstube betritt, dann wundert er sich jedesmal wieder.

Er steht vor den Bildern an der Wand und betrachtet die darauf dargestellten arkadischen Landschaften mit den wassersaufenden Büffeln. Die Hände hat er dabei auf dem Rücken.
Frau Spät bedauert es, daß sie allein zu Hause ist – wie immer! –, so kann sie niemandem zeigen, wie süß der Junge aussieht, mit seinem dicken Kopf, die Hände auf dem Rücken, wie er da die Bilder betrachtet.
»Allerliebst«, denkt Frau Spät, und sie läßt ihm Zeit. Auf der Etagere liegen Bilderbücher, damit wird sie ihn danach noch eine Weile beschäftigen können.

Nachdem der Junge alle Bilder ernst betrachtet hat, auch den reizenden Hühnerhof mit dem Truthahn, tritt er an die Vitrine, in der Porzellangruppen aufgebaut sind, nackte Knaben, Blumengirlanden windend, kleine Mädchen mit Körben voll Obst.
Tief seufzt der Junge auf.

Nun setzt er sich auf einen der zierlichen Stühle und empfängt die Bilderbücher, die auch allesamt bemerkenswert sind. Während er sie auseinanderklappt und ein ganzes Theater sich aufrichten sieht, mit Zuschauern, Bühne und Schauspielern, holt Frau Spät schon mal eben eine Birne, die sie gottlob vorrätig hat. Die wird sie dem Jungen schälen, damit sie etwas für ihn hat, wenn er fertig ist mit dem Betrachten der Bücher.
Gleichzeitig hat sie zu lauschen: Unten bei den Kempowskis klappen Türen. Da ist jemand nach Hause gekommen. Und siehe da, »Glückes genug« ist zu hören. Es ist die an sich ganz nette Frau Kempowski, die da Klavier spielt. Das wird man nun wohl aushalten müssen.
Das Theater läßt der Junge mehrfach sich aufrichten, langsam, schnell: Es ist immer der gleiche Effekt.
An einem andern Buch ist seitlich ein Pappstrippen angebracht. Wenn man daran zieht, beginnt sogleich eine Reihe Enten durch die Wellen zu schwimmen.

Der Junge läßt die Enten schwimmen, und am Tisch sitzt die gütige, weißhaarige Frau Spät mit dem etwas krummen Buckel und schält eine Birne mit einem winzigen Messer über einem kleinen Teller, der einen goldenen Rand hat. Die Uhr tickelt, und eben fliegt ein Spatz auf das mit Blech beschlagene Fensterbrett und tschilpt.

In dem Buch »Sprechende Tiere« ist eine Ente abgebildet, der ein Vorhängeschloß am Schnabel hängt: Weil sie immer so viel quakelte, deshalb hat man das mit ihr getan. Dies Bild bleibt haften. Nicht reden können, wenn man was zu sagen weiß?

Was dort hinter der Schiebetür ist, will der Junge nun wissen. Er zieht nur noch zum Schein an den Papierstrippen des Bilderbuches, ein Jäger mit Botanisiertrommel und Schmetterlingsnetz spaziert durch den Wald, das kennt er nun schon. Was hinter der Tür da drüben ist, das will er wissen.

Der Besuch bei Frau Spät endet mit einem Mißklang. Die gute Frau mit ihren klebrigen Birnenhänden muß den Jungen fortdrängen von der Schiebetür, ja zerren, weil er plötzlich bockig wird, an dem Messingschlüssel dreht, der fest im Türschloß montiert ist, der durchaus hinüber will in jenes Zimmer, was *sie* nicht will.

»Du bist ein ganz dummer, frecher Tetzel«, sagt Frau Spät, »ich mag dich gar nicht mehr leiden«, womit der Besuch beendet ist. Und während der Junge die Treppe hinuntersteigt, unter bestimmten Gesetzen nach unten steigt, möglichst jeweils drei Stufen nehmend, damit er wieder jeweils drei Tage länger lebt, sieht er die kleine weißhaarige Frau mit dem krummen Rücken in der Tür stehen.

»Du bist ein dummer, dummer Tetzel.«

Umdrehn tut er sich, und die Zunge streckt er ihr raus.

Das nächste Mal wird sie ihm Kopfnüsse geben, wenn er

bei ihr klingelt, beschließt die Frau. Und dann geht sie in die Wohnung zurück, und sie geht an die Schiebetür und schiebt sie zur Seite und geht in das Zimmer, von dem niemand auf der Welt weiß, weshalb der Junge es nicht besichtigen darf.

Nun fühlt der Junge ein menschliches Rühren. Was tun? Die Wohnungstür ist verschlossen, und auf die Straße kann er sich nicht gut stellen. Er klettert also auf das Fensterbrett und öffnet das Fenster und pinkelt hinaus auf den Hof.

Als er damit fertig ist und sich umdreht, sieht er da die Näherin Frau Lutje stehen.

»Sag mal, schämst du dich nicht?« sagt sie.

Frau Lutje wohnt im Keller, sie hat ihre Nähmaschine am Fenster stehen, damit sie besser sehen kann.

Auf dem Hof ist es heiß. Die Sonne knallt hinein, die heiße Luft kann nirgends entweichen. Erfreulicherweise liegt hier ein Haufen Sand. Wer die Hühnerwürstchen vermeidet, kann hier schöne Tunnel bauen. Anstatt Kuchen für Frau Mommer zu kaufen, gräbt der Junge mit den Händen ein System von Tunneln in den Sandberg. Wenn er den Arm auf der einen Seite hineinsteckt, könnte er ihn von der anderen Seite aus sehen, und umgekehrt.

Nachdem er genügend Tunnel gebaut hat, geht er in den Holzschuppen, in dem ist sein Dreirad deponiert, ein Dreirad mit Klingel und verstellbarem Sitzbrett. Auf dem Hof kann er nicht damit fahren, weil er sich in dem Sandboden sofort festfährt. Er muß damit durch das Haus hindurchziehen, auf die Straße hinüber, was nicht so einfach ist, weil es zunächst drei Stufen hinauf- und dann drei Stufen hinuntergeht.

Auf den Platten des Vorgartens kann der Junge ein wenig hin und her rangieren. Rückwärts fährt er gern, das ist besonders reizvoll. Das Dreirad wird dabei zu einem Auto, das ziemlich viel Lärm macht.

Zwei Hitlerjungen kommen vorüber, die klötern mit der Sammelbüchse. Dies bringt den Jungen auf eine Idee. Er dreht sein Dreirad um und kurbelt an der Pedale und singt dazu:

Das ist die Liebe der Matrosen …

Mit der Rechten kurbelt er, und mit der Linken tut er so, als ob er Schnaps trinkt, und eine Sandform hat er vor sich stehen, damit man ihm Geld hineintut. Dies geschieht nicht, obwohl diverse Damen stehenbleiben und sich seine Lieder anhören. Frau von Brüsewitz aus dem Ferdinandstift zum Beispiel, mit ihrem feinen Spazierstock, die bleibt eine Weile am Zaun stehen. Was für eine reizende Idee, einen Drehorgelmann nachzuahmen!

Endlich kommt eine besondere Frau, eine alte Frau mit verschrumpeltem Ledergesicht. Einen Strohhut trägt sie auf dem verfilzten Haar, und einen weiten, schwarzen Umhang hat sie an. »Tante Du-bist-es«, so wird sie genannt, eine arme Frau ist es, tagaus, tagein streift sie durch die Stadt und sammelt Dinge ein, die sie noch gebrauchen kann. Sie trägt einen Beutel mit zwei Drahtringen unter ihrem Umhang, und da tut sie alles hinein. Besonders abgesehen hat sie es auf Bruchholz. Keinen Spaziergang kann man machen, ohne Tante Du-bist-es Bruchholz sammeln zu sehen, denn der Winter ist kalt und lang, und diese Frau will nicht frieren. Die ganze Dachstube, die sie bewohnt, ist mit Bruchholz angefüllt. Von draußen ist das zu erkennen, weil nämlich eines der Fenster völlig zugebaut ist damit.

Das ist die Liebe der Matrosen …

singt der Junge und dreht an der Pedale.

Tante Du-bist-es hält sich nicht lange mit Zuhören auf,

sie schlägt den Jungen leicht mit der Hand und ruft: »Du bist es!«
Nun muß der Junge sein Dreirad im Stich lassen und der Frau nachlaufen und sie auch schlagen und auch rufen: »Nein, *du* bist es!«
»Wiederschlag ist Katzendreck.« Diese Regel gilt hier nicht, jedenfalls hält die Frau sich nicht daran, und schon »ist« der Junge es wieder.
Dies geht eine Zeit so fort, bis die Tante Du-bist-es plötzlich verschwunden ist. Der Junge sitzt mit seinem Schlag da. Er »ist es« also. Das geht jedesmal so, das kennt er schon, und beseitigen läßt sich das Übel nur, wenn er die Hand auf den Straßengulli legt und den Fluch ablenkt in untere Regionen.

Lumpen tau hanneln un Knaken!

ruft ein Lumpenhändler.
Nun fällt dem Jungen die Mark ein, die er in der Tasche hat. Auf seinem Dreirad fährt er zu Kaufmann Schulz und kauft sich dort Lakritze dafür. »Krieg' ich was zu?«
Für eine Mark Lakritze! Das ist 'ne ganze Menge: Pfeifen mit bunter Kugel im Kopf, Rollen, Ketten.
Über und über behängt mit Lakritze verläßt der Junge den Laden.

Von links und rechts sausen Autos vorüber, und jetzt kommt der Omnibus. Der hält vor dem Schlachter an, und der Junge kann hinüberlaufen auf die sonnige Straßenseite.
Gerdi Heistermann kommt gerade aus der Stadt gegangen, sie sieht es von ferne, Tante Du-bist-es sieht es von nahebei, Frau Spät von oben, und Bäcker Lampe sieht es von drüben, wie der Junge über die Straße läuft und wie ein offener Maybach rasch herankommt, hinter dem Bus hervor! Fast gelingt es dem Jungen, die andere Straßenseite noch zu erreichen, da quietschen die Reifen. Der

Maybach erfaßt ihn mit dem Kotflügel, wirft ihn um und schleift ihn sechs, acht Meter mit. Ein Bündel Flicken – nun fliegt es mit Schwung gegen den Kantstein, und alles ist beendet.

Der Lumpenhändler beugt sich über das Kind und betastet es, und dann erfahren die Herandrängenden, hinter denen nun auch der atemlose Maybachfahrer erscheint, daß das Kind zu leben scheint. Der Lumpenhändler nimmt es auf und trägt es über die Straße, dort drüben wohnt es, das Kind, wie Gerdi allen Leuten erzählt. Daß sie das Mädchen ist von den Kempowskis, sagt sie, und daß dieser Junge da drüben in dem Hause wohnt. Sie geht voran, und der Maybachfahrer, dieser Unglücksmensch, trottet hinterher.
Grethe, oben, hat das Bremsen wohl gehört. Sie richtet eben die Blumen in den Vasen, da klingelt es.
»Ja, gleich!«
Vor der Tür steht der Lumpenmann, der ihren Jüngsten auf den Armen hält. Aufs Sofa wird er gebettet, und der Maybachfahrer mit seiner Fliegerkappe stellt das Dreirad auf den Flur und er sieht es auch, daß der Junge noch lebt. Aber eine ganz schöne Brüsche hat er am Hinterkopf, und mit dem Arm ist was nicht richtig.
Gerdi Heistermann, mit Hut auf dem Kopf, sagt, daß sie alles gesehen hat, und erzählt, wie es passiert ist, daß der Herr Autofahrer nichts dafür kann, weil nämlich das Kind einfach über die Straße gelaufen ist, ohne links und rechts zu gucken. Der Lumpenhändler hat auch alles gesehen und erzählt es gleichzeitig und gleichlautend. Gut ist es, daß Herr Wirlitz hereinschaut, dem kann es noch einmal erzählt werden. Und dann Frau Mommer, die sich auch alles anhört. Sie schweigt davon, daß der Junge ihr Kuchen besorgen sollte.
»Ich bin schuld«, denkt sie, und sie hält den Mund. »Hätte ich ihn bloß nicht zum Bäcker geschickt!«

Dr. Kleesaat kommt rasch. »Guten Tag«, sagt er neuerdings wieder, statt »Heil Hitler«, wofür er sehr persönliche Gründe hat. Er diagnostiziert Schlüsselbeinbruch und Gehirnerschütterung. Und als das Kind im Bett liegt, noch immer ohne Bewußtsein, sitzen alle Erwachsenen am runden Tisch und malen sich aus, was alles hätte passieren können! Sie trinken eine Tasse Kaffee auf den Schreck.

Der fremde Herr ist ganz zerknirscht: Warum ist er auch so schnell gefahren? Das kann er sich nicht verzeihen! Er ist nicht irgendwer, sondern er ist der Direktor der Bonbonfabrik Friedrichs. Das stellt sich heraus. Und aus der Aktentasche zieht er zwei 5-Pfund-Tüten Bonbons, als Trostpflaster für den Jungen, wenn er wieder aufwacht.

Grethe entschuldigt sich bei diesem Herrn, der Junge ist immer so verträumt... sie weiß es auch nicht! Schon tausendmal hat sie zu ihm gesagt, er soll vorsichtig sein, aber nein! – Hoffentlich ist am Auto keine Beule, sagt sie, und das mit den Bonbons, das hätte doch nicht nötig getan. Das wär ihr direkt peinlich.

Und an der Tür sagt sie, daß ihr Mann sich bestimmt freuen würde, wenn er ihn mal kennenlernte. Wie wär's, wenn er mal vorbeikäme?

Lumpen tau hanneln un Knaken!

wird unten auf der Straße gerufen, der Lumpenhändler zieht weiter. Er hat ein schönes Geldgeschenk erhalten dafür, daß dieser Junge noch lebt. Wundern tut man sich darüber, daß das Kind mit Lakritze so reichlich versehen ist: alle Taschen voll und um den Hals eine Kette?

Nie wird jemand erfahren, woher das stammt.

12

Die St.-Georg-Schule liegt in der St.-Georgstraße, die genau einen Kilometer lang ist und in den St. Georg-Platz mündet. Sie ist eine von dreizehn Volksschulen in Rostock, eine in roten Ziegeln erbaute Erziehungsburg mit Zinnen und angedeuteten Schießscharten.
Sogar das Toiletten-Häuschen auf dem hinteren Hof ist wie eine gotische Burg gebaut, gotischer als je die Gotik war. Hier empfängt die Rostocker Jugend männlichen Geschlechts Aufklärungsunterricht: Das Wesentliche der geschlechtlichen Vereinigung ist mittels gestohlener Schulkreide mehrfach an die Wand gemalt. Während des Wasserlassens an der geteerten Mauer sind die Zeichnungen bequem zu studieren, dazu die Verben, die das derbe Volk diesem Geschäft zuerfunden hat.
Lakonische Äußerungen des Unmuts sind ebenfalls auf den Innenwänden der Toiletten-Burg zu lesen, von älteren Schülern verfaßt, die nicht mehr die naive Lust fürs Lernen aufbringen können wie die lebensfrohen Abc-Schützen.

Im ersten Stock des Schulgebäudes, an strategischer Stelle, wächst eine Art Bergfried aus der Schulburg heraus, hier liegt das Lehrerzimmer, von dem aus der Hof einzusehen ist, den man mit Mauern und Drahtzäunen von der übrigen Welt abgetrennt hat. Das normale Pausengewimmel regt keinen der Kollegen auf. Erst wenn sich Strudel bilden, ist Aufmerksamkeit geboten. Dann ist zu fragen, wie lange es sich der aufsichtsführende Kollege dort unten wohl noch bieten lassen wird, daß sich auf dem Hof grölende Strudel bilden, in deren Mitte gewöhnlich zwei Jungen übereinanderliegen.

Kollege Fasel fackelt nicht lange, das ist bekannt. Er hat einen »Schacht« im Ärmel, den er herausfahren läßt. Wie mit einem Säbel schlägt er sich eine Gasse in das Knäuel, und die Kämpfenden reißt er an den Ohren auseinander. Das ist so seine Art.
Da ist Kollege Hagedorn schon freundlicher. Als moderner Pädagoge schiebt er die Schüler lächelnd zur Seite: »Na, was ist denn hier schon wieder los?« Und dann »zählt« er die beiden Kampfhähne »aus« und hebt ihnen beiden die Hand hoch, zum Zeichen, daß *beide* gewonnen haben.

Gegenüber ist ein Kaufmannsladen, in dem man Hefte und Bleistifte kaufen kann, auch Lackbilder, Gummiteddys und Nappos. Es gibt immer Kinder, die sich vom Hof stehlen und beim Kaufmann Nappos kaufen, jeden Tag, obwohl das streng verboten ist, Nappos, Salmiakpastillen oder sogar Groschenhefte: Rolf Torring oder Frank Faber: »Das Gespenst im Urwald« und ähnliches, in denen die ganze Unnatur der chaotischen Systemzeit in den neuen Zeiten überdauert. Höchste Eisenbahn, daß der Führer damit aufräumt.

Wenn es schellt, stellen sich die Schüler auf. Jede Klasse für sich, links und rechts vom Eingang, groß und klein. Ist dieses Ordnungswerk getan, was gar nicht so einfach ist, dann schreitet der aufsichtsführende Lehrer die Gasse hinauf und hinunter. Ja, hier geht's mit rechten Dingen zu, diese jungen Menschen kann man zu neuen Erziehungstaten in die Schule einlassen.
Die Klassen ziehen brav, eine nach der anderen in die Schule ein, aber brav nur die Außentreppe hinauf und durch das Portal hindurch. Drinnen löst sich die Ordnung sofort auf. Hier ist eine Schwachstelle der pädagogischen Aufsicht, die man nicht hat beseitigen können. In der Eingangshalle, für die die Stadt sogar ein gotisches Ge-

wölbe spendiert hat, treten die Kinder einander auf die Füße – »braune Mäuse muß man tottreten!« –, hier entfalten Rohlinge ihre Kräfte. Sie boxen den schwächeren Kleinen in den Bauch. Nie sind sie zu fassen, obwohl ein hochaufgereckter Pädagoge sehr aufpaßt. Mit gewaltiger Stimme überschreit er das Schreien der Kinder.

Für die frühstückenden Lehrer, oben im Lehrerzimmer, bedeutet der Höllenlärm, daß sie nun wieder hinuntermüssen in den Hexenkessel. Sie richten ihre Gedanken auf das, was kommt, straffen sich und schreiten die Treppe hinunter oder hinauf, je nachdem, um sich in das Gewühl einer Klasse zu stellen und kosmische Ordnung durch bloßes Erscheinen herbeizuführen. Ordnung nicht nur in der Befindlichkeit, sondern auch in dem, was »Überlieferung« heißt und »Zukunft« bedeutet. Sie stellen die methodische Drehscheibe auf »freie Fahrt« und setzen die pädagogische Reise fort, und zwar jeder auf seine Weise.

In den Klassenzimmern stehen die groben Holzbänke galeerenartig bereit, jeweils vierzig bis fünfzig Jungen aufzunehmen, die dann in fester Ordnung nebeneinander und hintereinander sitzen, die Hände auf dem Tisch.
Vorn, neben der Tafel, ist ein Holzpodest, auf dem das Katheder steht. Von hier aus hat der Lehrer einen guten Überblick. Er sieht sofort, wenn irgendwo »Dummtüch« gemacht wird. Einfach ist es dann, von hier aus, die Ordnung wiederherzustellen. Der betreffende Störenfried kann nach vorn beordert werden, bückt sich und empfängt drei mittelkräftige Stockschläge aufs Gesäß. »Gebärden machen« ist ein Grund oder »fortgesetztes Schwätzen«. In Krisensituationen ermöglichen es zwei Gänge zwischen den Bänken dem Lehrer, den Herd der Unruhe rasch zu erreichen und sie zu ersticken.
Neben dem Holzpodest steht ein Schrank, in dem die

Kühnelschen Rechentafeln liegen, und alte Hefte. Vielleicht steht da auch ein leeres Aquarium mit zwei verrosteten Schlüsseln darin. Wer weiß, wo sie hingehören?
In jeder Klasse hängt ein Bild, in Eiche gerahmt. Es gehört zur Erstausstattung dieser Schule und stellt einen Pflüger dar, hinter dem Krähen herfliegen, oder einen Ritter, der nach getaner Arbeit seiner Burg zustrebt. Neben der Tür, direkt über dem Lichtschalter, den die Schüler nicht betätigen dürfen wegen der Gefahr, die damit verbunden ist, hängt außerdem ein kleines Hitlerbild, in Art einer Federzeichnung mit dem flüchtigen Namenszug des Reichskanzlers darunter.
Die Decken sind weiß geschlämmt, die Wände grün, die Dielen eingeölt. Zum Saubermachen werden feuchte Sägespäne ausgestreut und mit dem Dreck zusammen aufgefegt. Dies geschieht auch, wenn ein Kind mal »bricht«. Es ist ein einfaches Verfahren.

Im Keller wohnt der Mann, der das tun muß: das Erbrochene aufnehmen. Es ist der Hausmeister, der auch Milch oder Kakao verkauft oder »Kaba«, einen neuartigen Plantagentrank, mit Hilfe dessen man Devisen spart. Er ist ein freundlicher Veteran, der seine linke Hand im Weltkrieg eingebüßt hat. Mittels einer Ledergamasche kann er verschiedene Haken sich anschnallen, was ihn instand setzt, seinen Aufgaben nachzukommen. Kleinen Jungen hilft er in der Turnhalle gelegentlich sogar das Leibchen zuzumachen, an dem die Gummistrippen für die langen Strümpfe hängen.
Neben der Turnhalle sind Duschräume eingebaut. Die deutsche Jugend sollte hier an Reinlichkeit gewöhnt werden: So hatte man sich das ausgedacht. Nie werden sie benutzt.

In dieser Schule, in der es natürlich keine Lehrerinnen gibt, herrscht ein strenges Regiment. Das ist nun mal so.

Wahre Schreckensmenschen gibt es unter den Pädagogen. Es gibt aber auch träge Existenzen, die nach außen den Anschein äußerster Strenge aufrechterhalten, nach innen jedoch – leben und leben lassen – ihrem Auftrag gerecht zu werden versuchen durch Anwendung eines immer gleichen Schemas. Die Herbartschen Formalstufen sind es, die ihnen das ermöglichen: die Formalstufen, und zwar in der vereinfachten Form: Aufnehmen, Durchdringen, Anwenden.
Unter den Lehrern gibt es den Herrn Hagedorn, von dem heißt es, daß er vor der Stadt wohnt, Vegetarier ist und Bienen züchtet. Er ist immer gut vorbereitet, weiß, wie man eine Stunde »baut«, auch ohne die Formalstufen. Ein netter, freundlicher Mensch, den seine Schüler lieben, der derartig in seinem Beruf aufgeht, daß sie ihn sogar vergessen werden, wenn sie eines Tages ins Leben hinaustreten.
»Da war doch so ein netter Lehrer«, denken die ehemaligen Schüler später. Geblieben ist nur ein Bild vager Freundlichkeit, ein lichtes, leichtes Bild ohne Kontur.

Anders verhält es sich mit dem Lehrer Jonas. Und zu ihm kommt der jüngste Sohn von Karl und Grethe, als es soweit ist. An Lehrer Jonas ist nichts Bemerkenswertes zu entdecken. Vielleicht ist es erwähnenswert, daß sein Anzug kein typischer Lehreranzug ist, er ist aus guter englischer Wolle gemacht und weist feine Nadelstreifen auf. Und daß er buschige Augenbrauen hat und große blaue Augen, das könnte man auch noch sagen. Wo er hinguckt, guckt er hin. Hilflos ist er ein wenig, freundlich-hilflos, aber wo er hinguckt, da kuckt er hin, da kann er nicht noch woanders hingucken.

Die Mütter, die sich am ersten Schultag vor seiner Tür drängen, schiebt er zur Seite, er will zu den Kindern, die in der dunklen Klasse stehen, mit sehr großer oder kleinerer

Zuckertüte im Arm; er will die Kinder beruhigen, daß sich das schon alles findet, mit dem Schreiben, Lesen und Rechnen. Und als er bei den Kindern ist, will er zu den Müttern, draußen im Gang, die Mütter beruhigen, daß sie ihm die Kinder nur ruhig anvertrauen sollen. Und skeptisch ist er, ob er das wohl auch kann, den Kindern gerecht werden, denn es ist das erste Mal, daß er ein erstes Schuljahr hat.

Die Kinder drücken sich zu sechst in eine Bank, und hinten ist noch alles frei, achtundvierzig Jungen sind es, fein herausgeputzt. Die armen Kinder am feinsten, außer den ganz armen, die aus Haus Elim hierhergeschickt wurden, dem städtischen Waisenhaus. Drei sind es: Sie tragen graugewaschene Einheitskleidung, und das Haar hat man ihnen geschoren. Keine Mutter will, daß ihr Junge neben den drei Waisen sitzt, von denen der eine gar Speichel am Mund hängen hat.

Das findet sich schon, sagt Herr Jonas, und er plaudert noch ein wenig mit den fein herausgeputzten Müttern (die ärmsten am feinsten, außer den ganz armen), die halb in der Klasse stehen, halb auf dem Gang, während die Kinder bereits »unruhig« werden. Clowns tun sich hervor, die sich »was zeigen«, lauter wird's und immer lauter, und nun öffnen sich schon die anderen Klassentüren, was das denn für ein Lärm ist, der Herr Jonas ist wohl von allen guten Geistern verlassen?

Kollegen gucken heraus, die ihren Abc-Schützen schon längst die fällige Geschichte von »Heiner im Storchennest« erzählt haben und bereits mit Volldampf auf den ersten Buchstaben zusteuern.

»So geht das aber nicht, Herr Kollege.«

Die Mütter werden also nach Hause geschickt, wobei man an einigen Kindern zerren muß, da sie sich anklammern in ihrer Todesangst.

Endlich ist die Tür geschlossen, jedes Kind hat seinen Platz. Der kleine Kempowski sitzt am Mittelgang mit Scheitel jetzt, statt einem Pony.
Er hat sogar *zwei* Zuckertüten, Frau Mommer konnte nicht darauf verzichten, ihm auch eine zu schenken. Es sind zwei kleine, aber wohlgefüllte Zuckertüten, eine mit rotem, eine mit grünem Seidenpapier verstopft. Die wird er dann zu Hause öffnen, dann hat er die Überraschung noch vor sich.
Fünf Stangen Knetgummi liegen für jedes Kind bereit, in verschiedenen Farben, gleich lang und unversehrt, damit werden nun Zuckertüten geknetet, ein naheliegender Gedanke heut am ersten Tag. Während unten über den Hof Mütter gehen, zu zweit, zu dritt, die sich Sorgen machen, ob man sein Kind wohl diesem Lehrer anvertrauen kann, sitzt Lehrer Jonas auf dem Katheder und sieht mal hierhin und mal dorthin. Vor sich hat er das Klassenbuch, in das er jetzt einschreibt: »Zuckertüten kneten«. Dann faltet er die Hände unterm Kinn, denkt an einen schönen Sommerabend auf dem Lande und guckt sich die Kinder an, noch nie hat er solche menschlichen Wesen gesehen. Robuste Kerle sind darunter, mit schweren Gliedmaßen, auch stille, feine, blasse. Einer hat fuchsrote Haare und sehr schöne Wellen in den fuchsroten Haaren. Eine gewürfelte Jacke trägt er, mit Hornknöpfen, und er macht zierliche Gesten mit seinen feinen Händen.

»Wann liehrt wi denn nu datt Schriewen?« fragt einer. Und nun kommen schon die ersten Kinder nach vorn – aus ist's mit der Beschaulichkeit –, sie zeigen ihre geknetete Zuckertüte vor, graue, grüne, gelbe oder rote, mit Inhalt in der gleichen Farbe. Nur ein Kind hat alle Knetgummistangen gleichzeitig angebrochen und zeigt das herum. Und Jonas sagt nicht: »Seht mal, wie schön bunt *der* seine Zuckertüten geknetet hat, eure Zuckertüten

sind aber langweilig«, sondern er versteht das, daß die andern Kinder nur eine einzige Farbe anbrechen wollten, er hätte das genauso gemacht, die schönen neuen, so gut riechenden Stangen! Und er sagt: »Wer macht eine Zuckertüte für den Hund?«
»Wir haben keinen.«
Na, dann für die Katze oder für den Kanarienvogel oder für das Pferd vom Milchmann.
Da wird dann doch alles Knetgummi verbraucht, Zuckertüten die schwere Menge, für Mäuse schließlich und für den Lehrer, der auch was haben soll, und die Zeit geht herum, allmählich. Nur die drei Waisenknaben sitzen in ihren graugewaschenen Einheitsanzügen mit geschorenem Kopf da. Zuckertüten? Pferd? Sie sind ganz still. Hier sitzen sie gut und trocken, soviel ist ihnen klar.

An den Rest des Schultages hat der kleine Kempowski keine Erinnerung mehr. Er ist still mit den anderen und laut mit den anderen. Woran er sich aber noch sein ganzes Leben erinnert, das ist der Vater, der vor der Schule wartet und ihn mit nach Hause nimmt.

Treue Freunde nah'n!

Ob der Junge den Weg wohl findet? hat Karl im Kontor gedacht. Er hat die Uhr herausgezogen und hat sich davongestohlen, das braucht der dicke Sodemann nicht zu wissen, daß er sich um seinen Jüngsten kümmert.
»Wenn was iss – ich komm' gleich wieder.«
Er ist auf sein Fahrrad gestiegen und ist zur St.-Georg-Schule gefahren, und jetzt holt er seinen Sohn ab, mit einem nagelneuen Tornister auf dem Rücken, der schwer auf- und zuzumachen geht, und *zwei* Zuckertüten. Eine Seppljacke trägt sein Sohn, und der Tornister hängt ihm auf dem Po und die Frühstückstasche vor dem Bauch.
Als der Kleine seinen Vater sieht, rollen ihm augenblicklich die Tränen über die Backen.
»Warum weinst du?« fragt der Vater nicht, er weiß,

warum. Ihm stehen sie ja auch in den Augen; er muß sehen, daß er den Weg findet, denn vor den Augen schwimmt's ihm.

Rechts führt er sein Fahrrad, und links hat er seinen Sohn an der Hand, der zu tun hat, daß ihm der Tornisterriemen nicht von der Schulter rutscht, und: Ob er wohl weiß, daß er *nicht* in die Firma kommt, fragt der Vater seinen Sohn, ob er das wohl weiß? Und dieser nickt ernst.

Herr Jonas macht es sich nicht leicht. Einen Lodenumhang besitzt er, mit dem wedelt er zur Schule. Heute werde ich mal ganz großartig unterrichten, denkt er, und er schreitet ernst dahin. Zuerst werde ich es so machen, und dann so, denkt er. Das werden wir schon kriegen. Aber, wenn er sich dann der Schule nähert und den hirnzerstörenden Lärm hört und dann in der Klasse von seinen Kindern umringt wird, die ihm ihre neuen Schuhe zeigen oder ihm erzählen, daß der Großvater gestorben ist, dann ist die ganze Planung zum Teufel.

Herr Hagedorn, ja der weiß, wie man so was macht: »Kinder, einfädeln«, auch der hört sich lächelnd an, was die Kinder ihm erzählen, holt dann aber die Geige hervor zur rechten Zeit und spielt ein »Liedel« auf der »Fiedel«, wie er sagt, und dann »hat« er die Kinder – wie er seiner Frau das immer erzählt: »Ich hab' die Kinder immer schon nach fünf Minuten« –, spielt lächelnd auf der Geige: »Kuckuck, Kuckuck, ruft's aus dem Wald« zum Beispiel, ein Lied, das die Kinder gerne singen, oder »Das Wandern ist des Müllers Lust«, je nachdem. Und während er spielt, denkt er an die Architektur seiner Stunde, die er heute wieder mit Leben erfüllen wird, so wie das nur einer kann an dieser Schule: Hagedorn.

Nicht so Herr Jonas. »Ich will das heute so und so machen«, hat er eben noch gedacht, und nun hört er die

Kinder erzählen, jeder hat was erlebt, und jeder will es loswerden!
Er hört ihnen zu, denn oft ist es ganz interessant, was die Kinder zu berichten wissen, und *wie* sie es berichten, und wenn es zu lange dauert, denkt er an schöne Dinge, die ihn oft erfüllen: Ein Sommerabend auf dem Land, in der Laube saß man und genoß den Frieden ...
Wenn das Berichten endlich abebbt – es ist manchmal schwer zu stoppen –, dann fängt er plötzlich an zu sprechen, und er hört sich selber zu. Geschichten erzählt er, die an einem Sommerabend beginnen, auf dem Lande, Geschichten, von denen er eben noch nichts gewußt hat, und keine Ahnung hat er, wo sie einmal enden werden. Von einem Jungen handeln sie meistens, dem Schlimmes zustößt, und die Kinder kauen an ihren Tornisterriemen und hören zu. Und während Herr Hagedorn nebenan schon längst beim Kulminationspunkt seiner freien Architektur angekommen ist, zwischendurch ein Liedel auf der Fiedel spielt, auch mal eine Stecknadel fallen läßt, wenn es zu laut ist: »Mal sehen, ob wir die hören?«, ein alter Trick, der immer funktioniert, dann sitzen die Jungen bei Herrn Jonas immer noch und lauschen.
Wenn Herr Jonas dann fertig ist mit seiner Geschichte – die ihm manchmal gar nicht glückt –, dann sagt er: »So, und nun kommt das Lernen.«
Dann sagt er ihnen das, was er ihnen eigentlich kunstvoll beibringen wollte, und die Kinder verstehen das auch ohne Methode.

In der letzten Stunde darf gemalt werden. Merkwürdigerweise hat Herr Jonas den Tick, er verlangt stets einen »Rahmen« auf dem Zeichenblatt. Zuerst muß der Rahmen ausgemessen werden, und das verschlingt viel Zeit. An jeder Blattkante müssen zwei Zentimeter weiß bleiben, das ist nun mal so.
»Das gefällt euch doch auch besser!« sagt er, läuft hin und

her und paßt auf, daß alle achtundvierzig Jungen den Rahmen festlegen, innerhalb dessen sie die letzten, dann noch verbleibenden zehn Minuten malen dürfen, was das Herz begehrt.

Herr Hagedorn, nebenan, kennt so was nicht: Rahmen. Der läßt die Kinder tüchtig drauflosmalen. Ja! ruft er und: Richtig! Nur los! Und die Kinder lassen sich das nicht zweimal sagen: »Bei mir sind die Kinder ganz frei!« sagt Herr Hagedorn, und er nimmt es sich heraus, daß er mit Schillerkragen unterrichtet oder sich die Jacke auszieht. Herr Hagedorn ist ein Vollblutpädagoge, der setzt sich auch mal in eine Bank und kommt von da aus zum »Ergebnis«.
Nicht so Herr Jonas. Ein weißes Taschentuch hat er in der Kavalierstasche seines tadellosen Anzugs, das zwingt er sich ab, und den Rahmen um die Zeichenblätter, 2 cm von der Kante aus gemessen, den verlangt er von den Kindern.

Der kleine Kempowski malt am liebsten Autos. Das macht er immer noch in einem Zug: unten zwei Beulen freilassen für die Räder. Vorn ein Loch für das Kühlwasser, das jedes Auto braucht, und hinten der Auspuff. Neuerdings haben seine Autos sogar Scheinwerfer und Reservereifen. Das hat er bei seinem rothaarigen Nachbarn gesehen, dem Jungen mit den feinen Gebärden.
An die Straße malt er Apfelbäume.
»Wie das wohl trommelt, wenn die Äpfel auf das Auto fallen«, sagt Herr Jonas.

Der rothaarige Junge heißt Manfred, ein stilles, feines Kind mit guten Manieren, Sohn eines rothaarigen Artillerieoffiziers. Mit dem geht der kleine Kempowski mittags zusammen nach Haus. Sie haben den gleichen Weg. Zu zweit ist man vor dem Schüler Dollinger sicher, der in

Turnschuhen zur Schule kommt und gelegentlich mit einer Gummischleuder Krampen verschießt.
Manfred wohnt in einem stillen, feinen Haus. Besuchen darf er den kleinen Kempowski nicht, denn seine rothaarige Mutter, die einmal Krankenschwester war, hat gesagt: »Wir müssen erst mal wissen, was das für Leute sind.«
So geht der kleine Herr den Rest des Weges allein. Ruhig schlendert er dahin.
»Halt mal mein Rad«, sagt ein Mann zu ihm, er muß mal eben in dies Haus hineingehen.
Das dauert lange, *sehr* lange, schließlich stellt der Junge das Rad an den Zaun und läuft weg, wobei sich herausstellt, daß er den Tornister offengelassen hat, Griffelkasten, Schwammdose und Tafel fallen heraus!
Ein andermal gibt es freundlicheren Aufenthalt, da hält ihn eine Frau an, die im Vorgarten Blumen schneidet. Er soll mal gucken, sagt sie, was das für schöne Blumen sind. Ob er eine will? Und dann muß er mit der einen Blume in der Hand den Rest des Weges gehen, und die Leute gucken gütig: Was das für ein netter kleiner Junge ist! Ein Glück nur, daß der Schüler Dollinger woanders wohnt.

Gegenüber von Bäcker Lampe, neben Schlachter Hut, in der Alexandrinenstraße 83 also, befindet sich der Hof des Elektrizitätswerkes, auf dem zu spielen den Kindern streng verboten ist, was diese unter Heini Schneefoots Leitung natürlich trotzdem tun, nun grade! Auf dem Rasen üben sie Kopfstand, was besonders dann interessant ist, wenn auch die Mädchen mitmachen.
Auf dem Hof des Elektrizitätswerkes schlägt Heini Schneefoot sein Zelt auf – wo soll man sonst in Ruhe Sechsundsechzig spielen? Der Hausmeister gewöhnt sich schließlich daran. Er guckt mürrisch, wenn er von Amts wegen über den Hof schreiten muß, oder er guckt weg.

Als Hans Dengler jedoch mit seinem neuen Platzpatronenrevolver schießt, öffnen sich die Fenster, und die verschiedensten Herren, die alle damit beschäftigt sind, dafür zu sorgen, daß es in Rostock hell genug ist, wenn es dunkel ist, schreien mittelalterliche Drohungen hinaus, weswegen Heini Schneefoot sich eine Flasche Spiritus besorgt und sie über den steinernen Torpfosten ausgießt und einen Streichholz drauf wirft.

Normalerweise versucht man hier die Kinder wegzujagen. Doch eines Tages geschieht es, daß sie herbeigerufen werden, was sie zu sofortiger Flucht veranlaßt. Man läuft hinter ihnen her und lockt sie mit süßer Stimme, was dann schließlich doch zum Erfolg führt. In einen geschmackvoll hergerichteten Saal werden sie gebracht. Hier hat die Leitung des E-Werks eine Rundfunkausstellung eingerichtet, damit das deutsche Volk von den modernen Errungenschaften Kenntnis nimmt, die wagemutiger Erfindergeist ersonnen, und mit den nun verfügbaren herrlichen neuen Apparaten die Zukunft bezwingt! Das wird nun Zeit! Das Leben wartet nicht! »Rundfunk«, nicht »Radio«, wie es jetzt heißt, was man sich mal merken soll!
Das deutsche Volk soll den Rundfunk kennenlernen, und vor allem die deutsche Jugend, die momentan noch auf der Straße spielt und auf dem Hof des E-Werks oft genug »Dummtüch« anstellt, die deutsche Jugend, der die Zukunft gehört. Und deshalb wird sie auf der Straße eingefangen und vor die technische Märchenwelt geführt, die hier vor gerafften Samtportieren ausgebreitet ist. Ein Bild dessen, dem das alles letzten Endes zu verdanken ist, hängt an der Wand, ein Bild des Führers und Reichskanzlers, von dezenten Hakenkreuzen flankiert, darunter eine Weltkarte, von der aus bunte Bänder zu ihm hinführen. Eigentlich gehen sie von ihm aus, denn sie sollen zeigen, wo überall, per Richtfunk, seine Reden zu empfangen sind: von Volksdeutschen in aller Welt!

Kleine »Empfänger« stehen hier und große auf verschieden hohen Podesten, magisch angestrahlt von irgendwoher. Nora und Mende, Blaupunkt und Graetz. Wie Kommoden sehen manche aus, und andere wie einem Zukunftsroman entnommen in Stromlinie mit Chromverstrebungen. Und aus allen kommen verschiedene Musiken heraus. Manchmal auch Quietschtöne, die sich durch rasches Drehen beseitigen lassen.

Am interessantesten ist ein aufgeklappter Apparat, an zentraler Stelle aufgebaut, der sich ständig dreht, von oben geheimnisvoll erleuchtet. Ein Volksempfänger ist es, dessen Erfindung vom Führer selbst initiiert ist. Zur Belehrung des Publikums ist er hier aufgestellt. Wer wissen möchte, wo sich zum Beispiel der Lautsprecher befindet in diesem genialen und doch so billigen Apparat, braucht nur Knopf 5 zu drücken, dann leuchtet in dem Eingeweide des Demonstrationsapparates ein Lämpchen auf. Röhren, Verstärker, Trennschärfenregler, alles wird hier demonstriert.
»Aber wie das wirklich funktioniert, das versteh' ich trotzdem nicht«, sagt eine junge Frau, was der höfliche Verkäufer seinerseits nun wieder nicht verstehen kann: Hier, mit dieser Antenne wird die Musik aufgefangen, und dort kommt sie wieder heraus!

Den jungen deutschen Menschen werden vertrauenerweckende Sender eingestellt, und sie dürfen auch selbst mal drehen und *das* am magischen Auge *beobachten*, was man an sich auch *hören* kann: nämlich, daß man den Sender nun absolut richtig eingestellt hat.
Zum Schluß bekommt die Jugend Luftballons geschenkt, und man sagt ihnen, sie sollen damit durch die Straßen laufen: »Rundfunk-Schau« steht auf den »Luftballöngern«, wie sie die Dinger nennen. Ferner wäre es erwünscht, wenn sie sich des öfteren in dieser Ausstellung

aufhielten, vielleicht sogar in Hitleruniform, weil es einen guten Eindruck macht auf Erwachsene, wenn sie Jugend sehen, die sich für Technisches interessiert.
»Und: *Rundfunk* sagen, Kinder, nicht *Radio*. Merkt euch das mal.«
Nicht immer diese schrecklichen Fremdwörter benutzen, sondern unsere gute deutsche Muttersprache in Ehren halten, »Rundfunk« sagen und »Empfänger«, »Fernsprecher« und »Kraftwagen«, so wie der Führer das vorgeschlagen hat.

Frau von Brüsewitz aus der Ferdinandstraße – »Ist das ein Spiel? Ist das ein Stein?« – ist eine der ersten, die einen Apparat ersteht, und sie stellt ihn auf die Mahagoni-Kommode in ihrer düsteren Stube: es ist ein Volksempfänger.

> Wir werden jetzt in tausend bunten Bildern
> was in der Welt geschah mit unsern Worten
> schildern …

Ein Deckchen hat sie auf den Apparat gelegt, über Eck, so daß der eine Zipfel vorn herunterhängt. Und auf das Deckchen hat sie ein Foto ihres gefallenen Bruders gestellt, an der Düna gefallen 1916, bei der Verteidigung deutscher Kultur.

Auch Karl und Grethe sehen sich eines Abends die Rundfunkschau an, und sie bleiben in der Ecke stehen, wo die gebrauchten Geräte aufgebaut sind, nicht minder gefällig dargeboten und noch gut in Schuß.
Ob das zu vertreten ist, so einen Apparat zu kaufen, fragen sie sich: 175 Mark? Ob das nicht doch eine Verschwendung ist?
Andererseits, die Kinder … was für Möglichkeiten ergeben sich, sie anzuregen? Ihnen wertvolle Kultursendungen einstellen, Sprachunterricht beispielsweise oder Frühsport, und ihnen sagen: Hört euch das an, Kinder.

Allein die Konzerte! Wenn man bedenkt, daß eine einzige Konzertkarte schon 6 Mark kostet, das macht für zwei Personen 12 Mark, also für die ganze Familie immerhin 30 Mark. Wenn man das bedenkt, dann hat man das Geld bei sechsmaligem Anstellen des Apparates ja schon heraus!
Man könnte ja auch einen Spartopf neben das Gerät stellen, und jedesmal, wenn man einschaltet, steckt man eine Mark hinein.
»O ja!« rufen die Kinder, als sie von dem Plan hören, und die Eltern wollen sich die Sache noch mal überlegen, das versprechen sie.

Dem Schüler Manfred wird von seinen Eltern erlaubt, mit dem kleinen Kempowski durch die Ausstellung zu gehen, und sie tun es mit den Händen auf dem Rücken.

Anschließend an diesen Studiengang riskiert es Manfred, das Haus der Kempowskis zu betreten. Beide kürzen die Treppen ab, indem sie quer durch das Geländer klettern.
Sie schaukeln auf dem Schaukelpferd und spielen auf dem Klavier. Ein besonderer Effekt wird erreicht, wenn man mit beiden Fäusten auf die Tasten schlägt: Dann pocht es nämlich sogleich von oben.
Sie bauen die Uhrwerkseisenbahn auf, wobei es von besonderem Reiz ist, flache Steine aus dem Ankersteinbaukasten zwischen die Schienen zu legen und dann einen Wagen drüberfahren zu lassen.
»Können wir Vatis Festung vom Boden holen?« wird die Mutter gefragt.
»Muß der Junge nicht nach Hause gehen?« wird da geantwortet.

Schule ist schön, aber die Sonntage sind auch »schön«. Das geht schon mit dem Aufwachen los. Die Eltern müssen sich sehr in acht nehmen in ihren Betten, sie dürfen sich nicht zu früh rühren, sonst haben sie den Lütten auf dem Hals, der paßt nämlich auf. Spätestens um acht Uhr klinkt er die Tür auf und springt mit einem Satz zwischen die Eltern, die auseinanderfahren! Wenn das geschehen ist, dauert es nicht lange, und auch Ulla stellt sich ein, das große Mädchen. Sie findet auf der rechten Seite der Mutter ihren Platz.

Wenn Robert kommt, ist schon alles besetzt. Unschlüssig steht er auf der Bettumrandung.

Na, denn helpt datt nix, dann muß er eben zum Vater gehen, der wegen seines Raucheratems und der kratzigen Wangen nicht so begehrt ist als Bettgenosse. Aber, wo Robert doch als Ältester später einmal die Firma übernehmen soll, was dem Jüngsten bei jeder Gelegenheit bekanntgegeben wird, da ist es ja auch nur natürlich, wenn er mit seinem Vater zusammen in einem Bett liegt.

Dies ist der Daumen,
der schüttelt die Pflaumen …

wird dem Kleinen vorgemacht. Sodann ist dies an der Reihe:

Kommt eine Maus,
die baut sich ein Haus …

Schließlich wird er von Robert aufgefordert, »Leiter« zu sagen, worauf die Eltern sich sofort die Ohren zuhalten.

Was geschieht ansonsten? Nichts Besonderes. Man kuschelt sich, und dann wird von der Zeit erzählt, als die Kinder noch klein waren: Roberting mit seinem Bein: »Ach, du Aschlock!« und Ulla, die dauernd rief: »Bin ich deine Liebe?« Nicht zum Aushalten.

»Robert Poffti – Dienen-dannen achtig-achtig … «

Von Tante Lotti in Lübeck werden Geschichten zum besten gegeben, die gleichzeitig lustig und merkwürdig sind: daß sie immer alles abzählt, die Kleider zum Beispiel, morgens, welches Kleid sie anziehen will, und sogar die Kuchenstücke auf dem Teller. Das siebte will sie essen, und wenn nur fünf auf dem Teller liegen, dann zählt sie erst bis fünf und beginnt dann wieder von vorn! Alle überbieten sich im Nachahmen von Lottis Mann, und Robert kann es, ehrlich gesagt, am besten.

Nun steht die Mutter auf. In der Küche ist das Mädchen bereits zu hören, da kann man nicht gut im Bett liegenbleiben. Nachdem auch der Vater das Bett verlassen hat, gibt es eine sogenannte Kissenschlacht, bei der die Sixtinische Madonna ins Wanken gerät.

Der Nachmittag ist gemeinsamen Unternehmungen vorbehalten. Meistens: »Barnstorf«. Das wird bereits am Kaffeetisch angekündigt, beim Aufklopfen des Eies. Die Sonne scheint durch die Gardine des Erkerfensters. Und dann wird gesagt: »Kinder, heute gehen wir nach Barnstorf.«

»Was? Schon wieder?« sagen die Kinder, und deshalb wird gesagt: »Kinder, heute gehen wir nach *Berns*torf.« Eine List, die erst dann als solche erkannt wird, wenn es bereits zu spät ist.

In Barnstorf hat die Stadt einen gemütlichen kleinen Tierpark eingerichtet, ohne Sensationen, ohne Tiger also und Giraffen. Einen Tierpark für die heimische Tierwelt: Füchse, Fasanen und Marder, und irgendwo sitzt ein einsamer Uhu auf seiner Stange.

In einem roten Steinkäfig, der so ähnlich wie die St. Georg-Schule aussieht, schlurfen allerdings zwei Bären hin und her. Für das Halten dieser Raubtiere gibt es hier in Rostock aber eine innere Begründung: Bären sind an sich ja heimisch im deutschen Wald. Wenn man sie herausließe aus dem Käfig, könnten sie überleben, was man von den Waldarbeitern dann jedoch nicht so ohne weiteres annehmen könnte. Dieser inneren Begründung und der Freigebigkeit des Großherzogs verdanken die Bären ihre Existenz im Rostocker Tierpark. Der Großher-

zog hat diese Tiere nämlich gestiftet vor vielen Jahren – was auf einer Tafel zu lesen steht, und »ursus arctos« steht darunter, eine Bezeichnung, auf die Karl besonders seine Tochter hinweist, Ursula, das »Bärlein«. Ein Allesfresser ist dieses Tier, und Winterschlaf hält es, wie der Igel auch, der ja natürlich aber viel kleiner ist.
Im Lederstrumpf und in anderen interessanten Büchern gibt es schlimme Erlebnisse mit Bären zu lesen. Nur ja nicht reizen, diese Tiere!
»Junge, komm da weg!«
Robert sieht sich die Bären an. In ihrem Käfig schlurfen sie hin und her: Dieses Umdrehen an der Wand – da wird jeder Zentimeter genutzt.
Ein Tönnchen mit Honig sollte man ihm beigeben, denkt er, und ihn ab und zu mal hinter den Ohren kraulen: Braun, der Bär wie er in »Reineke Fuchs« genannt wird.

Gegenüber dem Bärenkäfig liegt ein melancholischer Teich mit Seerosen und Enten. Eine Trauerweide läßt ihre Zweige ins Wasser hängen, und wenn man genau hinsieht, lassen sich karpfengroße Goldfische darin ausmachen. Man wirft ihnen Brotstücke zu, die sie sich, mit Bedacht anschwimmend, holen.
Ulla hat ihre Agfa-Box mitgenommen.
Bei den Goldfischen macht sie die ersten Fotos dieses Tages, weil ein malerischer Pavillon zu dem melancholischen Teich gehört, der sich gut eignet als Hintergrund. Gartengeräte werden in dem Pavillon aufbewahrt zum Pflegen der Wege. Gärtner, die hier zu tun haben, ziehen vor Karl den Hut.

Vom Goldfischteich kommt man zu den Wildschweinen, über deren borstigem Rücken die Einkaufstasche mit den Kartoffelschalen ausgeschüttet wird, und zwar nach dem Gleichheitsgrundsatz: Erst du und dann du.

Wirklich appetitmachend hört es sich an, wenn diese Tiere fressen.
So ein Wildschwein möchten sie jetzt auch sein, mit den Füßen in der Gatsche stehen und Kartoffelschalen fressen, denken die Kinder, und Karl denkt, daß es ein solches Tier war, das dem Forstmann Brandt im Jahre 1704 den Bauch aufriß: »Sus« heißt das Schwein auf lateinisch, das weiß Karl, auch ohne daß er auf die Tafel guckt. »Suum cuique – das quiekende Schwein.« Und er verkündet es der Familie.
Die beiden Jungen tragen graue Hosen und eine Seppljacke – die des Älteren ist sogar mit einer Innentasche versehen. Sie müssen sich neben ihren Vater stellen und werden fotografiert, von Ulla, die ein blaues Kleid trägt und einen runden Hut auf dem Kopf. Eines der Wildschweine kommt mit auf das Foto, das wird erst später entdeckt.

Die Affen sind die einzigen Exoten im Tierpark von Rostock. Affen gehören bekanntlich nicht in norddeutsche Regionen. Doch diese Inkonsequenz verzeiht ein jeder, denn am Affenkäfig gibt es immer was zu lachen. Ärgern tut man sich hier nur über Sachsen und Thüringer, die mit ihren Kindern die besten Aussichtsplätze besetzt halten.
Das Flugzeugwerk Heinkel hat Sachsen und Thüringer nach Rostock geholt, die sich hier benehmen, als gehörte ihnen das alles.
»Nun, sieh dir das an – hast du Worte?«
Sachsen und Thüringer, das sind Leute, die da unten irgendwo wohnen und sich hauptsächlich von Heimarbeit ernähren. An sich gutmütige Leute, aber fremdartig in ihrem Gehabe. Genauso wie die Affen im Rostocker Tiergarten, die gehören hier ja eigentlich auch nicht her.
»Griene Kließ«, sagen diese Menschen, das soll »grüne Klöße« heißen. Wie kann man nur! Da kann man sich ja gleich 'n Strick nehmen!

Obwohl – die Thüringer und die Sachsen gehen ja noch. Karl hat mal einen Bayern gesehen, also, da ist ihm denn doch die Spucke weggeblieben.
»Ja, o Gott, ja!« sagt Grethe, die sich noch gut an die Hochzeitsreise erinnert. Tegernsee! »Der Kaplan is a Depp!«, stand im Zug angeschrieben, o Himmel nein!
In Bayern tragen erwachsene Männer Sepplhosen, und die Frauen haben kleine Blumensträuße zwischen den Brüsten...
Für die Affen werden Erdnüsse aus einem Automaten geholt. Die Erdnüsse würden die Kinder an sich gern selber essen.
Für Kinder brauchte es in diesem Park nur das Affenhaus zu geben, das würde völlig genügen.
Erwachsene streben nach Vollständigkeit und Abrundung der Bildung. Wenn man sich schon auf die heimische Tierwelt beschränkt, dann sollte sie möglichst vollständig vorhanden sein, so denken Erwachsene. Daher sind in diesem Park auch nicht nur Hirsche und Rehe vorhanden, deutsches Rotwild aus deutschen Forsten wie es derjenige zu sehen kriegt, der ganz normal durch die Rostocker Heide wandert, sondern auch aus Schweden, ja aus Kanada – zum Vergleich. Ferner die verschiedensten Schafsorten, Mufflons also und Heidschnucken, wobei der Tiergartendirektor sehr traurig ist, daß noch kein Dickhornschaf hier Einzug hielt.

Robert verdeckt das Schild, auf dem »Ovis« steht, mit der Hand und fragt seinen Vater, wie »Schaf« auf lateinisch heißt.
»Ovis robertus«, sagt Karl, worüber die ganze Familie lacht, nur Robert nicht.
»Junge, was glaubst du, was dein Vater alles weiß und kann?«
Schafskäse gibt's, sagt die Mutter, den hat sie in Bayern mal gegessen, der wird erst in der Erde verbuddelt und dann geräuchert, oder umgekehrt.

Und Karl sagt, daß es sogar ein Mondschaf gibt, »Lunovis in planitiae stat...«, und er ist bester Laune. So einen schönen Sonntag hatte er ja lange nicht.

Die Bären sind das eine Extrem, Kaninchen und Meerschweinchen das andere. Die hätte man sich schenken können, finden die Erwachsenen. Kaninchen? Desgleichen die Zwerghühner, die hier frei umherlaufen. Um solche Tiere sehen zu können, brauchte man nicht nach Barnstorf zu fahren. Da hat man für die zwei Wölfe mehr Verständnis, die ja wohl noch aus dem Mittelalter übriggeblieben sind. Unruhig laufen sie hin und her – von sächsischen Kindern werden sie für Schäferhunde gehalten, weswegen sich die Kempowskis gegenseitig angukken und anstoßen.
Schreckliche Geschichten werden angedeutet, von einer lustigen Schlittenpartie-Gesellschaft, die von Wölfen verfolgt und gefressen wurde.

Isegrim, der Wolf und Grimbart, der Dachs, wie die Tiere in »Reineke Fuchs« heißen. Braun, der Bär.
»Pfingsten, das liebliche Fest war gekommen...« Von Kaulbach die schönen Stiche, die hat man noch im Gedächtnis. – Wie hieß noch das Hündchen?
Lütke, der Kranich und Henning, der Hahn, die kriegt man noch zusammen, aber das Hündchen, wie hieß man noch der Hund?

Rätsel gibt ein achteckiger Glasbehälter auf, in dem Pflanzen wachsen. »Geh da nicht so dicht ran!« wird gerufen, denn in dem Glasbehälter sollen angeblich Kreuzottern sich befinden: Niemand hat sie je gesehen.

Den Abschluß des Rundgangs, der mit Nummern und Pfeilen gekennzeichnet ist, damit man auch alles mitkriegt, und zu dem in diesem Tierpark auch seltene

Bäume gehören, mit einem Emailleschild versehen, auf dem akkurate lateinische Bezeichnungen stehen, bildet eine sogenannte Dahlienschau. Die Häufung dieser strahlenden Blumen macht auch auf Kinder Eindruck. Die Mutter wird vor eine besonders schöne Staude gestellt und fotografiert. Leider ist vergessen worden, den Apparat weiterzudrehen, so daß von dieser Aufnahme nur Bilder gewonnen werden können, auf denen die Mutter von Affen bedeckt ist.

Wer hinaus will aus dem Park, muß sich durch eine Drehtür quetschen, bei der gibt es kein Zurück. Ulla paßt genau auf, ob die Eltern folgen, besonders die Mutter. Unerträglich wäre ihr der Gedanke, daß die Mutter zurückbliebe!

Immer ist es so, daß hinterher in der Trotzenburg Kaffee getrunken wird. Die Trotzenburg ist keine Burg, sondern ein »Kaffeegarten«, in dem man auf Gartenstühlen sitzt. Die Spatzen führen sich hier recht schamlos auf. Irgendwie proletarisch!

»Lauft man schon voraus!« wird zu den Kindern gesagt, vielleicht geht gerade in diesem Augenblick der letzte Tisch flöten.

»Ist dieser Stuhl noch frei?« fragen die Kinder, und es gelingt ihnen jedesmal, Platz zu schaffen für die ganze Familie.

Stundenlang wird dann auf Kaffee gewartet, und das verdirbt den ganzen Tag.

»Nächstes Mal machen wir es anders«, wird gesagt. »Da trinken wir *erst* Kaffee und gehen *dann* zu den Tieren.«

Der Vater steckt sich eine Zigarre an, sagt »Ovis robertus« und guckt sich die Leute an. Jungedi, ist die Frau dahinten aber dick!

Grethe hat mal eine Frau gesehen, die war noch dicker. Und Karl sagt, daß dicke Frauen meist gut Walzer tanzen,

man staunt! Er stützt sich auf seinen Stock und blitzt in hintere Regionen. Dort sitzt eine junge Dame, die ganz annehmbar ist.
Grethe hat einen nachdenklichen Augenblick. »Eigenartig«, sagt sie, »daß jedes Tier einen anderen Namen hat und in jeder Sprache noch wieder einen andern!«
»Ja«, sagt Karl, »sogar auf Plattdeutsch!« – »Schaap«, so hieß ein Leutnant im Nachbarregiment, und »Voss«, so heißt der Hafenkapitän. Immer noch besser »Voss« zu heißen als »Windei«. Studienrat Windei ...?
Nun hat die Familie Gesprächsstoff, und endlich kommt der Kaffee. Der Nachbartisch hat den Kaffee *eher* gekriegt, obwohl diese Leute später kamen, das hat man wohl gesehen. Das wird sich auf das Trinkgeld auswirken! Kaffee und Streuselkuchen bringt der Kellner, und der Lütte kriegt Milch, die auf dänisch »mjölk« heißt.
»Eigenartig, nicht?«
Wie die wohl auf bayerisch heißt? Mülk? Oder Milli?
»Laßt man, Kinder«, sagt der Vater. »Die Bayern waren gute Soldaten. Bei Sedan ... also, wenn da die Bayern nicht gewesen wären ...«

Zwischen den Tischen steht auf einem gemauerten Sockel ein Huhn aus Blech, das gackern kann. Hier dürfen sich die Kinder für fünf Pfennig ein Blechei herausziehen, mit Bonbons darin: »Ich krieg' das nicht auf!« Und wenn sie das tun, gackert das Blechhuhn laut.
Ulla geht mit dem »Lütten« auf den Spielplatz, wo ein *kleines* Karussell steht, das man selbst bedienen muß, und ein *großes*, das von einem Pferd gezogen wird. Ulla guckt sich das Pferd an, immer rundherum? Ihre Augen füllen sich mit Tränen, denn das Tier ist alt.

Robert ist in das Innere der Trotzenburg gegangen, von dort hört man Musik. Klavier, ein Saxophon und eine Geige, dazu ein Schlagzeug. Kellner sausen an den Musi-

kern vorüber, und einige Paare drehen sich auf der Tanzfläche. Soldaten und Dienstmädchen, die Ausgang haben.
Robert steht neben dem Schlagzeuger. Mit dem rechten Fuß tritt er die große Trommel und mit dem linken ein doppeltes Becken, und stets zur rechten Zeit! Als ob ein Mund dauernd auf und zu geht, so sieht das doppelte Becken aus, von dem der Junge längst weiß, daß es Charleston-Becken heißt.

Du kannst nicht treu sein,
nein, nein, das kannst du nicht! …

Diese Musik kommt Robert wunderbar vor, ganz ruhig steht er in der Ecke und sieht sich die Kapelle an. Absolut verständlich ist es ihm, daß die Tanzenden die Lieder mitsingen, wenn es irgend geht.
Auch das Saxophon ist sehenswert. So schwer ist es, daß der Mann es an einer Kordel um den Hals tragen muß. Schade, daß er nicht mal die unterste Klappe drückt, das ist nämlich die größte. Was da wohl für ein Ton herauskommt?

… Wenn auch dein Mund
mir wahre Liebe verspricht!

Beharrlich guckt Robert sich das an, und sehr verwundert ist er, als der ärgerliche Vater mit rotem Kopf erscheint und sagt: »Junge, wo steckst du denn?«

Dann wird gezahlt – eine Tasse Kaffee kostet 30 Pfennig –, wobei ein versöhnliches Wort an den Kellner gerichtet wird, den man vorhin vielleicht doch etwas zu grob angefahren hat. Aus Kurland stammt er, und ein Baron ist er, und vor Verlegenheit schlägt er jetzt Volten mit der Serviette und nimmt imaginäre Staubkörnchen vom Tisch, und dann wird die Linie 1 bestiegen und nach Hause gefahren.
»Ich seh, ich seh, was du nicht siehst, und das sieht gelb aus!«

In den Triebwagen steigt man, nicht in den Anhänger. Der Anhänger ist mehr was für Arbeiter.

Der Kleine sitzt auf dem Schoß des Vaters, obwohl noch genug Platz wäre im Wagen. Morgens im Bett der Mutter und abends auf dem Schoß des Vaters, so hat er es am liebsten. Die Erwachsenen aber sprechen von Frau Schwarzmüller, dieser an sich doch bettelarmen Frau, die im Trotzenburger Kaffeegarten saß, mit ihrem Mann, und nicht dergleichen tat. Also nicht grüßte. Das hat einen doch sehr gewundert. Unterstützt hat man diese Frau von hinten und von vorn, und jetzt, wo sie's nicht mehr nötig hat, kennt sie niemanden mehr. Das ist wieder einmal typisch. Das sind diese einfachen Leute ... Aber, wart' man ab, es ist noch nicht aller Tage Abend. Das kann gut noch einmal andersherum kommen.
Ursula, das Bärlein, und »Ovis robertus« ... Wackerlos heißt das Hündchen und der Kater heißt Hinze, das ist einem inzwischen eingefallen.
Merkwürdig, all die verschiedenen Namen.

Herr Jonas fährt nie nach Barnstorf. Er hat eine stille Frau und ein stilles Kind. In seinem Arbeitszimmer sitzt er am Schreibtisch. Dunkel ist es hier, und der Schreibtisch ist eine Schreibburg mit Säulen an den vier Ecken.
Der flötespielende Pan mit seinen Bocksbeinen auf dem Bild über dem Schreibtisch hat die Flöte abgesetzt. Er sieht den nackichten Jungfrauen zu, die drunten im Tal einen Reigen tanzen. Verspotten werden sie ihn, wenn er derb unter sie fährt.

Auf Herrn Jonas' Schreibtisch steht ein Teller mit Knäkkebrot, Sorte D, mit Orangenmarmelade hauchdünn bestrichen: Dies ißt er anstelle von Kuchen, denn er ist magenkrank.
Herr Jonas hat das Gewimmel vor Augen, das ihn morgen

wieder erwartet. Achtundvierzig Jungen, unter denen sich zwar auch zwei Lehrersöhne befinden, mit denen man nie Kummer hat, der Sohn des Landrats und sogar der Sohn eines Reeders, was alle Jubeljahre vermutlich nur einmal vorkommt, bei denen jedoch die drei Waisen aus dem städtischen Heim Elim doppelt zählen, sowie der Schüler Dollinger, den ihm die Kollegen zugeschoben haben: ein furchterregendes Kind, mit dem Gesicht und dem Benehmen eines Neandertalers. Der Vater ist Waldaufseher, und er hat drei weitere Söhne, die auch alle wie Neandertaler aussehen.

Dies sind die beiden Extreme: Hier die Kinder, denen man die Rinde vom Frühstücksbrot abschneidet, dort die Menschensöhne komplizierterer Art, verquer in der Welt, unberechenbar in ihren Aktionen, in der Ruhe lauernd, im Eifer unmäßig.

Ferner befindet sich ein stilles Kind in dieser Klasse, das meistens nicht da ist. Das sich in den Schrebergärten am Bahndamm umhertreibt, statt in die Schule zu gehen. Seltsam! Unverständlich! Wo man doch so nett ist jeden Tag?

Achtundvierzig Jungen summa summarum, von denen morgen hoffentlich ein paar krank sind.

Herr Jonas hat an diesem Sonntag beschlossen, einen neuen Anfang zu machen. So geht es nicht weiter! Von der Hand in den Mund kann man nicht leben in der Pädagogik. Ein ethisches Ziel muß anvisiert und der Fortschritt jedes Kindes muß festgehalten werden. Mit dem ethischen Ziel wird Jonas sich später befassen, jetzt schneidet er sich erst mal Zettel zurecht, für jedes Kind einen, und darauf wird er alles vermerken, was diese Kinder betrifft, ihre Herkunft und eben den Fortschritt, der sich dank des nunmehr streng zu planenden Unterrichts bestimmt bald deutlich zeigen wird.

Mit den Lehrersöhnen fängt er an. Das sind seine Zugpferde. Die Namen werden in Druckschrift geschrieben

und rot unterstrichen: »Kein Problem« bedeutet das. Dann kommt der Sohn des Landrats an die Reihe, von dem es viel Positives zu berichten gibt. Auch kein Problem.
Nun betritt seine Frau das Zimmer. Sie fragt, weshalb er noch nichts gegessen hat, und Herr Jonas zeigt seiner Frau, was er da macht, die schönen Zettel!
Das kriegt er schon, die Sache kriegt er schon in den Griff! Das wär ja gelacht! Und seine Frau bewundert ihn.

Am Montag wedelt Herr Jonas mit seinem Lodenumhang zur Schule. »Heute werde ich sehr gut unterrichten«, denkt er. Zuerst werde ich es so machen und dann so. – Aber dann, wenn ihn die Kinder umtrauben, dann ist alles vergessen.
Immerhin, gewisse Fortschritte hat Jonas gemacht: Farbige Kreide hat er sich angeschafft, in einer Pappschachtel liegt sie, nach Farben sortiert. Wenn das Chaos ausbricht, dann stellt sich Herr Jonas an die Tafel und beginnt irgend etwas zu zeichnen, einen Baum mit braunem Stamm und grünen Blättern etwa, blaues Wasser, in dem Fische sichtbar herumschwimmen, und nun?

Ja, da wird es still: Ein Haus mit einem Fisch, der aus dem Fenster herausguckt, malt Herr Jonas, und das ist eine glückliche Idee. »Fisch«, schreibt er daneben, als die Kinder sich genug verwundert haben. Und dieses Wort können sie von dem Wort »Auto« unterscheiden. Das ist doch was?!
»Haben Sie schon das ›R‹ eingeführt, Herr Kollege?« wird er im Lehrerzimmer gefragt. Nein, das hat er nicht. Aber »Fisch« von »Auto« unterscheiden, das können sogar die drei Waisenknaben aus dem Hause ELIM, die in Turnschuhen zur Schule gehen.

Vorgekommen ist es schon, daß Hagedorn seinen Freund Jonas im Lehrerzimmer mit ans Fenster genommen hat, in die Sonne. Da hat er ihm Rat und Hilfe angeboten. »Nur Mut, es wird schon werden!« Und er hat ihm erzählt, wie *er* das immer macht, und daß das prima funktioniert! Er hat zum Beispiel von seiner Frau Russisch-Brot backen lassen, Buchstaben also, aus billigem Teig, und das sortieren die Kinder und essen es auf! Das kann er nur empfehlen! Und Bücher leiht er seinem Freund Jonas, die voll herrlicher Einfälle sind. »Im Kräutergärtlein der Erziehung« oder »Mein erstes Schuljahr« heißen diese Bücher, und daraus kann man viel entnehmen.

Herr Jonas guckt hinaus auf die Straße. Wo er hinguckt, guckt er hin. An einen langen Sommerabend denkt er, auf dem Lande.
Da drüben putzt eine Frau die Fenster, und ein kleines Mädchen fährt auf einem Roller vorbei: »Ich fahr' noch einmal um 'n Block!«
Nein, die Bücher liest der Herr Jonas nicht, die von tüchtigen Lehrern geschriebenen.
Bei den Pilzzwerglein
Er kann sie nicht lesen, sie haben etwas an sich, was die Lektüre ungenießbar macht.
Es mag sein, wie es will, denkt Jonas, die Schüler lieben mich wenigstens.
Ach, die Schüler lieben auch Herrn Hagedorn. Sie lieben sogar Herrn Fasel, der ihnen mit seinem Stock auf die Finger schlägt. Aber das kann Jonas ja nicht wissen.

Das Lehrerzimmer mit den brotessenden Pädagogen: Jeder hat ein anderes Instrumentarium, mit dem er die Kinder lockt. Feinste Schalmeienklänge gehen von dem einen aus, Posaunentöne von dem anderen. Manch einer verfügt nur über dumpfen Trommelschlag, immer denselben. Aber hier, um den großen Tisch sitzen sie ein-

trächtig herum, essen ihr Brot, trinken Kaffee dazu aus ihrer Thermosflasche.
Rot eingeschlagene Hefte sehen sie durch.
»Da hat doch *schon* wieder einer meinen Kleiderbügel genommen ... «
Herr Hagedorn, der Vegetarier ist und draußen vor der Stadt wohnt, hat eine Gurke mit. Haselnüsse ißt er und Gurkenscheiben mit Schale, das bekommt ihm am besten. Und er nimmt es seinen Kollegen nicht übel, daß sie Wurst von toten Tieren essen und sich danach Zigaretten anstecken oder gar Zigarren.

Nun bittet der Rektor um Ruhe. Wer von den Kollegen am freiwilligen Gepäckmarsch, nächsten Sonntag, *nicht* teilnehmen will, fragt er zunächst, und dann sagt er, er hat hier einen Kasten mit Maiskörnern, den hat er vom Schulrat bekommen, zu treuen Händen. Und jetzt eben in diesem Augenblick bitten alle Rektoren aller Volksschulen im ganzen deutschen Reich, von der Maas bis an die Memel, um Ruhe in den Lehrerzimmern und erklären den Kollegen einen ganz einfachen Sachverhalt: Die Maiskörner werden an Schüler verteilt, die zu Hause einen Garten haben. Zehn Körner kriegt jeder Schüler, und zehn Maiskolben bringt er folglich im Herbst wieder mit. Na, ist das nichts? Ist das nicht genial?
Der Führer selbst hat sich das ausgedacht, sagt der Rektor, und er bittet nochmals um Ruhe, er kann nicht verstehen, was es da zu reden gibt? Durch diesen einfach genialen Gedanken des Führers sparen wir Devisen! Tausende von Schweinen werden fettgefüttert mit diesem Trick.
Der Schulrat hat ihm gegenüber der Hoffnung Ausdruck gegeben, daß das klappt. Nächste Woche kommt er übrigens, und er will sich mal die ersten Schuljahre ansehen. Ja?

Ein wenig lästig diese Verteilerei, Aufschreiberei und Einsammelei, denken die brotessenden Pädagogen, eins kommt zum andern, nicht? Sparmarken verkaufen, »Hilf mit« und »Jugendburg«, VDA-Lichte und -Abzeichen, »Kampf dem Verderb«, Winterhilfe, Pfundspende und wie das alles heißt. Aber, man wird die Maiskörner freudig verteilen, denn es geht um Deutschlands Zukunft, deren Garanten man erzieht, Tag für Tag, in Gesundheit und Frohmut.
Herr Jonas hat vor dem Schulrat keine Angst, obwohl der »ein scharfer Hund« ist, wie die Lehrerschaft urteilt, »von oben« ist er eingesetzt, und ein scharfer Hund ist er, kein sozialer Weichheini, der von Pestalozzi schwafelt und für alles Verständnis hat. Herr Jonas hat deshalb keine Angst vor dem seit 1933 amtierenden Schulrat, weil der ein Vetter seiner Frau ist, glücklicherweise.
Kollege Hagedorn hingegen wird weiß wie die Wand, wenn er das Wort »Schulrat« hört. Der weiß nämlich, daß der Schulrat sein Lehrerexamen mit »vier« gemacht hat. Und der weiß, daß er das weiß.

Einmal im Monat wird ein Filmgroschen eingesammelt, denn einmal im Jahr gibt es im Zeichensaal Filme zu sehen.
»Tischlein, deck dich!« Dieser Film wird jedesmal gezeigt, es ist ein Puppenfilm. Ein anderer Film heißt: »Spielzeugherstellung im Erzgebirge«. Der ist schon oft gerissen.
Einmal kommt auch ein Glasbläser in die Schule, der erzählt den Kindern, wie man das macht, Glasblasen.
Grethe Kempowski wundert sich, daß ihr Jüngster eines Tages mit Sand am Ofen hantiert.
»Was machst du da?«
»Glas!«
Damit wartet man lieber, bis man groß ist, wird gesagt. Da kennt man dann die richtigen Rezepte …

Das erste Wort, das der kleine Herr Kempowski selbst lesen kann, heißt:

DRUDE

Es steht an einer Konditorei. Die Familie bejubelt dies. Karl erzählt von Natty Bumppo und Chingachgook, und Grethe weiß, daß ihre kleine Schwester Lotti als Kind eines Tages plötzlich gesagt hat:

Bavaria Brä-u.

Eine merkwürdige Frau! Lotti? Schon als Kind so merkwürdig. Die Kuchenstücke zählte sie ab, und jetzt? Auf die Briefe klebt sie zwölf Ein-Pfennigmarken! Und jeden Dienstag zieht sie dasselbe an!

Lotti, eine merkwürdige, aber eine gute Frau.

Gegenüber, bei Bäcker Lampe, hängt der Briefkasten. Früher haben die Kinder gern Laub und Zeitungspapier hineingesteckt.

Eines Tages ist der Kleine soweit, daß er sogar eine Postkarte an Adolf Hitler schreibt, aus freien Stücken und in exakter Sütterlin-Schrift. Es ist eine Ansichtskarte, auf der Hitler, der Freund der Jugend, abgebildet ist. Der Geburtstag des Führers ist der Anlaß, und »Gratulieren wird mit i-e geschrieben, mein Junge«, sagt Grethe. Die Karte wird dem Vater gezeigt, der grade nicht besonders gut gestimmt ist. Französisch redet er mit seiner Frau, was man nicht verstehen kann: Ein Telefongespräch hat Sodemann mit angehört, das besser keiner mitangehört hätte.

13

Schwarzenpfost ist ein kleiner Ort an der Ostsee, genauer gesagt: Es ist ein Schloß mit je einem Turm an den vier Ecken. Dieses Schloß ist gemeint, wenn man von Schwarzenpfost spricht, es ist ein Gutsschloß, und der Besitzer dieses Gutes heißt Baron von Erden. Er hat in dem Schloß ein Hotel eingerichtet, weil seine Landwirtschaft nicht ganz in Ordnung ist. Existiert sie überhaupt noch?

Das Schloß mit den vier Türmen liegt gleich hinter den Dünen, es ist also »sturmumbraust«, wie man sagen könnte, oder »sturmumtost«.

Im »Holz«, einem wüsten Wald, der um das Schloß herum ächzt und knarrt, steht eine Hütte, in der wohnt ein alter Mann, der schmurgelt sich hier Kartoffeln, und wenn er sie gegessen hat, geht er einmal die Allee hinauf, hinunter. Sie stammt von 1880, aus dem Jahr, in dem auch das Schloß gebaut wurde, aus der Zeit also, in der das Geschlecht derer von Erden noch optimistisch und unternehmungslustig in die Zukunft guckte.

Wenn viel Betrieb ist, im Sommer, dann sind die von Erdens kopflos. Ist wenig Betrieb, dann sind sie auch kopflos, weil sie nicht wissen, woher sie das Geld für das Personal nehmen sollen: für die Köchin, die Stubenmädchen und für den alten Mann.

Im Sommer 1936 mietet Wilhelm de Bonsac für drei Wochen das ganze Schloß, und zwar für sich und seine vier Kinder samt den acht Enkelkindern. Jetzt oder nie! denkt Wilhelm, das Geschäft ist rege, ein herrlicher Heeresauftrag hat besorgt werden können, Wolle aus England für Militärdecken, die in Aachen hergestellt werden.

In dieses Geschäft hat Wilhelm sich einschalten können auf gut hanseatisch, ohne viel Antichambrierens, kühl distanziert, bereit.
»Ah, Sie sind der Sohn vom alten de Bonsac?«
Zum Japangeschäft ist also das Heeresgeschäft gekommen, und das ist einträglich.
Deshalb jetzt oder nie!

Wilhelm hat schon um die Weihnachtszeit Briefe abgeschickt, nach Berlin an Hertha und Ferdinand mit ihren drei Töchtern und nach Rostock an Grethe. Auch Lotti in Lübeck hatte eine Einladung bekommen plus Ehemann, schließlich gehören die ja ebenfalls zur Familie. Gottlob hatte Edgar abgewinkt, ja, sonntags wolle er wohl gern mal reinschauen, aber die Werkstatt kann er nicht im Stich lassen, zumal jetzt, wo die Opel-Vertretung hinzugekommen ist. Der Opel-Olympia geht ja wie rasend, das ist aber auch ein wundervolles Auto. 2500 *RM* ab Werk?

Die Berliner kommen also und die Rostocker; dazu Lotti und Richard natürlich.
Richard mit den Seinen hatte gar nicht erst angeschrieben zu werden brauchen. Nachdem er heimgekehrt war, aus Hongkong, einer Stadt, in der er dreimal pro Tag die Wäsche wechseln mußte, nach der bedauerlichen Liquidation der dortigen Firma, hatte er sich in Hamburg angesiedelt, in der Isestraße. Den Kaufmannsberuf hatte er an den Nagel gehängt, denn die junge kraftvolle Wehrmacht konnte einen so sprachenkundigen ehemaligen Offizier wie Richard gut gebrauchen: eine stattliche Erscheinung! Im Range eines Oberleutnants war er eingestellt worden, und er trug die Uniform der Artillerie, mit roten Litzen.
Sein französischer Name hatte den Heeresverwaltungsintendanten des Generalkommandos einen Augenblick zögern lassen. Aber: *de Bonsac?* »Sind Sie der Sohn vom

alten de Bonsac?« Ein Mann also von hugenottischem Ursprung? Das war ja fast noch eine Empfehlung. Und: Hieß nicht der eigene Vorgesetzte Buquet? Hierüber würde man also hinwegsehen können.
Aber die britischen Pässe der drei Kinder? Briten?
Na, die Briten hatten sich im ersten Krieg doch tadellos geschlagen! Und der Führer hatte doch erst neulich den Herzog von Windsor mit seiner Gattin empfangen auf dem Obersalzberg, zu herzlichem Gespräch ...
So hatte Richard denn seinen Kaufmannsberuf aufgeben können. Er war in die junge Wehrmacht aufgenommen worden, und er hatte in der Isestraße eine Acht-Zimmer-Wohnung bezogen, mit Ausblick vorne auf die Hochbahn und hinten raus zum Isekanal.
Einen besonderen Pfiff bekam die luxuriös möblierte Wohnung durch die Mitbringsel aus Fernost. Seidene Schals, die Gundi an die Wand hängte, silberne Dschunken und Kulis in Vitrinen und ein Sonnenschirm mit einem chinesischen Drachen darauf, dazu eine Anzahl geschmackvoller Fotoalben, mit Fotos vom Eselgespann der Kinder, das von halbwüchsigen Chinesen gezogen wird, und von eleganten Palmen, unter denen zerlumpte Einwohner hocken, die nichtsdestoweniger freundlich lächeln.
Ganz außerordentlich behaglich.
Die Tennisplätze in der Nähe und ein Reitweg für morgendliche Ausritte zählen mit zu den Annehmlichkeiten der neuen Wohnung, die einem zur Gewohnheit geworden sind.

Am 15. Juli 1936 beginnen die Schulferien, einheitlich im Deutschen Reich, wiedererstarkt und gesundet. Die deutsche Familie zieht es an die See und ins Gebirge. Wer kein Geld hat, bleibt zu Haus und schickt die Kinder in ein Zeltlager der Hitlerjugend, in dem der Körper ertüchtigt wird und vor Verweichlichung bewahrt.

Im Schloß Schwarzenpfost gucken die von Erdens aus dem Fenster, die Allee hinab. Mal sehen, was das für Leute sind, diesmal. Die ersten Leute sind Rostocker und heißen Kempowski, der alte Mann hat sie mit einer Kutsche von der Bahn geholt, und nun fahren sie die Allee entlang: Mutter Kempowski mit ihren drei Kindern. Karl muß zu Hause bleiben.
Ah! Eine Allee! Was für ein herrlicher Baumbewuchs! sagen die Gäste. Kastanien sind es, wie man augenblicklich sieht: dreißig auf jeder Seite. Kolossal! Eine fehlt, wie zu sehen ist, leider. Da müßte doch schon längst ein Baum nachgepflanzt worden sein. Was macht der Baron nur? Wohl schon völlig verkalkt? Das sieht ja aus wie eine Zahnlücke! Aber, nachpflanzen? Das ist ja auch keine Lösung. Dann ist der eine Baum klein, und die andern sind groß... Da ist es schon besser, man hackt alle ab und pflanzt alle neu.

Das Hauptportal? Da kann man nur sagen: Prächtig! Aber verschlossen, zugenagelt sogar. Warum?
Ums Schloß herum gehen die Kempowskis, bis sie an einen Maschendrahtzaun kommen, quer über den Weg:

PRIVAT.

Widerlich, also andersherum. Und da findet sich denn auch eine Tür, durch die man sich in das Schloß hineinzwängen kann.

Die Zimmer liegen im zweiten Stock, zur See hinaus.
»Kinder!« ruft Grethe. »Herrlich!« So weit das Auge reicht: die See! – Das Fenster wird aufgestoßen, und die frische salzige Brise wird eingesogen. Das werden Ferien sein, die sich gewaschen haben!
Diesmal hat man Glück gehabt.
Robert und Walter beziehen ein Zimmer gemeinsam.
Ulla hat ein eigenes Zimmer. Und alles zahlt der gute Großvater in Wandsbek.

Nachdem man sich installiert hat, wird das Schloß besichtigt. Eine richtige Führung wird vom Baron erbeten, der sich sehen läßt, langgewachsen und traurig. Schloßführung? Hm. Also *hier* wird gegessen, und *dort* sind die Zimmer.
Ja, aber die Ritterrüstungen? Der Urväterhausrat? Folterkammern und so weiter?
Urväterhausrat gibt es in diesem Schloß, das aus dem Jahre 1880 stammt, nicht, außer einer Kommode, die im Wäschezimmer steht, die hat der Baron geerbt von seiner Tante in Kopenhagen.

Der Nordturm, den Robert, von seinem Bruder gefolgt, besteigen will, läßt sich gar nicht besteigen. Die Turmspitze besteht nur aus ein paar grüngestrichenen Holzlatten. Man kann gerade eben den Kopf hinausstrecken, durch eine Klappe. Schein-Architektur also, kulissenartig. Das ist wohl auch die Erklärung dafür, daß die Wetterfahnen der vier Türme nach allen vier Himmelsrichtungen gleichzeitig zeigen.
Der Park, »Holz« genannt, ist auch recht verwildert. Aber, wer will dem Baron einen Vorwurf machen? So unmittelbar an der See? Es war doch sicher furchtbar schwierig, hier Bäume zu pflanzen und groß zu kriegen? Da erlahmt eben die Kraft irgendwann einmal.
Ulla fotografiert ihren kleinen Bruder, er muß sich vor die Hütte stellen im Gehölz. »Hänsel und das Hexenhäuschen« wird sie später darunterschreiben.
Die Sache mit dem Fettfüttern im Käfig ist grausam. Aber Kinder empfinden das nicht so, und außerdem kommt Hänsel ja frei und die Hexe verbrennt, was allerdings auch nicht gerade was für zarte Seelen ist.

Im Speisesaal ist alles weiß gestrichen. Die Sonne fällt wie mit einem Scheinwerfer herein. Auch hier blickt man über den »Ozean« und zeigt sich gegenseitig die Schiffe, die ein jeder sowieso sieht.

Genau dreimal gibt es ein Riesengeschrei. Und zwar jedesmal, wenn wieder ein Schub Familie kommt.
Zuerst die lebhafte Hertha aus Berlin mit ihren drei lebhaften Töchtern und dem still-freundlichen, vornehmen Ferdinand, dem Verpackungsfabrikanten also.
Dann der Paterfamilias und Onkel Richard mit den Seinen, aus Hamburg kommend, Wilhelm weinend, weil die gute Martha nicht dabei sein kann, für die ist das eben doch zu anstrengend. Tief aufatmend setzt er sich an Herthas Tisch, genau zwischen die hübschen Töchter, 16, 17 und 19, voll in der Blüte ihrer Jahre, die ihn Öpchen nennen, und er winkt den andern zu, und die haben für so etwas Verständnis.
Das dritte und letzte Geschrei ist etwas verhaltener, Lotti kommt herein, altmodisch gekleidet, »alt-tätsch«, wie man es nennen könnte. Gottlob ohne Mann. Der kommt Sonntag nach, wie auch Karl, der arme, der auch so viel zu tun hat. All die vielen Schiffe mit Kies beladen für die vielen Häuser, die nun im deutschen Vaterland gebaut werden: Das ist der frische Wind, der all das Kümmerliche der Systemzeit harsch hinweggefegt.
Die Handtasche in der Hand, steht Lotti mitten im Speisesaal. Alle sehen sie an. Wie alt ist sie eigentlich? Dreißig oder sechzig? Bei Grethe ist noch Platz. Wenn Karl kommt, kann sie sich ja da drüben hinsetzen, neben den Kamin.

Nachdem alle gegessen und getrunken haben, erhebt sich Wilhelm und beginnt eine reguläre Rede, bei der die Kleinen von ihren Müttern schärfstens vermahnt werden, denn sie wollen doch tatsächlich weiteressen, wenn der liebe Großvater etwas sagt? Er hofft, sagt Wilhelm, daß alle gut untergekommen sind, und er will nicht lange reden, er freut sich, daß er die Idee gehabt hat mit diesen gemeinsamen Ferien und daß er eine so stattliche Familie sein eigen nennt. Urplötzlich ist ihm die Idee zu diesem

Zusammentreffen gekommen, aus heiterem Himmel. Im kleinen Wohnzimmer hat er gesessen, mit der lieben Martha, und da hat er plötzlich gedacht: Warum eigentlich nicht?

Die Abwesenheit der guten Martha wird von der Runde beklagt, der es, wie man hört, nicht gutgeht, ein Magengeschwür jagt das andere, und das Herz ist wieder mal rebellisch.

Das arme Ömchen, wie die Berliner Mädels sagen.

Nach dem Essen werden die Kinder ins Bett gebracht, und die Erwachsenen gehen in den Salon, zu dem eine Veranda mit Korbsesseln gehört. Hier gibt es dann leider eine kurze heftige Kontroverse, denn Hertha beklagt sich bitter, daß die Fenster ihrer Zimmer allesamt nach Osten gehen. Nur morgens Sonne, und man kann die See nicht sehen! Ob Grethe nicht tauschen will, fragt sie, was als »die Höhe« empfunden wird: »Ich denk', mich laust der Affe!« – Grethe wär' wohl extra schnell hierhergefahren, um die besten Zimmer zu belegen? Und ob sie denn gar nicht an den guten Vater denkt, dessen Zimmer auch nach Osten geht?

An Richard und an Gundi wird ein solcher Antrag nicht gerichtet. Richard ist schließlich aus Hongkong gekommen, wo er mehrere Diener hatte und dreimal pro Tag die Wäsche wechseln mußte.

Noch spät am Abend zieht Grethe ihre Schwester Lotti beiseite, ob sie Worte habe? Typisch Hertha!

Aber Lotti äußert sich nur vage.

Am nächsten Morgen wird eine Mulde in den Dünen als Familienlager hergerichtet. Hier hat jede Familienabteilung ihren Platz. Die Hamburger in der Mitte, die Rostokker direkt daneben mit Lotti, die nicht »fest« werden kann und sich – im Unterrock übrigens – mal hier hinsetzt und mal dort.

Ein fester Wall umgibt das Lager ordnungsmäßig, von den Männern gemeinschaftlich geschaufelt, mit den Wappen Hamburgs und Rostocks aus Muscheln und Steinen gelegt: Die Sonne knallt hinein.
Die Berliner liegen ein wenig seitab, in Rufweite entfernt. Die nehmen nicht teil am Familienlager – ab und zu richtet man sich auf und ruft »Huhu!« und winkt einander zu. Sonderbarerweise haben die da drüben keine Burg angelegt. Da sieht man mal wieder die typisch deutsche Zersplitterung. Anstatt an einem Strang zu ziehen?
Robert hat bereits begonnen, eine Wasserburg zu bauen, unten am Ufer, die beiden Kleinen helfen ihm, sein Bruder und August de Bonsac, Onkel Richards Jüngster, sie schleppen Tang herbei und Schwemmholz.

Fero, tuli, latum – lassen, schicken.

Lateinvokabeln soll Robert tüchtig üben in den Ferien, ist ihm gesagt worden, aber jetzt tut er das noch nicht. Jetzt baut er erst mal eine Wasserburg, mit Turm in der Mitte und mit Mole, in die Wellen hinein. Schiffe aus Borke können dann dort anlegen.

Hartmut hat ein sehr großes teures Segelboot zu Weihnachten geschenkt bekommen, das wird er bald schwimmen lassen. Erst mal noch nicht. Erst mal läuft er mit Ulla ins Wasser. Sehr weit hinaus schwimmen sie, man sieht nur ihre Köpfe.
Drei Sandbänke sind vom Ufer aus zu sehen, auf der ersten läßt es sich waten, auf der zweiten läßt es sich grade noch stehen. Die dritte ist nicht auszumachen.
Hartmut hört zu schwimmen auf und tastet mit dem Fuß hinunter, hier irgendwo muß die dritte Sandbank sein, er läßt sich abblubbern und tastet mit dem Fuß: Nein, hier ist sie nicht.
Grethe steht auf der Düne und ruft: »Halt! Kinder, halt!« Da draußen gibt es gefährliche Strömungen, das wissen sie vielleicht noch gar nicht?

»Zurück! Kommt zurü-hück!«
Dies Geschrei veranlaßt Hertha und ihre drei Töchter, die Handtücher vom Gesicht zu nehmen und kopfschüttelnd herüberzugucken. Sie wollen sich hier in Ruhe sonnen, und da ist es nicht sehr angenehm, wenn jemand dauernd ruft und schreit.
Onkel Ferdinand blickt auch auf. Er hat seinen Kopf auf einen aufgepusteten Ball gebettet und schreibt Tagebuch. Und nun muß auch er gucken, ob das Gerufe nicht bald ein Ende nimmt.

Ab und zu weht der Wind Geigentöne vom Schloß herüber. Regelmäßig gestrichene Etüden mit Pausen dazwischen, in denen vermutlich umgeblättert wird. Es ist Rita, die ihre Übungen hier absolviert, Rita, das gute Kind. Regelmäßig streicht sie die Etüden, mal hoch und mal runter, und zwischendurch guckt sie auf die Noten. Auf Seite 16 ist sie schon, bis Seite 22 will sie unbedingt noch schaffen.
Das muß doch zu schaffen sein?
Von Westen her, aus dem Wald, dringen Fanfarentöne. Hier scheint Hitlerjugend zu zelten, und Hitlerjugend muß Fanfare üben, so ist das nun einmal.
Lotti sitzt unbeweglich da, im Unterrock. Als Kind saß sie genauso da, als Kleinkind, das ganze Gesicht ein Brötchenschmier. Ihre Handtasche hat sie auf dem Schoß, wie früher ihre Puppe. In der Handtasche ist ihr Geld, von dem sie haargenau weiß, wieviel es ist. Wenn Eddi kommt, ihr Mann, wird sie ihm alles erzählen.

Wilhelm hat viel zu reden mit Richard, seinem Sohn, obwohl sich die beiden auch in Hamburg ständig sehen. Wie sonderbar das war, sagt Wilhelm und legt das Buch beiseite, in dem er eben liest – »Das Vergessene Dorf« heißt es –, wie eigentümlich, daß er plötzlich und aus heiterem Himmel die Idee hatte, die ganze Familie hier-

her einzuladen. Er sieht sich noch sitzen, im Wohnzimmer mit der guten Martha, er hier, sie dort, als es ihm plötzlich durch den Kopf schoß: Ja! Alle zusammen unter einem Dach! Einig sein, zusammenhalten! Und: Einander kennenlernen. Den Familiensinn pflegen, der kommt nicht aus heiterem Himmel.
Bedauerlich ist es, daß Richard »ausgestiegen« ist, daß er die väterliche Firma nun doch nicht übernehmen wird, eines Tages.
Ja, sagt Richard, ihm tut das auch leid, aber er ist nun mal ein anderer Mensch, und wenn er sieht, wie herrlich sich das Deutsche Reich erhebt, da muß er mittun! Ihm liegt das nicht, immer still zu sitzen, auf einem Fleck. Er muß sich bewegen, Luft in die Lunge kriegen. Die Firma kann Hartmut ja übernehmen, eines Tages. »Bist du ein Sohn von *den* Bonsacs?« hat der Direktor des Johanneums gefragt, als der Junge dort angemeldet wurde. – Ja, nicht Hinz, nicht Kunz, sondern de Bonsac, im 16. Jahrhundert geadelt.

Die beiden Männer erheben sich und atmen tief ein und aus. Und dann gehen sie gemessenen Schrittes den Dünenpfad entlang, den man ihnen anempfohlen hat: mit bloßer Brust natürlich. Der menschliche Körper hat 2500000 Schweißporen, was insgesamt eine Hautöffnung von 15 qdm darstellt, und die wollen atmen!
Der Anblick der vom Wind zerzausten Kiefern – »Windflüchter« genannt – gibt Gelegenheit, von Deutschland zu sprechen, das ein ehernes Leben hat. »Sub pondere surgo«, wie man es ausdrücken kann. »Unter der Last richte ich mich auf.« Vielleicht gut, daß der Druck der Feinde so stark war, Neid und Mißgunst. Auch die Gemeinheit. Deutlich ist zu sehen, wie das deutsche Vaterland sich unter diesem Druck aufrichtet und schon aufgerichtet ist. Unter der Last, kraftvoll und sittlich einwandfrei.

Die Saar, das war der erste Schritt. Und Elsaß-Lothringen kriegen wir auch noch wieder!
Hitler, wie man ihn kürzlich sah, in weißer Uniform: Der ist nicht dumm, der Mann! Freundlich, aber auch eisern. Obwohl: Das große Aussichtsfenster auf dem Obersalzberg, extra eine Straße bauen dafür, weil es sonst nicht hätte hinaufgeschafft werden können? Eigentlich ein bißchen doll. Was das kostet! Da hätte man die Scheibe doch dreiteilen können, in der Mitte und rechts und links zum Rausgucken? Andererseits: auch wieder imponierend, irgendwie.

> Was du tust, das tue ganz,
> in der Halbheit liegt kein Glanz.

Das ist es ja grade, daß dieser Mann den Mut hat, alle Probleme radikal zu lösen. Diese herrlichen Autobahnen zum Beispiel. Das hätten die pinnen-schittrigen Greise der Systemzeit doch nie hingekriegt.
Vielleicht, so erwägt Richard, vielleicht sollte man sich dem neuen Staate ganz widmen? Mit Haut und Haar verschreiben? Und in die tadellose SS eintreten? Diese herrlichen Männer mit dem ehernen Gesicht? Elite, daß das man nur so raucht?
Na, mal sehen. Das will *wohl* überlegt sein. Das Heer hat eben doch eine ganz andere Tradition, der Choral von Leuthen und so weiter und so fort, Roon und Moltke. Und Blücher nicht zu vergessen. Blücher, dessen letzter Nachfahr jetzt übrigens in England lebt und sich Blötscher nennen läßt.

Nun vielleicht mal ein paar Schritte laufen? Arme anwinkeln und dann: links-rechts, links-rechts – bis zu jener Kiefer dort laufen?
Niemand sieht die beiden Männer, wie sie hintereinander herlaufen, der junge vorn, der alte allmählich zurückbleibend, schließlich in Schritt fallend.

Die See, obwohl sie still ist heute, macht einen gewaltigen Lärm, der Wind zerrt an den Bäumen, und Möwen schreien hintereinanderher. Da oben stehen die beiden Männer und weisen weit hinaus, dorthin, wo, wenn man sich nicht irrt, ganz in der Ferne ein blau-schwarzes Ungetüm daherstampft.
Wer weiß? Vielleicht standen hier vor zweitausend Jahren zwei germanische Männer? Genau an derselben Stelle? Oder vor noch längerer Zeit zwei Männer aus einer urmenschlichen Horde und guckten sehnsüchtig-fragend in die Zukunft, von der sie nicht wissen konnten, daß sie einmal so großartig sein würde?

Aus dem Wald trägt der Wind Fanfarentöne und das Singen der Hitlerjungen.

> Die dunkle Nacht ist nun vorbei,
> und herrlich beginnt es zu tagen!
> Pack' an, Kamerad, die Arbeit macht frei ...

Und da! Da kommen sie gelaufen! Erst einzelne, dann mehr und mehr, ein Schwarm – vielleicht hundert braungebrannte Blondschöpfe, und sie schäumen ins Wasser hinein, das ihre Kraft mit Gleichmut sänftigt.

Den Rückweg nehmen die beiden Männer unten am Strand. Dort treffen sie auf Robert, der seiner Wasserburg gerade einen Fahnenmast einpflanzt.

> Debere – schulden, müssen.

Mal sehen, was heute nachmittag noch von der Burg vorhanden ist. Die beiden Kleinen haben ihm gut geholfen. Er ist zufrieden mit ihnen. Mit seinem Ball dürfen sie heute nachmittag spielen, von vier bis fünf, wenn sie wollen, mit seinem neuen Schildkrötball, zur Belohnung. Nun erst mal baden!
Fünf Männer aus dem Stamm der de Bonsacs sieht man ins Wasser laufen, wenn sie auch zum Teil ganz anders heißen, »Kempowski« zum Beispiel, ein Name, der ohne

Zweifel ursprünglich »Kempe« lautete, was von »kämpfen« kommt.

Nun langen auch noch Hartmut und Ulla an, platschen hinter der Sippe her. *Sechs* Männer also und ein Mädel, aus dem hoffentlich mal eine tüchtige Mutter wird.
Ulla denkt nicht daran, daß sie einmal Mutter wird. Daß sie ja eigentlich auch beinahe ein Junge ist, denkt sie, und sie überlegt, wie sie es wohl anstellen kann, daß Hartmut sie auf die Schultern nimmt.
Hartmut überlegt, wie er dieses fesche Mädel, das die Berliner Kusinen ihr Rostocker »Bäschen« nennen, wohl dazu bringen kann, auf seine Schultern zu steigen. Jetzt, im Wasser, ist die beste Gelegenheit dazu. Auf der zweiten Sandbank untertaucht er sie, öffnet ihre Beine und schiebt sich sacht dazwischen.
Grethe, auf der Düne, sieht die Köpfe der Männer, und nun taucht auf einmal ihre Tochter aus den Wellen auf, groß! Auf den Schultern ihres kräftigen Vetters!
»Huhu!« wird gerufen, und man winkt einander zu.
Sonderbar, daß Ferdinand sich nicht beteiligt an dem Männerbaden. Der sitzt in seiner Burg und liest? Immer diese Extrawürste.

Nach wenigen Tagen hat sich die Familie eingewöhnt, Wilhelm läßt sich jeden Morgen um sieben Uhr wecken. Mit der Uhr in der Hand sitzt er im Bett: Mal neugierig ist er, ob das Mädchen heute pünktlich ist. Noch sechs Minuten, fünf, vier … Dann hört er unten die Küchentür gehen, das kräftige Zimmermädchen stampft herauf.
Wilhelm hat ein Turmzimmer nach Nordosten, und das Mädchen klopft um Punkt sieben, weil sie weiß, daß der alte Herr sich freut, wenn sie pünktlich ist. Sie kommt herein und zieht die Gardinen zur Seite und sagt zu ihm: »Haben *Sie* das gute Wetter bestellt?«
Herr de Bonsac lacht herzlich über diesen Witz, und wenn

sie hinausgegangen ist, schlägt er die Bettdecke zurück, steigt in die Pantoffeln und schreitet an das Fenster. Über die herrliche Sonne freut er sich und über die Luft. Was das für eine prachtvolle Luft ist, die er hier den Seinen bietet. Tief ein- und ausatmen, die Arme hochrecken, hoch, noch höher: auf diese Weise, denkt er, wird er vielleicht einen Tag länger leben. Wer weiß? Vielleicht wird er noch achtzig? 1947 wäre das der Fall.
Auf das Frühstück freut er sich auch. Schade, daß die Bande immer so lange schläft! Wie gern, ach wie gern würde er eine Andacht halten? Wie in Wandsbek, vor dem Krieg, als noch alle beisammen waren. Eine Andacht in kürzerer Form würde er auswählen und nur die schönsten Lieder.

Die Kleinen sind schon auf, die sitzen am Frühstückstisch, wenn er hinunterkommt, die zeigen ihrem Großvater Muscheln, ob er solche schönen Muscheln schon gesehen hat.
O ja! Die hat er schon gesehen. Kauri-Muscheln sind noch viel schöner! Und wenn man sie ans Ohr legt, hört man das Meer darin rauschen! – Mördermuscheln gibt es, die bis zu 5 Zentner schwer werden, wer da mit dem Bein hineingerät, ist verloren!
So spricht er mit seinen Enkeln, und er befühlt ihre Muskeln – ob sie wohl schon tüchtig Muskeln haben? –, freut sich an den goldenen Härchen auf der braungebrannten Haut und denkt an seinen Schoß und daran, daß die »Lenden«, wie es in der Bibel heißt, neuerdings schwächer werden, »welk«, wie man es auch ausdrücken könnte. – Und dann fragt er sie nach dem Heiland, ob sie wissen, daß der für sie gestorben ist? Am Kreuz? Was zur Folge hat, daß die Kinder am nächsten Tag noch viel früher am Kaffeetisch sitzen werden oder sehr viel später.
Heute wird Hartmut sein großes Segelboot schwimmen lassen, darauf freuen sie sich schon. Einen richtigen

kleinen Anker hat es und eine Kajüte mit runden Fenstern.

Rita, die mit ihrem Geigenspiel bereits auf Seite 18 angelangt ist, sitzt an sich gern mit ihrem Großvater zusammen. Öfter geschieht es, daß sie grade dann erscheint, wenn die Vettern mit Karacho die Treppe hinunterlaufen, hinaus ins Freie. Sie allein mit ihrem Großvater; ja, das ist nach ihrem Geschmack. Gern sieht sie ihm zu, wie er so ordentlich sein Ei aufklopft oder die Brötchen mit Butter einstreicht, auf eine unnachahmliche Weise? – So gern der alte Mann mit den kleinen Jungen zusammen ist, so eigentümlich, ja, unbequem ist ihm zumute, wenn seine Enkelin Rita erscheint, das Haar in einem Kranz um den Kopf gelegt. Daß sie oft, so oft an Jesus denken muß, sagt dieses Mädchen nämlich, und sie erzählt ihrem Großvater, daß der Heiland am Kreuz für uns Menschen gestorben ist! Weil sie dies tut, trachtet der alte Mann danach, morgens rasch vom Frühstückstisch wegzukommen, so gerne er dort sonst verweilt: Der schöne Kaffee und die wundervollen Brötchen mit der herrlichen Butter!

Das Mittagessen im Schloß ist nicht grade rühmenswert. Die Schollen sind noch blutig! Das hatte man sich anders vorgestellt, und Wilhelm de Bonsac beschwichtigt seine Sippe, er wird mal mit dem Baron sprechen.
So geht das jedenfalls nicht. Er bezahlt hier gutes Geld, und dafür kann er was verlangen.
Schade wäre es, wenn seine Idee, die ganze Familie einzuladen, die ihn ganz plötzlich überfiel, als er mit Martha im kleinen Wohnzimmer saß, dadurch einen Knacks erhielte.
Richard hat auch etwas mit dem Baron zu besprechen. Ob der Baron ihm ein Pferd leihen kann, zu morgendlichen Ausritten? Morgens, gleich nach dem Frühstück, in die freie Natur?

Griesklöße kann die Köchin gut machen, die werden nun öfter gegessen. Daß sie das Margarinepapier im Rotkohl vergißt, ist weniger schön. Immerhin, daran sieht man, daß sie Fett hineintut. Auch wieder wahr!
Einmal stellt sie sogar Eis her in einer altertümlichen Maschine. Das ist eine ganz besondere Überraschung.

Morgens, mittags und abends nach dem Essen versammelt sich die ganze Sippe vor dem Radioapparat: die Sportnachrichten aus Berlin hören, aus dem Olympiastadion. Wieviel Goldmedaillen die Deutschen heute wieder bekommen haben!
Ob die wohl aus massivem Gold sind? fragt man sich. Und: Woher es wohl kommt, daß die Deutschen so unglaublich gut sind?
Nun, es ist eben ein gesundes, junges Volk. Genau wie die Neger, die sind auch gesund und jung. Sie sehen genauso rassig aus wie die deutsche Jugend. Schmale Hüften. Jesse Owens, nicht wahr?
Aber die Neger sind primitiv, primitiv und minderrassig, und das sind die Deutschen nun ganz und gar nicht. Wenn da einer gut aussieht, dann ist er meistens zusätzlich noch intelligent!
Richard weiß von Hongkong zu berichten, daß dort die Chinesen auch alle sehr rassig aussehen. Nicht so kräftig wie die Europäer, aber feinnervig und behende. Im Zirkus die Tellerdreherinnen! Drehen Teller auf einem rotierenden Stock! Und dann beugen sie sich nach hinten und stecken von hinten den Kopf sich zwischen die Beine, und die Teller drehen sich weiter. – Chinesen sind allerdings verschlagen. Das muß man leider sagen. Grinsen einen an und denken: Rutsch' mir 'n Buckel runter.
Merkwürdig, daß die Juden alle so schwammig aussehen und verkorkst. In den Zeitungen sind sie jetzt des öfteren abgebildet, krummbeinig und mit Sechsernasen.
Als junge Menschen sehen sie rasend gut aus, so gut, daß

einem die Spucke wegbleibt, aber dann gehen sie aus dem Leim, werden unförmig und bekommen einen watschelnden Gang. So mancher junge deutsche Kaufmann hat seine Wahl schon bereut. Ist betört von dem sprühenden Charme einer jungen Jüdin und sitzt ein paar Jahre später mit einer ausgeleierten Vettel da, die obendrein nach Knoblauch stinkt!

Wilhelm erzählt von den Negern, die ihn in Afrika an Land trugen, 1884, und Richard erzählt von den Chinesen. Und beide wissen zu berichten, daß Alte und Kranke bei diesen Völkern keine Chance haben. Die werden beiseite geschafft. Wie bei den Urmenschen. Frischgeborene Babys, die nicht tadellos in Ordnung sind, gleich werden sie weggeschafft. Und Alte werden ausgesetzt.
Wegen dieser sinnvollen Gebräuche haben sie dann aber auch Zähne!
»Ich kann euch sagen: prachtvoll!«
Geschicklichkeit und Kraft... Kraft ist auch nicht zu verachten. Wie Ismayr, der soeben eine Medaille im Gewichtheben gewonnen hat. Der ist nicht nur intelligent und geschickt, der hat auch Kraft! Und sieht gut aus! – Also typisch deutsch. Was der wohl für gesunde Kinder kriegt.

Die drei Berliner Kusinen haben es auf Robert abgesehen, den sie Röbchen nennen. Sie drängen den Jungen in eine Ecke, und dann muß er »Ellf gellbe Nellken« sagen oder »Neu-enhundertneu-enundneu-enzig«. Dann lachen sie sich schief, finden das knorke und nennen ihn einen »Knurps«, einen süßen kleinen Knurps, obwohl er schon dreizehn Jahre alt ist.

Ago, egi, actum – treiben, handeln, tun.

Er zeigt ihnen seine große Narbe, was Eindruck macht! Aber, nun müssen sie wieder hinaus und sich sonnen!
Komisch: Sie sonnen sich unentwegt, und das Ergebnis ist

wesentlich kümmerlicher als bei den Jungen, die den ganzen Tag umherlaufen und bereits bronzebraune Körper haben, also, das ist wirklich ganz erstaunlich.

Am blassesten ist noch die liebe Rita. Die ist schon auf Seite 19 in ihrem Etüdenbuch. Vielleicht schafft sie es sogar bis Seite 23? Leider ist das Klavier im Speisesaal verstimmt, gern würde sie mit ihrer Mutter langsame Mozartsätze spielen, einen nach dem andern.
Ob sie auch zupfen kann, hat Robert sie gefragt. Das hört er gern, wenn die Geige gezupft wird, das klingt nicht so gniedelig wie das Streichen. Und ob sie vielleicht den Schlager »Über die Prärie« kennt? Den würd' er gern mal hören.

Der alte Mann, der im Winter hier die Aufsicht führt, sitzt in seinem Hexenhäuschen. Das Fenster geht auf den Wirtschaftshof, wo der Hauklotz steht, auf dem er das Feuerholz spaltet.
Ein Sofa hat er in seiner Hütte stehen und einen alten Tisch. Auch einen Herd, dessen Rohr durchs Fenster geleitet ist. Hier kocht er sich Rübchen und Kartoffeln. Alle 20 Minuten pinkeln muß er, ob er was trinkt oder nicht.
An einem Haken hängt sein Mantel, den braucht er erst im Winter wieder, wenn er seine Runde macht.
Tapeziert ist die Hütte mit Tausendmarkscheinen. Die hatte der Baron damals weggeworfen. Man nimmt sie erst wahr, wenn man genauer hinsieht.
»Gott, was für eine sonderbare Tapete?« denkt der Besucher, und dann entdeckt er die Bescherung.

An einem Regentag – »nach lang anhaltender Dürre stellt sich ein erquickender Regen ein« –, an dem die Familie de Bonsac sich ihre Bücher gegenseitig ausleiht und den Mittagsschlaf verlängert, an dem die Kinder in der Glas-

veranda sitzen und sich von Hartmut das Segelboot erklären lassen, das er demnächst schwimmen lassen will, findet sich der kleine Herr Kempowski bei dem alten Mann ein, in der Hütte: Jugend braucht zu so was keine Einladung.
Der Alte brockt sich gerade Brot in seine Suppe, Zeitungspapier hat er als Tischdecke, ein Stück Speck, Brotkrümel und einen Teller Suppe nachmittags um vier.

Schön Hühnchen, schön Hähnchen
und du, schöne bunte Kuh?
Was sagst du dazu?

Mit dem Taschenmesser deutet der Mann auf einen Schemel neben der Tür, und er zeigt auf seinen Mund, das soll bedeuten, erst muß ich mal auskauen, dann sehen wir weiter.
Er nimmt einen Löffel Suppe, schiebt eine Scheibe Speck mit dem Taschenmesser hinterher. Zum Schluß wischt er den Blechteller mit Brot aus.
Rülpsen, aufstehen und den Teller nach draußen tragen und unter die Regenrinne halten. Draußen auch gleich pinkeln, es ist wieder mal soweit, und dann an die Arbeit gehen. Auf dem Tisch liegt ein Astknorren, den hat er vorige Woche im Wald gefunden, und der soll heute sein Geheimnis preisgeben.

Der alte Mann setzt sich, nimmt den Knorren zur Hand und dreht ihn hin und her. Die schweren, ausgearbeiteten Hände halten das Stück ins Licht. Ah! Jetzt scheint er dem Ergebnis nähergekommen zu sein.
Der Alte winkt den Jungen heran und deutet mit dem krummen Zeigefinger auf das Holz. Ob er es sieht?
Nein?
Na, dies ist der Kopf, und dies… dies sind die Beine. Leider sind es drei! Da muß eins abgesägt werden.
Der Alte schärft das Taschenmesser am Schleifstein und schnitzelt sehr behutsam das dritte Bein ab. Dann dreht er

das Stück ins Licht, und, in der Tat, dies ist kein Astknorren mehr, dies ist nun eine Art lebloses Lebewesen, mit akkurat zwei Beinen.
Die Schnittstelle wird mit Wachs eingerieben, etwas dürres Moos wird darangeklebt, hinten und vorn. Nun hat das teuflische Kerlchen eine Hose an aus Moos, eine kurze buschige Hose.

Nun der Kopf! Rund ist der, und hier ist vorn. Ein Horn scheint der Kobold auf dem Kopf zu haben, das ist eindrucksvoll, glatt muß es geschabt werden und angespitzt. Dann Rentierflechte an den Hinterkopf kleben, und einen Bart aus Moos. Einen schiefen Mund einschnitzen. Die Nase ist krumm.

Nun erst mal eine Pfeife anzünden. Der Tabak befindet sich in einer blankgewetzten, gekrümmten Blechschachtel. Mit dieser Schachtel wird der heraushängende Tabak in die Pfeife gedrückt.
So. Der Qualm ist ungeheuer, der alte Mann ist ganz und gar eingehüllt von dem Qualm, der aus der knisternden Pfeife hervorquillt.

In einem Beutel befindet sich eine Krähenkralle. Der Geschicklichkeit des Alten ist zu danken, daß der Kobold nun am linken Arm eine Krähenkralle als Hand hat. Ein bärtiger Kobold mit Horn auf dem Kopf, einer krummen Nase und einem schiefen Mund, einer Krallenhand und *zwei* Beinen, die auf einem Stück Borke befestigt werden.
Da steht er.
Nun die Augen.
Der Alte holt ein Heft mit bunten Stecknadeln aus dem Beutel und setzt ihm eine rote Nadel als Auge ein: Seit dieser Kobold von andern Kobolden in die Brombeeren gejagt wurde, hat er nur noch ein Auge. Unter den

Brombeeren wohnt er seitdem, in einem alten Mauseloch. Da lag er auf der Lauer. Und wenn ein Beerenweib sich an seinem Brombeerbusch zu schaffen macht, dann zieht er an den Ranken, daß das Beerenweib blutige Waden kriegt.

Am Sonntag kommt Lottis Mann in seinem Opel-Olympia. Er hat Karl mitgebracht, und die beiden stiefeln in dem leeren Schloß umher und öffnen alle Zimmer. Lottis Zimmer wird identifiziert an der übergroßen Ordnung, Richards Zimmer an dem Segelschiff.
Wo wohl die Blase steckt?
Karl zieht sich seine nagelneue Badehose an, blau mit weißem Gürtel, und dann geht er mit seinem Schwager, der einen lila Anzug trägt, durch die Dünen. Und da ist sie ja auch schon! Die ganze Blase, wie der blasse Karl immer wieder sagt. Jungedi, wie braun! Die Frauen erhalten Wangenküsse, die Männer werden umarmt.
Ulla läuft ins Schloß und holt die Agfa-Box. Jetzt kann endlich mal die ganze Familie geknipst werden. Alle werden sorgsam aufgebaut, wobei es sich auszahlt, daß so viele Männer dabei sind. Die wissen, wie das gemacht wird. Der Patriarch muß in die Mitte, die Kinder daneben, und davor, sich lagernd, alle Enkelkinder.
Mal so und mal so wird fotografiert, bis der Film voll ist. Es hat sich einrichten lassen, daß Lotti und ihr Mann stets ein wenig seitab stehen.

Robert, Ulla und der Kleine haben ihren Vater noch nie in Badehose gesehen. Und weil sie ihren Vater so noch nie gesehen haben, betrachten sie ihn ganz genau. Und nun geht er sogar schwimmen! Mit der Mutter! Er zieht den Bauch ein und geht ins Wasser, ordentlich und korrekt. Er sagt seiner Frau, sie kann ruhig kommen, es ist ziemlich warm. Das gucken sich die Kinder an, und sie sind erstaunt. Sie wundern sich, daß ihr Vater sogar tauchen kann, und nun erscheinen seine Beine über dem Wasser, er macht also Handstand!

Lottis Mann, in seinem lila Anzug, setzt sich neben seine Frau, gestiefelt und gespornt. An jedem Handgelenk trägt er eine Armbanduhr, wie spät es ist, will er wissen, und dann zieht er eine Flasche Bier aus der Rocktasche und läßt sie aufknallen.

Am Abend erscheinen die Männer im Frack, die Frauen lang und die Kinder stramm gebürstet.
Die Familie steht um den Tisch herum, bei dessen Ausschmückung sogar der lange traurige Baron mitgewirkt hat. Kerzen brennen! Alles steht, bis Wilhelm erscheint, der Patriarch, und an der Schmalseite des Tisches Platz nimmt. Siebzig Jahre ist er alt, und freuen tut er sich, daß in dieser Zeit die Alten nicht mehr ausgesetzt werden. Warum auch. Steht er nicht seinen Mann?
Nachdem er Platz genommen hat und wie der Christus von Thorwaldsen mit beiden Armen links und rechts zum Platznehmen aufgefordert hat, setzen sich alle und freuen sich denn doch, daß sie das gemacht haben, hierherreisen. Sie drücken das Kreuz durch und winkeln die Ellenbogen an. Und nun gibt es Suppe, die von der Baronin selbst serviert wird, wobei man durchaus nicht aufzustehen braucht, wie Karl Kempowski das tut. Daß er weiß, was sich gehört, das braucht er jetzt nicht zu demonstrieren. Einen Orden mehr trägt er seit kurzem: Von Adolf Hitler ist jedem Kriegsteilnehmer nachträglich ein Orden verliehen worden.

Die Kinder werden schärfstens vermahnt, nicht zu schlürfen und die Ellenbogen nicht aufzustützen. »Linke Hand am Tellerrand!« Und die Erwachsenen beginnen über die heiße Suppe hinwegzublasen.
Die Herren im Frack, die Frauen lang, nur Onkel Edgar

nicht, Lottis Mann, der trägt seinen lila Anzug, knapp, daß er die Bierflasche aus der Tasche genommen hat. Onkel Edgar wischt ja auch den Teller blank, mit der Serviette, bevor er sich was auffüllt, was man empörend und wieder einmal typisch findet. Dafür trägt er aber auch zwei Armbanduhren, an jedem Handgelenk eine.

Nun hält Wilhelm eine längere Rede. Sie beginnt damit, daß er schildert, wie er die Idee gehabt hat zu diesem Treffen, daß er mit seiner guten Martha im kleinen Wohnzimmer saß und daß ihm, urplötzlich, wie aus heiterem Himmel, die Idee gekommen ist, die ganze Familie hierher einzuladen.

Dann sagt er, daß er sich darüber freut, wie seine Idee aufgenommen worden ist. Daß sogar Karl und der liebe Edgar gekommen sind! Sie haben keine Mühe gescheut!

Zur Verwirklichung einer solchen Idee – hier die ganze Familie zu versammeln – gehört viel Einsatz, sagte er. Mit Geld allein ist es nicht getan! Nein! Das freilich auch dazu gehört!

Nur wenn alle an einer Strippe ziehen, kann die Karre aus dem Dreck gezogen werden. So wie das mit Deutschland jetzt geschieht, nach verlorenem Krieg, nach Inflation und Wirtschaftskrise.

Auch die andern Herren halten Reden. Sie bedanken sich, reden von Hongkong und Berlin, daß da jetzt die Spiele sind, die man sich schweren Herzens hat entgehen lassen.

Rita bringt Etüden zu Gehör, und Ferdinand hat sogar ein längeres Gedicht verfaßt, seit Tagen hat er daran gearbeitet, wie er jetzt sagt, am Strand, auf seinen Ball gestützt, während die andern sich dem Müßiggange hingaben, und nun trägt er es vor.

O kommt von fern ihr Völkerscharen
an diesen schönen Strand

und seht, wie hier nach langen Jahren
zusammenkam, was eng verwandt...

Das Gedicht hat 21 Strophen, für jedes Familienmitglied eine. Mancher Reim wollte nicht so recht gelingen. »Dicke Berta« auf »Hertha«, das ist ein wenig taktlos – aber die meisten klappern, plätschern munter dahin.

So ist auch Rita gar nicht feige
und spielt gar fein die braune Geige.
Und Walter, dieser kleine Schlot,
hört zu ihr dabei, Sapperlot!

Alle kommen vor in dem Gedicht, sogar Edgar, Lottis Mann:

Und dann kommt Edgar mit Gebrumm
und fährt ums schöne Schloß herum,
die Hühner laufen schleunigst weg,
das dicke Schwein fällt in den Dreck...

Womit Ferdinand landwirtschaftliches Kolorit seinem Opus einfügen wollte. Leider wird die Sache irgendwie mißverstanden, ein Teil der Gesellschaft kann nur schwer das Lachen verbeißen. Lottis Mann aber lächelt, wie er es immer tut. Aber das ist wohl gar kein Lächeln, das sieht wohl nur so aus.

Nun ist die Rezitation beendet. Ferdinands Töchter springen auf und küssen ihr »Vätchen«, weil sie das Gedicht so gut finden.

Das sei ihm so zugeflogen, sagt er: »Kinder, laßt mich leben!« Er weiß auch nicht, wie das kommt, daß er das so kann!

Die Erwachsenen drücken ihrem Schwager ernst die Hand. Da hätten sie ihm ja beinahe Unrecht getan! Daß ein Künstler sich immer ein wenig absentiert und eine Extrawurst brät, das ist doch sehr verständlich. Bach, Beethoven und Goethe, das waren doch auch sonderbare Heilige.

Das Essen wird zu Ende gegessen, die Köpfe röten sich. Und als der gute Richard dann im Salon Lichtbilder zeigt vom Werden der Familie, zuerst lauter Pastoren, dann Kaufleute geworden irgendwie, das Wappen der de Bonsacs – Bonum bono –, das Geburtshaus des Ur-ur-urgroßvaters, Fotos von der Apotheke in Ritzebüttel und von der Elbe, wo ein Vorfahr mit seinem Segelboot umschlug und ertrank, während dieser Vorführung ist die Aufmerksamkeit geteilt, wie man so sagt. Einerseits wird »o ja!« gerufen, die liebe Urgroßmutter in Schwarzenbek, dies zierliche Persönchen!; andererseits werden aber auch »Nebendinge« betrieben, es wird gewispert im Hintergrund, was weniger schön ist. Karl ist es, der die Dunkelheit nutzt, seiner Frau sonderbare Bemerkungen ins Ohr zu flüstern. Er zieht sie an sich und küßt ihr den Hals, was sie kitzelt.

Der Rest des Abends vergeht mit allerhand Späßen, Karl macht den Drehorgelmann nach, der mit der Rechten dreht und mit der Linken einen Schnaps trinkt. Und Richard singt chinesisch, was ja wirklich unglaublich komisch klingt. Richard, nein, wie ist der Mann komisch! Allgemein wird »Ruhe« geschrien, als die vierzehnjährige Ulla sich meldet. Sie will auch was vormachen.
»Seid ihr alle da?« fragt sie die alte Kasperfrage.
»Ja!« wird ordnungsgemäß geantwortet.
»Davon stinkt das hier auch so!« Worüber allgemein gelacht wird, obwohl dieser Scherz doch wohl an die Grenze dessen stößt, was an einem solchen Abend statthaft ist.
Dann will sie, daß Onkel Ferdinand, dieser musischernste Mensch mit dem schmalen Kopf, den man ja wohl ohne Übertreibung einen richtigen Dichter nennen kann, was man gar nicht geahnt hat, einen Stuhl von hier bis da trägt. Was das bedeutet? fragt sie die Gesellschaft.
Da die Auflösung dieses Rätsels bekanntlich »Stuhlgang«

lautet, muß sich die Gesellschaft doch ein wenig wundern. »Das hätte ich nicht von Ulla gedacht«, sagt Hartmut zu seinem Vater, und Rita muß schnell noch ein paar Etüden spielen. Auf Seite 21 ist sie jetzt.

Inzwischen hat der Baron einen Holzstoß in Brand gesetzt, am Strand, am schwarzen Wasser, im Speisesaal wird's rot, die Gesellschaft geht hinaus und umsteht das Feuer – Karl und das liebe Grethelein eng umschlungen –, vor dessen Flammen und Prasseln ihr feierlich zumute wird. Die Kinder, die sich sofort am Feuer zu schaffen machen, werden zurückgerissen, und als dann der Baron die beiden vorbereiteten Raketen losschießt, überwältigt es die guten Leute, und sie heben an, ein Lied zu singen. Nicht das Deutschlandlied, natürlich nicht, und das andere natürlich auch nicht, sondern ein Lied, das Richard aus seiner Wandervogelzeit noch kennt, da haben sie auch am Lagerfeuer gesessen und gesungen:

> Kein schöner Land in dieser Zeit
> als hier das unsre weit und breit...

Rita rast hinein und holt ihre Geige, und deshalb singen alle das Lied noch einmal, was sich auch hinsichtlich der Textkenntnis vorteilhaft auswirkt.

> ... Wo wir uns finden
> wohl unter den Linden
> zur Abendzeit!

Ja, das liebe Vaterland, wie kann man dankbar sein und stolz, daß es sich jetzt wieder so prachtvoll erhoben hat, daß es auferstanden ist aus dem Schmutz und den Intrigen der sozialistischen Quasselei.
Schön auch, daß gewisse Kinderkrankheiten des neuen Staates überwunden scheinen – man hatte so einiges gehört – und daß auch das Ausland die Deutschen anerkennt. Die Franzosen zum Beispiel, mit dem Deutschen

Gruß einzumarschieren ins Olympiastadion! Und gar nicht lange ist es her, daß man noch aufeinander schoß.
»Was, Richard? Weißt du noch?«
Gar nicht so lange ist es her, daß die Franzosen das Vaterland demütigten. Vom Gehsteig hinunter stießen sie die Bürger! Das ist nun vorbei.
Wie die Engländer es tun, so muß auch Deutschland handeln, ehern, sobald sich eine Gelegenheit bietet. Mit 80 000 Mann haben sie grade den Suez-Kanal besetzt! Das ist staatsmännische Weisheit! Vollendete Tatsachen schaffen, wie Italien es tat in Abessinien! – Ins Rheinland einzumarschieren, da hat Hitler recht getan. Zuerst das Saargebiet und dann das Rheinland. Das andere kommt dann schon noch, immer mit der Ruhe.
Auf den Dünen erscheinen nun ein paar Hitlerjugend-Führer, vom Feuer angelockt. Kraftvolle Gestalten mit in die Zukunft gerichtetem Blick. Und da paßt es dann auch, daß die Gesellschaft ein zweites Lied singt, das Rudolf Alexander Schröder verfaßt hat.

Heilig Vaterland,
in Gefahren
Deine Söhne sich
um dich scharen ...

So geht es, und es ist von der Art, daß es den männlichen de Bonsacs, die alle ohne Ausnahme einen Wein-Tick haben, das Wasser in die Augen treibt.
Ob die Hitlerjugend-Führer auch nahe am Wasser gebaut haben, ist zu bezweifeln, aber die Gräsen laufen ihnen sicher über den Rücken. Still verdrücken sie sich wieder, zum nahen Dorf wollen sie, dort mal nach dem Rechten sehen.
Noch eine Rakete wird abgeschossen, die hat der Baron zugegeben, und dann werden die Kinder ins Bett geschickt.
Nun aber schön dankbar sein und den Tag nicht durch Quengelei verderben!

Die drei Berliner Kusinen, von denen man nie genau weiß, welche die hübscheste ist, dürfen allerdings noch etwas aufbleiben. Sie dürfen bei den Großen bleiben, weil sie irgendwie auch schon groß sind und reif, und weil die Erwachsenen sich an ihrem Anblick erfreuen wollen.
Ulla, in ihrem Turmstübchen, hat die Wappen an ihrem Armband gezählt, es sind schon sieben Stück, wobei man das Wappen von Rostock allerdings nicht mitzählen darf. Dann zieht sie die Armbanduhr auf und überlegt, ob sie auch wirklich mit der Mutter im reinen ist. Ob es nicht irgendwelche Vorbehalte gibt, die überprüft und ausgeräumt werden müssen. Sie beschließt, sich wachzuhalten und die Mutter damit zu überraschen, daß sie noch nicht schläft, wenn sie kommt. Die wird sich bestimmt darüber freuen.
Rita, in ihrem Zimmer, bewegt die Finger, daß die Gelenke knacken. Da drüben liegt die Geige. Morgen eine neue Seite anfangen im Etüdenbuch.
»Stuhlgang«? Nein, das ging denn doch entschieden zu weit.
Hartmut liegt auf dem Rücken und betrachtet sein Segelboot. »Stuhlgang«, auch er muß daran denken. Aber keck sah das Mädchen aus, das kann man nicht anders sagen. Morgen mal einen weiten Weg machen mit ihr und eine Düne suchen und übers Meer gucken.
Das Taschenmesser nicht vergessen.

Robert ärgert sich krank, daß er mit seinem Bruder in einem Zimmer schlafen muß. Gern hätte er jetzt gelesen, wie er das zu Hause jede Nacht tut, bis in die Puppen. Hans Dominik, »Das Stählerne Geheimnis«.
Er tut es einfach, knipst die Nachttischlampe an und stopft sich die Zeigefinger in die Ohren, damit er den Bruder nicht hört, der ihn davon abbringen will, der mit Petzen droht, wie jetzt trotz der Finger in den Ohren zu verstehen ist.

»Du hältst dein Maul!« sagt er.
Aber der Kleine gibt keine Ruh', er fängt an zu pfeifen und steht auf und macht das große Licht an, damit die Erwachsenen unten mitkriegen, daß hier was los ist.
Deshalb muß Robert aufstehen und das große Licht wieder ausmachen. Wo war er stehengeblieben? Welche Seite war es noch gewesen?
Und schon steht der Kleine wieder auf, und da gibt es dann eine Schlägerei. Von seiten des Großen mit regelmäßigen Hieben, von seiten des Kleinen mit Füßetreten und Kratzen.

Die Erwachsenen, unten, befinden sich in behaglichem Gespräch. Sie haben sich um das Feuer gelagert und sehen dem lieben Richard zu, der es stets in rechtem Schusse hält. Hoch auf züngeln die Flammen, und tausend Insekten kommen von überall und stürzen sich taumelnd ins Verderben.
Lottis Mann, der zwar das Bier aus der Flasche trinkt, sie auffluppen läßt und mit der Hand drüberwischt und dann ansetzt und trinkt, Lottis Mann macht Kartenkunststücke vor, verblüffend und unerwartet, was Lotti veranlaßt, von einem zum andern zu gucken, zu den Geschwistern also, Schwägern und Nichten, die anfangs desinteressiert tun, dann aber doch zugucken, denn es ist verblüffend, was da zu sehen ist.
Wie teuer so ein Opel-Olympia ist, fragen sie ihn, und ob Edgar nicht einen Rabatt erwirken könnte?
Wenn man Rabatt kriegte, dann könnte man ja auch gleich die nächstgrößere Nummer kaufen, für die es dann ja wohl auch Rabatt gibt.

Karl und Grethe sitzen Hand in Hand unter *einem* Mantel. Grethe denkt an Dassenow, wo jetzt vermutlich ein einsamer Mensch am Kamin sitzt und überlegt, was er alles falsch gemacht hat – seine Frau hat gewiß nicht das mindeste Verständnis für ihn –, und Karl denkt an Schweden. Da drüben muß es irgendwo liegen. Und: Ob es nicht eigentlich zu rechtfertigen wäre, wenn er mal *allein* Urlaub machte?

Nun lauschen sie: Was ist denn das für ein Lärm im Schloß? Karl und Grethe merken, daß es sie betrifft. Eben saßen sie noch so schön einig und gemütlich da, so eng umschlungen wie schon lange nicht, unter *einem* Mantel, das Weinglas in der Hand, Karl mit seinem neuen Orden und Grethe mit der Kette aus ungeschliffenem Bernstein, die ihr Karl geschenkt hat. Nun müssen sie also aufstehen. Das ist mal wieder typisch. Sie eilen hinauf und finden ihre beiden Söhne wie Hund und Katze ineinander verkrallt. Karl verteilt Maulschellen, und Grethe zieht an den beiden, und Ulla kommt in die Tür gesprungen und ruft: »Hau sie nicht! Hau sie nicht!«

Nie! wird gerufen! nie! ist es zu erreichen, daß man mal seinen Frieden hat, und Robert! Ob der eigentlich schon mal eine einzige Vokabel gelernt hat, der *Herr* Sohn! Wie er es doch versprochen hat! Und was er sich eigentlich dabei gedacht hat, an Onkel Edgars Wagen herumzuspielen! Das ist er doch gewesen, wie? Zäng! gleich noch eine Ohrfeige an den Ballon, und zäng! noch eine hinterher.

Der Kleine wird ziemlich in Frieden gelassen, weil er seinen Tränen freien Lauf läßt. Der weint ja schon, dann braucht man ihn ja nicht zu schlagen. Der Große jedoch hat die Stirn, auch noch zu gucken! *Interessiert* zu gucken! Als ob er studiert, wie die Eltern sich hier aufregen müssen!

Dies alles ist unten am Strand zu hören, und die Erwachsenen lauschen ernst. Nur Edgar nicht, der lacht. Lacht er? Nein, es sind die Zähne, die ihm vorstehen. Vielleicht geht deshalb sein Geschäft so gut, weil er immer so swinplietsch aussieht.

Der Baron in seinem Zimmer, der da Belege ordnet, hört auch den Krach. Er stößt seine Frau an, die im Lehnstuhl sitzt und schläft. Sie soll sich mal den Krach anhören! Geschmeiß! Das muß man sich nun bieten lassen... Nein, es war doch schöner, als man hier noch allein residierte. Ein Wunder, daß sich 1932 noch das Schloß retten ließ. Vielleicht läßt sich auf dem Wege der Reichsentschuldungsordnung doch noch etwas mehr retten? Nächste Woche mal zum Gauleiter fahren.

In den letzten Tagen ist es leider kühl. Es regnet nicht, aber es ist kühl. – Robert liest unentwegt, alle vier Stunden klappt er ein Buch zu: »So!« Guckt kurz aus dem Fenster und fängt ein neues an. »König Laurins Mantel« und »Atomgewicht 500«.

> »In Gottes Namen los!«
> Hart und gepreßt kamen die Worte
> aus dem Munde Robert Slawters,
> während seine Rechte den großen
> Stromschalter umlegte...

So fängt das Buch »Atomgewicht 500« an. Gut! Da ist man gleich mittendrin. Andere Dominik-Romane beginnen vergleichsweise harmlos. Da soll der Leser an nichts Schlimmes denken.

Der »Befehl aus dem Dunkel« beginnt folgendermaßen:

> »Sämtliche politischen Gefangenen sind
> sofort in Freiheit zu setzen, General Iwanow...«

Sehr bemerkenswert. Da liest man gerne weiter.

An sich hatte man sich ja vorgenommen, unregelmäßige Verben zu üben... aber, wenn man der Mutter verspricht, zu Haus schön fleißig zu sein, dann kann man vielleicht doch darauf verzichten.

»Wenn er will – kann er«, wird von Robert gesagt.

Ulla sitzt meistens bei der Mutter. Die beiden machen Handarbeiten, Ulla, »die große Deern«. Wie man zunimmt, wird ihr gezeigt, und wann man abnehmen muß.
Daß Hartmut ein unglaublich anständiger Kerl ist, sagt Ulla ab und zu, und sie hat ein paar Substanzen im Gehirn. Immer werden sie dort verbleiben, ein Schatz, den sie betrachten wird, wenn es mal nötig ist. Ihr allein hat er das Segelboot vorgeführt, hat sich die Beine der Trainingshose aufgekrempelt und hat das Boot begleitet, wie es sanft dahinglitt!

Den Kleinen hat man mit einer Wolljacke versehen. Der liegt in einer windgeschützten Dünenmulde und gräbt Tunnel für seine Märklin-Autos. Mit der Hand kommt er an der andern Seite wieder heraus. Wenn er dort drüben jetzt säße, würde er sie sehen können.
Ist's wahr gewesen? Hat er sich das ausgedacht? Später ist es ihm so, als sei er noch einmal bei dem alten Mann gewesen. Als hätte der ihm ein Volk von Kobolden gezeigt, in einer kleinen Kammer, ein Volk von Astknorren-Kobolden, große und kleine, von denen jeder einen Namen und eine Geschichte hat. Koboldkinder sogar, so groß wie ein Daumen? Und alle untereinander verwandt? Auch die verstoßenen Bösen mit den glücklichen Guten.

> Heute back' ich,
> morgen brau' ich ...

Ihm ist so, als ob sich in der Hütte ein geheimes Leben gezeigt hätte, von dem andere Menschen nicht einmal träumen.

Am allerletzten Tag sitzt er bei den anderen Kindern und spielt Mensch-ärger-dich-nicht. Er würfelt Dreien, unter Tante Lottis Aufsicht.
Während die anderen Frauen packen, sitzt Lotti bei den

Kindern und paßt auf. Sie sagt: »Es brennt«, wenn der Würfel verkantet ist, absolut unparteiisch. Sie sitzt nicht mit am Tisch, sie sitzt etwas an der Seite, aber sie sieht sofort, wenn es »brennt«, untrüglich, ihr blaß-lila Kleid trägt sie, weil es Dienstag ist. Sieben Kleider hat sie mit, die werden der Reihe nach angezogen, egal, ob kalt oder warm. Jeden Tag ein anderes, dann nutzen die sich nicht so ab, und außerdem braucht man nicht so lange zu überlegen. Heute ist das blaß-lila Kleid dran.

An den Füßen trägt Tante Lotti breitgetretene Hauslatschen mit je einer rosa Wollblume obendrauf, und sie strickt.

Wenn das Spiel »Mensch-ärgere-dich-nicht« beendet ist (fünf Viertelstunden braucht man in der Regel dazu), dann kommt die andere Seite dran, das »Halma«-Spiel also, die Sache mit dem Überspringen. Ärgerlich, wenn man sich grade eine schöne Bahn geschaffen hat, dann setzt sich doch bestimmt einer dazwischen? Versperrt einem die Sache zielbewußt.

Wer 'ne Sechs gewürfelt hat, darf noch mal.

Nach dem Halma kommt »Mühle« an die Reihe. Dieses Spiel hat keinen Zweck, wenn man in den ersten drei Minuten nicht aufpaßt. »Zwickmühlen«, die sind unangenehm.

Und dann wird »Puff« gespielt, ein Spiel, von dem die Regeln nicht so recht bekannt sind. Da ist »Dame« schon besser, das ist ja schon beinahe so wie Schach.

Zwei Kinder spielen Dame und zwei Kinder spielen Mühle.

Unten am Strand müht sich Onkel Richard unterdessen mit dem Pferd ab, das ihm der Baron geliehen hat. Ein schweres Pferd ist es, und es stapft gleichmäßig vor sich hin, als ob es einen Rollwagen zöge. Da nützt auch das eifrigste Gejackel nichts, das stapft gleichmäßig dahin.

Wenn Onkel Richard eine Ritterrüstung trüge, dann wäre das gleichmäßige Stapfen angebracht, aber doch nicht hier und jetzt! Hier und jetzt sähe man den feschen Onkel gern sich »werfen«, am Ufer entlang, dem Regenbogen entgegen, der vielleicht erscheint.
Ein leichteres Pferd wäre angebracht, aber auf dem Bild »Ritter, Tod und Teufel« jagt der Ritter ja auch nicht dahin.

Rita hat ihre 23 Seiten nun geschafft. Eine neue mag sie nicht anfangen, da wird vielleicht ihr Lehrer böse? »Aber Kind!« ruft er vielleicht – »nun müssen wir alles noch einmal machen ...« – Weil sie sich den Anstrich falsch eingeübt hat, und das ist schwer zu korrigieren.
Sie lungert also herum. Mensch-ärgere-dich-nicht, nein, das spielt sie nicht, rausschmeißen läßt sie sich nicht gerne, auch für Mühle ist sie nicht zu haben. Am liebsten würde sie sich mit ihrem Großvater unterhalten, würde ihm erzählen, wie gern sie zur Schule geht und was für einen Spaß ihr das Lernen macht.

Die Kinder gucken aus dem Fenster auf die See, die ruhig daliegt und es sich gefallen läßt, daß der Regen auf ihr herumtrommelt.
Die Pimpfe aus dem nahen Zeltlager machen ein Geländespiel. Sie schleichen um das Schloß herum, weil sie es verteidigen sollen. Grade als Tante Lotti dem kleinen August mit dem angesengten Korken eine schwarze Nase malt, weil er mit dem Schwarzen Peter sitzengeblieben ist, hebt draußen ein schreckliches Brüllen und Prügeln an. Da läßt sogar der Großvater die Zeitung sinken – er findet seine »Kuhrse« immer nicht –, im Schillerkragen sitzt er da, mit Spitzbart und Schillerkragen, und er erkundigt sich, was dieser Lärm wohl zu bedeuten hat.
Die deutsche Jugend ist es, die sich dort ertüchtigt, wird

ihm gemeldet, was sie gut auch woanders tun könnte, mal ganz offen gesprochen. Als ob der Wald nicht groß genug ist!

Hartmut hat heute, am letzten Tag, seine Uniform angezogen, die möchte er den andern doch gern mal zeigen. Seine Pimpfen-Uniform hat er an, mit Koppel und Fahrtenmesser, Latzschuhen sogar und Schulterriemen, Achselklappen (die nicht »Achselklappen« heißen, weil das falsches Deutsch ist, sondern »Schulterstücke«) und mit besonderen Knöpfen, auf denen überall »D-J« draufsteht, was »Deutsches Jungvolk« bedeutet (sogar auf den Knöpfen im Hosenschlitz).
Auf den Schulterstücken, die früher »Achselklappen« hießen, was man jetzt nicht mehr sagt, sind besondere Knöpfe, auf denen steht die Nummer des Fähnleins.
An so einer Uniform gibt es vieles zu erklären, das schwarze Halstuch, das locker gebunden werden muß, das Gebietsdreieck – »Hamburg-Mitte« – und die rotweiße Sigrune, und Hartmut erklärt es immer wieder, und er tritt auf den Balkon, unter dem die Pimpfe sich prügeln.

Eine Uniform trägt Hartmut also, eine Hitlerjugend-Uniform, und in seinem Ausweis steht: »Geburtsort: Hongkong«. Dies alles macht es, daß Ulla ihren Vetter unverwandt ansieht. Rasend gern möchte sie als BDM-Mädel ihm zur Seite stehen.
»Auf Fahrt« gehen! Er sammelt dann das Reisig, und sie hütet das Feuer! Und wenn eine Schlacht tobt, wie jetzt da unten, dann wird sie ihm helfen! Seite an Seite!
Oh, sie wird ihre Eltern schon dazu bringen, daß sie eintreten darf, in den »Jott-Emm«, und wenn Großvater de Bonsac mal wieder ein Familientreffen veranstaltet, dann wird sie ihre Kluft mitbringen, das ist klar.

Bei Tisch ist die reduzierte Gesellschaft etwas einsilbig. Die Berliner sind vorzeitig abgefahren, die haben noch ein paar Tage Wörther See drangehängt, wo das Wetter anscheinend fabelhaft ist (Postkarten schreiben sie von dort).

»Denkt Euch, wir haben den Führer gesehen!«

Die gängigen Themen ist man durchgegangen, die alten aus der Kindheit – »O Gott, wißt ihr noch?« – und die neuen, vom nationalen Aufschwung, bei dem es erfreuliche, leider aber auch unerfreuliche Aspekte zu erwähnen gibt, die sich Richard allerdings verbittet. Auch im Familienkreis kann er keinen Miesmacher dulden, das sagt er klipp und klar. Und er kann es auch nicht dulden, daß Robert – ja Robert! – hier deutsche Lieder verhunzt.

Drei Lilien, drei Lalien,
die pflanzt' ich auf dein Grab …

hatte Robert gesungen. Das sei eine Verunglimpfung.

Richard und Gundi sah man in den letzten Tagen meist Hand in Hand. Die beiden Söhne haben vier und sechs Pfund zugenommen, die zarte Rita hat an Geist zugenommen, wie man scherzt. Der hätte man die Geige wegnehmen sollen, das wäre besser gewesen.

Wilhelm de Bonsac, der Patriarch, hat vom Baron die Erlaubnis erwirkt, auf dem Wirtschaftshof Feuerholz zu hacken. Warum nicht? Das tut Kaiser Wilhelm in seinem holländischen Exil schließlich auch; dazu ist man sich nicht zu schade. Die Sehnen und Muskeln dürfen nicht verledern. Wenn die sich erst mal ans Nichtstun gewöhnt haben, sind sie nicht mehr in Gang zu kriegen. Dann beginnt der Vergreisungsprozeß.

Man könnte sich ja auch mal in Hamburg treffen, denkt er beim Holzspalten. Diesen Brocken hackt er noch kaputt, und dann macht er Schluß.

Der eine Baum da, in der Allee, daß der fehlt ist ja wirklich jammerschade. Den gegenüberstehenden müßte man ebenfalls abhacken: *Das* wäre die beste Lösung. Und in die Lücken je eine Bank stellen. Oder eine Büste.

Der Baron hätte besser statt Kastanienbäume, die ja zu gar nichts nütze sind, Walnußbäume pflanzen sollen, damals. Walnüsse kann man wenigstens essen, wenn mal Not am Mann ist.

14

Am 21. Sonntag nach Trinitatis konzentriert sich alles, was an vaterländischen Ideen in Rostock wirksam ist, auf eine einzige Erscheinung. Es ist das Luftschiff »Graf Zeppelin«, das über die Stadt hinwegfliegt, schon lange angekündigt im »Rostocker Anzeiger«. Zunächst hatte es vorsichtig geheißen: »Wahrscheinlich« und »möglicherweise«, dann: »Wenn nichts dazwischenkommt« … und schließlich, in Fettdruck: »Luftschiff Graf Zeppelin kommt«, und zwar am nächsten Sonntag um 11 Uhr und 30 Minuten mitteleuropäischer Zeitrechnung.

Da hält es keinen Rostocker Bürger in der Stube, mit flatternden Haaren stehen sie auf den Dächern, Feldstecher und Operngucker parat. Auch die Damen vom Ferdinand-Stift bedecken das Auge mit der Hand und gukken in den Himmel, und Lehrer Jonas tut es. Selbst Dr. Jäger, der Tag für Tag gezwungen ist, faustdicke Lügen in gläubige Kinderaugen zu erzählen, steht im Vorgarten und spricht mit seiner Frau über historische Augenblicke deutscher Ingenieurskunst, und daß sie sich mal vorstellen soll, wie groß so ein Apparat ist. Von hier bis hier! Und daß das mit Hitler nichts zu tun hat! Das ist dem alles in den Schoß gefallen. Das ist ja grade die Tragik, unter der er leidet, hier »bravo« rufen zu wollen, wo er das Prinzip ablehnt.

Er sucht seine Bibliothek ab nach Büchern über Staatsraison. Das Verhältnis von Vaterland und Regierung. Da muß es doch bei den alten Griechen was geben? Und während er da so herumblättert, fällt ihm ein englisches Wort ein: »Right or wrong – my country.« Ja, so ungefähr. Das ist es. Sein Deutschland läßt Dr. Jäger sich von diesem Österreicher nicht kaputtmachen.

Karl ist mit sich nicht ganz im reinen, soll er seine Familie nach *hinten* auf den Balkon beordern oder nach *vorn* in den Erker? Mit der Uhr in der Hand steht er auf dem Balkon und guckt gen Himmel. Beim leisesten Motorengeräusch stürzt die ganze Familie unter seiner Führung durch die Wohnung nach vorn, ob das Luftschiff vielleicht vom Erker aus zu sehen ist?
Nein, es ist nicht zu sehen, ein Motorrad war's.
11 Uhr und 30 Minuten mitteleuropäischer Zeit ist es längst gewesen. Das Mittagessen nimmt man unter höchster Anspannung aller Nerven zu sich, die Ohren gespitzt, auch den »Pucking« noch, und schließlich stellt Karl je eine Wache in den Erker und auf den Balkon, und er legt sich auf das Sofa, eine Mütze voll Schlaf zu nehmen. Er hatte es gleich gedacht, sagt er, daß dieses Vieh nicht kommt, sucht sich ein paar Bücher heraus und legt sich zurecht. Wenn was ist, dann sollen sie ihn wecken.
Kaum liegt er, da kommt Robert auch schon angerannt: »Los, schnell! Der Zeppelin!«
Im Erker steht dann die ganze Familie und sieht den Zeppelin ruhig und majestätisch die Ferdinandstraße herauf»fahren«, wie es heißen muß. Ziemlich niedrig und sehr laut. »Riesenhaft« ist gar kein Ausdruck, es nimmt kein Ende! Die adeligen Damen bedecken das Auge, und Bäcker Lampe schwenkt eine Hakenkreuzfahne. Jetzt ist das Monstrum zitternd und brummend heran, und sacht gleitet es über das Haus hinweg, in dem die Kempowskis sich den Hals verrenken.

Nun rasen sie alle durch die Wohnung hindurch auf den Balkon, und da ist er schon wieder! Und sie sehen lange, lange den Stert des Apparats mit den großen Hakenkreuzen daran: Da fliegt es hin, das Luftschiff! Deutschlands Stolz und Größe! Dunnerlüttchen! Das hatte man nicht gedacht. Daß das Dings so groß ist?

Dieses Luftschiff ist sogar in Roberts Grabenspiegel zu erkennen, den er sich aus Klopapierrollen gefertigt hat, und im Sucher von Ullas Fotoapparat, und man winkt dem Schlachter zu, der es auch gesehen hat. Noch immer schwenkt er die Fahne, und das Telefon klingelt, jawohl, *wir* haben es *auch* gesehen, und wir haben außerdem noch mitgekriegt – »Stellen Sie sich das mal vor!« –, daß Malermeister Krull gegen die Laterne gelaufen ist vor lauter Eifer.

Und dann wird Kaffee getrunken, und Herr Wirlitz wird eingeladen, und die beiden Männer halten die zusammengerollte Serviette in die Höhe und belehren die gesamte Familie über den Luftschiffbau, starr und halbstarr, und was für eine Leistung es vom Grafen Zeppelin war, nicht lockerzulassen mit seiner Erfindung. Und was das bedeutet hat, mit diesen Dingern nach London zu fliegen und Bomben zu werfen, 1916! Und daß die Engländer schiffbrüchige Luftschiffer im Kanal *nicht* gerettet haben. Jawohl! Es gibt ein Foto davon! Die Luftschiffer sind auf die schwimmende Ballonhülle geklettert, das ist deutlich zu sehen, und die englischen Fischer rühren keinen Finger!
Ja, Deutschland kann sich sehen lassen. Wenn auch so gewisse Dinge, also, schade eigentlich, nicht wahr? Die Kinderkrankheiten des Regimes, wie man das vielleicht nennen könnte.

Lehrer Jonas hat auch auf der Straße gestanden und geguckt. Er weiß jetzt, was er morgen in der Schule machen wird.
»Na?« wird er sagen, und die Kinder wird er kommen lassen. »Na?« und dann wird er von Fesselballons erzählen: Wer steigen will, muß Ballast abwerfen, wer landen will, Gas ablassen.
Wie das wohl beim Zeppelin funktioniert? fragt sich

Jonas. Der kann doch nicht dauernd Sandsäcke abwerfen?
Na, das kriegt er schon. Mal sehen. Das ergibt sich irgendwie von selbst.

Nach diesem historischen Ereignis kehrt der Alltag rasch wieder ein. Herr Wirlitz sitzt in seinem Zimmer und ißt Möweneier. Seine medizinischen Bücher hat er lange nicht mehr angefaßt und auch den Pinsel nicht und nicht die Zinnfiguren. Diese Phasen hat er hinter sich. In Kästchen verpackt liegen die Zinnsoldaten im Sekretär, 4000 sind es immerhin. Nach Rußland zu ziehen, was für ein Wahnsinn!
Aus dem Rostocker Stadtarchiv hat Wirlitz sich Unterlagen geholt, die Mecklenburger interessieren ihn, 1812, wieviel ausgezogen und wieviel zurückgekehrt sind. Von 1800 Mecklenburgern waren es genau 95, die kennt man sogar mit Namen!
»Die Mecklenburger in Rußland«, so soll das Buch heißen, das er verfassen will. Mecklenburg sei in deutschen Landen der deutscheste Gau, wird er ins Vorwort schreiben, jawohl. Schon im Namen klingt es an: Der Erzengel *Michael*, Schutzpatron der Deutschen, und die Stammburg des Landes, die alte *Michelen*burg, sie sind ihrem Namen nach mit »Mecklenburg« eng verwandt! Und sind nicht ein Blücher und ein Moltke der mecklenburgischen Scholle entsprossen? Echte Söhne des schwertgewaltigen Erzengels? Hat Mecklenburg nicht dem deutschen Vaterland die deutscheste Frau geschenkt, die es je gegeben hat, die Königin Luise? Und stand hier nicht die Wiege Fritz Reuters, des größten niederdeutschen Dichters aller Zeiten?
Nein, obwohl Wirlitz aus dem Harz stammt, ist er der Meinung, daß Mecklenburg in deutschen Landen der deutscheste Gau ist. Und deshalb hat er sich die Mecklenburger ausgewählt, 1812, daß sie nach Rußland ziehen mußten und wie jämmerlich sie zurückkehrten.

»Eine Geschichte in Einzelerlebnissen und Zusammenhängen« wird das werden, und so wird es im Untertitel heißen.
Hinten mit Sachregister und Karten, alles ganz genau. Und daß es Mecklenburger waren, die bei Ney die Nachhut bildeten und den großen Kaiser, der an sich so verabscheuungswürdig war, deckten.
Ein bißchen auch über Größe philosophieren, der Zweck heiligt die Mittel oder, volkstümlicher gesprochen: Ende gut, alles gut. Nur merkwürdig, daß Napoleons Ende gar nicht großartig gut war, sondern ganz besonders erbärmlich, und daß er trotzdem als Genie dasteht. Der Weg mit Leichen gepflastert und doch ein Halbgott. – Da kenn' sich einer aus.
Was kann sich ein an die Spitze gespülter Mensch alles erlauben, und wie hart wird der einzelne Unbekannte für den kleinsten Fehltritt bestraft! – Das Quantum scheint den Ausschlag zu geben: »Viel« gleich »groß«. Aber auch nicht immer! . . .
Das fertige Buch wird er den Kempowskis bringen, das hat er sich schon vorgenommen, und darauf freut er sich. Die denken: Gott, der tut ja überhaupt nichts mehr, und dann wird er sie beschämen. Das fertige Buch hinbringen und vorn reinschreiben »Mit besten Wünschen, Wirlitz«, oder »Zum Dank, Wirlitz«, oder: »Als Dank, Wirlitz« oder einfach: »Wirlitz«. Na, mal sehen.

Er hat lange nicht mehr bei den Kempowskis angeklopft. Dafür wird eines Tages bei ihm geklopft. Die Kinder sind es, die ihn fragen, ob er eben mal rüberkommt?
Zwischen Kredenz und »Liegelang«, wie die Couch jetzt heißen soll – Börries Freiherr von Münchhausen hat das vorgeschlagen –, ist eine Kasperbühne aufgebaut. Der Knabe Schneefoot, der in diesem Haus an sich nicht geschätzt wird, weil seine Entwicklung neuerdings nicht mehr so gradlinig verläuft, hat die Kasperbühne selbst

hergestellt, und nun ertönt ein Gong, und Wirlitz ist genötigt, zwischen schwer atmenden Kindern Platz zu nehmen. Grün wird der Vorhang angestrahlt, und er öffnet sich, und ein Wald wird sichtbar, in dem der Zauberer Usidor sein Unwesen treibt.
Heini Schneefoot versteht es meisterhaft, die Stimme zu verstellen. Die Puppe Usidor hat er selbst angefertigt aus Zeitungspapier und Wasserglas, eine lange Nase hat sie, einen spitzen Hut auf dem Kopf und ein lila Gewand: Unheimlich sieht das aus, und die Kinder, die auf dem Fußboden sitzen, drängen sich an Herrn Wirlitz' Beine.
Usidor, der Zauberer verbirgt sich hinter einem Pappbaum und bannt die verschiedensten Leute, die des Weges kommen, einen Bauern, der an nichts Böses denkt, eine alte Frau und Sakropul, seinen Widersacher. Vögel macht er aus ihnen und Steine. Das grüne Licht wird dunkler, und der Zauberer steht in der Mitte und freut sich, daß er das geschafft hat: Richtiger Dampf steigt auf, und zwar ziemlich viel.
Sieben Bilder hat das Puppenstück, dramatische Begabung kann dem jungen Künstler nicht abgesprochen werden. Immer mehr Opfer bannt der große Zauberer, bis Pasadokrei, ein tapferer Krieger, den Zauberer mit einer Blume außer Gefecht setzt.
Groß ist der Jubel der Befreiten und großartig die Höllenszene am Schluß. Tiefrot ist das Licht, und zwei Teufel halten den Zauberer gepackt.
Ja, so geht es dem, der übermütig wird!
Spannend ist das. Herr Wirlitz sieht sich jedenfalls alle sieben Bilder an und ziemlich freiwillig, wenn er auch ab und zu Geringschätzigkeit zur Schau stellt, wegguckt, zeitweilig: Wie lange das denn noch dauern soll, er hat schließlich noch was anderes zu tun?

Fräulein Mommer, die Souffleuse, müßte eigentlich auch hier sitzen und sich das angucken. Sie liegt in ihrem Bett, betäubt von Schlafmitteln. Es würde zu weit führen, ihren Kummer hier zu schildern. Einen Streit hat es gegeben im Theater, das Wort »Quatsch« ist gefallen, im Zusammenhang mit einem Stück von Hanns Johst. Und weil Fräulein Mommer dieses Wort nicht mehr zurückholen kann, liegt sie im Bett, von Schlafmitteln betäubt. Nach Leipzig wird sie gehen, und zwar sehr bald.

Eigentlich ist dem Knaben Schneefoot der Aufenthalt bei den Kempowskis strengstens untersagt; seine Entwicklung ist auf abschüssige Bahn geraten, das hat festgestellt werden können. Nur dummes Zeug hat er im Kopf. Oft schon hat Karl den Kindern verboten, mit ihm zu spielen, aber immer wieder sind sie mit ihm zusammen.
»Kümmert sich denn niemand um diesen Jungen?« wird gefragt. An sich doch brave, biedere Leute, die Eltern? Aber er: Nichts wie dummes Zeug im Kopf! Nimmt sich einfach einen Apfel aus der Kristallschale von der Kredenz, ohne zu fragen, und tritt sich die Schuhe nicht ab.

Ach, wenn Karl und Grethe wüßten! Das Schlimmste kriegen sie gar nicht zu wissen. Schießpulver rührt der Junge an, aus Holzkohle, Salpeter und Schwefel! Und Zigarillos raucht er!
Nein, mit Heini Schneefoot sollen die Kinder nicht spielen. Und schon gar nicht soll dieser Bengel ins Haus kommen! Das schöne neue Auto, das Robert von Tante Hedi aus Fehlingsfehn geschenkt bekam, das vorwärts und rückwärts fahren konnte, wurde von ihm auseinandergenommen und nicht wieder zusammengesetzt!
Besonders Karl hat es auf ihn abgesehen. Nie kann er diesen Bengel erwischen. Trotz ausdrücklichen Verbots kommt er immer wieder in die Wohnung. »Ist dein Vater da?« fragt er, setzt sich an den Flügel und spielt:

Martha, Martha, du entschwandest ...

nach dem Gehör, und zwar so gut, daß Frau Spät nicht

einmal zusammenzuckt, sondern sich an die Türfüllung stellt mit ihrem Ohr und lauscht und leise mitsingt.
Nie kann man diesen Bengel kriegen, und man riecht es förmlich, daß er in der Wohnung war. So manches Mal hört Karl die Etagentür hinter sich klappen, wenn er eben ins Eßzimmer tritt. Wieder ist ihm der Bengel entwischt. Zu Hausarrest hat er seine Kinder bereits verurteilt, zu wiederholten Malen. Alles vergebens.
Nun, das Puppenspiel hat man nicht gut verbieten können. Karl selbst guckt zu. Setzt sich in den Hintergrund, weil ihn seine Frau darum gebeten hat. Diese Höllenszene, also... Wenn man nun auch anordnen muß, daß diese Sachen hier schnellstens verschwinden und daß ordentlich gelüftet wird, man will schließlich Abendbrot essen.
Ja, das verspricht Heini Schneefoot, vielleicht kann er eben noch schnell eine Platte auflegen, die er mitgebracht hat, auf das Grammophon, das er ebenfalls mitgebracht hat. Und ehe Karl tief durchatmen kann, ertönt schon der »Präsentiermarsch«, klar und deutlich, dieser Marsch, bei dem bekanntlich Spielmannszug und großer Musikzug gleichzeitig tätig werden.
Ah! Da setzt sich Karl wieder hin. Da sind sie ja wieder, die alten Zeiten, die alten Bilder.
»Helden wollt ihr sein?«
Hauptmann Kümmel, genannt Todesmut, und die Soldaten reißen die Knochen zusammen und marschieren im Stechschritt an ihm vorüber, so müde sie auch sind.
Ob auf der anderen Seite auch was drauf ist, fragt Karl, und er kriegt noch »Preußens Gloria« dazu.
Hm.
Vielleicht sollte der Junge mal extra kommen, dann kann man sich diese Musik ja mal in Ruhe anhören. Nun soll er aber nach Hause gehen und die Eltern grüßen.
Ja, das will er tun, sagt Heini Schneefoot, mal extra wiederkommen, und er hält Karl die Hand hin, umgedreht, so daß Karl wohl oder übel fünfzig Pfennig hineinlegen muß. Sauer verdientes Geld!

Ja, Heini Schneefoot versteht es, sich lieb Kind zu machen. Grethe setzt er sogar eine neue Batterie in den Gasanzünder ein.

Die Sympathie, die sich der Junge erworben hat, ist schnell verspielt. Er legt eine Drahtverbindung zwischen seinem Fenster und dem Erker der Kempowskis. An diese Drahtverbindung sollten die alten Kurbeltelefone angeschlossen werden, und dann hätte man sich miteinander unterhalten können!
Der Draht schlägt gegen die elektrische Leitung, mit dem Erfolg, daß im ganzen Viertel das Licht ausgeht, die Frau des Schlachters schreit: »Es fällt Feuer vom Himmel!«
Nein, dieser Junge kann nun doch nicht mehr geduldet werden. Bis in den Kohlenkeller hinein verfolgt Karl ihn eines Tages, mit dem Rohrstock in der Hand, aus dem Kellerfenster kann er im letzten Augenblick entweichen.

Auch nach diesem Ereignis kehrt der Alltag wieder ein, obwohl sich die Gemüter nicht so rasch beruhigen. Karl jedenfalls übermannt ab und zu unmäßiger Zorn. Seine Serviette hat er schon häufiger aus dem Kragen gerissen, und wenn er abends nach Hause kommt, schreit er statt: »'n abends schön« gereizt: »Was war heute?«
Grethe ist es, die die Gemüter beruhigt. Eigne Schandtaten ihrer Jugendzeit zählt sie an den Fingern her und so manches Vergehen des schief lächelnden Familienoberhaupts, das einmal sogar einen Maurer in das Häuschen mit dem kleinen Herzen einschloß und den Schlüssel in die Kalkgrube warf.

Eines Tages sitzt Dorothea Franz aus der Borwinstraße bei Grethe am Eßzimmertisch, und Dorothea weint! Ihren Mann haben sie geholt? Schriften hat er verteilt von den Himmels-Brüdern, und da stand irgendwas drin!

Sie soll mal sehen, sagt Grethe, das Rad dreht sich, kommt Zeit – kommt Rat, es wird schon werden! Wenn ihr Mann unschuldig ist, dann kommt er sicher bald wieder frei, das wird sich schon herausstellen! Kopf hoch!
Und dann wird an den Fingern beider Hände abgezählt, wer sonst noch alles abgeholt wurde in der letzten Zeit: Onkel Edgar zum Beispiel, die Sache mit den Dollars, und Professor Strohkorb, die Abtreibungsgeschichte.
Wer wiedergekommen ist, das wird auch aufgezählt. Zum Beispiel der Prokurist von Jens & Toblissen, von dem doch jedermann weiß, daß er andersherum ist.

Der Kleine sitzt mit am Eßzimmertisch, der muß was aus dem Lesebuch abschreiben, den »Seltsamen Spazierritt« von Johann Peter Hebel. Der hört dies Gespräch mit an.
»Allen Menschen Recht getan, ist eine Kunst, die niemand kann!« sagt Grethe, und streicht dem Jungen übers Haar, und dann geht sie mit Dorothea Franz hinaus, und sie verabschieden sich auf dem Flur voneinander, so wie es sich gehört.
Dorothea Franz steigt unten auf ihr Fahrrad, und Grethe steht am Fenster und guckt ihr nach: Hübsch ist die Person ja immer noch. Man selbst baut leider etwas ab.

Den »Seltsamen Spazierritt« gänzlich abzuschreiben, das ist ziemlich viel. Im Buch sieht's so wenig aus? Das hat Herr Jonas sich wohl nicht richtig überlegt. Und dann noch in lateinischer Schrift?
Robert kommt herein. Er hat grade ein Bild gemalt für den Zeichenunterricht: »Rache für die Deutschland«, so heißt es. Er hat zuerst gar nicht verstanden, was das soll: »Rache für *die* Deutschland«, »... für *das* Deutschland«, müßte es doch wohl heißen? Bis man es ihm erklärt hat: Das Panzerschiff »Deutschland« ist gemeint, das friedlich vor Spaniens Küste lag und aus heiterem Himmel von den Roten beschossen wurde. »Rache für *die* Deutschland«?

Da wußte Robert dann ganz genau, was er malen mußte: das zurückschießende Kriegsschiff und die brennende Stadt. So was macht Spaß.

Robert bringt eine Garnrolle mit Streichholz und Gummiband zum Rollen, und dann hilft er seinem Bruder beim Abschreiben, er hält den Finger auf die Reihe im Lesebuch und diktiert, und nun geht die Sache ziemlich flott. Danach hebt er ihn sechsmal hoch – er könnte es auch öfter tun –, tauscht mit ihm den Bonbon von Mund zu Mund, und dann verlassen die beiden gemeinsam das Haus, Robert geht nach rechts zu Heini Schneefoot, um dort mit dessen Großvater Skat zu spielen, à tout, was das ist. Und der Kleine geht nach links in die Stadt. Er hat dreißig Pfennig in der Tasche, davon will er sich bei Fohmann einen Soldaten kaufen.

Fohmann am Markt, das ist das Paradies für Kinder. Im Erdgeschoß stehen nagelneue Roller, einfache für Kleinkinder und prächtige Tretroller, blaugestrichene, für Fortgeschrittene: Ratsch-ratsch-ratsch geht das, und das Haar fliegt, und die Polizisten fragen sich, wie lange das wohl noch gehen soll, daß diese Lümmel mit ihren Tretrollern das Trottoir unsicher machen.
Neben den Rollern sind Ziehwagen aufgestellt, von denen es sehr derbe gibt, nach Art von Leiterwagen. Sie werden auch von den Eltern benutzt, wenn einmal Holz geholt werden soll oder ein Sack Kartoffeln oder ein Fäßchen Bier für die Feier des 1. Mai.

Einen Raum weiter stehen, sitzen und liegen alle möglichen Puppen, fein herausgeputzt, auch Stofftiere in jeder Größe, von denen die Teddybären am beliebtesten sind. Man kann sie auch Jungen schenken, ohne daß dies übelgenommen wird. Puppen, Stofftiere und Puppenstuben – ach! Puppenstuben!... Ganze Puppenhäuser, mit elektrisch Licht und Hitlerbild überm Klavier, Blumentöpfen vor den Fenstern und einer Mausefalle in der Küche. Diese Puppenhäuser sind der Stolz von Herrn Fohmann. Gleich nebenan hat er Burgen aufgestellt, das sind Puppenstuben für Jungen, Burgen mit Ziehbrücke allesamt, ohne Ziehbrücke geht es nicht, und mit einer Klappe unterwärts, die man öffnen kann: Hier hinein werden die Holztürme und Holzmauern gelegt, abends, wenn die Schlacht zu Ende ist.

In diesem Raum gibt es auch die Soldaten.

Drei Treppenstufen muß man hinaufsteigen, an Eisenbahneruniformen (die kein normales Kind anzieht) und Cowboytrachten vorbei, und dann rechter Hand: Da steht der Tisch mit den Fächern, und in jedem liegen Soldaten, fein sortiert. Ganz oben die Musiker, ein Fach nur mit Schellenbäumen, eins nur mit Dirigenten, eins mit Trompetern. Darunter liegen die Marschierenden, mit Tornister und ohne. Und dann kommen die Kämpfenden, die Figuren also, die das Soldatsein beim Namen nennen.

Bei den Kämpfenden hält sich der kleine Herr Kempowski am längsten auf, jeder wird herausgenommen und ins Licht gedreht: mit Kolben schlagend, Handgranate werfend, stürmend. Ein Leutnant, unentwegt nach vorn zeigend, den Degen in der Faust, oder eine Pistole. Hier, weiß er, wird er zugreifen. Bei den Kämpfenden ist sein Kapital gut angelegt. Keinen Verwundeten wird er kaufen, am Boden liegend, sich ans Herz greifend, keine Krankenschwester, keinen Arzt. Darauf läßt sich verzichten. Auch keinen Fallenden, natürlich nicht, da braucht man ja gleich gar keinen zu kaufen, das erübrigt sich dann ja.

Hitler, Göring und Goebbels, von denen es ebenfalls jeweils ein Fach voll gibt, läßt man besser auch liegen: die sind zu teuer.

Wie lange das noch dauern soll? fragt die Verkäuferin, weshalb der Junge sich einen Ruck gibt und einen Liegenden wählt, einen, der liegend schießt. Das ist in gewisser Hinsicht ja auch ein Kämpfender, aber einer, der sich vernünftig verhält, der in Deckung bleibt, während er schießt.

Mit dem Liegenden in der Hosentasche geht er zu Manfred, seinem rothaarigen Freund, der Gott sei Dank zu Hause ist. Hier spielen die beiden nun mit ihren Soldaten, wie das alle Jungen in dieser Zeit tun. Manfred hat einen ganzen Schuhkarton voll.
Zum Schluß kämpfen sie selbst miteinander: »Rache für die Deutschland!« Das ist aber kein richtiges Kämpfen, das ist mehr ein gemütliches umeinander Herumtollen, »balgen« nennt man das. Mal liegt der eine oben und mal der andere. Das Licht wird nicht angedreht, im Dunkeln geht das besser.

Grethe ist nicht sehr begeistert von Manfred. Der Junge kann einen irgendwie nicht angucken, findet sie.
Ihr Sohn ist da anderer Ansicht. Gern geht er in die St.-Georg-Straße zu Manfred, und in der Schule sitzen sie zusammen.

> Ich, meiner, mir, mich,
> du, deiner, dir, dich …

dies lernen sie da jetzt, ziemlich langweiliges Zeug, das Lehrer Jonas ihnen nicht ersparen kann.
Er weiß, daß das auf der höheren Schule verlangt wird und daß er einen auf den Deckel kriegt, wenn die Kinder es nicht wissen.
Den ganzen Schultag über sind die beiden Jungen zusammen. Sie leihen sich voneinander den Foxterrier-Anspitzer mit den roten Augen oder den kleinen Papierschneider aus Blech, in Autoform, mit dem man die Zeichenblätter vom Block abtrennen kann.

> … wir, unser, uns, uns,
> ihr euer, euch, euch …

Oder die »Jugendburg«, in der Pimpfe abgebildet sind, die mit Gepäck durch die Landschaft marschieren.

Der rothaarige Manfred pfeift leise durch die Zähne, und wenn der Schüler Dollinger Tobsuchtsanfälle kriegt, guckt er zu.
Dollinger, übrigens, dies ist noch nachzutragen, versteht es meisterhaft, mit einem Stock ein Kinderwagenrad zu führen. Er rennt die Straßen entlang und lenkt das Rad geschickt zwischen den Menschen hindurch. Der kleine Herr Kempowski, der ihm eines Tages über den Weg läuft, soll es auch mal probieren, und Dollinger lacht gutmütig, als ihm das nicht gelingt.

In die ausgebaute Laube nimmt er ihn mit, in der die Frau Dollinger mit fünf Kindern wohnt. Hier kriegt er von Frau Dollinger, die einen Schnurrbart trägt, eine Scheibe Schwarzbrot mit Margarine und Sirup, was ganz ausgezeichnet schmeckt.
Den Garten der ausgebauten Laube hat Herr Dollinger, der zeitweilig Waldhüter war und als ein sogenannter »Arbeitsscheuer« gilt und schon wiederholt vorgeladen wurde, sonderbar herausgeputzt, Windmühlen drehen sich hier und eine richtige kleine Burg aus Kieselsteinen und Muscheln ist hier aufgerichtet. Gern sitzt Herr Dollinger pfeiferauchend vor seiner Laube und guckt sich die Windmühle an und die Burg. Außerdem will er sehen, ob vielleicht einer vorbeikommt, der sich das anguckt.

Jetzt kommt die älteste Tochter nach Haus, die ist Verkäuferin bei Wertheim. Von ihrem Geld lebt die ganze Familie. Wenn sie heiraten würde – das wäre eine Katastrophe. Aber sie würde es wohl nicht, denn sie sieht aus wie alle Dollingers, und das steht dem Heiraten entgegen.

Datt sall so!

ist auf einer Tafel zu lesen, die Herr Dollinger an seinem

Zaun angebracht hat: Die wunderliche Ausschmückung seines Gartens meint er damit.

So will er es auch einmal haben, denkt der kleine Herr Kempowski. In einer Gartenlaube wohnen, auf einem ausgesessenen Sofa schlafen und gleich daneben auf dem Herd sich Spiegeleier braten. Einen festen Zaun drum herum und einen Hund. Und dann wie Herr Wirlitz Zinnfiguren anmalen.

Im September beginnen die Herbstmanöver in Mecklenburg. Die 90er marschieren aus, und die Bevölkerung guckt sich das an. Am Denkmal von 70/71 steht Grethe, sie wollte gerade bei der Raddach eine neue Handarbeitsdecke kaufen, da sieht sie den schweigenden Zug der Soldaten.
»O Himmel!« sagt sie.
Eine Kolonne nach der anderen zieht vorüber, drasch-drasch, mit schwerem Schritt, nicht diese Braunhemdleute, mit den verbumfeiten Uniformen, sondern ernste deutsche Soldaten, über die man sich freut, daß es sie gibt. Wer weiß, wozu man sie noch einmal braucht!

Die Kinder sind zu diesem Zeitpunkt noch in der Schule. Robert hat Sport bei Herrn Ballon (»Man betone auf der ersten Silbe!«).
»Euch lasse ich nicht verfaulen!« ruft er. Laufen, Springen und vor allem Werfen bringt er ihnen bei.
Bevor sie zum Werfen kommen, erklärt Lehrer Ballon es allen noch einmal. Sie sollen gut aufpassen, sagt er. Also: »Der Körper steht mit der Front zum Ziel, das linke Bein wird zu einem leichten Ausfall vorgesetzt. Die rechte Hand mit dem Ball wird vor den Leib nach der linken Körperseite herumgeschwungen, so daß sie an die Außenseite des linken Knies zu liegen kommt. Der linke Arm

wird etwas rückwärts gehoben. Der Oberkörper beugt sich leicht vor, der Mensch steht völlig locker, gleichsam als ob er das nun Folgende noch einmal überdenkt ... «
Hier wird der Vortrag des Lehrers unterbrochen durch zwei Jungen, die »Nebendinge treiben«.
»Kommt mal her«, sagt Herr Ballon, schlägt ihnen je zwei Ohrfeigen und setzt den Vortrag fort.
»Mit einer Vierteldrehung rechts wird ein Kniebeugewechsel verbunden, der rechte Fuß auswärts gedreht. Der Körper legt sich quasi in das rechte Bein hinein. Er muß sich in einer Spannung befinden, als sollte das Knie im nächsten Augenblick den auf ihm liegenden Ball hochschnellen. Dabei darf das rechte Knie nicht nach außen gekehrt werden. Verstanden?«
»Ja.«
»Das Knie muß sich in der sogenannten X-Beinstellung befinden, nur dann kann es dem Schwerpunkt Antrieb in die Wurfrichtung geben.«
Vielleicht zeigt er den Kindern demnächst mal ein paar Lichtbilder, dann werden sie es besser verstehen ... »Nun wird der rechte Arm mit dem Ball in einem nach oben gerichteten ¾-Kreis dicht am Körper entlang nach hinten geschwungen zur Seithalte mit Kammhaltung der Hand«, sagt der Herr Ballon, ohne auch nur die geringste Gebärde dabei zu machen – dies ist sein Ehrgeiz. »Das Führen durch die Hochhebhalte soll Gleichgewichtsschwankungen des Körpers verhindern und alle erreichbaren Muskeln kräftig recken, um die den Wurf ausführenden Beuger aktionsfähig zu machen. Der Rumpf wird rechts seitwärts gebeugt und zugleich etwas rückwärts gedreht. Er legt sich in der Hüfte also mit hohlem Kreuz zurück. Durch das Ausrecken werden die Streckmuskeln noch einmal gelockert. Es ist ein Zustand innerlicher Freudigkeit, für den sich im Lauf der Zeit ein feines Muskelgefühl bildet«, sagt Ballon nicht ohne Frohmut, »ihr werdet es gleich erfahren! – Nun wird auch der linke

Arm in Seithaltung genommen. Die in Risthaltung befindliche offene Hand weist auf das Ziel. Als solches wird ein Punkt angenommen, der in einem Winkel von 40° schräg aufwärts zu denken ist…«

Beim Laufen ist Langlauf von Schnellauf zu unterscheiden, so wie man Bässe von Tenören unterscheidet beim Singen. Die einen drehen nachdenklich ihre Runden, das ist eine andere Sache, als sich plötzlich in pfeilschnelle Geschwindigkeit zu setzen und nach 100 Metern so zu tun, als sei nichts gewesen.
»Ständer, Ständer, Ständer, Schnur, Schnur, Schnur, Schaufel, Harke, Besen, Schlüssel!« ruft Herr Ballon, wenn es zum Hochsprung nach draußen geht, und er zeigt auf einzelne Schüler dabei. Das Hochspringen ist ein trauriges Geschäft, bei keinem andern Sport ist die Diskrepanz von Bemühung und Ergebnis so groß.

Während Ulla als ein Völkerballmädchen bezeichnet werden kann, deren Wurf gefürchtet ist, vermag Robert bei den meisten körperlichen Übungen nichts Besonderes vorzuweisen. Seine Leistungen werden mit »drei« bewertet, was er seinem freundlichen Wesen zu danken hat.
Beim Springen, das ist wahr, bringt er es nicht weit, aber das Reck, das beherrscht er, und alle wissen das. Es ist schon vorgekommen, daß Lehrer Ballon ihm freigestellt hat, so viele Klimmzüge zu machen, wie er will – da guckte nachher keiner mehr hin.
»Nun ist genug, Kempowski«, sagte Herr Ballon schließlich und zog sein Notizbuch heraus, machte hier hinter die 5 eine 1, was zusammen 6 ergibt. Geteilt durch 2 macht 3. Deshalb hat Robert also im Sport eine 3, und zwar jedes Jahr und: weil er ein so freundlicher Junge ist.

Das Radfahren ist zwar auch ein Sport, aber es wird in der Schule nicht gelehrt, infolgedessen nicht benotet.

Robert setzt sich gern auf den Gepäckträger und bedient von da aus die Pedale. Heini Schneefoot stellt Flaschen auf die Straße, und dann fährt Robert so geschickt zwischen ihnen hin, daß meistens keine umfällt. Ulla hingegen fährt gelegentlich im Stehen. Besonders dann, wenn der Sattel naß ist. Das mag sie nicht, daß das Kleid ausbeult.

Auch Karl hat ein Fahrrad, und da bietet es sich an, daß er mit seinen Kindern in die Rostocker Heide radelt, dorthin also, wo das Manöver stattfindet. Karl fährt vorweg, dann folgt Ulla mit dem Kleinen auf dem Gepäckträger. Den Schluß macht Robert. Die lange Schneise fahren sie entlang, an Brandts Kreuz vorbei und an der Borwinseiche.

Der Vater hat seine Uniformbreeches an, mit Ledergamaschen, und er erklärt den Kindern alles: Das dort ist eine »Pak«, nicht zu verwechseln mit »Flak«, und dort drüben steht eine Feldhaubitze.

Kanonen gibt es und Mörser, das heißt, man unterscheidet *direkten* und *indirekten* Beschuß. Wie sollte man hinter einen Berg schießen können, wenn es keinen indirekten Beschuß gäbe?

Den größten Mörser aller Zeiten hatten die Deutschen, im letzten Krieg, und das längste Langrohrgeschütz, den langen Hans, den hatten die Deutschen auch.

Hatten, wie gesagt.

Karl zeigt mit dem Handstock auf zwei Soldaten und sagt laut, daß die im Straßengraben liegen und Zweige am Stahlhelm tragen, weil sie nicht gesehen werden wollen. »Holl datt Muhl!« ruft der eine, für den ist dieser feine Herr da offensichtlich ein »Morslock«.

Karl zieht seine Zigarrentasche und bietet jedem der sich vor der Gefahr bergenden Soldaten eine Zigarre an, womit der Friede wiederhergestellt ist.

Daß Soldaten auch gut laufen und springen können müssen, sagt Karl – nicht umsonst nennt man sie die »Stoppelhopser«. Beim Stürmen zum Beispiel, wer da flink laufen kann, ist gut dran. Dasselbe gilt auch für den Rückzug. Er kann sich erinnern, sagt Karl, daß er mal sehr schnell gelaufen ist.
Nun brummt ein Flugzeug über den Himmel, ein Doppeldecker ist es, und ein Soldat springt kopfüber heraus und pendelt am Fallschirm zur Erde. Großartig! Der Zeppelin war ja schon fabelhaft, aber dies? Daß man so etwas zu sehen kriegt!

Flieger sind unangenehm, sagt Karl, wenn feindliche Flieger kommen, dann nützt auch das schnellste Laufen nichts.
Im Weltkrieg hat er mal einen Luftkampf beobachtet; ein Flugzeug stürzte brennend zu Boden. Keine Ahnung, ob das der Engländer oder der Deutsche war.
Daß es recht arrogante Leute gab, unter den Fliegern, sagt er auch, und daß die sich was Besseres dünkten. Er kennt diese Typen! Mit Schal unter der Lederjacke. Angeber größten Stils.

Den Abschluß des Manöverausflugs, auf dem man sogar einen Tank zu sehen kriegt – ein Wort, das man deutsch oder englisch aussprechen kann –, mit einem Soldaten oben in der Luke, der eine übergroße Baskenmütze trägt, bildet die Besichtigung der Feldküche. Das hatte Karl sich schon die ganze Zeit vorgenommen. Leider wird hier grade keine Erbsensuppe gekocht, wie Karl es heimlich hoffte. Wasser siedet im Kessel für Kaffee.
Die Kinder stellen sich das Kaffeelot der Mutter vor und sehen sich die Kaffeebüchsen an, die hier in diesen Kessel entleert werden. Was das für ein Haufen ist!
»Deshalb nimmt man ja auch Kaffee-Ersatz«, sagt Karl. Und »Hängolin« nimmt man auch. Das *denkt* er.

Karl erbittet sich ein Stück Kommißbrot, das er mit seinen Kindern teilt. Für ihn ist das die herrlichste Speise, den Kindern schmeckt es ganz einfach sauer.
Wundern tut sich Karl, daß sein Ältester schon seit geraumer Zeit an einem Ast hängt und Klimmzüge macht, immer einen nach dem andern.
»Nun komm, Junge, es wird Zeit.«

In der Schule nimmt Herr Jonas die Anregung auf: »Herbstmanöver«. Er läßt also Soldaten malen. Aber zunächst 2 cm Rand lassen und dann erst die Soldaten malen, und zwar so viel wie möglich. Daß er selbst auch Soldat war, 14/18, sagt er, und er krempelt – im Sinne des Prinzips der Anschauung – sein linkes Hosenbein auf und zeigt den Kindern die Stelle, wo ihm eine Handvoll Fleisch fehlt.
Ob sie sich den Hausmeister einmal richtig angeschaut haben? fragt er. Dessen rechte Hand ist vor Lüttich geblieben. Deshalb trägt er jetzt den Haken. Und ob sie schon einmal einen Menschen mit nur einem Bein gesehen haben?
Ja! da melden sich die Kinder. Menschen mit nur einem Bein laufen ja überall herum. Ob sie ihm das mal vormachen sollen? Sie können es fabelhaft.
Wie schön, sagt Herr Jonas. Doch nun weiter malen. Ein Herbstmanöver mit vielen Soldaten.

Der kleine Herr Kempowski malt eine Art moderner Arche Noah, ein Unterseeboot, vorn zum Schlafen und hinten zum Essen. Ganz bequem. Er malt sich selbst in dem U-Boot, wie er da auf einem Sessel sitzt und malt.
Über dem Wasser fliegen Flugzeuge, die sich gegenseitig beschießen, und im Wasser Leichen, mal ohne Bein, mal ohne Arm. Alles ist voller Leichen.

Herr Hagedorn nebenan spielt »Morgenrot« auf seiner Geige.

Morgenrot, Morgenrot,
leuchtet mir zum frühen Tod!

Der verbindet das Erlebnis, das die Jungen seiner Klasse mit dem Manöver hatten, mit einem Lied. Und über dieses Lied kommt er zwanglos zu den Himmelserscheinungen, von denen er heute eigentlich sprechen wollte. Anregungen nimmt er gerne auf, aber abbringen läßt er sich so leicht nicht von seinem Plan. Himmelserscheinungen sind an der Reihe.

Von Sonne, Mond und Sternen wird also gesprochen. Von der Sonne, die a) eine Lampe ist und b) ein großer, großer Bollerofen, und vom Mond, auf dem es entweder sehr kalt ist – »brrr« – oder sehr heiß – »hu!«. Entweder oder. Niemals lauwarm wie bei uns in Deutschland.

Die Sonne *strahlt*, und der Mond *scheint*, das kann man klarstellen, der Mond, der milde Gesell: mal ist er rund, mal spitz, und eine Zipfelmütze hat er auf.

Ja? Hat er eine Zipfelmütze auf?

Nein! Er hat keine Zipfelmütze auf, und er raucht auch keine Pfeife, und er hält niemals eine Laterne in der Hand.

Gibt es einen Mann im Mond? Wer weiß. In »Peterchens Mondfahrt« hat man ihn besichtigen können, im Theater also, zu Weihnachten.

Von den lieben Sternlein am hohen Himmelszelt weiß man nicht, wie viele es sind, das prickelt und funkelt wie Diamanten und manchmal fällt eines herunter.

Von einem Wunder spricht Herr Hagedorn sodann, das nur wenige Menschen zu sehen bekommen: von einem *Mond*regenbogen! Nicht anders als bei Tag steht der Bogen über der Erde, aber blaß und ohne Farbe, wie das Gespenst eines Regenbogens, ein großer, matter Halbkreis auf dem Untergrund der dunklen Wolken.

Einen Mondregenbogen hat er im Felde mal beobachten können, in Flandern, als er mal Wache hielt. Womit Herr Hagedorn dann seinen pädagogischen Kreis geschlossen hätte und beim Manöver wieder angekommen wäre, und deshalb spielt er nun noch einmal »Morgenrot« auf seiner Geige, und alle singen mit, womit die Stunde eine harmonische Abrundung erfährt und zwar auf die Minute genau. Herr Hagedorn bringt seine Kinder stets dahin, wohin er sie haben will, aber sie sollen es nicht merken.

Auch Turnlehrer Zarges trägt in der St.-Georg-Schule das Seine dazu bei, daß das Manöver-Erlebnis in den Kindern tiefe Wurzeln schlägt. Er stellt die Turnstunde auf dem Schulhof unter die Überschrift: »Krieg!«
Ausgangsstellung: Die Soldaten liegen noch im Bett und schlafen. Alle Kinder liegen also auf dem Rücken und halten die Augen geschlossen.
Nun bläst die Trompete: Wecken!
Sie springen auf, recken sich, und nun müssen sie sich waschen: Lebhafte Bewegungen der Hände über das Gesicht, den Kopf, den Hals, die Brust, die Arme, den Rücken, wobei zwei Knaben hinausgestellt werden müssen, weil sie unzüchtige Handbewegungen machen.
Nun abtrocknen!
Dann anziehen, und zwar zuerst die Unterhosen, dann Hemd, Strümpfe und so weiter. Hei! Wie ist das lustig. Dann Jacke und Mantel anziehen, und nun hinaustreten aus der Kaserne und eine austollende Warmlaufübung machen und zwar an die Front. (Einmal um den ganzen Hof herum.)
Nun klatscht Herr Zarges in die Hände und ruft: Bumm! Bumm: Jeder zweite fällt hin, die sind also tot. Die andern räumen die Toten beiseite, tragen sie an den Zaun, wo sie wieder lebendig werden und die nächsten Toten beiseite räumen.

Sprung auf marsch-marsch! Angriff!

So läuft die Turnstunde bei Herrn Zarges, ideenreich und eindrucksvoll, Spaß machend, und den Arbeitsschulgedanken, von dem er im Seminar gehört hat, konsequent verwirklichend.

Fräulein Kiesel, Ullas Handarbeitslehrerin, hatte auch eine Idee. Aus Stoffresten läßt sie Soldaten ausschneiden und auf ein Bettlaken kleben, Soldaten, die gerade ausmarschieren, mit klingendem Spiel. Leider gerät diese Stunde arg daneben, weil sie versäumt hat anzusagen, wie groß die Soldaten werden sollen. Mit ihrer goldenen Brille sitzt sie vorn und stickt einen wunderschönen Schellenbaum, da sieht sie plötzlich das Malheur: Liesbeth Wannewitz hat daumengroße Soldaten hergestellt, Hertha Feinkötter hingegen riesengroße.
Fräulein Kiesel läuft von Tisch zu Tisch und ringt die Hände, reißt den Mädchen das Zeug aus der Hand und hält es ihnen unter die Nase! Ob das deutsche Soldaten sein sollen? ruft sie, und ob sie dafür ihren schönen Schellenbaum gemacht hat?
»Was, Gisela?« sagt sie und sieht hinüber zu der Tochter des Elektrizitätswerksdirektors.
Gisela ist wohl der vernünftigste Mensch der ganzen Schule. Sie sagt erst mal: Ja. Da hat die Lehrerin recht. Wie kann so etwas nur passieren! Aber dann hält sie einen großen Soldaten an die Leinwand und weiter oben einen kleinen. »Der ist eben weiter weg«, sagt sie, und damit ist die Stunde gerettet.
»Gott, ja, Kinder«, sagt die Handarbeitslehrerin und schämt sich, daß sie so ausfallend wurde. Das ist eigentlich lustig, wenn man so außer sich gerät?

Obwohl Karl nicht gut Französisch spricht – »Kopf hoch! Le roi!« – und Grethe es nicht gut versteht, wird es jetzt

öfter angewendet. Wenn man nicht solange warten will, bis die Kinder im Bett sind, zum Beispiel, und sich trotzdem etwas Besorgniserregendes mitzuteilen hat.
Mit Franz die Sache, so ein tapferer Soldat und so ein freundlicher, gutherziger Mensch, den einzusperren wegen ein paar harmloser Bibelschriften, die doch vermutlich kein Mensch liest! Und Edgar? Ja, Edgar! Den hat es schlimm erwischt. Man sieht ihn noch sitzen, in Schwarzenpfost, mit der Bierflasche im Rock und Zauberkunststücke vormachen. Der arme Kerl. Nun »Auf Nummer Sicher«? Abgeholt? Ein an sich doch so freundlicher Mensch, ruhig und freundlich. Tut keiner Fliege was zuleide ... Den nur wegen ein paar Dollars einzulochen? Dollars zu »hinterziehen«, das wär' ein Vergehen an der Volkswirtschaft ...
Lotti, die tapfere, von Pontius zu Pilatus gelaufen, und der gute Vater sich sogar gerührt. Richard ja nicht, der ist immer so prinzipiell. Der hatte die Familie über »Autarkie« informiert, hatte seiner Schwester Lotti das Buch »Erfinder brechen die Blockade« geliehen und ihr vor Augen geführt, wo wir hinkämen, wenn sich alle so verhalten würden wie Edgar. Ob Edgar denn gar nicht ein bißchen an die Familie gedacht hat, an ihn zum Beispiel? Daß er es nun sehr schwer hat im Generalkommando? Und doch auch gern weiterkommen möchte? Und nun womöglich gehaßt wird?

Und dann die schreckliche Sache aus Warnemünde, über die man eigentlich gar nicht sprechen sollte. Der ausgebrochene KZ-Häftling, der unter was weiß ich für Bedingungen und in einem Boot über die Ostsee zu fliehen versuchte, nach wochenlangem Versteckspiel an Land.
Von Warnemünder Fischern wurde er aufgegriffen, weit draußen auf der Ostsee, in Sichtweite der dänischen Küste. Wie hatte der Mann um sein Leben gefleht?
Karl hat sich die Namen der beiden Fischer notiert.

Wenn's einmal andersherum kommt, dann wird er sie nennen, höheren Orts: Das hat er sich vorgenommen.

Eine andere Sache ist es, die Karl selbst betrifft: die Sache mit dem Horst-Wessel-Lied auf lateinisch, ein Text, den man von Thießenhusen bekam und blödsinnigerweise auf dem letzten SA-Abend von sich gab!

Est sign' altum ...

Ein unglaubliches Vergehen! Lateinisch! Man darf doch eine so erhabene Hymne nicht in eine tote Sprache übertragen!
Studienrat Deiker, der das als einziger verstanden hatte, mußte das doch sofort weitererzählen? Hatte nichts Eiligeres zu tun?
Dann war Karl bei Nacht und Nebel zum Sturmführer in die Paulstraße gestiefelt, Zigarettenvertreter von Beruf, der den Witz zunächst gar nicht verstanden hatte und dann nicht begriff, wie man sich über dieses herrliche Lied derartig lustig machen kann! So 'n richtiger Canossagang war das gewesen. Seit der Schulzeit nicht mehr erlebt so etwas: um gut Wetter bitten ... daß man sich nichts dabei gedacht hat, und so weiter. Und den ganzen Weltkrieg mitgemacht! Flandern, Somme, Kemmel. Und Orden! Drei Stück! Neuerdings sogar vier!
Der dann so die Uhr ticken lassen und gesagt: »Ja, Kamerad Kempowski ... So ist das nun ...« Nun sitze er hier vor ihm auf'm Stuhl, vorher so mutig, nicht? Und nun *so* klein, *mit* Hut?
Daß es höhere Werte gebe, die man nicht in den Dreck ziehen darf. Und daß er sich wundere, daß es Menschen gibt, denen nichts heilig ist. Aber auch gar nichts. Die ihre Bildung nur dazu verwendeten, die Ideale des neuen Deutschland in den Dreck zu ziehen?
Und dann wieder die Uhr ticken lassen, aufgestanden, aus dem Fenster geguckt und die Uhr ticken lassen.

Zu Jägers geht Karl (die Haut auch wieder so empfindlich!). Jägers sind die einzigen Menschen, mit denen man so was bereden kann. Nachmittags geht er hin, nicht abends, damit Kröhl nicht dabei ist, von dem man nicht genau weiß, wie er auf so etwas reagiert. Der zwar wahnsinnig komisch ist und überhaupt nichts als Unsinn im Kopf hat, aber neuerdings, in dieser Beziehung ...
»Totstellen, Herr Kempowski!« rät Dr. Jäger, und erzählt, wie ihn das ankotzt, faustdicke Lügen in gläubige Kinderaugen erzählen zu müssen, Tag für Tag. Und sehr freut er sich, daß er herausgekriegt hat, woher die Melodie des Horst-Wessel-Liedes stammt: aus einer französischen Oper!
Karl stellt sich also tot und ordert größere Mengen Zigaretten Marke »Trommler« bei dem SA-Führer in der Paulstraße, obwohl er eigentlich nur Zigarren raucht. Einen Großteil dieser Zigaretten schenkt er Sodemann, der so merkwürdige Andeutungen gemacht hat, über Kulturgut, heiliges Kulturgut, daß manche Menschen sich darüber lustig machen tun, der also irgendwie Wind von der Sache gekriegt hat.
Und immer schön die SA-Abende besuchen und mit den Steineträgern und Werftarbeitern Bier trinken. Und Sonntag früh nach Gehlsdorf fahren und schießen üben, obwohl man das eigentlich schon kann. Schade, und man hatte sich grade herauswinden wollen aus diesem Kram. Damit ist es nun nichts.

Am nächsten Tag heißt es: »Hitler kommt!« Hitler will sich das Manöver ansehen, mit Mussolini, seinem Freund. Im Eisenbahnzug wird er durch Rostock kommen.
Es ist herrliches Wetter an diesem Tag, und die SA-Männer, die an der Strecke stehen, alle zehn Meter einer, schwitzen.
Grethe geht mit ihren Kindern nicht zum Bahnhof, dort

stehen sie wie die Heringe, nein, sie geht zum Bahnübergang am Alten Schlachthof, da muß der Zug vorüberfahren, wenn er den Bahnhof verläßt, und da ist noch Platz. Ein aufgeregter Bahnbeamter stört allerdings, der ruft dauernd, die Straße muß freigemacht werden, das ist nicht statthaft, daß die hier alle an der Schranke stehen. Der Betrieb muß weitergehen ... Schließlich geht ein SA-Mann zu ihm hin, und da ist dann sofort Ruhe.

Lange müssen die Menschen warten. Die Absperrung wird durch SS-Männer verstärkt, diese schwarzen Leute, die man nicht so häufig sieht.
Robert hat seinen Grabenspiegel mitgenommen, den probiert er schon dauernd aus, stellt sich extra hinter die Erwachsenen, weil er weiß, daß er mit dem Grabenspiegel gut gerüstet ist.
Am Heilrufen der Menschen im nahen Bahnhof kündigt sich dann an, daß sich der Zug nähert. Eine einzelne Lokomotive fährt vorweg, dann kommt der Sonderzug. »Heil! Heil!« schreien die Leute, und die SA- und SS-Männer stehen stramm.
Bloß aufpassen, daß man ihn auch zu sehen kriegt! Den Führer! Das wäre ja eine Katastrophe, wenn man hier stundenlang steht und dann sagen muß: Vorübergefahren ist er, aber ich habe ihn verpaßt?

Ein Koch guckt aus dem Fenster, mit Mütze auf: »Da hinten isser drin!« Solche Zeichen macht er, und da geht erst recht das Recken los. Wo? Wo? Und: »Heil! Heil!«
Im Speisewagen sitzen uniformierte Herren und speisen. Ein Fenster wird heruntergerissen, und ein lebhafter Mann beugt sich heraus, reißt die Serviette aus dem Kragen und winkt damit! Ein glatzköpfiger Mann ist es, ein Mann in fremder Uniform: Mussolini.
»Abbessini! Abbessini!« ruft der kleine Kempowski ins Heilschreien hinein: »Abbessini!«

Grethe ruft »Hurra!« statt »Heil«, das hat sie beim Kaiser immer gerufen. Trotz aller Begeisterung haben gewisse Leute unter den Zuschauern Zeit, sich umzusehen nach der merkwürdigen Frau, die da »Hurra!« schreit statt »Heil!«.

Hinter Mussolini, diesem wahrhaft volkstümlichen Mann, der sich in südländischem Temperament aus dem Fenster beugt und mit der Serviette winkt, erkennt man auch Göring, lächelnd, in Blau, und man ruft es sich zu: »Da! Da! Göring!« Ein jovialer Mann. Der hat Verständnis für die Menge, daß die so außer sich gerät.

Alles ganz schön und gut: Mussolini, Göring. Aber Hitler, wo ist Hitler? denkt die Menge und ist ratlos, und das »Heil!« ebbt ein wenig ab.
Immer mit der Ruhe. Auch den stahlharten Kanzler des Dritten Reiches bekommen die Rostocker zu sehen. Er steht hinter der Tür des vierten Wagens, hinter hochgezogener Scheibe, und grüßt. Ohne Mütze, aber mit Bärtchen, die schwarze Haarsträhne in der Stirn, so grüßt er, ohne sich zu rühren. Wie sein eigenes Bildnis steht er da.
»Habt ihr ihn gesehen?«
Ja, weiß Gott, wir haben ihn gesehen, und Göring und Mussolini noch dazu.
»Nun kann uns nichts mehr passieren.«

Robert hat auch gesagt: »Ja, ich hab' ihn gesehen«, obwohl er, wenn er ganz ehrlich ist, zugeben muß, daß dies nicht der Fall ist. Sein selbstgemachter Grabenspiegel erwies sich als nicht sehr praktisch.

Ulla radelt zu ihrer Handarbeitslehrerin, die im Garten sitzt und Kaffee trinkt, und sie erzählt ihr, daß sie den Führer gesehen hat! Und Göring! Und Mussolini!
»Fein, mein Kind, fein«, sagt Fräulein Kiesel und schneidet eine welke Sonnenblume ab. »Fein.«

Dann radelt Ulla ins Kontor, die holprige Mönchenstraße hinunter, es dem Vater als erste zu berichten: »Wir haben den Führer gesehen.«
Sie fährt mit dem Fahrrad an das Kontorfenster und klopft an die Scheibe, so daß Junior- und Seniorchef gleichzeitig den Kopf wenden: was da nun schon wieder los ist ...
»Wir haben den Führer gesehen«, ruft sie, und sie steht in den Pedalen dabei.
»Was?«
»Wir haben den Führer gesehen!«
»So?«
Ja. Doch nun muß sie weiterfahren, es ihrem Freund erzählen, und ihn fragen, ob er auch so viel Glück gehabt hat: Hans Dengler, dieser Junge mit den herrlichen Sommersprossen auf der Nase. Und gar nicht sieht sie, daß der Hafenpolizist von fern geschritten kommt, was sie da auf dem Bürgersteig mit dem Fahrrad zu suchen hat?

Später gehen die Meinungen auseinander. Die einen sagen, es sei auf einmal totenstill gewesen, als Hitler sichtbar ward, die andern behaupten das Gegenteil.
Frau Geheimrat Ölschläger hat die Beobachtung gemacht, daß Weltgeschichte durch Rostock geweht sei – »Ich habe meinen Hitler gesehen!« – und Kleesaat, der seinen Hitlergruß zeitweilig eingestellt hatte, reißt nun wieder den Arm hoch. Nein, Hitler – so deucht ihm – dieser Mann ist nicht nach menschlichem Maß zu messen. In dem ist göttlicher Funke.

Jägers dagegen können es ja nun überhaupt nicht verstehen, wieso Grethe da hingegangen ist, wo Karl solche Schwierigkeiten mit der SA hat.
Und ihr Schwager in Lübeck? Denkt sie denn gar nicht mal an den?
Eine leichte Entfremdung tritt ein. Das hätten sie nicht

gedacht, daß Grethe einem Menschen zujubelt, der Dr. Jäger zwingt, Tag für Tag faustdicke Lügen in gläubige Kinderaugen zu erzählen.

15

Im August 1937 besucht Wilhelm de Bonsac die Kempowskis in Rostock. Schon *drei*mal in Berlin gewesen bei Hertha und Ferdinand – und erst *ein*mal in Rostock. Die Mädels dort kochen so gut, und sie verwöhnen ihr »Öpchen«, wo es geht, und der gute Ferdinand, ein so lieber, netter Mensch!

»Es wurde ja auch allmählich Zeit!« sagt Grethe daher und nimmt ihrem Vater den Mantel ab.

»Wie?« antwortet ihr Vater. »Wie, mein Grethelein?«

»Es wurde ja auch allmählich Zeit!«

Er geht durch alle Zimmer, eines nach dem andern. Diese Palme ist ja prachtvoll ... Eierschalen muß man ins Wasser legen und die Palme damit begießen, dann wird sie noch prachtvoller. Aber um Gottes willen nicht zu oft!

»Und wieviel Miete zahlt ihr? Achtzig Mark?« sagt er und besieht sich zähneziepschend die Bilder an der Wand – dies ist ja Graal!

»Ist das nicht Graal?« Ach, Graal, 1913! Wie war das schön gewesen ...

Ja, nur achtzig Mark. Aber sechs Öfen zu heizen, das ist auch kein Pappenstiel, und der Gasbadeofen funktioniert nicht, der gibt zu wenig warmes Wasser. Die Fenster undicht, und immer der Gestank vom Schlachter nebenan!

Abgesehen von den üblen Gerüchen: quiekende Schweine entweichen auf den Hof, das hat man schon erlebt, von rohen Schlachtergesellen gejagt.

Ob sie sich noch an Schwarzenpfost erinnert, fragt Wilhelm seine Tochter. Ob das nicht eine wun-der-ba-re Idee war? Süderhaff, Graal und Schwarzenpfost, das waren

doch Stationen einer familiären Einigkeit, über die man sich nur wundern kann?
Der liebe Ferdinand hat ihm einen so wundervollen Brief geschrieben, wie schön es in Schwarzenpfost war, und daß er ihm von Herzen dankt, den Brief muß Grethe unbedingt lesen. Und Richard, neulich erst noch, der hat immer wieder gesagt, wie gut ihm das gefallen hat in Schwarzenpfost, die Wellen so schön, und die Familie so einig.

Was sind denn Elbe mir und Spree,
wenn ich mein Süderhaff anseh ...

Ob sich Grethe noch an Süderhaff erinnern kann, 1904, dieser schöne, schöne Sommer ...
Oh, ja, Grethe erinnert sich noch an alles. In Süderhaff ist sie einmal ins Wasser gefallen, das weiß sie noch, die Augen hatte sie unter Wasser offen, und sie sah die Beine ihres Vaters angestakt kommen.
Und Graal? »Auf diese Bank von Holz woll'n wir uns setzen«? Karl. Wer hätte das gedacht, damals, daß man eines Tages Kinder hat und eine schöne große Wohnung. Und alles ist gut geworden?

Mit Edgar die Sache – traurig!
Eine Postkarte hat die liebe Lotti gekriegt, sie kann seine Urne abholen? *Das* hatte er *nicht* verdient. – Und alles wegen ein paar Dollars? Oder? War vielleicht mehr dahintergewesen?
Und wieso eigentlich tot? Er war doch ganz gesund gewesen?

Am Abend kommt Karl nach Haus. Gut gelaunt ist er, denn sein Freund, Kapitän Lorenz, ist mal wieder in Rostock. Dies ist schon deshalb erfreulich, weil er dadurch einen Grund hat, nach dem Abendessen noch mal nach unten zu gehen. Arbeiten, nicht wahr?
Der Besuch des Schwiegervaters bringt gewisse Unan-

nehmlichkeiten mit sich. Die Unterhaltung mit dem alten Herrn ist anstrengend, weil er nicht recht hören kann. »Was?« fragt er statt »Wie, bitte?«, und manchmal hat Karl den Eindruck, daß der alte Herr sehr wohl verstanden hat, was da grade zur Sprache kam, und trotzdem »Was?« fragt, was zu Erbitterungen führt.
Deshalb ist Karl froh, daß er heute abend noch ein wenig arbeiten kann, unten.
Seine Aufgeräumtheit rührt auch daher, daß er sich einen Einkauf genehmigt hat, in der Steintor-Drogerie, in der neuerdings ein so erfreuliches Mädchen bedient, mit rötlichem Haar. Rasierklingen hat sich Karl gekauft, Marke Dreiloch, und morgen wird er Rasierseife kaufen. Und für übermorgen wird sich auch noch etwas finden lassen.

Kaum sitzt man am Abendbrottisch unter der großen Lampe, mit ihrem milden Schein, mit dreierlei Brot und fünferlei Wurst, klingelt in den Teegläsern und verbreitet sich über die famose Entwicklung der Firma, daß man schon bald wieder – warum nicht? – an den Erwerb eines neuen Schiffes denken kann, da reißt es die Familie hoch. Sie stürzen hinaus und finden sich im Badezimmer wieder, am Fenster, mit der Serviette in der Hand. Frau Spät, oben im zweiten Stock, tut dasselbe, und drüben auf der anderen Seite des Hofes guckt sogar Tante Du-bist-es aus dem Fenster, die sich für das Luftschiff nicht interessiert hatte: Einer der Schlachtergesellen hat einen Tobsuchtsanfall! Aus seinem Zimmer, durch die Scheiben hindurch, fliegt die Waschschüssel und allerhand Gerät!
Dieser Mann, der von seinem Meister freie Kost und Logis geboten bekommt, ist seines Lebens überdrüssig, so scheint es. Deutlich ist zu hören, daß er die Möbel zerschlägt. Und Schreie stößt er dabei aus!
Oben steht die Familie Kempowski am Fenster, um Herrn Wirlitz vermehrt, der sich das nicht entgehen las-

sen kann, und unten auf dem Hof steht Schlachter Hut in blutiger Schürze mit den andern Schlachtergesellen, die auch freie Kost und Logis haben, und alle gucken, ob da wieder was geflogen kommt. Und nun trifft Polizist Holtermann ein, mit zwei Kollegen. Das können sie nicht dulden, daß hier solcher Aufruhr sich ereignet. Schade, daß sie die Gummiknüppel abgeben mußten – das wär unwürdig, habe Hitler gesagt, mit Gummiknüppeln auf Menschen einschlagen –, wenn sie noch die Knüttel hätten, dann würden sie da oben noch schneller Ruhe schaffen.
»Nun kommt doch!« sagt Grethe, »der Tee wird ja kalt.«
Nein, das geht nicht, hier jetzt den Ausguck verlassen; wie die Sache ausgeht, möchte man schon gerne wissen.

Es kommt dahin, daß die Polizisten, von Holtermann dirigiert, die Kate stürmen, in der der Schlachtergeselle sich verbarrikadiert hat. Leider ist nicht zu sehen, wie sie ihn überwältigen. Hören kann man es, aber nicht sehen. Die Stiege hinunter wird er geführt, gefesselt, und unten wird er über den Hof geschubst, vom Hofhund angewütet. Ein zwielichtiges, finsteres Element, asozial vermutlich oder gar Kommunist.
Nun ist er im Torweg verschwunden. Die ganze Familie rennt durch die Wohnung hindurch und stellt sich vorn in den Erker. Gleich muß er wieder zum Vorschein kommen, der Kerl!
Ja, jetzt taumelt er auf die Straße, gestoßen wird er, damit's schneller geht, obwohl er schon ziemlich 'ne Fahrt drauf hat. Auf der Straße steht ein Polizeiauto, es wird geöffnet, und schwupps! ist der Kerl darin verstaut, und ab geht die Post.
Gott sei Dank, Ruhe.
Fabelhaft.

Alles setzt sich wieder an den Abendbrottisch unter die große Lampe mit ihrem milden Schein, steckt die Serviette in den Kragen und klingelt in den Teegläsern. Doch halt, alle wieder aufstehen und dem Schwiegervater aus Hamburg Herrn Wirlitz vorstellen, der ein tadelloses Buch geschrieben hat, das ganz regulär verlegt, gedruckt und herausgekommen ist! Ein richtiger Schriftsteller also, der nun rasch in sein Zimmer hinübereilt, ein Belegexemplar seines Werkes herbeiholt und es dem alten Herrn de Bonsac signiert, der inzwischen ein Stück Schwarzbrot mit Teewurst belegt hat und schnell davon abbeißt.
Ja, ein regulärer Schriftsteller, der jetzt an einem etwas heiklen Buch über ostpreußische Adelsfamilien sitzt, in dem Anspielungen vorkommen.
»Was?«
»Anspielungen, Vater!«
Weshalb das Buch vermutlich gar nicht erscheinen kann. Anspielungen auf gewisse Vorkommnisse, von denen man offen gar nicht reden, geschweige denn schreiben kann.
Ja, er wird sehen, wie er's hinkriegt, sagt Herr Wirlitz, und er »empfiehlt« sich, worauf sich die gesamte Familie wieder an den Eßtisch setzt.

Wo war man stehengeblieben? Ach ja, dieser Schlachter da, dies asoziale Subjekt. Das war ja ganz verflixt.
Und nun werden die Einbruchsgeschichten repetiert aus Wandsbek, wie die Diebe das ganze Silber stahlen – »Weißt du noch, Vater?« Sogar den schönen Tafelaufsatz! – und in Marthas eigenhändig gestickte Kaffeedecke taten wie in einen Sack!
O Gott! Ja! Furchtbar!
Und Axel Pfeffer, dieses liebe Tier …
Grethe sagt, sie sieht noch, wie der liebe Vater mit dem Hund in die Droschke stieg, um ihn töten zu lassen. Traurig!

Sterben? ... Auch nicht so einfach. Sterben? Ja, das ist wahr, Martha, die liebe gute Martha, nun schon wieder im Krankenhaus. Ein Riß im Zwerchfell! Und Magengeschwüre, immer eins nach dem andern ...

Daß er sich freut, sagt Karl, daß die Nazis mit so was wie dem Schlachter da hinten nicht lange fackeln. Gott, wenn er noch an früher denkt!
Wie die Sozis diesen Leuten um den Bart gingen von hinten und von vorn! Armut, klar, das kann passieren. Aber wenn man arm ist, dann muß man eben sehen, daß man irgendwie herauskommt aus der Klemme, aber doch nicht klauen oder morden! Dieses Gelichter gehört hinter Schloß und Riegel.
Ja, sagt Grethe, sie erinnert sich noch an das Scheunenviertel, in Hamburg, wo sie als junges Mädchen immer die Kinder abholen mußte zur Warteschule. Nein! Furchtbar! Willi Heinbockel und Lieschen Pump! Die Männer immer bloß besoffen, und die Frauen, richtige Megären.
Ja, sagt Karl, auch die Klauerei im Hafen hat jetzt aufgehört, schlagartig. Auf einmal geht's! Merkwürdig, nicht? Wenn er noch dran denkt, wie das bei den Sozis war; und dauernd diese Streikerei! Nein! Der Spuk ist weggeblasen.
Und arme Leute? Für die wird doch jetzt auch was getan, gesammelt noch und noch. Winterhilfe und neulich erst wieder, die Pfundspende.
Oder KdF? Wäre *er* denn schon mal in Madeira gewesen? Hätte *er* denn schon mal die Fjorde in Norwegen gesehen?
Ja, sagt Grethe, sie weiß es auch nicht. Sie kenne ja noch nicht einmal Helgoland, als Hamburgerin. Und ob das nun nötig sei, all diese Leute nach »Ma-dai-ra«, wie sie sagen, zu kutschieren, sie weiß es auch nicht. Die lassen dann Bierflaschen herumliegen, am Strand und überall, und dann heißt es wieder: typisch deutsch ...

Neulich eine Frau in der Steintor-Drogerie: »Ich möcht' was für meinen Täng!« Nein, o nein! Wie ist es nun bloß möglich! Sie weiß noch, wie das in der Borwinstraße war, wie ihr die Kellnersfrau immer das fettige Abwaschwasser ins Oberlicht gegossen hat! Unglaublich!
Die Borwinstraße: wenn man daran noch denkt. Die ganze Wohnung so groß wie eine Schiffskajüte!
Bei der Erwähnung der Steintor-Drogerie fällt Karl ein, was er morgen dort kaufen kann: Kayser-Borax für seine Haut, die neuerdings wieder einmal aufmuckt. Nicht Hühneraugenpflaster oder Tropfen gegen Mundgeruch, sondern Kayser-Borax, das ist unverfänglich.

Nun von Edgar reden. Traurig, nicht? – Hat man denn Näheres gehört?
Freche Redensarten habe er bei den Vernehmungen von sich gegeben, wird gesagt. Lotti noch hingegangen, einen um den andern Tag, Wurst hingebracht und Zigaretten. Und eines Tages steht ein Mann vor der Tür, er habe mit Edgar in einer Zelle gesessen, und Edgar habe sich die Sache selber eingebrockt. Immer »unerhört!« gesagt und so in diesem Stil. Und daß das 'ne Lappalie wär. – Anstatt alles zuzugeben und den reuigen Sünder zu spielen, dann wär vielleicht noch was zu machen gewesen.
Wie kann man nur. Die arme Lotti! Die Nazis sind doch eigentlich ganz primitiv, da muß man nur ein wenig diplomatisch sein!
Dollars nicht angeben. Warum denn bloß? Hatte sich das nun gelohnt?

Martha de Bonsac in Hamburg: sie liegt in einem reinlichen Bett im Eppendorfer Krankenhaus. Sehr klein ist sie geworden, »Und denn, und denn?« Zart, ja: geradezu »durchsichtig«, wie die Schwestern es nennen.
Auf ihrem Nachtschrank steht ein großer Strauß Dahlien

und Chrysanthemen, ein Spätsommerstrauß, wie ihn nur Schwester Mariechen binden kann. Was sie gerade findet, im Garten, das steckt sie zusammen, und die Sträuße, die sie macht, sehen aus »wie gemalt«.
Die klein-kleine Martha, mit ihren paar krausen weißen Haaren, mit schiefem Kopf und schiefem Mund. Für die Schwestern ist sie eine niedliche Oma, für die Ärzte »ein Wunder«. Was diese Frau alles hat – von Rechts wegen müßte sie längst unter der Erde liegen, in Ohlsdorf, neben ihrer strengen Mutter. Haferschleim ist das einzige, was sie noch zu sich nimmt.

Jeden Tag bekommt Martha Besuch, das geht reihum. Tante Hedi aus Fehlingsfehn mit ihrem gelben Haar, die sich immer auf den Mund schlägt – »Fuchba!« –, und Gundi, die solche Schwierigkeiten hat mit ihren Söhnen – »Eins, zwei, drei? Und denn und denn?« – Immer Dienst, Dienst, Dienst! Was soll da die Schule sagen?
Rita? O nein. Die nicht. Die spielt schon vor, im großen Saal des Konservatoriums – »fein, du Kleine« –, nein, *die Söhne* machen die Schwierigkeiten.
Die Eltern haben ja bald gar nichts mehr zu sagen.

Auch das Dienstmädchen Liesbeth läßt sich bei Martha sehen. Einen Unterführer vom Reichsarbeitsdienst hat sie zum Mann.
Sie bringt selbsteingekochte Marmelade mit, ein Geschenk, das Martha nur ein wehes Lächeln entlockt. Was hatte der liebe Wilhelm immer für schönes Obst! Diese Birnen! Sieben Zentner in einem Jahr?
Martha bedankt sich auf ihre Weise für dies tolle Geschenk. Sie muß es mit größtem mimischen Einsatz tun, sonst ist Liesbeth beleidigt.

Hedi kommt, Gundi und das Mädchen Liesbeth. Lotti nicht. Man hat ihr geraten, nicht ins Eppendorfer Krankenhaus zu gehen, weil das die gute Mutter aufregt. Diese politischen Sachen, die behält man besser für sich.

Am schönsten ist es, wenn Pastor Schäffers hereinguckt. »Kuckuck!« ruft er, öffnet die Tür und ruft: »Kuckuck!« Abgesehen von dieser Albernheit, hinter der Pastor Schäffers übrigens seine Trauer über das Hinsiechen der geliebten Frau versteckt und seine Unbeholfenheit, sind es die kleinen Ideen, die den Besuch Schäffers' immer so erfreulich werden lassen. Sprechen kann Martha de Bonsac nicht, schreiben kann sie nicht und auch nicht lesen. Aber riechen! So bringt Schäffers ihr denn alles mögliche mit, was gut oder charakteristisch riecht.
Ein Blatt von der Lavendelstaude, das er unter ihrer Nase zerreibt, eine Büchse Pfeifentabak, die er öffnet ...
Einmal auch einen angekohlten Zweig.
Na?
Ja, da kommt Kindheit mit herauf. Bruhns, der Knecht, wie er im Garten Zweige verbrennt. O ja. Und dann ist da ein kleines Mädchen, das Martha heißt, das von Bruhns, dem Knecht, herumgeschwenkt wird und sich auf seine Holzschuhe stellen und mit ihm tanzen darf.
Das ist lange her.

Auch erzählen kann Pastor Schäffers gut. Seit Jahren ist er ordnungsgemäß bestallt, in Allermöhe, Pastor Eisenberg? Die Zeiten sind vorbei, in denen der ihn schikanierte. Nach jeder Predigt ihn zu sich gerufen und ernst mit ihm geredet? Und dauernd gefragt, ob er auch wirklich an die Auferstehung des Herrn glaubt? Ganz bestimmt? Derartig oft, daß ihm schon der Verdacht keimte, der gute Pastor Eisenberg, der an sich ein so guter, herzensguter Mann ist, glaube vielleicht selbst nicht daran?
Und mit Hitler diese Sache? Ob er auch an Hitler glaubt? hatte er ihn eines Tages gefragt.

Was soll man auf eine solche Frage antworten.

Die Bauern in Allermöhe kann Pastor Schäffers nachmachen, wenn sie in seiner Kirche sitzen, auf den Stock gestützt, ihn zunächst skeptisch ansehend, dann einnikkend, einer nach dem andern ... Sie würden augenblicklich aufwachen, wenn er etwas Verfängliches sagte, wovor er sich allerdings hütet.
Wenn Martha wieder gesund ist, muß sie es sich ansehen, das Dorf Allermöhe mit der Feldschmiede, den strohgedeckten Bauernhäusern, der winzigen Schule und der alten Feldsteinkirche, in der jeder Bauer seinen angestammten Platz hat und ihn, den Pfarrer, skeptisch betrachtet. Graf Puttlitz hat schon gewußt, weshalb er den Deckel seines Sarkophags anschrägen ließ: damit die Bauern ihre Hüte nicht darauf deponieren. So sind sie, diese Landleute, aus deren Erbmasse sich angeblich das deutsche Volk erneuert! Das muß sie sich unbedingt ansehen, das breite Bauernvolk und die breite Feldsteinkirche.
Lustig, wenn Hansen, der Lehrer, oben an der Orgel in den Spiegel guckt. Ihm ist immer so, als ob der ihm zuzwinkert.

Ja, das will sie, wenn sie wieder ganz gesund ist, sagt Martha in ihrer Sprache. Und sie tastet nach dem Nachtschrank, wo irgendwo eine mit Stecknadeln in Packpapier gepunzte und unbeholfen angemalte Rose liegt, eine Arbeit aus ihrer Kindheit.
Eine Rose ist es. Ob er sich wohl noch erinnert?
»Fein, du Kleine, und denn und denn?«
Was will sie nur? denkt Pastor Schäffers. Was will sie nur?
Eine Rose ganz offenbar, von Kinderhand gepunzt.

Rose, oh reiner Widerspruch, Lust,
Niemandes Schlaf zu sein unter soviel Lidern

Und er hebt das Blatt hoch und sagt tatsächlich: »Rose ... «, wie er das damals immer gemacht hatte, als er noch voll Hoffnung war, sie könnte dadurch das Sprechen wieder erlernen, und da erinnert er sich plötzlich und begreift, daß diese Frau sich bedanken will bei ihm, und da übermannt es ihn, er beugt sich über das reinliche Bett und gibt der alten Frau einen Kuß auf das seidenfeine Haar.

Nun muß Pastor Schäffers »ge-hen«, wie er sagt. Bald kommt er »wie-der«.
Alles Gute wünscht er der Kranken, und er denkt einen Augenblick an Marthas Gehirn. Wie es wohl darin aussieht. Mit einer Pinzette, denkt er, möchte er wohl die winzige Verunreinigung herausnehmen.

Besuch hat Martha gern, aber allein ist sie auch gern. Wenn sie allein ist, dann »geht in ihr die Blume der Einsamkeit auf«, wie Pastor Schäffers es einmal so lieb ausgedrückt hat.
Das saubere, duftende Bett und die Sonne, die ins offne Fenster fällt. Die Gardine bauscht sich und klirrt ...
Als Schäffers gegangen ist, dringt ein Brummer in Marthas Zimmer ein. Auf ihr Bett setzt er sich und sieht sie an. Martha sieht ihn auch an. Vielleicht ist das der letzte Brummer, den sie in ihrem Leben zu sehen kriegt, denkt sie, und plötzlich kommt es ihr so vor, als ob das Wilhelm wär, ihr Mann. Der gute Wilhelm! Und da muß sie lächeln.

Wilhelm bleibt genau eine Woche in Rostock. Drei Tage sind zuwenig, zehn Tage sind zuviel.

> Söben Toern to Marien Karck,
> Söben Straten by dem groten Marckt,
> Söben Dore, so dar gaen to Lande,
> Söben Kopmannsbrüggen by dem Strande;

Söben Toern, so up dat Rathus stahn,
Söben Klocken, so dar dagliken slan,
Söben Linden up dem Rosengoern:
Dat syn de Rostocker Kennewöhren.

Das steht auf der Postkarte, die er in jede Richtung verschickt, und sieben verschiedene Ansichten sind auf den Postkarten zu sehen, in Briefmarkengröße: der Markt mit dem Rathaus, das Kröpeliner Tor, das Ständehaus und natürlich das Theater, in dem es so wundervolle Aufführungen zu sehen gibt, eine immer schöner als die andere. Und in der Mitte die Rostocker »Kennewöhren«, die jedes Rostocker Schulkind kennt: Wahrlich, diese Postkarten sind preiswert, da bekommt man was für sein Geld.

Besonders gern geht Wilhelm de Bonsac mit Grethe »Besorgungen machen«. Dieses fabelhafte Delikatessengeschäft von Max Müller! All die sauberen Verkäuferinnen, mit Häubchen auf dem Kopf, drall und schier! Herrlich!

Bei »MM« kaufen sie Gänseleberpastete, und im »Spanischen Garten« gedörrte Bananen: Die armen Spanier unterstützen, die mit den Kommunisten solche Schwierigkeiten haben. Priester erschießen sie, wird erzählt, und Kirchen werden geplündert! Kleinen Kindern die Augen auszustechen, weil sie nicht »Heil Moskau« rufen wollten. Herrlich, daß sie in Deutschland nicht hochgekommen sind. Da muß man Fritze Ebert dankbar sein, der das seinerzeit verhindert hat, und jetzt dem Führer. Wenn auch so manches geschieht in seinem Namen, was man nicht so recht versteht.

So unnötig irgendwie.

Auch in die Buchhandlung gehen die beiden, wo der junge Herr Reimers augenblicklich seine Orientzigarette hinlegt. Hier kaufen sie »Die Silberdistel« von Ruth Schaumann und »Die kleinen Freuden«, dieses Buch, das jetzt in aller Munde ist, geschrieben von Bruno H. Bürgel, einem Manne, der sich vom Arbeiter zum philosophierenden Astronomen hochgearbeitet hat.

Der Bücherschrank ist schon derartig voll, da müssen die Bücher jetzt in zwei Reihen hintereinander stehen.
Die politischen Broschüren hat Karl nach hinten gestellt, von Für und Wider, Hin und Her.
Und das Buch: »Die Dinte wider das Blut« von »Arthur Sünder«, eine giftige Parodie auf das antisemitische Buch »Die Sünde wider das Blut« von Arthur Dinter.
Diese Literatur braucht ja nicht grade vorn in der ersten Reihe zu stehen, das ist nicht unbedingt erforderlich.

Grethe sammelt jetzt die hellblauen Hermann-Hesse-Bände, von denen es auch jetzt noch immer mal welche zu kaufen gibt in Deutschland. Thomas Mann nicht, Stefan Zweig nicht, aber Hermann Hesse! Immerhin. Vier Stück hat sie schon, und davor steht eine der beiden Elfenbeinmäuse. Die andere ist irgendwie verlorengegangen.

Nein, das läßt sich Wilhelm de Bonsac nicht nehmen, zu den Besorgungen begleitet er seine Tochter. Er zieht seinen Staubmantel an, und setzt den grünen Hut auf.
Kleine Irritationen gibt es beim Bezahlen jedesmal, Grethe holt ihr abgewetztes Hausstandsportemonnaie aus der Tasche, und erst, wenn sie es bereits geöffnet hat, legt Wilhelm ihr die große Hand auf den Arm: »Ach, mein Kind, laß mich das machen.«

Beim Weinhändler Cornelli läßt Grethe nicht mit sich reden. »Nein, Vater«, sagt sie, »du hast nun schon so viel spendiert, dies will ich nun mal bezahlen.«
In der Weinhandlung Cornelli gibt es dann noch einen kleinen Aufenthalt: Ob Grethe dem alten Herrn in der Stephanstraße nicht mal Bescheid sagen kann, fragt der junge Herr Cornelli, da ist noch Verschiedenes offen?

Der junge Herr Cornelli, der an sich so wundervolle Augen hat und Cello spielt.
Einen Briefumschlag mit verschiedenen Weinetiketten schenkt er Grethe. Für ihre Kinder, zum Angucken. – Woher weiß denn der Herr Cornelli, daß Grethe Kinder hat? – Und hat er selbst wohl welche?

Am Sonntag geht man gemeinsam in die Marienkirche. Eigentlich ist für die Kempowskis die Nikolaikirche zuständig, aber man will dem Vater ja was bieten, und Pastor Nagel ist ja nun wirklich nicht das Wahre.
Der Anmarsch vollzieht sich in größtmöglicher Ordnung. Grethe geht mit ihrem Vater zusammen, Arm in Arm, Karl folgt mit seinem Ältesten, der ja nun schon vierzehn ist und in die Firma gehen wird, wie neulich erst wieder besprochen wurde.
Die Spitze machen Ulla und der Lütte.

Die Marienkirche betritt Herr de Bonsac mit nach oben gerichtetem Kopf. Da oben, die Gewölbe, die sind ja wohl ich weiß nicht wieviel Meter hoch.
Seit Grethes Hochzeit war er nicht mehr hier, in diesem Koloß von Kirche. Eintrittskarten hatten damals ausgegeben werden müssen an die Schaulustigen. Das waren noch Zeiten gewesen.
Etwas mitgenommen sieht sie aus, die Kirche, das fällt dem alten Herrn auf, ausweißen müßte man sie mal wieder. Der Staub, der sich hier abgelagert hat, ist bestimmt schon hundert Jahre alt.
Grethe sieht nicht ins Gewölbe hinauf. Sie sieht zu Boden, so viel Schweres geht ihr durch den Kopf, die liebe Mutter! Und die Sache mit Edgar, was der wohl alles hat aushalten müssen?
Karl sieht weder nach oben noch nach unten; er besorgt die Platzverteilung. Und dann blickt er sich um: Rostock, seine Heimatstadt,

Söben Dore, so dar gaen to Lande,
Söben Kopmannsbrüggen by dem Strande...

und durch dieses Portal sind früher die Ratsherren in die Kirche eingezogen, feierlich gewandet. Das würde den neuen Herren im Rathaus nicht einfallen, hier einzuziehen, die haben mit der Kirche nichts im Sinn, obwohl sie ständig vom Gotterleben im Kriege sprechen.

Tut mir auf die schöne Pforte,
führt in Gottes Haus mich ein;
ach wie wird an diesem Orte
meine Seele fröhlich sein!

wird nun gesungen. Erst hat's da oben auf der riesigen Orgel, deren Pfeifen sich von goldenen Girlanden hochgerissen in mehreren Etagen »übertürmen«, erst hat's da oben gekracht, da hat der Organist wohl seine Hebel durchprobiert, und nun singt die Gemeinde bereits dies schöne Lied, das man von alters her kennt. Die Orgel ist stets etwas voraus, aber das macht ja nichts, die Gemeinde ist noch immer nachgekommen.

Knesel, der Pastor, hat genau mitgezählt, jawohl: Nach der fünften Strophe tritt er vor den altersgeschwärzten Altar, und dann singt er mit seiner wunderbaren Stimme – den Ton aufnehmend, den ihm der Organist deutlich hingehalten hat –: »Kyrie eleison!«, worauf die Gemeinde dies herrliche »Herr, erbarme dich« antworten darf, in das sie alles Leid und alle Zukunftssorge hineinlegen kann. Oh, wie singt man das gerne! Dies sollte die liturgische Kommission nicht ändern, dieses Gremium von Männern, das mal hier herumbastelt, und mal dort, am Altbewährten.

»Ehre sei Gott in der Höhe!« singt Knesel nun, und er liebt es, wenn sich seine wohllautende Stimme an den Pfeilern bricht, wenn sie von seinen lieben Rostockern aufgenommen und mit dem alten, alten Antwortsatz verschmolzen wird: »... und Friede auf Erden, und den Menschen ein Wohlgefallen...«, obwohl das bekanntlich aus der Heiligen Schrift nicht richtig übersetzt wurde. »Die guten Willens sind«, muß es heißen. Irgendwann wird die liturgische Kommission das ändern.

Karl freut sich immer schon auf das Lied, das nun kommt:

> Allein Gott in der Höh sei Ehr
> und Dank für seine Gnade...

Obwohl er »wahnsinnig« falsch singt, wie Grethe es ausdrückt, so singt er doch immer gern.

Ein ganz schöner Dubbaß von Kirche ist dies, denkt Karl, so einen Dubbaß hat so leicht keine andere Stadt aufzuweisen. Weder Wis-Maria, noch Strelasund oder »Gryps«, wie man Greifswald auch nennen kann.

Lübeck vielleicht. Ja, schon. Mit Lübeck kommt man nicht mit. Aber mit Wis-Maria und mit Strelasund allemal.

Das wär ja gelacht.

Höchst erfreulich ist es, daß die neuen Herren im Rathaus immerhin die Papp-Attrappen im Prospekt der Orgel durch richtige Zinnpfeifen ersetzt haben, trotz der schwierigen Devisenlage!

So werden ganz allmählich auch die letzten Spuren des großen Krieges getilgt.

Die Sozis hatten für so etwas ja nichts übrig.

Da hinten sitzt übrigens Herr Dr. Heuer – »Nehmen Sie mich mit, Herr Kempowski!« –, hier kann man ihn ruhig grüßen, denn hier kann er einem nichts anhaben.

In der Marienkirche wird der Gemeinde sodann eine Predigt über Korinther Dreizehn gehalten. Der ist zuzustimmen.

Robert, auch Robertus genannt, sitzt still neben seinem Vater. Schiffsmakler? So schwierig kann das ja nicht sein. Obwohl – zugesagt, daß er das werden will, hat er bloß in einer momentanen Aufwallung irgendwann nach Tisch

an einem Montag oder einem Donnerstag beim Mittagskaffee irgendwie, um dem Vater, der grade ein Mürbeplätzchen in den Kaffee tunkte, eine Freude zu machen. Die Sonne schien so schön ins Zimmer, und die Stimmung war so behaglich gewesen, und da hatte er eben den Wunsch geäußert, in die Fußstapfen des Vaters zu treten. Und daran wird nun festgehalten, eisern.
Auf dem Stellwerk zu sitzen und die Waggons vom Ablaufberg hinunterlaufen zu sehen, den einen hierhin und den andern dahin, das würde ihm eigentlich mehr Freude machen, ehrlich gesagt, als da unten in dem düsteren Kontor zu sitzen …
Oder als Weinhändler, wie Cornelli. Wundervollen Wein verkaufen, Flaschen mit bunten Etiketten. Und sich ab und zu ein Glas genehmigen, ins Licht halten und probieren. Wein von der Art, wie er neulich auf der Anrichte stand, von dem er sich ab und zu bediente …
Aber von so was kann man wohl keine Familie ernähren, was? Wie man es eines Tages muß. Und die Firma will ja auch weiterleben.

Der liebe Gott? denkt Ulla. Ob er das wohl mitgekriegt hat, daß sie das heimliche Rauchen bei Heini Schneefoot, letzten Donnerstag, nicht gebeichtet hat? Das *nun* noch zu beichten ist ja viel zu spät! Am besten, heute abend den Kopf in kaltes Wasser stecken, die Taufe wiederholen. Dann beginnt morgen ein neues Leben.
Der Kleine sieht sich die weißgekalkten Wände an: Herr Jonas hat erzählt, daß dahinter wunderbare Bilder stekken, die irgendeiner einfach übergetüncht hat. Was das wohl für herrliche Bilder sind!

Ich hab von ferne
Herr, deinen Thron gesehn …

Blumengerank stellt er sich vor, voller Vögel und zauberhafter Tiere, und über allem, in Gold und Rot die Herrlichkeit Gottes, von der Pastor Knesel gerade predigt: daß

die nicht hier ist und nicht dort, sondern in uns drin! Und zwar wenn wir lieben!
Abkratzen müßte man das Weiße, denkt der Kleine, und all die Herrlichkeit freilegen.

Nun ruft Pastor Knesel dort oben, der berühmt ist für seine Predigten, in denen oft Blumen und Vögel vorkommen, der also nicht zu diesen entschiedenen Leuten gehört, die an Gottes Existenz wortwörtlich festhalten, komme, was da will, nun ruft er plötzlich in seine gewählten Worte hinein: »Ein Glas Wasser, bitte!«
Die Küstersfrau setzt sich in Marsch und kommt nach kurzer Zeit, derweilen da oben weitergepredigt wird, mit dem Wasser zurück. Irrt in der großen Kirche umher, ist jemandem schlecht geworden?
»Da oben, der Pastor will das Wasser!« sagt eine Frau und zeigt nach oben.
»Was?« sagt Knesel, der die Frau sieht und denkt, die meldet sich! Die will was von ihm!
»Ich sag', *Sie* wollen das Wasser haben«, sagt die Frau, und Knesel versteht es endlich.
»Stellen Sie's da unten hin!« ruft er, und zwischen Glaube, Liebe, Hoffnung, irgendwann zwischendurch verschwindet er, gluck-gluck-gluck, und beseitigt den Frosch, den er im Halse hat.
So etwas erlebt man also, und man kann sagen, daß die ganze Gemeinde diesen Vorgang aufmerksam verfolgt hat; obwohl sie sonst eher vor sich hindämmert.
Diverse Lieder werden gesungen, der Segen wird empfangen, was immer wieder Eindruck macht:

... und gebe uns seinen Frieden ...

und unter dem Schwall der Riesenorgel – »fast zu doll« – geht man, den Kopf hoch erhoben, zu Boden gerichtet oder in die Runde gewendet, wieder hinaus. »Ein Glas Wasser, bitte«? – Eigentlich ja sehr komisch.

Draußen stehen Kinder und warten auf den Kindergottesdienst. Sie bilden Spalier für die heraustretenden Erwachsenen, die ihnen freundlich zulächeln oder sie strafend anblicken wegen des Lärms, den sie unter der Predigt machten.
Gleich werden sie hineinstürmen in die Kirche und in die Bänke poltern. Einfache Lieder werden ihnen beigebracht – »Weil ich Jesu Schäflein bin« –, und eine plastische Predigt wird ihnen gehalten, die ihnen danach von freiwilligen Hortnerinnen erklärt werden wird.
»*Wer* steht vor dem großen Himmelstor? ... Und, *wie* kommen wir hinein?«
So ist es ja nicht, daß man die Jugend sich selbst überläßt. Hier gibt es noch Menschen, die sich um sie kümmern, auch wenn es grade nicht *en vogue* ist.
Der Organist trägt eine Baskenmütze. Der schreitet einmal durch die Kirche.

Nach der Kirche wird ein Besuch in der Stephanstraße gemacht, wo der alte Herr in seinem ungelüfteten Schlafzimmer liegt, das Zahnputzglas mit dem Gebiß auf dem Nachttisch. Silbi ist unpäßlich, man hört, wie oben eine Tür geworfen wird, und die Kinder sind im Kino statt in der Kirche, was mal wieder typisch ist! Silbi, die immer noch Schenk heißt, obwohl ihr Mann auf und davon ist. Auf dem Teppich liegend, einander würgend, waren sie aufgefunden worden, und dann war er davongegangen, dieser an sich gar nicht so üble Mann.
Die Familie steht um das Bett des Großvaters herum, nur Wilhelm holt sich einen Stuhl und betrachtet dieses Menschen-Wrack im Sitzen. Zwei Jahre älter ist er als jener dort, und doch, wenn man ehrlich ist, noch gut in Schuß.
Der Alte wacht auf aus seinem Narkotikaschlaf.
»Hest du Geld mitbröcht?« fragt er Karl, und dann sieht er den vornehmen hugenottischen Herrn da sitzen, und er

sieht, wie der grade seine goldene Uhr zückt und nachguckt, wie spät es denn eigentlich ist? Es geht schon auf zwölf? Bald Zeit zum Mittagessen?
Er richtet sich auf, kriegt ein Kissen in den Rücken und sagt, daß ihm der Mors weh tut, und ob der Herr »de Bohnsack« vielleicht einen Schluck aus der Buddel nehmen will, da drüben? Ein Glas hat er nicht.
Nein? »Na, denn giff *mi* mal datt Ding röwer«, sagt er und setzt die Flasche an und tut einen langen Zug und reicht die Flasche seinem Sohn, der sich wohl oder übel bedienen muß.

Auch der alte Herr Kempowski hat eine goldene Uhr, selbst gekauft und nicht etwa geerbt! Und er sieht auch nach, wie spät es ist, und wenn das man auch ziemlich jämmerlich ist, hier, mit ihm: der Teppich ist jedenfalls »echt«, und »vorne«, die Möbel, die sind Mahagoni, und die Bilder, die auf dem Flur hängen, sind handgemalt. So ist das ja nun nicht. Nur er selbst ist etwas desolat. Ja, das stimmt. Das kommt eben davon, wenn man als junger Mann Ascheimer umschmeißt.
Wenn man bedenkt, daß Grundgeyer, der große Reeder, nun auch schon tot ist? An Krebs verreckt. Was? Und er lebt immer noch …
Zaubern wird er jetzt nicht, und die Totenmaske von Humperdinck läßt er auf sich beruhen. Der alte Mann hebt statt dessen eine Art Rede an zu reden, den um ihn Stehenden zugewandt, groß und klein. Daß es nun aufwärtsgeht mit der Schiffahrt, und daß man fester zusammenhalten muß, immer einig sein, nicht? Daß er es zum Beispiel nett finden würde, wenn der Herr »de Bohnsack« ihm dreitausend Mark leihen würde, die er sich allerdings auch anderswo besorgen kann …

Alle lauschen ihm, in diesem dämmrigen Zimmer, in dem der Pottstuhl steht, aber sie hören nicht, *was* er sagt, sondern sie lauschen, *wie* er spricht. Und das Bild dieses Mannes geht in sie ein, wie er da von Aufstieg drœhnt, die Flasche ansetzt, zwischendurch das Gebiß einschiebt und vom Brotkanten sich was abbricht und vom Speck eine Scheibe mit dem Taschenmesser abschneidet. Dieser Mann, der da jetzt in seinem Bett sitzt, Haut und Knochen, unrasiert, düsig im Kopf – der ist eigentlich gesünder als sie alle zusammen, so kommt es ihnen plötzlich vor.

Am Schluß seiner Rede, die er nur aus Spaß hält oder aus Verwirrtheit, hebt er die Flasche und sagt, wie andere Leute anderswo »Sieg Heil!« rufen: »Guten Tag! Guten Tag! Guten Tag! Un nu måkt, datt ji rutkümmt!«

An die noch offenstehenden Rechnungen bei Cornelli hat man ihn nicht erinnern mögen.

Den Schluß von Wilhelms Rostock-Besuch bildet eine gemeinsame Autofahrt, denn Wilhelm de Bonsac hat vor kurzem seinen Führerschein gemacht, und nun möchte er seiner Tochter doch gern zeigen, wie das ist: Autofahren. Daß das eine herr-li-che Erfindung ist. Er sieht noch die ersten S-Bahnen fahren in Hamburg und die ersten Flugzeuge fliegen!

Er weiß es noch wie heute! Hinten im Garten stand er, auf dem Komposthaufen, als eines dieser Drahtgestelle herangebrummt kam.

Aber Autos? Nein … Das ist doch das Wunderbarste auf der Welt, die gleiten so sanft dahin. Draußen regnet's, und man sitzt im Trocknen.

Mit Siebzig hat er noch den Führerschein gemacht. Die Beamten hatten es nicht glauben wollen, siebzig? Und doch ist es so. In Wandsbek hat er sogar ein Auto stehen, den Wagen des guten Edgar, den hat er Lotti abgekauft, die braucht jetzt ja jeden Pfennig. Hier hat er ein Foto davon.

»Wie wär's, wenn wir August Menz in Dassenow besuchten?« hat Grethe gefragt, und darauf war er eingegangen, liebend gern.

Als der Autovermieter in der Gertrudenstraße den alten Herrn sieht, der eine Landpartie machen will, sucht er sein schlechtestes Auto heraus.

Drei Kilo Blech,
drei Kilo Lack,
fertig ist der Hanomag!

Einen Hanomag also, und er guckt hinter dem alten Herrn her: Diesen Wagen wird er wohl nicht wiedersehen.
Wilhelm fährt durch die Borwinstraße, in der Karl und Grethe einmal gewohnt haben – Gott, wie lange ist das schon wieder her! –, und er fährt an der Heilig-Geist-Kirche vorüber, dieser neuen Kirche, die an sich gar nicht so schlecht ist, dann über den Doberaner Platz an der katholischen Kirche vorbei, die auch gar nicht so übel ist. Dauernd zeigen die Leute auf sein Auto. Was das nun wieder soll? Zeigen auf das Auto und winken ihm zu?

In der Alexandrinenstraße wartet die Familie schon auf der Straße. Malermeister Krull kommt heraus aus seinem Haus, mit zwei Lehrjungen, die seinen Handwagen mit Farbtöpfen und Leitern beladen: Was haben die Kempowskis hier herumzustehen? fragt er sich.
Fräulein von Brüsewitz aus dem Stift für adelige Damen kommt extra von der andern Straßenseite herüber, freundlich, wie immer – »Ist das ein Stein? Ist das ein Spiel?« –, um sich zu erkundigen, wie es dem lieben Robert mit seinem Bein geht, wie sie das seit 1928 täglich tut.
Da kommt Herr de Bonsac endlich angefahren! Beide Scheinwerfer aufgeblendet am hellichten Tag! – Vor dem Haus von Malermeister Krull hält er, daß die Reifen am Kantstein quietschen.

Robert setzt sich auf den Beifahrersitz mit der Bedienungsanleitung auf dem Schoß, für alle Fälle: Der muß dem Großvater helfen, das Dings in Gang zu halten. Die andern drei werden hinten verstaut. Grethe, die sich nicht anlehnt vor banger Erwartung, der Kleine – ärgerlich, weil er in der Mitte sitzen muß: immer und immer ist er nur der Kleine! – und Ursula mit ihren langen Zöpfen.
Dassenow? Ob's da wohl Pferde gibt?
Karl fährt nicht mit, der hat zu tun. In der Gegend rumkutschieren? Nein, das kann er sich nicht leisten, sagt er. Nach Warnemünde muß er fahren, da ist ein Schiff aus Schweden, er kann es auch nicht ändern.

Nun geht's los. Den Motor hat Wilhelm gar nicht erst abgestellt, damit er gleich wieder losfahren kann und nicht das Risiko des Startens eingehen muß.
Gang einlegen, Kupplung loslassen... Die Sache funktioniert nicht! Anstatt davonzugleiten auf den weichen Pneus, ruckelt der Wagen vor und zurück, das ist nicht abzustellen.
Herrgott! Was ist denn das schon wieder?
Bäcker Lampe guckt und Schlachter Hut, wie die Kempowskis da durchgeschüttelt werden – Gang raus, wieder rein –, so, nun geht's. Einigermaßen sanft setzt sich die Sache in Bewegung. Erleichtert lehnt sich alles zurück, außer dem Großvater, der beugt sich vor.
»Wie schnell?« fragt er Robert, der auf den Tachometer gucken und ansagen darf:
»Dreißig, Großvater.«
Dreißig? Gut. Grade richtig.
Die Alexandrinenstraße fahren sie hinunter, dann die Richard-Wagner-Straße, an der Reichsbank vorbei und am Theater.
Nun taucht hinter ihnen ein großer Lastwagen auf, der möchte es gern etwas schneller haben. Groß und breit

fährt er hinter dem Hanomag her, immer größer und breiter: ein Kilometerfresser also.
Wilhelm gibt den rechten Winker hinaus, er muß nun abbiegen, das ist nicht zu ändern, aber der Lastwagen will in die gleiche Richtung, der gibt auch den rechten Winker hinaus! Dessen Winker schwenkt hoch und runter, wie das so ist bei Lastwagen größeren Kalibers, die haben ihre Zeit nicht gestohlen.
Beide Autos fahren dicht hintereinander her, so leer die Neue Wallstraße auch ist.
Nein, dies ist nicht zu ertragen. Rechts ran, anhalten, und das Dings vorbeilassen. So, endlich Ruhe. Weiter im Text.
»Vierzig, Großvater!« ruft Robert.
Gut. Vierzig kann man riskieren. Nun mal etwas schneller, die Straße geht ja, wie man sieht, noch eine ganze Weile gradeaus, kuppeln und den vierten Gang einlegen, etwas Gas hinterdrein.
»Fünfundvierzig!« ruft Robert.
»Was? Fünfundsiebzig? Um Gottes willen, das ist ja viel zu schnell!« Sofort Gas wegnehmen! Am besten gleich ganz anhalten!
»Nein, Großvater, fünfundvierzig!«
»Häch! Du mußt deutlich und ak-zen-tu-iert sprechen!«
Das ist ja ganz verflixt.
So fahren sie dahin, zu fünft, konzentriert nach vorne blickend, um eventuelle Hindernisse rechtzeitig auszumachen.
»Fünfundfünfzig, Großvater!«
Gut. An der rechten Straßenseite fährt Herr de Bonsac, sehr weit rechts, rechtser geht es nicht, und die Passanten bleiben stehen und blicken ihm nach.

»Gode Venn« heißt das Schiff, das aus Schweden kommt. Es ist kein Motorsegler mit Galionsfigur vorn

dran, sondern eine Segeljacht mit goldenen Schnörkeln am Bugspriet.
Karl, der sonst immer 3. Klasse fährt, ist diesmal 2. Klasse nach Warnemünde gefahren, das hat er sich spendiert, und er hat lange überlegt, was für eine Krawatte er umbinden soll.
An Bord der »Gode Venn« sitzt er dann in der Kajüte und frühstückt mit einer Frau, die früher gern ihr blondes Haar zu Schnecken flocht. Kalte Fische gibt es hier, kleine gehackte gebratene Sachen und eine Art Rührei.
Die junge Frau heißt Cecilie, was sich »ßessili« ausspricht, und sie ist mit Karl vertraut auf geschwisterliche Art.
Der Steward hat die Kajütentür von draußen geschlossen, und Cecilie spricht von ihrem Mann, daß er trinkt, jeden Tag. Aber sie ist nicht traurig, als sie das sagt, sie lacht darüber. Hier sind Fotos vom Park, weiße Gartenmöbel vor dem Schloß, das viel kleiner ist, als Karl es in Erinnerung hat. Ein junger Herr ist auf den Fotos zu sehen, der grade Prost! macht, und zwei Kinder mit einem weißen Ziegenbock.

Karl schweigt, Cecilie redet, und dann setzt sie den Hut auf, der für Warnemünde etwas zu extravagant ist, eine stilisierte Matrosenmütze. Ein Faltenröckchen hat sie an, weiß, und weiße Strümpfe, und so steigt sie über die Gangway, und sie reicht Karl die Hand und drückt die Hand, was er nicht zu bemerken scheint.
Dann gehen sie am Strand entlang, voll mit nackten Menschen, die an Koffergrammophonen drehen, sich Gummiringe zuwerfen und am Strandkorb nasse Badeanzüge aufhängen.
Daß dies alles Sachsen und Thüringer sind, möchte Karl seiner alten Freundin gern erklären, aber das versteht sie nicht. Deutsche sind es, mit großen Narben, von Granatsplittern gekatschte oder unversehrte. Männer, die möglicherweise in Belgien unvorstellbar grausam waren?

Das Trajekt läuft gerade ein, von Gedser kommend, mit aufgesperrtem Rachen, und die beiden stapfen dahin. Das Menschengewimmel nimmt allmählich ab. Hier draußen liegen nur noch einzelne nackichte Menschen herum, sogenannte Strandindianer.

Ein halbes Stündchen von Warnemünde entfernt liegt die Stolteraa, das ist ein Stück Steilküste. Ein schmaler Weg führt oben auf ihr entlang, auf dem die beiden hintereinanderhergehen, Cecilie vorn, mit schwingendem Faltenrock und redend, die etwas zu kecke Matrosenmütze ausländisch auf dem kurzfrisierten Haar, und Karl schweigend. Halb dreht sie sich um und redet und redet, und sie sieht gar nicht, daß hier Schwalben fliegen, elegant gegen die lehmig-gelbe Steilküste an, und die weite graue See, die unten um die Steine schäumt, mit einem großen Schiff am Horizont, das still zu stehen scheint.
Auf eine Bank setzen sie sich, unter sich die See mit dem Schiff am Horizont. Und Cecilie steht auf und reckt sich, als ob sie hurra! schreien möchte, dreht sich um und sieht Karl zum ersten Mal an, der sie nun auch ansieht, und sie tritt auf ihn zu, wie er da sitzt, faßt seinen Kopf und küßt ihn. Über ihm steht sie, er sitzt, und sie weidet sein Gesicht mit kleinen Küssen ab.
Er läßt das geschehen, und wacher wird er dann, und auch ein bißchen lebhafter, aber es reicht nicht, sie zu packen. Er hält gegen, das ist alles, irgendwie gelähmt.
Ob er noch weiß? fragt sie ihn, und sie küßt ihn immer noch mit kleinen Küssen und sucht dabei nach Stellen in seinem Gesicht, die sie noch nicht geküßt hat, und sie erzählt ihm allerhand Sachen dabei, aus ihrer gemeinsamen Erinnerungskiste, von denen er keine Ahnung hat.

Nebeneinander sitzen sie dann, und sie halten sich krampfig umschlungen. Ob er noch weiß, wie er da am

Flügel saß und spielte? Das »Frühlingsrauschen« von Sinding, der übrigens ein Skandinavier war? Ob er das noch weiß? Und sie in ihres Onkels Lesestuhl?
Und wie dumm sie waren, nicht noch etwas zu unternehmen? Es wäre ja noch genug Zeit gewesen?

Die Schwalben, sagt er, sie soll mal sehen, wie diese Vögel gegen die Steilküste anfliegen, wie elegant, jung oder alt, und die Möwen auch, jung oder alt, alle schön.
Und dann guckt er zur Uhr, steht auf und reckt sich: Da drüben, in der Mulde, hat er als Junge oft gesessen, sagt er. Und gar nicht so einfach ist es, das hinzukriegen, daß nun zurückmarschiert wird, er vorn, sie hinten. Nicht viel Zeit hat er, sagt Karl, die Geschäfte rufen.
Hier rechts, sagt er dann, war früher mal ein Pavillon, in dem hat sich der Kronprinz verlobt, und die Mole da hinten ist ge-nau ei-nen Kilometer lang. Mussolini hat daran mitgebaut, als einfacher Maurer.

DEUTSCH IST DIE SAAR

steht drauf. Wegen der Saar, die uns die Franzosen wegnehmen wollten, aber es nicht schafften. Hähä! Wie die sich wohl geärgert haben.
Karl redet also, und Cecilie schweigt.
Und nun das Trajekt. Rückwärts läuft es aus, mit aufgesperrtem Rachen, und Karl denkt: das Parfüm. Das hat gewiß 'ne Menge Geld gekostet.

Auf Gut Dassenow ist Hochbetrieb. Es ist ja Erntezeit. Hochbeladene Wagen schwenken heran, unter schreienden Lerchen. Und als Wilhelm de Bonsac mit seiner Kempowski-Fuhre vorfährt, ist so recht keiner zuständig, die Gäste zu empfangen. Die kleine Menz-Tochter sitzt vor der Tür des behaglichen Gutshauses mit zerstochenen Beinen, »Grethe« heißt sie sonderbarerweise, und »Grething« wird sie genannt, das erfährt man jetzt.

»Ist dein Vater da?«
Ja, der Vater ist da, irgendwo. Der arbeitet, aber er kommt gleich, es ist ja Mittagszeit.
Dies sind die Kempowski-Kinder, von denen übrigens keines »August« mit Vornamen heißt. Die Kempowskis aus Rostock, dieser wunderbaren Stadt.
Schon wieder schwankt ein Wagen heran. Das ist ja, als ob ein Tausendmarkschein herangefahren wird, einer nach dem andern! Die von Fliegen umschwirrten Pferde ziehen den Wagen in die Scheune hinein, und da drinnen werden die Garben unters Dach gestakt.
Fabelhaft.
»Hoffentlich kommt kein Regen!«
»Was?«
»Hoffentlich kommt kein Regen!«
»Ja.«
Wie sollte denn Regen kommen, der Himmel ist klar und blau, und da kommt schon wieder ein Tausendmarkschein angeschaukelt.

Grething lotst die Gesellschaft von der Scheune weg. Sie geht mit den Besuchern aus der Stadt zu den Kühen, die schwarz und weiß auf einer Weide stehn.
Grething kennt sie alle mit Namen: Emma, Line, Hedwig, so heißen sie, und Grething geht zwischen ihnen hin und fürchtet sich nicht, obwohl das doch immerhin ganz schön große Tiere sind!
Neben der Kuhweide ist eine Pferdeweide, da steht ein einzelnes Pferd. Ein Hengst ist es, wie man überdeutlich sieht.
»Mein Kind, ich glaube, du gehst da lieber nicht hin!« sagt Grethe zu ihrer Tochter.
Nein, das lassen die Kinder lieber. Sie gehen statt dessen zum Hünengrab, das ganz in der Nähe liegt. Mit einer Taschenlampe leuchten sie hinein.
Direkt neben dem Hünengrab steht eine alte Eiche, an

deren ausgestrecktem Ast Robert einstweilen Klimmzüge macht. Die andern zählen eine Zeitlang mit.
Da drüben fließt die schwarze Recknitz gurgelnd und murmelnd. Die Kinder schmeißen Steine hinein, und da ist ja auch ein Boot, ob man damit fahren kann?
Ja, man kann, sagt Grething. Die Kinder steigen ein und lassen sich davontreiben.
»Aber vorsichtig sein, ihr Kinder, ja?« ruft Grethe.

Grethe steht mit ihrem Vater vor dem wohnlichen, mit Wein bewachsenen Gutshaus herum. Wilhelm hat mit seinen Hämorrhoiden zu tun, die muß er sich reindrükken. Und als er grade damit fertig ist, biegt August um die Ecke. Kein Zweifel, er ist es. August Menz, groß und stattlich, und er erkennt Grethe auch sofort, klein, mit Mittelscheitel. Na, das ist ja eine Überraschung.
Nun wäre es schön, wenn der Großvater nicht dabeistünde, der Großvater, der sich gerade darüber ausläßt, daß er nicht der »Chauffeur« dieses Wagens ist, wie August Menz es bewundernd ausgedrückt hat, sondern der »Lenker«. Denn »Chauffeur« ist ein französisches Wort, das man ja nicht unbedingt zu verwenden braucht, auch dann nicht, wenn man de Bonsac heißt. Außerdem bedeutet Chauffeur »Heizer«, was ja also auch sachlich ganz falsch ist.
Der alte Vater steht dabei, das ist leider nicht zu ändern, und er tut es auf seine Art: statisch und jetzt noch andere Fremdwörter herzählend, die er auch nicht schätzt. »Chaussee« zum Beispiel. Warum nicht das gute alte deutsche Wort »Landstraße« verwenden?

Nun tritt Frau Menz aus der Tür heraus, mit sonnenverbranntem Gesicht und dicker Brille.
»Das ist also seine Frau«, denkt Grethe, »die andere, die fremde. Die hier nichts zu suchen hat, die weiß Gott woher kommt.«

Frau Menz bricht eine Weinranke ab, das darf sie hier, und sie jagt ein Huhn weg, das näher kommt, und dann gehen sie zu viert durch das Haus hindurch, in dem grade der Tisch gedeckt wird – und auf der andern Seite gehen sie wieder hinaus. Dort liegt nämlich der Garten, und den möchte Wilhelm doch gerne sehen, wenn er schon mal hier ist. Mit Frau Menz geht er vorweg, August und Grethe bleiben etwas zurück.
Sie reden nicht viel miteinander, die beiden. Von gleichem Blut, von gleichem Adel. Sie stehen in der Haustür und sehen, wie Wilhelm da kopfschüttelnd zwischen den Hochstammjohannisbeeren hin und her geht.
Das würde *er* aber *anders* machen, sagt er, *ganz* anders, und nicht übel Lust hätte er, eine Hacke zu nehmen und ein wenig von dem reichlich wachsenden Franzosenkraut wegzuhacken.

Was reden die beiden Altbekannten? Wie weit man gehen kann, und wie weit man gehen darf?
Daß es schön ist, sich mal wiederzusehen, das reden sie zunächst. Daß er nun aus dem Gröbsten raus ist, sagt August dann, und daß es jetzt deutlich aufwärtsgeht. Da hinten will er einen kleinen Teich anlegen, mit einem Pavillon.
»Und dann kommst du mal wieder, Grethe, und dann trinken wir da Kaffee.«
August und Grethe stehen in der Tür des Hauses, aus dessen Tiefe jetzt ein Dienstmädchen fragt: »Was iss nu?« Was mit dem Mittagessen ist, will sie wissen, ob sie es auftragen soll, oder wie?
»Weißt du noch?« möchte August gerne sagen, aber das hat er schon mal gesagt, vor einiger Zeit, das kann er nicht noch einmal sagen. Daß er immer noch gut aussieht, denkt Grethe, und daß sie es wohl ausgehalten hätte bei ihm. Sie bleiben stehen, nebeneinander, er hier, sie dort, jeder an einem Türpfosten, die Arme übereinandergeschlagen.

Herr de Bonsac kann nun doch nicht umhin, die Apfelbäume zu bewundern. Da sitzt ja 'ne Masse dran. Hier, hier und hier müßte Frau Menz Röhren einlassen, in den Boden, und dann Blutabfälle hineingießen …
»Grethe! Nun komm doch mal!« ruft er. Und da sehen sich August und Grethe an und lächeln: Ja, so ist das Leben, c'est la vie, wie man es auch ausdrücken könnte.
Sein Haar ist lichter geworden, und statt der schönen, strahlenden Zähne trägt Menz ein strahlendes Gebiß.

Die Kinder sind ein Stück den Fluß hinuntergefahren, und nun haben sie zu tun, daß sie das Boot den Fluß wieder hinaufkriegen.
Grething und Robert haben jedes einen Riemen in der Hand. Hauruck! Wieso ist man eigentlich stromab gefahren? Wenn man doch wieder zurück muß, und wo hier doch gar nichts zu sehen ist? Bloß immer Ufer, mit Kälbern, die dauernd nebenherlaufen? Und einen anglotzen?
Sie soll die Hand aus dem Wasser nehmen, sagt Robert zu seiner Schwester, das bremst doch nur unnötig. Einen Schlips trägt er, und der hängt ihm über die Schulter.

Nachdem das Dienstmädchen zum drittenmal »Was iss nu?« gefragt hat, wird Anweisung erteilt, auch für den unverhofften Besuch aufzudecken. Auf einem Gut ist unvorhergesehener Besuch kein Problem. Aus der Schnitterküche wird ein Topf Suppe geholt, in der so ziemlich alles drinschwimmt, was das Herz begehrt.
Nun kommen auch die Kinder angerannt und nehmen an dem großen, weißgedeckten Tisch Platz, in der düsteren Halle. Hier hängen Ahnenbilder, die August Menz zusammen mit dem Gut erworben hat, der Kronleuchter aus Hirschgeweih wird angeknipst: Der hing hier auch schon immer.

Frau Menz teilt die Suppe aus, und mal neugierig ist sie, wer den ersten Fleck machen wird auf die frische Decke. Reden tut man überkreuz, Herr de Bonsac und Herr Menz reden über die beiden Seilpflug-Lokomobile, ob man die nicht wieder flottkriegt; Grethe und Frau Menz über die Schule, ob Grething in Rostock oder besser in Stralsund aufs Lyzeum geschickt werden sollte. Wo lernt sie wohl mehr? In Rostock, was? Diese Stadt hat immerhin eine Universität... Und wenn das mal nicht so klappt mit'm Lernen, dann findet man dort leicht jemanden, der 'n bißchen nachhilft. Was in Stralsund wohl nicht so ohne weiteres möglich ist. Da sind die Leute meist einfacherer Natur, mehr Kaufleute oder kleine Handwerker.

Die Kinder sprechen mit dem großen braunen Hund, der sich zu ihnen gesetzt hat und treu guckt. Ab und zu winselt er ein wenig und setzt die Pfoten auf. Daß er bald nicht länger so sitzen kann, soll das bedeuten, wenn er nicht endlich einen Happen kriegt. Nach Mülleimer riecht er ein wenig, und treu guckt er, sehr treu.

Die Kinder machen ab, daß sie in den Ferien hier aufkreuzen wollen, per Rad, und Wilhelm de Bonsac ziepscht mit den Zähnen. Wenn er das Auto nicht wieder in Gang kriegt, jetzt, dann wird Herr Menz schon Rat wissen.

Grethe denkt, wenn sie jetzt gleich zurückfahren, dann kann sie vielleicht noch die Wäsche zur Mangel bringen, und Frau Menz überlegt, ob sie Kompott aufmachen soll oder einfach Obst auf den Tisch stellen.

Was August Menz denkt, ist hier schwer wiederzugeben. An das letzte Kalb denkt er, das er aus der Kuh Frieda herausgezogen hat, blutig-schleimig. Aus allen Kühen zieht er Kälber heraus, und aus den Stuten Fohlen. Die Kürbisse wachsen, die Äpfel werden rot. Die Säcke füllen sich mit Korn. Alles wird mehr, denkt er, überall wird alles mehr. Wo wird's weniger? Irgendwo muß es doch auch weniger werden.

Nun erscheint ein Huhn an der offnen Tür, hebt ein Bein, legt den Kopf schief. Noch einen Schritt hinein tut es, in die Halle, und noch einen Schritt. Hier war die Stelle, wo mal ein Stück Brot lag. Hier irgendwo muß die Stelle gewesen sein.
Der Hund hat sich hingelegt und guckt das Huhn an. Es gibt eine Grenze, bis zu der er sich alles gefallen läßt. Nun wird das Huhn munterer und überschreitet diese Grenze. Fürchterlich ist das Spektakel! Der Hund springt auf, und das Huhn entkommt flatternd und schreiend in den Hof.
Dies – so könnte man sagen – ist ein symbolischer Abschluß des Besuchs. Die Gesellschaft tritt hinaus aus dem Gutshaus und prüft das Wetter, ob es hält. Der Hund kommt zurück, stellt sich zu den Menschen und guckt auch nach dem Wetter, ob es hält. Das Huhn hat bei den Seinen Zuflucht gefunden, und der Pfau, den man sich auf Dassenow leistet, steht auf dem dampfenden Misthaufen. Heute abend wird er vielleicht mal wieder ein Rad schlagen, das kann jetzt noch niemand wissen.

Herr Menz hilft dem »Lenker« des Wagens hinein in den Hanomag und öffnet auch Grethe die Tür.
»Auf Wiedersehen?«
Ja, auf Wiedersehen. Und wenn der Pavillon da drüben fertig ist, wird August Menz seiner Freundin einen Brief schreiben.
Ja. Und nun sehen, daß man fortkommt, schnellstens.
Robert hebt Grething hoch, er kann das mehrmals tun, und als er es immer noch tut, sieht er, wie dieser wildfremde Herr seine Mutter küßt, vor allen Leuten!
Und nun auf Wiedersehen sagen und einsteigen. »Machen wir's kurz.«

Im Auto sitzen sie dann – winken schon dauernd –, alles Gute! Warum springt der Motor nicht an? Keine Ahnung.
»Mußt du nicht den Knopf da ziehen?« fragt Robert seinen Großvater und wird dafür ein »dummer Lümmel« gescholten. Der Knopf wird dann allerdings doch gezogen, und, siehe da, der Motor springt an.
»Also denn!« Allgemeines Winken.
Das Auto setzt sich in Bewegung, rasch, aber *rückwärts!* O Gott! Um ein Haar das Grething übergefahren, deren Mutter Hedwig heißt und eine dicke Brille trägt, eben stand das Kind noch dort, wo jetzt das Auto steht.
Fenster runterkurbeln, winken, und der Wagen fährt nun richtig und sogar elegant aus dem Gutshof hinaus. Immer noch wird gewinkt, und »schade!« wird gesagt, ohne daß dies näher begründet wird.

August Menz geht mit den Seinen ins Haus zurück und setzt sich noch ein wenig an den Tisch in der dunklen Diele, in der Ahnenbilder hängen. Die Standuhr tickt laut und deutlich, und die Fliegen summen.
Er zerkrümelt das Brot mit den Fingern und denkt:
Merkwürdig, wie alles wächst und gedeiht.
Grade zwanzig Jahre ist es her, daß zwei Menschen im Winter um die Alster herumgegangen sind. Zwei Familien sind daraus geworden, mit zwei Wirtschaften und zweierlei Kindern, die nichts voneinander wissen. Das hätte alles eins sein können. Und wohl auch sollen. Damit ist es nun nichts.

Frau Menz trägt indessen die Suppe hinaus, und singend tut sie es. Morgen wird es mal wieder Pfannkuchen geben.

Grethe ist froh, daß sie hinten sitzt im Auto.
»Zwanzig, Großvater!« sagt Robert, der wieder beim Fahren helfen muß. »Gut!«

Wenn sie jetzt weinen dürfte, wäre alles in Ordnung. Sie weint nicht, und da ist auch schon wieder die Chaussee, zu der man besser »Landstraße« sagt, und sie muß ihrem Vater von hinten her mit dem Hut die Sonne verdecken, die direkt von vorn kommt. Das ist wieder mal typisch.
Und nun, o Gott! – »Fünfundfünfzig, Großvater!« – kommt gar eine Gruppe singender Wanderer aus dem Wald heraus, direkt auf das Auto zu: um ein Haar! Sie fallen ins Gestrüpp zurück, und Wilhelm braust dahin. Spiel hat die Lenkung, das ist nicht sehr angenehm.

Zu Haus steht Karl in der Tür, mit einem Spickaal, den er mitgebracht hat. Das tut er sonst nie. Aus Warnemünde ist der, der ist für seine ganze Familie bestimmt.

Auf Karls Schreibtisch liegt ein Gästebuch. Zur Hochzeit ist es dem jungen Paar geschenkt worden. »Nur Glück«, hat Anna Kempowski hineingeschrieben, was nicht viel Zweck hat, da sie dem jungen Paar vorher alles Schlechte gewünscht hatte, und »Hohen Segen« Dorothea Franz.
Das Gästebuch ist ein typisches Gästebuch, es weist die typischen Eintragungen auf, mal links geneigt mal rechts, energisch oder krakelig, oft mit Zeichnungen versehen, mehr oder minder geschickt. »Ich komm' wieder!« hat der arme Schnack eingeschrieben, der nun auch schon Jahre tot ist, und ein Motorrad hat er daneben gemalt. Die Jägers haben ein Motiv aus dem Freischütz eingetragen, richtig mit Noten, so daß man es auf dem Klavier nachspielen könnte, wenn man das wollte.
Es hat fast den Anschein, als ob die Gäste, die sich in dieses Buch eingetragen haben, miteinander wetteiferten, Hasselbringk mit einer arkadischen Landschaft (in der Luft ein Adler, der Sonne entgegen) und Wirlitz mit den Fahnen mecklenburgischer und preußischer Regimenter. Wilhelm de Bonsac mag nicht so einfach seine Unter-

schrift in dieses Buch schreiben, so charaktervoll sie auch sein mag, da wird er denn nun doch ein bißchen mehr geben müssen. Am letzten Tag trägt er also die folgenden Verse ein, an denen er einen ganzen Vormittag gesessen hat, auf Platt, so wie er sich Platt vorstellt.

Söben Tage bin ich hier gewest.
Nach Dassenow sind wir gescheest.
Söben Böme uff dem Gutshof stahn,
söben Hühner nach dem Uto sahn.
Klock Söben ist man weder zu Hus,
Und nun is de Geschichte us.

Schön war es, daß der Vater nach Rostock kam, denkt Grethe, es wurde ja auch allmählich Zeit – angenehm, daß er dann auch wieder abfuhr.

Als sie wieder allein sind – Abend ist es, und im Radio wird Tschaikowski gespielt –, geht Karl ein wenig auf und ab in seiner Wohnung. Von Zimmer zu Zimmer. Diese Möbel würde man jederzeit wieder kaufen, mit diesen Möbeln ist er einverstanden.

Und daß das ein Mordsglück war, daß man sich gekriegt hat, »nicht, mein Grethelein?«

Ja, sagt Grethe, die auf dem Sofa sitzt und Strümpfe stopft. Das findet sie auch.

Und wenn man eines Tages die Firma allein macht, wenn der alte Herr ausgeschieden ist, dann wird er da unten frischen Wind wehen lassen.

Und wenn Roberding dann erst mal soweit ist, dann kann er ja den Schreibtisch nehmen, den *er* jetzt hat.

Ja, sagt Grethe, das wird sich dann schon alles finden. Typisch ist, daß er den Feldblumenstrauß nicht bemerkt, den sie für ihn gepflückt hat.

Das ist wieder einmal typisch.

EPILOG

In der Tonhalle treffen sich die alten Kameraden vom Regiment 210. Man atmet auf, wenn man mal wieder Leute des alten Schlages sieht!
»Isser das, oder isser das nich?«

Gloria, Viktoria!
Widdewidde-witt juchheirassa!

Es ist ein Höllenlärm! Jeder hat bereits diverse Biere getrillert oder verlötet, je nachdem; die Kellner eilen hin und her, und immer wieder, wenn ein alter Kamerad den Saal betritt, braust es auf. Männer fallen sich in die Arme und lachen; Menschenskind, der hat sich aber verändert, alt ist er geworden, aber man selbst, man weiß ja auch Bescheid.

Nur wenige Herren sind in der alten kaiserlichen Uniform gekommen, den Krieg gegen die Motten hat man verloren. Aber straff ist ein jeder, auch im zivilen Rock.
Zwei Herren sind anwesend, die bereits die neue Uniform tragen: sehr kleidsam und praktisch. Es hat sich einrichten lassen, daß sie in die neue Armee haben aufgenommen werden können, mit ihren alten Erfahrungen.

In einer Ecke sitzt Feldwebel Franz aus der Borwinstraße, blaß, schmal, ohne Haar und ohne Schnurrbart. Sein Leutnant sitzt bei ihm, dem er das Leben gerettet hat, und der hört ihm sprachlos zu.
Ja, es geht ihm wieder gut, sagt Franz, er hat ja eine nette Frau, aber das ist es nicht! Er beugt sich vor und flüstert seinem Gönner das Schreckliche ins Ohr, was keiner wissen darf: acht Monate Lager! Mit Hunden und Stacheldraht!

Gar nicht zu stoppen ist Herr Franz, und auch der wiederholte Hinweis auf den Herrgott läßt ihn nicht verstummen.
Der Leutnant denkt an den März 1918, als Franz ihn sich auf den Buckel lud, so auflud, daß er als Sandsack gedient hätte, wenn die Franzosen geschossen hätten. Das hatte er damals wohl gemerkt!
Er tastet die Erinnerung ab nach Bildern von diesem Mann, und immer sind sie bieder! Steht am Grabeneingang, freundlich lächelnd, grüßt in zackiger Verbindlichkeit, beugt sich in die feuchte Düsternis zu ihm in den Unterstand hinunter und flüstert ihm ins Ohr: daß wir das schon hinkriegen, da hat er keine Bange... Und immer wieder das Bild im Trichter, das ton- und schmerzlose Erinnern an die Stunden der Einsamkeit, in denen er geschrien und geweint hatte...
Dieser Mann ein Staatsfeind? Das ist nicht zu glauben.

Nun fährt draußen ein Auto vor, und aus steigt ein alter Herr mit Schnauzbart. Die Autotüren werden zugeschlagen und die Saaltüren werden aufgerissen. Im Saal springen die Männer auf. Erwachsene Männer in Schlips und Kragen sieht man strammstehen, die Hacken zusammenschlagen, und salutieren: Es ist Oberstleutnant Kümmel, genannt »Todesmut« – »Helden wollt ihr sein?« –, der sich adlerartig umsieht und majestätisch unter die Männer tritt, an einen Tisch wird er geleitet, der an besonderer Stelle steht. Den Stuhl reißt man ihm zur Seite und schiebt ihn ihm unter.
»Befehlen der Herr Oberstleutnant ein Bier? – Ein Bier!«
Todesmut ist es, daran besteht kein Zweifel. Dieser Mann, der seine Leute im Parademarsch marschieren ließ, *damals*, wenn sie dreckverkrustet aus den Schützengräben kamen. Das danken sie ihm heute, das hat ihnen nicht geschadet! Obwohl's eigentlich nicht recht war, *damals*...

Nun wird »Ruhe!« geschrien, und nach verschiedenartigen Ankündigungen, die ohne Ausnahme in scharfem Fistelton vorgebracht werden, tritt Hauptmann Brüsehaber auf die mit Heldenfahnen und Hakenkreuzen geschmückte Bühne. Mit scharf akzentuierten Worten heißt er die Kam'raden willkommen, und dann erteilt er seinem verehrten Regimentskommandeur das Wort: Und »Todesmut« tastet sich auf die Bühne, zwischen all die Blumen da, »Todesmut«, der, wie alle Welt weiß, jetzt mit einem Tippmäuschen verheiratet ist, das ihn ziemlich am Bandel hat, und dieser Mann, der sich früher immer so sehr dafür interessierte, wie Schnürstiefel in den Tornister zu packen sind – »Der linke rechts und der rechte links!« –, der sagt: »Männer!« Und dann spricht er von der großen Armee und davon, daß eine neue Zeit angebrochen ist, endlich. Er findet griffige Vergleiche, vom Kapitän auf der Kommandobrücke und von Matrosen, die Taue kappen oder Maschinen anwerfen, Vergleiche, die jedermann einleuchten.
»Man kann doch nicht hierhin steuern, wenn man dahin will!«
Daß das Schiff »Freiheit« heißt, das hat er schon vorher gesagt, und daß die Felsen »Reaktion« bedeuten.

Zum Schluß des offiziellen Teils ergeht die Aufforderung des stillen Gedenkens an all die Kameraden, die bereits zur großen Armee abberufen wurden, sie werden namentlich aufgerufen, und der Trommler der Kapelle wirbelt seinen schönsten Trommelwirbel. Die Männer stehen die ganze Zeit still und stumm da: ziemlich lange dauert das. Gerne wüßte man, an was sie wirklich denken. An viel Ernstes, das möchte man glauben, aber auch an dummes Zeug.
Dann wird das Deutschlandlied gesungen und jenes andere Lied, das mancher sogar auf lateinisch kennt.

Danach wird es wieder lauter, man huldigt dem § 11 – »Es wird weiter gesoffen« –, die Kellner eilen hin und her, Lärm brodelt auf, und Leute schlagen sich wieder und wieder auf die Schultern, wie das eben so ist.

Bier her, Bier her,
oder ich fall' um!

Hoch gehen die Wellen, als dem Publikum ein richtiger Tommy präsentiert wird, ein Mann von der andern Seite, der auch eine Rede hält, sogar auf deutsch, in der viel Lobenswertes vorkommt über die 210er. Die Sache mit dem Konfitürentausch erwähnt er, 1918, von Graben zu Graben im Niemandsland, was Kümmel akustisch nicht recht versteht. Und daß er sich freut, daß Deutschland jetzt so einen tüchtigen, tatkräftigen Führer hat, sagt er, der all den lasziven Elementen Beine macht, Kommunisten und Juden und dem ganzen Gesocks.

Während auf der Bühne die verschiedensten Darbietungen einander abwechseln – »Bitte Ruhe!« –, auch die Höhe der Geldspenden bekanntgegeben wird, die stattlich ist und einem jeden ein warmes Gefühl der Genugtuung eingibt im Hinblick auf die Freude, die mit diesem Geld bei den Witwen und Waisen aufflammen wird – »Bitte, einen Augenblick noch mal herhören« –, während man verschiedentlich schon voll ist wie eine Haubitze, weil man allzu viel auf den Diensteid genommen hat, flüstert Feldwebel Franz seinem Gönner noch immer die unglaublichsten Sachen ins Ohr

Der Piefke lief,
der Piefke lief,
der Piefke lief die Schiefel schief …,

Sachen, die sein Leutnant eigentlich weit von sich weisen müßte, sich aber anhört. Ganz genau.

Niemandem wird er ein Sterbenswörtchen davon erzählen, das verspricht er diesem guten Manne in die Hand. Und in der Nacht wird er seine Frau wecken und wird es

ihr ins Ohr flüstern, und die beiden werden lang wachliegen, mit klopfendem Herzen.
Karl hat einen ruhigen Platz. Er sitzt mit einem Herrn zusammen, der Krause heißt. Der besitzt eine Brausefabrik.

Ob im Wald, ob in der Klause
Lebenskraft aus Krauses Brause.

Von der Loge kennt Karl den Brausefabrikanten, dort haben sie so manches Mal einen gehoben. Jetzt gibt es diese Einrichtung nicht mehr, Freimaurerei ist abgemeldet, obwohl so manche deutsche Heldengröße Logenmitglied war. Friedrich der Große, Blücher, Lessing.
Logen sind jüdisch-bolschewistische Einrichtungen. Am besten, man spricht nicht mehr davon.
Herr Krause hat keine Nachteile davon gehabt, daß sie da immerzu gefressen und gesoffen haben, das sagt er eben. Karl auch nicht. Eher Vorteile hat Karl davon gehabt: Aus der SA hat man ihn hinausgesetzt, per Postmitteilung, und das ist höchst erfreulich.
»Wie wir erst jetzt festzustellen Gelegenheit hatten, waren Sie Mitglied der Rostocker Loge ZU DEN DREI STERNEN und ist eine Zugehörigkeit zur SA damit unvereinbar ...«

Krause, der Brausefabrikant hat berichtet, daß sein Betrieb ganz unglaublich gut arbeitet, sogar das Problem der automatischen Flaschenspülung hat sich lösen lassen, wodurch man sechs Spülerinnen einsparen konnte, und er erzählt, daß er auch eine Heilquellen-Niederlassung gegründet hat. Schlau, nicht? Nach Bad Wildungen fahren? Nicht mehr nötig, den Helenenquell kann ein jeder jetzt zu Hause trinken. Bei ihm ist der zu beziehen. Jederzeit und in jeder Menge.
Was das volkswirtschaftlich bedeutet! Das muß man sich mal vorstellen! Die ganze Reiserei fällt flach!

Während die Gesellschaft bereits vaterländische Lieder singt und sich intensiv an den § 11 hält, stellt Herr Krause die Frage, ob Karl nicht jemand weiß, der eine Wohnung mieten will? In seinem neuerbauten Haus ist eine Wohnung frei? Augustenstraße 90, sechs Zimmer, Bad, Küche, Zentralheizung. Mit einem herrlichen Balkon, von dem aus man eine prachtvolle Aussicht hat?
Was? Wohnung? Nun, Karl weiß allerdings jemanden, und in der Nacht, als er schwer geladen ins Bett sinkt und sich die Schulberichte seiner Frau anhören soll, wie verheerend schlecht der Sohn Robert neuerdings im Lateinischen steht – malus, a, um –, kriegt die Familie eine neue, schöne Perspektive. Umziehen wird man, das ist schnell beschlossen, und zwar in die Augustenstraße, die ihren Namen von der Großherzogin Auguste hat.

Umziehen? Wenn man das vorher gewußt hätte, dann hätte Malermeister Krull die Türen ja nicht mehr neu zu streichen brauchen.

Das Werk von Walter Kempowski

IM BLOCK. Ein Haftbericht. 1969, Neuausgabe 2004

TADELLÖSER & WOLFF. Roman. 1971

UNS GEHT'S JA NOCH GOLD. Roman. 1972

EIN KAPITEL FÜR SICH. Roman. 1975

AUS GROSSER ZEIT. Roman. 1978

SCHÖNE AUSSICHT. Roman. 1981

HERZLICH WILLKOMMEN. Roman 1984

HUNDSTAGE. Roman. 1988

MARK UND BEIN. Roman. 1992

HEILE WELT. Roman. 1998

LETZTE GRÜSSE. Roman. 2003

ALLES UMSONST. Roman. 2006

HABEN SIE HITLER GESEHEN? Deutsche Antworten. 1973, Neuausgabe 2012

HABEN SIE DAVON GEWUSST? Deutsche Antworten. 1979, Neuausgabe 2012

IMMER SO DURCHGEMOGELT. Erinnerungen an unsere Schulzeit. 1974

UNSER HERR BÖCKELMANN. 1979

KEMPOWSKIS EINFACHE FIBEL. 1979

HERRN BÖCKELMANNS SCHÖNSTE TAFELGESCHICHTEN. 1983

HAUMIBLAU. Pfenniggeschichten für Kinder. 1986

DER ARME KÖNIG VON OPPLAWUR. Ein Märchen. 1994

WELTSCHMERZ. Kinderszenen fast zu ernst. 1995

DAS ECHOLOT.
Ein kollektives Tagebuch. Januar und Februar 1943.
1993

DAS ECHOLOT. FUGA FURIOSA.
Ein kollektives Tagebuch. Winter 1945.
1999

DAS ECHOLOT. BARBAROSSA '41.
Ein kollektives Tagebuch.
2002

DAS ECHOLOT. ABGESANG '45.
Ein kollektives Tagebuch.
2005

CULPA. Notizen zum Echolot. 2005

DER ROTE HAHN. Dresden im Februar 1945. 2001

PLANKTON. Ein kollektives Gedächtnis. 2014

BLOOMSDAY '97. 1997

SIRIUS. Eine Art Tagebuch. 1990

ALKOR. Tagebuch 1989. 2001

HAMIT. Tagebuch 1990. 2006

SOMNIA. Tagebuch 1991. 2008

WENN DAS MAN GUT GEHT!
Aufzeichnungen 1956–1970. 2012

LANGMUT. Gedichte. 2009

UMGANG MIT GRÖSSEN. Meine Lieblingsdichter – und andere. 2011

Das Werk von Walter Kempowski erscheint im Hardcover bei KNAUS und im Taschenbuch bei btb und im Penguin Verlag.